史说宋词

史仲文——著

中国书籍出版社
China Book Press

图书在版编目（CIP）数据

史说宋词 / 史仲文著. — 北京：中国书籍出版社，2019.1

ISBN 978-7-5068-7127-3

Ⅰ. ①史… Ⅱ. ①史… Ⅲ. ①宋词—词曲史 Ⅳ. ①I207.23

中国版本图书馆CIP数据核字（2018）第271505号

史说宋词

史仲文 著

图书策划 武 斌
责任编辑 成晓春
责任印制 孙马飞 马 芝
封面设计 东方美迪
出版发行 中国书籍出版社
地　　址 北京市丰台区三路居路97号（邮编：100073）
电　　话 （010）52257143（总编）　（010）52257140（发行部）
电子邮箱 eo@chinabp.com.cn
经　　销 全国新华书店
印　　刷 北京睿和名扬印刷有限公司
开　　本 710毫米× 1000毫米　1/16
字　　数 480千字
印　　张 27.5
版　　次 2019年 4 月第 1 版　2019年 4 月第 1 次印刷
书　　号 ISBN 978-7-5068-7127-3
定　　价 68.00元

平民阅读　创见迭出

——评史仲文先生《史说宋词》

张平仁

写宋代词史是需要勇气的，因为已经有多种文学史和词史横亘眼前，要写，就要有超越和创新。在宋词（包括整个中国文学）已被研究得基本熟透了的今天，有哪怕一小点的超越和创新都不大容易。不过史仲文先生的《史说宋词》做到了，而且超越和创新还不少。

最主要的是写史的观念有创新。已有的文学史和词史基本属于“学院派”，作者是专门研究文学史和词史的学者，内容严谨，编排、行文严肃，多少有点道学家正襟危坐的感觉。作为高等院校的教材或纯学术著作，这当然是好的，也是必须的，但对宋词有兴趣的普通读者来说，就有些不够活泼、亲切。史先生也是研究古典文学的学者，却又不止于此，他涉猎甚广，属于那种按现在的专业领域不太好“归类”的学者，尤其密切关注着大众的文化阅读，于是有了不同于“学院派”的另一种写史方式：活泼而不板正，亲切而不严肃。这里不妨归为“平民派”写作。

说“平民派”并不意味着水平低，事实上，书中提供的专业知识并不比已有的词史少，不管是作家作品资料，还是词论、音律，都很专业。特别是关于宋词的分期，是写词史必须解决的问题，也是对作者词学水平的检验。本书列举并分析了以往诸种看法，提出了自己的六段分期法，并以诗化的语言命名为序曲、高潮、过渡、快板、慢板、尾声。这期间综合考虑了政治、经济、思潮、文学、音律、时代等诸多因素，充分体现了作者写史应有的才力和胆识。从对宋代词风的评析也可看出这一点。

只有在透彻领悟具体作品的基础上，才谈得上对史的认识。“学院派”

词史不必详细解读作品，而作为一部面向大众的词史，引导读者理解作品，是首先要做的事情。作者充分注意到了这一点，对引用的大部分作品作了详细解读，而且不是泛泛而谈、蜻蜓点水，是真正深入到作品内部，揭示其精深微妙处。如解读晏殊《清平乐》（金风细细）：“这词也说不出特别的意境，然而，美。她的美，是一种欲说还休的，轻轻的，柔柔的，如薄絮轻纱般的美，甚至带些梦幻色彩。然而，真的不是梦，就在这寻寻常常的景色中包含了恰恰的美丽，舒缓与轻愁。”接下来细悟每个意象：“他写金风——秋风，偏要写‘细细’，细细秋风不冷人；他写秋下的梧桐，偏要写‘叶叶’，飘飘落叶如飞絮；他写绿酒，偏要写‘初尝’，初尝则无伤大雅；他写醉酒，偏要用一个‘易’字，易醉的意思，醉翁之意不在酒，虽然只是微熏，那心却真的醉了；……凡此种种，都是轻轻的，细细的，柔柔的，淡淡的，乃至似有似无，欲有还无的，没有半点沉重，也没有半点慌忙。然而，就这样一味轻柔下去，却又腻了，所以他在词的上半阕，特特加上一个‘浓’字，‘一枕小窗浓睡’，这个‘浓’字用得端的是好，恰有似‘万绿丛中一点红’。”最后总结全诗笔意：“但在我看来，或许连‘愁’及‘怨’也没有的，为什么面对如此美景非要生愁生怨呢？真的愁思已深，还有心情用这细密入微的笔触去写这同样细密入微的秋景吗？若说全然无‘怨’，情同大喜，倒也不是，若说幽怨极深，怨而生恨，则更其不是；有‘愁’也是一缕闲愁，有‘怨’也是无端之怨。”词固然写得“细密入微”，这番解读也确是“细密入微”的。书中大量的解读都是如此，带领我们真正深入到了作品内部，贴近了作者的心扉，为理清史的线索奠定了坚实的基础。

在这些解读中，作者显然充分领悟吸收了传统词评词论（更广泛地说是文评文论）的特点，即重直观感悟而轻理性分析，这是符合古代诗词特质的作法。当代学人受西方理性批评方式的影响，解读古典诗词时往往着力于理性逻辑分析，多忽视直观感悟环节，使作品的真质损耗不少。事实上，解读古典诗词的步骤应是先悟后思，这样才能深入体悟到作品中无法用语言表达、无法用理性分析的精微之处。这样做同时也使得文笔很美，可谓解读与作品共美，感悟与分析齐驱，达到了作者在序言中提出的写成美文的目标。史容易写成“瘦金体”，而这部书不但骨骼、经络分明，亦且血肉丰满。与语言美相伴的还有语言的活泼跳荡，时有口语化的词语喷薄而出，让我们感觉到作者不是居高临下地讲述，而是站在我们面前娓娓道来，一同分享两宋词的精妙。

写史总要评价概括，这部词史就很善于评价概括，常把繁杂的特征、现象概括成凝练的几个字、几个方面。如宋词的风格特征，历来论述已多，本书则把宋词的美概括为四个方面：内容生活化、表达抒情化、风格高雅化、情致女性化。把柳永的风貌特质概括为八子：弃子、才子、游子、浪子、俗子、学子、赤子、多情种子。把周邦彦时代词的特色概括为三个方面：词的内化、词的范化、词的细化。类似的评价概括不是偶一为之，而是一种体式，几乎对每个时代、每个作家、每一种现象都有精练的概括。这是功力，也是态度，只有将自身真正投入作品和历史中，概括才会如此精彩。自然，这也是符合大众而非小众的阅读需求的。

作家间的生活经历、气质情趣，作品间的思想内容、艺术风格，有的差异较大，容易区分，有的则属同一类型而差别不大，这对普通读者来说就不易把握。本书大量采用比较之法，将大同下的小异细致展示了出来。如晏几道与其父晏殊的比较就令人感到在乱麻中找到了线头。即便是极豪放与极婉约的词人之间，也有相通之处，拿来比较，既能看出差异，又能找到某种共性，而这些共性往往是史话容易忽略的。如将辛弃疾词与周邦彦词比较："周词如艺术殿堂，辛词则是苍茫大地。"周词的品性是精、雅、和、美，辛词的特点是博、大、豪、刚，但又能做到博而能深，大而能细，豪而能俊，刚而能媚。东坡属于天才，天才无可羁约，稼轩属于全才，全才无所不能。看辛弃疾词，如同走在山水佳区，但见一个风景接着一个风景，一个惊喜接着一个惊喜。辛词的深、细、俊、媚实与周词的精、雅、和、美有相通之处。风格特点须通过比较方能看得清楚，但把比较做得如此细致深入，又能通过比喻形象地表达出来，并不容易。另外，评析李清照词时的比较更有创新之处。作者围绕李清照的《词论》，采用排除法，将《词论》中评判的词人风格与之比较，既见出了李清照词的特点，又附带介绍了《词论》的主要观点，收一箭双雕之功。

作家作品的选取是写词史面临的基本问题，是衡量作者识力的重要方面。不管是文学史还是作品选，摆脱传统、依照自己的标准选取作家作品，并不是件容易的事，这一点钱钟书先生在《宋诗选注》前言有精彩分析。《史说宋词》除传统词史必选的诸大作家外，还选了不少小作家作为拱月之星。这些小作家虽不引领潮流，却也各有特色，与大作家一起支撑起了一个时代的词风。有了他们，词史才是丰满完整的。特别是作者不以人品定词品，虽热情褒扬救国词人，但也不否认一些亡国词人词作的价值，给予了实事求是的评价。对“小作品”作者也不一味排斥而时有征引，如邓肃的七律《偶成二首》在宋诗中不算出色，但具有宋诗的一般特点，也就引了。名家名作尽可以在各种文学史和作品选上找到，而小家小作则须亲自阅读原始材料方能得知，从这可看出《史说宋词》不是如时下不少文学史那样据已有文学史拼凑而成，而是下了真功夫，是在亲自占有第一手材料的基础上写成的。

作为一部词史，借鉴吸收已有观点和材料是必不可免的，关键是如何对待它们。本书持论公允，充分肯定已有观点和成果的价值，同时提出自己的看法，迥异于某些通过否定前人来标榜自我的作法。这是学品，更是人品。书中对于前人的精辟之论，常直接引用，并不像一些写史者将其改头换面，充作自己的东西。如对柳永词地位的评价，作者引述了薛瑞生先生《乐章集校注》中的话，加一句“这评价，深得我心”即止，并不装模作样把别人的观点用自己的话说一遍，好像是自己的发现。这其实也反映了作者的自信：我在别处自有创见，用不着在此炫耀水平。

作者在此前已有《中国艺术史导读》《六大名著的现代阅读》《史说唐诗》等古典文学、艺术方面的研究著作，故这部词史视野宽广，论词而不止于词，说宋也不止于宋，自有大气熔铸其间。另外，充分注意词与音乐的关系，作家介绍的人性化、立体化等等，都是这部书的长处。

总之，这是一部作者真正用心感悟、用心创作的词史，读了便有收获。

序

写这书时，因为种种缘故，我已经有将近四年没有写书了。动笔之前，我有点嘀咕：自己还有昔日那样的体力、精力与能力吗？

此前，我曾写过二十多本书，大约平均每天可以写一万字以上，对此，我内心颇为自得。别人呢？也有赞许的，也有怀疑的，也有根本就反对的。但看这几年的情势，所谓“十年磨一剑”云云，又有些甚嚣尘上，甚至带了点时髦的色调。但我想，这与我无关。你时髦，我每天能写一万字，我自得；你不时髦，我天天能写一万字，也自得。“我与我周旋久，宁作我”，时髦与否，管它作甚。

但写本书时，我担心自己或许没有这体力与能力了。所以动笔前，我计划每天写 8000 字，不成，就写 5000 字，再不成，不写了。但写到第三天，兴头来了，“依然故我”，从 2000 年 12 月 23 日动笔，写到 2005 年 1 月 23 日，完稿，一共写了约 40 万字。

书写完了，要放一放的。又要写一个序。序什么呢？朋友建议，写点这书的特色。为自己的书写特色，难免不客观，容易变成老王卖瓜。所以这里也不讲特色，只说说我的几个心愿。

第一个心愿，写史重在写人。一些现代书籍，写史也好，写论也好，写随笔也好，写着写着，把人写呆了，写傻了，甚至写没了，这其实很失败。

无人何以有文，无人何以有史，无人何以有论？我写词史，词人是一个重点。我希望我笔下的词人，个个都是鲜活的；我希望能和他们对话，也希望我的亲爱的读者读这本书时，能看到一个个历史人物活神活现地出现在你们面前。

第二个心愿，写人还要写史。写史就是写过程，历史也是活的，写死了，写成五马分尸，乃是写作者的悲哀。

历史既是个过程，就该有头有尾，有节有序，且有声有色。我希望能将宋词的发展过程勾勒出来，清楚、生动、有个性。我的看法是：宋词发展，要在“五变”。这五变，即柳永的词体之变；苏东坡的词格之变；周邦彦的词艺之变；辛弃疾的词事之变以及姜夔的词技之变。通而言之，则是词风之变。

第三个心愿，写人写史还要写“美”。词本美文，写得丑时便是对她的亵渎。俗语谓好花还需好叶。今人写史如同给好花作叶，又好似为美人治妆。我认定一个写书的人，最好能写出“经典”来，但那是可遇而不可求的。

其次，能写出有争议的作品来。争议代表注意力，能吸引人眼球，这其实也是可遇而不可求的。有人认为炒作也可以弄成争议，错了，那是假争议，不唯没有深度，而且没有力度，属于纸老虎一类。

再次，就是把文字写漂亮，让人看着舒服，好玩。或者说，最好有美感；没美感，好玩也行；不好玩，好看也行。连好看都做不到的，什么玩意儿？赶快扔了。

我这三愿，不知道做到没有。倘没有，请千万勿购，一时购错了时，也请扬手一弃为快。

史仲文

2005 年 3 月 30 日下午记于

北方工业大学寓所

目录

第一章　百代青宋，独擅者风流

唐诗是伟大的，宋词是独特的。唐诗的伟大表现在不可企及，贤者所谓，唐人把诗都作完了。自唐之后，在古体诗这个层次讲，可以说已经无诗。宋词是独特的，它固然不及唐诗伟大，却另有一种风韵与魅力。

第二章　宋词的立业期

科考进入正轨，知识分子尤其出身贫寒的知识分子开始有了新的超越前人的政治与社会希望。文化事业由准备到实施，开始了一个又一个的大工程。《太平御览》《太平广记》《文苑英华》《册府元龟》等超大型书籍，有的已经完成，有的正在编辑。

第三章　宋词的昌盛期

昔日晏、欧时代的歌舞升平是看不到了，就是王安石变法那样的大举措业已灰飞烟灭。国家的复兴已然没有多大希望，恢复旧河山也差不多成了一种幻想，就是词人的地位与生存状况也是江河日下。

第四章　宋词的过渡期

国家乱，词坛也乱，但这是另一种乱。这种乱的集中表现，就是流派纷呈，各有所好。

第五章　宋词的狂放期

从政治这个层次看，它属于时势既不能造英雄，英雄也不能造时势。此无它，因为这个时期的最高统治者——宋高宗赵构和他的心腹小圈子，全是一些没有志气，没有良心，没有责任，没有气节，没有理想，心里眼里更没有百姓的一伙小人。

第六章　宋词的精进期

这个时期大体始于13世纪初叶，到13世纪60年代为止。但姜夔、高观国、戴复古等都早于其上限。这也是宋词分期不同于唐诗的一个特点。唐诗的分期，界线分明，初、盛、中、晚四个时期的重要人物少有交叉。宋词则不然，它总是在上下交替中完成分期。如欧阳修与苏东坡在时间上部分重叠，周邦彦与李清照在时间上的部分重叠，以及这一时段内辛弃疾与姜夔的部分重叠。

第七章　宋词的收束期

宋代八大词人、南宋六大词人中，属于本期的就有四位，他们差不多都属于江湖游历之士，或者出身贵族的名士。他们大多没有做过官，也不希求做官，实在官府也看不上他们，他们也看不上官府。

第八章　回顾与展望

第一章

百代青宋，独擅者风流

——宋词概说

唐诗是伟大的，宋词是独特的。唐诗的伟大表现在不可企及，贤者所谓，唐人把诗都作完了。自唐之后，在古体诗这个层次讲，可以说已经无诗。宋词是独特的，它固然不及唐诗伟大，却另有一种风韵与魅力。自古唐诗宋词并称，只说唐诗好似有头没有尾，只说宋词又好似有尾没有头。虽然在唐诗之前也有杰出的诗人、诗作者，在宋词之后，更有新的文学形式的崛起，但唐诗宋词在中国文学史上的独特地位，却是无可替代的。

本章概说词史，议论 8 个方面的问题。

第一节　宋词的历史地位与影响

一代有一代之音，一代有一代之学。至少自先秦以降，莫不如是。前贤所谓：

楚之骚，汉之赋，六代之骈语，唐之诗，宋之词，元之曲，皆所谓一代之文学，而后世莫能继焉者也。

宋词的文学品性之高，根据在此。

为着证明这一点，可以进行横向与纵向两个方面的比较。

宋诗的地位其实也不算低。过去相当一段时间，有贬低宋诗的倾向，认为唐诗妙在形象思维，因而意味无穷；宋词多在说理方面发展，而中国诗不擅长说理，不擅长说理硬去说理，结果不免味同嚼蜡。

其实宋诗并非味同嚼蜡。就是有几首味道不那么好的诗，也不能代表整个宋诗的形象。其实不仅宋诗，就是唐诗，缺乏诗味的也不少。如果以为唐诗篇篇皆如《春江花月夜》，字字皆似杜工部、李商隐，也不能够。何况说，就是杜工部、李商隐的诗也并非篇篇皆为杰作。

但宋诗的历史地位确实不如宋词。有人以为宋诗高于宋词，理由是宋诗的描写对象宽厚，对重大社会问题有更多关注，思想也更深刻，而宋词的题材较窄，所表现的多为情感方面，所谓闺房乐坊，悲欢离合。这其实也不正确。认定一个时代艺术作品的历史价值与地位，并不全在于社会意义一个层面。商、周的艺术品以青铜器最有影响，魏晋的艺术品以书法最有成就，你能说，在那样的时代唯有青铜器与书法才最富于社会意义吗？

宋词的地位高于宋诗，最重要的原因，是宋诗的地位可取代，而宋词的地位是不可取代的。设使没有宋诗，中国的古代诗歌一样伟大，宋诗没了，毕竟有唐诗在；而没有宋词，中国古典文学的历史成就即会大打折扣，因为宋词的价值在于它是只此一家，别无分店。

纵向比较，可以散文、诗歌、戏剧、小说四家为例。

唐、宋比较，在散文方面可说平分秋色。唐有韩、柳，宋有欧、苏，宋有欧、苏，又不止欧、苏，但以创作成就看，正在伯仲之间。

以戏剧论，宋代戏剧也有大的发展，个别剧作，现在还可以上演，但唐人成就亦不可小觑。比如“梨园”这个戏曲典故就出在唐代，而旧的梨园行所信奉的行业神，不是别人，正是唐玄宗这位风流才子皇帝。但从中国文学史或戏曲史的宏观角度去看，无论唐戏还是宋戏都没有达到历史的高峰。

以小说论，唐宋皆有传奇，宋代更有话本小说。但它的源流在唐代。单以传奇而论，二代都有杰作，显然唐代传奇更为警策凸凹，影响尤大。

唯诗歌一项，唐、宋各占胜场——你有你长项，我有我长项。换句话说，真正替宋人长了面子，定了品位的首先是宋词，最独特的是宋词，最有魅力是宋词，最令后人瞩目的还是宋词。

从中国文化发展史的角度看，宋代留给后世的最大的文化遗产乃是宋词、岳飞与印刷术。

从中国文化的传承看，对后世影响最大的无疑也是宋词。

宋词首先影响的是元曲，甚至可以这样说，没有宋词，就没有元曲。虽然说一代有一代之学，一代有一代之音，但它的产生与兴达又有内在逻辑性。唐诗既不是凭空而来，元曲也不是凭空而来。没有唐诗作基础，宋词即成无本之木，没有宋词作前提，元曲也不会登上历史舞台。

不仅元曲，就是明清小说，也不可无宋词。明清小说影响最大的乃是六大名著，可以说，“六大名著”篇篇不可无诗，亦篇篇不可无词。没有宋词作借鉴，宝钗姑娘写不出那一篇“柳絮词”，罗贯中先生也没有那一篇“西江月”了。六大名著的作者中，曹雪芹、吴敬梓自是诗词圣手，施耐庵、吴承恩、罗贯中也颇具诗词创作与鉴赏能力，《金瓶梅》中仿佛词作少些，所吟所唱多是些“山坡羊”之类，然而也不尽然。《金瓶梅词话》开篇就是一首“眼儿媚”，地地道道的宋词，那词作正是出于宋代词人卓田之手。

当然，六大名著的主要成就不在诗词方面，但我敢说，若没有这些诗词，那几部巨著就会应声减色，甚至会失去中国古典小说特有的味道。不仅小说，我们还可以推断，那几位伟大的小说家，若没有唐诗、宋词作艺术支撑点，他们的艺术才华也将受到某种限制。

宋词的影响，不仅影响到明、清小说，而且对民国时期的新文化运动都有不容小觑的影响。

五四新文化运动，尤其是其中的新文学运动，其矛头直指封建礼教，其文学载体则是白话文。白话文不仅包括小说，包括散文，而且包括一切文学形式。站在今天的立场来看，五四时期的新派作家，提倡白话文，反对文言文，最反对的乃是古代散文——狭义的文言文，最深恶痛绝的乃是八股文，不大重视乃至有些轻蔑而不屑一顾的乃是古代戏曲，最为肯定而且欣赏的乃是白话小说如《红楼梦》《儒林外史》《金瓶梅》等；对唐诗宋词则保持相当的肯定与尊重。而他们本身也常常就是诗词高手，足见宋词对他们的影响，不仅仅是潜移默化的，甚至就是自觉自愿的。

时至今日，宋词的影响依然比比皆是。甚至可以说，虽然五四运动已过去了 80 多年，但五四先人提倡和首创的白话诗反而成了小众文学，而处在他们对面的唐诗、宋词却依然是大众文学。而且随着中华文明的升腾与传播，宋词的影响还将愈深愈广愈强愈大。

可以说，现代中国人在其文化细胞中或多或少都有些宋词的因子。

未来的人类，必将多多少少接受中国文化与文学，宋词必将成为他们文学生命中不可或缺之物。到了那时，缺少宋词就如同缺了维生素一样，虽不致命也头晕。

第二节　宋词的艺术品性与特色

对比于唐诗，宋词的艺术品性与特色来得更其色彩鲜明。

在我看来，如果用一个字表现唐诗，那就是——大；如果用两个字表现唐诗，那就是——正大；如果用三个字表现唐诗，那就是——气象大；如果用四个字表现唐诗，那就是——精深博大。

宋词则不然。宋词的构成亦精深厚曲，内容也相当丰富，但用“大”字来表现它的品性与特色就不合适了。宋词最突出的特点不是大而是美，用一个字表示就是——美；用两个字表示就是——殊美；用三个字表示就是——色彩美；用四个字表示就是——美奂美轮。

唐诗之大，几可包罗万象，唐代诗人多，从皇帝到宰相，从宰相到百官，从百官到百姓，从士人到军人，又从少年到老者，从男性到女性，可说无处无诗人，无处无诗作。

唐诗之大，表现在风格上，又可用一个正字。不但风格正，而且气象正，我在《史说唐诗》中说过，唐代的历史地位正堪与春秋战国时代的思想文明相媲美。先秦时代是百家争鸣，盛唐时代是百花齐放。它不要争鸣，甚至不屑于争鸣，因为它意气高远，成就繁荣，只消表现就够了。它证明自己的方式不是论辩，而是成果，这种正大风范，终整个中国儒学时代，是再也不曾有过的了。

唐诗之大，又表现为气象大。它不屑于在那些边边沿沿处下功夫。他喜欢的乃是放声高歌，推崇的乃是浩然之气，这样的风格在安史之乱以前的盛唐诗苑，表现得尤为浓烈。虽然后人论唐诗，多以杜诗为第一，以杜甫为诗圣，但在盛唐时代，杜甫没有这样的地位，杜诗固然“沉郁顿挫”，杜甫固然一心致尧舜，然而，那还不是盛唐的正声。盛唐更需要李白，更青睐王维，更适合高适、岑参，更有利于王昌龄、孟浩然。这种远大无边的气象，同样终整个儒学时代，是再也没有过了。

唐诗精深博大，几近无所不能。因为它无所不能，所以无论近体诗还是古体诗，无论长篇还是短篇，在“大”的格局上已然没有处女地了，那些最肥沃最适宜植物生长的肥田沃土，已然开发殆尽。唐人过后无古诗，原因在此。

唐诗妙在其大，宋词妙在其美。

美是宋词的特色，也是它的品性。

中国是一个文学样式极为丰富的国家。三千年来，人类能有的几乎所有文学样式在我们这里都应有尽有。尽管如此，专门以美为特性、为追求、为表象、为意涵的样式，却也不多。

或许可以这样说，唯有宋词的时代，才是对美的文学样式全力追求的时代。这样的时代，在中国，在世界都是非常罕见的。

以中国文学史而论，楚辞也美，它是美在理想；汉赋也美，它是美在铺张。楚辞的最高代表是《离骚》，离骚者，离忧也，美人芳草，不同凡响。但它虽然美丽，却很悲剧，而且是中国传统式的悲剧，它不是美得崇高，而是美得凄苦，那色彩凄然、娇艳而又沉郁。汉赋的最高代表乃是《子虚赋》《上林赋》，它的长处在于铺张陈事，华彩庄严。它有力度，有气象，有风格，有规范，然而那骨子里的美却被遮蔽了。

唐诗自然也是美的，而且因为它的品性在于其大，所以更具有因大而美的特征。中国古来就有因大而美的传统，君其不信，有字为证：羊大为美。唐诗志在其大，品在其大，美也在其大。

宋词则不然，它乃是一种以美为美的文学样式。无论它的外在形式，还是它的内在含义，都以美为追求，在一定意义上说，唯有宋词才是唯美主义的。因为有这样的对美的追求，才会有宋词；因为真的追求到了美，才有宋词的艺术成就。

不但美，而且不是一般性的美，用两个字表示就是殊美。殊作何解？《辞海》上有这样几条解释：（1）特殊；特出。如殊勋，殊礼。（2）很，极。《史记·廉颇蔺相如列传》：“恐惧殊甚。”（3）超过。《后汉书·梁竦传》：“母氏年殊七十。”

这三个意思用在宋词均很恰当。

首先，宋词的美就很特出——特殊的。

一种文字样式，专以美为对象，为追求，为归宿，为旨归，算不算特殊？

宋词的时代长达300年时间，300年美的探索与成就，算不算特殊？

一种文学样式，加上无穷无尽的文学创造，而且这创造——从总体上看，是人有其成，词有其成，派有其成，代有其成，这一个，又算不算特殊？

不但特殊，而且达到“很”的程度，很特殊，达到“极”的程度，极特殊。不但“很”，不但“极”，而且，如果诗意地表现它的话，它干脆就超越了“美”。它的道路乃是一种超越其美而美的道路，它的境界也是一种超越其美而美的境界。

用庸眼看宋词，宋词也平常，但它的魅力在于，你越是熟悉它，它的美的味道就越醇厚；你越是深入它，它的美的意态就越风流；你越是琢磨它，它美的境界就越迷人。

实际上，中国古来的美文中，唯有宋词、《西厢记》和《红楼梦》，可以称之为“最”，那么其母体性样式，就非宋词而莫属。

不但殊美，而且“色彩美”。用色彩表现文学作品，不算一般性手法，因为它不具普遍性。不是文学没色，而是一般文学，没有这么色彩鲜明。

有学者说：“词为艳科。”又说：“词是不同于诗的文学样式，给读者带来的是一种全新的审美感受，它的最大的特点就是艳美。所谓‘艳’，实际是指一种女性化的美感，是由词‘好写女性生活和女性之美而带来的审美新感受’。”①

关于词的女性化这一点，稍后再谈，这里先说词的色彩美。在我看来，词的“艳”还特别表现在它的艺术色彩感上。换句话说，词的美，不是一般意义上的美，而是非常讲究色彩感的美。这种色彩美感，集中地体现在“艳”字上，虽然艳的含意并不止于色彩。

一些现代词学专家，解读宋词时，常与西方印象画派产生联想。印象画派，实在是一个最讲究色彩感的画派。欣赏宋词的人，如果也对西方绘画有研究的话，那么在色彩审美这个层面，就必然产生宋词与印象画派相

① 王小丽著：《唐宋词与商业文化关系研究》，中国社会科学出版社，2004年，第206页。

契相通的联想与共鸣。因为它们之间看似风马牛不相及，却在色彩层面有着重要的乃至惊人的相似性。

昔日苏东坡评价王维的诗与画，说它们是“诗中有画”、“画中有诗”。可谓知心之言，然而，他说的只是中国的山水画，不是西方的油画，更不是西方印象派的画。能与西方印象画一论短长的，只是宋词。因为宋词的色彩是秾丽的，是鲜活的，是惊艳的，是对比分明又是经久而不散的。它不像山水画那样意境悠远，但它的秾丽与惊艳却足以使一切中国式的山水画为之相形见绌。这一点才是宋词的美妙之处，也是它的高妙之处。

用四个字表现宋词，就是美奂美轮。

宋词对美的关注，在那个特定的时代，可说无所不在，无时不在，创作无穷，美好无限。

总而言之，宋词中既有柔美、和美，也有优美、艳美；既有凄美、静美，也有佳美、壮美；既有虚美，也有实美；既有工笔之美，也有写意之美；既有寒士之美，也有富贵之美；以及情之美、欲之美、风之美、颂之美；既有淡雅高洁之美，也有浓艳风俗之美；不但有色之美，而且有香之美。

色之美，不但包含花色、草色、云色、雨色、山色、水色，尤其包括肤之色、气之色、发之色、目之色，外加珠之色、钗之色、金之色、玉之色。金色虽贵而肤色益贵，云色虽贵而气色尤佳；珠色虽晶而发色尤丽，钗色虽靓且目色尤辉。

所谓香之美，且有面香、体香、衣香、被香、发香、息香。体息悠悠，面香细细，衣香深深，被香淡淡，发香不绝如缕，息香吹气如兰。一言以蔽之，所谓美人香的便是。

总之，花有百种，美有千色，事有千端，美有万遇，如此等等。美在宋词中终于成为一种追求、一种倾诉、一种表达与一种意境。

宋词的美，在以下四个方面尤有突出的表现。或者可以这样说，因为宋词的特性，它对以下四个方面表现得格外关注，从而使它的美的表现又有了更好的平台。

这四个方面是：内容生活化，表达抒情化，风格高雅化，情致女性化。

内容生活化。宋词好写善写生活，但就其内容而言，这里说的生活，不是轰轰烈烈的社会大事件，也不是军国大事，更不是天灾人祸，苦海无边，而是日常生活，情致生活，美人芳草，春花秋月，情事趣闻，宴乐游艺。它表现的生活是日常性的，又是个人化的。宋词中并非没有对国家的关心，对世事的感慨，但就它的自身传统而言，这不是它关注的对象。像杜甫《三吏》《三别》那样抒写社会苦难的大题目，它难以表现，也不去表现；像岑参、高适边塞诗中的大场面、大激越，也是它不能和不愿涉及的。到了南宋时期，虽然词风词事发生重大变化，但它本性依旧；它纵然写了英雄豪气，烈士情怀，也是一种个人情感的抒发或感喟。而更多的内容，还是桑间濮上之情，内闱闺中之事。不唯如此，宋词爱生活，同样爱自然，自然也不是高山巨川，如天姥山一样的，如“蜀道难”一样的，她写的自然，多是云风雪月，柳韵花情。宋词中的绝大多数佳作，都是有情有景，情景交融。那景色，往往不在花前月下，便在柳岸湖边，笔笔写来，但觉诗情画意，栩栩如生。

宋词又是时尚的，她爱生活，更爱时尚。单以色彩为例，诗的色彩往往正色偏多，如“万绿丛中一点红”之类。就是白居易的词《忆江南·江南好》，也不写正红正绿。所谓“日出江花红似火，春来江水绿如蓝”，仿佛正红正绿都不够，红还要红似火，绿还要绿如蓝。宋词的颜色则更为时尚，它的色彩似乎更近乎今天人们喜爱的天然色、流行色。既非大红大绿，又非纯黑纯白，而是既得自然之趣，又富朦胧之意，如烟如雨，如醉如梦。这等颜色，正好生活，正宜抒情。

美学家们常说美在生活之中，尤其是细腻的美。这一点，若无它证，宋词可以证明。

表达抒情化。宋词擅长抒情，以抒情为本色之事，虽然也有些叙事的篇章，但情在其中矣。无情则无事，无情则无物，无情则无人，无情则无志，这是宋词的又一个特点。

宋词善写情，善抒情。情有百态，宋词便有百法，百法都限制不住它。既有柔情似水，又有炽情如火；既有痴情如梦，又有深情似醉；既有浓情如酒，又有贞情似玉；既有欢情如歌，更有别情如苦。

世间事，最难问情为何物！但词人的高妙之处在于，它无须问情为何物，却可以写尽情之百相千姿。百相不是本质，但艺术常常不关心本质；千姿也不是答案，艺术又常常不关心答案；宋词毕竟不是哲学，也不是美学。但读宋词的人可以通过这“百相”依稀看到本质，又可以透过那“千姿”隐约找到答案。纵然既看不到本质也找不到答案，也不影响您欣赏它表现出的那种情的光辉与境界，那种无坚不摧的特别的情感冲击力、侵袭力与感染力。

不唯如此，宋词之抒情，更有精、细、柔、韵四大表现。

精是精美，不消说在一切中国古典文学样式中，宋词是最讲究精美品位的。它绝不粗制滥造，实在它的艺术范式与“天性”也不允许它粗制滥造。词与诗相比，诗作中有俗雅之分，又有近体与古体之分，古体诗是不讲究格律的，只要押韵就行。所以雅诗中既有杰作，俗词中也有杰作，以致古人要说“熟读唐诗三百首，不会作诗也会吟”。但从来没有听说“熟读宋词三百首，不会吟词也会吟”的。词与诗的区别，不但因为它属于“长短句”，而且因为它不但讲平仄，而“又分五音又分六律，又分清浊轻重”①这些要求，使得词作必然以精美为基础，虽然后来也有一些俗作，但精美雅致始终是词之正声。

细是细腻。诗歌也有细腻的作品，如李商隐的诗就写得很是句精韵密，韩偓的诗尤其写得脂艳香浓。但那不是诗的主调，不是诗的本色。词的写法则专走细腻一路，苏、辛之前最忌讳的便是粗豪之风、旷达之气。以它的传统而言，甚至可以说，不细腻就不可以为词。细腻是词的规范，也是她的命运。妙在它没有违背这规范而是艺术化了这规范，它也没有违拗这命运而是诗化了它。

柔是轻柔。比较而言，汉赋是重的，一卷在手，便有些沉甸甸的感觉；宋词是轻的；唐诗则在不轻不重宜轻宜重之间。现代人读书，喜欢讲究读书情趣，认定阅读也是有节奏感的，其实阅读不但有节奏而且有重量。唯有那轻盈的，如薄纱润脂一般的，如三月春风四月春雨一般的，如极轻极细极温极软的女性手掌一般的感觉，才更合乎词的本义，也才更能撩拨读者的心弦。从而给人一种雾雨朦烟、如痴如醉的情态感受。

词有客观描写与主观描写，客观描写是轻的，主观描写更是轻的。主观描写中，最主要的形式是话语方式。词的话语方式不是断喝，不是呐喊，

① 王学初校注：《李清照集校注》，人民文学出版社，1979 年，第 195 页。

不是呼啸，更不是狂吼。它不像大江大河一样的，只是小溪流水式的；不是波涛惊天式的，甚至不要怒吼的波涛也不要汹涌的浪花。她追寻和喜爱的，只是几波微澜，几圈涟漪。她的话语方式以倾诉为主，不唯轻言慢话，而且软语如怡；又似好“语”知时节，又如润物细无声。虽然是轻的，又是清的，还是情的。轻是表现形式，清是风格品性，情是情感内涵，所以欣赏阅读唐诗，固然可以站在高山之巅，大河之滨，但欣赏和阅读宋词，那样的环境就不相宜了。最好桃花坞里，绿柳河边。身边但有几卷书，脚下但有几株草，眼前不过二三子，天边不过几颗星，或者一笼轻烟，或者一柱馨香，或者一杯清茶，或者一壶淡酒，物是可物，人是可人，景是可景，心是可心，世事芳心可可。因为它恰到好处，恰到心痒难熬之处，又恰到手到痒除之处，这样的境界，最好读词。

而且是甜的，词的心理感受是甜的。但不是那种刺激人神经的甜，也不是那种浓烈不可驾驭的甜，更不是那种夹杂了各种异味的甜，而是一种抒情的，沁人心脾的，初一尝并不惊奇，细细品味却无可忘怀的蜜意的香甜。这甜意是如此经久不去，历历如真。它上通囟门，下达肢体，外感如痴，内觉如醉。这一缕甜意只消一经接触，便拔它不出，驱它不去，拒它不能，忘它不得。这一种感觉，正如豆蔻年华的少男少女，是一生中稍纵即逝的一段风流，任你什么天才伟士，美女国花，一生只可一次——一去不再来。

味即味道。中国文化传统，品评文学作品的高下，最好讲“味道”，最少讲“体系”。然而，这“味道”本身就有些只可意会不可言传的意思在内。比如意味绵长，似乎人人懂得，却不是人人可以用准确的语言进行描述的；又好像味醇似酒，又是人人可以明白，却不是人人可以详解的；再如耐人寻味，也是如此，它的意思绝不高深，但肯定无法量化，虽然不能量化，却可以清清楚楚表达自己的感受。举凡耐人寻味的，总是好的或者有某种特殊魄力在其内的，否则，当然不至于不好，难免有些皮相。

宋词的味道，仿佛若此。站在阅读者的立场看，就是很耐读。文学作品，也可以分为两种类型：一种是易读的，一种是耐读的。易读的并非不好，它的审美表达主要是快感，但耐读的作品显然更有味道。好像中国民乐中的古琴与洞箫，那是非细细品味不能感受到其中的妙处的。又仿佛盛年佳女子，她的美不是一句话两句话可以表达的，所谓真的美女，自有多般妙处。

其惊艳明丽妩媚妖娆之色，不唯令人不敢逼视，甚而令人不敢正视。那样的美，无他法，只可慢慢地体味她了。宋词的妙处在此，她的美艳与韵味是一直深入到骨子里去的，你若简单地看她，便是亵渎了她，而且亵渎了美的精神。

宋词的味道，以美为主调。美随词动，上下流转左右徘徊。如春风化雨，如晨光吻树，虽一波而三折，竟自味在其中矣。

风格高雅化。就词本身而言，也有俗、雅之别，但主调是雅的。俗词或有一时发达，不能成为主流。即使像柳永这样的宋代词坛巨匠，也不能改变词的雅调的主流地位；即使像苏东坡这样的词坛天才，也不能改变词的雅调传统。

主流是雅的，可以是大晏、小晏之雅，也可以是秦学士、贺才子之雅，还可以是周清真、姜白石之雅，又可以是李清照、朱淑真之雅，更可以是史达祖、王沂孙之雅。千变万化，雅的方向是无可更改的；至于豪放词一派，却是词的变调，而滑稽词之类，不过是词的另类罢了。

即使是豪放词，例如辛弃疾的词，走的也不是边塞诗的路子，既不是那气象，也不是那风格，它本质上还是“词”。与汉诗之苍凉、魏诗之风骨相比，它的基本格调还是雅的。

宋词中也有俗品，但要看和谁比，比之通俗风格的诗，已然有些不俗，比之后世的元曲，更其不俗。如果说宋词的品牌当以一个“雅”字作标识，那么，元曲的品牌就只能用“俗”字来标识。当然，雅、俗只是风格，并非优劣，但宋词的优势确实在雅而不在俗。

唯其如此，我们才可以说，在雅这个层面，宋词时代正是中国古典诗歌的巅峰时刻。而在俗这个层面，虽然它也有极好极有影响的作品，却远未达到历史的高峰。以词立论，雅可雄视千古，俗还有待后贤。

还有情致女性化，前面说过，词属艳科，按王晓骊的意见，所谓“艳”，是指一种女性化的美感。相对古诗而言，诗风有类男性，词韵更近女格，或可说男诗女词，或可说诗男词女。

虽然诗歌中也有以专门写女性或女性情感为特色的作品，如《玉台新咏》中的诸多篇章，又如韩偓《香奁集》中的作品，再如王建的“宫词”。他们的艺术成就虽然属遭歧视却不可歧视，虽属屡被轻估却又不可轻估，而且还别有价值在里头。但这些诗作毕竟不是诗的主调，而且无论从哪个角度看，这些诗作既算不上第一流的作品，这些诗作者也算不得第一流的诗作者。

词则不同，词写女性生活，写男欢女爱，写离情别绪，既是最惯常的，又是最拿手的。从温庭筠、韦庄开始，直到南宋末代词人，描写女性的词中高手、能手、妙手、圣手，可说屡见不鲜——代代皆有才人出。就是那些不以写女性或男女恋情见长的词人，也往往有这方面的杰出作品在的。

形象地说，词尤其是宋词的美妙，不但有女性的细腻，有女性的情怀，还有女性的圣洁与魅力。

虽然不能说细腻只是女性的特性，却可以说是女性的专长。而词的特色，就是特别擅长在细微之处见功夫，显功力。她不作大块文章，也不喜欢大块文章；她不做高头讲章，也不屑于高头讲章；她甚至连气势宏大都不喜欢，而且也无意在这个层面与诗歌争高下论短长。她的妙处在于细微柔密。

一般地说来，女性又是最具包容性的，包容乃是女性之情怀。虽然有古人指责女性多妒，并不正确。世间多少事实正明，女人比之男人更宽容。有人说女性是男性的漂泊的港湾，如果这话没有说错的话，那意思就是女性包容了男性。

词的包容性仿佛若此。以词与诗比，多么美好的词句都不能直接入诗，词句既不能入诗，别人诗句也不能入自己的诗，就是自己的这一首诗中的句子一般也不能进入另一首诗。不能说“斑竹一枝千滴泪，红霞万朵百重衣”，不错，放我这儿得了。那就有抄袭之嫌。词则不然，词句不可入诗，诗句却可以入词，多少唐诗名句，尽可以大大方方写入宋词中来，不但不犯忌讳，反而更增颜色。

女性又是圣洁的，虽然不能说一切女性皆为圣洁。至少可以说母性乃圣洁之性。而母性正是女性之本性。母性代表圣洁，自有一种宗教性的力量存在。宋词亦是如此，它的许多吟咏情爱之作，虽千古之下，犹能打动人心。

而且女性与男性相比，更多表达的欲望。所谓痴男怨女，其中就包含女性更倾向表达的因素在内——男人只是痴，女人还要怨。又有所谓痴心女子负心汉，则女人表达的不是轻浮，而是她痴情的外在征象。因为她痴，所以她怨，内在则痴，外在犹怨。还有所谓三个女人一台戏。女人好哭，尤其好笑，而且女人的笑显然比男人的笑来得更丰富也更具魅力。所谓“风情万种”，便含有多少情致美感在其中。

不仅如此，因为儒学时代女人的地位低。她既处在礼教等级的弱势地位，又处在性别等级的弱势地位，尤其处在政治和经济等级的弱势地位，数者合一，其受压抑的程度更深，其人格也更卑屈更鄙下。

如前所说，女性本来就有细腻、包容、圣洁这样的特征。而重压之下，这些特征既受到一定程度的扭曲，又增添了新的韧性，于是更弯弯曲曲，委曲求全地成长起来，进而使柔者更柔，使弱者更弱，令千回百转尤其千回百转，令回肠九曲更加九曲回肠。

顺便说，作者并非赞美这种如巨石下青藤一样的生存处境，而只是惊叹和宾服这青藤的无比坚韧的生命力与拒抗力。其物极必反的表现是，作者因而更喜欢现如今的那些野蛮女孩及其文学形象。纵然她们的表现有些乖离传统，也一样喜欢她们。

但在那特定的时代，特定的文学样式和特定的审美习性内，我们还是得承认，如是种种，都使得宋词的表现力变得更其柔媚高洁，更具兰花一般的品质与风格。

第三节　宋词的社会成长土壤与环境

宋王朝是一个奇异、奇特甚至有些奇怪的时代。和唐王朝尤其和盛唐时代相比，它的这些特征表现得尤其鲜明。

如果说盛唐时代是一个英气勃发浑然壮起的盛大时代，那么，两宋王朝则是一个两头突出黑白对立的畸形时代。单论它的优势与优点，差不多终整个中国古代社会都可以说是无与伦比的，因为它无与伦比，陈寅恪先生才说："华夏民族之文化，历数千年之演变，造极于赵宋之世。"[①]邓广铭先生才说："两宋期内的物质文明和精神文明所达到的高度，在中国整个封建社会时期内，可以说是空前绝后的。"[②]

陈、邓二位先生都是以治学严谨闻名的人物，又是博学多才对唐宋文明了如指掌的大学者，他们下此断语，可见宋代文明的不寻常。

但，宋代文明是畸形的。

因为它的这种特别的优势与畸形结构，才给了宋词以充分的发展空间与动力，也决定了宋词发展的基本走向与品性。

讲宋代文明的优势与优点，可以简述为以下八个方面：

其一，社会安定而且富足。虽然并非从始至终全然如此，要而言之，大体无差。

一个社会的繁荣，首先需要安定——乱世无繁荣，所谓"乱离人不如太平犬"，然后要富足，手中有粮，心中不慌，而且光有粮还不够哩。以上二者缺一不可。

宋代之前，一直追溯到唐代安史之乱，200余年间，整个中原地区，

① 天琪，周岩著：《中国宋辽金夏艺术史》，人民出版社，1994年，第5页。

② 同上。

几乎没有安宁。先是唐王朝后期的军阀割据，又是农民起义，割据则政令不通，起义则天下又乱，大唐王朝内外交困，终于灭亡。唐王朝既亡，连表面上的统一也失去了，于是五代十国，纷纷登场，把个中华大帝国，弄得七零八散，生灵涂炭。这样的局面，到了柴世宗时总算大体结束，到了赵氏兄弟时代，就基本上把它解决了。于是国家安定，经济恢复，商业发展，城镇繁荣，种种富足形态，一一渐次登场，终于给了宋词发达兴盛的一片肥田沃土。

其二，政令统一，少有内乱。

唐王朝的灭亡，最大的原因是割据。宋太祖接受这个教训，杯酒释兵权，用带点黑色幽默的方式解除了统兵大将的带兵权力，继而建立一整套制度，改变军队的领导方式。其中最重要的两个内容是：第一，各地区将领都要定期轮换；第二，国家军政大权，交由文官执掌。从而达到兵不属将，将不率兵的目的。不知道文官管兵的历史，是否就发源于此。这办法确实有效，终整个两宋王朝，虽然外患频仍，但在防止内乱尤其是防止军阀割据这一点上，它是成功的。

其三，城市规模发展迅速，城市人口空前增加。

宋代城市规模发展迅速，繁荣程度超越历代，东京作为京城，更是首屈一指。宋太宗曾经说："东京养兵数十万，居人百万。"百万人口在当今世界，勉强够个中型城市，但在公元10世纪，却差不多是一个天文数字。

不但城市大，人口多，而且城镇体系完备，鲁亦冬先生说："府、州是当时的大中城市。这类城市数量较多，达350个以上。但规模不等，大的人口达10万户以上，即约50万人，有的估计认为，宋代10万户以上的大城市约有40个左右，数量超过唐代数倍，中等的府、州城人口也有数万户。"①

其四，城市经济发祥，商业繁华。

中国历史常常唐宋并称，但以商业而论，唐代绝不如宋。唐代都市也有专业经商的地方，称之为坊。然而，其管理方式是僵化的、官僚性质的；其地域也很狭小，难有大的尤其是自由性发展。市场四周皆为高墙，围墙

① 鲁亦冬著：《中国辽宋金夏经济史》，人民出版社，1994年，第49页。

四面设门，门口有官吏看守，而且没有夜市。开门时，由那些手执皮鞭的官吏维持秩序，关门时又由他们清理市场。

宋代则不同。首先，它取消了宵禁，从此中国城市人开始有了夜生活。想必现代人都明白，这城市夜生活是多么重要而且多么美好啊！但在我们中华圣土，第一次揭开那神秘的面纱却自宋代开始。其次，取消了坊制。即经商地点有了自由。到了北宋后期，一些“店铺”甚至开到了皇宫附近的御廊边上。[①]旧时工、商、贾截然分开的局面被全然打破。

商业发展了，城市生活随之发生深刻的本质性变化。消费水准也随之迅速提高。商人生活变化既大，百姓生活变化也大，从而使整个社会生活的品位与品性都改变了。以至于我们读历史，汉唐自然雄烈繁盛，总觉得离我们的生活太远，而宋人的生活却离我们很近。吴刚先生说：

两宋的京城中（即今天的开封和杭州），有着与城市生活紧密相关的各种行业和店铺。如饮食行业（包括各种酒楼、酒铺、饭店、茶楼、茶馆）；肩挑手提小贩业（包括走街串巷叫卖羊肉、干果、杂货等货郎）；服务性行业（包括修路、箍桶、掌鞋、刷腰带、修幞头帽子、补角冠等）；还有专门为人打水、砍柴、换扇子柄、供香饼子、帮人杀鸡宰鹅的人，到了夏天，则有帮人家洗毡、淘井、苫房的各种帮工。此外，还有专为人家操办婚丧喜事的人员，只要出钱雇请之后，上上下下、里里外外，他们都会按照当地的风俗和主人的要求，办得井井有条。如果有人要出门游玩而不想步行，“自然有假赁鞍马者，其价不过百钱”。[②]

对于这样的生活变化，吴刚先生干脆称之为“城市革命”。[③]很显然这样的变化对于宋词的影响也是无与伦比的。

其五，家庭变小，个体家庭职能增强。

现代人研究中国传统文化，常讲家国同构。话虽不错，但中国古代家

① 吴刚著：《中国古代的城市生活》，商务印书馆，1997年，第38页。

② 同上，第36页。

③ 同上，第39页。

庭也是不断变化的。宋之前，尤其唐之前，豪门贵族，不但家族巨大，而且政治权力也非常之大。唐太宗贵为天子，立意为大唐王朝的氏族排序，人家不买他的账，偏将传统世族排在前面，而把他李家排在后面，这让他很没面子。他责问说，朕贵为天子，难道就不可以排在第一位吗？然而，没用。

宋以前，氏族地位显赫，不能等闲视之。曹操大权在握几十年，做不成皇帝，和没有得到豪门氏族的支持有关。司马氏买动豪门，做了皇帝，又付出了惨重的政治代价和文化代价。东晋偏安一隅，江东王、谢巨族，依然有着倾朝倾权的特殊地位。这情形自唐代发生变化，虽然变得不算彻底，经过五代十国之乱，那些旧日豪门氏族又受到沉重打击，终于一蹶不振，让位于宋代的个体化家庭。

家庭变化，意义实在重大。从生活方式上看，个体家庭本位的出现，至少在组织形式上已与近代中国没有质的区别。这种“家族革命”，无疑对农业发展，对商业流通，对士人的社会地位，对城市人口的构成与生存方式都在深层结构方面起到了重大作用。表现在统治阶层，则宋代的高官，特别重视进士出身，而且出身寒门的比例不小。这也证明家庭小型化的意义确实不可低估。

其六，科举完备、严肃，士人地位空前提高。

宋代科举发达、完备而且严肃，不像唐代那样，科举与门户并用，弄来弄去，还是出身豪门的优势明显。宋人科举严整而有效，为士人进入官僚队伍大开方便之门。进士及第之时，成群结队去晋见皇帝，京城出现万人空巷的情景，此等场面不能不令社会震动，世风改变。

科举发达，教育尤其发达。别的不说，只说私人兴办书院，在宋代就成为关乎民族兴亡的大事业。宋代的五大书院（石鼓书院、白鹿洞书院、嵩阳书院、岳麓书院、应天书院），最具代表性。其中的白鹿洞书院，学生最多时近一万人，规模超过国子监。[1] 士人地位提高如此之快，难怪柏杨要将宋王朝称为“士大夫的乐园”。

其七，科技发达，作用巨大。

---

① 柏杨著：《中国人史纲》（下册），时代文艺出版社，1987年，第595-596页。

宋代科学技术主要是技术发达，以其成就论，完全可以称之为中国古代社会的辉煌时期之一。天、算、农、医，全面发展；在建筑技术、制瓷技术、航海技术及航海学、地理学、物理学等方面成就尤其突出。其中影响最大的应该是火药的发明、印刷术的空前发展以及江南水利灌溉系统的建造，特别是印刷术的发达，对文化传播、教育兴旺具有决定性的技术影响。对此，似乎西方人表现得更为心明眼亮。美国一位图书馆专家给 100 名对人类历史影响最大的人物排座次，蔡伦排到第 7 位，谷登堡排第 8 位，就是因为他们在造纸和印刷方面有着特别的贡献。可惜，他不太了解宋代印刷术对东方文明传播有着怎样的历史作用。

其八，新儒学的历史地位逐步确立。

宋代理学亦称新儒学，它在内容的组织尤其是方法的运用上确实表现出了不同于传统儒学的特性，而且，自宋代开始，宋明理学影响中国文化传统 1000 多年，其历史地位与作用确实不能小看。

儒学的地位原本就重要。盛唐时儒、道、佛共存共荣，固然成就了一个伟大的文化时代，但中唐之后，社会愈乱，人们对儒学思想愈重视。实在说，没有儒学就没有中国的古代文明，没有新儒学也就没有宋、元、明、清的历史成绩。那种生存状态就如同没有基督教就没有西方文明一样。它们在这两大文明系统中，虽然不是唯一的构成要素，却是不可或缺的关键性因素之一。在我看来，从汉代开始，直到清王朝的覆灭，中国的这一大段历史完全可以称之为儒学时代，而宋代儒学既是这时代发生重要转折的参与者与推动者，又是其以后时代的主导者与代表者。

上述八个方面都是好的或者说都是正面的，至少在彼时彼世，它们的作用主要是正面的，但宋代偏偏又是这样的时代——它的优势固然令人羡慕得头晕，它的问题同样弄得人头大。这负面的表现，简而言之，也有四个方面。

一是面对强敌，甘于其辱。

后世中国人读历史，最自豪的还是汉代、唐代，最不堪的乃是宋代、清代。明朝当然也坏，甚至其内部表现更坏，但以甘受外辱而言则非宋、清莫属。尤其是宋代，几乎从开国立业的那一天起直到亡国，可谓与对外的屈辱相始相终。虽然在立国初期，也曾有过几许威风，也曾有过“卧榻之侧，岂容他人酣梦”式的几句霸言霸语，但给人的印象，却是专拣软柿子捏，一遇强敌，马上软作一堆烂土；年年岁岁，不是求和赔款，就是赔款求和。更其要命的是，打了败仗，固然求和赔款，打了胜仗，一样的求和赔款。尤其令人郁闷的是，大宋王朝虽富，军队的建设却是一塌糊涂，并且永远是一塌糊涂。因为军队建设一塌糊涂，以至于屡战屡败，每战必败——战败既败，战胜更败。而且直到灭亡，也没有真的哪怕接受到一次教训，也没有训练出哪怕一支真正管点事的国家军队。纵然有了一支岳家兵，他们也非把统帅斩首不可。其所作所为，正应了那么一句话，你有狼牙棒，我有天灵盖。

其二，思想专制，礼教横行。

儒学是把双刃剑，而且它的负面作用显然更其强烈。

这其实是个悖论：一方面，中国封建文明，离开儒学就不能正常运转，离儒国家必乱。这是被无数事实证明了的，举凡与儒学离心离德的时代，不唯人民多苦多难，统治者本身也没有好结果。于是历史在自身的展示中认识到儒学的价值。但站在今天的立场看，儒学又是一个强大的专制工具，它专制的对象是思想与心灵，打击的对象是科学与技术，维护的是小农经济，压制的是商业文明与市场文明。一个小农经济，一个专制体制，一个儒学礼教，三位一体，几乎牢不可破，在漫长的小农经济时代，让中国人尝尽了苦头。

儒学专制，儒学的经典人物也多是些方正之士，例如宋代大儒程颐就是方正之士。一次他坐船出行，遇到大风，船要翻了，旁人惊慌失措，独他正襟危坐，一副心静如水的样子。大风过后，人家问他何以至此，他回答“心有诚敬耳”。

他教书甚佳，最讲究师道尊严，一次学生来他这里，天降大雪，他睡着了，学生就站在门口等他醒来。他一觉醒时，雪已经很深，那学生还一动不动地站在雪中。从此留下一个掌故——程门立雪。这掌故在今人看来未免于理不通。不唯如此，程颐为 10 岁的新皇赵煦上课，时逢春季，赵煦折了一根柳条玩，他看见了，马上严肃起来，教训赵煦说：“春天是万物生长的时节，不应攀折柳条，对天地应和气”，把个小皇帝气得直抖。

从儒学道德人品这一面看，这正是他们刚直不阿、万事成之以礼的必然表现，但从另一个角度看，就很不合乎人情物理。对他责备赵煦折柳的做法，连司马光都摇头叹息说：“使皇帝不愿意和儒家接近的，正是程颐这种人。”①

不近人情已然很不好，那还是小，用礼教摧残人性就更可怕了。宋儒最令后人不能原谅的地方，是他们对女性的态度，他们认定：“饿死事小，名节事大。”宋代前期，女人再嫁并非多么不光彩的事，范仲淹的母亲就曾带子再嫁，但理学一起，社会情势很快发生变化，女人再嫁，成为很不名誉甚至很肮脏的事情。中国女性缠小脚虽不始于宋代，但以理度之，其风行无忌，残害妇女 1000 多年，实在与宋代儒学有着莫大的关系。

其三，经济结构缺陷严重，经济繁荣难以为继。

宋代的城市繁荣，首先得益于商业。但中国古来就是一个小农性质的国家，农业自然经济如汪洋大海。其结果是，一方面，农业问题最终决定一个王朝的兴亡成败；另一方面，即使有城市繁荣，城乡经济结构也处在二元化状态。而且从古至今，城市经济对农村经济的帮助极小极小，而对农业经济的掠夺却是极大极大。

这是因为，中国传统城市经济例如宋代城市经济本质上不是城市性的，而是城堡性的，它既没有工业作支撑，更没有生产资料大市场，尤其没有如西方同期的威尼斯、佛罗伦萨那样的城市法人地位。

因为它不是生产性的而是消费性的，所以它无法扩张，甚至无法优化，其物产财富流向主要是从农村流向城镇，从地方流向中央，其结果则构成对农业及农村与农民的伤害。

因为它没有独立的商业性法人地位，所以它必须是官僚性质的。它随着政府的兴旺而兴，又随着政府的衰落而亡。这样的经济，以西方的传统标准看，还不能算城市经济，只能看作城堡生活的补充形式。

宋代经济的前途，或者走向资本主义，或者成为传统农业经济的轮回，很不幸，它没有选择更没有走第一条道路。

其四，官僚势力强大，变革没有希望。

变革没有希望，不是说变革不对，不好，不可以，而是说，连变革都

① 柏杨著：《中国人史纲》（下册），时代文艺出版社，1987 年，第 618 页。

没有希望，不变革就更没有希望了。

传统文明的基础是小农经济，而小农经济差不多就是一个死症。它生产效率低下，最好的年景，也不过满足温饱略有结余而已。对它构成威胁的却有种种可能，一是弱肉强食，土地兼并；二是自然灾害，特别是水灾、旱灾、虫灾那样大规模的自然灾害；三是外患；四是人口的不断增长；五是政府官员的恶性膨胀和横征暴敛。这五条当中有一条恶性膨胀，小农经济基础都可能“崩盘”，如果同时出现两种或两种以上的情况，则社会动乱无可避免。

比较起来，前面的四条往往与第五条有密切联系：一方面是官僚队伍的膨胀在中国的历朝历代无法避免；另一方面，是因为这种原因及他种原因，政府的开支永远达不到满意的结局。于是，一个王朝，当它走到这一步的时候，就非进行变革不可。而这种主要是针对王朝管理层的变革，其成功的希望，确实渺茫。因为专制时代的特点就是要拼命集中权力，而权力越集中，官僚队伍就愈膨胀，官僚队伍愈膨胀，社会的正常运转愈不可能，而官僚阶层的利益愈是动它不得。所以，虽然王安石的变法，是中国历史上名头最响的变法之一，它的结果依然是总体性失败。

顺便说一句，中国自商鞅变法以来，其后的历次变法，没有一次如商鞅变法那样取得真正成功的。因为变法是一场革命，这革命没有相应的经济作基础，相应的观念作导向，相应的体制作支撑，它是不能成功的。因为它不能成功，社会动乱必然到来，甚至会加快到来，其表现形式或者是农民起义，或者是外族入侵，或者是军阀割据，但肯定是朝政的更加腐败，其最好的结果也只能是改朝换代。

宋王朝的上述优点与缺点，都对宋词的发展，宋词的风格，宋词的品性产生了莫大影响。词史或文学史固然不是社会史、政治史、经济史，但离开王安石变法，离开靖康之乱，离开南宋的灭亡，您想把宋词真正读明白，把宋代词作者的个人心路读明白，对不起，不可以的。

文学地看待这一段历史，我们可以说：

两宋王朝远不是一个可以产生宏大声音的历史时代；

远不是一个具有强大国威国运的历史时代；

远不是一个勇于作为具有大气象大举措大手笔的历史时代；

更不是一个个性张扬理性升华的历史时代。

而这些都决定了宋词的发展轨迹与生存命运。缪钺先生说词有四个特征，即“其文小，其质轻，其径狭，其境隐”，是有它充分的社会原因与根据的。

换个角度看：

因为这是一个生活享乐又具有生活品位的时代，所以造就了晏殊与欧阳修；

因为这是一个极富文化内涵与文化追求的时代，所以造就了苏东坡；

因为这是一个色相高于内容的时代，所以造就了晏几道；

因为这是一个温柔之气远过于阳刚之气的时代，所以造就了周邦彦；

因为这是一个市井繁华又市民低贱的时代，所以造就了柳永；

因为这是一个处在十字路口且二元分裂的时代，所以造就了黄庭坚；

因为这是一个亟须改革但终于扼杀了改革的时代，所以造就了王安石；

因为这是一个国难当头且国难不断的时代，所以造就了岳飞与辛弃疾；

因为这是一个原本可以满足情爱却又处处磨难情爱的时代，所以造就了李清照；

因为这是一个文化与文化人不断被边缘化的时代，所以造就了姜夔；

因为这是一个充满民族激情，而终于无所宣泄处的时代，所以造就了刘过与陈亮；

因为这是一个似乎有些希望却绝对没有前途的时代，所以造就了王沂孙与张炎。

如此等等。

当然，这只是形象的说法。因为各个诗人的气质与经历的不同，其所感所受也必然有别，但那基本方向，大抵不错的，无论你接受它还是厌恶它，都无法拒绝那历史的命运。

历史的命运也就预示乃至昭示了词的命运。

第四节　宋词的文学生长环境与构因

宋词发达，宋词辉煌，宋词魅力无穷，除去玉其成就的种种社会原因，还有极好极宜于其生长的文学环境。文学环境同样一言难尽，此处重点议论四个方面。

1. 上承唐、五代词，宋词具有很高的起点

单从这个层面看，宋词比之唐诗还要幸运。唐诗的形成固然也有六朝诗的功劳，但它又有自己的完整的发展阶段。大体说来，初唐时期，唐诗尚未成熟。而初唐的时间很长，因为有了初唐的充分的准备与实践，才有了盛唐诗的伟大与辉煌。

宋词则不然，词的起始究竟在哪儿？有不同的见解。有说源于中唐的；也有认为源于盛唐的；还有认为源于初唐的；甚至有认为源于《诗经》的。

例如，《药园词话》即认为词源于《诗经》。陈匪石先生引其文义云：《药园词话》因之，逐追溯而上，谓“殷其雷，在南山之阳”为三五言调，“鱼丽于罶，鲿鲨”为四二言调，“遭我乎猛之间兮”为六七言调，“我来自东，零雨其濛。鹳鸣于垤，妇叹于室”为换韵，《行露》首章曰“厌浥行露”、次章曰“谁谓雀无角”为换头，则《三百篇》实为其祖祢。①

这一说就远了，但并非只是一家之言。古词选中，《词综》的影响很大，该书的增补者汪森亦有此见，他在该书的序文中开首即写道：

自有诗而长短句即寓焉。南风之操五子之歌是已。周之颂三十一篇，

---

① 陈匪石编著：《宋词举》，江苏古籍出版社，2002 年，第 165 页。

长短句居十八。汉郊祀歌十九篇，长短句居其五。至短箫铙歌十八篇，篇皆长短句，谓非词之源乎？①

虽然用的是疑问句："谓非词之源乎？"但那意思却是肯定的。

照我的看法，词的历史没有那么久远。我们宁可说古汉语中确实包含着"词"的元素，却不可说那"元素"本身就已经是"词"了。

所以，讲词的缘起，还是应该自唐代词讲起。

即使从唐代词讲起，到了宋代，也经历了很长的历史时期了。从刘禹锡、白居易算起，已经经历了两个世纪，如果从李太白算起，那时间就更长了。

在这 200 年左右的时间里，词的发展经历了三个重要的阶段，已经有了非常著名的代表人物和经典性作品。

这三个阶段是，以白居易、刘禹锡为代表的中唐阶段，以温庭筠、韦庄为代表的晚唐阶段，以及以李煜、冯延巳为代表的五代阶段。

别的都不说，只说这个阶段的代表人物，就足以令一切喜欢和关心词的艺术与历史的人肃然起敬。

白居易是诗人，其水平与历史地位大约只有李白、杜甫可以排在他的前面。大唐诗人，最重要且最具影响的人物，莫过于李、杜、王、白、李，而白居易正是其中的一位中坚性人物。

白居易自是大诗人，他的词也写得好，尤其他的《忆江南》和《长相思》完全可以称之为词的历史尤其是小令历史的一面旗帜。其《长相思》云：

汴水流，泗水流，流到瓜洲古渡头。吴山点点愁。
思悠悠，恨悠悠，恨到归时方始休。月明人倚楼。

第二时期的代表人物则是温庭筠和韦庄。这两位既是大诗人更是大词人。而且两个人的词风极不相同。或许可以说，正是他们的创作分别开创了词的疏、密之风。

① （清）朱彝尊著；汪森编选：《词综·序》，中华书局，1975 年，第 1 页。

词到温、韦，已经达到艺术的成熟。尤其是温庭筠的词作，即使将其置于两宋词作中，也不失为一流水准。

第三个时期的代表人物则是李煜与冯延巳。

冯延巳自然是大词人，而且宋代初期他的词影响还特别大。他去世于公元 960 年，正是宋王朝建国的一年。他的词集在宋代初期非常流行，成为一般词家的范本。清代大评论家刘熙载认为：

冯延巳词，晏同叔得其俊，欧阳永叔得其深。[①]

民国大学者王国维认为：

正中词虽不失五代风格，而堂庑特大，开北宋一代风气。

一个冯延巳，便有晏殊与欧阳修这样两位继承者，何其幸运乃尔。以此也可以知道冯公延巳果然了得。

宋初词人推崇冯延巳，更应该推崇李后主。

李煜词独立千古，前可与温庭筠相呼应，后可开有宋一代文人词的先河，真正是一位平庸的皇帝，伟大的词人。

两宋有这样好的前提和铺垫，真正是宋人之大幸。同时也是构成宋词的文学环境与土壤的一个重要因素。

2. 词人多为高官才子，具有强大的影响力

近些年中国内地有一个流行词，叫作“话语权”。实在有话语权与没有话语权的后果十分两样。

宋代词人中的绝大多数皆为进士出身，有过仕途经历，其中很多著名词人还是官高位显的大官吏。尤其北宋前期，晏殊是宰相，寇准是宰相，丁谓是宰相，范仲淹也是宰相。

---

① （清）刘熙载著：《艺术概》卷四，上海古籍出版社，1978 年。

纵观整个宋代词人群体，尤其是那些著名的词人，他们基本上可以划入三个集团。一是高官集团，比如刚刚提到的几位宰相与宋祁、王安石、苏东坡、李纲、岳飞等等；二是地方官集团，这个集团中的人更多了，屈指算来，比比皆是；三是贵家子弟和才子集团。如宋末的张炎，他是张俊的后人；晏几道，他是晏殊的幼子。虽然也有些布衣词人，但他们或者知名于帝王，或者奔走于官府，真正远离统治阶层的词人，实在不多，著名词人中这样的人物就更少了。

有话语权，并非坏事。至少对词的推动与传播而言绝非坏事情，尤其在那样的时代，其影响更自不同。

话语权之外，宋代词人又有着很深厚的文化修养、文学修养与艺术修养。

大体说来，作诗的人往往身份驳杂，文化高的固然不少，文化低的也很常见。赵匡胤就没有多少文化，但他的诗很有气派；刘邦更没文化，一篇《大风歌》成为千古绝唱。

词人则不同。词本雅物，词牌既多，字句组合也复杂；且既要讲平仄，还要讲音律。这就不是一般缺少文化、文学与艺术修养的人可以胜任的了。所以古来缺少文化的帝王将相，作诗的人可说不胜枚举，而作词的人就寥寥可数，不是他们不想附庸风雅，实在这风雅太难，有些高处不胜寒。

再有，宋代词人中，居官者奇多，创作力十分旺盛。其中一些人，不但政绩显赫，军绩辉煌，而且深深地爱着词作这门艺术，他们并不以作词为苦为累，而以作词为荣为乐。这一点，也不像唐代诗人。唐诗人中，颇有些苦吟著称的人。“别来太瘦生，只为吟诗苦”，杜甫算一个；“鸟宿池边树，僧敲月下门”，贾岛算一个；就是为着吟诗连性命都“吟”进去的，也是有的。宋代词人虽多，词人的命运虽然各异，然而少有这样的人士。大约词的主旨在于娱乐与抒情，而且往往抒的并非报国之情，绝命之情，而是委委婉婉，极写别情、怨情、乡情、友情、亲情、恋情、思情、趣情，词艺虽复杂过诗，但是有许多情在其中，似乎并不需要费那许多苦力与精神，诚所谓“习之者不如好之者，好之者不如乐之者”也。

又次，宋人好思索，好发议论。这大约和彼时教育发达有因果关系。所以宋诗虽不如唐诗那么有水平有影响，但宋代诗学却是首屈一指的，纵不绝后，肯定空前。诗话写得多，写得好，影响大。词话也不错，一些著名的词话，不但出于行家里手，而且影响不俗。如王灼的《碧鸡漫志》、胡仔的《苕溪渔隐词话》，吴曾的《能改斋词话》，沈义父的《乐府拾遗》，李清照的《词论》，特别是张炎的《词源》，尤其不可轻忽慢怠。且诗话与词话也有相通之处，因为宋代诗人与词人常常就是一身而兼二命，很显然，由于这些艺术批评的存在，对于词的生长与发达，更增添了艺术的自觉、自律与清醒。

文学创作与文学批评，原本是车之两轮，鸟之双翼，但二者的发生与发展往往处在非平衡状态。可以这么说，二者均衡的时代，若非是文学创作特别辉煌的时代，也一定是文学创作特别"艺术化"的时代。而无论就宋词的艺术而言，还是就它的技术而言，它都很要求、很适合并不断创造着这样的外部与内部条件。

复次，宋代词人与彼时的大儒、醇儒、正儒均保持相当距离。这些大儒、醇儒、正儒，或不作词，或极少作词，圣人之徒，望词兴叹而已。或有作几首诗作词作的，也都没有什么成绩。纵有灵光一现，随即进入不明不暗之中。好诗或有三言两语，妙词可说半片皆无。

宋代词人能与宋代大儒、醇儒、正儒保持距离，虽然他们本人也以儒生自命——实际上，他们也正是儒之一种。虽然他们也抱定忠君爱国的传统信念，但他们是自由的，至少是不失人生趣味的，其人生状态也是鲜活而有风采的。其中最具有代表性的人物，乃是苏东坡、柳永与李清照等。

如上种种，显然为宋词的创作与发达准备了良好的人才基础与思想基础。

3. 宋文、宋诗发达，与宋词创作相互促进，相得益彰

艺术总是相通的，不同文学门类间的创作也是相通的，在一定意义上讲，即西谚所谓"条条大道通罗马"。

宋代文学发达，其整体水平，几乎不弱于任何一个历史时代。纵与唐代文学相比，亦在伯仲之间。虽然在文化兴达繁盛方面有所不逮，但在个

性张扬、本情本趣方面或有过之。

宋代文学发达，散文尤其发达，而且与唐代散文无可分割，所谓唐宋八大家是也。中国古代文化与文学原本有一脉相承的特点，但只有两个文学范例，可以把两个悠久的历史朝代联结在一起。一个是明清小说，虽为两代，实为一脉相传；再一个就是唐宋散文，二者不但成就相当，同样一脉相承。

韩、柳自是大师，欧、苏也是大师；韩文、柳文固然是千古名文，欧文、苏文同样是千古名文。韩愈固然是影响奇大的大文豪，苏东坡也是旷世难出的大才子。

宋代散文发达，宋诗同样很有成就。虽然总体而论宋诗尚比不过唐诗，但如果换个角度思索，也可以理解和体会宋诗的不容易。因为唐诗太伟大，伟大如巨人，而与巨人比试本身就很困难；作巨人的继承者，若非大大的不幸，至少实现那目标很不简单。

唐诗太伟大，宋诗太艰苦。实在那些肥田沃土，早被幸运的唐人开垦殆尽。宋诗再向前走，没有路了，唯有另辟蹊径，才能取得立身之地。宋诗的喜欢言理，其实与此有关；宋诗的立意求新，同样与此有关。大抵说来，唐诗妙在浑然天成，在不经意间就表达了自己。在这样的情况下，宋诗中能出一位苏东坡一个黄庭坚，再出一个江西诗派，已经很不容易。唐诗气象万千，浑然天成；宋诗字斟句酌，求新若渴；虽不无斧琢痕迹，自有其匠心独运之处。

宋诗中，佳作名篇极多，例如林逋的《秋江写望》，就很有味道：

苍茫沙嘴鹭鸶眠，
片水无痕漫碧天。
最爱芦花经雨后，
一篷烟火饭渔船。

又如邓肃的七律《偶成二首》，也写得好，其一云：

苍苔白石两清幽，

缥缈虹桥跨碧流。
日过窗间腾野马，
雨余墙角篆蜗牛。
饥寒不作妻孥念，
笑语那知天地秋？
一炷水沉参鼻观，
扫空六凿自天游。

邓肃不算大诗人，但他的诗很有宋诗的一般性特点。

宋诗成就大，宋代诗话的数量尤多，成就尤大。

先说数量多，据郭绍虞先生统计，今人可以明确肯定或读到的诗话就有 139 种，其中：

现在尚在流传的诗话，42 种；

部分流传或者经他人辑录的诗话，46 种；

有目而佚其文或者有佚文待辑录的诗话，51 种。[①]

不但数量多，而且质量高，其中诗意说、诗情说、诗味说、诗风说，都极具历史价值与文学价值，对宋代以及元、明、清的诗歌创作，均产生了深远影响。

中国的诗歌批评，其实古已有之。孔夫子说：“诗三百篇，一言以蔽之，曰诗无邪”，就是诗歌批评；钟嵘的《诗品》，更是诗歌批评的奠基之作；唐代司空图也有一部《诗品》，影响亦不小。但以诗话形式作为表达方式的诗歌批评，首先兴达于宋代。而且自宋而降，成为中国古代诗歌批评的一个主流性范式。

不唯如此，宋代的大词人，同时身兼大诗人、大散文家乃至大画家、大书法家的也不少。其中广为人知的人物，当然是欧阳修与苏轼，还有黄庭坚、秦观等。这个不说，只说抗金名将岳飞，就是一位能文能武能词又能文章能书法的天下奇才。还有陆游与李清照、姜夔等，不但是词中豪杰，而且诗也写得好，文章也写得好。

① 张思齐著：《宋代诗学》，湖南人民出版社，2000 年，第 2 页。

诗文相通，诗词相通，诗画相通，词画相通，且词乐相通，词与书法也相通，这样的文学艺术结构，显然也给了宋词的辉煌以充分的助力。

4. 燕乐歌舞繁荣，给宋词以有力的艺术支撑点

词别于诗主要表现在两个方面：一是字句安置不同，因为字句安置不同，所以词又称为长短句；二是词乃歌词，而且有固定的词牌，即使自度曲，也须创造一个词牌出来以为规范。

词须歌唱，而发轫于唱，兴达于唱，繁盛于唱。这种唱不是戏曲之唱，不是民歌之唱，它的主要表现形态与空间则是燕乐，即达官贵人享用的宴席欢乐之所。

既在燕乐欢唱之所，宴席的主人和东道主当然也应该会唱能唱，但歌唱的主角还是乐工与歌女。所以唐五代词，主要的描写对象多与歌伎舞女有关，起码那词要适合演唱者的身份与品性方好。从这个意义上说，词，首先是歌词。而歌词与演唱的兴达昌盛，也为后来词的生长、成熟与文人化、专业化提供了必要的条件。

词中的歌女多，反映了彼时彼地上层人士的生活状态。而歌女的身份轻，她们显然都是些苦命的人，又多是些有才有艺有情有貌的人；但关于她们的资料，她们的身世，她们的行业，却少而又少，现在留给读者的，多存在于彼时的词作之中。

反过来看，也可以从那些有关她们的词作里，看到她们的风貌与精神，看到她们的状况与姿色，看到她们的离情别绪，看到她们的喜乐忧愁，看到她们的生活景况，看到她们对命运的诉求与抗争，看到她们的身世与不幸。综而考之，我们可以说，这是一代又一代没有留下名姓却可亲可敬的人。她们既是宋词创造者中不可或缺的组成部分，更是宋词得以传播和流行的首要性主体媒介。

我在前面讲了宋词的高起点，讲了宋以前的经典作家；讲了宋代散文、诗歌与诗话对词作的促进作用，但我要强调的是，即便有了这一切，如果没有歌者的参与和创造性劳动，宋词依然无法成熟，更无法达到它后来达到的那样美妙和绝佳的境地。

宋词的音乐基础应该是很好的，不幸的是，因为种种原因，特别是中国传统文化的原因，那些原始性音乐资料已经丢失殆尽，幸而因为个别有心词人的记录，才随着词集而保留下了极少的一小部分。

但我们通过今天能看到的词文与词谱方面的文字资料以及那极少的原始音乐资料，依然可以推断出宋词音乐的丰富与发达。仅流传至今的宋词词谱就有 1400 种之多。这样大的数字，完全可以和现代流行歌曲相媲美，虽不如现代流行歌曲创作的自由度大，却比它的基础更为规整与丰腴。

唯其如此，宋词始可以成其为宋词。

第五节　宋词的分期

宋词分期，看似简单，其实复杂，而且各文学史家的分期多有不同。但我认为，这是有意义的。任何一种事物，尤其是重要的有价值有意义的事物，如果仅从一个角度去观察，那是看不准的。

就文学的品性而言，又特别强调多样性，它寓创造于多样性之中。同样写歌女，黄庭坚一个写法，柳永另一个写法；同为爱国词章，陆游词一种表现，刘过词另一种表现。文学的多样性决定了研究者最好多一些视点，而且如果有谁发现了一个新的视点，而且这视点确实合乎逻辑可以自圆其说的话，那么这就是他的创造了。

1. 分期回顾与评价

宋词分期十分复杂，各种分法，层出不穷。近读宋词专家王兆鹏先生的大作《唐宋词史论》，觉得他的分析与总结颇有道理。他所提到的郑振铎、薛砺若、龙榆生以及胡适先生的分期方式，可谓删繁就简，突出了有代表性的作家与观点。这里借他画的一个表格，对郑、薛、龙、胡几位前贤和王兆鹏先生本人的分期方式发表点自己的看法。

分期者 / 各期代表词人 / 分期	郑振铎 《插图本中国文学史》	薛砺若 《宋词通论》	龙榆生 《中国韵文史》
1	柳永以前 （晏殊、欧阳修、范仲淹）	五代词的集结期 （960-1040） （二晏、欧、范）	令词之极盛 （晏、欧、范）

（续表）

分期者／各期代表词人／分期	郑振铎《插图本中国文学史》	薛砺若《宋词通论》	龙榆生《中国韵文史》
2	创造时期（柳永、苏轼、秦观、黄庭坚）	柳永时期（1023-1099）（柳、苏、秦、贺铸、毛滂）	慢词之发展（柳永、张先）
3	深造时期（周邦彦、赵佶、李清照）	柳永总集结期（1094-1126）（同左）	词体之解放（苏轼、黄庭坚、晁补之）
4	奔放时期（张元幹、张孝祥、辛弃疾、陈亮、刘过）	苏轼派抬头期（1120-1195）（同左）	正宗派之建立（秦观、贺铸、周邦彦）
5	改进时期（姜夔、吴文英、高观国、史达祖）	姜夔开始期（1190-1250）（同左）	民族词人之兴起（张元幹、张孝祥、辛、陈、刘）
6	雅正时期（张炎、周密、王沂孙）	姜夔之提高期（1250-1300）（同左）	南宋词之典雅化（姜、吴、史、张、周、王）

郑、薛、龙三位先生的分期见表一，胡适先生的分期比较简略，虽简略却别有眼光，他将唐宋词一并考虑，划分为三个阶段，他这样写道：

1. 歌者的词；2. 诗人的词；3. 词匠的词。东坡以前，是教坊乐工与娼家妓女歌唱的词；东坡到稼轩、后村，是诗人的词；白石以后，直到宋末元初，是词匠的词。①

① 王兆鹏著：《唐宋词史论》，人民文学出版社，2000 年，第 4 页。

王兆鹏先生认为，上述分期，既有其合理性，也有不通的地方。以郑、薛、龙三位先生为例，主要的问题，“就是没有遵循最基本的历史原则，没有完全顾及作家的时代先后，词史的发展过程有时被割裂、颠倒。”[①]

他的主要理由是：

柳永（987？—1053？）的生活年代和创作年代与范仲淹（989—1052）、晏殊（991—1055）、欧阳修（1007—1072）同时而略早，但上述三种分期却把范、晏、欧划分为“柳永以前”的第一阶段，而把柳永置于第二阶段。这无疑是倒置了历史。辛弃疾、刘过（1154—1206）与姜夔基本是在同一时期从事创作，并有交往酬唱，也被人为地划入先后两个阶段。[②]

有鉴于此，王兆鹏先生提出新的分期法，即依据共时性原则，按照作家的生活、创作年代，划分宋词的发展阶段。他命名此种分期法为“代群分期”，其具体界定为：

第一代词人群，以柳永、范仲淹、张先、晏殊、欧阳修为代表；

第二代词人群，以苏轼、黄庭坚、晏几道、秦观、贺铸、周邦彦等为代表；

第三代词人群，以叶梦得、朱敦儒、李纲、李清照、张元幹等为代表；

第四代词人群，以辛弃疾、陆游、张孝祥、陈亮、刘过等为代表；

第五代词人群，以戴复古、孙惟信、刘克庄、吴文英、陈人杰和黄升等为代表；

第六代词人群，以周密、刘辰翁、王沂孙、张炎、蒋捷等为代表。

我的看法是，上述各种分期方法，各有道理在，而且在众多的分期中，既是有代表性的分期，也是比较高明的分期。

我认为各家分期的各自长处在于：

胡适先生的分期属于词品论。胡先生是个大学者大文人，但他或许不是宋词专家。他的分期方式有些哲学化。凭高望远，不顾细节，专以词的格调为判断标准，这判断虽不免失之于粗疏，并非没有道理。实在东坡先生之前，词是要唱的，想找一首文人词或者诗人词，都不可以。那时期的

① 王兆鹏著：《唐宋词史论》，人民文学出版社，2000年，第5页。

② 同上。

词人中固然也有大文豪大诗人在，但他们执意把作词与作诗看作两个范畴，并且各自封闭，绝不相通。自东坡先生开始词的诗化阶段，作词如同作诗，虽是词章却饶有诗意。从此诗词沟通，词的地位提高了，词的格调改变了，以此划界，不能说理由不充足。实际上别的词学大家的分期方法，在以东坡为界这一点上也没有异议，只是做得比胡氏分期更具体更细致罢了。但认定"白石以后，直到宋末元初，是词匠的词"，恐怕不妥。如果说自那时起，词的格调又有了新变化，也是真的。姜夔之后，吴、史、王、张时代，词的作法确实既专艺化又精密化了。一般人已不易理解。然而，专艺化就是词匠吗？精密化就是词匠吗？不见得。唐代大诗人中有李白、杜甫，还有李商隐呢！李商隐的诗就很专艺化，可以说李商隐也是一个诗匠吗？胡先生视这一代词人为词匠，有些贬低，说自白石之后直到宋末元初都是词匠，更不妥了。适之先生的如椽大笔虽然厉害，怕也有些持论太激。

郑振铎先生的分期法属于流脉论。他所强调的乃是流派的发展。这也是很有道理的。比如写民国史，包括共产党史，也有包括国民党史，使用同时性写法固然不错，使用历时性写法也很必须。又比如《史记》，以本纪为经，以列传为纬，虽不似通史或断代史，并没有把读者带入时空误区。反而使阅读者更容易捋清那些主要人物的发展脉络，但这方法在时序上可能会有些交叉或者错置，此所谓"甘蔗没有两头甜"。

薛砺若先生的分期法属于龙头论。这方法的优点在于更强调大词人的地位和作用。其特点更近乎中国传统史书的纪传体。龙头法，妙在提纲挈领，纲举而目张。实在宋代词人固多，其中最重要的人物，也莫过于苏、柳、周、辛、姜、秦这几位了。薛砺若先生特别强调柳永、苏轼、姜夔的历史作用，很有道理。这几位真正是宋代词史中划时代的人物。但这样写词史也有些不足，缺点是"纲"的地位突出了，"目"的作用弱化了，虽然重点人物形象凸出，却不易令人对诸多历史细部看得真真切切。

龙榆生先生的分期法属于成就论。龙先生对词的研究，几乎达到精细无匹的程度。尤其对词韵、音声的研究，更令后学钦敬。他的分期特点，是突出各期人物的最主要的成就与品质。写晏、欧、范，就写他们的小令；写柳永、张先就写他们对慢词的贡献：写苏、黄、晁补之，就写他们对词体的解放；写秦观、贺铸、周邦彦，就写"正宗派之建立"；写张元幹、张孝祥、辛、陈、刘，就写“民族词人之兴”；写姜、吴、史、张、周、王，就写“词的典雅化”，这方法不属于提纲挈领，更近乎画龙点睛。一笔就写到紧要之处，仿佛观赏王冠，别的不问，先看那冠上的钻石；又如看古典小说，别的不关心，先关心那几位典型人物。这办法虽然有些不契合史家风范，却给了文学研究者和鉴赏者以诸多方便，叫人喜欢。

王兆鹏先生的分期法属于严格的时空论，表现了这一代学者的研究风范。我的感觉，传统治通史和政治、经济、军事、科技等专业史的人，对时空概念一向认真，但治文学史或艺术史的人，对时空概念就不那么专注和用心。王兆鹏的分期法对此是一个有力的矫正。在严格的时空论前提下，看他对各个分期内容的叙述，又写得如此井井有条，更令人觉得这是一位思路非常清晰的研究型学者。一般地讲，不按流派撰写文学史，在操作上总不免有些困难——拗。看王先生行文，不但能做到不拗，而且能做到很顺畅，可见他功力也深，所下功夫也大。

但不宜轻易褒贬前人。我们体会胡、郑、薛、龙四位先生的分期法，尤其是郑、薛、龙三位先生的分期法，其基础方面是一致或大体一致的。对兆鹏先生的时空责问，我想这些前辈未必没有考虑到或没有考虑过。至少他们对所写词人的生卒时序应该有准确的了解，了解而不强调，甚至做了些颠倒时空的处理，自有他们的理由和根据，只不过未曾明言罢了。

2. 分期依据、创作特色与安置规范

构成分期的原因与依据非止一端，但最基本的原因没有那么许多。我认为其主要依据有三个方面。这三个方面依次为：

第一，词作与词风。

首先是词作。词作乃词史之本，或者说是词的万事之本。没有词作，一切皆为虚幻。

词史最基础的层面是词作。因词作而词风，因词风而词艺，再因词风、词艺而词派，又因词作、词风、词艺及词派而词人，再加上一些相关的大事件。择要而言，不过如此而已。

其次是词风，有词作必有词风，但词风常常又可以导向词作。比如西

方近代文学中的浪漫主义、现实主义。没有相应的文学作品，这些主义就不能成立，依据作品而产生主义，或依据主义而创造出更为自觉且有价值的作品，这个逻辑才可以成立。而且作品的价值越高，这个主义的影响也越大，反之，也是一样。

实际上，后人论宋词，总是从具体的作品开始，但有了一定积累之后，对词风的注意便顺理成章。所以，我们最常见的表达方式是：

我喜欢某篇词作；

我喜欢某种词风；

我喜欢某位词人。

因词作而词风，是词发展成熟的一种表达方式；

因词风而词作，是词作达到自觉境地的一个重要标志。

第二，词人与词见。

词人前面已有涉及，这里强调的是，词作与词人相比，就其直接性影响与终结性影响而言，词作总是第一位的，但二者也不可截然分开。所以无论评价词作还是撰写词史，词人都是一个极为重要的因素，它是词史的文学主体。

词人与词风的关系，亦大体如是。凡成熟的有成就的词人，必有一种词风在，而那些构成主流性词风的作者，也就成为执时代牛耳的大词人。

有词人必有词见，词见就是作词的艺术见解。一般地说，艺术见解不见得全部来自词人，尤其全部来自大词人。一些词论家，词可能写得并不特别出色。

词见亦可能独自存在。那些杰出的词见、词话，实际上，也是词史的重要组成部分。一些写得特别好的，差不多也就成为另类方式的艺术品，例如李清照的《词论》和王国维的《人间词话》。

第三，词的背景与大事件。

词的背景包括艺术背景、生活背景、文化背景。这些年，有一种时尚，即对研究背景没了兴趣。其实背景是一种客观存在。

还有大事件，大事件未必常有，但遇到一件，就足以改变人的一生命运，或者改变文学作品的历史流向与品性。杜甫若不是经过安史之乱，他就写不出那些对后世产生极大影响的作品，他本人的命运与诗歌地位也将重新评价。李清照若不是经过北宋政权灭亡的大事变，她的词风和词作也不会发生那么巨大的变化，李清照也就不是今天人们心目中的李清照了。更不用说，若非这个大事变，举凡岳飞、李纲、赵佶、辛弃疾、刘过、陈亮、张元幹、张孝祥等一系列词人的词作与人生道路都将发生重大改变。原来的“国”都没了，原来的家也没了，原来的文化也没了，你想不变，怎么可以？

我们在考虑宋词的历史演变时，应该注意到如下几点。

一是不可一刀切。历史现象复杂，千头万绪，不足喻其多；光怪陆离，不足言其乱。硬是一刀切下去，不免有伤头损尾之虞。比如李煜，他于公元 978 年去世，那时宋王朝已立国十八年。南唐灭亡之前，业已在宋王朝的统压之下，公元 975 年国亡，李煜成了赵匡胤的俘虏。单以时间算，从公元 960 年起，已经是宋代了，即使从南唐灭亡算起，975 年以后的三年，李煜亦全然成为宋民——宋俘。且虽然只有短短的三年，他那些最著名的词作却几乎都出在这一段时间，但我们写宋代词史可以把李煜算作宋代第一位词人吗？

二是不可“一言堂”。一言堂就是褒此贬彼，不能公平而论。词苑如同花园，唯百花盛开才是真美。最忌讳的乃是承认这个，打击那个。一喜欢晏殊，就贬低柳永；一喜欢苏东坡，就看不上周邦彦。这也许是作家持论之道，却绝非史家持论之道。分期的原则应该有利于兼顾众派，找出主脉，画山而不遗水，爱花还要爱叶。

三是不可一厢情愿。历史的妙处往往在于它的缺憾性与不可确知性。因为有缺憾，所以有前途；因为不可确知，所以有魅力。编写历史包括确定历史分期，既要考虑历史的本来面貌，又要考虑历史事件的相关联性，还要考虑读者的阅读快乐。

3. 宋词五变与五大词家

在我看来，两宋词的发展经过五个重要的转折点。这五次转变，如果用五个代表性词家作标识，那么也可以称之为：

第一，柳（永）变；

第二，苏（轼）变；

第三，周（邦彦）变；

第四，辛（弃疾）变；

第五，姜（夔）变。

自然，这样大的词史变化，并非仅仅是个人的功劳。我们中国人好讲“既没有无源之水，亦没有无本之木”，特别那种影响巨大而深远的历史性变化，绝不是个人可以包办的。但代表性领军性人物的作用也不可小视，没有这些天才人物的创造性活动，那么，该发生的变化固然还是要发生，但那质量，那层次，那品位，那结局，那影响，那价值都可能有很大不同。

需要补充说明的是，词史变化的标识虽然可以以个人命名，但变化的到来却是众人共同努力的结果。

再者，变化的方式既是多种多样的，又大半是参差不齐的。不是说柳永一出来，一切跟着都变；也不是说苏东坡“大江东去”一问世，马上人人如过江之鲫，迫不及待“大江东去”。实际上，那些伟大词人的影响，往往要经过很长一段时间才能真正显露出来。东坡门下尽管有苏门四学士，但四学士中真正跟着他词风走的，一个也没有。他们或者有自己的风格，或者近乎晏、欧、柳永，或者干脆没写几篇词作。

东坡词的影响真正充分显示出来，已是北宋政权灭亡，南宋建立之后的事了。而真正豪放派大词人辛弃疾，相比苏词之风，又有些和而不同了。

宋词五变，各有成就如斯。如果找一条主要的变革线路的话，可以概括为词的风格的变化，但究其实际，并非仅限于词风一端而已。

柳变，主要是词风与词体之变，即不但风格变了，而且体式也变了。在柳永之前或之外，别人做的多为雅词，柳永做的却是俗词；别人做的多是令词——短小的词，而从他开始，慢词长调成为主体——先是他个人创作的主体，尔后渐次成为宋词发扬光大的主流体式。

苏变，主要是词风与词格之变，即不但风格变了，而且格调变了。苏词的最大特点是以诗入词，进而使词获得诗的意象与境界，这个就是格调。东坡先生本是极潇洒超迈之人，他的词风一改唐五代以来的传统，成就一代新风，格调既高，风格又变，或者说格调既高，风格必变。苏词凭空而来，突兀而起，仿佛倏忽之间飞来的一座山峰。在某种意义上说，这山峰的高度与景致，经两宋、元、明、清即整个古典词的时代，都没有人能够超过他的。

周变，主要是词风与词艺之变。即周邦彦的词，风格与同时代的人有别，虽然这区别不如苏词那样与他人对比强烈，但它与苏词的风格却恰恰形成鲜明对照。他的词风属于宋词主流一脉，跳过苏东坡，上承晏、欧、柳永，又越过辛弃疾，下启南宋姜、史、吴、王、张诸大词人。他的最珍贵之处，在于词艺的精湛与高超。单以词艺的全面与素养而言，周邦彦完全可以称为宋代词坛第一人。

辛变，主要是词风与词事之变，即不仅风格变了，内容也拓展了。那风格虽有类于东坡，又不同于东坡；东坡词是才子风流，幼安词却是壮怀激烈。辛弃疾词特别高出前人的地方，还在于他的忧国忧民之情怀，虽百曲千折，终不改恢复故土的志士精神。他的词其实是集大成的，但感人至深的部分，还是与其词事——词的内容血肉相关。

姜变，主要是词风与词技之变。姜夔上承周邦彦，但中间有了辛、张、刘、陈一派。如果没有这一派，则姜词的词风之变就没有前提。他传承周词之风，并使之成为南宋后期词风的主脉。姜词的妙处，还在于他在词的技法及书写对象等方面又有了新的追求与成绩。如果说，柳词为开辟天地，苏词为力骋风流，周词为精研细化，辛词为情贞志烈，那么姜夔的词，就属于技艺极张。词到姜白石可说一切技艺至臻全境，再向前走，已然词路无多。

单以词作而论，与这五位大词家可以比肩乃至比美的人物还有一些，如秦观、李清照、吴文英、晏几道、张炎，但论到变革性影响，则没有超过这五位大师级词家的了。

诗意地说，这五变中的代表人物，各有光彩照人之处。

柳永自是风流文士。正看是风流文士，反看还是风流文士。而且他既是宋词的正数，又是宋词的异数。一方面他的影响无所不在，比如苏东坡不喜欢他的词，也受到他词的影响，另一方面，终整个宋史词坛，也很难找到一个真正的自觉自愿的柳氏词的继承人。

那四位则不同：

苏东坡是旷世奇才。他的身后，翻看一个是才子，再翻看一个还是才子，虽然才子与才子也有区别，但那文化意蕴与品质，却是一脉相承。

周邦彦则是艺术词家，看他身后的追随者中，翻看一个是艺术词家，再翻看一个还是艺术词家，仿佛置身珠宝世界，抬眼也是光芒四射，低眼还是光芒四射。

辛弃疾自是英雄志士，在他身后，翻看一个是英雄志士，再翻看一个还是英雄志士。虽然在词艺的表现方面，或有高低优劣，但那志士情怀，却是一气相通，正所谓惺惺相惜。

姜夔则不同，他身后既少旷世奇才，也少英雄志士。但能在词艺上下苦功，用全心，有真知，有佳作，有追求，有情致；他们的词缺少大气象，也不追求大气象；缺少大风范，也不喜欢大风范；却是精雕细刻，反复琢磨，而且越琢越细腻，越磨越精致，翻看一个极有才艺，再翻看一个，仍然极有才艺。

比较五大词人的才干：

柳永以创调取胜，可赞一个“变”字。

苏东坡以才调取胜，可赞一个“炫”字；

辛弃疾以爱国情怀取胜，可赞一个“贞”字；

周邦彦夹在苏、辛之间，只是词作好，以词论人，可赞一下“美”字；

姜夔承清真遗风，更上层楼，可赞一个“纯”字。

4. 本书如此分期

重复地说，任何一种分期——如果这分期可以成立的话，都有它的理由与优势，自然也有它的不足与劣势。但一部著作想来只能采用一种分期方式，是所谓“弱水三千，我只取一瓢饮”。

本书的分期为：

（1）宋词的立业期；

（2）宋词的兴盛期；

（3）宋词的过渡期；

（4）宋词的狂放期；

（5）宋词的精进期；

（6）宋词的收束期；

如果使用诗化语言来表达的话，也可以这样立目，即：

第一乐章：序曲——为宋词立业的人们；

第二乐章：高潮——将词艺推向巅峰；

第三乐章：过渡——平静，终于无法平静；

第四乐章：快板——豪放与激越共鸣；

第五乐章：慢板——精进，并且抒情着；

第六乐章：尾声——余音犹在的谢幕。

第六节 关于宋代词风

词风问题，兹事体大。千百年来，多少人对它议论评说。五四运动以降，又有诸如浪漫主义、现实主义等西方文学批评理论进入我国，更为这问题的深化增加了动力也增添了复杂性。现在，许多人认识到，中国古典文学是以汉字和汉语言和民族文化为基础的文学，它有自己特有——固有的审美传统、审美情趣、审美风范与审美标准，全然应用西方审美方式去对待它，不免有削足适履之嫌。因而恢复中国古典文学批评的本来面貌，很多业内人士做了很多艰苦、有益且有效的工作。词的文学批评，弯路不算很多，但对“豪放”“婉约”的传统风格分类也有了不少新见。此处讨论四个方面的问题。

1. 风格“二分法”的由来、价值与误区

所谓“二分法”，即将词主要是宋词分为“豪放”与“婉约”两种风格。这种分法已历史久远，经后人的不断重复与提倡，更是深入人心。但细细想来，却又未必准确，甚至未必合情合理，未必合乎词风的实际。

“豪放”“婉约”二词风，皆古已有之。2003 年出版的《宋词大辞典》，对豪放、婉约两派词风均有专门的辞目解释。据此书撰者考证，“豪放”一词，语出《魏书·张彝传》，本意与文学无关。作为文学用语则最早见于司空图的《诗品》。北宋文学家欧阳修、王安石、苏轼、苏辙均曾用“豪放”一话衡文论诗，而第一个将它用来评词的正是苏东坡本人。[1]

“婉约”一词，出现更早。《国语·吴语》中已经用到。魏晋南北朝时，

① 王兆鹏，刘尊明主编：《宋词大辞典》，凤凰出版社，2003 年，第 851 页。

已经用来形容辞章及艺术品的风格。唐五代时，更成为词作主流风格的标准概括语，即所谓“婉约”正宗。[1]

但将“豪放”“婉约”并用且提高到区分宋词基本风格地位的，则是明代文学批评家张綖。他在《诗余图谱·凡例》中写下这样一段话：

> 词体大略有二：一体婉约，一体豪放。婉约者欲其词情蕴藉，豪放者欲其气象恢宏。盖亦存乎其人，如秦少游之作，多是婉约；苏子瞻之作，多是豪放。大抵词体以婉约为正，故东坡称少游“今之词手”。[2]

他关于词风分为“豪放”“婉约”二派的意见一问世，就成为定论。此后300年间，大体延此说法走来，不但被当代教科书广泛采用，而且为一般读者所公认，即使如毛泽东那样有个性的批评家与词作能手，也公然承认这分法的正确。

但看目下的专业研究者，对这种分法多持不同意见，以致有嗤之以鼻者。然而这方法能历时如此之久，又得到那么多人的肯定和支持，显然有它的合理性在，也有它难以被取代的价值在。我的想法，这分法的存在依据与价值至少包括以下三点：

（1）词的批评需要这样一个阶段。

正如词的创作一样，词的批评也有一个历史过程。作者与评论者的认识总是循序渐进，代有其成的。你不要说张綖的分法太过简单。问题的关键不在这里，问题的关键在于：这么简单的分法，为什么自宋代直到明末经历了数百年都没人提出呢？而自张綖提出这观点之后，为什么又经历了数百年，它依然具有那么广泛的影响呢？可见这个风格分类法既是一个无可替代的方法，又代表了一个无可替代的历史阶段。

（2）张綖之说，确有大道理。

它的最重要的存在依据，就在于它在词风批评的最基本的层面，给了一个最简捷的分界。这种性质的分法，其实不仅宋词而已，几乎所有研究

① 王兆鹏，刘尊明主编：《宋词大辞典》，凤凰出版社，2003年，第849页。
② 同上。

对象都有特定的复合性结构层次，而对它的研究，也有一个由浅入深的发展过程。以历史为例，通史是一个层次，专业史是一个层次，人物史又是一个层次。

（3）豪放、婉约式分法，还有一个优点，就是特别方便于入门者。

这好处显而易见。一是便于读，二是便于讲，三是便于编。实际上构成整个宋词阅读结构的最基本的层面的，还是那数量最多的普通读者，唯有他们才是这结构的根基所在。

但是豪放、婉约式的二分法，确实有它的不足。换个说法，即这种分法固然可用，但切切不可以死用，更不可以滥用。死用必然生搬硬套，结果衣服太重，压死了穿衣服的人；滥用又会只顾轮廓，忘了细节，结果难免背离现实，甚至只见色彩不见人。

实际上，风格本身也是一个结构，也有不同的向度。既可作豪、婉之分，又可作雅、俗之分，还可作疏、密之分。雅、俗也属于风格范畴，例如柳永的词就俗，欧阳修的词就雅。疏、密同样属于风格范畴，例如姜白石的词风就疏，吴梦窗的词风就密。而且这几个范畴也可以相互融合的。豪放词中既有疏的风格，也有密的风格；婉约词中既有俗的风格又有雅的风格，如此等等。风格因此而多变，又因风格多变而使宋词来得更其美妙多彩，更其魅力无穷。

即使只说豪放，豪放与豪放也有不小差别。以宋词中最著名的豪放词家（请原谅我姑用此说）而论：

苏轼的豪放表现是明达高逸；

岳飞的豪放表现是壮怀激烈；

张元幹的豪放表现是慷慨悲歌；

陈亮的豪放表现是狂放不羁；

刘克庄的豪放表现是放任纵意；

叶梦得的豪放表现是傲然不群；

陆游的豪放表现是英气勃发；

刘过的豪放表现是狂逸俊朗；

张孝祥的豪放表现是豪迈无敌；

唯辛弃疾乃豪放的正宗，他既是豪放派词的集大成者，又堪称豪放词中的豪放者也。

对于词风两分法的不足，前辈学人亦早有所见。詹安泰先生曾将宋词的艺术风格分为 8 派，是种分法，亦很有特色。詹先生的具体分法为：

（1）真率明朗，以柳永词为代表；

（2）高旷清雅，以苏轼词为代表；

（3）婉约清新，以秦观、李清照词为代表；

（4）奇艳俊秀，以张先、贺铸词为代表；

（5）典丽精工，以周邦彦词为代表；

（6）豪迈奔放，以辛弃疾词为代表；

（7）骚雅清劲，以姜夔词为代表；

（8）密丽险涩，以吴文英词为代表。①

这分析很细致，也很诗意。但也可能出现一个悖论：

如果你承认詹先生的风格分类法是正确的，那么张綖的风格分类法就不够准确甚至不正确了；

如果你坚持张綖的二分法原则，那么詹先生的风格分类法又有些多此一举了。

我的理解是，因为研究方式与目标不同，所以二者可以并存。

2. 中国古典文学的多元传统与四个定律

中国儒学时代的政治体制是一元的、礼教的、专制的，但文学表现却常常是多元的、现实的、开放的。虽然儒学道统一再提倡“温柔敦厚”，一再主张“诗怨而不怒，哀而不伤”。但以作品论，却是奇光异彩，缤纷而至；以风格说，又是千姿百态，妙品丛生。李太白的诸多诗歌，既不温柔，也不敦厚；岑参、高适的诗更与温柔敦厚相去甚远；白居易以所作讽喻诗最为自得，但那些讽喻诗并没有做到“怨而不怒，哀而不伤”。倒是司空图的《诗品》，更能体现中国文学批评的传统和意向。但他对诗风的分类，就不是“二分法”了。他写诗品，不是写二品，不是写四品，也不是写八品，

① 詹安泰著：《宋词散论》，广东人民出版社，1980 年，第 53–59 页。

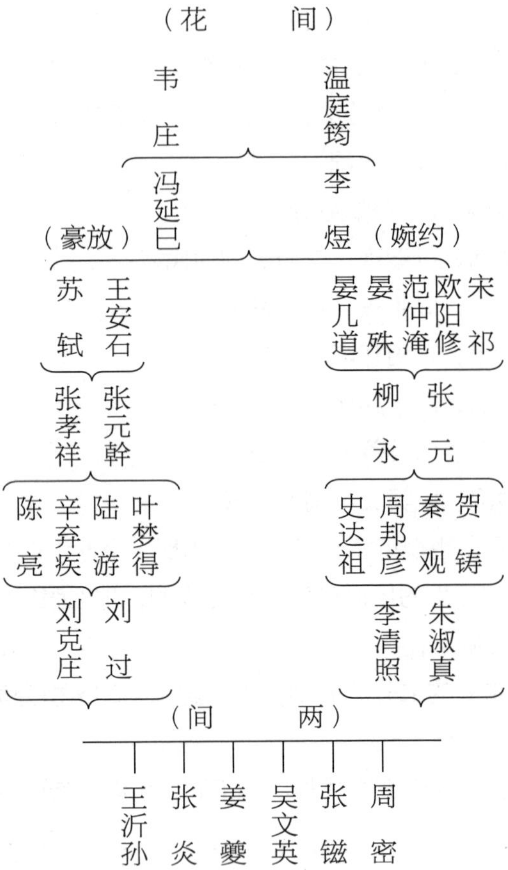

一写就写了二十四品。而且，它的影响也不局限于诗歌。研究者对此阐释说：

> 司图表圣的《诗品》在中国文学批评史上是起过相当大的影响的。正由于他的影响之大，所以后此继作，波及其他艺事，如马力本、许劘坪本以品文，魏滋伯本以品赋，郭祥伯、杨伯夔、江秋珊本以品词；至如黄左田本以品画，杨召林本以品书法，那是推演余波，与文学无关了。[①]

① 司空图著；郭绍虞集解：《诗品集解》，人民文学出版社，1981年，第1页。

虽说“推演余波，与文学无关了”，但也可以由此而知道，中国式的多元化的文学批评方式其影响有多大，其适用领域有多宽。它不但不同意“二分法”式的简单分类方式，而且举凡文学、艺术都有多元化的传统与品格。

但也不是一味反对“简化”。对于宋词风格的批评而言，确实有一个由繁而简，又由简入繁的过程。自北宋王灼的《碧鸡漫志》开始，直到明人张綖的《诗余图谱·凡例》，走的是由繁而简的路子，而从张綖的《诗余图谱·凡例》之后，尤其是近些年的风格研究，又走向了由简入繁一路。但无论是由繁而简还是由简而繁，中国的风格分类与批评，总是以多元为主。

中国古典文学当然也包括宋词，不但有多元化传统，而且强调多元化创作，更有多元化追求。徐柚子先生编著的《词范》一书，为唐宋词人的风格走向画了一个表。虽然这表的出发点依然以豪放、婉约为基础，但那内容，已经清楚地表现出词的创作者的多元化倾向与追求。

我们尽可以不同意这图的具体画法或者这图中的某些内容，但我们得承认，它的分类方式是有道理的。它给我们的启迪是，即使你只认可、认定豪放与婉约的分类方式，这两派风格也绝对不是截然分开的，而是你中有我，我中有你。它们既有共同的传承血脉，又产生了共同的遗传后果。仅此一点，就可以知道多元化风格与创作乃是古典诗词创作的必由之路。

就宋词风格的历史嬗变道路看，我以为有四个“定律”不可不予以注意。

一是共存律。不同风格的共存属于前提性条件，先有共存，再言其他。因为共存才有共鸣，因为共存而又共鸣才有成功的交响乐。虽然不同的创作方式之间会有冲突，不同的作品风格之间会有矛盾，不同的艺术见解之间会有诘难，甚至会彼此有势不两立之感，坚决不能同意对方的艺术主张，甚至坚决不同意对方的艺术存在。但以历史的目光看，唯有共存，才可以保证其艺术生命的张力，唯有共鸣，才可以展示其艺术生命的价值。以宋词风格为例，别的不要，只剩下“豪放”风格，恐怕不行，只剩下“婉约”风格却又不行，就是单单把滑稽一派去掉了，虽然这一派在宋词中的地位一直不高，但没有这风格了，同样是巨大的历史性遗憾。

二是互补律。世间万物皆须互补，正如有生就有死，有聚就有散，有白天还要有黑夜。

古来的词评家，多以婉约词风为正宗、为本色。他们更喜欢“空灵、含蓄、委婉、自然、清新、闲淡”，而对“质实、直露、粗放、修饰、重厚、艳丽”，不太感冒。但我要说“一江春水向东流”固然很好，但总是“一江春水向东流”就有些单调了；“杏花疏影里，吹笛到天明”确实不错，但日日如此，却又消受不起；“听风听雨过清明”固然饶有意境，但总是“听风听雨过清明”，那心不免太累。一言以蔽之，世间没有绝对的好，也没有绝对的坏，妙在生得当时，用得对景。

三是轮转律。虽然讲共存，并非平分秋色。这一时段，可能豪放词风占上风，那一时段，又可能婉约词风占上风。从宋词的生长曲线看，总是一种倾向轮转为另一种倾向。如果取一个大的段落，还颇有些否定之否定的螺旋式发展的味道。如果以柳永词的词风为肯定，那么苏轼词就是对柳永词风的否定，而周邦彦词风又是对苏轼词风的再否定，即否定之否定。如果以周邦彦的词风为肯定，那么辛弃疾的词风就是对周邦彦词风的否定，姜夔的词风则是对辛弃疾词风的否定之否定。同理，如果以北宋前期的小令词作为肯定，那么，后来张先、柳永的慢词就是对小令词作的否定，而再后来的小令、慢词的共同生长又是对张、柳慢词的否定之否定。如果将五代以来直至晏、欧的雅词创作视为肯定，那么，柳永的俗词创作便是对前者的否定，而后来秦观、李清照的雅词创作又是对柳永俗词的否定之否定。如果我们将东坡之前的注重音律的词作视作肯定，那么苏东坡的不甚讲究音律的以诗为词的创作便是对前者的否定，而后面的周、姜一派的更讲音律则是对苏词创作的否定之否定。

自然，研究宋词未必用这样的话语表达方式，但不容置疑的是，螺旋式发展法则即使并非普遍性法则，至少从宋词的发展曲线看，作为描述性法则，它是可以成立的。

它同时告诉我们，任何一种前卫文学，都将成为后卫文学，而那些有价值有潜力处在边缘状态的艺术品类，最有希望成为未来艺术主流的前驱。

四是满足律。满足律的意思是说，对于一切艺术作品例如宋词，历史都将要求其在一切可能的发展空间最充分地展示自己。

这种展示有两个基本的表现方式。

一个方式是，凡艺术品必然不断深化，即从一个深化阶段走向另一个深化阶段，直到完全走出这种艺术本身所规定的范畴为止。到了那个时候，满足律的内涵要求实现了。于是这种艺术形式就可以告别原有的历史阶段了。

一个方式是，凡艺术品必然不断泛化，即从一个小的范围渐次或迅速发展到一个大的范围，直到所有的发展空间统统被其充填为止。到了那个时候，满足律的外延要求也实现了，于是，这种艺术形式就可以告别原有的历史舞台了。

满足律给我们的启迪是：不拒绝不反对不阻碍艺术的各种发展要求，哪怕这发展要求是如此的令你不高兴、不开心、不舒服，你也要承认它的发展要求的合理性。因为只要是艺术都有天然的绝对生存与发展的权力。

从另一个角度看，艺术虽非强力之物，但它的发展却是任何一种力量都压抑不住的。它只按它自己的本来面貌生存、行事，至于人类的虚伪、吊诡与做作，它是半点皆无。该出生时，它一定要出生，纵然无父无母，也要像孙猴子一样从石头缝中跳出来。该成长时，它一定要成长，纵然有许多障碍，它也会如关云长一样，过五关，斩六将，单骑走千里，绝不放弃。而到了它应该退出历史的那一天，就是使用任何别的力量再去死命拦它、拉它、拽它、求它，也一样无济于事。反之，当它的生命力未曾发挥殆尽之时，任何外力充其量只能改变它生存的脉络，绝不能阻断它生命的活力。艺术决然不死，反艺术者徒增笑耳。

3. 由两个基本范式引发的审美思维及其应用范畴

两个基本范式，一个是道家的思维范式，一个是儒家的思维范式。

道家以道为本，其内容复杂，一言难尽。最简捷地说，一个是："道生一，一生二，二生三，三生万物。万物负阴而抱阳，冲气以为和；"[①] 另一个说法是："一阴一阳之谓道。"

这个范式是如此之重要，不但研究中国古典文学离不开它，研究中国

① 《道德经 · 四十二章》。

文化也离不开它。

道生一，一生二，二生三，三生万物，表现在宋词风格方面，必然是多元性的认同。既可以有豪放风格，又可以有激越风格；既可以有厚重风格，又可以有空灵风格；既可以有秾丽风格，又可以有闲淡风格；既可以有含苞欲放，也可以有百花盛开；既可以有万绿丛中一点红，也可以有缤纷如雨杏花天；既可以有“沧海横流，方显出英雄本色”，也可以有“夜半无人私语时”；既可有“簸弄风月，陶写性情”，也可以有“桑间濮上，郑卫之声”，如此等等。艺术上少了一种风格，就如同自然界少了一个物种，而唯有万物兴发，才合乎道家的思维范式与“道”的精神。

第二个范式是儒学的，即从中庸到中和。中庸是儒学说中特别重要的思想范畴与道范德畴。中庸的本解，是不偏不倚，所谓“不偏之谓中，不易之谓庸。中者天下之正道，庸者天下之定理”。①

中庸属于基本层面的普适性原则，中和则是中庸观念在艺术领域的应用与表达。

中和本身可以理解为一种风格，但又是一种方法，一个原则。更多的表现还在方法和原则这个层面。但儒学历史极长，它对文学创作尤其是文学创作者的影响极大，所以，它的表现不是稳定的，更不是恒定的。一些历史时期，中庸走入歧途，反而成为不中庸，相应的，中和一旦走入歧途，也成为不中和。其极端的表现，就是只准许中庸不准许不中庸，只准许中和不准许不中和，结果中和的本意失落了。但正常的情况下，中庸——中和体现了文学理念层面的不走极端，以及文学创作及风格层面的艺术宽容。

那么，这两个范式之间有什么关系呢？关系自然是有的，但传统的中国人或许并不希望这样深究细研。站在今天的立场看，道的范式，属于文学发生学这个层面，而中庸——中和则属于文学价值学这个层面。有了这两个层面，中国文学例如宋词的批评与风格就有了两个重要的支点。

当然，这两个范式都有不足。

“道——阴阳——万物”范式的优势在于胸襟博大，缺点是缺少理性体系，所以它虽然有包罗万象——允许各类文、艺品类充分发展的含意，

① （宋）朱熹著：《四书集注》，岳麓书社，1985年，第25页。

却又不免造成理性拷问与认识自觉的缺失。

中庸——中和的优势在于它的宽容品性，它的不足是缺少严密的逻辑与批判精神。

观此二式，可以大体明白，为什么中国古典文学创作十分发达，文学风格十分丰富，而中国文学的“主义”意识却十分淡薄，几至于无，直到五四运动之前都未曾自觉过的。

两个范式，尤其是“道——阴阳——万物”的范式，其在文学批评中的应用，可说具有无限之空间，化为具体的审美观念，亦有如下种种。

（1）雅化与俗化。

对宋词来说，雅化无须多言。因为宋词的基本格调是雅的，婉约一派的词作更雅，豪放一派的词作中也不缺少雅声雅意，外加一些别有情致的雅作。

俗是另一种风格与风范。宋词不但有“俗”的本领，而且自柳永起，通俗词开始登上大雅之堂。苏轼也写俗词，辛弃疾更是俗词高手，加上滑稽一派，终于为俗风俗意俗格俗调俗趣俗作开辟了一片新的天地。这天地不大，但必要，也精彩，仿佛自然界中不能处处黄河壶口，但没有这景观，遗憾就大了；又仿佛天空中不能时时有乌云，但真的永失乌云，却又不可以。这里引一首宋滑稽词人张继先的《点绛唇》，以示俗词之妙。

小小葫芦，生来不大身材矮。子儿在内，无口如何怪。
藏得乾坤，此理谁人会。腰间带。臣今偏爱，胜挂金鱼袋。

真是太通俗了，而且那意思很不错，宋词虽称难解，一些专家注解宋词都难免出错，但通俗词容易明白，虽然容易明白，并非没有味道。从葫芦联想到乾坤之事，很有文学想象力，再和金鱼袋作比，更显示这词作者洒脱不羁的神仙性格，其意若曰，人人皆说做官好，做大官好，本人偏不做官，又能怎么样——那感觉还要更好呢。

（2）自然与修饰。

宋词推重自然，这传统正与唐诗相通。大约中国古典文学对于自然、白描等手法与风格情有独钟，所谓“清水出芙蓉，天然去雕饰”。然而，不尽然。尤其是宋词，因为它雅，因为它意境朦胧，因为它写的多是些眼中人、心中情、情中事，因为它特别适宜表达中国古典女性的情感与心理活动，因为它常常与文士与骚客与恋情与闺房与离愁别恨与风花雪月相契相合相因相果，所以它不可写得浅露，只可写得委婉；不可写得直白，却要写得缠绵；不可写得淫荡，必要写得秾丽；唯其千回百转，荡气回肠，才更能表现出词的长处与魅力。因此故，宋词中特有一个“密”派，南宋大词人吴文英便是这一派的领袖。他的词风幽密秾香，特别肯在修辞上下功夫，往往令阅读者看得眼花缭乱，而又不明所以。

（3）规范化与人性化。

规范化不能没有，宋词的规范尤其严格。如果不严格，为什么李清照对苏东坡的词作会产生那样的微词？因为词讲平仄，又讲音律，把这二者做得中规中矩，已属不遇；还要有内容，有情调，且好看好听，耐看耐听，就更难了。讲音律的姜白石最推崇周邦彦，而周邦彦本人也是最合乎上述要求的大词人，但他的词作中仍有不甚合韵律之处。同是词艺专家的张炎曾这样的写道：

美成（周邦彦）负一代词名，所作之词，深厚和雅，善于融化诗句，而于音谱且间有未谐，可见其难矣。①

一边讲规范，一边又讲个性化。所谓：“龙生九种，种种个别”，又所谓：“弟子不必不如师”。你能创作，尽管创作好了，但失范就会受到批评。然而，果真写得好了，就算不合传统，也给好评。

（4）传承性与包容性。

中国古典文学最为重视传承，没有传承就没有根，你自我感觉再好，也是野狐禅。词难学，更难工，没有师传是很难想象的，天才或有之，初学者则非有名师不能入门。但中国传统授艺方式，常常是个别的，私下的，它的好处是因材施教，无才不教。坏处是缺少规范，效果也难免参差不齐。所以艺术教育这一层，虽然万般重要，但留给后人的资料最少。宋词词作

① 梁令娴编；刘逸生校点：《艺蘅馆词选》，广东人民出版社，1981年，第282页。

和评论性资料多、齐全，音律音谱资料已经十分罕见，传授方式则几无所见，从而给写史的人带来很多遗憾和困惑，例如我们眼前站立着一个个词家，却不知道他们如何接受教育和具体的成才之路。

重视传承，没有师传至少很不稳妥。黄庭坚、秦观都是大才子，但成名立腕，还要入苏门作学士，否则，于他们的发展便有些不方便。

一方面讲传承，讲传承，又要讲门派，讲风格，所以苏东坡看到秦观的词受到柳永词风的影响，就不高兴，还要批评几句。但又承认包容性的地位和作用。即坚持门派，并不唯门派作风是用，这个就是中庸——中和了。尤其那些词作大家，那些新的词风的创立者与倡导者，那些宋词艺术的集大成的人，早期是继承，后来是发展，不但继承得好，尤其发展得好，这与他们的词作具有很大的包容性有关联。柳永上承五代，又超越五代，可说天外更见一重天。周邦彦擅长吸纳唐诗佳句入词作，又可谓巧匠之作，妙似天成。但包容性并非他们二位的专利，或许可以这样说，凡宋词大家均在传承与包容两个方面有自己的独到的理解方式与创造方式，并且因此而取得良好效果，诚所谓“海纳百川，有容乃大”。

至此，概述写完，下面，就该迎接第一批宋代词人粉墨登场了。

第二章 宋词的立业期

本期又可名为：第一乐章，序曲——为宋词立业的人们。

虽然称为序曲，但相对宋王朝的建立而言，这序曲未免来得太迟。实际上，当奏响这序曲的主力乐手们登场的时候，宋太祖的时代过去了，宋太宗的时代也过去了，业已到了真宗、仁宗年间，这时候，差不多距离北宋王朝的建立有半个多世纪。

这一段历史，一方面是金戈铁马，推进统一，另一方面是百姓渐次安居，百业得以复兴。科考进入正轨，知识分子尤其出身贫寒的知识分子开始有了新的超越前人的政治与社会希望。文化事业由准备到实施，开始了一个又一个的大工程。《太平御览》《太平广记》《文苑英华》《册府元龟》等超大型书籍，有的已经完成，有的正在编辑。诗歌创作开始活跃，虽然诗风有些纤弱，但那态势，却如春风化雨，点点滴滴，滋养大地。五代词人的集子不但成名既久，而且广为传播，尤其冯延巳或者还有李煜等人的词作更是大行其道。顺便说一句，这段时间，不会没有新的词作，但那创作者大约多在民间，而首批有影响的宋词作者，几乎个个高官巨宦。因为二者的社会地位话语权力差异太大，前面的创作便慢慢散佚了，后面的创作却大部分留下了。这个时候，仿佛一切条件都已经准备就绪，就等着词人们放开自己的歌喉，发出一声吟唱了。而这样的期望不曾落空，很快地，宋代第一批词人就要成团崛起，从容登场。他们中的领袖人物，似非晏殊莫属，而晏殊果然没有辜负同侪的希望，他的成为词坛盟头，正是众望所归。然而，更令人惊诧的人物，则是出自下层的柳永，凭着这位新潮大词人的成功表现，宋词的艺术成就真正超越了前人，从而演绎出宋词的第一段历史性辉煌。

这个时段，有如下四个特点：

一是起点不让前贤。我在前面说过，唐五代词已是成熟的词。一些杰出的词人，前有白居易与刘禹锡，中有温庭筠与韦庄，后有李煜与冯延巳。他们的词均已取得很高成就。

但宋代词人，甫一登场，便身手不凡，或者应该称之为“横空出世”，假若还不能算横空出世的话，他们中传统词风的代表人物晏殊、范仲淹、欧阳修等，其词作成绩，不但完全可以与温、韦、冯、李平起平坐，在一些方面甚至有所过之。

二是团队优势明显。唐五代词史业已表明，作诗可以独往独来，作词却要团队行动。身为诗人有一个团队固然很好，没有团队，也出大诗人，也出大诗作。唐代一些著名的诗家，游历也不广，交友也不多，但没有影响他们的创作成就。词则不然，从它诞生起，它的生长特色就是成团成伙的，或可说“君子和而不同”，或可说“君子群而不党”，但相比之下，宋代词人的群体效应，更为明显。尤其是晏殊所代表的这个团体，个中成员几乎人人皆为才子，个个都是高官。其中晏殊、范仲淹、丁渭还都做过宰相，有的还堪称太平宰相。才子加高官，使得这个团队更富于影响力也更具有榜样性质的昭示作用。

三是个人成就突出。虽然不能说个个都是词中大家，至少晏殊、范仲淹、欧阳修、张先、柳永这五位可以当之无愧称为杰出的大词人。他们的词作或多或少，他们的影响或远或近，他们的词风或俗或雅，他们的人生道路或顺或不顺，但他们的词作水准都是一流的。即使这五位大词人之外的人物，也有各自突出的表现，其中一些著名的作品，还广为流传。凡此种种，都说明宋词的第一个阶段，已做到词的成熟表达，他们甫一亮相，就不再是青春期心理尚未成熟的少女而已然是惊艳夺目的盛装美人。这样一群词人，集体性迅速登上艺坛，是宋代词人引为骄傲的一大奇事。

第一节　晏词之前的几位先行者

记入《全宋词》中的词人，出生最早的是和岘，他生于公元 933 年，从他算起，直到 10 世纪 80 年代，共有 10 位或 11 位词人出生（其中 1 人出生年月不详）。这里介绍其中的 5 位，这 5 个词人就是我心目中的大晏词的先行者。

1. 王禹偁

王禹偁，生于公元958年，996年故世。他是一位多才多艺者。他的诗好，文章好，散文犹好，词也作得好。他的散文《小竹楼听雨记》，风格新雅，意蕴深沉，虽为写景之文，笔下的风、雨、竹、楼，样样都写活了。这文章可说传播久远，学人皆有所闻。他的诗不同流俗，另成一品，与当时流行的西昆体划清了界线。他对杜甫有深刻的理解。这一点在他生活的时代，可说是特见独存。他在中国儒学时代，是那个时代的特定的一个类型的人群的佼佼者。这个类型的人群就是能官能艺，允诗允文，后来的欧阳修、苏轼等都可以看作他的继承者。只是他本人的才能与影响力不及那些继承者突出，这大约也和他所处的时代与环境有关，不特天才不够耳。

王禹偁虽仅存词一首，这词却写得富于韵味。其寄调《点绛唇》：

雨恨云愁，江南依旧称佳丽。水村渔市，一缕孤烟细。
天际征鸿，遥认行如缀。平生事，此时凝睇。谁会凭栏意。

词不但情景交融，且有深沉如许，在词的后面，不但可以清楚地听到词人的感喟，且能隐隐体味到某种阳刚之气。

2. 寇准

词到寇准，作者已全然是宋代出生之人了。

寇准性情刚直，有胆有识，在宋代是一位贤相。他很有气魄与作为，但生活奢华。生活奢华似乎不是什么优点，但成就了他的词人之名。实在高官作词，没点富足、享乐的生活状态，还真不行。宋初宰相不少，名相也有，但唯有他开始作词，大约和他个人的这种性情与生活方式有关。他留下的形象很好影响力也很大，以至在中国民间文学和古典小说中，他始终是个重要的正面角色。据说在他生时，就很有官声，彼时京城流传的民谣中，即有这样一则："欲得天下好，无如招寇老"。他也能作词，数量很少，但有影响力。如他的《江南春》写来清新如画。由此可知，他一生虽不以词名，却是一位有水平的词家。其词云：

波渺渺，柳依依。孤村芳草远，斜日杏花飞。
江南春尽离肠断，蘋满汀洲人未归。

3. 潘阆

潘阆（？——1009），字逍遥，大名人，也有认为是钱塘人的。他生年不详，事迹也无法详细考证，只知道他早在宋太宗时就已经赐进士及第，授四门国子博士。但以"狂妄"的罪名被贬斥，从此流落江湖，做过药师，隐名埋姓多年。虽说宋代是对士人最好的时代，但因所谓"狂妄"就落魄如此，可以知道所谓儒学时代并不适宜儒生生存，直到真宗时，才得到赦免，但那半生的光阴却是无法补偿的了。潘阆能作诗也能作词，但他的词流传下来的不多。胡云翼先生认为，只有《酒泉子》一个词牌，10首词。《全宋词》另收一首《扫市舞》录自《梦溪笔谈》。10首《酒泉子》都是怀念当年游历江南的景色的，词既写景，尤其写情；既有深思，又有幽怨，其词可读，其节可闻，一介江湖寒士形象，绰约可见。其中第10首，写得更好，因为它写得更有气象：

长忆观潮，满郭人争江上望。来疑沧海尽成空。万面鼓声中。
弄潮儿向涛头立，手把红旗旗不湿。别来几向梦中看。梦觉尚心寒。

这末一句，自有多少心事在其中。词中的“弄潮儿向涛头立，手把红旗旗不湿”，在现代中国也曾有过广泛的流传与影响，单凭这一句，似乎也可以说，这是宋词的时代了，它的风格已超越唐五代的艺术空间。

4. 林逋

林逋同样没有几首词，但他的名声很大。他是一位著名的隐士，曾有20年时间未进过城市，这一点，与他同时期的所有词人都大相径庭。

林逋生于公元968年，还是宋王朝立国时期，卒于公元1028年，堪堪享花甲之年。他最突出的特点是热爱大自然，尤其喜欢种植梅花，养育仙鹤。他一生未娶，但没有遗憾，自称梅妻鹤子，是一位具有仙风道骨、野贤高隐式的人物。这样的人物，在唐诗人中不乏知音，在北宋词人中确实罕见。他为人如此，词亦如其人，写得超凡脱俗，有些不食人间烟火气。他一生留下词作3篇，律诗1首。但那首律诗，后来人也当作《端鹧鸪》传唱。这里录他一首《相思气令》。

吴山青，越山青，两岸青山相送迎。争忍有离情？
君泪盈，妾泪盈，罗带同心结未成。江头潮已平。

虽写离情别绪，却写得大气，不香不艳，字字心声，情自在其中矣。

前面写“吴山青，越山青，两岸青山相送迎”，将苍苍郁郁的山峦景色作为背景，非大手眼不能想象。那景色不是昏暗不明的，不是秋风萧瑟的，也不是烟蒙蒙、蒙蒙的，而是青青翠翠，山光水色。偏在这样鲜丽的景色中与爱人分别，情、景对照，备觉鲜明。然而，并非没有细节的描写，而是有放笔，也有细笔，词的下半片用的就是细笔，“君泪盈，妾泪盈”

就是细笔。其青山固多，有情人的眼泪更重，它一滴一滴，都重重打在相爱者的心头之上。不仅是泪，还有“罗带同心结未成”，写恋情与结局，尤其细密如画。然而，该分手了，因为“江头潮已平”。于是，多少情怀，尽在不言之中。

5. 钱惟演

钱惟演（977–1034），字希圣，今浙江杭州人。他原本是吴越王王子，但王国被宋吞并，自己也成了降臣。虽是降臣，本人却得到宋王朝的信任，那境遇与李后主相比，可说有天地之别。加上他十分博学，文章又好，曾参与编撰大型类书《册府元龟》，书成，又被皇帝钦点，成为该书的作序者之一。他的官运也不错，升来迁去，一直做到枢密使，以崇信军节度使终官。可惜晚年失去朝廷的信任，老境凄凉。他一生词作可能不多，流传下来的只有二首。那词自然是写得好，寄调《花木兰》，用语处处深沉，风格明显忧郁。作者作此词时，已将及生命的尽头，对人生的理解，达到很深的层次。细品全词，可以直接感受到作者对生命无多的感伤，对人间美景的留意；间接体悟到作者对生活的眷念和对生命的关怀。全词如下：

城上风光莺语乱，城下烟波春拍岸。绿杨芳草几时休，泪眼愁肠先已断。

情怀渐变成衰晚，鸾鉴朱颜惊暗换。昔年多病厌芳尊，今日芳尊惟恐浅。

钱公此作，已全然宋词风韵。

第二节 晏殊及范仲淹

1. 晏殊的生平——悠然雅然的人生经历

晏殊（991–1055），字同叔，今江西临川人。谥元献，尊重他的人，称为元献公。又因为他小儿子也是宋词大名家，为区分他父子，别称大晏、小晏。

晏殊的生命历程既平淡又有魅力，这是一种寓于平庸生活中的不寻常。

他一生平平静静，虽有几次贬官的经历，也不严重。但他绝非一个没有特点没有才识没有见解甚至没有什么可记述的人物，相反，他一生经历，很值得后人回味。

晏殊首先是一个神童，神童的证明是他 7 岁时就能写文章；到十三四岁时，被安抚江南的张知白发现，以神童名义推荐给朝廷，宋真宗召他和一千多名进士赴廷中面试。和这样多的成年学子站在一起，入朝面试，晏殊不但神色自若，毫无紧张之态，而且，拿到考题，“援笔立成”，得到皇帝的赏识和嘉奖，赐同进士出身。这样的神童经历，在有宋一代的词人中，他是独一无二的。

晏殊不仅是一位神童，尤其是一位诚信有加的青年。朝廷复试诗、赋、论时，他发现那赋的题目是他曾经做过的，于是向皇帝回奏说：“臣曾私下做过这个题目，请另出他题一试”。皇帝对此，十分赏识。

晏殊不仅是一位诚信有加的青年，他还是一位识才爱才的伯乐。他年纪轻轻便做了高官，但他绝不妒才忌才，而是非常惜才爱才。那个时候的不少文学名人都与他有关。韩琦、富弼、范仲淹、孔道辅这样有作为有才识有影响的人物都出自他的门下。虽然范仲淹比他还要年长 2 岁，但他是范的恩师，是他发现的范仲淹，并举荐了他。

晏殊不仅是一位伯乐，而且是一位太平宰相。太平宰相这名字就叫人喜欢。然而，真能做太平官、行太平事，也不那么容易。他能做官，甚至有点善做官，虽然不像寇准，包拯那样声名满天下，但他不是一个贪官，不是一个昏官，也不是一个碌碌无为只知做官不知做事的庸官。

太平宰相，其实要有见解，有度量，特别是有雅量。历史上的宰相，常常有累死的，也有气死的，还有和皇帝发生冲突或者发生误会冤枉死的，当然也有数量不少是贪图贿赂贪死的。这些其实不足为训。生当乱世，当然要奇谋远略，不避刑罚；生在和平时代，则需要生活智慧，和平风格。晏殊生当其时，这种智慧和风格，他是具备的。

晏殊不但是一位太平宰相，而且是一位文化、教育的推动者与指导者。他顺时应势，重视教育。他在应天府主政时，专门延请范仲淹作老师，指导那些官学中的青年学生。从而使应天府的教育不但知名于当世，而且留名于青史。

晏殊不但是一位文化教育的推动者指导者，而且是一位有明正见解的行政官员。宋代陋习，是与敌作战，统兵将领不能自主决定作战行为。每遇战事，都要画阵图给皇帝御览，再由皇帝做出决定。这作法已然是荒唐绝顶，但皇帝依然不放心统兵的将领，还要另外指派官员到前线作监军。对此，他向皇帝提出建议，要求免除监军，改变画送阵图的指挥方式，给前线将官以指挥之权。他关注科举考试，对当时考试“诸科专取记诵”，十分不满，认为这不是“取士之意”。他的这个见解，直到今天仿佛都没有过时。不但此也，他支持变革，既是范仲淹的先生，又是他的帮助者。我们看宋史，觉得“庆历新政期间的人才会聚，革旧立新主张的实施，都因晏殊政治生涯的升降浮沉而聚散行止，充分显示出他在此期间的重要作用。”①

晏殊不但是一位有明正见解的行政官员，而且是一位美好生活的欣赏者、参与者与享乐者。他身居高位，生活优越闲适，加上名利心淡，权力欲轻，所以更能够欣赏、享用和体味这悠游闲适的生活。他去世后，他的

① 孙旺，常国武主编：《宋代文学史》（上册），人民文学出版社，1996年，第110页。

学生、大散文家、大词人欧阳修为他作挽词，说他“富贵优游五十年，始终明哲得身全”。虽然有些诗意的夸张，大抵可以相信的。我们读他的词，也能清晰地感受到他对美好生活的无比眷恋。知道这是一位美好、高雅生活的富贵知音。

晏殊不但是一位美好生活的热爱者，而且是一位性情中人。他生性褊急，并因此而出过差错，受过处分。难得的是，他虽然身在官场久矣，位居高官久矣，但没有改变他的真性情。他从来就是一个不知作假，不会作假，也不容作假的人。他的词固然写得十分委婉，但不是应酬之作，他是有真心在的。他小儿子晏几道评价他的词作说：“先君平日小词虽多，未尝作妇人语也。”郑振铎先生就不同意小晏的这个评价。郑先生举例说：

“月好谩成孤秋梦，酒阑空得两眉愁，此时情绪悔风流”，《浣溪沙》“为我转回红脸面”（同上）；“且留双泪说相思”（同上）；“落花风雨更伤春，不如怜取眼前人”（同上）；“鬓亸欲迎眉际月，酒红初上脸边霞，一场春梦日西斜”（同上）；“东城南陌花下，逢着意中人”（诉衷情）；“何况旧欢新宠阻心期，满眼是相思”（凤啣杯）；“未知心在阿谁边？满眼泪珠言不尽”（玉楼春）；“当时轻别意中人，山长水远知何处”（凤啣杯）；“消息未知归早晚，斜阳只送平波远”（蝶恋花）；“浓睡觉来鹦乱语，惊残好梦无寻处”（同上）；“昨夜西风凋碧树，独上高楼，望断天涯路”（同上）；“那堪更别离情绪，罗巾掩泪，任粉痕霑汙，争奈向千留万留不住，”（殢人娇）；这些都不是情语吗？[①]

当然，我们不能说这些词句中没有些游艺的成分，但非有真情在，也写不出这样的佳句出来。

晏殊不仅是一位性情中人，而且到了晚年还是一位深受人敬爱的长者。他晚年时，回到朝廷，年老体弱，已不能行政，被安排“留侍经筵”，特

① 郑振铎著：《插图本中国文学史》（第三册），人民文学出版社，1957 年，第 479—480 页。

准许他五日一朝，享受宰相待遇。他病重时，皇帝打算去看他，他劝阻了。他故世后，皇帝亲临祭奠，对没有在他病重时去看望他而十分后悔。

除去上述各点之外，晏殊尤其是一位文章能手，一位出色的诗人。他的文章在他那个时代是享有盛誉的，但流传下来的不多。他的诗，有人说约有 10000 首以上，那架势简直就和清代乾隆皇帝差不许多，但流传下来的也不多。看来，真的经受住时间考验的还是少数。据说，他作诗喜欢韦应物。这个自然也好，但那风格，照钱钟书先生的看法，还是更近乎李商隐的。钱先生选注宋诗选了他的一首“无题”。那诗自然是好的。其诗云：

油壁香车不再逢，
峡云无迹任西东。
梨花院落溶溶月，
柳絮池塘淡淡风。
几日寂寥伤酒后，
一番萧瑟禁烟中。
鱼书欲寄何由达，
水远山长处处同。

但他首先是一位词人，最重要的也是一位词人，决定他的文学地位使他名重千古的还是他的词。虽然，站在今天的立场远远看去，也许他作为文学传承人的作用也许大于他作为词人的作用，甚至宋人评论本朝师承，也说：“晏公之后欧阳公，欧阳公之后东坡，皆为一世之龙门。”[①]

2. 大晏词的艺术成就

前人评论大晏词，说风流蕴藉，温润秀洁，沉着凝重，一时莫及。浑如金陵王谢子弟，秀气胜韵，得之天然。

也许可以这样说，风流蕴藉是他词的风格，温润秀洁，是他词的品性，

① 孙旺，常国武著：《宋代文学史》（上册），人民文学出版社，1996 年，第 111 页。

沉着凝重是他词的身份，秀气胜韵，是他词的特色。

但这样的解释又太穿凿了。在我看来，大晏词最重要的特点，一是风流蕴藉，这是他词的内在精神；一是天然丽质，这是他词的外在品貌。

大晏词表现的内容不宽，视野也窄，写来写去，大抵不出男欢女爱，离情别意。但因为它风格品相的原因，他的词还是很有魅力。说他的词不出五代词的藩篱也并非不可以，只是他的词写得细，文风细，笔墨细，观察细，表现细，意境也是细的。

大晏词的妙处，在于从容富贵，富贵从容，骨子里是富贵的，外在表现是从容不迫的。大晏词的特色恰恰是富贵其内，从容其外，虽没有多少书卷之气，却很能吸引读者的眼球。

因为大晏词的这些特点，故而欣赏他的词，只能细细品味，慢慢体会，一快，那味就变了，一粗，那味就没了。

大晏词中有一篇《更漏子·雪藏梅》，颇能体现他的这种生活姿态与品味。其词云：

雪藏梅，烟著柳，依约上春时候。初送雁，欲闻莺，绿池波浪生。
探花开，留客醉，忆得去年情味。金盏酒，玉炉香，任他红日长。

一篇小令，断句不过12行，总共不过46个字，却一口气用了15个名词，写了15件身边美物。这15件美物依然为：

雪、梅、烟、柳、上春、雁、莺、绿池、波浪、探花（宴）、客、去年情味，金盏酒、玉炉香与红日。

谁说世间缺美物，关键看你有没有寻找美物的眼和鉴赏美物的心，然而，一气组合了15件美物，没点真本领，还真有些调动不开。

这在晏殊不成问题。他不但连写15件美物，而且又用10个动词或形容词把她们有机地串联、安置，使这些美物不但有静态美，而且个个生动起来。梅花极研，偏要她藏在雪中，结果是愈藏愈露，愈增其研；柳丝既美，还要有轻烟附着其上，更显出她的柳枝依依，婀娜之姿；上春时候，本来妙在有感而难言，又要加上依约二字，更增添了含情脉脉之意，何况还有“初送雁，欲闻莺”，一啄一饮，备觉春意萌萌，呼之欲出。但这初字、欲字，最是难解，然而妙也妙在这里。因为它难解，方显现出这春色的珍贵与美妙，只此半片，已然显示了大晏词的本色本味。

非常典型地体现大晏词笔法的则首推他那篇传颂千古的《清平乐》。

金风细细，叶叶梧桐坠。绿酒初尝人易醉，一枕小窗浓睡。
紫薇朱槿花残，斜阳却照阑干。双燕欲归时节，银屏昨夜微寒。

这词也说不出特别的意境，然而，美。

她的美，是一种欲说还休的，轻轻的，柔柔的，如薄絮轻纱般的美，甚至带些梦幻色彩。然而，真的不是梦，就在这寻寻常常的景色中饱含了恰恰的美丽，舒缓与轻愁。

依常理论，秋风最具肃杀之气。虽说金风送爽，那一个爽字就体现了某种力度与刺激。但这首《清平乐》的高明之处在于，他不写肃杀，——大晏词本质上就是反对肃杀的；也不写爽，爽就有点背离了舒适，忧郁与恬然，所以他写的虽然分明是秋，却不是一般的秋。

他写金风——秋风，偏要写“细细”，细细秋风不冷人；

他写秋下的梧桐，偏要写“叶叶”，飘飘落叶如飞絮；

他写绿酒，偏要写“初尝”，初尝则无伤大雅；

他写醉酒，偏要用一个“易”字，易醉的意思，醉翁之意不在酒，虽然只是微熏，那心却真的醉了；

他写卧室，偏要写“一枕”，写“小窗”，笔笔落下，都是软景秾情；

他写紫薇与朱槿，偏要写花残，妙在虽然花残感觉上还不是花败；然而，他犹然怕你误解，故而又写“斜阳”，写“阑干”，虽是花残景致，却有斜阳、阑干作衬；

他写归雁，偏写欲归时节，雁儿欲归未归时节正是秋色中最可人的时候；

他写昨夜，偏要写银屏与微寒；

凡此种种，都是轻轻的，细细的，柔柔的，淡淡的，乃至似有似无，欲有还无的，没有半点沉重，也没有半点慌忙。

然而，就这样一味轻柔下去，却又腻了。所以他在词的上半阕，特特加上一个浓字，“一枕小窗浓睡”，这个浓字用得端的是好，恰有似“万绿之中一点红”。在词的下半阕，又加一个“寒”字，“银屏昨夜微寒”，因这微寒，又有了一缕清寂与惆怅，古人誉之为“略含清寂之思，情味于言外求之，宋初之高格也。”①

亦有评论者认为，这词妙在写怨思亦出之雅，较之“明用‘愁’‘怨’等字，又深一层。少饮已易醉矣，醉且浓睡，此‘浓’字点出深愁，运字之细，不见斧斤，直开三百年后吴梦窗之蹊径”。②

但在我看来，或许连“愁”及“怨”也没有的，为什么面对如此美景非要生愁生怨呢？真的愁思已深，还有心情用这细密入微的笔触去写这同样细密入微的秋景吗？若说全然无“怨”，情同大喜，倒也不是，若说幽怨极深，怨而生恨，则更其不是；有“愁”亦是一缕闲愁，有怨也是无端之怨。故而，我更同意叶嘉莹先生的看法，她说：“大晏的此种作品，其佳处亦仅只在于它所给人的一种闲静优美的诗意的感觉而已。”③

晏殊词有这样的妙处；其中一个原因，是他热爱他生存的环境，也热爱大自然；另一个原因，是他有品位，有素质，有教养，从而使他懂得并有能力欣赏其生存环境与大自然的美妙；还有一个原因，是他有闲，有可以做这样欣赏的闲情逸致。

大晏词中有一篇《胡捣练》，颇能反映此种闲雅情态。

小桃花与早梅花，尽是芳妍品格。未上东风先折，分付春消息。
佳人叙上玉尊前，朵朵秾香堪怜。谁把彩毫描得，免恁轻抛掷。

这词写得“直白”些，与前一首比，似乎细也不够，媚也不够，然而那意思是好的，可亲可爱，堪称大自然之友。

他且从小处运笔，虽然没有“千里冰封，万里雪飘”那样的大景致，然而，情是美的，意是专的，他挑选的是桃花与梅花这两种人间美物。而且桃花

① 刘扬忠编著：《晏殊词新释辑评》，中国书店，2003 年，第 51 页。
② 同上，第 52 页。
③ 同上。

偏要其“小”，桃花更要其“早”。因为其小、其早，便来得更为楚楚动人；同时，并不因为她小、她早，就没有人格。在晏殊心目中，她们都是很有人格的。且不是一般的人格，而是“芳妍品格”。品格芳妍，好不好？已经很好了，还要在前面加上一个定词“尽是”，那表现就更充分了。

那么，如此美好的品格，怎么体现呢？“未上东风先拆，分付春消息。”东风者，春风也。春风未到将到之时，这花就开了，——多么知情达意呀！

为什么不呢？因为她们期待已久，恰要“分付春消息”。

这是人格化的，又是个性化的，她们不仅仅将春色带来而已，而是有主观动作，要把这消息“分付”出去。

分付作何解，注解者解释为“表露，表示”，也不错的，然而，却不能相互替代。在一定意义上说，绝妙的话语是解不透彻的，不信，请把分付二字换作别个，看看那美还在不在？

然后，词入下半阕。下半阕要写人了，先写“佳人钗上玉尊前”，有人插花，有人戴花，然而——罪过呀！美人虽美，摘花是误，从花的那一面看，却是可怜的——“朵朵秾香堪怜”，而且这是以花的生命为代价换来的美丽，所以那花香更显得强烈、刺激。作者不喜欢这样，反对这样，于是他呼吁。

“谁把彩毫描得，免恁轻抛掷”——请用彩笔画下那花儿，以免春光春色——花的生命就此消失。

大晏词擅长写情与景，写情写景多有他独到的眼光和情致；大晏词同样擅长写人，写人亦有他的高妙之处。这里举他的两首《木兰花》，虽然词调一般无二，但那情那致那心那态却有冰炭之别。其中一首属于“艳词”，另一首却是“哀词”。先看这香艳的一篇：

玉楼朱阁横金锁，寒食清明春欲破。窗间斜月两眉愁，帘外落花双泪堕。

朝云聚散真无那，百岁相看能几个。别来将为不牵情，万转千回思想过。

这一首词真个是“儿女情长”。辞藻、风采与品位似乎突破了大晏的习惯，而近乎小晏的情调。

照例前半阕写眼前景，后半阕写心中思。

这眼前景又写得好。虽然也是春天，都是晚春时候。这时节的春不免有些老了，然而春意更浓。这样的春色，可以是蓬勃欲发，悠然入夏；也可以是沉郁欲愁，转瞬即逝，此处表现的正是后面的这一种。

第一句，“玉楼朱阁横金锁，”又是玉楼，又是朱阁，又是金锁，颜色鲜明，对比强烈。玉楼——白色，朱阁——红色，金锁——黄色，都是正色，正色便来得华贵而不轻柔，也不自然，更不亲切，何况还要加一个“横”字作动词，其景象虽然华丽高贵，竟然有些不堪忍受的了。

第二句，“寒食清明春欲破”，寒食清明正是俗暖还寒时节，这个时节，虽在春日，然而春日无多。春天的景色快消逝了——春欲破了，一个破字用得很有斤两。

第三、第四句，是一个联句，“窗间斜月两眉愁，帘外落花双泪堕”。请君细想，在这“金锁横”的地方，又是“春欲破”的时节。连窗间的月、帘外的花都不愉快。那窗间斜月分明就是两弯愁眉，那帘外落花简直就是一双泪眼。此情此景，郁闷煞人。我在介绍《清平乐·金风细细》的时候曾说，那一切景致都是轻的、淡的、柔的、细的，而这里的一切，却都是沉的、浓的、重的、愁的、怨的，虽然也不是号啕大哭的怨，也不是一江春水向东流的愁，但这样的愁眉、泪眼，亦很动人，令人起不忍之情。然而，还是美的。

下半阕，再写心中事。

第一句，“朝云聚散真无那”，可说一步转千斤。前面所说，虽然沉重、痛苦，仿佛还有希望，这里说的却是一言蔽之，只是心灰。人生聚散，男女离合，没有办法的事呀。

为什么这么说呢？因为“百岁相看能几个”。想当初分别的时刻，没有想到会这样如丝如缕割舍不下的，而如今的情势却是万转千回思想过，真个就是放她不下呀！这样的相思不是天翻地覆的，不是石破天惊的，甚至连刻骨铭心都不是。它仿佛是富贵闲人的一种无可消遣的消遣，然而，也是人生在世题中应有之义。

再看另一首哀词《木兰花》：

红绦约束琼肌稳，拍碎香檀催急衮。垅头呜咽水声繁，叶下间关莺语近。

美人才子传芳信，明月清风伤别恨。未知何处有知音，长为此情言不尽。

这面写的是一位乐伎宴筵前演奏乐曲的情形，一边写演奏乐曲，一边写情思。奏乐是目中所见，情思却是心中所想，二者又是相契相合的。它比起前面所引的几首大晏词，可说实在不同。它的节奏是急的，声音是悲的，怨恨是长的，情感是深的。此前的那一首所谓“艳词”，虽然讲的也是离愁别恨，其背景只是“无聊赖”，这一首的背景却是隐恨深沉。

请听他怎么说?

“红绦约束琼肌稳，拍碎香檀催急衮。”红绦约束，已经不自由，琼肌稳——玉一样洁白润泽的肌肤也不自由，——一个稳字写出那肌肤的紧张。然而还不够，还要“拍碎香檀”。不用说，那香檀是拍不碎的，拍不碎而言拍碎，突出的就是这样一副急相。“衮”是乐名，如衮遍、杀衮等，这乐曲的内容，也非祥和之态，乐律本急，还要急之，原曲不慢，又要催之。以这样的演奏对比那样的品貌，令人好不奇怪，好不生疑。然而，无须奇怪也无须生疑的，更加令人心乱的，还在后面呢!

“垅头呜咽水声繁”，这水声简直就是哭声，“叶下间关莺语近”，一时声音缓和细密了些，然而那无语之噎，还是悲的。何以如此，请看下半阕。

“美人才子传芳信，明月清风伤别恨”。清风、明月最是文人心目中的高雅之物，然而，因为这离别之情，反而更添烦恼。

但最令人悲不自胜的还在于“未知何处有知音，长为此情言不尽”。

前一首《木兰花》虽然也写离别与怀念，总算还有个具体的对象，虽在天涯处，更在心头上。这一篇不同了。她干脆连个对象都没有，她才是好的，心是高的，她渴望知音的愿望更是迫切的，然而，知音难觅——还不知道这知音在何处——甚至究竟有没有知音都说不定的。于是“长为此情言不尽”，绵绵思苦，正无穷期。

自然，这里表现的哀情还不算决绝之情，但那忧郁是深长的。这种忧郁之痛有点像现代人常挂在嘴边的郁闷，但也不是的。这里面或许寄托着作者的失意情怀，这情怀有些忧郁无边，纵然想把它一时放下，也不容易。

大晏词中这样的作品还有不少，如他的《踏莎行·小径红稀》种种，都是世人公认的名作，本当多引几篇，怕是读者烦了，就此打住。

大晏词也有些另类作品，如他的《山亭柳·赠歌者》：

家住西秦，赌博艺随身。花柳上、斗尖新。偶学念奴声调，有时高遏行云。蜀锦缠头无数，不负辛勤。

数年来往咸京道，残杯冷炙漫销魂。衷肠事、托何人。若有知音见采，不辞遍唱阳春。一曲当筵落泪，重掩罗巾。

这词写得悲苦。它全然不同于方才引过的那两首《木兰花》。和这词比起来，那两首《木兰花》所表现的还是“希望”——渴望中的愁思与哀怨，甚至于连哀怨也说不上的，她们确实是有些苦闷，但依然寄托着生的希望，甚至抱着幸福的希望。

这词中的女主人则是完全丧失了希望的，她有的只是一些对过去并非“美好”的“凄美”追忆。

上阕讲的就是她的这些追忆。且不是对昨天的一般性回想，而是对青春年少时的点点记忆，之所以如此，因为她，已经“老”了。

她是一名西秦的歌女——“家住西秦”，而且博学多才，玩游戏都能玩出种种新奇的花样——“花柳上，斗尖新”，或者学唱彼时著名歌女的腔调，真有响遏行云的效果——“偶学念奴声调，有时高遏行云”。那时候，得到的酬劳也不少——“蜀锦缠头无数”，虽然辛苦，这辛苦也算没白费的——“不负辛勤”。

然而，现而今都不行了。现在是人老珠黄。虽然年年岁岁依旧奔波在咸京左近，但得到的不过是些残羹剩饭和徒然而然的自我伤心——“数年来往咸京道，残杯冷炙漫销魂”。但这样的苦衷，又能寄托给谁呢！——“衷肠事、托何人”。果真有这样的人，哪怕把（他喜欢的）歌都唱尽呢！——“若有知音见采，不辞遍唱阳春”。而眼前的境遇是：只有筵前流泪，用罗巾遮羞的份了——“一曲当筵落泪，重掩罗巾”。没有人欣赏自己了，属于自己的光阴也快完了。

悲歌何须细解，那愁苦，那无奈，那绝望，已是字字句句，打在心头。

据专家考证，这里晏殊晚年被贬期间的词作。因为自己遭遇了不公的待遇，这待遇与他数十年悠游安怡的生活形成强烈的对比。于是他看到听到或联想到这样一位年老色衰的歌女时，不仅触动心怀，悲自中来，以至于昔日多少圆润通达、清新雅秀不觉悄然而逝，取而代之的竟是这声情激越的感慨之声。

由此也可以知道，大晏词的本领本不限于婉约一途。他也完全可以换个方式表达自己的内心感受的。他的词终于没有发生太多的改变，因为他优渥的生活虽然偶被打断，也不过是一个小小的过节罢了。看他一生行止，依然处在对美好生活的欣赏之中，以及对这美好生活终将逝去的眷念之中。

总结上述 3 首词，可说情虽一向，却又级度分明。第一首，是“无聊”之作，第二首是“无人”之作，第三首是“无望”之作。所谓“无聊”之作，是说百无聊赖之中的情思意想；所谓“无人”之作，是说虽有深情，却没有具体的情人；所谓“无望”之作，亦绝望之作。三首词都写得好，但以晏公的生平际遇和人生态度而论，还是那第一类词作更肖似其人。

大晏词中另有一种智慧的成分。虽然他并非哲学人士，也不以思辨见长。但他有两句词句却深得“慧思”之三昧，令人好不羡慕。这两句词出于他的那首《浣溪沙》：

一曲新词酒一杯，去年天气旧亭台。夕阳西下几时回。
无可奈何花落去，似曾相识燕归来。小园香径独徘徊。

宋词专家刘扬忠先生评价此词说，它写的本来是寻常之情，寻常之事，然而能打动人心，传诵千古，主要原因在于：

一是词人善于以理节情，所抒写的感伤情绪并不是很浓重，不致使人颓丧，其中融入了对宇宙和人生的哲理性的思索，创造出了情中有思的悠远意境，渗透了一种澄澈圆融的理性观照，思想内涵深厚，读下来耐人寻味。二是它的“名句效应”。过片的“无可奈何花落去，似曾相识燕归来”一联，其造语之工丽、意致之缠绵和音调之谐婉，已为千年以来各个不同时代的评论家和普通读者所一致公认，以致大家都认为：词就应该这么写才能称得上是词。[①]

这两句词写得是如此之好，以致有人说，这不是凭冥思苦想就能写出来的，甚至不是单凭词作的修养加灵感就能作出来的，用清代大批评家刘熙载的话讲，叫作“词中句与字，有似触著者，所谓极炼如不炼也。晏元献‘无可奈何花落去’二句，触著之句也”。[②]

不管怎么说罢，想着也好，做着也好，感着也好，触着也好，反正大晏词中有了这样的佳句，便成千古风流事。

但这不是大晏词的主流。他词的主流还是那圆通无碍的风格，清润明洁的意境，以及斩不断理不尽的对已经逝去和将要逝去的美好生活与岁月的回忆与眷恋，加上那回忆与眷恋后面的隐隐欲动的一段忧思。

但他也能作通俗句，也有俳语体，虽为大晏词之“别调”，却又不可不提，如他的一首《诉衷情》，全然另一路数。

露莲双脸远山眉，偏与淡妆宜。小庭帘幕春晚，闲共柳丝垂。
人别后，月圆时，信迟迟。心心念念，说尽无凭，只是相思。[③]

这词写得晓畅明达，却饶有意味。当然，也不要硬去追寻什么诗意之类，那也没有。大晏词本来就不考虑什么诗主张或者大意思。他的词表现的只是无奈，只是有趣。因人生苦短、韶光易逝而无奈；对花好月圆、美景独得我心而有趣。然而，那些说惯了大晏词是浮艳之词、缺少德行优行的人，对此却是极不满意。他们要批评说，“如《诉衷情》之‘心心念念，说尽无凭，只是相思’诸语，庸劣可鄙，已开山谷、三变俳语之体，余甚无取也。”[④]

说晏词的俳语部分“庸劣可鄙”，不免太过火了。若说这类词的风格

① 刘扬忠编著：《晏殊词新释辑评》，中国书店，2003年，第13页。
② 同上，第14页。
③ 同上，第10页。
④ 同上，第105页。

与大晏词的主流风格不甚和谐，还比较合适。说它开了黄庭坚、柳永词的先河，仿佛也有些道理。但我要说，这不像是批评大晏词，倒像在表彰他哩！毕竟柳永是一位更伟大些的北宋词人，何况，从年龄上论，柳永较之晏殊还要长上两岁呢！

3. 大晏词在两宋词坛的地位与影响

晏殊在两宋词坛的地位很高，是有宋以来第一个对宋代词坛产生重大影响的人。

晏殊的地位与影响，主要表现在以下三个层面。

其一，他影响最早也影响最大。

大晏创作时期，也有不少词人，但论综合影响力，没有超过他的。他那一派人物中，最有成就的是范仲淹与欧阳修，他们都出在他的门下。范仲淹的词作有水平，有突破，但数量少了。数量不足也是一个弱点，毕竟靠几首词影响一个时代的情况是太罕见了；欧阳修的词影响也很大，而且他还可以算作苏东坡的老师，但他晚于晏殊，他们的师承关系，是先晏殊，后欧阳修，再苏东坡，因而在大晏词的创作时代，欧词的影响不及晏殊。范仲淹、欧阳修尚且如此，其余婉约词人的影响就更低一个层次了。

唯柳永是一个例外。

以词论词，他不如柳永，论对后世的影响，就更不如柳永了，但他和柳永完全属于两个生活圈子。晏殊不但是雅词的代表，尤其是高官层的代表，地位与生活优势显然。柳永长期生活在中下层社会，他一生大部分时间是一位布衣，一位游客，影响虽然也不小，词的传播还要更广远，却主要表现在中下层社会。不是说上层的就一定高明，但上层人士的话语权大，则是不争的事实；至少在大晏词盛行的时期，柳永比不过他。到了苏东坡、秦观时期，柳词依然备受文人词家的轻视和排异，就是一个明证。

其二，从创造性方面考虑，晏殊远没有柳永有优势，也比不过张先，甚至比不过范仲淹，但他主导了当时词坛。孔夫子有一句名言，“绘事后素”。晏殊的工作，既是文学性的，又是基础性的。毕竟他的词与五代词风格更接近些，趣味也更相投，相比较而言，还是那些合乎传统欣赏习惯的创作，更容易被时人接受，这差不多已成为一般性规律。时人易于接受，自然易于传播；时人普遍喜欢，便成为时尚。大晏词的时尚性，应该是无可怀疑的，虽然这时尚的圈子并非很大也罢。

其三，他身后有大批追随者在。

大晏词的继承者可分为近期、远期或直接、间接两个部分。近期的继承者，首推欧阳修，远期的继承者，则除去秦观、李清照、晏几道之外，一直到周邦彦、姜夔、王沂孙、史达祖、吴文英、张炎，都可以看作他词风的远方继承者。大晏词作为宋词主流派词风的开山之作，恰如陈年美酒，久而弥香。这一点，既有他生逢其时、位当其利的有利条件，也和词本身的独特品性与艺术内涵有着因果性的关联。王灼与晏殊同为北宋人，他推崇大晏词；王国维的生活跨清末与民国两个时代，而且是民国时期首屈一指的大学人大词论家，他也同样推崇大晏词。他说："予于词……宋喜同叔、永叔、子瞻、少游。"[①] 又说：

美成词多作态，故不是大家气象，若同叔、永叔，虽不作态，而一笑百媚生矣。此天才与人力之别也。[②]

但大晏词确有不足。李清照曾批评大晏词不协音律，这并不算大缺点，他的缺点在于：

首先，大晏词词体单调。大晏词尽为小令，没有长调。晏元献身为大词人，但在词体层面表现平庸，缺少创造，这是他在词史上的位置终究比不过柳永、张先的一个重要原因。

其次，大晏词风格单纯。他作词多圆润秀洁，虽然个别词作有所变异，毕竟词少势微，影响无多。

再次，大晏词内容单薄。这和他一生经历有关。他幼年即因为神童得官早，升官快，且高官显宦多年，而且受挫折很少；偶然受点挫折，便承受不住，要长吟短唱，抱怨无休止。他从来没有真正进入下层生活，也无

① 刘扬忠编著：《晏殊词新释辑评》，中国书店，2003年，第208页。
② 同上。

从体味下层生活的状况与痛苦。晏殊缺少这样的经历和体会，故而他的词只有小众，没有大众；只有雅人明白，缺少俗人支持。其结果不免阳春白雪，和者盖寡。

4. 将军词人范仲淹

范仲淹是一位奇人，而且差不多就是一个全才。这里说的全才，不仅是有多方面的才能，而且是说他有多方面的卓越才华。单以才艺论，他比不过苏东坡；单以行政论，他比不过赵普等一干能相；单以变革论，他比不过王安石；单以军事论，他也比不过岳飞、韩世忠。但他的才能却表现得更为全面。比如他和任何一位将军比，都更显出才高八斗的文学能力，而和任何一位文学人物比，他又表现出少有的军事才华。他不但能统兵，能治军，而且还是一位边关名将，并且特别擅长做军事宣传，这就不是晏、欧、苏、王、曾、黄、秦、周诸人可以比拟的了。宋代大词人辛弃疾也能带兵，也会打仗，但在文学才艺方面又显然不如范仲淹文学才能的多样化。

首先，范仲淹的文章优异。虽然他的文集中也有不少应酬之作，但与他的奇文美文相比，已然无足轻重，重要的是他写下的那些有分量、有品位、有影响、有价值的文章精品，其中特别优秀的文章，已经成为中国古典文学中的经典之作。如他的最广为人知的散文《岳阳楼记》，那文章实在当得出类拔萃这样的评价，以至于一代一代的中国人，总要选它，总要读它，总要评它；入蒙之期，总要学它；论及道德文章总要提它。这文章不唯写景好，而且抒情好，尤其议论好，一文而有此三好，最是难得。

范先生妙文不止于此，他的《严先生祠堂记》，同样绝妙，同样体现了他磊落的胸襟与博大的情怀。文章以歌作结，不但气象非常，而且富于诗情画意，其歌曰：

云山苍苍，江水泱泱；
先生之风，山高水长。

范仲淹的诗作也很有特色，他作诗如同作文，最关心的不是小技巧，而是大气象；他关注的乃是民风教化，国事安危。他主张，好的诗歌应“范围乎一气，出入乎万物，卷舒变化，其体甚大。故夫喜焉如春，悲焉如秋，徘徊如云，峥嵘如山”。[①]

他关心民生疾苦，喜欢干预生活。他诗歌中这方面的作品很多，单以诗艺而论，或许未臻上乘，但如果将这些诗与他的文章、他的词作、他的文风、他的诗论以及他一生行止联系起来看，也能知道这些诗显然饱含了他的忧国忧民之情。

他诗中的佳作，是那些五言或七言绝句。诗不长，场面却大；字不多，情怀却深。他作诗也许并不特别关心技艺与意境种种，但他纵然不关心意境却不期然而然地有了这种大意境，这也可以看作诗如其人的一个样本。他最著名的诗作当属《江上渔者》。

江上往来人，但爱鲈鱼美。
君看一叶舟，出没风波里。

这诗的篇幅虽小，却差不多概括了范仲淹诗的主要优点和特点。

范仲淹诗好、文好，与他的人品有关，所谓诗品本乎于诗心，文品本乎于文心，诗心、文心本乎于仁心。

而他的这种诗品、文品、人品显然又与他一生经历因果相关。

范仲淹（989–1052），字希文，先祖为邠州人，后来迁至今江苏吴县定居。他名义上虽出身于官宦之家人，但本人命途多舛。他 3 岁时，父亲便故世了。父亲死后，家境无法维持，他母亲被迫改嫁，他也跟着改从朱姓。他少年有志，刻苦攻读，虽然生活困顿，他读书的愿望与决心却是始终如一。他曾长时间住在庙中，每天以粥为食，天寒时粥冻住了，他便把冻粥割成几块，每餐食用其中的一块。后来他知道了自己的身世，便辞家去著名的书院应天府书院学习。他学业有成，27 岁时中举，后经晏殊提携，开始步入仕途中的发展时期。但他即使身居高位，其勤俭的品质也依

① 孙旺，常国武主编：《宋代文学史》（上册），人民文学出版社，1996 年，第 67 页。

然不变，史书上说他“内刚外和，性至孝，以母在时方贫，其后大贵，非宾客不重肉。妻子衣食，仅能自充。而好施予，置义庄里中，以赡族人。”[①]

范仲淹一生为官，并做到宰相一级的高官。他为官的志向很好，才能很好，做官的品节也很好，但他的官运就是不顺。他一生几经浮沉，大起大落，且未止于三起三落。这些都不能改变他的信念，也不能消沉他的意志。在这些挫折与屈辱面前，他表现得豁达大度，不屈不挠，胸有定见，从容不迫。不像他的老师晏殊那样，有些挫折，便凄凄惨惨，怨天怨地。他贬官到湖北，登岳阳楼，见景生情，表达的却是“老吾老而及人之老，幼吾幼而及人之幼”这样的情怀。虽然此时此地的他，也和晏殊一样需要知音，但他心目中的知音首先并非权势者，而是如孟子一样的古来贤人。

他其实富有行政才能，甚至可以说做到了“为官一任，造福一方”。他做过邠州、庆州的地方官，因为“为政尚忠厚”，在他生前就有人为他立生祠，死后更是惊动了四方之人。

他尤其是一位改革者——彼时称为新政。他的新政不如王安石的新政来得声势大，影响大，但他的变革完全可以看作是王安石变革的前驱。他在庆历新政时提出的 10 项主张，也与王安石的变法内容前后呼应，一脉相承。

范仲淹尤其是一位边关名将，他其实没有打过什么仗，更不用说打过大仗了。有论者说他的本领主要是宣传，而且运气好，他在任时适逢边塞无事，没有遇到真麻烦。实际情况并非如此。他其实守边有功，而且有序，当然也很会宣传，知道怎样安定人心。他的特点是有能力，有准备，会用人，会练兵。他用人不唯资历是论，说：“将不择人，以官为先后，取败之道也”。[②]他守边不是死守，一面积极御敌，一面“大兴营田”，[③]且保持边民的自由贸易，“以通有无”。[④]这样看来，他守边时边境无事，并非只是他的运气好于他人。彼时有民谣说：“军中有一韩，西贼闻之心胆

① （元）脱脱等撰：《宋史·范仲淹传》（第 29 册），中华书局，1985 年，第 10276 页。

② 同上，第 10270 页。

③ 同②。

④ 同②。

寒。军中有一范，西贼闻之惊破胆。”[①]他守边多豪气，曾题字边防云：“胸中自有雄兵百万”。虽然有些诗意的夸张，却很振奋人心。

范仲淹最值得后人敬重的地方，是他民族关系处理得好。他处置民族关系，不唱高调，而是务求实效。实效源于实利与尊重，他给少数民族以方以法以利以福，所以他去世后，“羌酋数百人，哭之如父，斋三日而去。”[②]他少年而孤，事母至孝，又家教有方。他评价四个儿子说：“纯仁得其忠，纯礼得其静，纯粹得其略”，对此《宋史》论曰：“知子孰与父哉！”[③]

范仲淹在文学史上的特殊贡献，还在于他的词。虽然与诗、文相比，在数量方面，他的词是最少的，《全宋词》仅收5首，存目二首，存目词是否范作，尚有问题。

范仲淹词作虽少，却水平很高，影响很大。他的这5首词可以说一首词代表着一种姿态，一种风格。在这方面，他有别于晏殊。晏殊的特色，是虽有创造，妙在继承。

范仲淹不是这样，他以有限的篇幅，唱出了前所未有的声音。他与前辈词人的差异，并非细枝末节之事，而有振聋发聩之征象。

其中的代表作，乃是他的《渔家傲·秋思》。这词，凡喜欢宋词的人怕没有不熟悉的。但为着行文的完整与读者阅读节奏的舒适，此处依然抄录于下：

塞下秋来风景异，衡阳雁去无留意。四面边声连角起。千嶂里，长烟落日孤城闭。

浊酒一杯家万里，燕然未勒归无计。羌管悠悠霜满地。人不寐，将军白发征夫泪。

此词有四个特点：

一曰景色高远。景色高远，也就是视野开阔，气象远大。下笔就写“塞

---

① 魏洛，郑福田等主编：《中国宰相全传》中册，中国工商出版社，1996年，1150页。

② （元）脱脱等撰：《宋史·范仲淹传》（第29册），中华书局，1985年，第10276页。

③ 同上，第10295页。

下秋来风景异，衡阳雁去无留意”。请君细想“塞下”可是一个小地方吗？否。这地方可以容得下千军万马。“秋来风景异”原本寻常之事，但与塞下这样特殊的背景相匹配就不寻常了。请君再想，塞下秋来又是怎样的一派景色？纵然词人未及细言，那边寒之风已是扑面而来。然而不仅地面之景非同寻常，天上之景亦不寻常——“衡阳雁去无留意。”衡阳与塞下相去何止千里，而雁去之声又似悲声，于是一是塞下，二是秋风，三是归雁，四是悲鸣，这四种景物中，两个是看见的，两个是听到的。且看且听，视听之间竟是这样一幅壮阔苍凉的景象。冯延巳也有“风乍起，吹皱一池春水”，李后主也有“问君能有几多愁，恰似一江春水向东流”。但究其实，不过是绝妙的比喻罢了，而范仲淹笔下的此情此景，却是昭昭历历赫然就在眼前。

二曰声象激越。所谓声象激越，首先是“四面边声连角起”。边声连角，最具雄浑之气。这里写下的不是一种声音，一种声音就单调了，而是包括羌笛声、胡笳声、操练声、回营声、风声、树声、马嘶声、驼铃声以及种种秋来边塞之声。而这一切声音都与军营中的角号声混为一体。而这号角声偏能激越而出，更为周围的景色，增添了几多苍凉几多悲壮。而那角声下的景致——周围的千峦叠立，空中的几缕长烟，天边的一轮红日，对映着紧闭的孤城，此等景象，无以言之，只能说是一种特别的古代边塞式的“酷”美。范仲淹仅仅用了 5 个断句，31 个字就将其写得如此生动而传神，若非亲身经历，又怎能写得出那景象的十分之一，百分之一。

三曰格调苍凉。所谓“浊酒一杯家万里”，形象地表现了他的思乡之情；“燕然未勒归无计”，又表现了他的望乡难归之意以及守边不归之心，从而反衬出守边将士的英雄气概与坚忍不拔的精神。

写这精神，词人不作正说，偏作反说。其效果是：虽然格调苍凉，却又深沉有力。仿佛战场上的鼙鼓之声，这声音不是清脆悦耳的，也不是欢畅淋漓的。大敌当前，岂容清脆悦耳，生死系于一线，又岂可欢畅淋漓？然而，那鼓声虽然沉郁深厚，却声不清而重，音不高而烈。词人所表达的正是这样一种意境。

四曰情感深切，“羌管悠悠霜满地”，又是一句景。但看前面的景致写得如此之大，此处仿佛无景可续写了。然而，真的词家，最擅长的乃是“自无人处写精神。”一句“羌管悠悠”，便有多少深意在其中，一句“霜满地”，又有多少情怨在其内。但是，这些都不过是“铺垫”罢了，真的主人公在这里呢！——“人不寐，将军白发征夫泪”。陡然一笔收束，完成了白发将军忠心赤胆、万里征夫情高意重的群体形象。

范词气象远大，但善于抒情，只是他的抒情，不再是儿女私情，不再是卿卿我我，不再是“淡淡梳妆薄薄衣，天仙模样好容仪”，不再是“一向年光有限身，等闲离别易销魂”，不再是“把酒看花须强饮，明朝后日渐离披，惜芳时”，也不再是“日高深院静无人，时时海燕双飞去”。

范词抒情，不要这小盆景，但要那大自然。且看他的《苏幕遮》：

碧云天，黄叶地。秋色连波，波上寒烟翠。山映斜阳天接水。芳草无情，更在斜阳外。

黯乡魂，追旅思。夜夜除非，好梦留人睡。明月楼高休独倚。酒入愁肠，化作相思泪。

这里写的也是思乡怀人之情，但一出自范仲淹笔下，便有了其特有的风格，特有的气象。情非不深，却不要那么细密；意非不重，也不要那么缠绵；心非不切，又不要那么委婉；思非不愁，但不要那么小儿女状。

然而，他的心思也是细腻的，他的情感也是敏感的，他的内心世界同样是十分丰富的，而他的表达方式尤其是感人深切的。但依然新声新调，不同于五代之词人，请看他的《御街行·秋日怀旧》：

纷纷堕叶飘香砌。夜寂静、寒声碎。真珠帘卷玉楼空，天淡银河垂地。年年今夜，月华如练，长是人千里。

愁肠已断无由醉。酒未到、先成泪。残灯明灭枕头欹。谙尽孤眠滋味。都来此事，眉间心上，无计相回避。

这一回颇有些儿女情长了，虽然依然是“雄心未减边塞时，男儿气象有如斯”，但论情长情绵情切，绝不让位于任何一位婉约词人的。

尤其要说明的是，他的上述两首词各有名句在焉。而且这两处名句，当真影响深远，价值不凡。一个影响了李清照，一个影响了王实甫。

影响李清照的是“都来此事，眉间心上，无计相回避”。后来李清照化旧语作新词，那艺术越发好了，但范词的筚路蓝缕之功，也是不可埋没的。

影响王实甫的是“碧云天，黄叶地，秋色连波，波上寒烟翠”。到了《西厢记》那里，变成了“碧云天，黄花地，西风紧，北雁南飞”。通俗虽通俗了些，单以此句比较原词，那意境还有些不如似的。

范仲淹的上述三首词，历来评价很高，但他还有一首《剔银灯》，也一样不可小看。虽然对这词的评价，歧异不少。但论到它的开拓作用和示范作用，在宋代早期词作中，也是很少有旁的词作可以与之相提并论的，甚至是独一无二的。这词风大约一直影响到苏东坡、辛疾弃、刘克庄。其词云：

昨夜因看蜀志，笑曹操、孙权、刘备。用尽机关，徒劳心力，只得三分天地。屈指细寻思，争如共、刘伶一醉。

人世都无百岁。少痴呆、老成尫悴。只有中间，些子少年，忍把浮名牵系。一品与千金，问白发、如何回避。

虽有些颓废之情，又有些红尘看破之意，毕竟是一代人杰所为。

遗憾的是，范仲淹的词作数量太少了。所以他的词品虽高，他的词对于宋词发展的意义虽大，那意义与作用，却需要后来者的反思与斟酌。现在的宋词选本绝大多数少不了他，但真的选宋词十八家之类，又没有他了。

第三节 宋祁、聂冠卿、李冠等前期词人

一个时代的变化，不是一个人两个人可以完成的，这里讲的几位词家，虽然未享大名，亦未成大果，但都在这变化中出过力的。

1. 宋祁

宋祁（998–1062），字子京，安州安陆人，今属湖北省；后徙开封雍丘，今属河南杞县。天圣初年，他和哥哥宋庠一起考中进士。这样的情况在儒学时代十分少见，故被时人称为二宋。以后累官至尚书工部员外郎，知制诰，又改龙图阁学士，史馆修撰。他一生仕途比较顺利，本人既是个清正的官吏，仕途上也没有大起大落之悲欢。

宋祁多才艺，是一个具有多种才能的人，词以外，他的诗、文也有相当的成绩。虽然一般文学史很少为他建章立传，但一些名家选本，总是不会遗忘他的文章，如被周作人先生十分看重的《古文小品咀华》，就选了他的《仪舞辩》。

文章不长，但既有推理，又有道理，而且语含幽默，虽然幽默又有逻辑在焉。确实是一篇很有特色的文章。难怪评论者要说，“和气致祥，非理所必无。然呆看不如活看。得此妙解，圆通无碍。”[①] 如果呆看，幽默没了，但能活看，便觉有意思。

他还是一位史学家，曾与欧阳修共同主撰《新唐书》，其中有 150 篇列传出自他手。同时，他对于地方物志也很有兴趣与心得。综合评价，这是一位既富于才华又十分博学的人。

---

① 王符曾辑评：《古文小品咀华》，书目文献出版社，1983 年，第 247 页。

他赖以在文学史上成名的，几乎全在于他的那首《木兰花》词，全词如下：

东城渐觉风光好，縠绉波纹迎客棹。绿杨烟外晓寒轻，红杏枝头春意闹。

浮生长恨欢娱少，肯爱千金轻一笑？为君持酒劝斜阳，且向花间留晚照。

因为这词的名头太大，对它的评说，历来也颇有不同。

有论者认为，这词之妙，全妙在一句“红杏枝头春意闹”上。而这一句之所以妙，又特别妙在那一个“闹”字上。这“闹”字当真就是天作之成，无可更改，无可替代，更无可置疑的。

这简直就不仅是名句效应，而是名字效应了。

名字效应的说法也可以成立。实际上，中国诗、词史上，既有名字效应，也有名词效应，还有名句效应，更有名篇效应，再向上“捋”，还有名人效应乃至名派效应。

所谓名字效应，即因为一个字的关系，便使这词或这诗具有了不同凡响的效果。

“红杏枝头春意闹”的“闹”字就有这样的效应性，而对于整首《木兰花》而言，这“红杏”一句同样具有这样的效应性。

这效应是如此显著，不仅对这词作影响深远，连宋祁本人也因为这词的原因而得到一个“红杏尚书”的雅号。

也有评论者不同意此观点，甚至调侃说，果真因为这一个字就成其大名，那为什么不称宋祁为“闹尚书”，而称其为“红杏尚书”呢？

更有人对这个“闹”字反感。例如清代大剧作家李渔就很是看不惯这个“闹”字。他说：“若红杏之在枝头，忽然加一闹字，此语殊难著解。争斗有声之谓闹。桃李争春则有之，红杏闹春，予实未之见也。闹字可用，则吵字、斗字、打字皆可用矣。”[①] 这批评有点胡搅蛮缠了。对此，《宋词小札》的作者刘逸生先生给了有理有据的精彩反驳，读那反驳，真有诗一样的快意。

① 刘逸生著：《宋词小札》，广州出版社，1998 年，第 38–39 页。

从词的发展看，单这一“闹”字，已经显露出宋代词人的某些特性。

当然全篇也是好的。因为全篇好，那个闹字才有安排处，才显出她画龙点睛般的艺术价值。否则，岂不等于一堆灰土埋没了“珍珠”或一丛杂树遮住了“美女”。

对这词的解释颇多，我的看法，它的最大特色，在于写“动”。虽然不是说愈动愈好，却在一系列“活动”中，表现了词的意境和作词人的心理感受。

“东城渐觉风光好”，风是动的，光是动的（请读者朋友原谅我的故意穿凿），风光也是动的；“縠绉波纹迎客棹”，波是动的，棹是动的，迎也是动的；“绿杨烟外晓寒轻”，烟是动的，虽然不是真的“烟”气，而是笼罩垂杨的雾气，却是一种动感画面，而“寒”也是一种动感——而且动得轻手轻脚，再往后，就是“红杏枝头春意闹”了。

换头，“浮生长恨欢娱少”，浮生似有动感，欢娱尤为动情。“肯爱千金轻一笑”。不消说，那笑也是动的；“为君持酒劝斜阳”，劝是一种动态，斜阳也是一种动态，而且作者的劝正是不愿它动，可是——劝不住了。“且向花间留晚照”，这晚照亦非安然不动之物，——“夕阳无限好，只是近黄昏”，——凭你什么能人伟士，一定也留它不住。

而“春意闹”这一个闹字，就活跃在这一系列“动”的中间，从而，万“动”从中一点“闹”，不但是锦上添花，而且是众星捧月了。

因为所有的美好景致都在“动”中。作者才对时光流逝产生那样的情怀与感喟，而一个闹字体现的意境，竟使这时光变得如此色彩鲜亮，又如此瞬息即去，从而使词的上、下两片的情感对比来得更其分明。

2. 聂冠卿

聂冠卿（988–1042），字长孺，歙县人，今属安徽省。他与范仲淹、柳永生年相仿，但故世较早，《宋史》说他“嗜学好古，手未尝释卷”。[①]是一个雅好读书的人。

① 徐培均选注：《婉约词粹》，华东师范大学出版社，2000年，第37页。

他仕途顺利，虽然没有做过高官，也没有什么挫折。他中进士后，大诗人杨亿欣赏他的文章，特别向皇帝举荐，可见他的文章写得不错；他曾参与修订“大乐”并撰写《景祐广乐记》，可见他对乐礼等音乐方面的事也是一位行家；他喜读《春秋左传》，借古讽今常有尊王黜霸之议，可见他是一位儒者；他任太常博士期间，曾就刑罚的程序问题提出意见，主张“慎刑“，可见他富于仁者之心。可惜他流传至今的仅有一首词作。可喜的是这词作得很有水准，虽然只有一首词却可以当之无愧称为杰出的词人。他实在比那些词作不少佳作难觅的所谓词人高上许多。他的这首词寄调《多丽》，题为“李良定公席上赋”，席上有此妙词，也可以看到他的才思敏捷。

想人生，美景良辰堪惜。问其间，赏心乐事，就中难是并得。况东城，凤台沙苑，泛晴波，浅照金碧。露洗华桐，烟霏丝柳，绿荫摇曳，荡春一色。画堂迥，玉簪琼佩，高会尽词客。清欢久，重燃绛蜡，别就瑶席。

有翩若惊鸿体态，暮为行雨标格。逞朱唇，缓歌妖丽，似听流莺乱花隔。慢舞萦回，娇鬟低亸，腰肢纤细困无力。忍分散，彩云归后，何处更寻觅？休辞醉，明月好花，莫谩轻掷！

对这首词，历来评价不低，不像宋祁的那一首《木兰花》，欣赏的人是真欣赏，反对的人也是真反对，势如昼夜，两色分明。

这词长，不便细解，这里讲它的两个好处。

一个好处，它采用的是比较少见的词牌，对此，《宋词大辞典》这样说明：

《多丽》调见聂冠卿词，此调又名《绿头鸭》，晁端礼、贺铸、晁补之词皆用之。[①]

用语妥当而且准确。大约是无法考证这词牌的最早出处，所以说“见聂冠卿词”。但这是一句很有分量的评语。聂冠卿的时代，正是柳永慢词

① 王兆鹏，刘尊明主编：《宋词大词典》，凤凰出版社，2003年，第171页。

兴起的时代。宋词的成熟与发达，主要有两个标准：一个是内容变了，将五代艳词的狭窄内容扩展开来，即由佳人而文士，或由佳人而将军，或由才子佳人的离情别绪变为士大夫与将军的忧生忧志与慷慨悲歌。

词牌变代表形式变，唐五代词并非没有长调，没有慢词，但都不能成为主流。在特定意义上，或许也可以说，慢词、长调虽古已有之，却唯有宋代词人才令其达到成熟，光芒四射。慢词的第一个经典性代表人物则是柳永，那么这聂冠卿的《多丽》也就可以看成是柳永变革词史进程的一个时代支持者。

另一个好处，是它包容了很多古时的名句名意在内，而且对后世词的发展具有重要的启迪作用。清代批评家陈廷焯说："此词情文并茂，富丽精工。汤义仍《还魂记》从此脱胎。《西厢》'彩云何在'，亦是盗袭此词后阕语。"①

不仅如此，"想人生，美景良辰堪惜。问其间，赏心乐事，就中难是并得"等语，那本意源自谢灵运诗序"天下良辰美景，赏心乐事，四者难并"。②他的高明之处，在于化序文为词句，更显出这 4 件事的独特意境。

下半阕第一句"有翩若惊鸿体态，暮为行雨标格"，其实出自曹植的《洛神赋》，但又化用得好，纵然旧迹犹存，终不失一段佳妙。

据考证者说，这词中包含的古诗古意尚不止这些，但即使只有这些，也不少了。以诗句入词，是词的艺术特色与传统，但用得好与不好，却有高下之分。聂冠卿在这个方面做得成功而且漂亮。

3. 李冠

李冠，生卒年不祥，但参考一些散见的资料与评论，或与张先同时，或在欧阳修前。李冠出身不高，也没有中过进士，只是"赐同三礼出身"。他生活的时代，著名的词人，多为高官显贵，他出身是低的，官职是小的。官卑职小，但接触实际多，而且有不平之气，加之才艺勃发，词作卓尔不群，

① 徐培均选注：《婉约词粹》，华东师范大学出版社，2000 年，第 37 页。
② 同上。

有过人之处，论者说他“以诗文名于当时，其词委婉明丽似张先”。[1]

李冠虽然以诗文名于当时，但成就不如他的词作。《全宋词》的编者只找到他5首词，尽管如此，只凭其中的一首《蝶恋花·春暮》，已足以令他名垂千古于中国文学史。其词云：

遥夜亭皋闲信步。才过清明，渐觉伤春暮。数点雨声风约住，朦胧淡月云来去。

桃杏依稀香暗度。谁在秋千，笑里轻轻语。一寸相思千万绪，人间没个安排处。

词句奇警，词力惊心，写得妙笔生花。

词评家对这首词评价很高，特别对“数点雨声风约住，朦胧淡月云来去”评价更高，陈师道《后山诗话》说：

介甫谓“云破月来花弄影”，不如李冠“朦胧淡月云来去”也。[2]

清代批评家沈谦则认为：“红杏枝头春意闹”，“云破月来花弄影”俱不及“数点雨声风约住，朦胧淡月云来去”。[3]

想“红杏枝头春意闹”乃宋祁平生最得意而且也是他对后人影响最大的词句，而“云破月来花弄影”则是词人张先最著名的“三影”词句中的一句。这两者都是宋词中最具名句效应的词句之一，但在上述评论家的法眼看来，其比之李冠的二句词，竟然还差了一畴，此意却是为何？

照我的看法，这几句词其实各有妙处，春华秋实，难分优劣。因为他们不属于一类性质，论影响，“红杏”“弄影”二句，还要更大些。之所以论者纷纭，主要和他们的写景方式与风格不同有关。

相比较看，“红杏”，“弄影”二句，写得近，写得艳，写得密，写得“乱”。

① 徐培均选注：《婉约词粹》，华东师范大学出版社，2000年，第58页。

② 同上。

③ 同上。

所谓写得近，是说那词表现的只是近景，近景方妙。一株杏树，远在天边，看不清了，想“闹”也无从闹起，怎么闹呢！云破月来，看似远景，但作者的眼光却在近处，毕竟云破月来是背景，花弄影才是主题，因为这主题——主景一下子把作为背景的远景拉近了。李冠的二句词则不一样了。你们写得近，人家李冠写得远，“朦胧淡月云来去”，若非远景长观，又有谁可以看得到呢？

“红杏”、“弄影”二句又写得艳。所谓艳，在前者是色彩分明，在后者是意象溶溶，这也是“红杏”“弄影”二者的佳处。李冠则反其道而行之，你们写艳，写色彩，人家李冠偏生写“淡”，风声雨声，已无甚色彩，淡月略有颜色，还要她朦胧，云来云去，尤其素雅。两相对照，确实心境不同。

“红杏”“弄影”二句写得密。词的阅读节奏密，心理感受密，喻物形象密。红杏枝头，不密也不好，稀稀疏疏三两朵小花，还写她作甚？云破月来花姿摇动，不密也不能感动人情。所以密之一法，不可不用。你们写密。人家李冠偏要写疏。朦胧淡月，非疏不美，甚至非疏不可；彤云密布，或者乌云压城，气象虽然高浓威赫，能看得见月亮吗？浓云来了，月亮没了。

“红杏”“弄影”二句尤其写得“乱”。乱字并非贬语，“红杏枝头”证明春意已浓，而表现春意浓的方式，非“乱”不可，非“乱”不好。不乱不足以显示那勃勃生机与浓浓的春意。“云破月来花弄影”也要乱。从字面上看，“弄”字必定乱，又因为乱，才更容易令欣赏者、会意者、多情者心旌摇曳，有些按捺不下。他们写“乱”，人家李冠偏要写静。朦胧淡月，已呈静态之静，云来云去则是动态之静，雨是有声的，却被风约住，风也是有声的，却是朦胧淡月的前提。因为这雨声、风声，其主题景色反而变得愈发“安静”。这静端的写得好，让你在万物悄声之中，体会那情致与安闲。

然而，这不过是词的上半阕而已，上半阕写足了远、雅、疏、静，到了下半阕，很快来个鲜明对照。

“桃杏依稀香暗度”，忽然闻到香了。但也不是那种浓香，烈香，甚至异香，怪香，而是淡淡的似有似无的一缕幽香，这香气竟不知从何而来！正纳闷时，又听到秋千架上有人嬉笑，有人轻声。这正是妙龄女郎的青春本色。其实她们说些什么都不重要，或许也根本没有什么要紧的内容，关键是轻声细语本身，要的就是那盈盈溢出的青春暖意，令人心醉。作者写此，那心不能不砰然而动；读者谈此，亦不能不觉得有轻柔嫩指在撩拨情思。或许作者知道那墙内的人儿是谁，或者他根本无从知道那秋千架上究竟是何人，只是青春气息相通，于是砰的一声，便把自己的心扉撞开，自己同样年轻的心止不住小兔一样跳上跳下。此时的他，或许脸红了，或许身热了，或许听到自己的心跳声音了，或许竟一时情动不知自己身在何处了。真没办法呀——谁让你“一寸相思千万绪”来呢！这千头万绪的情心恋意，直比那红杏枝头的春意更闹，又比那“云破月来花弄影”更其摇曳多姿，于是“人间没个安排处”。

在彼时的词人中，还有李遵勗、沈邈、杨适、张昪、韩续以及夏竦等，在这些词人中为什么单单选出宋祁、聂冠卿、李冠三位呢？因为，在某种意义上说，宋祁预示了词风之变，聂冠卿预示了词体之变，李冠预示了词意之变，而这三种变化，正是宋词第一阶段所取得的最重要的成绩。

第四节　歌旅词人柳永

一个兴达繁盛的文学时代，必然产生特定的标识性人物。宋词的标识人物，其中最具代表性的，我认为有五位，即柳永、苏轼、周邦彦、辛弃疾和姜夔。以时序论，柳永则是第一人；以影响论，也应排在比较靠前的位置；以成就论，也绝不至于排到这五个人的末位上去。

但是，与那四位代表性人物不同，柳永在他生前身后，受到的批评最多，争议最多，非议也最多。晏殊不喜欢他，苏东坡也不喜欢他，秦观受他影响，也是躲躲闪闪，不敢公开承认，饶是这样，他的一些词有些柳风在内苏东坡就不高兴了。宋代第一部有影响的词话《碧鸡漫志》的作者王灼，也指他的词为“野狐禅”。李清照的《词论》，对他的词似乎也很不屑，说他的词“虽协音律，而词语尘下”。凡此种种，这样的批评几乎与历代词史相始终。

同时，这些批评者或者说这些批评者中的大多数，倒也承认柳词无与伦比的影响。那影响不唯他同时代人所不及，甚至是后来任何一位词人都不曾做到的，所谓“凡有井水的地方即有柳词”。中国诗歌历史虽长，大约也只有白居易和元稹可以和他在这个层面一较高低。联想到他一生大部分时间只是一个白丁士人，他能取得那样的影响就更令人钦佩了。——他实在并不具有话语优势地位，他的影响只是靠他词本身的魅力与影响力。

柳词取得那样大的成就，又有那样的超群的传播力，但各种批评却不绝于耳，地位却始终动摇，且无论婉约派还是豪放派，都对他有这样那样的不满意。柳词的这种命运，显然与他的词性有关，又与他本人的个性及经历有关，尤其和他词的价值取向有关。

1. 柳永生平与柳词的文学特质

柳永，初名三变，后改名永，字耆卿，祖先为河东人，以后南迁，在崇安五夫里定居，今属福建省。他改名时，已年近50岁了。他大半生为“布衣”，没有功名，但并非因为没有才干，或者没有学问，或者不求上进，或者有什么见不得人的地方，这些都不是的。他父亲一生为官，做过地方官，也做过监察御史，有文学才能，是王禹偁的朋友。他两个哥哥：三复、三接都有功名，但只有他词才最高，成就最大，然而却因为作词做出了麻烦。

那么，究竟柳永身上的什么东西，使人们对他如此看不明白甚至不能正面理解呢！

回答这问题，最好用比较法，即比较柳永与其他代表性词人的异同，或许可以帮助我们将柳永与柳词的品性与风格突显出来。

与晏殊相比，晏殊是上层人士，柳永是边缘人士，或者可以称之为皇家的政治弃子。

因为晏殊是上层人士，而且是太平宰相。他的词的成就固然不如柳永，他对宋词变革的影响更不如柳永，但他占有话语权，又有唐五代词传统作依托，所以成就与变革虽然不及柳永，却是一个备受尊敬的词坛人士。

柳永则不然，他的词大有别于前人。虽然前人也写男欢女爱，风花雪月，但他写得无疑更大胆，更直白，更有浸染力。他的词传进宫中，皇帝也听，而且爱听。但论到功名二字，皇帝就不高兴了。有历史传闻说：柳永考中了进士，宋仁宗看到他的名字，问，这是不是就是那个填词的柳三变？回答说是，于是发话说：“且让他填词去。”宋仁宗是个温和皇帝，所以谥号为“仁”，但他对柳永的词依然有成见。之所以有成见，是因为他心目中有两个标准。一个标准——玩的标准，所以他爱听柳永的词，《后山词话》上说：“仁宗颇好其词，每对酒，必使侍伎歌之再三。”[①] 但功名云云，使用的却是另一个标准，其意若曰，听你的词，行；做官，不一定行；就是中了进士，也可能生生地给你划去。更何况，有些柳先生得意的新词，皇帝连听都不要听的。

① （宋）柳永著；薛瑞生校注：《乐章集》，中华书局，1994年，第263页。

偏柳永也是一个犟脾子，皇帝不是让他去填词吗？他索性打着皇帝的旗号，自称“奉旨填词柳三变”。古典小说中还有一首《西江月》，相传也是他所作，词的下半阕这样写着：

我不求人富贵，人须求我文章。风流才子占词场，真是白衣卿相。①

其意若曰，不做官就不做官，不做官就活不成了吗？难道作词就不如做官好吗？柳三变果然风流不羁，其心态和现代人真有某些相通处。

但这词和那传闻未必真靠得住的，只是看他后来改了名字才得中进士，又不好说如上种种就是空穴来风。

和苏东坡比，苏东坡是居士，柳三变是才子。才子在现代人心目中是个非常好的词儿，但在古代文明中，却又未必。若以才论材，才子固然不坏，可惜我们中国人一讲才字就想到德字，最喜欢德才兼备，最高兴德艺双馨。偏这柳永的德，在彼时彼世，又有争议。实在他既爱填词，又爱游艺，和妓女、歌女接触最多。人家有了新曲调，想把这曲子唱红，那么，找谁呢？就找柳三变，因为三变先生有这个能力，甚至唯有三变先生才有这个能力。他既是大词家，又是大唱家，还是大玩家，所以他这个才子，就不是一般才子了，而是歌、妓队伍中的风流才子，风流乡中的性情才子，只此一端，便使他成了传统的对头，道德的对头。

东坡称居士，因为他性格豁达。所作词不但有才子气，有书卷气，尤其意境高远，还带些禅的味道。这些都是柳永不具备的，也是他不追求的。他要写的就是歌伎们要唱的，歌伎们要唱的也正是他要写的。凭这一点就使他与苏东坡成了两路人，甚至成了两向人。

也因此故，他的词风与苏词词风有了绝大差别。比较二者的词风，也就有了那一则几乎爱词人尽人皆知的历史掌故：

《吹剑录》曰：东坡在玉堂日，有幕士善歌，因问我词何如耆卿。

① （宋）柳永著；薛瑞生校注：《乐章集》，中华书局，1994年，第261页。

对曰，郎中词，只好十七八女子，执红牙按歌“杨柳岸晓风残月”。学士词，须关西大汉铁绰板，唱“大江东去”。为之绝倒。[①]

与秦观相比，柳又另有差别，秦观是古代大绅士，柳永则是古代大游子。秦观的情爱观念是传统的，专注的，甚至是纯情的，所谓“两情若是久长时，又岂在朝朝暮暮”。柳先生的情爱观念可不是这样的，他的情爱观念是浪漫的，甚至有些肉欲的，香艳的。但他并非没有真爱，只是他与歌伎周旋厮混久矣，她们既爱他，他尤其爱她们。君不见《古今小说》中有一篇“众歌伎清明哭柳士”，说的就是他故世后，他的那些红尘知音自觉自愿到他坟上祭奠他的故事。此等待遇，自古以来，没有一个诗人或词人可以得到的。别人得不到，柳永能得到，正是柳永的光荣。想这并非旁的什么人而是下层弱女子们给的光荣，就不仅是光荣简直是荣誉了。然而传统的道德之士、正人君子者流未必这么看，他们一方面要尽情享受歌伎们带给他们的快乐，另一方面，又把她们看成是人格低劣的下等人。甚至干脆视她们为祸水，就像著名宋代大儒朱熹对待官妓严蕊那种样子。

柳永对歌伎有真爱，而且他的爱并不限于一人，从他写下的词作看，他至少与秀香、英英，瑶卿、心娘、佳娘、酥娘关系都很好，关系最好的还是一位名叫“虫虫”的姑娘。这“虫虫”亦善良可爱，才色出众，有柳词为证，其词寄调《集贤宾》。这词的上半阕真情写道：

小楼深巷狂游遍，罗绮成丛。就中堪人属意，最是虫虫。有画难描雅态，无花可比芳容。几回饮散良宵永，鸳衾暖、凤枕香浓。算得人间天上，惟有两心同。

柳永是个游子，情爱无法专注，他半生奔波，居无定所，他的情爱只是游子之情。

与周邦彦相比，周邦彦是官乐领袖，柳永则是妓乐班头，说白一点，就是个浪子。

① （宋）柳永著；薛瑞生校注：《乐章集》，中华书局，1994年，第266页。

周词与柳词其实大有相通处，然而，周邦彦是做过大晟词的官长的。他的词比之苏词都要雅训得多，而且协音律。柳永的词自然也是协音律的，然而风格是俗的，俗风俗趣。举凡听过宫廷音乐又听过乡音野调的人，即使你并不精通乐理，也可以感受到二者之间的巨大差异。有人比柳永词为《金瓶梅》，比秦观词为《红楼梦》，也是可以的。如果把秦观换成周邦彦，我想那比方依然是贴切的。柳永是合乎音律的《金瓶梅》，周邦彦是合乎音律的《红楼梦》。

与欧阳修比，欧阳修是雅士，柳永则是俗士。欧阳修不但作文雅，作诗雅，作词雅，做人也雅，我们只消看他的《醉翁亭记》，读他的《秋声赋》，就知道这是一位有着怎样高雅闲清品格的趣味之人。

柳永断乎不能如此。他最喜欢的乃是花红柳绿，浅斟低唱。在温柔乡中，他更自由；在绮罗堆里，他才浪漫。他写歌词不要那么弯弯转转，轻拿轻放，他只要直说；虽是直说，却可以一下子直刺到人的情心蜜意中去。你有痒处，他伸手便挠，这类风格，不但让雅人们皱眉，甚至让他们闭眼。其实晏殊、欧阳修也是撰写艳词的高手，欧阳的一些词写艳了，还有人站出来替他分解，说那些词不是出于醉翁之手。可见艳与艳也真不一样啊！北宋中期的张舜民，就在《画墁录》写了这样一段故事：

柳三变既以词忤仁庙，吏部不放改官。三变不能堪，诣政府。晏公曰：“贤俊作曲子么？”三变曰：“只如相公亦作曲子。”公曰：“殊虽作曲子，不曾道‘彩线慵拈伴伊坐’”。柳遂退。[1]

我想这故事虽然是张舜民写的，那话固然是晏殊说的，也能代表晏、欧一派的雅人雅见。他们的艳词写得固然也不少，即使自以为香艳无边了，究竟写不出柳永那样的艳词来，毕竟你让欧阳公爱“虫虫”，怎么可以呢？

与辛弃疾比，辛弃疾是爱国志士，柳永是功名学子。

但他真的热爱功名，而且长期努力，锲而不舍。一旦作了官，也是真做，认认真真，一丝不苟。但因为与辛弃疾的经历不同，艺术追求不同，心理

① 谢桃坊主编：《柳永词赏析集》，巴蜀书社，1987年，第274页。

类型也不同，所以辛词一出，便觉英雄气在；他的那派风格，却立意在滚滚红尘中下功夫，唯有面对大自然抒写离情别意之时，才有了清朗疏俊的艺术表现。

与钱惟演比，钱惟演是王胄贵族，他虽然作词却看不起词，一副爱理不理的模样。柳永则是爱词如命。他对词的态度，可说一生心血，早晚系之。就算称他为词之赤子也不为过。

毕竟任何一种文学形式的兴旺发达都需要一批为之呕心沥血的人在，有人说中国文学史上有三位一心作词不为他动的人物，一个是李煜，一个是辛弃疾，一个就是柳永。其实柳永也作诗的，而且他的诗也和他的词一样，不屑委婉，最擅铺陈。加上他游历四方，对下层劳动者的痛苦有着深切的用情。他的《煮海歌》，被钱钟书先生评价为“宋元两代里写盐民生活最痛切的两首诗”之一。[①]

达官贵人，认定词是小道，极端的人物如钱惟演，甚至说词乃如厕之物。所以钱惟演者流就算有才，也成不了柳永；就算属于社会最高层，依然成不了柳永。毕竟，想成为一个大词人，至少应该对词这一行有真情挚爱才行。

与范仲淹相比，范是至性将军，柳永则是多情种子。我在前面写过，范仲淹也是一位至情至性之人。但他的情主要是情系国家，情系人生的。因为情系国家，才有“将军白发征夫泪”；因为情系人生，才有“老吾老而及人之老，幼吾幼而及人之幼”。柳永自是多情种子，但他的情感投向大半在歌舞场中。这样的情过去是被正人君子者流鄙视的。但在今天看来，也并非不自然不真率，甚至并非无益。我想只要是对歌伎也能够平等待人的人，会赞成我的这个观点。而柳永正是这样一位能够以平等心对待歌伎的中国古来的杰出的大词人。

弃子、才子，游子、浪子、俗子、学子、赤子、多情种子，这八子或有重叠之处，但大体上以上八个侧面展示了柳永一生的风貌与特质。

需要说明的是，这八个方面的比较，不是说柳永处处皆对，别人处处皆错，也不是说别人处处皆高，柳永处处皆低。那样评价，就又回到非此即彼的简单化思维的旧路上去了。比较这八个方面，不过是强调柳永与他

① 钱钟书著：《宋词选注》，人民文学出版社，1979年，第29页。

人的不同。他的优势在这里，劣势也在这里，把这些因素综合起来，就构成柳永的特点，既是他人的特点，也是他词的特点。

实际上，甚至“八子”之说都不足以全方位表达柳永的一生行色。整体上看，他更像一个二元对峙又有机结合的矛盾体。一方面他极爱功名，一方面又不舍声色；一方面，他是一个立意为官而且能够严肃为官的人，另一方面，又真真确确是一个歌舞馆中的仙客，风月场中的老手。

这样一个矛盾体，他心中有“官魔”与“词魔”两个魔在不停地争斗，作拉锯战。也许他头脑冷静时，那官魔的作用更大，所以他也曾为考取功名而费尽九牛二虎之力，也曾为做一个好官儿，而改变自己的生活方式，也曾为迁官而四处干谒，也曾为讨得权势者的欢喜而写过应制之词。但这一切，都没有用的。人家说不用他就不用他，该讨嫌他仍然讨嫌他，挥之如蝇，弃之如土，连商量都用不着。这实在是柳永的可怜之处。

2. 柳词的特点、艺术成就与历史地位

就柳词的内容看，他写得最多的是两大类内容，一是男欢女爱之情感，二是羁旅行役之苦辛，当然还有别的内容，但主体部分不出这两类。尤其后一类，既有首创含意，数量也可观，约有 60 余首之多。

就柳词的价值取向看，一方面，他是好声又好色。他既是音律专家，对“声”的艺术标准很高，而且喜声好色，一片真心。另一方面，他又能做到爱人又爱己，既小心翼翼，不愿伤害美人之芳心，又我行我素，不委屈自己的放荡游子之情怀。

就柳词的艺术表现方式看，他是慢词的主要开拓者，同时，又是第一个用直白话语——俗语俚语作词的大词人。

柳永的贡献自是多方面的，择其要者而言，可以称之为“三变”。柳永本名三变，他对词的贡献也是“三变”，恰恰是一个很有趣味的巧合。因为有了这位柳三变，宋词才发生第一次重大的流向变化；又因为有柳词带来的这新“三变”，才使得宋词成就终于超越前人，确立了自己的历史性地位。换句话说，设使没有柳永，那么，彼世的词坛不过是新瓶装旧酒，晏殊不过是宋代的冯延巳，欧阳修不过是宋代的李后主。

柳词主要带来哪三变呢？即变体，变风、变意。以下分而述之。

第一变——变体。

变体即从根本上改变了以小令为绝对主体的传统体式。

柳永之前，也有长调，也有慢词，然而，不能成为主流态势，更没有发生重大影响。无论是前朝的温、韦、冯、李，还是本朝的林逋、晏殊、欧阳修、宋祁等，他们的词作精华都在于小令，他们倾心关注的也是小令。到柳永，变了。《乐章集》收词 206 首，加上集外集 6 首，总计 212 首词作，其中慢词就有 122 首之多，将近 60%，其中由他创制的《戚氏》曲牌，长达 212 字。慢词创作成为柳词的基本体式。

那么，慢词的意义在什么地方呢？

用一句话表示，即它以改变词体的方式，给词的艺术本性的充分发挥提供了一个新平台。

那么，什么是词的艺术本性呢？简而言之，词之贵，贵在其乐，贵在其曲。换言之，就是从音律和语言两个方面对词的艺术表现提出了标准。以音乐论，不能演唱则不能展示其美，以语言论，不达到“曲”的标准也不能展示其美。而语言的曲，就是句子的长短相杂的有序安排。词又名长短句，便体现了它的这个特征。词的直接体裁基础恐怕主要还是绝句和律诗。绝句不过四句，一般律诗也只有八句，如果词作中只有小令，那么它对绝律的改进只是字句安置方面的，变成慢词、长调，才成为篇幅方面的。

那么柳永的变体，实际上就包含了变制与变调两个方面，一方面变制必然要变调，另一方面，变调又增加了新的艺术表现力。

词到宋代，或说词从柳永、张先开始，词牌显著增多。

从个人用调的情况看，晚唐五代词人用调最多的是冯延巳，用了 36 调。宋代词人中，用调最多的是吴文英，用了 146 调。其次就是柳永，他使用了 133 调。以下依次为：周邦彦 112 调，辛弃疾 104 调，张先 100 调，此外就没有用调用到三位数的宋代词人了。吴文英用调超过柳永，但他是南宋人。

慢词的独特艺术价值在于，它更容易做到曲尽其情，曲尽其声，曲尽其韵，曲尽其意。

宋词的最重要的特点，是它的抒情性。小令也可以抒情，而且小令抒情，往往干净利落，妙在言虽尽而意不尽，但论到缠绵悱恻则小令不如长调，论到回肠九转，小令更不如慢词了。特别是表达那些深深的情感，这个时候，就是慢词大显身手的时候了。而第一个担负起这历史使命的大词家，就是柳三变。

再谈曲尽其声。无论诗、词、歌、赋，在古代汉语中，都是对合声合韵的语言文体的表达方式。这种文体表达方式，自然也有简捷与繁复之分。五绝、七绝，就是一种简单方式，虽然方式简单，其中学问也不小。写得好了，也可以达到纳须弥于芥子的境界，而且简捷本身也是一种风格，一种追求。但词作为长短句，其长处，不在简捷，也不在简洁，而在发微、发繁、发幽、发难之处。它的美主要不是高门大嗓，而是九转回肠，越是幽、微、繁、复，越能体现它的风格，它的长处。

所谓曲尽其韵，说的是慢词不但在语言方式方面变化很大，在韵律与曲调方面变化尤多。很显然慢词比之小令，是既不易创作更不易演唱了。这就如同唐诗中的排律，虽然唐代大诗人不少，但能写并写好排律的人就少了。严格地讲，除去老杜之外，可说没有第二个排律诗人。

唱的难度也大了。那道理就仿佛能唱歌曲的未必能唱歌剧一样。慢词对于宋代词人，显然是一个音律专业方面的挑战，而敢于应战善于应战且能交上一份优秀答卷的人物中，柳永也是第一个。

所谓曲尽其意，即词的内容有的宜于用小令，有的宜于用长调。就像写小说，适宜写短篇的，你非弄成长篇，那就水了。适合写长篇的，非写成短篇，又难免浓得化不开。但无论如何，只有短的，没有长的，肯定是一个大大的遗憾。面对这等憾事，柳永进行了完美的解决。

柳永慢词中的佳作杰作不少，这里先录一首几乎爱词人皆知的《雨霖铃》：

寒蝉凄切，对长亭晚，骤雨初歇。都门帐饮无绪，留恋处、兰舟催发。执手相看泪眼，竟无语凝噎。念去去，千里烟波，暮霭沉沉楚天阔。

多情自古伤离别，更那堪冷落清秋节！今宵酒醒何处？杨柳岸、晓风残月。此去经年，应是良辰好景虚设。便纵有千种风情，更与何人说？

全词102个字，无论用什么标准衡量，都属于慢词长调了。调长，则情感空间大；词慢，则抒发情致深。不但情景交融，而且夹叙夹议，又有外在象征，又有内心话语，这一番情感，非长调不能示其真，非慢词不能畅其怀。

全词讲离别之情。前三句写时空背景，既富于诗情画意，又令人触景伤情。先写"寒蝉凄切"，蝉本妙物，但寒蝉就有些不妙。不妙还要鸣叫，叫出来的只是凄切之声。次写"对长亭晚"。长亭者，古之哀亭也，因为那是亲人分别之地。长亭原本哀亭，时间又在黄昏。黄昏最易令人心乱。然而，还不够，还要添上"骤雨初歇"。夕阳残照，骤雨生寒，那气氛、那景致怎不令人悲上心头，凄然欲绝。

这样的环境，还要举行告别仪式。那仪式也不过是个形式罢了，虽然帐篷也搭好了，酒席也摆好了，送别的亲友也来到了，然而，这酒又如何饮得下去呢？——"都门帐饮无绪"。酒吃不下，时间却不等人，饶你一万个恋恋不舍，碰到的却是"兰舟催发"。于是只好流泪眼对流泪眼，多情手握多情手，却一句话也说不出来——"执手相看泪眼，竟无语凝噎"。语虽说不出，心却在抖着，一时瞻念前途，那心更痛得很了。——"念去去千里烟波，暮霭沉沉楚天阔。"暮霭，令人忧伤，令人压抑；楚天阔该好一点了吗？也不，要知这里的阔，可不是心胸开阔之阔，而是山高路远之阔。这一去，正不知何处有知音呢？

换头。开首便是一句议论："多情自古伤离别，更那堪冷落清秋节。"没有这一句议论，就收不住上半阕，也打不开下半阕；有了这议论，后面更精彩。但对作者而言，那心是益发的沉重了，那情是益发的不堪了。想想吧，到了晚间，会在哪里呢？——"今宵酒醒何处？杨柳岸、晓风残月"。这景色写得真美、极美、绝美。然而，又用这景色的美反衬出告别亲人的伤心之甚。再想想，这一去就是一年时间，这一年简直就和一辈子一样，而且任你什么良辰美景也等于全无——"此去经年，应是良辰好景虚设"。最令人不堪的还是情啊！——"便纵有千种风情，更与何人说"。

但见笔笔道来，自有万种风情在。

柳词的妙处，还在于作者最擅长阶升梯进，铺张陈事。这也是慢词应有且特有的表达方式。做到这一点，当然也有语言功力问题，也有结构安置问题。这里先说结构安置——好的结构安置正是慢词的优长所在。

自来词以抒情为主，柳永的独特创造在于以赋为词，从而为词的创作增添了新的手段。以赋为词的长处，是写宏大景观。柳永之前，没有这等作词的。虽然柳词中这样的作品也不多，但仅凭他那一首《望海潮》就足以奠定柳词在叙事方面的不朽地位。徐培均先生说：

在这首《望海潮》中，词人以大开大阖、直起直落的笔法，描写杭州的繁荣景象，仿佛在读者面前展开一幅宏伟壮丽的历史画卷。因此李之仪在论及词体发展时说他“铺叙展衍，备足无余，形容盛明，千载如同当日”。[①]

全词如下：

东南形胜，三吴都会，钱塘自古繁华。烟柳画桥，风帘翠幕，参差十万人家。云树绕堤沙。怒涛卷霜雪，天堑无涯。市列珠玑，户盈罗绮，竞豪奢。

重湖叠巘清嘉。有三秋桂子，十里荷花。羌管弄晴，菱歌泛夜，嬉嬉钓叟莲娃。千骑拥高牙。乘醉听箫鼓，吟赏烟霞。异日图将好景，归去凤池夸。

这首词确实写得气魄很大。它的艺术特色，是既层层叠叠，又有序有秩，而且收放开合，各得其宜。

词的前三句，总写杭州全貌。告诉你杭州在何处——“东南形胜”，这地方为什么重要——“三吴都会”，以及它的历史——“钱塘自古繁华”。这写法显然是鸟瞰式的。

然后，笔锋一踅，开始写景写人。写景不需细写，而是选其美景，一一道来。一写“烟柳画桥”，二写“风帘翠幕”。这“烟柳画桥”是街景，

① 唐圭璋，缪钺，叶嘉莹等撰：《唐宋词鉴赏辞典》，上海辞书出版社，2003年，第195页。

杭州的一个代表;“风帘翠幕”则是民居,又是杭州的一个代表。二者相契合,一总看去,正是“参差十万人家”。古杭州城好大哟。这是写的城内。

笔锋再转,写到城外去了。“云树绕堤沙”,写的是钱塘江堤;“怒涛卷霜雪”,写的是钱塘江水;“天堑无涯”,写的是钱江风貌。这几句词,几把钱塘江说尽。然而,不能见物不见人啊,于是笔锋又一转,便写“市列珠玑,户盈罗绮,竞豪奢”。这是写市场呢!这市场如此繁华,正堪与钱塘江放对。而且一边是“水”,一边是“火”,水是澎湃钱塘江水,“火”是市场繁华象。

上半阕总写杭州,下半阕则专写西湖。实在杭州的美景虽多,无过于西湖者;杭州的人气虽盛,亦无过于西湖者。写西湖,又分四个层次。

第一层次,当头就写“重湖叠巘清嘉”。这里概写,六个字总括西湖风貌,可说字字抓在点上,“清嘉”二字,尤其切中肯綮。

第二层次,细写西湖景致。但西湖风景甚多,无法尽写,那么,写什么呢?就写桂子与荷花。这两种植物其实不在一个季节绽放,但中国传统诗、画的过人之处,是可以境因心生的。本词的景致描写不仅是景自心生,且更像电视镜头,一忽儿在夏,一忽儿转秋。荷花固然水中仙子,桂花尤其香气袭人;二花相映,几近色、香、味、形四美皆全。难怪金主完颜亮,一闻此景,便要策马江南。

第三层次,写歌舞娱乐。此处不但有声、有乐,而且有人、有态。乐是“羌管弄晴”、声是“菱歌泛夜”,人是“钓叟莲娃”,态是“嬉嬉”神态。这几句,正是词中之眼。佳丽杭州,若无西湖,就有些“硬”了;佳丽西湖,若无欢情美景又有些“呆”了。有了西湖,才使得杭州美景更鲜更亮;有了这欢情美景,才使这西湖“欢笑”起来。

第四层次,归美于杭州郡守,又写些祝福之言。祝福固然没有什么特别之处,却是题中应有之义,否则便觉不够完整。写郡守那两句,确实也写得警拔而又风流。“千骑拥高牙”,便很警拔,凭空为这词境增添了几分豪气。“乘醉听箫鼓,吟赏烟霞”,就很风流,毕竟不是风烟万里,铁骑厮杀。所以郡守固然威风八面,犹须归于歌舞升平,这正是杭州美景所需要的。

因为柳永的慢词有这样的效果,故而陈匪石先生要这样评价他了:

且慢词于宋，蔚为大国。自有三变，格调始成。[1]

蔡嵩云的《柯亭词论》肯定柳词的变革功劳，也说：

宋初慢词，犹接近自然时代，往往有佳句而乏佳章。自屯田出而词法立，清真出而词法密，词风为之丕变。[2]

第二变——变风

变风即改变风格。柳永之前，词的基本风格，只是一个雅字。虽然雅与雅也有区别，例如温庭筠的雅就不同韦庄的雅，冯延巳的雅也不同于李后主的雅，但风花雪月，大体不出雅的基调。到了柳永，变了。他独张旗帜，变雅为俗，甚至可以说，自有词作以来，到了他这里，才真正做到了雅、俗同在，而且雅、俗共赏。

柳词的俗也有多种表现，或者说从根本上就是俗的。以他和晏殊比，晏殊也好歌舞，但那是相府之歌，豪门之舞，那情那调，焉能不雅？柳词则大不然。他的歌舞多在乎秦楼楚馆之间，表达的多为市门肆闾之事，想要不俗，都不可能。

但柳词的俗，最主要还是表现在语言方面。即它的表达方式比较直白，不含蓄，传统词不便写、不肯写、不敢写或不屑写的内容与语言，到了柳永这里，全写。而且一写就有了一泻千里的风格。所以他词的成就虽大，变革虽多，也难怪人家不喜欢。清代大批评家刘熙载说他：

柳耆卿词，昔人比之杜诗，为其实说，无表德也。[3]

又说：

---

① 薛瑞生校注：《乐章集校注》，中华书局，1994 年，第 278 页。

② 同上，第 277 页。

③ 同上，第 271–272 页。

耆卿词细密而妥溜，明白而家常，善于叙事，有过前人。惟绮罗香泽之态，所在多有，故觉风期未上耳。[1]

“善于叙事，有过前人”，确是的评。

此处举两首柳永通俗词为例证，以飨读者。先谈那首《婆罗门令·昨宵里》：

昨宵里，恁和衣睡。今宵里，又恁和衣睡。小饮归来，初更过，醺醺醉。中夜后、何事还惊起。霜天冷，风细细。触疏窗，闪闪灯摇曳。

空床展转重追想，云雨梦，任攲枕难继。寸心万绪，咫尺千里。好景良天，彼此空有相怜意。未有相怜计。

语言真的通俗，纵然不作解释，也能明白；纵然文化基础不厚，也能明白。

另一首是《法曲第二·青翼传情》：

青翼传情，香径偷期，自觉当初草草。未省同衾枕，便轻许相将，平生欢笑。怎生向、人间好事到头少。漫悔懊。

细追思，恨从前容易，致得恩爱成烦恼。心下事千种，尽凭音耗。以此萦牵，等伊来、自家向道。洎相见，喜欢存问，又还忘了。

这词一样明白如画，一样意味犹深。

第三变——变意

所谓变意，主要指词的书写对象变了。传统词作，主要是写男欢女爱，离情别调。这种情况，在韦庄、李煜的词作中已经有了变化。尤其李煜，他做皇帝时，还是旧情一派，但当了俘虏，心境剧变，虽不必刻意要写新词新志新意，写出来的却是新词新志新意。后来范仲淹写白发将军也是突破，李冠写刘项相争更是突破。然而就总体情况看，基本的内容，依然是

① 薛瑞生校注：《乐章集校注》，中华书局，1994 年，第 271–272 页。

女性化的，基本格调，依然是男欢女爱、离愁别恨式的。直到有了柳永，这种格局才真正发生质性的改变，从而词的表现方式与对象也跨上一个新的历史性平台。

柳词内容，具有如下三个特质。

第一个特质：由写美人到写文人，或说由写女性为主，到男女平分天下。

柳永写文人，不是历数天下文人，更不是极写世间英才，那就不是柳永，而是苏东坡、辛弃疾了。柳永笔下的文人，说得直白点，就是他自己。奇异的是他这位文人，虽然类型有点尴尬，有点不入雅人眼，可那形象，倒也十分令人注目。

他实在对自己很欣赏，确实有点"我不落第谁落第"的执拗精神。他好不容易考中的功名，因为一首词，皇帝不痛快了，于是大笔一持，他的功名没了。这词寄调《鹤冲天》：

黄金榜上，偶失龙头望。明代暂遗贤，如何向。未遂风云便，争不恣狂荡。何须论得丧。才子词人，自是白衣卿相。

烟花巷陌，依约丹青屏障。幸有意中人，堪寻访。且恁偎红翠，风流事，平生畅。青春都一晌。忍把浮名，换了浅斟低唱。

这里的浮名说的其实是功名。而古代的功名，那还了得！科举考试，如同鲤鱼跳龙门，跳过去的便成了龙，跳不过，还是一条鱼，鱼龙之别，就是天地之别。然而，到了柳永笔下，这令人垂涎欲滴的功名也不过是个浮名罢了。"忍把浮名，换了浅斟低唱"。那意思是说，岂容用这浮名换取那依红偎翠的生活。

第二特质：由人物的类型表现到自我表现。

唐五代词中，敢于、勇于、善于表现自我的，很是罕见。宋代词自我表现渐渐成为一种时尚，一股潮流。范仲淹"将军白发征夫泪"，也有自我表达的意思在内。但晏殊的词依然是旧传统旧规范，而且大多数词人也如晏殊一样，囿于传统不能自拔。柳永则百无忌讳，想说什么就说什么，想怎么写，就怎么写。空口无凭，有他的《传花枝·平生自负》为证。

平生自负，风流才调。口儿里、道知张陈赵。唱新词，改难令，总知颠倒。解刷扮，能哄嗽，表里都峭。每遇着、饮席歌筵，人人尽道。可惜许老了。

阎罗大伯曾教来，道人生、但不须烦恼。遇良辰，当美景，追欢买笑。剩活取百十年，只恁厮好。若限满、鬼使来追，待倩个、掩通着到。

这一篇完全可以称之为词体自传了，然而，不是的，它不过柳永的一段自我告白罢了。但是，写得好。不但写得非常有个性，而且非常有趣味。

“平生自负，风流才调”看似平常，意义却大。短短八个字，就活灵活现地写出了他一生品性与形象。他自负，不是一般自负，不是为某件事自负，而是“平生”自负。平生者，一而贯之之谓也，舍此不能有第二件事可堪比拟。自负什么呢？风流才调，其意若曰：小生不才，就是风流，就是有才调。这样的自我告白，从古至今，还真不多呢！宋代之前，更不多见，单以其罕见而论，或可称之为宋词第一，词史第一。

下面说讲自己如何的“风流才调”了。当然还是要举例说明。而且所举例证，多有画龙点睛之效，举凡那个时代歌舞行中、勾栏院内所能有的看家本领，三变才子是样样皆能：

拆白道字，无所不通；新词旧唱，无所不精；打理妆办，无所不能。不唯如此，而且身体好，形象好——“表里皆峭”。

这样的人生告白，怎么能不风流？这样的风流姿态，又怎么能不震撼呢！

第三个特质：由喻情写作到直情写作。

古来的词人，写对他人的情爱，是充分的，写自己的情爱就不充分了。就算写了，也是曲曲弯弯，掖掖藏藏，让粗心人找不到回头路。这一点，在温庭筠、冯延巳、晏殊一派词人中最为常见。但他们并非没有真情，虽有真情，又不真切，或者说真而不切。其表达方式，一般采用喻情式手法。写的是美人，说的是自己。有点像屈原大夫，喜欢作美人芳草之喻。

柳词全然不是这样，他一改旧风，追求的就是一个“真”。而且不是含蓄风格的真，不是高雅笔调的真，不是躲躲闪闪，有几分羞涩的真，更不是有点做作的真，他是真情真意真表现。大体说来，他的爱美之心是真情大表露，他的爱恋之心是真情大表露，他的爱花爱草之心也是真情大表露。用一个字概括，就是“直”。

柳永爱声好色，这一点，他绝不以为耻，他爱“虫虫”，就极写那爱；他爱心娘，爱佳娘，爱酥娘，就直言快语，写对她们的情，对她们的意。那笔法，尤其倾才倾艺一览无余。

他好像情有不专，但并非别情而不伤，绝情而不痛。他有一首《离别难·花谢水流倏忽》，是一首悼亡词。上片写他心爱者的天生丽质及痛、疼、忧、亡，下片写他对这心上人死后的追思。那笔能，那情感，那风格都可谓字字深心，字字深情。论格调，竟有些李白追思日本晁卿的风采，又有些王建“望夫石”的意蕴。其词曰：

花谢水流倏忽，嗟年少光阴。有天然，蕙质兰心，美韵容、何啻值千金。便因甚、翠弱红衰，缠绵香体，都不胜任。算神仙。五色灵丹无验，中路委瓶簪。

人悄悄，夜沉沉。闭香闺、永弃鸳衾。想娇魂媚魄非远，纵洪都方士也难寻。最苦是、好景良天，尊前歌笑，空想遗音。望断处，杳杳巫峰十二，千古暮云深。[①]

另有一首《秋蕊香引·留不得》，也是一首悼亡词。只是写得更直白，更真切，且有些狠狠的辣意，也更有柳词柳风的深重色彩。别的且不谈，只说开口就道“留不得”，已有响云裂帛之声；结尾又写“向仙岛，归冥路，两无消息”，更觉忧思深重，忧思难忘，希望犹存，期心永在。其词曰：

留不得。光阴催促，奈芳兰歇，好花谢，惟顷刻。彩云易散琉璃脆，验前事端的。

风月夜，几处前踪旧迹。忍思忆。这回望断，永作天涯隔。向仙岛，归冥路，两无消息。[②]

---

① 薛瑞生校注：《乐章集校注》，中华书局，1994年，第153页。

② 同上，第90页。

或有人说，柳永的词因为写得通俗，写得直白，艺术水准可能低些。其实直白显露也是一种风格，而风格只可分俗雅，难以论高低。更何况，柳永并非只会写直白通俗的词作，他的一些雅词雅作，连苏东坡都认可。可见，即使用苏式尺度衡量，柳永也是一位大词人。依本人拙见，那些能俗的词人，往往能雅，倒是那些唯雅的词人，就不能俗。他们说惯了字话，想改变，也难。柳词专家薛瑞生先生评价柳词时说：

北宋词坛是“极其变”的时代，其中有两个瞩目的人物，一个是柳永以赋为词，另一个是苏轼以诗为词，他们都胜利了。……观柳词，或横向，或纵向，或逆向，层层铺展，又每于开端、换头、结尾处一笔勾勒，使全词一气贯穿，浑然一体。这正是柳词的看家本领，在两宋词坛是独为翘楚的。①

这评价，深得我心。

3. 柳词的影响

文学作品产生影响及其影响大小，也有不同的构因与类型。构因包括人格原因，时尚原因，作品价值原因以及其他外部原因等。类型则是这些因素因为不同文学人物的先天条件与后天选择而形成的名种结构方式。

以晏殊、柳永为例，晏殊的影响，既有词作的因素，又有他地位与为人的因素。因为他是宰相级高官，又是一位受人尊敬的长者，还是一位热心的伯乐，所以他词的影响是多方面的。

柳永属于另一种类型，他与晏殊的影响差异全然是结构性的。他的影响，主要是他词的影响。至于他的人格，不能说没有魅力，但那组成结构却是正、负参半，或许应该说，柳词的影响是在争议中发生的，又是在争议中发展的。这种争议，争了 1000 多年，直到当今之世还没有完全止息。

论到柳词对后世的影响，可以分为五个层面。

---

① 薛瑞生校注：《乐章集校注》，中华书局，1994 年，第 25–26 页。

其一，他的词是彼时彼世传播最广的词。

所谓“凡有井水饮处，即能歌柳词”[①]，这样的传播能力当真羡煞人，能有这样的影响，也是对他词作的最充分的肯定。

其二，他的词影响了后来的几位重要词人。

实在一个作品，影响圈外人易，影响圈里人难，而影响大师级人物则绝对困难。从有文学记载的情况，柳词至少影响了苏轼，影响了秦观，影响了周邦彦，而这几位都是中国词史上名头极为响亮的人物，影响了他们差不多就等于影响了整个词的世界。

对苏轼的影响，未必全是正面感觉。因为秦观的一些词，苏东坡不喜欢，就批评他说：“不意别后，却学柳士作词”。[②]他批评秦观，秦观还不承认，于是他举例证明，秦观不说话了。但这也说明，苏东坡对柳词是熟悉的，否则他如何知道秦观的词像柳永呢。不仅如此，对柳永的另一类词作，东坡居士还很赞许。据《宋六十名家词·乐章集跋》记载，苏东坡很欣赏柳词中的“霜风凄紧，关河冷落，残照当楼”，“谓唐人高处不过如此”。这样的评价出自东坡，可见柳词——至少一部分柳词在他心中占有怎样的地位。

文学发展到柳永成一分水岭，因为他是宋代慢词的奠基者和重要创作者。在这个意义上说，凡写慢词有成就的后来词人，都或多或少与柳永相关。

其三，柳词影响了元曲的创作。

宋词中传世作品不少，但能直接影响元曲创作的，也许不多。这一点，柳永是做到了的。例如他的《传花枝·平生自负》，显然影响了关汉卿的《不伏老·我是一粒铜豌豆》。能影响金元曲词，又能影响关汉卿的创作，这是双倍的光荣。

其四，影响了后代词学批评史。

柳永与柳词对词评家产生的影响很大，也很独特。这里因为，第一，他是个大词人；第二他是个传播力极强的大词人；第三，他是个备受争议的大词人。因此故，人们不但争议柳词，而且争议“争议”，那分歧益发多了。这些批评者中，既有以创作为主的词人，也有以批评为主的论者；

① 薛瑞生校注：《乐章集校注》，中华书局，1994年，第285页。

② 同上，第266页。

既有如苏东坡一样的大才子，也有如李清照一样的大才女。这里且引三段有代表性的批评意见。

况周颐如是说：

柳屯田《乐章集》，为词家正体之一，又为金元以还乐语所自出。[①]

郑文焯如是说：

周柳词高健处惟在写景，而景中人自有无限凄异之致，令人歌笑出地。正如黄祖叹祢生，悉如吾胸中所欲言，诚非深于比兴，不能到此境也。[②]

陈匪石如是说：

柳永高浑处、清劲处、沉雄处、体会入微处，皆非他人屐齿所到。且慢词于宋，蔚为大国。自有三变，格调始成。[③]

自宋以降，有人将柳永比作杜甫，有人将柳永比作白居易，虽然也有不少负面意见，但能有此二“比”，也足以告慰柳永的在天之灵了。

唐代诗人中，李白、杜甫、王维、白居易成就最大，他们四位，或与道家相近，或以儒生自命，或以佛学为念，或以诗魔自许，柳永却别有所成，儒、道、佛文化在他身上都有痕迹，但都不突出。他的品性更接近于民，且不是一般的民，而是宋代市井之民。他的这种品性与风格，不仅使他的词作具有异彩新声之感，而且具有特立独行之意。

---

① 薛瑞生校注：《乐章集校注》，中华书局，1994年，第276–278页。

② 同上。

③ 同上。

第五节　张先与欧阳修

张先与欧阳修无论在词风、词体、词艺等方面都具有各自的特色，相同的是，他们二位都是过渡阶段的杰出人物。

1. 张先

张先的词有水平，但不走极端；有发展，也不走极端。他的风格，明显有别于唐五代传统，与晏殊也不一样；但又不像柳永那样，引起诸多争论。他的词体也是多样化的，既擅长小令也创作慢词。这一点也与晏殊一派词家有别。如果以花作比喻，则他的词不是梅花——实在它没有梅花那样的品行独异，傲雪凌霜；不是牡丹——它没有牡丹那样的天香国色，雍容华贵；不是兰花——它并非不近君子，但不以君子之风见长于词林；它可能更似二月杏花三月桃花，虽然只是大众化品类，却一样令人喜欢。他本人似乎没有特别突出的个性，但没有个性也是一种个性，不过不那么见棱见角罢了。在他内心深处，或许要把自己看作漫天飞舞的杨花，虽不与任何花朵争春争艳争奇争宠，但也有自己独特的品格在的。

他在词史上与柳永齐名，然而，并不与柳永特别相得。他一生朋友固多，也不包括柳永在内。二人之所以齐名，不在其人而在其词，他们都是最早的慢词高手。但他的词不像柳词那样直白显露，也不喜欢柳词的不管大红大绿，只要情到一概不拒。他只要写得巧，并不求写得透；痛快淋漓，麻情辣志，非张词所能，也是他不欣赏的。

他与晏殊的关系最为亲密，虽然他只比晏殊小一岁，却是晏殊的门生。二人的关系，似乎在亦师亦友之间，唯那种亲密是很少见的。然而，人是人，词是词。他的词既不像大晏词那样珠华玉润，也绝对写不出“无可奈何花落去”这样富于生活哲理的词句来，他的高明处，是清俊、明洁，看了叫人舒服。而且，虽不强调含蓄，却又耐人寻味。

他的词自然也不同于范仲淹。范仲淹的词天生有一种英雄感喟、烈士情怀蕴含其中。张先不是英雄，虽然一辈子调官，走了大半个中国，但他没有那许多感慨，也没有担当那样的道德责任。他不写英雄，但也少写怨妇，实在他本人也没有那么许多幽怨。他写得更多的是本人的生存状态，然而是美丽的，美丽只在寻常间，才是他的长项。

他的词风有些秦观的味道，细看却不像。秦观的词书卷气重，又一往情深，他活得没有秦观那么“贞”，也没有秦观那么累。他是庸常的，平和的，有些欢快又有些思考的，然而都是点到为止。看到美的情致景色，便把它写下来；过去了，也就放下了。他作词，使用“弄”字多，使用“影”字更多，可见他下在词句上的功夫还要大些。至于那内容，似乎并不特别关心，既不是柔肠寸断，也不是惊心动魄。但他也是一位抒情高手，他的长处，是能找到最佳的抒情方式与最熨帖的抒情语句。

古人对张先词评论很多，唯陈廷焯的两段话说得最为恳切，也最合我心。

一段话这样说：

张子野词，才不大而情有余，别于秦、柳、欧、晏诸家，独开妙境，词中不可无此一家。[①]

另一段话这样说：

张子野词，古今一大转移也。前此则为晏、欧，为温、韦，体段虽具，声色未开；后此则为秦、柳，为苏、辛，为美成、白石，发扬蹈厉，气局一新，而古意渐失。子野适得其中，有含蓄处，亦有发越处。但含蓄不似温、韦，发越亦不似豪苏腻柳，规模虽隘，气格却近古。[②]

① 王兆鹏，刘尊明主编：《宋词大词典》，凤凰出版社，2003 年，第 488 页。

② 同上。

张先（990–1078），字子野，乌程人，今属浙江省湖州市，是位非常高寿的词家，以我国传统纪年习惯，他享年 89 岁。

张先出身贫寒，进入仕途也比较晚。宋仁宗天圣八年，他得中进士时，已经 41 岁了。但进入仕途后，却又安安稳稳，既不曾大升，也不曾大降，到了 75 岁，退休了，身体依然很好，眼睛也不花，还可以看蝇头小楷。他做官并不恋官，入仕不久，就产生过退隐山林的念头。后来，调他去四川渝州任屯田员外郎，这在柳永正是渴望不得的，但他却很踌躇，一想到巴山蜀水的路途艰难，就有点发怵，不打算赴任了。但真的到了渝州，依然安心做事，而且高高兴兴，做官作词，还结交了新的朋友。他这一生，可谓贫贱不能改其乐，富贵亦不能移其性，这样的人格与性情在官场中确实不多见。

张先最大的特点，还是朋友多。他善于交友，有能力交友，对朋友古道热肠，一片真心，朋友之间能彼此得到友谊和乐趣。他早年与晏殊相知，晚年与苏轼相知，中间与欧阳修相知，一人得此三友，真的很幸福！但他远不止此，先后与他往来的，有程师孟、唐询、宋祁、孙贲、马仲甫、蔡襄等。他退休之后，闲暇时间多了，人缘又好，住在杭州，更与杭州、湖州的一干朋友来来往往，相得甚欢。他们中间有祖无择、郑獬、陈襄、杨绘、赵抃、孙觉、李常等人，皆为一时才俊。他的这些朋友很乐意帮助他，亲近他。他既以词会友，与朋友别，往往赠词一首，其中一些词作流传下来，成为他们友谊的见证。

张先这个朋友，可称韵友、达友、逸友。所谓韵友，是说他与朋友既能和谐相处，又有文学品位；所谓达友，是说他心度豁达，不仅有同辈交，尤其有忘年交。晏殊小他 1 岁，却是他老师，他处得好，欧阳修小他 17 岁，他们之间也处得好，苏东坡小他 46 岁，是他晚辈，相互间又处得好。所谓逸友，是说他性情随和，带给朋友的多是愉快，没有负担。人生在世，能有这样的朋友，也是很幸运的。

凡此种种，都在潜移默化中影响了张先的艺术创作，影响了他的诗，他的文，他的词。据说他的文章很好，但没有流传下来，大约应酬之作多，有价值有影响的少，虽然散佚，不必伤情。他的诗作不少，流传至今的也不多。但一些诗确实写得不坏，苏东坡说他“子野诗笔老健，歌词乃其余波耳”。[1]但看他留下的诗，似乎与词意相通。如果说苏东坡是以诗入词，其词大有诗意，张先的诗反而更像以词入诗，从而诗中亦有词味，这里录他一首《吴江》：

春后银鱼霜下鲈，
远人曾到合思吴。
欲图江色不上笔，
静觅鸟声深在芦。
落日未昏闻市散，
青天都净见山孤。
桥南水涨虹垂影，
清夜澄光合太湖。

细细品味，颇似字句齐整之词。

总而言之，张先一生成就，主要是他的词，至少他的词比诗好，诗比文好，所以后人言及张子野，第一个印象即这是一位词家。

张先词视野不很开阔，内容也不复杂，而且他特别喜欢用“影”字。有一则掌故说，因为他写“心中事”“眼中泪”“意中人”，故词界朋友称他为“张三中”，但他自己认为“三中”不能代表他词的水平，他更喜欢自己的“云破月来花弄影”、“帘压卷花影”、“堕飞絮如影”，说这才是他平生得意之作，于是人们又称他为“张三影”。也有人再加一“影”。称他为“张四影”的。他与宋祁交厚，宋祁是“红杏尚书”，他便是“弄影郎中”。

张先词中，写到“影”字的地方确实极多，据我的粗略统计，前后约有 25 处。这里面有写人影的——“愿教清影长相见”；有写棹影的——“棹影轻于水底云”；有写花影的——“日长风静，花影闲相照”；有写发影的——“高鬟照影翠烟摇，白纻一声云杪”；有写月影的——“犹有花上月，清影徘徊”；有写灯影的——“隔帘灯影闭门时，此情风月知”；有

① 陶文鹏主编：《宋诗精华》，广西师范大学出版社，1996 年，第 79–80 页。

写水影的——“水影横池馆，对静夜无人，月高天远”；有写妆影的——“照影红妆，步轻垂杨岸”；有写旗影的——“樯竿渐向望中疏，旗影转”；有写杨花影的——“中庭月色正清明，无数杨花过无影”；有写镜中影的——“弄妆俱学闲心性，固向鸾台同照影”；有写水中影的——“横塘水静，花窥影，孤城转”；有写朦胧影的——“惜霜蟾照夜云天，朦胧影、画勾栏”；有写樯乌影的——“千骑拥，万人随。风乌弄影画船移。”但他本人最满意的还是那三影“云破月来花弄影”，“帘压卷花影”，“堕飞絮无影”。

张先以“影”名，这里录他两首“影”作。其一《天仙子》。

水调数声持酒听。午醉醒来愁未醒。送春春去几时回，临晚镜。伤流景。往事后期空记省。

沙上并禽池上暝。云破月来花弄影。重重帘幕密遮灯，风不定，人初静，明日落红应满径。

词前有小序：“时为嘉禾小倅，以病眠不赴府会”。看来是有些小病，然而，很轻的。所以既不赴府会应酬，却又词兴未减，于是便有了这首《天仙子》。

词意不深，但很美。前半阕，慵慵懒懒，像个病人，又是闲人，闲中有病，病中生闲，于是涌起那么些忧伤的词意。其情其状，无以名之，名之为“富贵闲人”。

下半阕写得更好，尤其换头的“沙上并禽池上暝，云破月来花弄影”。这等景色，非闲人写不出，非妙人写不出，非雅人写不出。对那词意也不必深究，深究就没有味道了。好像人在春光中游艺，妙处只在自然，虽然自然，却又与寻常光景不同。

另一首是《青门引》：

乍暖还轻冷。风雨晚来方定。庭轩寂寞近清明，残花中酒，又是去年病。

楼头画角风吹醒。入夜重门静。那堪更被明月，隔墙送过秋千影。

以全词论，这一首还要好过前一首。

破题第一句“乍寒还轻冷，风雨晚来方定”，就写得细致入微，字字含情。如此细腻的感受，有如一位知识女性的心灵。难怪后来李清照作词，也写出类似的心灵感触——“乍暖还寒时候，最难将息”。更何况，庭院的寂寞更强化了这天气的效果——“庭轩寂寞近清明”。不仅如此，主人公还酒醉了，而且这“残花中酒”，也不是第一次了。去年的这般时候，也曾有过同样的境况与病象，今年此“病”重来，内心倍觉凄然。

怎么办呢？睡吧！可是刚刚入睡，或者刚刚有梦，便被“楼头画角”声惊醒起来。偏他会写。他不说画角惊人梦，那就没有诗意了，反要说：“楼头画角风吹醒”。难怪里手评词，要说他“角声而曰风吹醒，醒字极尖刻”。不是风声尖刻，而是角声尖刻，不是风声、角声尖刻，而是他内心感受尖刻。举首看看院中，犹然一片清寂。回头再欲睡时，却望见月光之下，秋千倩影悠悠飞来。啊呀！这可怎么得了哇——“那堪更被明月，隔墙送过秋千影”。然而，那秋千影后究竟有着怎样的故事或联想，词人也未多言。词至此处，戛然而止。真真词语有尽，余韵无穷。

张先词中，佳作颇多，如他的《一丛花令·伤高怀远几时穷》《千秋岁·数声鶗鴂》《木兰花·龙头舴艋吴儿竞》，都音韵悠远，耐人寻味。

张先词，有三个贡献于词史。

一是他使用俗语写情思。这写法与晏、欧一派有很大区别。他的词不追求委婉，也不追求华美，用的是白话，写的是精神。结果是那词意更其明白感人，也更其易于传播。

二是他采用小令的笔法写慢词，从而形成个人的特色；虽然篇幅长了，容量大了，并不直通白露，依旧意境空明。刘熙载说他的词：“创疾劲之体”，说的就是他的词绝不拖沓，不但笔下功夫深厚，而且字字都有内容。

三是他开始了认真的慢词写作。张词现存 184 首，其中慢词 19 首，数量虽不很多，已经有了相当的比例，这一点，也是他和柳永齐名的一个重要原因。

张先词因为句佳韵美，后人评点诠释者甚多。在我有限的阅读范围内，我以为剖析他词艺贡献最为中肯的是缪钺先生，解说他词作最为诗情画意的则是刘逸生先生。

2. 欧阳修生平与词坛地位

欧阳修（1007–1072），字永叔，号醉翁，又自称六一居士，永丰人，祖籍庐陵，今属江西省。24 岁中进士，一生仕途比较顺利。虽然两次遭贬黜，但情况都不算太严重，总观一生，还算顺利。

欧阳修幼年生活似范仲淹，但比范氏为幸，因为他有一个做官的叔叔可以依靠。他叔叔不但在经济上帮助他，在学业上对他要求亦十分严格，从而使他青少年时期，学业基础扎实，生活上也没甚忧虑。

他的仕途经历有类于晏殊，但也有区别。晏殊是太平宰相，他虽然也做过高官，但没有晏殊那么仕途平静。晚年在蔡州写《六一居士传》，自称家藏图书一也，金石一也，琴一也，棋一也，酒一也，再加上他这个老翁，合为六一居士，希望“上天”哀怜，在有生之年能够回归故里。这《六一居士传》，文不长，意却重；意虽重，又不失幽默，既写他的生活品貌，也表现了他的思乡之情。但平心而论，他一生虽有些不顺，但并不寒苦，也没有碰到特别的挫折，六一居士云云，是有些自嘲与调侃的意思在内的。

他性情平和，但信念坚实，属于外柔内刚，貌闲实执的一类人物。他做官敢于言事，对范仲淹庆仁新政倾力支持。直到晚年，成了六一居士了，依然敢言能言，敢作敢当。虽然他给后世文学爱好者的印象，是一位有文化有教养又有情趣的醉翁，实际上，他做官是认真的，做事是认真的，做人也是认真的。

欧阳修以儒学继承人自命。他一生不习黄老，反对佛学，所作所为颇有些韩愈的影像。但他实在不同于韩愈，韩愈是个强人，论仕途，未必有他顺和，但一生好为人师，惯以儒家正统所在自命。他不是这样。更可叹的是，他虽然以儒学自命，他那个时代，却有比他更“儒学”的人。那就是宋代理学。他的理学是有分寸的，虽然专心习儒，但不僵化，也不钻牛角尖。公元 1063 年，宋仁宗去世，仁宗没有子嗣，由他堂兄的儿子赵曙继位。但问题来了：英宗做了皇帝应该如何称呼他亲生父亲，如称仁宗为皇考，那么他父亲就成了皇伯，反之，仁宗皇帝则成了皇叔。因此发生“濮议”之争。以儒学道德论，虽然他有亲生父亲，但因为他继承的是仁宗的皇位，所以只能称仁宗为皇考。而英宗本人对此显然是不满意的。欧阳修与韩琦等认为英宗可以称他亲生父亲为皇考，这下捅了马蜂窝。于是这个也反对，那个也反对，有人就痛哭号啕，有人则要求将欧、韩二人斩首，还有人留下遗嘱，恳求英宗一定要称自己的父亲为伯父。这件事闹到这步田地，是欧阳修没有料到的。因为他虽然以儒学道统自命，但在宋代那一般醇儒眼中，他还不够一个儒的资格哩。

他本人也是一位伯乐。出于他门下的人才，差不多可以和晏殊一论高低。单以文学人才而论，甚至连晏殊也比不过他。至少他门下出了一位大名鼎鼎、文才盖世的苏东坡，就足以使他的伯乐之名流芳千古。1057 年，他主持礼部贡举考试，极力反对险怪奇涩的所谓“太和体”，把专会做这类文章的考生“拿”下不少，结果酿成事端，以致他外出时，这些人便拦住他的马头，向他要说法。其场面之激烈，连巡逻的人都制止不住。但客观评价，欧阳修所主张的方法与标准无疑是对的，是可以经受住时光检验的。因为正是这一榜，录中了苏轼、苏辙、曾巩、程颢、张载等一批划时代人物。

他门生虽多，但不像韩愈那样好为人师，他的特点是具有自知之明。他发现苏东坡的才能时，自己的学问地位正如日中天。“当年一个作家说，当时学者不知刑罚之可畏，不知晋升之可喜，生不足欢，死不足惧，但怕欧阳修的意见”。[①] 但欧公本人，却极自知。他谈到苏东坡时曾说：“读苏东坡来信，不知为何，我竟喜极汗下。老夫当退让此人，使之出人头地”[②]。后来，还对自己的儿子讲：“记着我的话，三十年后，无人再谈论老夫。”[③]

他显然是一位正人君子，但他绝不严厉板正，更不狂躁烈性。他一生喜欢自然，喜欢饮酒，那风格颇有些隐士类的，田园式的。他的个性类型或在李白、王维之间。有李白的天然没有李白的浪漫，有王维的田园山水之情，没有王维的放怀安乐之感。可惜他那个时代，正是君子、小人之名相乱相攻时期，他本人也曾两次被诬告，罪名都是极为伤人的。一次是说他与他甥女有染，一次是说他与儿媳不洁，虽然这些罪名都被清洗，诬告

① 林语堂著：《苏东坡传》，时代文艺出版社，1988 年，第 39 页。
② 同上。
③ 同上。

者也受到责罚，但那阴影无疑影响了他的处世心境。

欧阳修首先还是一位大文学家。或者可以这样说，若无苏东坡，他便是整个宋代最伟大的文学人物，但又可以这样说，纵然有了苏东坡，也无法稍减他在文学史上的熠熠光辉。

欧阳修不仅是一位文学大才，而且是一位文学全才。他是一位一身而兼四好的文学巨匠，即：文章好，诗作好，词作好，文学理念好。

他还是宋代古文运动的领导者，那地位与韩愈有诸多相似之处。即他不仅是古文运动的倡导者、领导者，而且身体力行，成绩卓然。他的《醉翁亭记》《梅圣俞诗集序》《秋声赋》等文章为历代所传颂，他有 13 篇文章入选《古文观止》，成为中国传统学子人人皆读的经典性文学。

他的诗作亦很有成就，他反对西昆体，不仅有其言，尤其有其行。他的诗不摆架势，不迷信技艺，仿佛信口道来，却能发人所想。虽然对他的“以文为诗”的创作方式时有不同意见，但他的诗作尽可以称为宋诗之大家。如他的《晚泊岳阳》《鸣鸟》《戏答元珍》，均能做到情景交融，清新如画。

比较他的诗、词、文，他首先是一位大散文家，但这里着重介绍他的词作、词艺和他在中国词史上的不凡地位。

过去不少文学史家分析北宋词时，喜欢先讲晏、欧，后讲苏、秦，中间讲柳、张，认为柳永是个转折点。晏、欧在先，柳、张在后，这在时序上是不对的。实际上，柳永、张先、晏殊、范仲淹，出生时间相仿。晏殊生于公元 991 年，张先生于公元 990 年，范仲淹生于公元 989 年，柳永生于公元 987 年，四个人中，反倒是柳永年最长。他年龄最长，作词也很早，传播又极广，说他的词对宋词影响很大，正确，说它是晏、欧词风的转折点，就错了。他和晏殊的关系，不是谁转折谁的关系，而是花开两朵，各表一枝。相对于他们几位而言，欧阳修才是一个真正的“转弯”。他生于公元 1007 年，比晏殊小 17 岁，比柳永则小了 20 岁。

这样看来说柳永是转折点就不太正确，认为欧阳修为转折点，或许还比较正确。但这要看从什么意义上立论才行。

对这个转折点，有必要从两个层面进行解释。

一个层面，欧阳修是以诗、文为代表的北宋文学发展的转折。在他之前，诗是西昆体，文是浮艳风，他在石介、王禹偁的基础上，力振雄风，改变局面，成为唐宋八大家中宋代散文的领军人物。从这个层面上看，北宋文学如果分期，就该以欧阳修为界。因为从他开始，宋古文运动才得以形成高潮，并开始成就一代之宏业。不仅如此，宋代古文运动既没有将欧阳修与苏、王、曾等分开的理由，欧阳修就不仅是北宋文学发展的一个转折，而且有更充分的理由划入三苏、王、曾一脉才对。

另一个层面，单从词的发展角度看，既然晏、范、柳、张都是欧阳的前辈，而苏、王、秦、黄又都是欧的晚辈，那么，欧词也完全有资格成为宋词发展的一个转折。在他之前，是柳、晏两派的纷争与灿烂，在他之后，是苏、秦、黄、周的高潮迭起与激流勇进。

但为什么多数文学史家并不这么认定，而要一而再、再而三地将晏、欧摆在一起，又把张、柳放在一处，说到底，还是一个词风问题。欧阳修的词风与大晏词最为相近，他们这一派与唐五代的传承也最为顺恰。所以人们一提到北宋词，首先就想到晏殊，一提到晏殊，又马上联想到欧阳修。

综上所述，欧阳修的重要性应该突显出来了。一方面，作为文学家，他是北宋文学的重镇，尤其是宋代散文六大家的精神领袖；另一方面，他又是晏、柳、苏、秦之间的承上启下者。从晏殊到苏东坡，大约相差（以他们各自的出生年计）50年时间。这50年中间，最重要的词人就是欧阳修；再一方面，从词风、词派的角度看，他又是继承大晏词传统，发展大晏词传统，并把这传统传承下去的关键性人物。他上承晏殊下启秦观。如果说婉约一路是唐宋词史的主脉的话，那么，他就是这主脉中的强点之一。用一张线路图表示这一段传承史，应该是这样的：

（1）温、韦——（2）冯、李——（3）晏殊——（4）欧阳修——（5）秦观——（6）周邦彦——（7）李清照——（8）姜夔——（9）吴、史、王、周、张。

只消看一看这传承图中的人物，就可以知道欧阳修的地位是何等重要了。

3. 欧词的艺术成就

在分析欧词前，需要说明的是，他的词流传下来的有两个系统，一个是《近体词存》《六一词》系统；另一个是《醉翁琴趣作品》系统。两个系统相比，后者比前者多出约70首词。依常理论，词多些，应该是件好事。

奇异的是多出的这70首词，主要是冷艳风格的词，甚至有些香艳风格的词，而这些词与传统儒者心目中的欧阳修形象的反差是太强烈了。于是有人就说这70首词全是伪词，甚至指名系刘焜所作，是有人试图陷害欧阳修才硬把这些艳词塞进他的集子的。但这些词，其实并不坏，不但不坏，还很有特色。依照郑振铎先生的观点，如果这些词真是刘焜所作，那刘焜应该是大词人了。现在的研究者，一般不再发生疑问，而把这些词——除可以确定的个别他人的作品之外，通算在欧词之内。我赞成这办法，但为着叙述的方便，这里将属于《六一词》系统的词称为A调，将另外70首词称为B调。

欧词的A调与冯延巳的词风最为相近。冯词妙在疏朗而有雅意，欧阳修的词，刘大杰先生评介为“幽香冷艳”也是对的。但相对于A调而言，若说是“清隽幽香”似乎更为妥帖。他的词也写别情离绪，但那是俱有书卷气的别情离绪，与柳永的别情离绪全然不是一个路数。此外，他写友人之情，也是书卷气的，而且常常以老翁自居，进而带些自嘲自趣的味道；他写游艺娱乐，又是带书卷气的，来言去语之间，显露出对大自然的关心与至爱。从这个角度看，欧词恰如中国民乐中的洞箫，具有一种悠然超然的美感。虽然也有悲苦，也有心酸，也有种种不如意处，但绝不是尖厉的，不是喧闹的，不是一发不可收拾的，也不是俚俗的，而是有节制有教养的，如歌如咏如泣如诉。

且读他的《朝中措·送刘仲原甫出守维扬》：

平山栏槛倚晴空，山色有无中。手种堂前垂柳，别来几度春风。
文章太守，挥毫万字，一饮千钟。行乐直须年少，樽前看取衰翁。

词的前半阕，写得很自得。因为他的一位年轻朋友要去扬州做官，而扬州是他平生的得意之地，那里的平山堂，还是他亲手筹建。现在朋友要去了，他对朋友说那堂子的景致好着呢——“平山栏槛倚晴空”，环境更没的说——“山色有无中”；也不知道当初老夫栽的柳树怎么样了，想来几经春风后，应该有模有样了吧。

下半阕写他的祝福。这祝福不是官样文章，更不是严肃的指导与训示。

而是轻松自然，略带玩笑性质。他说，你本来就是文章太守，须能书善饮才对，要写就写它一万字，要饮就饮它一千杯，寻求快乐，乃青春本性，别像我这样，老了，想痛饮也饮不动了。噫！

欧阳修热爱自然，这一点在他的诗、词文中多有体现。他写《采桑子》，一写就是十几首，其中 10 首专写西湖美景，可说篇篇皆有特色，时光流转人来去，物色更新词不同。这里举他的第一首为例：

轻舟短棹西湖好，绿水逶迤。芳草长堤。隐隐笙歌处处随。无边水面琉璃滑，不觉船移。微动涟漪。惊起沙禽掠岸飞。

字字清高，句句如画，读之有味，难怪许昂霄要说它：“闲雅处自不可及”。[①]

欧词亦擅长写男女离别和物是今非，这里先说：“物是人非”的一种。《生查子·去年元夜时》：

去年元夜时，花市灯如昼。月上柳梢头，人约黄昏后。
今年元夜时，月与灯依旧。不见去年人，泪湿春衫袖。

同样字字清高，句句如画。再解释就画蛇添足了。其中的三、四两句，后来成为《西厢记》中的名句，通过那戏知道他的人仿佛更多些。

讲离别之情的有一首《玉楼春》，写得又好。其词云：

尊前拟把归期说，未语春容先惨咽。人生自是有情痴，此恨不关风与月。

离歌且莫翻新阕，一曲能教肠寸结。直须看尽洛阳花，始共春风容易别。

---

① 邱少华编著：《欧阳修词新释辑评》，中国书店，2001 年，第 3 页。

这首词深得王国维赞许，《人间词话》评论它说："永叔'人生自是有情痴，此恨不关风与月'，'直须看尽洛阳花，始与春风容易别'于豪放之中，有沉着之致，所以尤高"。

我的看法，是词的三、四句与七、八句擅用逆向思维，艺术手法近似背面敷粉。三、四句一扫情景交融的旧思路，直言情痴种种与景色无关。春暖花开，与亲人痛别就不伤心吗？冰冻三尺，与亲人相会那心就不热了吗？他这写法虽然不合乎传统表现手法，显然更能触动人心。七、八句则是反说："直须看尽洛阳花，始共春风容易别。"然而，洛阳花是可以看得尽的吗？不能。既不能，则这赏花之情也是无法自安自得的了。

最后，说说欧词的 B 调。这 B 调中的词，虽然很多热爱欧阳修的人是不愿意听到更不愿意看到的，然而她们却写得很美，而且很有生气。偏这生气二字是一般高官显贵写一辈子诗，一辈子词也写不出来的。欧词的 B 调，写得活，写得鲜，如青春少女，不曾盛装，也不要盛装，她的优势在于豆蔻年华，青春本色。也唯其青春本色，才俊生生压倒一切风流。这里录他的两首词：

其一，《南歌子》：

凤髻金泥带，龙纹玉掌梳。走来窗下笑相扶。爱道画眉深浅入时无。

弄笔偎人久，描花试手初。等闲妨了绣功夫。笑问鸳鸯两字怎生书。

其二，寄调《醉蓬莱》：

见羞容敛翠，嫩脸匀红，素腰袅娜。红药阑边，恼不教伊过。半掩娇羞，语声低颤，问道有人知么。强整罗裙，偷回波眼，佯行佯坐。

更问假如，事还成后，乱了云鬟，被娘猜破。我且归家，你而今休呵。更为娘行，有些针线，诮未曾收啰。却待更阑，庭花影下，重来则个。

这样的香词美句，若非童心，或非妙笔，又怎能写她出来。

第三章

宋词的昌盛期

本章亦可名为：第二乐章，高潮——将词艺推向巅峰。

这一时段，从苏东坡登上词坛算起，到周邦彦逝世为止，前后约60年时间。

这个时期，是宋词发展的最开放的时期，也是内外环境的最好时期。在这之前，宋词的高峰阶段尚未到来，在这之后，不但高峰渐逝，国家又即将面临危难关头。昔日晏、欧时代的歌舞升平是看不到了，就是王安石变法那样的大举措业已灰飞烟灭。国家的复兴已然没有多大希望，恢复旧河山也差不多成了一种幻想，就是词人的地位与生存状况也是江河日下。虽然依然有佳句，依然有名作，但那种蓬勃向上波澜壮阔的局面却是再也看不到了。

而现在这个阶段，却犹如船出三峡，顷刻之间，江便宽了，水便阔了，人便多了。彼一时，只是崖高水险，这边也危急，那边也吃紧；此一时，竟不觉顺风高起，船若游龙，好一派空阔无边的大景象便赫然在即。

这个时期，词坛亦显现出以下四个特征。

其一，本期的词坛人物最具光彩。当然不是人人超越前贤，不让后俊，但最具光彩的人物显然就出在此时。依本书的看法，宋代词人中最伟大的8人依时序为：柳永、苏轼、秦观、周邦彦、李清照、辛弃疾、姜夔、张炎。他们分属于6个时段，其余5个时段各有1人，这个时段就有3人之多。尤其是苏东坡，举凡有点文化的中国人，不管你喜欢不喜欢文学，没有不知道苏东坡的。不管你喜欢不喜欢宋词，也没有不知道苏东坡的。苏东坡堪称大宋时代的第一品牌。前面提到名人效应，最具名人效应的人物，就是苏轼。

其二，此期的词作影响最大。影响最大不说明水平最高，但那水平一定不低。在此之前，影响最为广泛的词作当是柳词，然而柳词的风格不够高雅；最具权威性的当是晏词、欧词，然而，它们又不够新潮，不够时尚。而这一期以苏、秦、周、晏、黄为代表的词人词作，却是又易传播，又格调高雅，且风格多样化。此之后，南宋词或向豪放方向扩展，或向精细方面深入。走豪放之路的多少有点偏离了词的主流传统，走精细一路的，又多少脱离了词的一般性受众。唯有苏、周时代的词作，不偏高也不走低，恰恰当当，允新允故，能俗能雅，是一个最具影响力与内涵力的阶段。

其三，词人成群崛起，词的创作整体效应好。词的创作有别于诗，诗的创作可归于个人，词的创作则需要一个相对的群体。因为它在长时期内均与歌与舞与饮宴相联系。

这个阶段的词人，大体可以划入两个圈子。一个是以苏轼为领袖的文士圈子，一个是以周邦彦为领袖的大晟词人圈子。前者的特色是文人才士，各骋风流，后者的特色是精益求精，更具专业精神。这样的局面，在整个中国文学史上，也不多见。

其四，各种风格流派开始萌动、发展。我在前面说过，词的风格不限于豪放、婉约两派，但即使仅限于这两派，其中的一派也自本阶段肇始。在此之前，只有俗雅之别，没有豪放，婉约之别——因为苏东坡正是豪放词派的首创者。不仅如此，本期词人的风格复杂，秦观既不同于乃师苏轼，黄庭坚也不同于同门秦观，晏几道既不同于黄庭坚，周邦彦更不同于晏几道，加上独立于上述诸人的王安石、晁补之、陈师道、赵令畤等，可说千舟竞渡，万骑奔腾。虽然不见得所有流派都能发扬光大，但那风头走势业已昭然若揭。

一期而具四美，使这个时期的词坛变得很不寻常，也因此故，本书才称这个时期为昌盛期，是整部宋词交响乐的高潮所在。

第一节　天才词人苏轼

1. 东坡词的独特品性与历史地位

评价苏东坡，非用天才这个词不可以。天才有两层意思，一是他具有极高的天赋；二是他的天赋得到了最充分的发挥。不承认天赋是不可以的，那也不算实事求是。但仅靠天赋也不成。晏殊也是天才，但他主要是一个神童。先天条件极好早期开发也好，可惜有些生不逢时——他那个时候，词的创作环境还没有达到成熟的状态。本人经历也不算太好，表面上看起来，少年得志，中年得意，顺风又顺水，但历练不够。一个词人，至少在才、情、历、学、技几个方面都有相当的基础才好。晏殊的历练不够，从小生活优裕百端，老来依然生活优裕百端，做个太平宰相式的词人，够了；做个划时代的大词人，那基础就显得薄。

苏东坡不是这样，他的先天条件既非常之好，超常的好，后天条件又完全可以满足他成才的需要，而且为他的才能的充分积蓄、展露和喷发提供了良好的基础。

苏轼自是一代文学巨匠。平衡左右，瞻前顾后，恐怕连说他是一代文学巨匠都有些贬低了他。

他不仅是一个奇才，而且是一个全才；不仅是一个大奇才，而且是一个大全才。

苏东坡在宋代的五大文学艺术门类中，稳稳占据了三个第一，有一项在第一第二之间，最差的一项也绝对一流水准这样的成绩，几可说前面没有古人，后面难有来者。三个第一是：

散文第一，诗歌第一，书法第一。

先说他的散文。苏东坡在唐宋八大家中是非常出色的一员。一般说来，八大家中，可以分为两个档次，韩、柳、欧、苏是一个档次，水平更高些。老苏、小苏、王安石、曾巩是另一个档次。韩、柳、欧、苏四位相比，大约只有韩愈的成就与影响可以和苏东坡一论高下。柳宗元、欧阳修二位又要略低一畴。古人喜欢用“韩潮苏海”形容他们的散文成就，庶几为是。

东坡散文，可说无所不能，举凡论、策、叙、解、序、说、记、传以及铭、颂、箴、赞、表、状乃至书信、札子、偈子等，都有精品文章在。他的文章不但无所不能，而且无所不精，无所不妙；不但内力深厚，尤其应用便宜，收放自如。仿佛信手招来，皆为妙语；扬手抛去，尽作词章；而且风格情感，多种多样；确实做到了喜、笑、怒、骂皆成文章。

他的散文如此，韵文也是如此。他的赋同样名闻遐迩，妇孺皆知。虽然那写法与传统格式有些区别，但论到内容之精，形式之华，却不让古人。他的前后《赤壁赋》，尤其脍炙人口，蜚声中外。

苏东坡又是宋代天字第一号大诗人。虽然这已经不再是一个诗歌辉煌的时代，但他却以自己的才华写出多少引人注目的篇章，那成绩且足以与唐诗比肩。苏东坡的诗，一是才气大，二是学问大。因为才气大，他无论使用何种诗体都能得心应手，而且每每有杰作问世；因为学问大，他的诗又特别擅长使用比喻。比喻本中国诗歌最古老的传统之一，自《诗经》以下，莫不如是。但像他那样将比喻用得如此之多如此之好的，确实比较罕见。钱钟书先生说：

> 他在风格上的大特色是比喻的丰富、新鲜和贴切，而且在他的诗里还看得到宋代讲究散文的人所谓“博喻”或者西洋人所称道的莎士比亚式的比喻，一连串把五花八门的形象来表达一件事物的一个方面或一种状态。这种描写和衬托的方法仿佛是采用了旧小说里讲的“车轮战法”，连一接二的搞得那件事物应接不暇，本相毕现，降伏在诗人的笔下。[①]

他的诗与其说以比喻胜，不如说以形象生动胜。正所谓大才气加上大

① 钱钟书著：《宋词选注》，人民文学出版社，1979 年，第 61 页。

学问成就了大手笔。他的许多清新如画的诗作，虽然也使用比喻，只是比喻得恰到好处，让人觉得不用这比喻反倒错了，这比喻简直就是妙手天成。所谓“蒌蒿满地芦芽短，正是河豚欲上时”，所谓“欲把西湖比西子，淡妆浓抹总相宜。”

他的书法也是宋代第一。宋代书法以写意为尚，所谓“晋人尚韵，唐人尚法，宋人尚意”。尚意正合才子的风格。因此，苏东坡成不了柳公权、颜真卿。反之，颜真卿、柳公权也代替不了苏东坡。宋代书法家很多，但以苏、黄、米、蔡为最杰出的代表性人物。他名列首席，当之无愧。

诗、文、书法之外，他的画也很有成就。他又是王维文人画的重要的鼓吹者与继承者。王维的画法，在唐代还不是主流性画法，但经他和他的同仁们的提倡、主导，在宋代就成了中国画派的主流，且一直影响到元、明、清等后世的绘画导向与创作。

苏轼的文学才能，不仅在宋代，就是在整个中国古、近代社会，也是无与伦比的。若单以文章论，他不如庄子或司马迁；单以书法论，他不如王羲之或柳公权；单以诗歌论，他不如李白或杜甫；单以绘画论，他也不如王维或吴道子；但像他这样的全才，且能品品类类都达到这样的水平的，可以说是亘古以来，在中国历史上还没第二个人呢！

现在说他的词。苏东坡词是否够得上宋代第一，存疑，但那水准绝对是超一流的。一般评点宋词，最重要的代表人物是周、柳、苏、辛。那么他至少就是宋代四大词家之一。当然也有不同见解，也有明褒暗贬，但无论哪一种历史选本，都不能轻视苏东坡的。在传统分类上，他是豪放词人的代表。编选豪放词他是重镇。但婉约词也少不了他，即使今人编选的《婉约词粹》，也有他的大名大作在，而且一选就选了 8 首之多，较之晏殊入选的词作还多。当今宋词专家王兆鹏先生对词的排序和词人的排序进行量化处理，词人的排位是：辛弃疾列宋代词人第一，苏东坡与周邦彦、姜夔并列词人第二。名作选了 40 首，其排位是，苏东坡的《念奴娇·大江东去》名列第一。四十首词作中，东坡词收入 6 首，名次分别为第一、第三、第七、第九、第二十三和第二十四位。前十二首中，苏东坡词入选四首，占去三分之一。辛弃疾入选了 3 首词，分别名列第十、第十九和第二十九名，以前十二名计，入选一首。[1]综合名人与名词两种因素，或者就该定东坡为宋代词人第一，东坡词为宋词第一，也有根据。

欣赏宋代四大词人——柳永、苏轼、周邦彦、辛弃疾，最好以柳永与苏轼对读，以周邦彦与辛弃疾对读。大致说来，柳词仿佛一条河，苏词则是一座山；周邦彦仿佛一座圣殿，辛弃疾则更近乎苍茫大地。

后二者且不言，只说苏、柳二家。柳永仿佛一条河，而且是一条大河。在他之前或同时，他之外的不论哪个词人，都是小景致，或者如花如草，或者如小溪、小丘，或者如园林亭榭，或者如田园景色。不但高不起来，而且长不起来。柳永一变旧风，不写则已，一写便一发而不可收。写离情别感就写他一个天昏地暗，写羁旅生涯又写他一个水白山青。

柳词像一条河，而且绝不是一条驯服安静的河。旧的传统束缚不住它，一不小心，那河水就有可能越过堤岸，成疯狂奔肆之状。并非柳词故意为灾为患，而是旧的游戏规则已经有些过景，正确评价柳词，非使用新的游戏规则不可。

苏词则是一座山，一座高山，与柳词相比，它显然更具立体感。实在这山是如此之高大、壮美，虽不欲独骋风流，又有谁挡得住他的独骋风流。后人评论柳永、东坡有豪苏腻柳之说，亦在某种程度上表现了他们之间的这种山水之别。

造成苏、柳这样山水之别的有众多的原因，其中一些原因已无法可考，要而言之，也有如下理由在。

首先，苏东坡学问很大，儒、道、佛、医，几乎无所不通。柳永则长期生活在社会的中、低层。柳永的经历，是苏东坡缺乏的，柳永的情感投向也是苏东坡难以理解的。所以他知识虽多，才智虽高，也写不出“衣带渐宽终不悔，为伊消得人憔悴”这样的词句。但他学问大了，很多平常事体，到他这里，就可能产生新的见解，即常想他人所不能想，常写他人所不能写。他的“大江东去”等代表性作品，也不是柳永作得出来的，纵然能把它写出来，也写不到那个层次，写不出那种气象。

其次，苏东坡多才高能。在他的时代，凡一个文人才子应有的才艺，

① 见《唐宋词史论》，第93、110页。

他几乎没有什么不擅长的。柳永则一心专注于词作词艺，虽然也写过几首诗歌，99% 的精力全在词上。其结果是柳永词具有专业化特征，不但合音律，而且很生活化，二者合一，特别适合于歌伎们使用。所以他的词才是真正的“畅销作品”，就像今天的流行歌曲或畅销书一样。它不一定非有多高的格调或多大学问，它首先得能演能唱，而且好听好唱。苏词多才高艺品格自不一般，风格也不一般，气质更不一般，甚至有点鹤立鸡群之感，但人们真正能理解它，欣赏它，把握它，显然尚需时日。

再次，苏东坡眼光高，柳永眼光辣。东坡词流传下来三百多首，数量不算少，而且风格多样。虽然风格多样，却又不失其学士本旨。柳永则另走一路。他的词有外柔内刚之性，但不写豪放风格的词；他的词有通俗易懂的一面，但不做文字游戏；这些都与苏词不同。他的词不以风格多样取胜，而以视点新奇取胜，因为他长期在歌伎队中厮混，对她们的诸多生活细节、情感变化，不但看得细，尤其抓得准，加上语言生活化，不喜欢含蓄，所以在雅士们眼中，便不觉有些刁钻古怪之气。喻之五味，就有些辣人，辣眼，辣心。

复次，苏东坡胸襟豁达，天性乐观，天下没有什么事可以让他发愁的，纵然发愁也是一时半晌的事。天下甚至没有什么事可以让他不愉快的，纵然不愉快同样是一时半晌的事，表现在他的词中，总有一股爽气在内。爽在其内，豪在其外，里面是一颗高兴的心，外面是一副豪放的样儿。柳永的性情则有些偏。偏不见得是缺点，只是一个特点。他的特点就是追求一点，不及其余。他爱的就是声色与功名。考功名用不着“词”，因为写词写得权势者不高兴了，还妨碍“正事”；但他不能割舍声色犬马，就像不能割舍词作一样。所以，他的词最擅长声色的描写，也最具声色之美。他也写自己，而他本人就是一个天涯羁旅之人，写来写去，还是一个天涯羁旅之人。

论到苏、柳二人的影响，也很不同。柳的影响属于立竿见影式。他的词作如长河，那水流到那里，就是一片绿洲。

苏词的影响，则要到几十年后才发扬光大。在他生活的时代，虽然也有学习他风格的人，没有特别成功的。就连苏门四学士——他的那几位声名显赫的弟子，不作词的不算，能写词，善写词的，如秦七黄九，那词风也与他风马牛不相及。

唯有在词的变革方面，二人多有相似之处。柳永的变革有筚路蓝缕之功。他最令后人钦佩的是他的市民眼光和下层经历，那样式，正如滚滚东流之水，不到大海，绝不止息。

苏东坡也是大变革者，却是提升了词的品位，改变了词的风格。他的长处，是书卷气非常浓郁。一个卓然于世的大文学家，挥舞如椽之笔，写长短句，那风格恰似凭空飞来的一座山。

苏词如山，因为他的词作中具有前所未有的文化含量、艺术含量和知识含量。

前人评价东坡词，认为他的创作方法属于“以诗入词”。持这说法的既有肯定之意，也有否定之意。如李清照作此说，就有明显的否定意味，她说：

至晏元献、欧阳永叔、苏子瞻，学际天人，作为小歌词，直如酌蠡水于大海，然皆句读不葺之诗耳。[1]

其实，以诗入词只说了一个层面，东坡何止以诗入词而已，他还要以文入词，以才情入词，以学问入词，总而言之，他将传统词的内涵、风格与写法都提升到一个新的高度。

先说以诗入词。这方法，有人以为不好，有人以为很好，但究竟好或不好在哪里，说者往往语焉不详。

实际上，以诗入词即用作诗的方法作词，甚至将词写出了诗意，写出了诗的格调，从文学的宏观发展看，这显然是一个历史性突破。

为什么？

因为词与诗相比，历来被视为“小道”。因为是小道，才被称为“诗之余”。而且在一般人心目中，词的艺术水准根本不能与诗相提并论。这其实也有道理，例如唐五代词显然不如唐诗，李煜的词再好，可以和李白的诗相提并论吗？

中国诗的历史极其久远，仿佛树大根深；词的历史短，积淀也不多。

① 王学初校注：《李清照集校注》，人民文学出版社，1979 年，第 195 页。

只靠民间力量，只靠歌伎和乐师的力量，甚至只靠高官显宦及几个文士的力量，不能达到诗的境界与水准。但努力不会白费。这种情况经过两个多世纪的努力，终于发生变化。到了苏东坡时代，渐变终成突变。你诗的历史不是长吗？积淀不是厚吗？创作手法不是多吗？意境不是高且妙吗？好吧，苏某人既忝居词人之列，就来一个“拿来主义”，把这些好的传统与方法统统纳入到词的创作轨道中来了。

东坡的这个作法，或许是自觉的，或许是自然而然的，但无论如何，因为有前人的基础，他是幸运的；因为毕竟是他开创了这种以诗入词方式，他因而也是伟大的。一言以蔽之，他成功了。成功的标志是，宋词终于可以与唐诗相提并论了。那“长短句”“诗之余”之类的小草帽也终于可以抛掷而去了。

苏东坡以诗为词（以诗入词），不但改变了词的发展方向，而且提高了词的意境。

再说以文为词，以文为词并非把词做得酷似散文，那就“瞎”了，而是使文气相沟通，使词的创作也具有宋代古文运动的磅礴气势。

这一点，说着容易做到难。欧阳修也是散文大家，还是古文运动的领袖，但他的词就做不到文、词相通。苏轼就不一样，大约也和他的词风有类于他的文风相关。他的文章无曲不尽，无微不至，无处不达，无所不能，“大略如行云流水，初无定质，但常行于所当行，常止于所不可不止，文理自然，姿态横行。”①他的词也大略如是，虽然也写婉约词，但香艳之气全无，旷达之风长在。就算写离恨别绪也全然是另一派风格。比如写离别，既写得情深意至又能做到妙语解人。请读他的《减字木兰花·彭门留别》：

玉觞无味，中有佳人千点泪。学道忘忧，一念还成不自由。
如今未见，归去东园花似霰。一语相开，匹似当初本不来。

东坡词文、词相通，改变了传统词风。

三是以才情入词。传统词以描写女性为主，以喻情喻人式方式为主，

① 刘乃昌选注：《苏轼选集》，齐鲁书社，1980年，第241页。

这个传统到柳永那里已发生变化。他开始写下层女性生活，尤其开始写羁旅困顿的文士形象，然而这形象和他本人有莫大关系。一方面，这是个很大的进步，另一方面，又有很大的局限性；写来写去，总跳不出羁人之旅，羁人之苦，羁人之情，羁人之思的圈子去。到了苏轼这里，再次发生变化，他尽写各种心理感受，他的词中也有他本人的影子在，但那形象无疑丰富了许多。元好问评价他的词说：

唐歌词多宫体，又皆极力为之。自东坡一出，性情之外，不知有文字，真有“一洗万古凡马空”气象。①

苏词写情，不再是喻情式的，虽有这样的作品，不能成为他的代表作。他不再囿于传统手法，而是写真情，写亲情，写志情，写恋情。别的都不说，只说一句“但愿人长久，千里共婵娟”，已非昔人所能想。

东坡以才情入词，直写心灵，改变了传统词的抒情方式，丰富了词的情感内涵。

东坡以学识入词。东坡学问大，经历多，既看的书多，又见的人多，还做得事多，加上语言功力深厚，所以他词中的人物最是丰富多彩。且他不但能写人，尤其能写事，不仅能写事，而且善写物，以词咏物，也是东坡词的一个特点。虽然这一类词作要到南宋后期才得兴达极致，在他这里，只是“小荷初露尖尖角”，然而，却又有着令人一见难忘的艺术感染力。如他的《减字木兰花》，就写得很不错。

玉房金蕊，宜在玉人纤手里。淡月朦胧，更有微微弄袖风。
温香熟美，醉慢云鬟垂两耳。多谢春工，不是花红是玉红。

因为他才高识广，他还有一些集句作品。即集古人诗句以成词，读来亦别有情致。这里选一首《南乡子》：

① 刘乃昌，崔海正选注：《东坡词·序》，浙江古籍出版社，1992年，第4页。

寒玉细凝肤（吴融），清歌一曲倒金壶（郑谷）。冶叶倡条徧相识（李商隐），争如。豆蔻梢头二月初（杜牧）。

年少即须臾（白居易），芳时偷得醉工夫（白居易）。罗帐细垂银烛背（韩偓），欢娱。豁得平生俊气无（杜牧）。

东坡以学识入词，拓宽了词的领域，给了它更大的表现空间。

2. 苏轼的生平

苏轼（1037–1101），四川眉山人。他上有一个兄，去世很早，他实际居长。他著名的弟弟苏辙，以及同样著名的父亲苏洵，这父子三人就是大名鼎鼎的“三苏”。

苏轼早年教育良好，他的一位重要的启蒙老师，就是她母亲。他大约虚岁 10 岁时，已经上过学校，有了一些基础，这时，他父亲游学在外，他母亲开始给他授书。他悟性又高，记忆力又好，母子二人教学相长，甚为愉快。一天他妈妈讲东汉的范滂传，一面讲述一面为范滂的事迹叹息，苏轼就对他母亲说：“我长大了做范滂这样的人，您同意吗？”他妈妈回答：“你能做范滂，我就不能做范滂的母亲吗？”此情此景，令人读来心热。

他 19 岁结婚。21 岁与弟弟和父亲一道赴京城应试。22 岁时参加进士考试，幸运地遇到考官欧阳修。欧阳修非常赏识他父子，对他格外看重。但看他在考场的表现，可以知道这是一个对自己充满自信，非常大胆，非常有创造性又很有幽然感的年轻人。该场考试的题目为《刑赏忠厚论》，他便发挥说：

当尧之时，皋陶为士，将杀人。皋陶曰杀之三，尧曰宥之三。

这文字确实写得很铿锵，很有气氛，但那掌故的出处，主考官不明白，又不好问。后来欧阳修问苏轼，他回答说，以理推之，应该是有的吧。

试想中国古来考试虽久，得中的举士、进士尤其数不胜数，但敢于这样做文章的人也不多呢！

苏轼的个性在这件事上算是初露端倪。他这个人属于乐天派，而且不是一般的乐天派。他的乐天是出于骨子里的真实与真纯。他固然非常聪明，却不会作假。高兴就表现高兴，生气就表现生气，“喜怒无形于色”从来与他无干。他的性格也有两重性，却不是真与假的重合，而是既有非常随和、幽默的一面，又有十分固执不肯通融的一面。看他一生行止，在人际关系方面，是随和的，但对于他认定的国家大事，又是固执的，黑白分明的。

他能文能诗能词能赋，也会做官，而且做官一定做清正之官。他的最大的特点是敢言。凡是他想到的，他认为正确的，他都会说出来。你高兴听他，他要说，你不高兴听他，他一样要说。他一生为写诗为说话，吃过不少苦头，惹过不少麻烦。然而，依旧我行我素，就好像什么也没发生过一样。元丰二年（1079 年），他 43 岁时，因为作诗，被人诬陷他反对皇帝，有不轨之意，他因此被抓捕，关了 340 多天，但他刚走出狱门，马上又来了诗兴，一连作了两首诗。其中一首说：

“却对酒杯浑似梦，试拈诗笔已如神”。听那口气，好像坐牢的不是他。

他一生仕途不算顺利，但他敢于发表个人见解的脾气，一辈子也不曾改变，而且他本人有最充分的理由证明他这样做是非常正确的。他在给皇帝的奏章中，曾用过一个比喻。他说，马病了，不能言语表达，但人不是马呀，会说话呀，如果“上下隔绝，不能自诉”，那与马还有什么区别呢？

苏轼敢于发表个人见解，不是他恃才傲物，而是他比较了解民情。所以当王安石变法时，他看到时弊，就要据理力争，结果开罪了王安石。后来王安石走了，司马光来了，想当初司马光被压抑时，为司马光仗义执言的就有他一个，但他看到司马光执政的毛病时，又发表自己的不同见解，结果又开罪了司马光。民谚曰：会做人，人人喜；不会做人，人人嫌。这话相对于苏东坡而言，就不正确了。他生活在那个时代，是只会做人，不会做官。[①]

他做官就要做事，做朝官时，以敢言闻名于世，做地方官，如在杭州做官时发现杭州人民为水患所苦，于是屡上奏章，下决心治理杭州水系，并在西湖修建了著名的苏堤。西湖美丽，因为有了白堤、苏堤，而变得愈

① 刘乃昌，崔海正选注：《东坡词·序》，浙江古籍出版社，1992 年，第 255 页。

加美丽。

他虽然很有个性，但骨子里仍然是个“儒”。他是倾心倾意忠于皇帝的。神宗死后，他从贬地被召回，升了官，皇太后问他，知道这是为什么吗？他回答因为遇到皇太后、皇帝。人家说不是。他又猜测“是大臣的推荐吧！”太后说，也不是。他就吃惊了，说：“臣虽无状，不敢自他途以进。”① 太后告诉他是神宗在世时的意愿，他闻之大哭不止，连太后，新皇帝和左右的人都跟着哭了。

苏东坡崇信儒学，但不是道学先生，更不像宋代道学家那样，明明从佛学那里“借”来不少知识，却硬是摆出一副对佛教道教不屑一顾的面孔出来。在这方面他与欧阳修也不一样。欧阳修反对佛教，不言黄老。他是对佛学也喜欢，对道教也喜欢，他本人对道教的很多功法都烂熟于心，而且还要亲身实践。对道教信奉的神明，他也是深信不疑。在任上遇到自然灾害时，还要虔诚请神灵救助。他对佛学很熟悉，与一般和尚朋友交往也很多，而且留下不少传说与掌故。

他与和尚交朋友，与妓女也交朋友。有一次他将一位妓女带到了一位高僧的禅房之内。方丈一看，不高兴了。他对方丈说，如果你把诵经时敲打木鱼的木槌给他的这位妓女朋友用一下，那么他立刻写一首诗向方丈谢罪。结果，他写下了下面的这首歌词，并让她唱给老和尚听：

师唱谁家曲，宗风嗣阿谁。借君拍板与门槌，我也逢场作戏莫相疑。

溪女方偷眼，山僧莫皱眉。却愁弥勒下生迟，不见阿婆三五少年时。②

结果老方丈也禁不住大笑起来。

苏东坡仕途多艰，但家庭生活美满。父子关系是好的，母子感情是深的；兄弟关系尤其非同寻常；对自己的孩子也是一往情深；加上朋友如云，高足满座，尤其羡慕煞人。他门下有苏门四学士或苏门六君子之说，这几位

---

① （元）脱脱等撰：《宋史》（第 31 册），中华书局，1985 年，第 10811 页。

② 刘乃昌，崔海正选注：《东坡词·序》，浙江古籍出版社，1992 年，第 135 页。

学士，可说个个身手不凡，而且他和他们一生都保持着很好的关系与情感。

他与两位妻子的关系都好，与后来的侍妾朝云似乎还要好。实在这朝云不但性格可人，尤其非常了解苏学士的为人。有一次，他兴致来了，一边拍着腹部踱步，一边向他身边的人说，你们猜一猜，这里面装的都是些什么？这个说是“学问”，那个说是“智慧”，唯有朝云说：“相公腹内是一肚皮不合时宜。”他闻言大笑，认为深得其心。

苏东坡一生行止，有他独特的人生哲学。他的这个哲学，非如宋代理学那样自儒学儒礼而来。他的人生哲学既是他学养所致，也是他历练所致，还是他天性所致。他的这个人生哲学，用他自己的话讲，就是：

吾上可陪玉皇大帝，下可以陪卑田院乞儿。眼前见天下无一个不好人。①

这实在令人感动。

一般说来，那些眼中心中全是坏人的人，他本人的品性就值得怀疑了，而那些眼中心中但见好人——“天下无一个不好人”的人，纵然他们会因此而受害，但那心灵是纯的，那心境是洁的。

然而，这样一位举世无双的大文学家、大艺术家所走过的道路，也是曲曲折折，甚至悲悲苦苦。这不是他的错，甚至不完全是那些陷害他的人的错，而是那社会体制那礼教本身有问题。

苏东坡的才华享盛誉于当世，很多人认定他应该做宰相的，但他不但没有成为宰相，还一再遭到贬黜，且愈贬愈远，直到贬到天涯海角。

苏东坡没有成为宰相，但终于成为一名并世无两的文学巨人，这到底是幸还是不幸？对此，《宋史》的作者这样写道：

或谓：“轼稍自韬戢，虽不获柄用，亦当免祸。”虽然，假令轼以是而易其所为，尚得为轼哉？②

---

① 林语堂著：《苏东坡传》，时代文艺出版社，1988 年，第 8 页。

② （元）脱脱等撰：《宋史》（第 31 册），中华书局，1985 年，第 10819 页。

把这话翻译过来就是：

苏东坡如果改变了性格，固然可以做高官，享厚禄，但那还是苏东坡吗？

实在我们宁可丢掉100个宰相，也不能没有苏东坡的。

3. 东坡词的艺术成就

我在某个地方说过，判断一个伟大诗人的关键性标准，是看他有没有“绝唱”，绝唱者，非“这一个”不能为之之谓也。如李白的《蜀道难》，杜甫的“三吏”、“三别”。没有绝唱，佳作再多，不能成为超级巨星。这规则也应该适用于对苏词的评价。

苏东坡作为超级词人，因为他有“绝唱”，首屈一指的就是那篇历代流传尽人皆知的《念奴娇·大江东去》。

“大江东去”一词，释者多多，论者多多，然而永释永在，没有尽头，这正是“绝唱”的魅力所在，无比的内涵与表现力所在。在我看来，这词的不平凡处，主要表现在：全词总共八个完整句，可谓句句皆大。即大手笔、大气象、大写意、大联想、大事件、大才情、大感喟，大收束。而中国的美学传统，是以大为美的。一大，二大，尚且不容易，句句皆大，若非天才巨笔，笃定写它不成。

第一句，“大江东去，浪淘尽，千古风流人物”，是为大手笔。仿佛音乐定调，一定就是G调。没有这样的大手笔，下面怎么写得出那样壮丽无伦、勾魂摄魄的非凡景色与人物。这词的妙处，在于开首就有“绝唱”风范。它开门即好。但也因为门开得极大，倘或没有对全局的构思，后面的文字就做不动了。所以，以常情度之，这反而是一步险棋。走得好时，技惊四座；走不好时，也可能虎头蛇尾。

第二句，“故垒西边，人道是，三国周郎赤壁”，是为大气象。“故垒西边”，四个字便稳稳坐住。故垒即旧时营垒，西边呢？西边空间辽阔，但没有描述；没有描述，也不须描述。这“西边”二字妙就妙在不具体，因为战场之大，鏖战之烈，胜利之辉煌，不是一小块地方可以容纳的，或者说不是一小块地方可以用艺术表现的。它即使撑得起那战场，也绝对撑不起这艺术。作者只言西边，虽不具体，却又具体，其意若曰：你们看吧，那西边一带，行行即战场，“人道是”，是个概括，同样有虚中有实之妙。人道是可以理解为，人人皆道是，也可以理解为知情者道是，还可以理解为历史者或深通历史者道是，也可以理解为志士才人道是，道是什么？道是“三国周郎赤壁”。这一句是三个名词的叠加。然而，好。只有六个字，就像近代西方小说一样，写了三个“W”。时间、人物、地点，都有了。讲时间，就是三国；讲人物，就是周郎；讲战场，就是赤壁。从阅读节奏看，这一句话，若是直说——直写，便有些硬，前面加上“人道是”三个字，便又有了悠远的感觉，多情多味，叙事顿挫。

第三句，“乱石穿空，惊涛拍岸，卷起千堆雪”。是为大写意。那样一个大战场，是要有背景的。不是人文背景，而是山川背景。这背景且不能小，不能平，更不能庸庸常常，精彩全无。然而，以战争的眼光看，真的战场，怕不能这般惊险，而词人的笔下，却真正需要这样的写意。写意的艺术价值在于，其景已经惊心，其事必更好看。

第四句，“江山如画，一时多少豪杰”。这是大联想。前句如此惊险，这一句就要顿上一顿。一顿就是一个节奏。读者既需要阅读节奏，作者也需要写作节奏，词作还需要词律节奏。此时一顿，便生联想。而这联想是如此之“大”，完全可以撑得起上边的天，也安得住下边的地。

换头。读者更期待了，东坡先生竟自要把我们带向何方。

于是，第五句，“遥想公瑾当年，小乔初嫁了，雄姿英发。”这一句当真是大才情。就在那“乱石穿空”之间，绝代英雄之内，忽然闪出一位风流倜傥的千古儒将——“遥想公瑾当年”，又闪出一位千古红颜知己，而且恰恰是两个人春风得意，蜜月当时——“小乔初嫁了”。想来，小乔不必非在大战之前嫁将军，周公瑾亦不必非在鏖兵前夜娶美女。然而，这是诗呀！它最绝妙的地方，恰恰是能将最美好的内容嫁接起来，使得事实的美好升华为艺术的美好，进而使词中人物获得双倍的风采。佳人作偶，名将临敌，请问这是个什么形象？词人说，那形象便是“雄姿英发”。好一个“雄姿英发”，非此不能将彼时“周公瑾”的形象刻画生动。

第六句，“羽扇纶巾，谈笑间，樯橹灰飞烟灭。”这一句是戏中戏，大事件。没有这事件，全词的任何描写都是空的，都会找不到支撑点，找不到落脚处。然而，事件虽大，写得却轻松。因为写得轻松，才更显现出那人物的卓尔不群风流倜傥；才显现出那战事的精绝；那指挥者的艺术高超与从容不迫。然而，场面是阔大的，胜利是空前的，令人陶醉的。"樯橹灰飞烟灭"，古来战事虽多，有比这个更如诗如画的吗？

故事结束了，偏这词还没有结束。于是第七句，"故国神游，多情应笑我，早生华发"。这一句则是大感喟。这感喟中既有词人的多思，又有与周公瑾知音的情愫，还有词人半生经历的回望。毫无疑问，这感喟是深的，也是大的，且深且大，完全可以和那些大景色，大场面，大历史，大人物相呼应，相匹配。然而"多情应笑我，早生华发"，这天底下，又有几个这样多情的人呢！

第八句，"人间如梦，一樽还酹江月"，这是大收束。如此大的笔法，原本是很难收住的，但大词家苏东坡，不但一笔收束，而且收束得妥妥帖帖，停停当当。那意思中，自然有物是人非、江流永在的情感在其内，又有独望江流、百感交集在其中。然而，纵然梦迹无存，毕竟江月永在，而在这梦境与江月的交融互映之间，也就写出了词人的特有情怀。且那余音袅袅，余味绵绵，犹自未有穷期。

这词的好处，不但在于其大，尤其在于它有内容，大而能容，大而且美，这才是最难以企及的呢！在短短的八个整句二十二个断句中，作者写大江，写流水，写浪涛，写历史，写战争，写人物，写周边景色，写作者情怀，且用六句绝妙好辞写了当年一段故事，又写了作者本人和他的人生态度。但觉繁花飞舞，扑面而来。特别需要指出的是，作者并不像传统词作那样，前片写景，后片写人，而是一时写景，一时写人，人景交会，错落有致。这等笔墨，无以言之，只能说是一阕绝唱，巧夺天工。

这样的词作，大约是只可有一，绝难有二的。

苏东坡词中，更有一些表达个人情感与个性的词作，也非常感人。它的表现手法同样超越前人。它不是喻情化的，而是抒情化的。他写的就是自己，本人进入词境，较之美人香草式的手法，显然更风姿卓立，别有情生。请阅读他的《定风波》：

莫听穿林打叶声，何妨吟啸且徐行。竹杖芒鞋轻胜马，谁怕？一蓑烟雨任平生。

料峭春风吹酒醒，微冷，山头斜照却相迎。回首向来萧瑟处，归去，也无风雨也无晴。

这词是他被贬黄州后所作。虽身遭贬谪，但性情依旧。或者说因为无端挫折更振奋了他的精神，所以虽中途遇雨，且“雨具先去”，他却浑不在意，别人狼狈只管狼狈，他浑不在意只是浑不在意，不但浑不在意，还要“一蓑烟雨任平生”。任凭风来雨去，本老汉竹杖麻鞋只顾抖擞前行。结果呢？很不错，不仅“山头斜照却相迎”，而且“也无风雨也无晴”。老天不过如此，看你其奈我何！

东坡才气大，那才智直如平堤的湖水，一不小心，溢出来了。中国诗歌传统，雅好唱和，即一人先作一诗，另一人或几人步其韵复做之，这方式即称为唱和。但历来和诗的水平低于首唱，如果能做到旗鼓相等，就很不容易了。但东坡的和词中，偏有杰作，硬是喧宾夺主，超过首唱，这和词就是被张炎评为“压倒古今”的那一首《水龙吟·次韵章质夫杨花词》：

似花还似非花，也无人惜从教坠。抛家傍路，思量却是，无情有思。萦损柔肠，困酣娇眼，欲开还闭。梦随风万里，寻郎去处，又还被、莺呼起。

不恨此花飞尽，恨西园、落红难缀。晓来雨过，遗踪何在？一池萍碎。春色三分，二分尘土，一分流水。细看来，不是杨花，点点是离人泪。

此词写得妩媚多姿，缠绵多情，拟人如画，幽怨如流，是东坡婉约词的代表性作品。李攀龙评价此词说：

如虢国夫人不施粉黛，而一段天姿，自是倾城。[1]

王国维先生则说：

① 刘乃昌，崔海正选注：《东坡词》，浙江古籍出版社，1992 年，第 83 页。

东坡《水龙吟》咏杨花，和韵而似原唱；章质夫词，原唱而似和韵。[1]

东坡一生，总有深情无限。不过他生性乐观，等闲不肯作小儿女状。实在他那样的超级才子，绝代文豪，下笔就写艳词媚句，也有点不相宜。他的抒情作品中，以悼念亡妻的《江城子》最为感人。他写的是一个凄婉的梦，故词前有语："乙卯正月二十日夜记梦"。这梦距他夫人去世整整十年了。

十年生死两茫茫。不思量，自难忘。千里孤坟，无处话凄凉。纵使相逢应不识，尘满面，鬓如霜。

夜来幽梦忽还乡，小轩窗，正梳妆。相顾无言，惟有泪千行。料得年年肠断处：明月夜，短松冈。

这词写得跌宕起伏，情潮不能自已，虽千载之后读之，词人的回肠百曲，犹在眼前。

先写思念，却写"不思量"，妙；虽然不思量，又"自难忘"，就深沉了。接下去陡然一笔"千里孤坟，无处话凄凉"，遣词用字，十足惊人，尤其以孤坟配凄凉，倍觉刺目。然而，也无奈，就算见面又能怎么样呢？见面也不认识了——因为今日之我已非昨日之我，"尘满面，鬓如霜"。

换头再写，却是一个梦，而且是一个美梦，写到美字，我自觉一惊。但那梦真的很美。梦里"忽还乡"，乡情原本美好，悠忽便至，又是"小轩窗"，也很美；最美还是"正梳妆"。人间之美，何能过于美人妆？更何况，那梳妆者还是自己最爱的人！然而，转瞬之间，就成了"相顾无言，惟有泪千行"。于是，梦醒了，始而乐，终而悲，那不过是一个梦罢了。将来呢？不知道，所知道者，也只有"料得年年肠断处，明月夜，短松冈"。

研究者说："用词写悼亡，是苏轼的首创"。[2]而这一首创，便成了一座里程碑。

---

① 刘乃昌，崔海正选注：《东坡词》，浙江古籍出版社，1992年，第82页。

② 同上，第34页。

简短截说，东坡的情感表达多是愉快的，或者爽朗的，有自信的。但这不说明他的言不深，情不切。他有一首《蝶恋花》写情怀，词眼是“多情反被无情恼”，个中妙想，大约两宋词坛中，亦非坡公莫属。

花褪残红青杏小，燕子飞时，绿水人家绕。枝上柳绵吹又少，天涯何处无芳草。

墙里秋千墙外道，墙外行人，墙里佳人笑。笑渐不闻声渐悄，多情却被无情恼。

与这词有关的还有一段掌故，说东坡谪居惠州，时“青女初至，落木薄薄，凄然有悲秋之意。”[①] 于是让他的爱妾朝云，取大杯饮酒，又命朝云唱“花褪残红”。这多情的朝云，“歌喉将啭，泪满衣襟。”[②] 坡公不明白了，问什么原因，朝云答：“奴所不能歌，是‘枝上柳绵吹又少，天涯何处无芳草’也。”[③] 东坡大笑。

不久，朝云死了，苏东坡终其生不听此词。可见他外表虽潇洒，似永无愁怨，但内心深处，是藏着痛的。

他也有讽刺之作，如《满庭芳·蜗角虚名》，那风格颇有些元散曲的影像，不但明白如话，而且字字锋芒。

蜗角虚名，蝇头微利，算来着甚干忙。事皆前定，谁弱又谁强。且趁闲身未老，须放我，些子疏狂。百年里，浑教是醉，三万六千场。

思量、能几许？忧愁风雨，一半相妨。又何须抵死，说短论长。幸对清风皓月，苔茵展，云幕高张。江南好，千钟美酒，一曲《满庭芳》。

东坡一生，树敌不少，但他没有一个私敌。他的词也没有一篇私计。他实在不肯也不屑与他们斤斤计较。

---

① 刘乃昌，崔海正选注：《东坡词》，浙江古籍出版社，1992 年，第 148 页。

② 同上。

③ 同上。

他是一个热爱生活而且会享受生活的人。他知道什么是美，既会享用这美，又能创造这美。就是极平常的事，让他一一点说开来，也会产生很美的境界。好似高明的摄影师，同样的景致，一经其手，那美便跃跃欲试，呼之而来。他有一首《浣溪沙》，便深得此道：

细雨斜风作小寒，淡烟疏柳媚晴滩，入淮清洛渐漫漫。
雪沫乳花浮午盏，蓼茸蒿笋试春盘，人间有味是清欢。

全词六个断句，一共写了五件事并一个感想。上片三句，写烟、柳、滩，下片三句，写茶、笋、味。请问，世界上还有比这六件事更平常无奇的吗？若硬说有，定是假话，若说没有，人家苏东坡怎么能一眼就看出它们的不寻常呢？

东坡词还有一奇异处，是他写过一位鲜活如面的少女。这个更不简单。我们知道，古来的中国文学传统，是民歌擅写少女，诗、词擅写少妇。唐诗、宋词也是这样：描写少妇的居多，而写少女的偏少。尤其温庭筠、李后主，大晏词、柳永词，他们在写活泼少女方面往往缺乏经典之作。但东坡对此，貌似信手拈来，却写得青春历历，娇声美态，气息如兰。请读他的那一阕《浣溪沙》：

道字娇讹语未成，未应春阁梦多情。朝来何事绿鬟倾？
彩索身轻长趁燕，红窗睡重不闻莺。困人天气近清明。

东坡词路宽，类型多，小令、长调，均能得心应手。至于回文词，集句词之类，更无须多言。他还有一篇以文入词的词作《哨遍·为米折腰》，词的篇幅长，流传也不广，但聊备一格，也很不坏。夸张点说，简直和散文差不许多。这词风影响了后来的辛弃疾等，又有更具个性的此类作品问世。其词云：

为米折腰，因酒弃家，口体交相累。归去来，谁不遣君归？觉从前皆非，今是。露未晞，征夫指余归路，门前笑语喧童稚。嗟旧菊都荒，新松暗老，吾年今已如此！但小窗容膝闭柴扉，策杖看孤云暮鸿飞。云出无心，鸟倦知还，本非有意。

噫！归去来兮，我今忘我兼忘世。亲戚无浪语，琴书中有真味。步翠麓崎岖，泛溪窈窕，涓涓暗谷流春水。观草木欣荣，幽人自感，吾生行且休矣。念寓形宇内复几时？不自觉皇皇欲何之，委吾心去留谁计。神仙知在何处？富贵非吾志。但知临水登山啸咏，自引壶觞自醉。此生天命更何疑。且乘流遇坎还止。

4. 东坡词的影响

苏东坡身为一代文学伟人，他的词对当世与后世的影响都是巨大的，简而言之，可以分三个方面表述。

第一个方面，东坡词为豪放词派之祖。婉约派历史久矣。或者说有词的那一天，便是婉约词诞生的那一天。豪放词却是宋代词人的创造。而首创者就是苏轼。苏词之前或同时，并非没有豪放风格的词作在，但作为一派的标识，则非苏词莫属。

第二个方面，东坡词的影响方式是很奇异的，简单地概括：它的直接影响是间接的，而它的间接影响却是直接的。

这话是什么意思？

所谓直接影响是间接的，是说东坡词在他生前并没有产生直接的后果。苏词的影响远不如东坡本人的影响大。他个人显然很强烈地影响了苏门四学士，以及他那时代的几乎一切文学创作者与爱好者。他是用这样的方式，间接地影响了词坛。而在词风词作方面，他的弟子却很少像他的地方，不仅他的弟子，他那个时代也很少甚至没有像他一样地作词的人。所以说他的直接影响是间接的。

所谓间接影响是直接的，是说数十年后，到了辛弃疾的时代，风云际会，水到渠成，时之所至，运之所至，豪放词一派开始大放光芒。而东坡词俨然成了这一派词作的范本，东坡本人也成了这一派词人的精神领袖。虽然此时，苏东坡已仙逝久矣，他没有看到甚至不曾想到会有这样壮观的词学景象。故而，我们要说，东坡的间接影响却是直接的。

第三个方面，自东坡之后，词的走向再次发生质性变化。唐五代词传统，以雅词为正宗，柳永作出变革，由雅而俗，结果受到种种批评和责难。但自东坡之后，游戏规则都变了。或许可说，是苏东坡改变了这规则，或许可说，是宋词必变的形势造就了苏东坡。无论如何，词的道统即所谓词的正宗论，受到了挑战；词的规范即词的音律说，也受到了挑战。这挑战者中的领袖就是东坡公，而且，从词发展看，他的挑战获得了成功。

因为自苏轼之后，经南宋、元、明、清、民国，直至现代，词的所谓正声正调总在与苏词苏风交合，至少婉约一派不再是唯一的正宗词派，而词的诗化也成为它的主要发展方向之一。例如毛泽东的《沁园春·雪》《念奴娇·昆仑》《满江红·小小环球》等，绝非厅堂歌唱之物，而是诗化的一个明证。由此可知，苏东坡的影响不但历时久远，而且愈久弥深。他以自己的创作实绩，突破了旧传统，又为新的传统的确立立下了一块坚固的基石。

苏东坡与他的词终将不朽，因为文明的人类期待他，认同他，并不断地在新的历史条件下以新的方式呼唤着他。

这才是苏词的历史价值与人文价值之所在。

第二节　黄庭坚与秦观

黄庭坚与秦观皆为苏东坡弟子，但两个人的词风很是两样，而且都不像苏东坡。黄庭坚的词，有一些与苏词似乎能拉上点关系，秦观的词则全然另一路数。但他们均以苏门学士的身份以各自的方式为宋词的繁荣做出了贡献。

1. 黄庭坚的生平与文学品性

黄庭坚（1045–1105），字鲁直，号山谷，洪州分宁人，今为江西修水。1067年进士，一生大部分时间为官，但官位不高，影响也不大，做的多是文化、典籍方面的官职，如校书郎、著作佐郎、国史编修官等。他像老师苏轼一样，也因为文字两次致祸，后一次被编管在广西宜州，并在那里去世。

黄庭坚自是一位全才。虽然不及他先生东坡公那样才华横溢，却也是一位在好几个领域都做出大成就的了不起的文学巨匠。

他首先是一位大诗人，又是一位大书法家。他的诗与苏轼齐名，号称“苏、黄”；他的书法同样与苏轼齐名，加上米芾、蔡襄，号称“苏、黄、米、蔡”。他的文章也很有水准，尤其是短篇散文，如书简、记序、题跋、铭赞等，警拔而有味，十分耐读耐看。同时，他也是北宋时期一位著名的词人。

黄庭坚最有成就和影响的，首推他的诗。他不但能创作，而且有理论。他的诗歌理论的基本支撑点有两个：一是反对“随人作计”，而要自成一家。他一生反反复复说明拾人牙慧的危险和危害，又反反复复说明自成一家之言的必要性。另一个支撑点是主张多读书，他最推崇杜诗的“无一字无来处”。认定作诗真谛，在于读书。他一生确实读书极多又很自觉，杜甫的行千里路、读万卷书，对他影响很大。特别是读万卷书，对他影响更大。他读书多，学识广，作诗词使用的掌故也多，借用他人诗句又很多。久而久之，形成他诗歌的一个特色，有时不免有些掉书袋的毛病，使他的诗作有些难懂难读。

这里录他一首《题落星寺四首》之三：

落星开士深结屋，
龙阁老翁来赋诗。
小雨藏山客坐久，
长江接天帆到迟。
宴寝清香与世隔，
画图妙绝无人知。
蜂房各自开户牖，
处处煮茶藤一枝。

这样的诗作、诗风、诗韵，在唐诗中是没有的，令人一见，便知宋诗体韵——如果您对宋诗诗路比较熟悉的话。

黄庭坚是大诗人，他先生苏东坡也是大诗人，两个人不同的地方在于，东坡诗奇峰独矗，自成一家，但后继者少，仿佛“阳春白雪，和者盖寡”。黄庭坚不但独成一家，而且是宋代最大也最有影响的江西诗派的奠基者。江西诗派有一祖三宗之说，他就是其中的第一宗。

黄庭坚的诗可以立派，原因固多，最重要的一点，是他认准了杜甫的价值，极力推崇和提倡学习杜甫的诗作，而且做得早，做得有理论，有影响。钱钟书先生说：“自唐以来，钦佩杜甫的人很多，而大吹大擂地向他学习的恐怕以黄庭坚为最早。”[①]杜甫被后人尊为江西诗派之“祖”，与他的这种提倡有莫大关联；而杜诗的被推崇，却不仅是个人喜爱与否的问题。实在是那样的时代非常需要杜甫，非常渴望杜甫，黄庭坚生当其时，又对杜诗饶有见解，于是振臂一呼，应者云集。

① 钱钟书著：《宋词选注》，人民文学出版社，1979 年，第 96 页。

黄庭坚的诗代表了宋诗的主流方向。他诗的特色，是强调独创与理趣，所谓宋诗好言理，在他的诗中清清楚楚，昭然若揭。他作诗特别注意研究诗的章法、句法与字法，这一点，也是超越前人的。东坡才大，诗中仿佛总有一股才气在涌动，流上流下，异彩纷呈。对于字法、句法，并不特别研究；虽不特别研究，也能写得诗意浓浓；虽然写得诗意浓浓，毕竟在细节的艺术表现方面，又显得不够考究。黄庭坚不是这样，他下的是苦功夫、笨功夫，不怕十年磨剑，但要字字生辉。他诗的风格属于瘦硬一派，有人称之为瘦硬峭拔，古朴沉雄。虽然也有别样的作品，并非只会瘦硬，但这风格却是基本的。他是“得”也在瘦硬，“失”也在瘦硬。在一定意义上，甚至可以说，没有瘦硬的诗风，就没有黄庭坚；但也因为这瘦硬的风格，而减弱了黄诗的传播力与感染力。所以今人习诗，首选还是唐诗，还是李、杜、王、白、李。苏东坡尚且要让一席之地，黄庭坚的影响，尤其在普通读者这个层面的影响，更要小些。

黄庭坚的仕途之路与他的老师也有区别。苏东坡是既要为文又要做官，他文心是热的，官心也是热的。他没有做过宰相，有人为他可惜，他内心深处未尝没有那样的想法。黄庭坚则不然。他身为士人，不能不走仕途这条路，但看他一生行止，对做官或者不做官多少有些无所谓式的态度。嘉祐八年，他首次应考，有传言说他中了省元，结果却是名落孙山，多少亲友为他痛惜，他却“饮酒自若”，好像这事与他无关。他一生，总是读书为上，作诗为上，孝亲为上，仕途之事排来排去，排到后面去了。这在整个儒学时代也是比较少见的现象。

他人品很好。

他尊行孝道，事亲至孝。

他尊重师道，终身敬师。他对东坡公的尊敬，始终如一，未成名如此，享大名时依然如此。他的这个作风，深得中国人的喜爱。

另外，他评人论物，比较公平。这一点，也与乃师相同。他们师生在当时的政坛属于旧党，与王安石为代表的新党不合。但他绝不因事废人。实在新党中包括王安石本人都曾伤害过苏东坡和他本人的，但王安石去世后，他作诗悼念，表现了他的公允仁厚之心。

他重诗、文，轻功名，但真的做了地方官，又能尽责尽心尽职，爱民为政。他在吉州太和做县官时，常常“攀崖越岭深入山村，了解情况”。[1]见到伤害民生的事，他就要抵制，并坚持自己的意见。即使为此，弄得“大吏不悦”，他也不在乎。他做官不怕得罪上级，却不肯委屈百姓，虽然因此给自己埋下了祸根，但那言行人品是值得人们尊敬的。

黄庭坚喜欢道教，更喜欢禅宗。他本人性情随和，是主张“和尘同光”的。他的诗、文中禅风禅意不少。这一点也与东坡公相似。东坡先生是先儒学而后佛、道，中国士人的入世为儒，退隐近道，困顿学佛的心理路程，在东坡先生那里体现得很分明。苏、黄二位都属于儒、道、佛兼修兼通的人士，这对他们的文学创作包括词的创作显然很有益处，对他们的人生旅程也是帮助多多。

2. 黄庭坚词的艺术成就

苏门四学士中，张耒词作不多，晁补之系著名词人，但成就略小些，秦观的词作成就最大，黄庭坚紧追其后。他词的成绩不比秦观大，但特点却非常突出。

黄庭坚词的内容较为复杂，风格也不一致。一般将他的词划分为两个类型，一人而跨双驹，不容易了。但细细想来，两个典型尚且不能概括他词的全貌。我意分为四个类别或许更好一些。

第一个类别，风格似东坡词，或可称之为山谷式豪放词。其中最有名的该是那首《念奴娇》。

断虹霁雨，净秋空、山染修眉新绿。桂影扶疏，谁便道，今夕清辉不足？万里青天，姮娥何处，驾此一轮玉。寒光零乱，为谁偏照醽醁？

年少从我追游，晚凉幽径，绕张园森木。共倒金荷家万里，难得尊前相属。老子平生，江南江北，最爱临风曲。孙郎微笑，坐来声喷霜竹。

此时，黄庭坚因为修神宗《实录》，被人诬陷，已遭贬谪五年，先谪黔州，

① 孙旺，常国武主编：《宋代文学史》（上册），人民文学出版社，1996年，第341页。

即今四川彭水，又移戎州，即今四川宜宾。但他不做亏心事，不怕谪远地，情绪依然豪迈，活得依然耿直。他作此词，自己是满意的，曾自我评价说：“或以为可继东坡赤壁之歌”[①]。

这词的风格也真恰似月下笛声，不唯悠扬漫远，且含激越之情。

又有一首《虞美人》，词前有注，说是“宜州见梅作”。那词写得更见风格。

天涯也有江南信，梅破知春近。夜阑风细得香迟，不道晓来开遍向南枝。

玉台弄粉花应妒，飘到眉心住。平生个里愿杯深，去国十年老尽少年心。

这是他晚年，又因为写了一篇《承天院塔记》，被人深文周纳，弄个“幸灾谤国”的罪名，发到宜州（今广西宜山）监管。写这词时，他已被监管三年。忽一日，见梅花初放，便有了词兴。

开首便写“天涯也有江南信，梅破知春近”，天涯，远呐——在那个时代，广西可谓野老边荒，去家万里。就在这么遥远的地方，看到梅花欲放，于是想到，江南——自己家乡的信息来了。更妙的是，这梅花不但开得好，尤其开得快——“夜阑风细得香迟，不道晓来开遍向南枝”。昨夜里花香细细，一觉醒来，南面枝头上的花朵都绽放了。

这其实是意中的，虽然“香迟”，必然开放；又是意外的，不想她开得如此之快，又如此之好。于是词人想起了一则掌故，——当初南朝宋武帝的女儿寿阳公主在含章殿下睡卧时，有梅花飘落在额头上，留下美丽的印迹，且拂之不去，很是好看。此时的黄庭坚老了，但看他从梅花的绽放而联想到这样美丽的故事，说明他的心并不老。虽然心还不老，又争奈其不公平的待遇啊！于是，词人禁不住想到，若是自己年轻时节，面对这等美景，不是要开怀痛饮吗？——“平生个里愿杯深”，然而今已矣。十年

① 孙旺，常国武主编：《宋代文学史》（上册），人民文学出版社，1996年，第37页。

之间，两次遭贬，青春就这样没了——“去国十年老尽少年心”。话虽如此，这话音之外却别有一种耿介在，因为他固然感喟，并不消沉。

还有一篇，《水调歌头》，也是名篇：

瑶草一何碧！春入武陵溪，溪上桃花无数，枝上有黄鹂。我欲穿花寻路，直入白云深处，浩气展虹霓。只恐花深里，红露湿人衣。

坐玉石，倚玉枕，拂金徽。谪仙何处，无人伴我白螺杯。我为灵芝仙草，不为朱唇丹脸，长啸亦何为？醉舞下山去，明月逐人归。

词写得美，且有两个形象在其间。一个是陶渊明，但那风景却较陶翁笔下的风景颜色更鲜明，形态更活泼——“溪上桃花无数，枝上有黄鹂。我欲穿花寻路，直入白云深处，浩气展虹霓。”一个是李太白，那形象酷似太白而感慨犹深：——“谪仙何处，无人伴我白螺杯。我为灵芝仙草，不为朱唇丹脸，长啸亦何为。”将这两个形象联系在一起，又通过这两个形象写出自己的意气情怀，真真想得大胆，做得出色，而且出味。难怪葛晓音先生要评价说：“作者把这二者合二为一，塑造了自己远离世俗、醉舞长啸的狂放形象。”[①] 山谷老人心潮如流，妙笔如斯，他不狂放，哪个狂放。

这一类词评价高，影响大，那风格与意境，确实也当得起这些赞誉与褒扬。

第二类词，通俗词，或者也可以称之为俗语词，因为它们差不多是用大白话写成的词。

在此之前，柳永的词作最具通俗名声，但比起黄庭坚的通俗词来，还不够水平。柳词的俗，主要俗在形式上，骨子里依然一副才子情调。黄庭坚的词俗得比较彻底。怪不得郑振铎先生要说：

“柳永的词，毕竟还是文人学士的词。黄庭坚的词，则真为一般市井人所完全明白，所完全知道其好处者。”[②]

① 葛晓音著：《唐诗宋词十五讲》，北京大学出版社，1993 年，第 254 页。

② 郑振铎著：《插图本中国文学史》（第 3 册），人民文学出版社，1957 年，第 491 页。

然而，能使一般市井人都听得明白，又都知道它的好处的词，不是很好吗？这等才情，不服行吗？郑先生引了他一首《归田乐引》，那情那调，亚赛明代民歌。词云：

对景还销瘦，被个人、把人调戏，我也心儿有。忆我又唤我，见我嗔我。天甚教人怎生受。

看承幸厮勾。又是樽前眉峰皱。是人惊怪，冤我忒撋就。拼了又舍了，一定是这回休了，[①] 及至相逢又依旧。

这样的词还有不少，如《江城子》二首，又如《千秋岁·世间好事》，还有《河传·心情老懒》《望江东·江水两头隔烟树》等等。这里且录那首《河传》：

心情老懒。对歌对舞，犹是当时眼。巧笑靓妆，近我衰容华鬓。似扶著、卖卜算。

思量好个当年见。催酒催更，只怕归期短。饮散灯稀，背锁落花深院。好杀人、天不管。

词前有序云："有士大夫家歌秦少游'瘦杀人、天不管'之曲。以好字易瘦字，戏为之作。""瘦"字原本用得好，那是少游风格；"好"字却又用得好，则是山谷脾胃。少游一生苦闷极多，词的风格清丽婉约，用那"瘦"字，可谓当行出色；山谷自是奇人，又有傲骨，用这"好"字，益显精神。

第三类词，属于婉约性质的词。黄山谷的婉约词，在旧时评价不高。因为他的词风如诗风，总是有些"硬"。词中的美人，也是有些硬的，虽然说冷美人独有妙处，但硬美人不是冷美人，倒是那神韵与现代的瘦骨美人，有些相通之处。

独他的《清平乐·春归何处》向来受好评。那词也确实写得曲折、含蓄，

① 郑引文此句多"一"字，且存录。

风格既清新，语言又雅丽，且有情有致，有声有色。其词云：

春归何处，寂寞无行路。若有人知春去处，唤取归来同住。
春无踪迹谁知？除非问取黄鹂。百啭无人能解，因风飞过蔷薇。

词的末一句，其实是有借鉴的。它借鉴的是欧阳修《蝶恋花·庭院深深深几许》中的两句“泪眼问花花不语，乱红飞过秋千去”。两相比较，欧阳修的词无疑更为缠绵约婉，黄庭坚的词语言虽新，还是有些“硬”了。虽然，它依然不失为一首婉丽多姿的好词。

第四类词，即所谓艳词。黄庭坚的艳词，正如他的俗词一样，有点走极端。不艳则已，一艳又艳得令人眼花。据他自己说，他年少时，因为写这样的词作，僧人法秀曾批评他按照佛门的规矩，会堕入“犁舌之狱”的。

但以今天的眼光看，他的那些令和尚激动的艳词，不过是写了些私情，写了些与性有关的文字。性，原本美丽，如果用科学的眼光看，人性的眼光看，无疑更加美丽。人们硬向她头上浇污水，那不是性本身的错。所以黄庭坚艳词无妨，也无错，而且很有价值。他的那首《忆帝京》之二，写的虽是私情。但那风致情态，决然无害于人。

银烛生花如红豆。占好事、而今有。人醉曲屏深，借宝瑟、轻招手。一阵白蘋风，故灭烛、教相就。

花带雨、冰肌香透。恨啼鸟、辘轳声晓。岸柳微凉吹残酒。断肠时、至今依旧。镜中消瘦。那人知后。怕夯你来僝僽。

山谷词成一大家，因为他多彩多姿。

3. 秦观的生平与秦词的品性

词到秦少游，已进入文人词的成熟时期。这阶段的首要开拓者，显然是他的老师苏东坡。在那之前，词虽然已经取得很大成就，但依然被文人视为小道，或者是旁道，到苏东坡，文人词的时代开始了；到秦观、黄庭坚，词的文人化阶段已经成熟，恰似乡野村姑变成时装模特，从此登上大雅之堂。

秦观与黄庭坚还饶有区别。黄庭坚的优势在于诗。大约在他之前，绝大多数仕途中人，还是以诗为主，以词为辅，诗是正格，词则带有“玩”的性质。但表现在秦观身上，情况改变了，他开始了以词为主的仕人文学结构。

秦观也是一个全才，只是与苏、黄相比，就显得太专业了。他的文章其实很好，有见解，也耐人寻味。他的诗也很有特色，虽不在大的方面下功夫，也不必人人都在大的方面下功夫。正如高山大川可以成为词的对象，小花小草未必不可以成为诗的对象。他作诗在遣词造句方面下的功夫极多，风格又柔丽，所以虽为诗章，却富于词意。如果说他先生东坡公是以诗入词，他则反其道而行之，要以词入诗，比如他的《泗州东城晚望》。

渺渺孤城白水环，
舳舻人语夕霏间。
林梢一抹青如画，
应是淮流转处山。

后人评价他的诗，说他“诗如词”“诗似小词”“又待入小石调”[1]等等。一句话，别人是以诗入词，他却是以词入诗。这个变化是重要的，甚至是里程碑性质的，它证明至少从秦观开始，词已经有能力有资格和诗并驾齐驱了。

秦观（1049–1100），字太虚，后改为少游，自号邗沟居士，又号淮海居士。原籍江南，后来迁至高邮，一些书籍据此称其为高邮人。他父亲是宋代名儒胡瑗的学生，因为羡慕太学中王观的“高才力学”，就给儿子取名秦观。

秦观一生，委实很不顺利。他虽然自幼聪颖，博闻强识，但家境贫寒，有时连买书的钱也没有，只能借书苦读。但他很有志向。《宋史》记载他“强

① 钱钟书著：《宋词选注》，人民文学出版社，1979 年，第 75 页。

志盛气，好大而见奇”，虽然有些夸张，但那少年风貌依稀可见。

然而，他的仕途道路，从一开始就不对路。其中一个原因，是他才学很好，却无意科举。一直到 1078 年，他 30 岁之前，都没有参加过科考，兴趣全在诗歌词赋上面。虽然也向往仕途，但不打算走科举之路。

30 岁时，他经人介绍，拜在苏东坡门下。坡公劝他参加科举考试，他同意了，却又屡考不中。苏东坡为他四处奔走，还特地把他介绍给王安石。东坡此举，在他一生，都属罕见。好在他的才能同样打动了王安石，直到 1085 年，总算科考成功，进入官场。

进入官场，却又不顺。他希望“官运亨通”，但终于没有官运亨通；他害怕“谤伤横至”，却终究躲不过这谤伤横至。他本人绝非党争之人，但那是一个党争的时代。他既入苏门，就算入了党了，想不掉进党争的漩涡都没可能。苏轼推荐他，便有物议；御史中丞赵君锡推荐他，又有人反对，说他“刻薄无行”，[①]因为修神宗实录，更受到牵连，诬陷者找不到他的具体过失，硬说他“素号狷薄”。[②]

他的后半生就在这跌跌撞撞中度过。先前还是放逐之臣，后来就成了罪犯，而且贬放编管之地，一次比一次更遥远，环境也一次比一次更恶劣。等到他遇赦放归时，已然身心俱败，到了滕州，竟猝死他乡，仅仅活了 52 岁。

秦观一生，所遇环境险恶，但他在如此恶劣的环境中，写出了大量精美绝伦的词章，可谓“艰难困苦，玉汝于成”。

秦观一生，与苏东坡关系最为亲厚。他们师徒见解相似，两个人均以儒学为本，参以黄老、旁及佛学。东坡对他的帮助，可说心甘情愿，竭尽全力。他对乃师，尤其倾心相向，不避水火。苏东坡被贬黄州时，他前去探望；苏东坡逐放雷州时，他虽然处境艰难，依然对苏东坡关心有加，不能放心于一日。后来东坡得知他去世的消息，哭着感叹说：“哀哉！痛哉！世岂复有斯人乎！”第二年，东坡居士也故去了。

秦少游一生，最不合儒学传统的地方，是他喜欢在女人圈里混，那形

① （宋）秦观著；杨世明笺：《淮海词笺注·序》，四川人民出版社，1984 年，第 3–4 页。

② 同上。

象多少有点像贾宝玉。对此，他的党争对手尤其理学人物绝不放过的，连他的朋友也颇有微词。

其实秦少游词章华美，韵味超人，一大半得益于他的这种生活方式与追求。秦少游不是登徒子，就算他是登徒子，又有什么了不得的。古来词家一样尊重他，现代青年人一样欣赏他。

4. 秦观词的艺术成就

秦观一生，固然很不顺利，他的词却深得好评。

如李调元的《雨村词话》上说：

秦少游《淮海集》，首首珠玑，为宋一代词人之冠。①

冯熙在《宋六十一家词选例言》中说：

淮海、小山，真古之伤心人也。其淡语皆有味，浅语皆有致，求之两宋词人，实罕其匹。②

又说：

他人之词，词才也；少游，词心也。得之于内，不可以传。虽子瞻之明隽，耆卿之幽秀，犹若有瞠乎其后者，况其下耶？③

夏敬观《吷庵手校淮海词跋》上说：

少游清丽婉约，辞情相称，诵之回肠荡气，自是词中上品。比之

① （宋）秦观著；杨世明笺：《淮海词笺注·序》，四川人民出版社，1984年，第186页。

② 同上，第188页。

③ 同②。

山谷，诗不及远甚，词则过之。盖山谷是东坡一派，少游则纯乎词人之词也。[①]

王国维在《人间词话》上说：

唐五代之词，有句而无篇。南宋名家之词，有篇而无句。有篇有句，唯李后主降宋后之作，及永叔、子瞻、少游、美成、稼轩数人而已[②]。

秦观词如此受宠，因为他的词是词的审美美感中最能代表常人态的一种，又是最易传播的一种。

审美美感其实有多种形态。类比于笑，笑虽为一，但层次很多。若将秦观词比之于笑，则他的那笑，在各类笑的面孔之中，属于最重甜的一种；在诸多笑的层次之中，属于最优美的一种；在复杂的情感层次之中，属于最能打动人心的一种。

秦观词，追求美，但有节制。他不许那美表现得淋漓尽致，那就过了；也不许那美"不易觉察"，那就不够了；而是不浓不淡，恰到好处。这样的词作，如同最纯最净的藕片，不要咀嚼，含在嘴仿佛都可以融化一般——一点渣滓也无。又好像极品巧克力，它绝非那种死甜，却甜得耐人寻味，吃上一块，过了几年，一想起来，还觉余香在口。

但因为他一生经历的关系，他的词不免有些凄迷与伤感。然而那情调又正是那个时代乃至整个儒学时代士人们最易相通的情感。它因凄迷而备觉韵味尤多，又因伤感而更能动人情怀。

秦少游词，善用比喻。比喻乃中国诗歌的传家之宝。自《诗经》以降，莫不以此为能事。他作词悟得其中三昧，所使用的比喻，不但常能出人意想之外，尤其能搔到读者痒处。

秦少游词，少用典故。这一点也是他与黄庭坚颇为不同的地方。典故

① （宋）秦观著，杨世明笺：《淮海词笺注·序》，四川人民出版社，1984年，第188页。

② 同上，第190页。

多了，虽然显得学问大，涵容厚，但阅读者不免有些费神费力。少游词，比喻多——比喻多则形象多；典故少——典故少则门槛少。结果其色彩风格愈发清丽流畅，读的人也愈感舒服。

秦少游词又特别长于营造优美的意境。他遣词造句，最擅长使用轻、微、细、软等字，而且用得很有讲究，既不像张先那样，把一个“影”字，用熟了，用透了，也用腻了；又不像柳永那样，色彩张扬，不避夭红碧绿，扰得人心生乱。他的词是轻轻的云，细细的雨，微微的风，软软的雪。风花雪月之间，便创造一个极甜极美且又有些忧思难忘的境界出来。

秦少游的词，最长于言情。与其说他的词属于婉约派，不如说是言情派，或者言情乃婉约的正宗正派。这或许就是夏敬观先生说秦观是“纯乎词人之词”的由来。评他的词为“词人之词”，正是对他词的最恰当也是最高等的嘉奖。

他的词其实领域不宽，才气也不大。这两方面，他不但比不过苏东坡，连黄庭坚也比不过的。他的长处就是言情，他的妙处也是言情，他的特色还是言情。

秦少游的词胜在一个情字，但情岂是一言可以说完的。他的词情可谓“情出一心，形则三态”，三态即真情、柔情与韵情。

秦观词第一个情感特色是真情。虽然是真情，但能做到真而不淫。我在前面屡屡提及，早期词尤其是唐五代并北宋前期词作，虽讲男欢女爱，不可以太认真的。它们大多数属于喻情式的，吟的是东南，想的是西北。此后虽然变化，但论到情专情贞，没有人可以比得过秦少游的。秦观词，注情爱之流于词中，真情美感，你可以不为之动容，却难以不为之动心。在这一点上，他的贡献最多也最大。有专家认为，秦观词不但讲爱情，而且讲自由恋爱，有点过了。即使有点自由恋爱的影子，也不是自觉的状态。那状态，还要留给后人呢！但他确实有真心，有平等之心，至少他不歧视歌伎，而与她们是真心的朋友。他在词中写到她们的时候，也是情真意挚，以诚待诚，以心交心。

秦观词第二个情感特色是柔情。虽然是柔情，但能做到柔而不媚。媚也不是坏事，妩媚还更其动人。然而，这不是秦词所追求的，他追求的是一种特别的柔和的美，小溪流水一般，虽无惊涛骇浪，但能深入人心。这种柔情，应该是人人都珍视的，但也许没有几个人可以把她表现得那么美丽，那么有魅力。虽人人心中都有，却未必写得出来。论及此味，在唐代，唯有李商隐品性最高；在元代，唯有王实甫笔力最深；在明代，唯有汤显祖诗意最浓；在清代，唯有曹雪芹体味得最透，表现得最好。在宋代词人中，男士首推秦少游，女士唯有李清照。

秦观词中第三个情感特色是韵情。虽然是韵情，又能做到韵而不烈。韵者，美也。但美也是有层次的，起码豪放是一种美，激越又是一种美，崇高还是一种美。但这不是秦少游的风格，他的风格是独有风韵在里头，他笔下的人物，不似少女而近于成熟的少妇。这少妇不但很美丽，而且很有韵味；不但香气袭人，尤其芳心可可；不但明慧如镜，尤其气息如兰；不但才貌双全，尤其风情万种。秦观的词，差不多就是这女子的化身。

表现在词体上，秦观以慢词为首选。他也擅长小令，但小令往往不足以尽其情、达其意。慢词兴达于柳永，但他的笔法不免矫枉过正，有些汪洋恣肆，收束不住。少游作词，风格只在婉约，意义只在言情，把这二者结合得好，慢词确实是一个恰当的平台。他的慢词写得风流蕴藉，九曲回肠，既表现了他的情贞意美，又表现了他的绅士之风。

黄庭坚的词分为四个类型，秦少游词则分为两个阶段。他没有也不需要更不去创造那么多类型。他只是一个类型，但有发展阶段的不同。第一个阶段，词风比较俗些，但也是清新活泼之俗；第二个阶段，写得愈发雅了。

以少游词比山谷词，他的基调是一而贯之的。他的俗绝对没有山谷词那么俗——没俗到那种地步；他的雅却比山谷词尤其雅。

他的俗词其实也很好，而且那用语确实很准确，又很生活化。这里先引他一首《南乡子》：

妙手写徽真。水翦双眸点绛唇。疑是昔年窥宋玉，东邻。只露墙头一半身。

往事已酸辛。谁记当年翠黛颦。尽道有些堪恨处，无情。任是无情也动人。

这词通俗但情调不俗。用现代话语表达，是讲失恋后的心态的。然而这心态，既善良，又美丽。且说这主人公的情人变心了，但他心里没有放下她。他捧着她的旧时画像看时，一看，感想来了。词的上片写欣赏画像与联想。画像自然是好——“水翦双眸点绛唇”，但那本人的形象还要好——“只露墙头一半身”。

词的下片，却是感叹。这感叹的不凡之处在于，虽然有恨，不是真恨；真恨也是恨自己，对“那一个”就只剩下多情了，因为他说了——“任是无情也动人”。

这末一句写得如此之好，曹雪芹在《红楼梦》中也借用过的。

再看另一首俗词。这一首更俗，一些俗语，俗到看不懂了。但那意思依旧分明。词中的形象，活鲜鲜的。一眼看去便活在心中，闭眼思之，又活在眼前。其词寄调《品令》：

掉又惧，天然个品格。于中压一。帘儿下，时把鞋儿踢。语低低、笑咭咭。

每每秦楼相见，见了无限怜惜。人前强不欲相沾识。把不定、脸儿赤。

这词写一多情女儿的娇羞之态，但不是静态写法，而是有声有色，且动作多细节多，真个“一颦一笑”，只在眼前。

秦观词雅、俗分明。但二者不是对立的。大而言之，俗是雅的一个阶段。或许应该说，若没有先前的俗，也不会有后来的雅。正因为他早期词有这样活脱脱的俗词作基础，后来深入雅境，才有那样的清丽之色，才没有走到朦胧含蓄或者浓艳难化的风格上去。

秦观的雅词，数量尤多，而且他词的败笔很少，庸常之作也很少。他的词作类型虽然不多，却十分耐读。请看他的那篇《千秋岁》：

水边河外。城郭春寒退。花影乱，莺声碎。飘零疏酒盏，离别宽衣带。人不见，碧云暮合空相对。

忆昔西池会。鹓鹭同飞盖。携手处，今谁在。日边清梦断，镜里朱颜改。春去也，飞红万点愁如海。

遣词造句，词情词意端的是美。后来人因为太喜欢词中“花影乱，莺声碎”，还特地建了一座莺花亭呢！

这首词不但写得美，而且写得绝。所以黄庭坚固然也是大词家，见到这词，十分赞赏，本想和上一首，但读到“飞红万点愁如海”这一句时，便为之倾倒，不作和词了。

这一首，其实是秦观离京谪居时所作，所写无非是无限愁思，但因为他词的结构好，安置得宜，便景中生情，情中有感，感中有叹，终于归于如海之愁情。令人一见，便生出多少同情与联想。

又有一首《满庭芳》，同样声名远大。

山抹微云，天粘衰草，画角声断谯门。暂停征棹，聊共引离尊。多少蓬莱旧事，空回首、烟霭纷纷。斜阳外，寒鸦万点，流水绕孤村。

销魂。当此际，香囊暗解，罗带轻分。漫赢得、青楼薄幸名存。此去何时见也，襟袖上、空惹啼痕。伤情处，高城望断，灯火已黄昏。

这一首词写得又好，词中风景用的差不多全是白描手法。词本艳物，使用白描而出色，可谓奇中之奇。晁补之曾评论此一词说：

比来作者，皆不及秦少游。如“斜阳外，寒鸦数点，流水绕孤村”，虽不识字人，亦知是天生好言语也。[①]

好言语其实并非天生的，虽不是天生的却又真如天然生成的一般，才是真正的词中妙手。秦少游于此，可谓心得既多，作品又多，一些佳作名篇，不禁令人产生匪夷所思之想。

他流传最广的词，还是那首《鹊桥仙》，这词本当不引，因为读者对它应该是熟悉的；却又不能不引，不引这文章就显得不完整。思忖久之，还是抄录于此。作为本节的结尾。——头虽不名，且借此豹尾生辉。

---

① （宋）秦观著；杨世明笺：《淮海词笺注·序》，四川人民出版社，1984 年，，第 182 页。

纤云弄巧，飞星传恨，银汉迢迢暗度。金风玉露一相逢，便胜却人间无数。

柔情似水，佳期如梦，忍顾鹊桥归路。两情若是久长时，又岂在朝朝暮暮。

第三节　苏派及其他相关词人

造成这一期词坛繁荣的，显然不止于苏轼、秦观、贺铸、晏几道等几位领袖级人物。实在这个时期的词坛，人物既多，整体效应也是最好的。毕竟只有一颗巨星，是构不成星空的，唯有群星灿烂，才有魅力无穷。

站在今天的立场看，宋词的发展有以下几个特点：

第一特点，其发展态势呈“马太效应”。所谓马太效应，说通俗些，即是强者益强，而使弱者益弱。虽然词史、文学史并非个人创造，但那些最突出最具影响力的人物，总会在历史发展过程中不断被放大，因而他的影响也不断因积累而被放大。苏东坡的词，在他生前，没有给他的弟子们以特别的影响，但在他身后，却使他成为宋代豪放词人的鼻祖，这一点，怕是连他自己也不曾想到的。

另一特点，文学繁荣，需要各个层次的作者的共同努力。以苏东坡这一代人物论，当时发挥作用，产生影响的，既有列入他门墙的苏门四学士，又有与他关系密切的诸词人，如李之仪、晁端礼、赵令畤、王湾、仲殊和尚等，还有一些与他关系不多，但同样做出成绩的词人，如王观、谢逸、刘弇等。

再一方面，一些词人虽然名头不是很大，但多有名篇名句流传。这些名篇名句，也就成为中国词史不可或缺的组成部分。它们同样涵养了一代又一代的词的创作者、欣赏者与研究者，或者可将宋代的词史比作一条文化生物链，这些名篇名作便是这生物链的重要环节，如果没有他们，这生物链就会出现某种缺失，甚至造成整条生物链的断裂。

以朱服为例，《全宋词》只有他一首《渔家傲》词。他名亦不高，声也不大，但他的这首词很有特点。词写得风流俊美，别有情思，据说他本人对这首词也很自负，有时喝醉了，便对别人说：你们见过我的“尔今乐事他年泪”吗？其全词如下：

小雨纤纤风细细，万家杨柳青烟里。恋树湿花飞不起。愁无比，和春付与东流水。

九十光阴能有几？金龟解尽留无计。寄语东城沽酒市。拼一醉，而今乐事他年泪。

又如谢逸，他不作慢词，但小令独佳，他有一首《如梦令》，写得情招景随，疏密有致，且流光逝水，声色俱在。

花落莺啼春暮。陌上绿杨飞絮。金鸭晚香寒，人在洞房深处。无语。无语。叶上数声疏雨。

如朱服、谢逸一样的词人尚有不少，只是限于本书篇幅，不能一一道及。

下面，介绍本时段的另外八位词人。

他们的词风有别，出身亦各个不同。这不是说哪个出身高贵，哪个出身低贱，而是说，从他们的出身也可以看出彼时的词人已经有了相当的社会广泛性。

1. 晁补之

晁补之（1053–1110），字无咎，晚号归来子。巨野人，今属山东省，与秦观、黄庭坚、张耒同为苏门四学士。

他其实很有才华，而且是个神童。他 7 岁便能写文章，13 岁时求学于常州学官王安国，很受老师的赏识。21 岁时，拜见苏东坡，将自己的一首《七述》给苏轼看，东坡看完，惊叹道：“吾可以搁笔矣。”他父亲端友、叔父端礼，从弟冲之、说之、咏之，均有著述。苏东坡曾为他父亲的集子作序，且端礼、冲之都是这一期有佳篇名作的才俊词人。可说一家老小，均为饱学之士。虽比不得“三苏”父子的啸傲长天，在中国文学史上也属罕见之事。

晁补之既为苏门学士，便不能摆脱党争的困扰。但他在旧党中不是特别有影响的人，所以尽管宦海浮沉，他得到的重视既不如别人多，受到的打击也不如别人重。他一生做过通判等地方官，也做过吏部员外郎、礼部郎中兼国史编修等朝官，但官也不高，位也不显。后来蔡京当政，打击元祐党人，他在湖州地方官任上被罢免，从此闲居八年，晚年又被起用，知泗州，到官不久，弃世。

晁补之的诗、词、文、赋都有成就，有《鸡肋集》传世。《四库全书总目》评论说："今观其集，古文波澜壮阔，与苏轼父子相驰骤。"[①]诗这里录他《七绝·题谷熟驿舍二首》之一：

驿后新篱接短墙，
枯荷衰柳小池塘。
倦游对此忘行路，
徙倚轩窗看夕阳。

但他最重要的文学成就，还是词作。

苏门的四学士中，秦观是词之巨匠，无论以哪个角度看，都是一位不可或缺的词坛人物。现代学者利用电脑技术，作宋代词人排行榜，他名列第5位，排在辛、苏、周、姜之后，而在柳永、欧阳修、吴文英、李清照、晏几道之前。黄庭坚是个全才，以诗的成就最大。张耒词作少，影响也小，他的诗更有水平。晁补之与张耒的文学成绩相近，但他是词界高人，而且唯有他的词风与东坡词比较相近。古代大评论家刘熙载评价说：

东坡词，在当时鲜与同调，不独秦七、黄九，别成两派也。晁无咎坦易之怀，磊落之气，差堪骖靳。然悬崖撒手处，无咎莫能追蹑矣。[②]

他的《洞仙歌·泗州中秋作》，确有些苏词风韵。

青烟幂处，碧海飞金镜。永夜闲阶卧桂影。露凉时，零乱多少寒螿，

① 孙旺，常国武主编：《宋代文学史》（上册），人民文学出版社，1996年，第278页。

② 王兆鹏，刘尊明主编：《宋词大词典》，凤凰出版社，2003年，第542页。

神京远，惟有蓝桥路近。

水晶帘不下，云母屏开，冷浸佳人淡脂粉。待都将许多明，付与金尊，投晓共、流霞倾尽。更携取、胡床上南楼，看玉做人间，素秋千顷。

另有一首《忆少年·别历下》，写得则另有情致。

无穷官柳，无情画舸，无根行客。南山尚相送，只高城人隔。

罨画园林溪绀碧。算重来、尽成陈迹。刘郎鬓如此，况桃花颜色。[①]

晁补之不但善作词，而且有词论，他是写过专门的词话的。可以视为那个时期最早的一批词的理论自觉者之一。

2. 王安石

晁补之外，如陈师道、刘弇、张舜民、李廌等亦都有佳作流传，其中陈、李二位还是苏门六君子的成员。

特别值得重视的则是王安石。

王安石（1021–1086），字介甫，临川人，今属江西省。1042年进士，从此直到48岁，主要做地方官。他做地方官，绝不平庸做事，而是观察时事，留心弊政，一面做官，一面研究，一面将自己的意见上奏朝廷。应该说，他是宋代最有影响的地方官之一，成绩也是最突出的。宋神宗时，他成为宰相，实行新法，从此走入风口浪尖，终于成就了他改革家的历史声名与地位。但这改革并没有取得预期效果，在一定意义上说，他也成为这改革的牺牲品。他两次罢相，最后郁郁而终。

王安石的文章属于唐宋八大家之一。这一点，即便秦七黄九也没办法与他相提并论。他的散文，不同韩、柳、欧、苏而是自成一派。他的诗作亦很有艺术影响力。王安石诗名大，因为他学问大。他读书之多，连反对他的人也得点头认账。钱钟书先生说：

① 唐圭璋编：《全宋词》（第2册），中华书局，1965年，第646页。

痛骂他祸国殃民的人都得承认他“博闻”、“博极群书”；他在辩论的时候，也破口骂人：“君辈坐不读书耳”。又说自己：“某自百家诸子之书至于《难经》《素问》《本草》、诸小说无所不读。”①

他学问大，但能创造，能使古书古事以为我用。他因为长期居官，又是变革者，对于现实生活，尤其重视。所以他的诗，从好的一面去看，不但有内容，而且讲诗意。这里举他一首《七律·葛溪驿》：

缺月昏昏漏未央，
一灯明灭照秋床。
病身最觉风露早，
归梦不知山水长。
坐感岁时歌慷慨，
起看天地色凄凉。
鸣蝉更乱行人耳，
正抱疏桐叶半黄。

王安石词作不多，但风格别具，影响也大。唯其影响也大，宋代词评家王灼、张炎才对他的词予以专门评价。王灼说他：“王荆公长短句不多，合绳墨处自雍容奇特”。张炎说他：“清空中有意趣，无笔力者未易到”。②他是敢在险处作词，绝不走近路。比如他的那首人见人赞的《桂枝香》，绝不是乖巧者可以作得出来的，也不是小心肠小气量的人作得出来的；甚至不是一般风流才子作得出来的。他知难而进，绝非无痛呻吟，或者恃才傲物，而是有感而发，不吐不快。其词云：

登临送目，正故国晚秋，天气初肃。千里澄江似练，翠峰如簇。征帆去棹残阳里，背西风、酒旗斜矗。彩舟云淡，星河鹭起，画图难足。

① 钱钟书著：《宋词选注》，人民文学出版社，1979年。
② 王兆鹏，刘尊明主编：《宋词大词典》，凤凰出版社，2003年，第400页。

念往昔、繁华竞逐，叹门外楼头，悲恨相续。千古凭高对此，漫嗟荣辱。六朝旧事随流水，但寒烟衰草凝绿。至今商女，时时犹唱，《后庭》遗曲。

本词笔力雄健俊美，感慨尤深。《古今词话》说：金陵怀古，诸公寄调《桂枝香》者三十余家，惟王介甫为绝唱。东坡见之叹曰："此老乃野狐精也。"①

苏东坡这一声高叹，表明这词的水准确实非同一般，非同小可。

3. 李之仪

李之仪（1048–1117？），字端叔，晚号姑溪居士，沧州无棣人，今属山东省。神宗熙宁三年进士，做过知县。他与苏东坡关系密切，曾为东坡的下属，更是东坡的朋友。还是苏词一派中的大将。他没有做过高官，却因为与苏轼的关系而受牵连，后来又因为起草遗表，触怒了当权者，被发放至太平州编管。但他很有才华，有《姑溪词》一卷传世，为后人所赏识。他的词风格疏朗，走的是冯延巳、欧阳修的路子；本人又是秦观的朋友，与秦词亦有相通之处。但因为时代不同，较之前贤显得尤其从容不迫。他的那首《卜算子》，更是久享盛名于词坛：

我住长江头，君住长江尾。日日思君不见君，共饮长江水。
此水几时休，此恨何时已。只愿君心似我心，定不负相思意。

这词的好处在于浑然天成，有民歌意味。这其实也是一个范式。这范式显然不同于晏殊，不同于苏轼，也不同于黄庭坚，甚至不同于秦观。这样的词作，大约只能久蓄其意于心中，偶然触之而得来；实在他不似"作"出来的，更像"流"出来的，多少有些可遇而不可求的意思在内。

他的风格与柳永、秦观相近，可以说"秦、柳之间，有君一席"，明

① 胡云翼选注：《宋词选》，上海古籍出版社，1982年，第55页。

人毛晋说他的词“长于淡语、景语、情语”。[1]评价准确通透。

他的词好读好记。初看似不经意为之，细品却韵味盎然。那气质颇似中国的山水画，但以小品居多，不是那种大写意手法的。这里再引他一首《江神子》，写得形神兼备，意态深沉。

恼人天气雪消时，落梅飞。日初迟。小阁幽窗，时节听黄鹂。新洗头来娇困甚，才试著，夹罗衣。

木梨花拂淡燕脂。翠云敧。敛双眉。月浅星深，天淡玉绳低。不道有人肠断也，浑不语，醉如痴。

4. 赵令畤

赵令畤（1051–1134），字德麟，系宋室宗亲。但宋王朝的特点，是对外屈辱对内严厉，越是自己人，越要苛刻寡恩。所以他也没沾到这出身什么光。倒是苏东坡发现了他的才干，把他推荐给朝廷。但也因此埋下祸根。苏轼受排挤，他吃了“挂落”，被贬斥绍兴。以后，官风顺了，曾做过右监门卫大将军，洪州观察使，还袭封了安定郡王。

他的词作数量不多，《全宋词》收37首，另有断句数则。他词风清新，有雅意，一些小令，尤其行云流水，妙在天然。刘逸生先生曾专文评说他的一首《菩萨蛮》。原作也好，评得又好，堪称珠联璧合。其词曰：

轻鸥欲下寒塘浴，双双飞破春烟绿。两岸野蔷薇，翠笼熏绣衣。
凭船闲弄水，中有相思意。忆得去年时，水边初别离。

刘先生认为，这词的艺术特色在善于剪裁，就像高明的摄影师一样，也许“你认为亦不理想的那一幅，经过内行人一裁一剪，给它来个去粗取精，就像拨去障目的尘埃，一幅精彩的作品脱颖而出”。[2]

① 徐培均选注：《婉约词粹》，华东师范大学出版社，2000年，第89页。
② 刘逸生著：《宋词小札》，广州出版社，1998年，第173页。

赵令畤的一个特殊贡献，是他创作了一篇鼓子词——商调《蝶恋花》12首。鼓子词在全宋词中罕见。从现存的资料看，这形式除他之外欧阳修、吕渭老、曾布、董颖也曾使用过。曾布有7首大曲，寄调《水调歌头》，内容是咏唱唐传奇中的冯燕传的；董颖有10首大曲，总题《乐府雅词》，咏唱西施故事。赵令畤的商调《蝶恋花》唱的是崔莺莺的故事，他所作并非大曲，却更具戏曲形式，即夹“唱”夹“白”。他的这部鼓子曲颇受现代专家重视。因为它传达了一个信息：即元曲的发达早有先声。那词也不甚雅，句也不甚雅，恰恰适合演唱的风格。

5. 王观

王观，字通叟，如皋人，一说高邮人，两地均在今江苏境内。他生卒时间已不可考，但知道他1057年中进士，做过大理寺丞，知江都县等官，但地方官没有做好。也曾为翰林学士，写应制词时，又出了麻烦，高太后认为他词的内容亵渎了神宗，官也罢了，人也给放逐了，所以又被称为“王逐客”。但从他词作上看，虽然是逐客，性情犹不减当年。你放逐尽管放逐，我依然我行我素，诚所谓“我与我周旋久，宁做我”。他的词风格多变，未止一端。或者清丽，或者狂放，又有些东坡词的影像。王灼评价他的词，说他“王逐客才豪，其新丽处与轻狂处，皆足惊人”。[①]

他一生留下的词作不多。

他有一首《天香》，虽是慢词，却写得轻快活泼，虽常言俗语亦媚。

霜瓦鸳鸯，风帘翡翠，今年早是寒少。矮钉明窗，侧开朱户，断莫乱教人到。重阴未解，云共雪、商量不了。青帐垂毡要密，红炉收围宜小。

呵梅弄妆试巧。绣罗衣、瑞云芝草。伴我语时同语，笑时同笑。已被金尊劝倒。又唱个新词故相恼。尽道穷冬，元来恁好。

---

① 王兆鹏，刘尊明主编：《宋词大词典》，凤凰出版社，2003年，第393页。

《卜算子》写得尤其轻盈飘逸，妙想天成，却又别有情趣。

水是眼波横，山是眉峰聚。欲问行人去那边？眉眼盈盈处。
才始送春归，又送君归去。若到江南赶上春，千万和春住。

但这两篇似乎都不算狂放。有一首《红芍药·人生百岁》，则有些狂放之态。

他的词，多能做到视点独具，巧妙安排；一些生活化的词句与意境，果然写得“恁好”。

6. 毛滂

毛滂（1060–1124？），字泽民，衢州江山人，今属浙江省。他也是被苏东坡发现并举荐的人才，做过县一级的地方官，也做过朝官。遗憾的是蔡京当政时，他献媚于蔡京，为蔡京写过《绛春园》。这行为很让正直的人看不起。在苏东坡推荐的人才中，也很少见的。

他的词风雅丽，颇似秦观。清代词评家陈廷焯说他的词“意境不深，间有雅调”，是很客观的。换句话说，就是毛滂的词有雅作，没有大作。不知道这是否和他的内在品格有某种关系。但他有一首《惜分飞》，名气不小，是一首赠别词。这词写得情深意长，又能情景交融，确为难得之作。宋人周晖，对这首词很是推崇，说它“语尽而意不尽，意尽而情不尽，何酷似少游也”。[①]

全词如下：

泪湿阑干花著露，愁到眉峰碧聚。此恨平分取，更无言语空相觑。
断雨残云无意绪，寂寞朝朝暮暮。今夜山深处，断魂分付潮回去。

虽是分别赠词，却写得含蓄而优美。虽然含蓄而优美，又真的动了感

① 徐培均选注：《婉约词粹》，华东师范大学出版社，2000 年，第 127 页。

情——“泪湿阑干花著露，愁到眉峰碧聚”。然而，又有难言之隐，不好说，不便说，不可说之处——“此恨平分取，更无言语空相觑。”

换头。还是诗化的临别景观，然而那景观也是触动人心深处的——“断雨残云无意绪，寂寞朝朝暮暮。”但不仅仅是忧伤，也有想象，也有决绝，也有情长似水，情动如潮——“今夜山深处，断魂分付潮回去。”

这词的好处，还在于作者惜墨如金，不是狂写，而是有选择，有节制。似这等含泪之说，这种狠下心肠不泪落的表现，是最感动人的。

7. 王诜

王诜（1048–1100），字晋卿，太原人，后徙居开封。他祖上是开国功臣，本人是宋英宗的驸马，属于皇亲国戚一流，但他以文会友，与苏东坡相交甚厚，两个人在艺术创作等方面都很有共同语言。苏东坡被人陷害，他得到消息，不顾安危，给东坡通信息。结果把驸马都尉的头衔丢了，被贬放均州。后来起复，死后谥荣安。《宋史》有传。

王诜是一位大才子，大艺术家。他不但能词，尤其善于绘画与书法。他的画在宋代已享有大名，他的画既学水墨画法，又吸收金碧画法，号称“不今不古，自成一家”。尤其山水画，更好，是中国绘画史上一位重量级人物。他的书法，真、行、隶、草都有特点。他的词流传下来的不多，《全宋词》共收 15 首。

他的那首《蝶恋花》享名日久，那是他被贬 7 年后的归来之作。这时候，人虽然回来了，妻子已经病故，自觉无情无绪，人生灰色，面对“初晴晚照”，不觉感慨丛生。于是写到：

小雨初晴回晚照。金翠楼台，倒影芙蓉沼。杨柳垂垂风袅袅。嫩荷无数青钿小。

似此园林无限好。流落归来，到了心情少。坐到黄昏人悄悄。更应添得朱颜老。

若无亲自经历，怎知道这声之哀；纵有亲身经历，也可以透过这美丽的词句与词人的感喟，体味到那悲情时代的风风雨雨。

8. 仲殊

这是一位出家的僧人，也是东坡公的好朋友。生卒年月均不详，俗姓张，字师利，名挥。安州人，今属湖北省，也有说是吴人的。曾经参加过科考，因情感生活受挫折故，做了和尚。

仲殊是一位才华横溢的和尚，更是一位纯情挚感的和尚，又是一位很倒运的和尚。他曾被自己的妻子下毒，虽不死，却留下病根，缓解病情的办法就是吃蜜。因为这，他被人雅谑为“蜜和尚”。后来终于不耐其折磨，自杀身亡。

他的词清新俏丽，意态风流。宋人黄昇在《花庵词选》中说他的词：“篇篇奇丽，字字清婉，高处不减唐人风致。”他极有语言天赋。他作词常常雅语、俗语并用，且能做到起承熨帖，转合自然，一点也没有生硬嫁接的痕迹，而且生活气息浓郁。他的这种不执意求雅，也不肆意出俗，妙在雅、俗之间，却能共生雅俗的功夫，确实令人赞叹。他有一首《减字木兰花》，特色十分鲜明：

谁将妙笔，写就素缣三百匹。天下应无。此是钱塘江上图。
一般奇绝，云淡天底秋夜月。费尽丹青。只这些儿画不成。

这首词，有人以为上片系东坡作，下片才是仲殊之笔，果然如此，更显出他驾驭语言的功夫，确实不寻常。

又有一首《踏莎行》，也曾被人引为判词的，却笔笔写来，人物如生，恰似“梨花一枝春带雨”。

浓润侵衣，暗香飘砌。雨中花色添憔悴。凤鞋湿透立多时，不言不语厌厌地。

眉上新愁，手中文字。因何不倩鳞鸿寄。想伊只诉薄情人，官中谁管闲公事。

另有一首《南歌子·十里青山远》，尤其写得情真意重，余韵无穷。

十里青山远，潮平路带沙。数声啼鸟怨年华。又是凄凉时候、在天涯。白露收残暑，清风衬晚霞。绿杨堤畔闹荷花。记得年时沽酒那人家。

上述八位词人，晁补之是苏门弟子；王安石是东坡故人，既是文友，又是“政敌”，正在不离不弃之间；其余六人都是东坡先生的朋友，莫说这许多朋友，就是有其中的一人二人，也足令人喜，尽令人豪。然而，东坡的友人又何止于此，东坡的影响更何止于此。他们与东坡的关系，恰似好花犹有好叶，双方相得益彰。

但也有专门与苏东坡作对的词人，如舒亶。但他确实很会作词，其中一些佳品，还很有特色。这里录他一首《虞美人》。

芙蓉落尽天涵水。日暮沧波起。背飞双燕贴云寒。独向小楼东畔、倚阑看。

浮生只合尊前老。雪满长安道。故人早晚上高台。赠我江南春色、一支梅。

第四节　晏几道与贺铸

晏几道、贺铸亦均与苏东坡文学群体有关系，他们二位都是黄庭坚的朋友。但总的看，他们属于苏氏群体之外的词人，词作别开生面，性格特立独行。

特立独行也有特立独行的好处，即他们更没有约束，更富于自由创作度。实际上所谓群体效应，既有正面表现，也有负面表现。

晏、贺二位独立于苏、周二群体之外，别有风姿，饶有特色。

1. 晏几道的生平与创作特色

晏几道，生于公元1038年，比苏轼小一岁，卒于1110年，享华龄73岁。几道字叔原，号小山，临川人，今属江西省。他是晏殊的第7个儿子，一说第八子。他出身贵族之家，他父亲的门生故吏又极多，但他成年的时候，家道已中落。他一生未经科考，做官的时间也很短。元丰中，曾“监颍昌府许田镇”。他的上司韩维也是他父亲的故旧。他可能觉得这人还不错，便将自己的词作送去。但这个韩少师不高兴他的词，还给他回信说：“得新词盈卷，盖才有余而德不足者。愿郎君捐有余之才，补不足之德，不胜门下老吏之望”云云。后来干脆致仕回京，做他的风流才子去了。那些高官显贵，那些官场作风，甚至新旧党争，都是他看不入眼也不屑于看的，所以他虽久住京城，却不践诸贵之门。

晏几道生平不复杂，更没有什么惊天动地的大经历，大景遇。他吸引人、有魅力的地方，在于他的性情与行为。他一生行止，或许可以用16个字来概括，即风流倜傥，学养深湛，个性不羁，饶有情味。

首先是风流倜傥。他一生乐事就是与歌伎交往。他喜欢女性，尤其喜欢漂亮又懂风情的女性。在这一点上，他与秦观有几分相似。但他出身高，丧父早，那表现就不似秦观的学士样，书卷气。他是风流才子，而且倜傥骄人。走到那里，也是贵公子气派，虽然家道已衰，但那风物气度，不似常人。

其次是学养深湛。这里说的学养，并非他读过多少书，他的学养原是在贵族高门之中，慢慢熏陶出来的。而他又是一个极聪明、极懂得各种生活情趣的人。晏几道不以历尽沧桑的博学志士而名，而以阅尽人间豪华与上层文化的青年才子而名。他的那种学养功夫，自是一般词人所望尘莫及的。

三是个性不羁。风流倜傥就有些个性不羁的意思在内，但那主要是情感文化表现，这里说的个性不羁，则指的是他对主流社会的态度。他出身名门——照现在的很多人的看法，真是得天独厚，进身的机会又多，发展的契机又好。然而，他并不愿利用这些条件。

四是饶有情味。风流才子未必多情，偏这小晏是一个多情者。不但情多，而且情长；不但情长，而且情深；不但情深，而且有情有味。殊不知，这情味二字，最是难得。而且遍数宋代诸词人，只有把他放在晏几道这里，才算得其所哉。所谓情味即悠长美好之情态。他的表现，不是张扬无度的，不是激越无边的，不是精光四射的，不是悲剧、崇高的，不是可裂金石的，不是热度惊人有些头昏头大的，也不是出人意表、非常人所常见的。他的情感特色，是最经得住时间消解的情感，有如橄榄、槟榔一样，宜咀嚼，耐寻味，而且愈咀嚼愈是余香满口，愈寻味愈是其味无穷。

看清晏几道，最好的方法是比较。比较出真知，比较见真人。但这比较，不是像柳永比大晏那样，或者苏轼比柳永那样，那属于风格迥异的粗线条比较。最能比出他的个性的，不是将他与柳永比、与东坡比，而是让他与他的父亲大晏比，与他相类似的同代词人秦观比，这种细腻层面的比较，或许更能触到他的个性所在。

以小晏比大晏，如果从“青出于蓝而胜于蓝”这个角度看，他在如下各点，可以言胜。

第一点，小晏胜在性情上。他完全可以称之为性情中人。他父亲的特点是太平宰相，并非没性情，但是有包装，有节制。他首先要保持太平宰相的风度，然后才是词人的风姿。故而他的词不能像他儿子那样百无忌讳，尽情尽志。大晏词风格也很婉约，但那更像是雾中的花朵，美则美矣，不够清晰，也不够艳丽。小晏词却如清水芙蓉，不但美得雍容，尤其美得娇艳。以欣赏口味论，今人与古人比，今人会更喜欢小晏词；青年人与老年人比，相信青年读者也会更喜欢小晏词的。

第二点，小晏胜在阅历上。他父亲身为高官，阅历不能说不多。但他一生处在上层，最大的缺点是对下层生活了解少，感情更少。他接触的下层人，主要是奴仆与歌伎，而他心目中的歌伎显然与小晏心目中的歌伎有质的区别。小晏富贵过，也清贫过，清贫是他一生主调；奢华过，也淹蹇过，淹蹇是他一生主调；光艳过，也平淡过，平淡是他一生主调。大晏写歌伎，是站在上面，对她们略表关心，甚至说的是东，指的是西，笔下写歌伎，心中想他人。最好的推断，也属于天官赐福一类，本人并不真的明白被赐福者的酸甜苦辣。小晏与歌伎站在同一条地平线上，不是天官赐福，而是与情共舞。他是她们的真正的知音，所以写出的词，“任是无情也动人”。他一生即使什么都可以缺少，绝对不能缺少“情”的。

第三点，小晏胜在个性表达上。大晏的表达，最以风流蕴藉著称，虽有悲情离恨，不能痛快淋漓。用个也许并不恰当的比方，他只是大夫，却不是病人；甚至于他只是主持宴会司仪，而不是这宴会的主人。小晏则不然，他的表达是个性化的。字字句句，不失天真，不失本性，有甜说甜，有苦说苦；言罢甜、苦，还要反思；于是甜者愈甜，苦者愈苦，而他本人为这情感所动，也就跟着天真，跟着陶醉，跟着哭泣，跟着欢乐。

第四点，小晏胜在情趣上。大晏并非没有情趣，他其实是一位很会生活的人，而且他对那美好的生活是多么热爱呀！但他又有很多的感喟，他的感喟归结到一点，就是这美好的时光，太容易消逝了。他面对这美好时光的流逝，真是一点办法也无。唯其如此，他才写得出“无可奈何花落去，似曾相识燕归来”。燕虽归来，青春已不再，时光已不再，于是越思越想感叹越多。小晏不一样了。他也有感叹时光不驻的时候，但更多的时候，他是在无比幸福地欣赏自己的生活，而且这欣赏不是单层面的，而是多层面的，凡情之与物，可能表现的层面，都可以成为他尽情欣赏的对象。这里面，包括欢乐也包括忧郁，包括春风得意也包括万念皆灰，包括云愁雾恨也包括月明星稀，包括春光明媚也包括秋风萧瑟。与其说他是一位美好生活的赞叹者，不如说他是一位情爱生活的品味者更为贴切。

以晏几道和秦观比较，二人相同之处既多，不同之处也不算少。我在撰写秦观的时候，曾引过《宋六十一家词选序例》中的一段话："淮海、小山，古之伤心人也。其淡语皆有味，浅语皆有致"。[①] 这是两位词人相同的地方。

古人将秦、晏并提，是有充分依据的。自唐以降直到近、现代，在所有的抒情词人中，除去李清照和后来的纳兰性德之外，还找不到可以和他们二位比肩的人物。这两个人一个可以称之为情之种子，一个可以称之为情之痴人。

但区别也不少。

一个区别，秦观的词，有人认为是词中之词人。他的审美特征以优美为主，或可说是婉约之中的婉约，优美之中的优美。

晏几道的词也很美，然而并不以优美为主调。他不似词中之君子，更像词中之情人。小晏词的美的旋律中，显然对于情爱这件事具有更多的强调。它的审美特征，也不以优美为主韵。如果说少游词以情美为主，小山词则以情恋为本。他的色彩更深些，颜色更靓些，从而更摇摇曳曳，侵润人心。

一个区别，秦观的词非常重情，但他的情处于自觉状态，是有分寸有节制的。照我的归纳，属于真情、柔情、韵情三者统一的组合结构。

小晏词不一样。小晏词的情感结构属于主调组合。他词中情感是以词作者——男主人公为中心的。先说情人后说情感。他的组合层次可以分为情痴、情忆、情梦三个层次。

所以读秦观的词，觉得他总在或总想与异性交流，双方是平等的，情感是互动的。他的过人之处，在于他的诚——真情，他的善——柔情，他的美——韵情。

小晏词以自我为中心。他关心的可能是别人，表达的却大半是自己。他写的、想的、歌的、叹的，大多是本人对情的感受，对情的体味和对情

① （宋）秦观著；杨世明笺：《淮海词笺·序》，四川人民出版社，1984 年，第 189 页。

的追求与憧憬。

先说情痴。何为情痴？就是沉溺于其间不能自拔。他不像秦观那样，不但情真，甚至情贞。贞与不贞，对于小晏而言，不是第一位的。第一位的乃是情之本身。我要爱，我爱了，就够了。至于所爱的人到底是谁，这不是最重要的，最最重要的是他本人的恋情。这恋情不仅超过了对象，也超过了自身，这个就是“痴”。

黄庭坚为小晏词作序，谈到晏几道的为人，有四痴之论。这四痴讲得精到。他这样写道：

仕宦连蹇，而不能一傍贵人之门，是一痴也；论文自有体，不肯一作新进士语，此又一痴也；费资千百万，家人饥寒，而面有孺子之色，此又一痴也；人百负之而不恨，已信人，终不疑其欺己，此又一痴也。①

这四痴是相互关联的，但表现最特异的还是那第四痴。别人有负于他，也不恨人家，而且还要继续相信人家，到头来也不去考虑别人会不会欺骗自己。这样的痴子，是越来越少见。如果说物以稀为贵，那么这样的痴子，就不仅日见其少而且弥足珍贵了。

而这样的情痴，正是小晏词的魅力所在。

再说情忆。秦观之情，美在情柔，柔情蜜意，令人陶然。小晏词的言情，专在其恋。且不问别人是否恋自己——他相信那一定不会错的，他本人一定要恋他所看中的人。而且他的恋情，不是无距离无节制的，而且有距离感的，有距离才要忆，见面不言，回去再想。

因为他的恋情以情忆为特色，所以他的情感表达方式，又显得很尊贵，也很有品节。小晏词情大于礼，因为有了距离，所以纵以尊贵与品节论，他也绝不低于任何一位绅士。他沉湎于情恋之中，而没有浪子之名，这大约是一个很重要的原因。从而，也不需要像秦观那样，将情爱之柔提高到那么重要的层次。

小晏词以情忆为主，有时不免越忆情越浓。

---

① 陈书良主编：《苏门四学士》，岳麓书社，1998 年，第 4 页。

空口无凭，有《玉楼春》一阕为证：

当年信道情无价。桃叶尊前论别夜。脸红心绪学梅妆，眉翠工夫如月画。

来时醉倒旗亭下。知是阿谁扶上马。忆曾挑尽五更灯，不记临分多少话。

再说情梦。秦观词的情感表达，是情、景和谐的。小晏的情感表达，则是反复咀嚼式的。很多时候，甚至有些纯精神性的。所以他的词情心虽重，爱意虽多，却有很浓的梦幻色彩。而他词中出现最多的一个字也是“梦”。

张先词以“影”著称，带有影字的语句，前前后后大约有二三十句。晏几道比之张先更其有过之而无不及。在他流传下来的 260 首词中，写到梦境的就有 60 多处。梦虽一途，表现形式尤其多姿多彩。有美梦，也有残梦；有蝶梦也有魂梦；有梦中近情，也有梦里忆旧；有梦里欢心，也有梦里伤心；总而言之，小晏的情梦是做来做去没有尽头的。正像他的情爱之心，从小到老，热情不减，又像他的情词，越写越有精神。

小晏词中，不仅梦多，而且酒多、醉多；不但酒多、醉多，而且春也多，柳也多，风月更多。所谓风花雪月，酒香春色，都和他的梦紧密结合，收张有致。虽然说梦中之情也许不如现实之情来得更刺激，却往往来得更自由，更生动，更具绅士风度与浪漫情调。当然这浪漫情调中也一样既有欢情，又有悲情。

2. 小晏词的艺术成就

小晏词的艺术成就，世所公认。但他的词既不像黄庭坚，可以词分四类；又不像秦少游，可以词分两段。小山词是一以贯之的。与秦观相似的是，他的词作虽多，没有败笔。这一点，除秦观之外，似乎只有李清照可以和他一论短长。

这里分析他的几首词，先看他的一首《清平乐》：

留人不住。醉解兰舟去。一棹碧涛春水路。过尽晓莺啼处。

渡头杨柳青青。枝枝叶叶离情。此后锦书休寄，画楼云雨无凭。

这是一首送别词。然而，这样的送别与我们在宋词中司空见惯的送别又是何等的不同！人家的送别，都是两情依依，四手相牵，或者暗自垂泪，或者相对无言。他先生不同了。劈头一句“留人不住”！笔下写的固然是自己的“心上人”，却不用“卿”字，不用“君”字，也不用“人人”二字，单用一个“人”字，由此可以想见出二人的亲密关系与送别时无可如何的心态；千留万留，人家不同意，终于坐看小船走了——“醉解兰舟去。”而那一棹一棹经过的涛呀，水呀，莺呀，山呀，都是他们多么熟悉的地方！难过呀，郁闷呀！

再看自己这里，虽然“杨柳青青”，却每个枝叶都布满了离愁别恨。——“枝枝叶叶离情。”可，人家知道吗？人家想知道吗？于是痛下决心，也罢！从今以后再不给她写信了。因为什么？因为“画楼云雨无凭”，不过是一段过眼烟云而已。这“无凭”二字用得更好。此时此处，似唯有这两个字才当得起全词那美丽哀婉如图如画的景象与情态。但是，请诸位放心，这小晏相公虽然说了狠话，他是不会就这么撒手情缘的。因为他放不下那恋恋的一颗心，才会写出这样的词来。

再看他一首《南乡子》：

眼约也应虚。昨夜归来凤枕孤。且据如今情分里，相与。只恕多时不似初。

深意托双鱼。小剪蛮笺细字书。更把此情重问得，何如。共结因缘久远无。

这一阕的心情心境心态，比之上首，好多了。然而还是疑心病发，顾虑重重。昨日相见时，倒是两目传情了——两颗心也算相通了吧！及至归来，还是一个人独独地睡着，想着。可是——“只恐多时不似初。”接触多时，还能一直好下去吗？

于是，这位多情的恋人，便这样奇奇怪怪地想下去了。一会儿看看信，一会儿看看字，思来想去，不得安静。哎，到底什么时候才能姻缘成就呢！——“共结因缘久远无。”谁知道呢！

再看一阕《临江仙》：

浅浅余寒春半，雪消蕙草初长。烟迷柳岸旧池塘。风吹梅蕊闹，雨细杏花香。

月堕枝头欢意，从前虚梦高唐。觉来何处放思量。如今不是梦，真个到伊行。

这一回，可是太高兴了。恐怕连读这词的人都会为主人公终于有了一次欢情的结果（其实未必）而高兴起来。——如果不刨根问底的话。

因为主人公如此兴头，那天地间的景色也是处处如诗，在在可人。

天气也不那么冷了，都到春半了嘛。——“浅浅余寒春半”，雪快化了，蕙草长出了嫩芽——“雪消蕙草初长”池塘虽旧却是岸柳如烟——“烟迷岸柳旧池塘”。最令人眼亮的还是梅花与杏花，梅是“风吹梅蕊闹”，杏是“雨细杏花香”。请问读者诸君，您看见过“梅蕊闹”吗？嗅到过“杏花香”吗？然而，好事将至，虽不闹也要闹，虽不香也要香，不闹不香不足以配君子。难道连这点小道理您还不明白吗？

换头，到下片。这一半，尤其好了。读上半阕时，已觉风光写尽，不想他偏又在别处生欢。先写月亮——“月堕枝头欢意”，月亮也是笑的，而且一笑，笑落到枝头上了。再写高唐，高唐神女，何等诱人，然而那也不过是一场虚梦罢了。如今呢？如今不是梦了，真的要到——马上要到神女身边去了！——“真个到伊行”。

如果这当真是梦，那么，我祝愿晏生把这梦留住；如果它并非是梦，就让它定格到此，不再别生枝杈。然而，小晏相公又哪里是那么有福分的人呢！请看他的另一首《临江仙》：

梦后楼台高锁，酒醒帘幕低垂。去年春恨却来时。落花人独立，微雨燕双飞。

记得小蘋初见，两重心字罗衣。琵琶弦上说相思。当时明月在，曾照彩云归。

这词的情爱对象是有名字的——名字叫小蘋，这小蘋姑娘正是小晏词中的梦幻情人。然而到写这首《临江仙》时，又成了高唐虚梦了。不对，其实连梦也没有了。

这词头两句就写得深沉："梦后楼台高锁，酒醒帘幕低垂"。这算什么景致呀！康有为先生佛法精通，说这是"华严境界"。而且这心痛已非一日——"去年春恨却来时"，从那时起，这恼人愁人的心痛便种下了根。到如今又看见"落花人独立，微雨燕双飞"。小雨中燕子倒是成双成对，可是人呢？这世间的有情人呢！在纷纷如雨的落花之下孑然而立。这无疑是一幅画，却是一幅无限凄迷的图画。不要说身临其境，只消想一想这画面，都禁不住悲上心头。

到下半阕，又联想起从前的事，最难忘第一次见面——"记得小蘋初见"，那真是一见钟情啊。她不但人好，着装也好，她穿着绣有双重"心"字的衣服，那情那景惹人心跳。再说她手上的琵琶妙曲，可谓声声皆有情思——那情致，真与司马相如的"琴挑"差不多呢！然而，就在这人间如梦的美妙时刻，又来了另一个可怕而又可厌、可厌而又无可奈何的"可是"——"当时明月在，曾照彩云归"。这意境直写尽了人间离合之事，再解释便有些亵渎神明了。

小晏词中，佳作甚多，读小晏词，恰如百花园中采撷时，但有这几首，也可以了。

3. 贺铸的生平与创作特色

贺铸（1052—1125），字方回，号庆湖遗老，卫州共城人，今属河南省。

贺铸是一大奇才，也是宋代词坛上的一个另类典型。以出身论，他也算根深底厚，与皇宋有种种联系。他是宋太祖元配贺皇后的五代族孙，又是赵宋宗室济国公赵克彰的女婿。然他这一宗脉，在北宋并不得意。因宋太祖传位于赵光义，太祖的嫡派子孙反成了被冷落和提防的一族。所以他与赵家宗室虽亲反而不如不亲。这是其一。

贺铸本门，世代为武官。偏宋代立国的大略，是重文而轻武，武官的地位不高。况且到他父亲这一代，已经成为下级武官，地位更不行了。这是其二。

贺铸很有文才学养，但他的仕途之路，也不顺利。虽然没有大的闪失，并非他天生命好，而是根本就没做过高官显贵，故而风险也小。他始则习武，后又从文。结果武也不成，没有建立任何功业；文也不就，没有做出任何业绩；实在人家也根本没重用过他。后来大约他也烦了，没信心了，干脆弃官不做，回苏州隐居去了。

他仕途无聊，并非因为没有才能，实际上他非常有才能。官职虽小，都很能做事。凡他所任，必做得清清细细，有声有色。他其实是个文武全才的人物，若生在秦始皇时，就可能是王翦；或生于汉武帝时，又可能是卫青。遗憾的是他生错了时代了。当然彼时的有识之士，也曾把他比作后汉邓禹，或者东晋谢安那样品级的人才，但他的一生，终于愦愦无为，一直到终老为止。这是其三。

这样的出身经历，加上他本人的个性，终于使他成为一位奇异的词人。他身上有贵族气，有豪侠气，又有书卷气。那贵族气显然处于心理结构的深层次，书卷气则属于内敛状态，唯有豪侠气不遮不掩，任意张扬；加上他天生一副怪相貌，《宋史》上说他“身长七尺，面如铁色，眉目耸拔”。

他不但生得威猛，性情尤其不羁。他喜欢谈论天下大事，“可否不少假借，虽贵要权倾一时，少不中意，极口诋之无遗辞，人以为近侠。”[①] 凭你是谁，不合意的就要批评，而且有一说一，有二说二。你虽然是权贵，但做事像王八，我就说你是王八，大王八，大甲鱼，看你把我怎样。凭这一点，时人就佩服他，认为他近于侠士。这个就是他的豪侠之气。

对于一些豪门子弟，他又特别要与他们争锋，而且抓住他们的过错，还要亲自动手，严厉处罚。一旦对方服了，怕了，他又禁不住高兴得哈哈大笑，连带把这处罚也免了。这其实是他的贵族之气在作怪。

但他虽出身武官家庭，又豪爽如侠客，却是一个读书种子。他读的书多而且能学以致用。他家中藏书有一万卷以上，要知道，在1000年前的

① （元）脱脱等撰：《宋史》（第31册），中华书局，1985年，第13103页。

宋代，一万卷书就是一个大数目了。

这贵族气，书卷气，豪侠气叠加在一起，就形成了他特有的品格。当他挥毫作诗，作文作词时，这品格也就不知不觉之间渗入到他的作品之中。他的诗、文、词作均好，但看他的诗作，与现代人所谓的“愤青”有些相似。比如他痛骂当时的选吏之政，竟说：“鼠目獐头登要地，鸡鸣狗盗策奇功。”比之现代的“愤青”愤语，更能击中要害。

因为以上种种原因，他的诗作、词作都有一种豪侠气在。那嫉愤入骨的诗句不谈，只他那作诗的气派就决然与众不同。他有一首《重游钟山定林寺》，那诗写道：

破冰泉脉漱篱根，
坏衲遥疑挂树猿。
蜡屐旧痕寻不见，
东风先为我开门。

虽是寻常之事，气象也不寻常。

他的词显然作得更好。他词作的最大特点，是能“掇拾人所弃遗，少加檃括，皆为新奇”。[①] 他本人则说：“我笔端驱使李商隐、温庭筠常奔命不暇。”

人们见过的词人固多，见过太平宰相词人，见过将军词人，见过才子词人，见过学士词人，见过浪子词人，也见过方外词人，对这样的侠士词人还真没有开过眼呢！人们听过的词论固多，如正宗论，如婉约论，如豪放论，如词体论，但这样的词论，也是没有听到过的。所以他的词争论多也是题中应有之义。但总体看，在他那个时代，人们对他虽然有些惊怪之情，但对他的词作评价还是高的。到后世，评价则两极分化。

好的评价中，以苏门四学士中张耒的评价最有特色。张耒说：

方回乐府，妙绝一世。盛丽如游金、张之堂，妖冶如揽嫱、施之袂，

① （元）脱脱等撰：《宋史》（第31册），中华书局，1985年，第13103页。

幽索如屈、宋，悲壮如苏、李。[1]

清代词评家陈廷焯对他的评价也很高：

方回词极沉郁，而笔势却又飞舞，变化无端，不可方物。[2]

又说：

方回胸中、眼中，另有一种伤心说不出处，全得力于楚《骚》而运以变化，允推神品。[3]

"坏"的评价也不少。而且，一"好"，好到了天上；一"坏"，又掉下来了，且摔得"够狠"。清初的刘体仁，对贺铸词，已然不感冒，他说：

若贺方回，非不楚楚，总拾人牙慧，何足比数。

清末王国维说到贺铸，也是贬词。他说：

北宋名家以方回为最次，其词如历下、新城之诗，非不华赡，惜少真味。[4]

但贺方回的词是经得住历史考验的。前引王兆鹏《唐宋词史论》中首次以量化方式，对宋代词人与唐宋词作进行的排行榜上，贺铸在300多位词人中名列第11位，在知名度最高的40篇词作中，入选他的词作一首，排名第15位。15首之前，除去李白，李煜的2首，另有苏轼4首，姜夔3首，秦观、柳永、史达祖、辛弃疾、李清照各1首，共计9位词人，宋代词人

① 陈匪石编著：《宋词举》，江苏古籍出版社，2002年，第126–127页。
② 同上。
③ 同上。
④ 缪钺著：《缪钺说词》，上海古籍出版社，1999年，第80–81页。

共有 7 位。由此，也可以看出些他词的影响与历史地位。

那么，为什么贺铸有那么多的争论呢？我估计，其中一个原因，和他的词风复杂有关。他的词风，既有豪放类型的，又有婉约类型的，而且还不限于豪放、婉约两个方面。

从中国词史的评价倾向看，越是那些风格单一的词家，受到的表彰越多，否定越少，前面有晏殊、欧阳修，中间有秦观、周邦彦，后面有李清照、姜夔。他们的词风统一在一个风格下。喜爱者固然没有异议，拒绝者也不便硬去批评。风格复杂，犹如红、黄、兰、白四色皆备，又好像甜、酸、苦、辣五味俱全，结果是喜甜的讨厌咸，喜辣的不喜酸，于是那批评就不知不觉多了起来。

但像贺方回这样的词人，一种风格不能局限他，一种色彩也不能限定他。在这一点上，他在当时的大词人中，大约和黄庭坚最为接近，最相契合。山谷老人也是一位风格很复杂的词人，他们二位是知音。他看黄庭坚顺眼，黄庭坚看他也面善得很——虽然他长得十分古怪。黄庭坚曾为他题诗云：

少游醉卧古藤下，
谁与愁眉唱一杯。
解作江南断肠句，
只今唯有贺方回。

4. 贺铸词的艺术成就

贺铸在词作方面是个全才，不但质量很高，而且数量也多。他流传下来的词有 260 多首，以数量论，在北宋词人中，仅次于苏东坡。他小令、长调皆能，以小令为主。宋词初期，以小令当行，自张先、柳永开始，慢词成为主流，柳永尤以慢词为主。秦观、苏轼长、短皆能。唯晏几道与贺方回相近，都是擅长作小令的。秦观作词，善于抒情，小令不足以达其意，述其态，写其心，高其志；小晏情多，而且情尊，不要那么“曲折”，但要隽永有味，小令无疑更合其用。贺铸的小令，既与他的心理类型有关，也与他的风格有关，还与他的艺术取向有关。

周之琦曾说：

词之有令，唐五代尚已。宋惟晏叔原最擅胜场，贺方回差堪接武。自兹以降，专工慢词，不复措意令曲，其作令曲，亦与慢词声响无异。大抵宋词闲雅有余，跌宕不足，长调则有清新绵邈之音，小令则少抑扬抗坠之致，盖时代生降使然。①

这评论很能切中腠理。

方回词颇能抒情，如他的《芳心苦》，这调名与内容何其相契。初一展卷，便觉风流之气扑面而来，再读其词，益觉如怨如慕，如泣如诉。虽为咏物之词，但多人生之感。

杨柳回塘，鸳鸯别浦，绿萍涨断莲舟路。断无蜂蝶慕幽香，红衣脱尽芳心苦。

返照迎潮，行云带雨，依依似与骚人语。当年不肯嫁春风，无端却被秋风误。

词写得委婉动人，然而，又空灵无着，没有确指；虽然没有确指，那情那意那风那感，又是历历在目，字字在心，想不关心都逃不脱的。作者或许别有所望，或许另有寄托，也未可知。倒是《白雨斋词话》论说得好：

此词骚情雅意，哀怨无端，读亦不自知何以心醉，何以泪堕。②

然而，也就够了，读词至此，还有什么不满意的吗？硬去穿凿，反觉琐碎。

方回小令，例如他的《捣练子》五首，颇得古人意趣。或说虽为抒情词作，却有唐诗的意境。杨万里更认为其有“《三百首》之遗味，黯然

---

① 陈匪石编著：《宋词举》，江苏古籍出版社，2002年，第126页。

② 徐培均选注：《婉约词粹》，华东师范大学出版社，2000年，第107页。

犹存也”。[1] 这里举其中的两首。其一云：

砧面莹，杵声齐，捣就征衣泪墨题。寄到玉关应万里，戍人犹在玉关西。

其二云：

斜月下，北风前。万杵千砧捣欲穿。不为捣衣勤不睡，破除今夜夜如年。

方回词写少女春情，别有一番情调。想他那样一条大汉，那样火一般的性格，真难为他对春闺关心，于儿女情多。诚可谓“侠者仁心宽厚，写尽女儿情思。”请看他那首《减字浣溪沙》：

鹦鹉无言理翠襟。杏花零落昼阴阴。画桥流水半篙深。
芳径与谁寻斗草，绣床终日罢拈针。小笺香管写春心。

方回词最为人推崇，也流传最广的应是他那首《横塘路》：

凌波不过横塘路，但目送、芳尘去。锦瑟华年谁与度？月桥花院，琐窗朱户？只有春知处！
飞云冉冉蘅皋暮。彩笔新题断肠句。若问闲愁都几许？一川烟草，满城风絮，梅子黄时雨。

这词的艺术冲击力是如此强大，以至于和词多多。据刘逸生先生信手写来，就有如下种种：

苏东坡的和词，首句为“三年枕上吴中路”；

李之仪的和词，首句为“小篷又泛曾行路”；

① 徐培均选注：《婉约词粹》，华东师范大学出版社，2002 年。

黄大临的和词二首，首句分别为“行人欲上来时路”，“千峰百嶂宜州路”；

黄庭坚的和词，首句为“烟中一线来时路”；

周紫芝的和词，首句为“青鞋忍踏江沙路”；

蔡伸的和词，首句为：“参差弱柳长堤路”；

王之道的和词，首句为“逢人借问钱塘路”；

冯时行的和词，首句为“年时江上垂杨路”；

扬无咎的和词，首句为“五云楼阁蓬瀛路”；

史浩的和词，首句为“涌金斜转青云路”；

张元幹的和词，首句为“平生百绕垂虹路”[①]；等等。

但这些和词，没有一首比得过贺铸的原作的，苏东坡虽然是和词高手，却也望尘莫及。

或许可以这样说，这词作体现了贺铸词的种种优点。

其一，得古人风韵。如这词的第一句“凌波不过横塘路”，便是自曹植的《洛神赋》中化用而来；

其二，化唐人诗句。如这词的第二句“锦瑟年华谁与度”，便是从李商隐的《无题》诗中得来；

其三，情思楚楚如兰。如这词的第三句“月桥花院，琐窗朱户，只有春知处”；

其四，抒情如泣如诉。如这词的第四句“飞云冉冉蘅皋暮，彩笔新题断肠句”。顺便说，正是这一句，大大地感动了黄庭坚。

其五，借景写意意境绵绵。如这词的第五句“试问闲愁都几许？一川烟草，满城风絮，梅子黄时雨”。

这词的末一句，确实出神入化。宋人作词，有以议论作结语的，也有以景色作结语的，二者各存其妙，难分轩轾。但以景色作结，做得好时，确实很难。那意思，可以一直追溯到汉诗与《诗经》。唐诗中也有这样的高超处理，如李白的“明月不归沉碧海，白云愁色满苍梧”。但像贺词中“一川烟雨，满城风絮，梅子黄时雨”这样，写得如此工整，如此流丽，又如

① 刘逸生著：《宋词小札》，广州出版社，1998 年，第 161–162 页。

此深情，且如此富于韵味的可就少了。难得此词一出，士大夫要唤他作“贺梅子”了。

但仅以这样的词作辉煌仍不能展示贺铸词的全貌，因为他毕竟是一位词中侠士。故而我们仅仅知道“贺梅子”还不够，还要知道他狂放不羁的性格与词作才可以。这里引他的那首《六州歌头》。这词讲述了他一生经历，或可看作贺方回的夫子自道。其词曰：

少年侠气，交结五都雄。肝胆洞，毛发耸，立谈中，死生同，一诺千金重。推翘勇，矜豪踪，轻盖拥，联飞鞚，斗城东。轰饮酒垆，春色浮寒瓮，吸海垂虹。闲呼鹰嗾犬，白羽摘雕弓，狡穴俄空。乐匆匆。

似黄粱梦，辞丹凤。明月共，漾孤篷。官冗从，怀倥偬，落尘笼，薄书丛。鹖弁如云众，供粗用，忽奇功。笳鼓动，《渔阳弄》。《思悲翁》，不请长缨，系取天骄种，剑吼西风。恨登山临水，手寄七弦桐。目送归鸿。

词人侠肝义胆，词作虎虎生风。加上“这一个”，或许贺方回的词人形象方比较完整些。

第五节　大晟领袖周邦彦

1. 周邦彦的生平与周词的历史地位

周邦彦代表的是一个新的时代，有鉴于此，传统的宋词分期，常常将周邦彦与苏轼划分为两个阶段。东坡代表一个阶段，清真代表另一个阶段。虽然以年龄论，他与黄庭坚、秦观、李之仪、赵令畤最为接近，最大的差距不过 10 岁，最小差距只有 4 岁。从时空角度看，苏、黄二位大师级人物属于同一历史时期，而从他们各自的词作特征，尤其是词作影响看他们二位代表的又是两个时代。

这一点，我在本书第一章中已有涉及。我以为宋代词史历经五次大的变化。第一次是以柳永为代表的词风与词制之变；第二次是以苏轼为代表的词风与词格之变；第三次就是以周邦彦为代表的词风与词艺之变。

这一次变化与前两次变化又有某种“质”性差异。总而言之，前两次变化属于扩张性质，即无论是词的形式，如词体、词调，还是词的内容，如描写对象、词作风格，都处在不断扩展与上升的阶段。柳永之前少有慢词，也很少专门书写中、下层社会生活的内容。柳永把这种局面改变了。从此慢词渐次成为主流，而他对下层歌女尤其文人羁旅生活的描写，也具有划时代的意义。苏东坡以诗为词，将词从歌唱阶段提升到诗化阶段。词风亦变婉约为豪放，从此词这种艺术形式，真正步入主流诗歌代表的艺术殿堂，取得了与古典诗歌并驾齐驱的地位与影响。词到东坡，是一个历史分界线，加上秦观、黄庭坚、晏几道、贺铸等人的共同努力，词的局面呈现四面扩张之势。单以宏观形势与历史影响而论，在诗歌领域内，终整个中国古代文学史，再也没有出现过这样的局面了。

到了周邦彦时代，情况发生变化。词的扩张性发展已经基本得到满足，人们开始更多地对词艺、词风、词理进行回顾，进行磨勘，进行规范，进行整合。如果用三个关键词表示这时代的特色的话，那么，这将是一个词的内化的时代，词的范化的时代以及词的细化的时代。

所谓内化，即着力在词自身下功夫，它不再大规模向外开发，而是掉转方向，苦练内功。

所谓范化，是区分词作与创作方法的规范与不规范，而把规范的内容确认下来，从而给此后词的发展提供更好的规范模式。

所谓细化，即词的技术与表现内容不断向更精深更细腻的方向探寻，从而使词作更合音律，更讲平仄，更注重词的细节方面的艺术处理与追求。

这也可以说是一般性规律。任何一种大的影响深远的文学形式都应经历这样两个阶段：首先它必须经过一个又一个的扩张阶段，因为不扩张不能形成大的影响，也无法取得大的突破。随后又要进入内化、范化、细化的阶段，因为不如此则无法达到炉火纯青的艺术境界。换句话说，词是有两个发展空间的。一个是外向空间，一个是内向空间。只要这两个发展空间尚有未开发殆尽的余地，那么，词的创作就会向那个地方拓展。这个在我看来，就可以称之为历史满足律。

由此可见，内化、范化、细化的历史责任不轻啊！而第一个担当起这时代历史责任的领袖人物，就是周邦彦。

苏、辛、周、柳四大词人中，东坡之外，那三位都可以说是为词而生的人物。柳永为宋词之兴而生，周邦彦为宋词之范而生，辛弃疾为宋词之变而生——词变因为国变，这一点，以后详说。

周邦彦为词而生，为词的内化、范化、细化的命运而生。这在他虽然是一件天大的幸事，在宋词的发展则是水到渠成，故而这幸事也就不是文曲星下界，天才决定一切，而是机缘巧合，事出有因。

从词的发展脉络看，唯有到了周邦彦的时代，才产生了相应的历史要求，毕竟这个时期，词的成就已为社会所公认，词的身份也正正堂堂进入主流话语领地，而宋徽宗不但是个大词人大才子，而且决定成立专门的词的官方机构。这就等于是说，如果周邦彦早生 20 年，那么他可能有机会做苏东坡，却没有机会做周邦彦；如果他早生 60 年。那么，他可能有机会做晏殊，做欧阳修，甚至做柳永，同样没有机会做周美成。

周邦彦（1056—1121），字美成，自号清真居士。钱塘人，今属浙江杭州。周邦彦生于杭州，可谓人杰地灵——有斯地必有斯人。他没有考过进士，也没有做过太大的官，却也没有受过大的挫折。他的一生不繁不简，没有大起，也没大落。这样的经历，相对于苏词而言，就显得平淡了；相对柳词而言，又显得不刺激；相对辛词而言，更显得少力度；相对于姜词而言，则显得少自由。

其实，周邦彦青少年时，也不是一个省事儿的青年。虽然史书对此记载不多。但只消看《宋史》上“疏隽少检，不为州县推重”这几句话，那意思也到了，分量也够了。

什么叫疏隽少检，疏就是粗，放荡；隽就是美，时尚；少检就是不检点；这三个词叠加在一处，那形象不问可知。又不为州县推重，可见纵不算一个不良青年，至少是一个有不良行为的青年。什么不良行为呢？无非是“风流”二字。他风流，而且善于作词，即不但有风流之心，而且有风流之才。且不管这是好是坏，对于周邦彦而言，确是十分重要的、必须的。因为历史经验证明：不风流则不能作词人。这个条件，他具备了。

周邦彦不屑科考，他是以向皇帝献上一篇赋作这样的方式斩取功名的。他 24 岁进京都做太学生，一做 4 年，不耐烦了。28 岁时，向神宗皇帝献上一篇七千字的《汴都赋》，这赋“变《二京》《三都》之形貌，而得其意，无十年一纪之研炼，而有其工。壮采飞腾，奇文绮错”。[①]

此赋一进，神宗大喜，马上提升他为“太学正”，这是自有宋以来的历史上，未曾有过的事。

此时的周邦彦，词作才能初显光华，作赋的才华更是出乎其类，而历史的经验证明：没有深厚文学功底不能做大词人，这个条件，他又具备了。

周邦彦做了太学正，很好。但他为人耿直，不善做官，也可能因为属于新党这个圈子，神宗晚年，新党已不吃香，神宗去世，高太后垂帘听政，新党备受打击。他虽然够不上新党中有级别的人物，也被牵连，以至居太学正五年，“五年不迁”。够郁闷的。到他 32 岁时，终于“自触罢废”，被逐出太学到庐州做教授去了。从此一去 10 年。这 10 年的经历对他而言，

① （宋）周邦彦著；吴则虞校点：《清真集》，中华书局，1981 年，第 111 页。

确是一份宝贵的财富。而历史经验证明：没有相当的历练不能成为大词人。这个条件，他也有了。

周邦彦 42 岁还京，其后有些升迁变动，不多。到他 52 岁时，那个伟大的艺术家、蹩脚的皇帝宋徽宗决定成立大晟府，负责对历来的乐府歌辞做管理、整理等事务。这一段，周邦彦生活稳定，政事无多，正是他创作和打理自己词作词艺的大好时光。他在京城为官，一当便是十数年，到 61 岁时，终于词艺动“天听”，受命“提举大晟府”，成了大晟府的长官。这个时候，他的年龄、经验、词艺与社会地位都使他当仁不让地成为北宋词坛的领袖人物。历史经验证明：没有优越的生活条件，可以成为词人，不能成为词坛领袖，这个条件，他也具备了。

他在大晟府做了一年提举，然后便外放做地方官去了。三年后故世。

与周邦彦词作成最鲜明对比的不是旁人，正是苏东坡。

周邦彦也是一位全才性词人。他不但词作得好，文章做得也好，诗歌做得比文章更好。

以文章论，他的散文也很不错，但比较而言，显然他的韵文——赋，名气更大。他的赋至少直接影响了两位皇帝——宋神宗，宋徽宗，这是有史可查的。他的诗尤其出色，连当时的文坛大名士晁补之、张耒都自叹弗如。他的一篇《薛侯马》，写一位边塞将军，一生英雄无匹，但不为王朝所用，其文字跳荡，感慨尤多；又有一篇《天赐白》，一匹白色战马的故事，写马犹如写人，十分震撼人心。就算置于唐代大诗人之间，亦未遑多让。其遣词造句，颇似韩昌黎，风格情调，又有边塞诗的味道。全诗较长，今录《薛侯白》数行于下：

薛侯俊健如生猱，
不识中原生土豪。
蛇矛丈八常在手，
骆马蕃鞍云锦袍。
往属嫖姚探虎穴，
狐鸣萧萧风立发。
短韝淋血斩将归，

夜斫坚冰濡马褐。

……

边人视死亦寻常，

笑里辞家登战场。

铨劳定次屈壮士，

两眼荧荧收泪光。

齿竖食肉何曾老，

骑马身轻飞一鸟。

焉知不将万人行，

横槊秋风贺兰道。

周邦彦虽是全才，要看和谁人放对，如果和东坡先生比，不免有小巫见大巫之嫌。清真居士，顶多是个全才；东坡居士，至少也是天才。以两个人的词论，东坡词天纵其才，不受拘束，上天入地，无所不能，事无巨细，无其不可。但他才太大了，词作豪放自由，难免有空疏之处，最突出的问题是与音律不协，然而不协就不协，东坡先生只要作词，不考虑那许多。

周邦彦绝不如此。他是一位精细而又专业的词人。他的词不以才华争长，但以精美立世。虽然在宋末大词人张炎看来，他的词也有个别不合音律的地方，作为词中之精品，是合格的，甚至是难于挑剔的。就算你挑出来一点两点瑕疵，你也得承认，词人毕竟是凡人，而作为凡人而言，也就只能达到那个层次了。

周词与柳词相比。如果说周词比诸苏词，特色最为鲜明，那么周词比之柳词，却是相互“最为较劲”，因为这二者属于同一个大的范畴内。不同范畴的比较，一般只是粗比，或者说比粗，同一范畴的相比，则肯定是细比，或者说比细。

柳词的长处，是情态逼人，语言通俗。柳永的词，人称为“腻柳”，所谓“豪苏腻柳”。说明他的词风格很“柔媚”。但柳词固然柔媚，又不仅柔媚；他的词也有显的一面、刚的一面与俗的一面，这与他一生经历有关。他是真了解下层人的生活，而且真切地同情她们。他把自己看成和她们一样的人。他对歌女的态度，除非秦观、晏几道，没有比得过他的。就是秦观、晏几道，也没有他那般深入与情感外露，他与她们干脆就是“同为天涯沦落人”。不管快乐与痛苦，全都息息相关。

周邦彦不是这样。他也有极好的描写妓院生活的词，但那词的风格却是以雅为主，雅声雅调才是他词的本色。就算写与歌伎的交往，也不写得那么放，那么切。他笔下的歌伎也是有涵养的。虽然情感同样深挚，话却只说到七分，虽然境遇并无不同，表达却有节制。

周、柳一雅一俗，大体说来，青年人会更喜欢柳，中年人会更欣赏周。

陈苏、柳之外，周邦彦与其他主要词人的差异也很明显。

与晏殊相比，大晏词和润华美，成就很大。但大晏作词，只是小道，他认为是小道。虽然他的词也能唱，也有意境，但显然不像周邦彦那样，对词的态度十分专注。他显然比晏殊写得深，也走得远。他们两个人，在风格方面有传承关系，但在层次上，又有“玩票”与“专业”的不同。

与欧阳修相比，欧词比较疏朗。醉翁写词，也不免有些醉意朦胧，虽然风致绝好，却不太在细节上下苦功。

欧词的风格，大抵属于“疏”的一派，周词的风格却相对较“密”。他词的手法严谨，比欧词细；他词的内容复杂，比欧词宽；他词的风格华丽，比欧词浓。虽然还不是浓得化不开，确实有了相当的密度。

与小晏词比，小晏词的特色就是专，不是专业之专而是专注之专。他一生最专注的莫过于情恋之事，他的词最专注的也是情恋之事，这是小晏词最吸引人的地方，也是他最可爱并且最出“彩儿”的地方。

周词的特色是比较全面，不但词调全，内容更为丰富。小晏擅长小令，周词却小令、长调均应用裕如，而且佳作迭出，内容也比小晏词宽厚得多。有鉴于此，周词可以成为词中之“帅”，小晏词终不过是一路奇兵。

与秦观相比，秦词的特色是轻、柔、雅、丽。在创作取向上，少游词有类于小山词，他不想写那么复杂的事，也无法写那么复杂的事。他与小晏的区别在于，小晏独擅小令，他特别长于慢词。风格方面，他的词不轻则不美，不柔则不美，不雅、不丽亦不美。

周邦彦的词风则比较深厚，而且时有雄深雅健之语。

与黄庭坚相比，黄的特点是风格复杂，艳词也写，俗词也写。总的看来，他的词风确实有些庞杂，有点“乱”了。周词绝不如此。周邦彦也有能力写各种类型的词，但他词风纯正。

与贺铸相比，贺词的特色是肆意百端，论抒情也真的擅长抒情，而且还能做到清雅细腻，情景交融；论豪放，则又真能豪放，不但豪放，还能有所突破，有所创新，甚至到了狂放的程度。周邦彦的创作则基调平和，光华内敛。他不需要那么艳，也不需要那么放。清真词在宋代词家中，最得中和之道，平祥之气，而这中和二字正是中国艺术史上的一大关键词。

综上所述，周邦彦与他同代及前代的杰出词人相比，他也许在各个具体层面都不是最突出的。他既没有苏东坡那么大的学识和才气，也没有晏殊那样的生活状态与风度；既没有柳永那样的社会历练与情怀，也没有小晏那许多风流韵事与情思；既没有欧阳修那样的文坛地位与醉翁情调，也没有贺方回那样的出身与侠士精神。总之，他既没有那么许多朋友，也没有那么大的话语权；既没有读那么多书，也没有那么多才多艺。然而，他绝非一个常者，一个庸者。不但不庸不常，而且是宋代词坛乃至整个中国词史上数一数二的人物。

以宋代词人和唐代诗人相比，大约苏东坡可以比李白，柳永可以比白居易，辛弃疾可以比岑参、高适，秦观、李清照可以比李商隐，唯周邦彦可以比杜甫。这不是本人忽发奇想，而是前人早有论证。照我的看法，以周词比杜诗，有两个极其重要的原因。一是风格相接近，杜诗沉郁顿挫，周词浑厚雅健；二是无体不备，大唐诗人中最全面的诗人就是杜甫，宋词人中最全面的词人则是周邦彦。因为有这二条，他才可以被认定为两宋词坛上的大师级人物。

2. 清真词的艺术成就

衡量词人的艺术成就，应该有客观标准。虽然艺术这件事，本身就是难于量化，也难于规范的。很多的美，只能意会不能言传，且常常仁者见仁，智者见智，这不仅是人之常情，而且是艺术鉴赏的常理。但这一切，均不能说明评价一种艺术就没有客观标准或者相对公正的标准了。

余以为，衡量词艺高低，应有六个方面的标准。这六个方面，用六个字表示，即：句、篇、律、体、格、事。

句，即遣词造句的优与劣；篇，即全篇结构的好与差；律，即是否合乎平仄，合乎音律；体，即词体的优胜与完备；格，即格调的俗与雅或高与低；事，即内容的轻与重及当与否。

这六条标准，周邦彦词有两条是杰出的——超一流的；有三条是优秀的——一流的；有一条是传统的，不新不旧，不好不坏而已。

先介绍那两条超一流的。

一条是“律”，周美成词的律法之严、之准、之高，可以说在晏、秦、贺、黄之前，没有对手。就是晏、贺二位，也未见得能达到他的水平。因为周词最重视也最合乎音律，他才有足够的资格提举大晟府。如果他的词本身就不合韵律，本人也在韵律方面马马虎虎，那么，让他去做这大晟府的提举，他也不敢去。东坡先生天分虽高，音律就不是他的长项。虽然有人说，东坡先生并非不明音律，只是音律束缚不住他，那多少有点曲为之解。

另一条是他的词体完备。张炎在《词源》中曾说：

迄于崇宁，立大晟府，命周美成诸人讨论古音，审定古调。沦落之后，少得存者。由此八十四调之声稍传，而美成诸人又复增演慢曲引近，或移宫换羽为三犯、四犯之曲，按月律为之，其曲遂繁。①

对于词体的创造性发展，柳永应算北宋第一人，周邦彦则是集大成者。周、柳的优长之处，是他们不但有不少自度曲，而且他们新曲的成就很高。在这方面，周、柳二人的贡献，可说在伯、仲之间。据说宋徽宗知曲而且极好听曲。有一次，李师师唱一支曲子给他听，他非常欣赏，却不知道这是一支什么曲子，也不知道作者是谁，问李师师，师师告诉他，是周邦彦所作，名字叫《六丑》。这件事宋徽宗放在心里了。后来，还问周邦彦为什么该词叫《六丑》。周回答说，因为它犯了六个音调。一首词，取自六种好听的词调的段落，把它们重新编合，反其意而名之，是为《六丑》。

律、体之外，在句、篇、格三方面，周词成就也很突出，至少属于一流水准。

① （宋）周邦彦著；吴则虞校点：《清真集》，中华书局，1981年，第142页。

先说“句”。

最佳的句子可以成为一代之音，具有经典品格。如宋祁的“红杏枝头春意闹”，又如贺铸的“梅子黄时雨”。周邦彦没有如此天作之合的词句，但也有许多佳词佳句流传，而且他的好处，不在巧与天合方面，而在遣词造句方面。因为他提炼得好，所以那字那句才来得更见功夫。这大约也是词发展到一定阶段的必然结果。

陈廷焯《云韶集匪未恃·周词评》曾列举一系列此类名句。这是举一例供读者参考。他的《伤情怨》，上片这样写：

枝头风信渐小。看暮鸦飞了。又是黄昏。闭门收晚照。

陈评论说：“又字妙，收字妙”。

词写得好，评得也好。词写情人思恋盼望之情。风信小了，暮鸦飞了，本来已经十分寂寞，偏生这等时刻，黄昏又来了，于是更加寂寞而孤独，这个“又”字，安排在这里，很有精神。而且不仅黄昏来了，干脆连门都关上了。这一关门，索性将阳光也给关住了，是为“闭门收晚照”。一个收字，多少离愁。

周邦彦尤其擅长化诗句入词。这一点，与贺铸十分相似。

再说“篇”。

清真词的结构非常讲究，通篇构思周到，上下两片呼应；最难得的是流韵其中，令人读之，即生抑扬顿挫之感。刘逸生先生评他的《六丑》“正单衣试酒”，说：“六丑是周邦彦自己创造的一个新调，也是字词发展到灿烂时期的一个珍贵的产儿。”[①] 又说：

不管怎样，这首词是写得成功的，而且很可以看出周邦彦那种展挪、铺叙的本领。整首词只写了园子里蔷薇花的凋谢，事情本来十分简单，但他却能写成一百四十字的长调，曲折委婉，圆转妥帖。[②]

---

① 刘逸生著：《宋词小扎》，广州出版社，1998 年，第 204 页。

② 同上。

“曲折委婉，圆转妥帖”，八字评说，可谓字字有斤两，这就体现了全篇结构的艺术魅力。

为便于读者品味，现将这首《六丑》抄录于下：

正单衣试酒，怅客里光阴虚掷。愿春暂留，春归如过翼，一去无迹。为问花何在？夜来风雨，葬楚宫倾国。钗钿堕处遗香泽。乱点桃蹊，轻翻柳陌。多情更谁追惜？但蜂媒蝶使，时叩窗槅。

东园岑寂，渐蒙笼暗碧。静绕珍丛底，成叹息。长条故惹行客，似牵衣待话，别情无极，残英小、强簪巾帻。终不似、一朵钗头颤袅，向人欹侧。漂流处、莫趁潮汐。恐断红尚有相思字，何由见得？

以下说格调。

讲到格调，有几句话要说明。这里的格调只属于艺术范畴的事，当然它也与作者的观念及所描写对象有关，但切忌泛道德化。

泛道德化，是一切从道德出发，合乎道德的就是格调高，否则即低，甚至坏。清代大批评家刘熙载也犯这毛病。他曾经这样评论周词：

周美成词或称其无美不备，余谓论词莫先于品，美成词信富艳精工，只是当不得一个贞字。是以士大夫不肯学之，学之则不知终日意萦何处矣。[①]

这就有些泛道德化了。就算清真词格调不怎么样，难道一学那词，就找不着北了吗？

其实，周词的格调与取向，也是过得硬的，并没有淫情荡意，引人学坏。况且坏与不坏，也因时代不同而各有解读。胡乱解读，即是误读。公允评价，他词的艺术格调，不但不低，而且富有特色。

宋人沈义父《乐府指迷》，评价周词时说：

① （宋）周邦彦著；吴则虞校点：《清真集》，中华书局，1981 年，第 154 页。

凡作词当以清真为主，盖清真最为知音，且无一点市井气，下字运意，皆有法度，往往自唐、宋诸贤诗句中来，而不用经史中生硬字面，此所以为冠绝也。①

用语不多，但字字不虚。这里强调二点：

第一，周词没有市井气。有市井气不见得不好，明清小说大多属于市井文学，不好吗？也挺好。但这里的市井气，包括通俗之气，也包括庸俗之气，甚至还包括粗俗之气。我在前面说过，词这种文学形式属于美文范畴，太俗了，则无法体现它的美文品性。周邦彦词，没有俗气，只有雅气，而且雅得自然，雅得有诗意，故而格调也是高的。

第二，他的词追求意境。其方法，是擅长从唐、宋诸贤的诗句中汲取营养。以诗为词的开拓者是东坡居士，因为有了苏东坡，不但词的创作手段变了，而且意境变了。周邦彦在这一点上与苏东坡殊途同归。东坡是妙手天成，诗意自在，不用前贤诗句，也有意境；清真是借花献佛，化人为我，因为吸纳了唐宋前贤的养分，使自己的作品也提高了品位。他有一篇《西河》，妙用唐代诗人刘禹锡的两首名作《石头城》和《乌衣巷》，虽是合二为一，却能浑然一体。禹锡原作品奇佳，影响奇大，经周邦彦手，化旧典成新典，成就另一篇风流雅作。其词曰：

佳丽地，南朝盛事谁记？山围故国，绕清江、髻鬟对起。怒涛寂寞打孤城，风墙遥度天际。

断崖树，犹倒倚，莫愁艇子曾系。空余旧迹，郁苍苍、雾沉半垒。夜深还过女墙来，伤心东望淮水。

酒旗戏鼓甚处市？想依稀，王谢邻里。燕子不知何世，向寻常巷陌人家，相对如说兴亡，斜阳里。

句、篇、韵、体、格、事六个基本构因中，唯有“事”这一条，周词的表现不很突出。在这个层面，他比不过苏东坡，更比不过辛弃疾，和南

① （宋）周邦彦著；吴则虞校点：《清真集》，中华书局，1981 年，第 142 页。

渡之后的各个豪放派词人相比，都有差距。然而，这也是他一生经历与他对词的个性追求之必然结果。事即内容。他词的内容，比之晏、欧、秦、柳等婉约派词作原本厚重些，实在这一派词风如此，词路如此，过高要求，就跑调了，与他们的风格难于兼容。而正是他的这种独特的事、格、体、韵、篇、句的结构形式，才使他有可能成为大晟词的代表性人物，也使他得以成为姜、吴、王、史、周、张一派词人的精神领袖。

周邦彦的影响是划时代的——他是婉约词派历史进程中的一座丰碑。或许应该这样说，在婉约派的艺术殿堂之中，在他之前，已经有六位经典性人物在焉，而那领袖的位置，却还空着。这六位词人是：

温庭筠、韦庄、冯延巳、李煜、晏殊与欧阳修。

那么，他就是第七位经典性人物了。而且从总的成就看，他也是后来者居上，成为这艺术殿堂的主持者。

与这艺术殿堂和词家相关联的词人还包括：秦观为访问学者，李清照为芳邻，晏几道为佳客，苏东坡为上宾，黄庭坚为贵友，柳永虽不与深交，亦当为其设立吟咏之一席。

清真的词艺术成就很高，且手法多样，所写题材也比较丰富。这里讨论如下几点。

首先和最重要的是言情。

言情本婉约词派最寻常之事，尤其是男女之情，更是比比皆是。清真词自然不能例外，他的特色，他的与众不同之处，是特别长于写心理活动。因为擅长写心理活动，所以常能做到既逼真，又有回味。他著名词作中，有一篇《少年游》，它虽然不过是言情，但因为有了人物，有了故事，有了“戏”，因之也就有了立体感。全词如下：

并刀如水，吴盐似雪，纤手破新橙。锦幄初温，兽烟不断，相对坐调笙。

低声问：向谁行宿？城上已三更。马滑霜浓，不如休去，直是少人行。[1]

---

① 刘逸生著：《宋词小扎》，广州出版社，1998年，第260页。

前三句，只是场景，然而妙。三句话，写出三幅画面，且每一幅画面均属于细节性描写：如水的并刀，胜雪的吴盐，切开香橙的纤细的女性的手。这画面不经有情人过目则已，有情人一见，便禁不住会摇摇心动。

再三句，又是三幅画后，“锦幄初温，兽烟不断，相对坐调笙”，这三幅画，虽不似前三幅画那么细节，却较那三个画面更为典型，它是典型环境——初温的锦幄，典型气氛——冉冉升起的兽烟，和典型人物——两个相亲相近对坐调笙的人。将这三幅画面贯通起来，可说有感有味又有声。那感觉是温馨的。那味道是清香的，那声音自然也是优美的。

下片也分为两段，前三句是一段：“低声问，向谁行宿，城上已三更”，写得又好，这固然也是一幅画面，然而端的写活了。“低声问”——这是神态，“向谁行宿”——这是询问又似自问，“城上已三更”——这是自答。为什么以这样的姿势，这样的声调，还要自问自答，因为有心理活动在后面——她本心是不希望他走的。自问自答不算，接着又有理由了——“马滑霜浓，不如休去，直是少人行”。这是第二段，接着自问自答，要细细地说理由了：三更天了——天晚了，“马滑霜浓”——路上不方便，“直是少人行”，——就不要走了吧，你看看，那街上哪里还有人呢！

这等关心，这等口吻，这等风情万种，是柳永写不出的，欧阳修也写不出，就是秦观，晏几道也未曾写出来。而它的佳处，亦自在其中了。

情有种种，写法又有种种。清真词不但善写恋情，尤其善写思乡之情，也很善写怀古之情。怀古之作，前已引之，这里引一首思乡的词。此词寄调《苏幕遮》：

燎沉香，消溽暑。鸟雀呼晴，侵晓窥檐语。叶上初阳干宿雨。水面清圆，一一风荷举。

故乡遥，何日去？家住吴门，久作长安旅。五月渔郎相忆否？小楫轻舟，梦入芙蓉浦。

词中“叶上初阳干宿雨。水面清圆，一一风荷举”几句，王国维十分赞赏，在《人间词话》中评论说：

美成《青玉案》（原文笔误——引者注）“叶上初阳干宿雨。水面清圆，一一风荷举”，此真能得荷花之神理者。觉白石《念奴娇》，《惜红衣》二词，犹有隔雾看花之恨。

而词的结语部分——“五月渔郎相忆否，小楫轻舟，梦入芙蓉浦”，写得情意犹深，画面优美。他不说自己思念家乡想到五月渔郎，反写成“五月渔郎相忆否”，从而使思念成为双方的互动。单以文字而论，也见出他遣词造句的功夫。“小楫轻舟，梦入芙蓉浦”，明明是梦，倒装写出，更觉别有精神。

清真词写情偏用写景法，这样的手段，在他之前是很少见的；在他之后，也很少有人能达到他那样的程度。

周邦彦不唯善于写情尤其善于写人。比如写传统女性的慵懒之态，给人呼之欲出的心理感受。那种“镇日里，情思睡昏昏”的情态，仿佛就在灯左灯右，睁眼可见，伸手可触。且看他这一阕写青春醉态的《红窗迥》：

几日来，真个醉。不知道窗外，乱红已深半指。花影被、风摇碎。拥春酲乍起，有个人人，生得济楚，来向耳畔，问道今朝醒未。情性儿、慢腾腾地。恼得人又醉。

似这等醉又不醉，不醉又醉，虽醉却不醉于酒，不醉于酒而醉于情的青春意态，确实把个人物写得“活”了。

清真词极善写景、写物，然而不是纯物理的、干巴巴没有生气的。他有一阕咏柳名作，寄调《兰陵王》：

柳阴直，烟里丝丝弄碧。隋堤上，曾见几番，拂水飘绵送行色。登山望故国，谁识京华倦客？长亭路，年去岁来，应折柔条过千尺。

闲寻旧踪迹。又酒趁哀弦，灯照离席。梨花榆火催寒食。愁一箭风快，半篙波暖，回头迢递便数驿。望人在天北。

凄恻，恨堆积。渐别浦萦回，津堠岑寂。斜阳冉冉春无极。念月榭携手，露桥闻笛。沉思前事，似梦里，泪暗滴。

这是一首借柳而抒情的词。抒的是别情，流的是痛泪。看来笔笔只是写树，树后却笔笔生情；且因树生情，因情生景，因景生思，因思生感，又因感生痛，复因痛而泪流。虽是柳伴人生，却无端增添了有情人的孤独感受；亦是离别人对树，备觉烟色茫茫观之不尽。词的内容没有多少跌宕起伏，却有多少萦回委婉，无尽愁思。但那风那景依然是静悄悄的，偏这无声之哭，更令人悲。

清真词中还有一些写物的小令，也很有兴味。这些小令也带有超前的性质，毕竟到了南宋吴、王、周、张时代，这写法才成为一种潮流或时尚。这里录一首《南柯子·咏梳儿》：

桂魄分余晕，檀槽破紫心。晓妆初试鬓云侵。每被兰膏香染，色深沉。指印纤纤粉，钗横隐隐金。有时云雨凤帏深。长是枕前不见，殢人寻。

这词不是周清真代表作，却也能借此看到他的某种情性与趣味。

3. 清真词的传播与历史影响

从能找到的文字记载看，传播力与影响力最大的北宋词人，应首推柳永、苏东坡、周邦彦和晏几道，但他们的影响方式各各有别。苏东坡的影响主要在文化人中，晏几道的影响则有特定的方向与人群。唯柳永与周邦彦的文学辐射力最广也最大。柳永的影响前面说过了，是凡有井水的地方就有人咏柳词，而且越是歌伎聚居的地方，其影响还越充分。因为他不但是她们的知心朋友，还是最受她们尊重的词作者，又是她们歌唱艺术的评判人，她们唱的曲子，一经他“品题”，就要“声价十倍”。那气候确实有点惊人。

清真词的传播与影响，与柳词颇相似，据陈郁的《藏一话腴》记载：清真词“二百年来以乐府独步，贵人学士、市儇妓女知美成词为可爱。”[①]

① 孙旺，常国武主编：《宋代文学史》（上册），人民文学出版社，1996年，第450页。

歌伎所唱词曲，一经柳永品题，使“声价十倍”；贵人学士，市儇妓女均知“美成词的可爱”，两相比较，可以知道这两大词人与词风确实有不同，但论到传播力与影响力，在他们各自的时代却都是无与伦比的。

说到对后来者的影响，清真词也极为出色，这影响可以概括为几个层次。

一是周词的追随者与仿效者极多。有的词人甚至不惜花费终身精力，硬是要一篇一韵仿效周词，以至于有一本词集的名字就叫做《和清真词》，这集子收集了方千里、杨泽民两人的词作，共计185首，其中方先生和93首，杨先生和92首。和词如此之多已经令人惊异；且这些和词全部“依周邦彦词原韵而作，平仄回声，也一一以为准绳，不敢改易”，[①]就更令人咋舌不下了。

追随晏几道词的人也有很多，然而，那些词作均已散佚无存，没有多少人知道了。

二是清真词隔代传承，极大地影响了姜夔、吴文英、史达祖、周密、王沂孙、张炎等南宋著名词家，并俨然成为这一派词人的旗帜。《白雨斋词话》上说：“词至美成乃有大宗，前收苏、秦之终，复开姜、史之始，自有词人以来，不得不推为巨擘，后之为词者，亦难出其范围。”[②]要知道，两宋词人，尤其是辛弃疾之后的词人，姜、史诸位乃是最著名最有成就也是最具有影响力的词人。影响了他们，就等于影响了一个时代，而且经由他们的再创造，那影响更不止于一个时代了。

三是周词作为宋代词作的重要组成部分，与其他流派一起影响了宋以后的整个中国古典文学和现当代文学的发展。对古典文学的影响，有目共睹，不言可也；对现、当代文学的影响，暂时尚无法确切估计。但只要看前面提到的10大词作家排行榜，就知道周邦彦的影响确实不可低估。宋代词人排行榜上，他与苏轼、姜夔并列第二位，他们三个人在“存词名次，版本名次，品评名次，研究名次，历代词选名次，当代词选名次”等6个指标的平均得分均为3.4分。

① 王兆鹏，刘尊明主编：《宋词大词典》，凤凰出版社，2003年，第120页。

② （宋）周邦彦著；吴则虞校点：《清真集》，中华书局，1981年，第155页。

周邦彦词的传播与影响特征，是以“圈内人”为主，或者说它是先影响词作家与评论家，而后影响一般的爱好者。这情形在近、现代表现得似乎尤为明显。

这大约也和周词风格比较“深藏不露”“技艺专精”有某种关系。以王国维先生的研究为例，他早期对周邦彦的词作十分反感，认为“美成词多作态，故不是大家气象”，并申明自己“不喜欢美成”，甚而至于将美成词视为“倡伎”，批评它“当不得一个‘贞’字。”但越到后来，其态度越是发生变化。先前是否定，后来有否定有肯定，最后竟然得出“词中老杜，则非先生不可”，“两宋之间，一人而已”的结论。[①] 从这个变化也可以看出周词的高深与它的耐读毕竟王国维先生不是等闲人呐！

总而言之，周邦彦的词作必将红颜永驻，则是无须疑问的。

① 孙旺，常国武主编：《宋代文学史》（上册），人民文学出版社，1996 年，第 450 页。

第六节　万俟咏、晁端礼、田为、徐伸等大晟词人

大晟词人作为一个官方群体，是特别值得重视的一个词人集团。

大晟词人包括周邦彦、万俟咏、江汉、晁端礼、晁冲之、田为、徐伸等知名词家和更多的佚名者。

依传统的看法：任何艺术一入官门，必然僵化。僵化固然也是有的，毕竟文学、艺术的创作源泉主要在于社会民众，而不在于上层政权之中。但官方之物，可能不是最好的，却常常是最雅的。一方面它确实易于流于形式，另一方面，又有精湛、纯粹、典雅、高贵的审美特色。比如瓷器、玉器、木器等宫中之物价值皆高。文学、艺术固然不好和生活用品类比，但以艺术品格而论，也自有它居于优势的一个方面。

以下介绍几位有代表性的大晟词人。

1. 万俟咏

万俟咏，生卒年无可考，字雅言，自号词隐。从有关资料上看，南宋时，他仍在世，但他一生主要词业均在北宋大晟府期间。

万俟咏爱词，而且能词。因为他爱词，所以自号词隐，因为他能词，所以王灼称赞他“元祐诗赋科老手也”。[①] 可见也是一个不寻常的人物。据说他每作一首词，都“信宿喧传都下”。[②] 又是一位很时尚且很有威望的词人。他曾给宋徽宗上书，请求“以盛德大业及祥瑞事迹制词实谱，有

① 王兆鹏，刘尊明主编：《宋词大词典》，凤凰出版社，2003 年，第 390 页。
② 同上。

旨依月律，月进一曲，自此新谱稍传”。[1]

万俟咏精通音律。他的词作中多有自度曲。宋代词人虽多，能作自度曲的不算很多。有名望的词人中，柳永是一位，周邦彦是一位，万俟咏也是其中的一位。

作为大晟词人的代表性人物之一，他的词风属于清婉赡丽的一种，而且合乎音律，便于吟唱，在遣词用字方面也比较细腻，有章法。他有一篇《诉衷情》，特为选家看重。其词云：

一鞭清晓喜还家，宿醉困流霞。夜来小雨新霁，双燕舞风斜。山不尽，水无涯，望中赊。送春滋味，念远情怀，分付杨花。

这首词，在有些选本中，题为“送春”，实际上写的是词人归家的心情。那心情无比畅快，因而开笔就写——“一鞭清晓喜还家”。短短的7个字，内容可多：一鞭——爽利；清晓——舒服；喜还家——痛快，可谓字字有喜声。因为太高兴了，加之夜晚又多吃了几杯——“宿醉困流霞”，那酒就和流霞一样，你想不饮都不可以。早晨起来，哦——“夜来小雨新霁”，美呀，加上一双燕子在晨光细风中飞舞，更美了——连燕子都替自己高兴呐！

下片，提笔另写“山不尽，水无涯，望中赊”。那都是昨天的事，或前天的事，或去年的事，一言以蔽之，都是过去的事了。如今呢——“送春滋味，念远情怀，分付杨花。”那些伤心伤怀的事一概与本人没关系了，就把它们统统送与杨花好了。在下回家了。

这样的词，这样的情调，在宋词中不多见，对比于晏几道和秦观等人的词作，更觉得有一股清新之气扑面而来。

万俟咏的一些小令，也都写得清新明丽，让人一见而欢，而且生些“会心之处不在远”的感叹。如他的几首《长相思》，便属于这种风格。这里录其一首：

① 王兆鹏，刘尊明主编：《宋词大词典》，凤凰出版社，2003年，第390页。

一声声，一更更，窗外芭蕉窗里灯，此时无限情。
梦难成，恨难平。不道愁人不喜听，空阶滴到明。

2. 晁端礼

晁端礼，（1046–1113），字次膺，任城人，今属山东济宁。他是晁补之的叔父，但二人年龄相仿。他1073年进士，一生为官，但官位不高，仕途不算顺利，但也无甚挫折，大约是一位安天知命的人物。他词作数量不少，传下来的有139首。到他68岁时，被任命为大晟府协律郎，但不久就去世了。他比周邦彦年长，两个人也没有在大晟府中共过事，从履历上看，他属于周邦彦的一个前辈。

他的词作虽多，特点不算突出，大约也和他的为人一样，不求出声出色，只要平平实实。所以现在的流行选本中少有他的作品。但他其实是很有水平的。他的几首《水龙吟》均很有特点，也很有味道。这是选其中的一首。

岭梅香雪飘零尽，繁杏枝头犹未。小桃一种，妖娆偏占，春工用意。微喷丹砂，半含朝露，粉墙低倚。似谁家丱女，娇痴怨别，空凝睇、东风里。

好是佳人半醉。近横波、一枝争媚。元都观里，武陵溪上，空随流水。惆怅如红雨，风不定、五更天气。念当年门里，如今陌上，洒离人泪。

历来词中，咏梅花的多，咏桃花的少。这词别开生面，吟咏桃花。上片，让梅花与繁杏作铺垫，已足见用意不凡。又指出“小桃一种，妖娆偏占，春工用意”，愈其富有诗情。“小桃一种”，四字绝佳。尔后写她的形象，“微喷丹砂，半含朝露，粉墙低倚”，前句是“色”，中间是“态”，后面是“形”，也不错。又用一个比喻“似谁家丱女，娇痴怨别，空凝睇、东风里”，更好了。

后片。笔锋一转，情调来了，方才说“似谁家丱女”？此处又说“好是佳人半醉”，似乎两不搭界，却又引人入境。那风采自与前时不同——

“近横波，一枝争媚”。再作联想，深沉了。联想到刘禹锡，“元都观里”，又联想到陶渊明，“武陵溪口”，两个大人物，然而“空随流水”。再有那桃林与桃花，不妥了——“惆怅如红雨，风不定、五更天气”。怎么会这样子呢？于是又想到“当年门里”的事情了。什么事情呢？人家没说，只说“如今陌上，洒离人泪”，好不愁绪满情怀者也！

3. 田为

田为，字不伐，生卒年月与籍贯都不清楚。只知道他精通音律，而且善弹琵琶。这对于他的词作显然很有帮助。他也能作诗，与诗友唱和，享一时之美誉。他做过大晟府制撰，也做过大晟府令，想来在大晟词人中是一个重要角色，但事迹已淹沉莫可考。他为人正直，做广西经略使时，因为反对秦桧而被迫害，不幸死于狱中。

他的词其实很有影响。尤其在北宋年间，更受到时人与词评家瞩目。王灼在《碧鸡漫志》上说他“才思与雅言抗行”，足见与万俟咏是一流人物。人物既属同流，词作亦是同道，种种好处与不足也就无须赘言了。他的《南柯子》二首，被收入《词综》，均为词之上品。其中一首写道：

梦怕愁时断，春从醉里回。凄凉怀抱向谁开。些子清明时候，被莺催。
柳外都成絮，栏边半是苔。多情帘燕独徘徊。依旧满身花雨，又归来。

怎么样？不错吧。

4. 徐伸

徐伸，字干臣。三衢人，今属浙江衢州。生卒年月等亦不可考。唯知他善音律，有词才，宋徽宗政和初期，做过太常典乐。由此可见，这些大晟词人虽然在“专业”方面卓有成绩，但并不被当权者或文化阶层所重视，这样的情况，发生在儒学时代倒也在情理之中。

《全宋词》收录徐伸一首词作。词作虽少，水平却高。清人黄苏《蓼园词选》评价这首词说："辞意婉曲深致，最耐讽咏。"其词寄调《转调二郎神》：

闷来弹雀，又搅碎、一帘花影。谩试着春衫，还思纤手，熏彻金炉烬冷。动是愁多如何向，但怪得、新来多病。嗟今日沈腰，而今潘鬓，怎堪临镜！

重省：别时泪渍，罗衣犹凝。料为我厌厌，日高慵起，长托春酲未醒。雁翼不来，马蹄难驻，门掩一庭芳景。空伫立，尽日阑干倚遍，昼长人静。

这般情调，正合婉约古意，虽不讽不咏亦有情焉。

第四章

宋词的过渡期

本章又可命名为：第三乐章，过渡——平静终无法平静。

本章所写词人在时间上均属于跨越北、南两宋时期的人物。

这个阶段，正是天下大乱的特殊历史时期，而此前的最后一位大词人，正是周邦彦。周邦彦去世前三年，方腊造反，他去世后六年，北宋政权就灭亡了。

从前，一个王朝的灭亡，总是积贫积弱，到了最后，终于无可收拾。两宋的情况特别，它不是积贫积弱，而是积富积弱。若论经济与市场的发达水平，它超过以前的任何一个王朝，当然也超过任何与之同时的民族。但就是只能繁华，不能强大。终于国乱、民乱、家乱，把个北宋王朝断送了。

国家乱，因为它快要灭亡了。可怕的是，这些亡国制造者们并不知道，也不想知道，也没有能力知道这政权就要完了。他们还在继续着自己的美梦，该迷信道教依然迷信道教，该无休无止地享受奢华依然无休无止地享受奢华，其中的主要人物就是宋徽宗赵佶，以及他身边的那一群弄臣。

金圣叹批评《水浒传》，有一个著名的观点，叫作“乱自上始”。这观念真可谓慧眼知迷，一语道破了大宋王朝灭亡的“天机”。

国家乱，词坛也乱，但这是另一种乱。这种乱的集中表现，就是流派纷呈，各有所好。秦观、周邦彦时代，虽然也有一些异声，特别是有苏东坡那样的文学巨人的出现。但词坛的一般趋向，还是以晏、柳、周、秦为主调。但到本阶段来临时，已经发生大的变化。婉约派自作正宗之想，其中的人物既多，词作更多；豪放派开始崭露头角，东坡之后，虽有一段沉寂，但随着叶梦得等词人词风的兴起，出现新的历史征兆；加上变乱突发，终于酿成一场以豪放词风为主旋律的大风暴。虽然在这个时期，它还处在初始阶段。隐逸之词风，亦产生一定影响。从而，官僚词人的统治地位遇到挑战。一些隐逸风格的词作开始进入主流话语地带。俳谐体词作，乘风突起。俳谐体在晏、欧时期也曾有过个别作家与作品，但影响很小，到了这个时期，却成为一个不可轻忽的流派。而这一派词作对后世的影响，更是无可限量。

如此等等。

因为乱，所以要总结，在此期间，词论的分量明显加大。此前已有词论，但较少。这个时期产生了李清照的《词论》和王灼的《碧鸡漫志》。尤其后者可以说是宋代词论中里程碑式的著作。

王灼，字晦叔，号颐堂，四川人，大约生于公元 1081 年，与叶梦得、朱敦儒、李清照约略同时。公元 1145 年，客居成都碧鸡坊，总结宋词的优劣得失，写作《碧鸡漫志》，4 年后成书。他本人也是一位词人，但不以词名，而以词论享盛名于天下。《碧鸡漫志》一书，于中国词史而言，确实意义非凡。它的主要价值在于：

第一，它总结了北宋词坛的历史，并为当时的文学批评，提供了一种十分有益的经验；

第二，它的写作方式，亦成为此后数百年间词学批评的一个范本。

你尽可以不同意他的观点，但你很难完全脱离它确定的“调调儿”。《碧鸡漫志》完全可以称为中国词学史上的一块基石。

李清照的《词论》也很有价值，此处不议，将在词人李清照一节中另作叙说。

也因为乱，这个时期的词作便带有浓重的过渡性质。不是说这个时期没有杰出的词人，也不是说这个时期没有杰出的词作，而是说这是一个探寻与转型的时期，在它之后，宋代词坛便出现了新的历史高潮期。

词坛乱加上政坛乱，尤其公元 1127 年的“靖康”大乱，对宋代词风产生巨大影响，从此词走两端，为南宋词坛的兴衰定下了基调。

这个时期的另一特征是无论什么人都要作词，官僚文人作词，隐逸文人也作词；文人作词，武将也作词；男性作词，女性也作词；正人君子作词，谗佞小人也作词。其中有 3 个人物，特别值得注意。

第一位人物是李清照。李清照是中国文学史上最具光芒的人物之一，也是中国女性文学家中最为显赫的人物。她的出现，不能说不得益于那个词学时代，同时，她本人也为这个时代增添了奇光异彩。

第二位人物是宋徽宗赵佶。皇帝作诗，古已有之。但皇帝作词，尚不多见。他的词正如他的绘画与书法一样有名。皇帝为词坛增色，说明词已然成为上层主流社会认可的文学样式。大晟府的成立，已经证明了这一点，宋徽宗亲作亲为，更为这个论断加添了一条铁一样的注释。

第三个人物是朱熹。朱熹是宋代大儒，并且是宋代理学的集大成者。在他之前，还有周敦颐、程颢、程颐二兄弟与张载，加上朱熹，称为濂、洛、关、闽四大儒师。但周、张、二程都是不作词的，尤其程氏兄弟，更与词艺反对。

朱熹身为大儒，开始作词，证明词的影响也进入了儒学的核心层次。

只是这一阶段的初期，还是以周、柳、秦、晏的词风为主，以后出现变化，从此魏、紫、姚、黄，各骋一时之色。但很快又发生巨变，国难来了，政权亡了，于是有良心有复国心的人奋起反抗，杀贼复土成为社会生活的主旋律。于是新的词人出来，新的词作问世，新的词风骤起，爱国词成为最有震撼力量的词作类型，并为日后以辛弃疾为代表的新的时代的到来作出了范式。

有一点须说明，词人与词派并非绝对一致，有的词人一人数风，有如黄庭坚；有的词人只是一风，有如晏几道。词史自当以词作为第一，词人为第二，词、人兼顾，酌情安置，二者参差之处，将随文说明。

第一节　继续婉约词风的词人

这一阶段的早期，继承晏、柳、秦、周词风的最多。或可以说，那个时段的词人，人人皆为婉约之词。但自靖康国难，情势骤变，一些词人格调发生质变，也有一些词人，虽世态大变，在词风层面，依然故我。但这不说明他们不爱国，不仇敌，只是各人的表达方式不同罢了。昔日李白、杜甫均经历安史之乱，杜诗风格巨变，李白诗风依旧，但两个人的人品并无高下之分。

这里主要介绍的词人是：陈克、周紫芝与吕渭老。

1. 陈克

陈克既是词人，也是英雄烈士。

陈克（1081–1137），字子高，号赤城居士，临海人，今属浙江省。他父亲为苏东坡所赏识，属于苏派门下人物。他自幼随父亲去过很多地方，居住金陵时，与叶梦得相交甚厚。1134 年，尚书吕祉在建康统军，他被荐为参谋，从此开始参与国军之事。他有头脑，有见解，尤其有收复故土的热血与决心，曾专门著书，为宋政权恢复故土出谋划策。1137 年，因为淮南东路兵马钤辖郦琼叛宋降金，杀害吕祉，陈克奋勇斗敌，不幸被擒。金人希望他投降，他哪里肯，要他屈膝，他也不从；于是堆起柴火威吓他，他面对威胁，骂不绝口，“声震如雷”，被金人杀害。终年 47 岁。他的死，在宋军民中引起极大悲愤。

陈克的词颇有特色，后人评价他的词，说“子高不甚有重名，然格韵绝高，昔人谓晏、周之流亚”。[①]那词风是传统的，婉约式的，可见虽不“英雄气短”，也能“儿女情长”。

先看他的一首《菩萨蛮》：

绿芜墙绕青苔院。中庭日淡芭蕉卷。蝴蝶上阶飞。烘帘自在垂。
玉钩双燕语。宝甃杨花转。几处簸钱声。绿窗春睡轻。

写得轻轻雅雅，一番承平景象。可见这是一个喜爱平和生活的词人，若非如此，怎能观景如此之细腻，写意如此之恳切，一字一句，都是安闲。

然而，热爱生活，又有个如何生活的问题。这一点，作者绝不苟安平庸，所以他的另一阕《菩萨蛮》，便有了讽喻。

赤阑桥尽香街直。笼街细柳娇无力。金碧上晴空。花晴帘影红。
黄衫飞白马。日日青楼下。醉眼不逢人。午香吹暗尘。

虽然词作依然清爽俏丽，但细品那意味，却又别有所指。因而清代张惠言认为这词的内容是“刺时”的。

另有一首《谒金门》，写别愁离恨，风调直追小晏词，细品，却又另成一种韵律。

愁脉脉，目断江南江北。烟树重重芳信隔。小楼山几尺。
细草孤云斜日，一向弄晴天色。帘外落花飞不等，东风无气力。

2. 周紫芝

周紫芝，（1082–1155），字少隐，号竹坡居士，宣城人，今属安徽省。他与苏门弟子张耒并李之仪、吕本中等都有良好的关系，并曾向他们请教过学问。他本人颇有才学，但仕途很不顺利，且家境贫寒，直到绍兴十二

① 徐培均选注：《婉约词粹》，华东师范大学出版社，2000 年，第 143 页。

年，即公元1142年，他61岁时，才得中进士。虽然做过一段枢密院编修之类的文官，不过平平而已，别人既不注目于他，他对自己似乎也不满意。或许是长期的困境扭曲了他的心灵，或许是别有原因，他曾经阿谀过大奸人秦桧，他的人品因此颇为后人诟病。

周紫芝其实是位很不错的人才。他的诗学苏门一派，又有自己的风格，并不为江西诗派的风气所束缚和诱导。他少年时作词，最佩服晏几道，自称："予少时酷爱小晏词，故其所作，时有似其体制者"。[①]后来虽有些改变，基本的情调还是小晏一派。唯色彩淡然，如惊艳美妇洗却铅华。但他经历多，视野也比小晏词宽展开阔。所以风格虽似小晏，内容并不那么单纯。他的一些山水之作，尤其写得感慨犹深。他曾有《竹坡词》传世，《四库全书总目〈竹坡词〉提要》说他的词"从晏几道入，晚乃刊除秾丽，自成一格"。

这里引他一首《鹧鸪天》：

一点残釭欲尽时，乍凉天气满屏帏。梧桐叶上三更雨，叶叶声声是别离。

调宝瑟，拨金猊，那时同唱《鹧鸪》词。如今风雨西楼夜，不听清歌也泪垂。

第一句"一点残釭欲尽时"，写的是灯，残灯，而且将灭——"欲尽时"，忧伤气氛已然十分浓郁。第二句，写天气，天气是乍凉之中又露出一丝暖意，比之"乍暖还寒"的寒，更其令人心沮，因为这天气已经"满屏帏"矣。第三句再写梧桐与雨，又都是秋天之中的典型景物。俗语谓一叶而知秋，梧桐叶大，更为敏感。偏偏它碰到的又是三更雨。秋雨凉，夜半的秋雨显然更冷，更何况，那滴滴秋雨落在梧桐叶上的声音，在词人听来，分明就是"别离"二字。

换头处，先来一个回忆。"调宝瑟，拨金猊，那时同唱《鹧鸪》词"，请注目——那时——那时的瑟呀，猊呀，唱呀是多么温馨之至呀，然而，

① 孙旺，常国武主编：《宋代文学史》（上册），人民文学出版社，1996年，428页。

今天——看看现在吧，只剩下“如今风雨西楼夜”，这样的夜晚，当真是“不听清歌也泪垂”。

3. 吕渭老

吕渭老，一作滨老，字圣求，槜李人，今属浙江嘉兴。生卒年亦不可考。据相关文献推论，大约与张元幹、陈与义年龄相仿。他在北宋末年做过小官吏，南宋绍兴中期还在世。他以诗闻名，对北宋王朝的灭亡，有痛切之心。曾作诗云：“忧国忧身到白头，此生风雨一沙鸥。”

据后世评论家考证，他在宋代不甚著名，但他属于那种名气不大但作品很出色的词人，这样的文学之士，历代皆有之。他们本人或者默默无闻，或者小有名气，他们依赖的只是自己的作品，然而作品之不朽就是作家之不朽。比起那些空头文学家——即只有虚名并没有真才的文学家，实在是一种值得高傲的事。

吕渭老的词风“婉媚深窈，视美成、耆卿伯仲耳”[①]，正属于晏、柳、周、秦一派。他的一些杰出之作，完全可以和秦少游一论短长。他的词风近于秦观，又以长调居多且写得曲折委婉，在在情深，一些令词韵味尤多。这里先引一首《浣溪沙》：

做得因缘不久长，惊风枝上偶成双，归来梦魂带幽香。
灯下揉花春去早，竹间影月索归忙，十年前事费思量。

倏忽而来，倏忽而去，但那词作之音，依然韵味悠长。

他的名作《薄幸》，尤其享盛名，有实绩，不但写得柔情似水，尤其写得意象惊心。

青楼春晚，昼寂寂，梳匀又懒。乍听得、鸦啼莺弄，惹起新愁无限。记年时、偷掷春心，花间隔雾遥相见。便角枕题诗，宝钗贯酒，共醉

① 徐培均选注：《婉约词粹》，华东师范大学出版社，2000年，第173页。

青苔深院。

怎忘得、回廊下，携手处、花明月满？如今但暮雨，蜂愁蝶恨，小窗闲对芭蕉展。却谁拘管？尽无言，闲品秦筝，泪满参差雁。腰支渐小，心与杨花共远。[1]

上述三人之外，向子諲、吕本中、曹组、蔡伸、康与之等，均为婉约词里手，而且各有所能，只是考虑到他们别有所长，或另有他因，将在下面各节分述。

总而言之，婉约一路，乃是宋词最基本的风格与情式，不论宋词初期、中期还是晚期，也不论是歌舞升平时期还是社会动乱时期，甚至这王朝遭受灭顶之灾的时期，都不曾中断过的。可见人之怜情爱美之心，虽万死而难辞。

① 徐培均选注：《婉约词粹》，华东师范大学出版社，2000 年，第 173 页。

第二节　再兴隐逸之风的词人

宋词不以田园隐逸词为上。虽然在其早期，也曾出现过林逋这样的山林隐逸之才，但那只是一声“异响”。宋词原本是歌堂舞榭的产物，它因歌堂舞榭而生，也因歌堂舞榭而美。它天生一段太平富贵之气，虽然它的真正主人，一半在学士，一半在歌女。

但田园隐逸之风，在我国历史久远，且在一切大的文学品种中几乎均有上乘表现。诗歌史上更是名家名作迭出。陶渊明自是一位巨匠，王维也是一位大师级人物，韦应物、柳宗元均为山水大家。相比之下，宋词在这几个方面的成绩小了。因而，山水隐逸之词作为一个品种，便显得弥足珍贵。但看朱敦儒、向子諲的一些作品，或许这种词风也有可能漫延开来，就是成一大派，也并非全无可能。不幸的是，靖康之耻来了，辛派豪放词来了，南宋的国运，亦在曲折飘摇之间，纵有小成，终招大败。山水隐逸种种，竟至成为幻想。到了南宋晚期，也只有所谓江湖词人、咏物词人，而没有真正的山水词人、隐逸词人。此处专辟一节，叙述本期词人的隐逸之作，原因在此。需要补充一句的是，这些作隐逸词的词家并非专攻此道，他们同时也是抒情词者。

1. 朱敦儒

朱敦儒（1081–1159），字希真，号先壑老人，又称伊水老人，洛川先生，洛阳人。他前半生与仕途没有瓜葛，但他有学识，有才华，也有影响。虽然不入仕途，但名头响亮。那情形颇有些布衣隐士的风采。而他本人，虽身为布衣，能以布衣而自足自乐，生活得很是有趣。北宋时，他曾被召到京师，准备让他做学官，他一听，不同意，委婉地谢绝说，自己本是山林之性，野惯了的，官禄不是我的愿望。这个官职被他推辞了。这样，南渡之前，他一直隐居在洛川，是他一生最平和自在的时期。靖康国难后，洛川没办法住下去了。他携家从洛阳逃到安徽淮阴，又从淮阴逃到江西洪州，从此七逃八转，直到今天的广东南雄时称南雄州的地方才算安顿下来。此后，宋高宗屡次召他入京，他都推辞了，直到 1133 年，他 53 岁时，终于在友人的劝说下，到了杭州。赵构亲自对他面试，他的回答条理清楚，议论晓畅，赵构高兴了，赐他进士出身，任命他秘书正字。后几经升迁，一直做到两浙东路提点刑狱。这样经过了 13 年，有人弹劾他专立异论，这罪名原有些可怕，更可怕的是把他与主战大臣李光联系在一起，于是被罢掉官职。赵构对此还发表一通歪理谬见，尤其令人感到专制者的可怕与可厌。次年，他请求回归乡野，便到今浙江嘉兴去隐居。这次隐居，又是 6 年。这 6 年也是他山林隐逸的另一个高峰时期。到了 1155 年，他已经 74 岁了，秦桧为了笼络他，先让自己的儿子与老人的儿子交往，又请他出来做官，他同意了。这样又过了几年，秦桧死了，他的官也做不下去了，1159 年死在浙江居住地。

以中国传统理念评价，他属于晚节不终这一类，《宋史》作者为他作传时，出于对他的惋惜，曾以同情的口吻写道："谈者谓敦儒老怀舐犊之爱，而畏避窜逐，故其节不终云。"①

看来在中国想做个隐士也难呐！

朱敦儒有诗文集行世，但后来都散佚了。独词作三卷流传至今，《全宋词》收录其词作 240 余首，属于较多产的词人。

他一生几经变化，词风也随之改变。或有隐士之风，或有英雄之慨，或有国家兴亡之感，或有希求报国之音。早年词既写放荡轻狂，也写逍遥林下，将这二者加在一起，便形成他特有的狂逸词风。有一首被人称为其"自述"的《鹧鸪天》，便是这风格的生动写照。

我是清都山水郎，天教分付与疏狂。曾批给雨支风券，累上留云借

① （元）脱脱等撰：《宋史》（第 39 册），中华书局，1985 年，第 13142 页。

月章。

诗万首，酒千觞，几曾着眼看侯王？玉楼金阙慵归去，且插梅花醉洛阳。

又有一首《蓦山溪》，写邻里相欢，更多乡俗气息，虽系有钱人言语，那风那景，在繁华都市确实寻它不见。

邻家相唤，酒熟闲相过。竹径引篮舆，会乡老、吾曹几个。沈家姊妹，也是可怜人，回巧笑，发清歌，相间花间坐。

高谈阔论，无可无不可。幸遇太平年，好时节、清明初破。浮生春梦，难得是欢娱，休要劝，不须辞，醉便花间卧。

还有几首《朝中措》，也都是一派乡间野老风格，这风格实在装不出来更做不出来的，非出自内心者不似。只是这野老并非无才无学，而是有一肚皮诗书说不尽的。其中二首，一写“馋病老难医”，一写“筇杖是生涯”。其一云：

先生馋病老难医。赤米厌晨炊。自种畦中白菜，腌成饔里黄齑。

肥葱细点，香油慢熵，汤饼如丝。早晚一杯无害，神仙九转休痴。

其二云：

先生筇杖是生涯。挑月更担花。把住都无憎爱，放行总是烟霞。飘然携去，旗亭问酒，萧寺寻茶。恰似黄鹂无定，不知飞到谁家。

2. 向子諲

向子諲（1085–1152），字伯恭，号芗林居士，河南开封人。他早期仕途顺利，25 岁即恩补假承奉郎，以后做到知开封府。他命运的改变，与靖康之变北宋政权灭亡有莫大的关系。他原本胸有大志，又是一位文武全才的人物。1129年，金兵侵犯湖南时，他正在谭州太守任上，于是率领军民，坚守城池，守城达8天之久。1138年他做平江知府时，金人派使者议和，他不肯“拜金诏”，并上书皇帝要求拒绝议和。这一下惹着秦桧了。逼压之下只好退休回家。此后10多年，他隐居在临江的“芗林别墅”，一直到1152年故世。

向子諲首先是一位爱国志士，因而与朱敦儒执意做隐士有着性质层次的区别。朱敦儒做隐士，是自觉自愿，而且矢志于此，乐此不疲。若不是北宋政权灭亡，他很可能一辈子都把这个隐士做下去的。北宋灭亡，家破国亡的惨痛打击了他，也激怒了他，尔后才有出山做官的行为。由此观之，朱敦儒是隐而难隐，向子諲则是难而后隐，但他的心一直是热的。虽然退居林下10多年，每有触动、便感慨丛生。他实在放不下他所忠心的国事、民事、天下事，他是隐其身而不能隐其心。作为著名词家，他虽然也写过不多隐逸山乡之作，但那不平之气，却是任何山乡美景都遮蔽不住的。

向子諲词作不少，水准也高，他把自己南渡前的词作，分为上、下两卷。他的编法，一改传统的顺时序编法，而是上卷为“江南新词”，下卷为“江北旧词”，这编法也体现了他重视现实的心态与追求。

他的词以南北分界，同时也体现了宋词由北向南的转变特色。他的词风原本属于清丽柔婉一派，早期词作这个特点尤其突出。中期词作不多，多为忧国忧时的作品。到了晚期，人在林下了，环境变了，心态也有所变化。其主要特点是内在矛盾无法调和。一方面有些心灰意冷，甚至有些听之任之的颓然想法，另一方面，依然家仇国恨萦绕心头。

向子諲风物在眼、隐逸在心的词作不多。有一首《蓦山溪》，颇有些山水情致。其词云：

挂冠神武。来作烟波主。千里好江山，都尽是、君恩赐与。风勾月引，催上泛宅时，酒倾玉，鲙堆雪，总道神仙侣。

蓑衣箬笠，更着些儿雨。横笛两三声，晚云中、惊鸥来去。欲烦妙手，写入散人图。蜗角名，蝇头利，着甚来由顾。

这词下半阕，当真有些山情水意；但那上半，依然不似，神也不似，形也不似。毕竟这是一位经过战争、经过挫折又忠心耿耿于君王的朝官。他不能忘记自己的历史，不能忘记自己的故有身份，所以那架势那口吻，还是极少真的隐逸之气。他的特点是不重名利，但要做事，名利小于山水，但事业大于一切。

不仅如此，他的内心感喟差不多就和青年人的爱情一样，一时“才下眉头”，一时“又上心头”。比如他的《秦楼月》：

芳菲歇。故园目断伤心切。伤心切。无边烟水，无穷山色。
可堪更近乾龙节。眼中泪尽空啼血。空啼血，子规声外，晓风残月。

但是后来，他的心有些静了，或者说他不再对南宋政权抱有幻想了。但直到去世，他的心底还是有一丝火光在亮着。他去世前，有一首《减字木兰花》，正是这般情态。

斜红叠翠，何许花神来献瑞。粲粲裳衣。割得天孙锦一机。真香妙质。不耐世间风与日。着意遮围。莫放春光造次归。

全词景、色均好，唯其结尾一句“莫放春光造次归”，知道这并非真的隐士之言。

3. 扬无咎

扬无咎，旧作杨无咎，经唐圭璋先生考证，正名如是。

扬无咎(1097–1169)，字补之，自号逃禅老人，又号清夷长者，清江人，今属江西省。

扬无咎一生未入仕途，是一位真正的布衣之人。后来隐居山林，与向子諲有唱和，是很好的朋友。虽是好朋友，心态与价值取向可是两样。在向子諲，是难而后隐，退居山林是不得已的，就算百般强迫自己适应，心中的热火始终不曾止息。扬无咎则是不隐而隐。他既不像向子諲，是被动地隐居，又不像朱敦儒，是声名四振的隐居；他是不隐而隐，隐与不隐，对他并没有特别的差别。退居山林，在他几乎就是一件自然而然的事，没人强迫他，也没有什么名头引诱他。古人云“求仁得仁复何怨”？他连“求”都没有，天生一个山野之民。

他本人富于才华，不但是很有手段的词家，而且是著名的画家，尤其擅长画梅，天下闻名。但他生性耿介，一生最不屑的就是依附权贵。秦桧掌权，也曾屡次征召，被他一一拒绝。宋高宗喜欢他的宫梅，打算召见他，他听到信息，连夜“遁去”，让赵构找不到他。他对朋友却好。他为范端伯画梅，还要题诗四首。可见只要他情愿，他也是非常易于接近的人。他的这种人格，体现了他山林隐士的本性。他著有《逃禅诗》一卷，现存词170余首。

文学史家称“扬无咎词的题材较窄，大多为应酬、献寿、咏梅和写节序等作品。”① 虽有关国家兴亡之词数量不多。其实隐逸之作题材原来就有限，它的关键不是题材宽窄而是眼光如何。陶渊明的诗，题材也不宽，王维的田园之作，也是如此。只要眼光独到，便能写出别样的心得。

他的朋友为西湖作画，题名“总相宜”，他一见，灵感来了，作《水龙吟》一首，其词其意，确有山林隐士之风。

当年谁种官梅，自开自落清无比。一朝惊见，危亭岑立，繁华丛里。知是贤侯，有难兄弟，素书时寄。纵舞携如意，吟骚短发，无从诉、心中喜。

却对斜枝冷蕊。似于人、不胜风味。冰姿斜映，朱唇浅被，欣然会意。青子垂垂，翠阴密密，尤堪频憩。待促归禁近，邦人指点，作甘棠比。

他又有《柳梢春》16首。各有风姿雅性如许。虽然也谈情事，也抒心怀，但那写法，分明山中林下一派。虽写情，不写得那么媚，不写得那么深，不写得那么愁，也不写得那么切。纵然有些“狠“语，也绝非晏几道式的；纵然有些情话，也不是柳耆卿式的。且听他说：

---

① 孙旺，常国武主编：《宋代文学史》（上册），人民文学出版社，1996年，第21页。

为爱冰姿，画看不足，吟看不足。已恨春催，可堪风里，飞英相逐。只应自惜高标，似羞伴、妖红媚绿。藏白收香，放他桃李，漫山粗俗。

开头即好。因为爱这梅花，所以画也画不够的，唱也唱不够的。“为爱冰姿，画看不足，吟看不足。”然而“已恨春催，可堪风里，飞英相逐。”他写春，也与众不同。别人是赏春踏春游春，不想春归去。他是“恨春”，为什么恨呢？因为这春天总在催促他心爱的梅花，结果弄得“可堪风里，飞英相逐。”

下片，专力写梅。前面写梅，是梅与春天相关联，此处写梅，则写梅花与桃李之比较。桃花李花，其实也很美，但与梅一比，不行了，他们不过是“红妖媚绿”。这个形容词在两宋词中真真罕见。这个不算，梅花不仅高洁，而且有风度，有气量，于是“藏白收香”，不跟这些俗物“玩”了，让他们闹去吧——“放他桃李，漫山粗俗。”

词本美文，又可歌可咏，所以“粗俗”二字，最是少见，然扬无咎想得出，做得到，且做得好，让人一见，不觉点头。

能写山水田园词作的人，还有一些，选出这三位作代表，似也够了。

但总的看，这类词作未能演成大观。实在作隐逸词也太不容易。他需要有闲，有钱，有境，还要有才。首先没有钱不可以。有钱不一定代表银子多，但生活必须有保证；否则饥肠辘辘，词兴没了。又须有境，非有妙山水，才有妙词作。还要有闲——有时间。最后还要有才能，这才能两字便是画龙点睛的那一“点”。否则景观虽奇，你只是“有眼不识泰山”，也完。

第三节　俳谐体词及其词人

俳谐体词，也称滑稽词、戏谑词或俳词的，顾名思义，这是一种十分通俗且有趣、好玩的词体。它不仅通俗，而且滑稽、讽刺，甚至幽默，广而言之，连一些笔墨游戏之作也可以归入其中。

北宋早期，已经出现著名的俳谐词人陈亚。他的作品也很有名，但流传下来的不多，《全宋词》只收录到他的 4 首《生查子》，这些词的特点，是内含不少中草药名，现在读来，也属平平。因为后来的元曲已达到很高的通俗境界，不知不觉间，便把陈亚的作品比下去了。但遥想陈亚当年，也是一种很超前很有想象力的创造。

宋词受本身条件限制，作雅调容易，作通俗词反而有难度。因而自有词作以来，尤其自有宋词以来，总是雅者为多，俗者为少。北宋词家，柳永算是比较通俗的。细细品去，也是俗雅相间，外俗内雅。大多数词人，尤其婉约一派词人走的还是高雅的路数。而且认定唯有如此才算正宗、正派。苏东坡名头响亮，他的词在北宋期间尚没有几个响应者，滑稽一派无疑显得更为另类。在这意义上，俳谐体词乃是一声“异响”。但它的珍贵之处也在于此，奇异之处也在于此。而且从中国文学史的宏观发展曲线看，正是它也唯有它才成为元曲的先导之音。然而在当时，命运确实有些不济。与那些主流派词人相比，他们只能算作边缘性词人。

比较著名的俳谐体词人有张山人、王彦龄及其夫人舒氏、曹组、蔡伸、张兖臣、邢俊臣、张继先、康与之等。这里介绍的几位，都有词作传世，只是他们中有些词人并非只作俳谐体词而已。

1. 曹组

曹组，字元宠，阳翟人，今属河南省禹县。生卒岁月无考。他是俳谐体词的中坚性人物。王灼在《碧鸡漫志》中称其为“滑稽无赖之魁也”。[①]他不但善作滑稽词，并且是一个非常聪明而又风趣的人物。但他的性格与学识均与科考不能衔接。所以他虽然“少游太学，有声名”，但他六次入考，都考不中，这样的考生，够倒霉了。

但他名头大，词作的冲击力也不小。王灼曾说：“今少年妄谓东坡移诗律作长短句，十有八九，不学柳耆卿，则学曹元宠。”[②]他在皇帝面前得些宠爱，则是事实。所以虽然六次科考不中，到宣和三年，诏赴殿试，赐进士第。有一则传闻说，宋徽宗在玉华阁召见他，问他说：“你就是曹组呀？”他马上作一首《回波词》回答云：

只臣便是曹组，会道闲言长语。写字不及杨球，爱钱过于张补。

杨球、张补都是当时的供奉，他现场“抓哏”，赵构听了禁不住大笑起来。

相传曹组最有名的俳体词，是他所写《红窗迥》百余篇，但已经不可见，《全宋词》所收曹词，并非一味滑稽，不少词作一样婉约可爱，但那通俗的风格都是有的。有几首词，不但气韵悠然，而且明白如话，确是佳品。还是先看他的一首《品令》：

乍寂寞。帘栊静，夜久寒生罗幕。窗儿外、有个梧桐树，早一叶、两叶落。

独倚屏山欲寐，月转惊飞乌鹊。促织儿、声音虽不大，敢教贤、睡不着。

这般风格，在全宋词中确实如奇花异草，不甚多见，惟那词情词韵，

① 王兆鹏，刘尊明主编：《宋词大词典》，凤凰出版社，2003 年，第 527 页。
② 同上，第 557 页。

是很美的。

还有一首《醉花阴》，写一群早春时节的女孩儿，写得鲜丽活泼，不但装束趋时，而且个个可人。词云：

九陌寒轻春尚早。灯光都门道。月下步莲人，薄薄香罗，峭窄春衫小。

梅妆浅淡风蛾袅。随路听嬉笑。无限面皮儿，虽则不同，各是一般好。

另有一首《相思会》，话说人生短长，句句通俗，又句句有哲理。那词写道：

人无百年人，刚作千年调。待把门关铁铸，鬼见失笑。多愁早老。惹尽闲烦恼。我醒也，枉劳心，谩计较。

粗衣淡饭，赢取暖和饱。住个宅儿，只要不大不小。常教洁净，不种闲花草。据见定、乐平生，便是神仙了。

曹组诙谐，与皇室关系近，但他没有佞臣之名。

2. 张继先

张继先，字嘉闻，生卒年亦不详。他是汉代张天师后裔，到他这里已经是第三十代天师了。宋代帝王，崇信道教的多。他身为道教教主，与皇室关系密切。崇宁四年，赐号虚靖先生。因而他的词集亦命名为《虚靖先生词》。《全宋词》收集其词 56 首。这 56 首词，多与道教思想相关。其中《点绛唇·小小葫芦》，写得极有风格。

他的几首《沁园春》，也很有特色。内容是道家的，但对门外之人并非没有启发，那语言自然也是很通俗的。其上半阕云：

急急修行，细算人生，能有几时。任万般千种风流好，奈一期身死，不免抛离。蓦地思量，死生事大，使我心如刀剑挥。难留住，那金乌箭疾，玉兔梭飞。

他还写过5首《度清霄》，从一更写起，直到五更。这种形式我国各地民歌中常见，且流传非常广泛。这里引其中的第2首：

二更二点二更深。宫钟声绝夜沉沉。明月满天如泻金。同光共影无昏沉。起来闲操无弦琴。声高调古惊人心。琴罢独歌还独吟。松风涧水俱知音。

与曹组相比，张继先的词作似乎更民间化些，这大约也与道教的生存方式有关。曹组的词作风格近乎中国民族戏曲风格，而张继先的词作确乎带有某种民间文学的味道。

3. 蔡伸

蔡伸（1088–1156），字伸道，号友古居士，仙游人，今属福建省。他文武全才，南渡前，主要做地方官；南渡之后，他被张俊聘为幕僚，成为南宋军队中一个知名人物。张俊屡败金兵，也有他的功劳在内。后来又相继为滁州、徐州、德州、和州的行政长官。他性喜诗、歌、书、画，而且都能亲力亲为，不仅欣赏而已。他于1115年27岁时中进士，与兄蔡佃、弟蔡伷被时人称为“三蔡”，兄龙弟虎，皆为才俊。他有膂力，善骑射，能挽弓二石。这样一个人物，在北宋词坛上，远可追范仲淹，近可追贺方回。

蔡伸词并不限于俳谐体。他词作多，流传至今的有170多首。词路也宽，其风格与向子諲颇有些相近，而且两个人南渡前曾同官徐州，彼此多有唱和。词评家评品他们两位的词作，认为向子諲的词作水平更高些。但这要看比什么，如果比通俗词，向子諲恐怕不是对手。

蔡伸的婉约词也作得很有成绩，《蒿庵论词》的作者冯煦甚至认为他的优秀作品“亦几入清真之室”。[①] 想周邦彦是何等人物，能和他的词格搭上界——不要说入其室了——也没有几人。他的一首《苏武慢》，确实写出了婉约意境。他的通俗词写得更有名些。词学大家刘永济先生作《唐

① 徐培均选注：《婉约词粹》，华东师范大学出版社，2000年，第166页。

五代两宋词简析》，专设《两宋通俗词及滑稽词》一个节目，共选词 11 首，尺度不可谓不严，其中就选了蔡伸两首词。这两首词确实写得非常通俗，而且别成一种审美境界。读婉约词读得有些审美疲劳的读者，换看此词，确实开心。其一为《长相思·村姑儿》：

村姑儿，红袖衣。初发黄梅插稻时，双双女伴随。
长歌诗，短歌诗。歌里真情恨别离，休言伊不知。

这词自然非常出色，但他的通俗词作还有不少。如他的《极相思》二首，做的虽是婉约词人最拿手的题目，却写得晓畅直白，别有风姿。其二云：

相思情味堪伤。谁与话衷肠。明朝见也，桃花人面，碧藓回廊。
别后相逢唯有梦，梦回时、展转思量。不如早睡，今宵魂梦，先到伊行。

还有一首《惜奴娇》，题目虽然美艳，语言却朴实灵动，不落俗套。倘若我们读小山词读得多了，被那缠绵清丽弄得头昏，有些扛不住，那么换这首《惜奴娇》一览，或有金风祛暑之功效，也未可知。作者这样写道：

隔阔多时，算彼时，难存济。咫尺地、千山万水。眼眼相看，要说话、都无计。只是。唱曲儿、词中认意。
雪意垂垂，更刮地、寒风起。怎奈这儿夜意。未散痴心，便指望、长偎倚。只替。那火桶儿、与奴暖被。

4. 刘焘

刘焘，字无言，号静修，长兴人，今属浙江省。他的生卒年月无考。但从现有资料看，他的年代或早一些。他 1088 年进士，1188 年提点淮南东路刑狱，1125 年除秘阁修撰。靖康之变时，他因为擅离职守，曾被李光弹劾。

刘焘自是一位才子，很年轻时便在太学中享有盛名，被人目为“八骏”之一。他的文章有特色，曾得到苏东坡的赏识。他的书法也极见功夫，尤其善写草书。他的词以《转调满庭芳》最为有名，刘永济先生将此词列入通俗滑稽体之内。他这词确实清新活泼，生活气息浓郁，与他词两样。全词如下：

风急霜浓，天低云淡，过来孤雁声切。雁儿且住，略听自家说：“你是离群到此，我共那人才相别。松江岸，黄芦影里，天更待飞雪。”

声声肠欲断，和我也泪珠，点点成血。这一江流水，流也呜咽。告你“高飞远举，前程事、永没磨折。须知道，飘零聚散，终有见时节。”

《全宋词》共收他11首词，除去《花心动》《八宝》《转调满庭芳》之外，其他都是回文词。回文词也应归入俳谐体之类，但过去一贯被词评家小视，以为是文字游戏，不足道。但那形式，确实巧妙，而且唯有像美丽的汉字这样一字一声的方块字，才可以有这潜质。如英文那样的拼音文字，虽然个别句子也可以反读，但作楹联怕是不行，作回文诗更不行了。从这个角度看，回文词虽然带有文字游戏的性质，也是中国汉语美学的奇葩一枝，太过藐视，也不妥当。

回文词并不始于刘焘，在他之前，苏东坡也曾作过，黄庭坚也曾作过，连大儒朱熹都曾作过。这里引黄庭坚一首《西江月》，词的上下两片，字句安排正好相反。

细细风轻撼竹，迟迟日暖开花。香帏深卧醉人家，媚语娇声娅姹。

姹娅声娇语媚，家人醉卧深帏。香花开暖日迟迟，竹撼轻风细细。

刘焘的几首回文诗，分咏春、夏、秋、冬，各有两篇。这里选一首“夏”。他使用的方法是双句回文。

簟纹双映冰肌艳。艳肌冰映双纹簟。窗外竹生风，风生竹外窗。

点红潮醉脸，脸醉潮红点。廊上月昏黄，黄昏月上廊。

以上四位俳词通俗词人中，一位是宫廷词人，一位是道家词人，一位是文武全才的官宦词人，还有一位是才子词人。可见这通俗词体，虽然一时尚不能成为词之主流，但它的路子却是越走越宽，它的影响也越来越大了。

俳谐体发端于宋早期词，但所存无几。靖康之后，出现第一个小高潮。虽词人不多，词作也不多，但那影响还是值得注意的。自此之后，俳谐体便扎下根本，抽枝发芽，呈某种生机勃勃状。特别是辛弃疾词中，通俗词竟占有一成之多，可见它生命力的强大。到了元代，终于出旧局入新苑，一发而不可收。

第四节　李清照及其他女词人

宋代女词人不算少，但留下姓名的不很多，一些极好的词作，作者的姓名已经无可查考，只好署名某某夫人或某某妓。大词人周密本人即南宋人，他编的《绝妙好词》中，已有不少佚名者，虽然不能肯定这些佚名者皆为女性，但看中国历史上的性别歧视状况，想来失去姓名的词人中女性会更多。这里分述几位女性词人，核心人物自然是李清照。

1. 李清照的才艺与词品。

李清照是中国词史上最杰出的女词人，也是中国文学史上最重要的女文学家和最伟大的女性。她的文学地位直到今天也没有人可以撼动的。

李清照的文学艺术才能，难以简单概括。她的词作好，诗作好，文章好，学问好，书法好，绘画好，辞赋好。单以文学才华而言，她几乎就是一个完人。但考虑到“人无完人，金无足赤”这个大道理在，我们只好说她是中国历史上最伟大的女性之一。

她是文章高手。别的不说，只说那一篇《金石录后序》，是何等性情高洁、意重心长，点点滴滴皆有情有味；且字字有着落，句句有讲究。我想这样的文字，大概只有李密的《陈情表》、诸葛亮的《出师表》、韩愈的《祭十二郎文》才可以与之媲美。有古人云：“读《出师表》不下泪者，其人必不忠；读《陈情表》不下泪者，其人必不孝；读《祭十二郎》不下泪者，其人必不友。”我以为还可以补上一句：读《金石录后序》不下泪者，其人必不真。

李清照的诗作也很有水准，张耒本是宋诗中的大家，她曾有一篇与张耒的唱和之作，虽是和词，但艺术水平要超过张耒的原作。这一点，早有公论。她的诗数量不多，但篇篇皆有亮点，其特色正与她的文章与词作相同。

李清照的学问又非常好。李清照和丈夫共同研究历代金石书画，有很深的学养，她完全可以称之为宋代金石学的专家。

她更是一位文学批评家，她的那篇文字虽不长但影响奇远的《词论》，有千古史家之风。《词论》臧否前辈词人与词作，给人耳目一新之感，甚至刻骨铭心之感。即使你不同意她的具体见解，但你不能不承认，这批评的大胆、尖锐、恳切与不尚空谈。

李清照还是一位大玩家。她集子中专有一篇《打马赋》，又有一篇《打马图序》。打马乃博弈的一种，具体玩法，已经失传。但在宋时，确是一种十分需要智力的活动。她不但深通此道，而且极为投入，并且举凡博弈游戏，她都喜欢，来者不拒，且沉溺其中，没完没了。她也曾自我评价说："予性喜博，凡所谓博者皆耽之。昼夜每忘寝食。"作为玩家，她又是有理念的，并非只是"狂"玩下去。她的专、通之论，方之于庄子的庖丁解牛，并不逊色。她的立论前提是："慧即通，通即无所不达；专即精，精即无所不妙。"[①] 这见解之高妙，显然不限于游戏而已。

当然，还有她的人品好，情致好，品位好。如此种种，都可以在她的集子中或别人对她的评价中找到充分的依据。这样冰清玉洁、才华横溢的人才，无论古今中外，确实比较罕见，这样的女性，则更为罕见。

李清照之所以成此高才，起码有这样两项根据。

其一，人、词同品，高位通接；其二，三千年青史，才调无伦。

所谓人、词同品，高位通接，是说她人品与词品，不但处于非常和谐的状态，而且均属于高位性品质。

实际上，古往今来，人品与词品统一的固然不在少数，二者分裂的也很不少。李清照的词，绝对一流，她的为人，同样绝对一流，这才配得上文如其人四个大字。

所谓"三千年青史，才调无伦"，是说由于种种原因主要是性别歧视方面的制度性、文化性原因，中国自古以来，女性文学家就少，可以和同时代男性抗衡的文学人物，就更少了。这也不仅中国传统文明为然。古希

① 王学初校注：《李清照集校注》，人民文学出版社，1979年，第160页。

腊文学同样发达，但伟大的文学女性唯萨福而已。中国古典文学虽然更其发达，但杰出如李清照者，没有第二人。李清照的独特价值在于，她用自己的表现证明：男性能够取得的成就，女性也完全可以达到甚至超越的。

从这一点上看，中国五千年文明史，在已经盖棺论定的人物中，有三位女性是最伟大的。一个是黄道婆，一个是武则天，一个是李清照。黄道婆证明了女性的技术与创造能力；武则天证明了女性的政治与管理能力；李清照证明了女性的文学与艺术能力。

李清照最杰出的艺术表现与文学成就还是她的词。

易安词的成绩，可以和两宋期间任何一位词作名家相提并论。因为宋词乃中国词作的巅峰时代，所以两宋之外的词人，更不在话下了。又因为易安词属于婉约派，所以对比于周、柳、秦这几位巨型词人，也许更有意义。

与柳永相比，柳永是一个浪子，有艳情无数。且他面对这些艳情不是草率的，而是认真的，于是这些艳情便化作了多少美丽的歌词。李清照是淑女。淑女与浪子，很不搭界。她的情感是真挚的，火热的。她作为良家女子，不易有艳遇，也不想有艳遇。表现在词里，更体现出那淑女的聪颖、天真与可爱。所以两个人虽然都是婉约派的强力人物，李清照词显然尤其属于正宗正脉。

与周邦彦相比。清真词的最重要的风格是浑厚，属于“沉郁顿挫”这一种。有人评他的词“能作景语，不能作情语”。其实他也能作情语，不能作情语怎么写得出《少年游・并刀如水》这样的词章呢？只是这类情语，常常不被传统词评家认可，被归入艳语一途中去了。但周邦彦在言情方面确实比不过李清照女士。虽然“浑厚”“沉郁顿挫”的风格在儒学时代属于最被推崇的风格，但用这风格来谈情说爱，就不免有点“水”或者有点“温”，而温吞水浇不开爱情之花。易安词则以言情为主，不唯写得真，而且写得细，尤其写得活，活脱脱一幅赡才少女或少妇形象。那言情自然也是如鱼得水，又似小鹿奔突，直撞心扉。

与晏几道相比，小晏也是谈情说爱的能手，然而他那爱情，多少带些自恋的性质。偶然遇到一位美人，回家便要作词；美人多看了他两眼，回家又要作词；一首歌唱得动情，回家也要作词；酒吃爽了，不免心旌摇曳，回家还要作词。作词固然作词，至于人家那一面究竟如何，他不管了。这样的恋情表达，固有它种种好处，但与清照词比，又显得有点“虚”了。情是真的，但那言情的人不甚真实，他缺少真情实景。大而言之，晏几道的情爱带些颓废性质，他本人也确实是一位家道中落的“末代”公子，他的词似乎更适合后现代情调。李清照则是专情才女，有才更其重情，才因情举，情因才升，而且专一，专注，又有个性，令有情人一见，好不动心。

与李清照最相近的乃是秦观。后来的词评家也确实常常将他们两个人放在一个词评栏目中。第一个将词风划分豪放、婉约两派的明代词评家张綖，曾这样写道：“婉约以清照为宗。”[①]渔阳山人则说：“词以少游、易安为宗，固也。”[②]当代学人夏承焘先生也认为李清照是“北宋婉约词派最适当的代表人”[③]。

但她与秦观还是有差别。秦观的词重情，走情的正道，可说一脉真情直注词章，且不虚不枉，不偏不倚，不夸不流，讲的就是一个“情”字。在这一点上，李清照之前，再没有一个可以与之比肩的人物，但易安词一出世，情况变了。如果说，秦观是一脉真情直注词章，那么，李清照本人就是那一脉真情。或者应该说，她的词不是用笔写出来的，而是从心底流出来的。所区别的，有时流出来的是笑，有时流出来的是泪，有时流出来的是痛，有时流出来的是血。

作为一个词人，既要讲“人”，又要讲“情”，还要讲“艺”，情是人之所化，艺是情之所化；艺为情之所用，情为人之所用；又人为情之所动，情为艺之所动；终于人而情，情而艺，艺而人，有机融合，如糖入水，达到三位一体的极高境界。假设这个道理也可以成立，李清照就是以最深情的人，用最恰当的艺，写最美好的词。

李清照在北宋词坛名家林立、大匠迭出的情况下，能卓然而独立，并引起方方面面的注意与惊叹，其主要依据在此。

① 王学初校注：《李清照集校注》，人民文学出版社，1979 年，第 371 页。

② （宋）秦观著；杨世明笺：《淮海词笺·序》，四川人民出版社，1984 年，第 186 页。

③ 同②，第 372 页。

2. 李清照其人

李清照（1084–1155？），济南章丘明水人，自号易安居士。她出身优裕，家教良好。她父亲是苏门后四学士之一，文章得到东坡先生的称赞。他母亲亦出身名门，且很有文学修养。这样的家庭，或可说“谈笑有鸿儒，往来无白丁”了。这样的家庭能生长出这样的慧女、才女、情女，又可谓三生而有幸了。

李清照一生，应该分为三个阶段，18 岁出嫁之前为第一阶段，出嫁后至靖康南渡为第二阶段，南渡后至逝世为第三阶段。

可惜的是，第一阶段，有关她的资料无多，但她少年时就富于才华，是有记载的。她的诗作曾受到苏门四学士中的晁补之先生的赞扬，也是有记载的。看她一生行止，她青春少年时，必定是一位能读书，爱读书，会读书，且善解人意，具有主见又喜欢娱乐的天才少女。有一首《点绛唇》，写少女风情写得极是，有版本以为是词为清照所作。

蹴罢秋千，起来慵整纤纤手。露浓花瘦，薄汗轻衣透。
见客入来，袜刬金钗溜。和羞走，倚门回首，却把青梅嗅。

据专家说，这词并非李清照所作，但用来形容李清照青春少年时的心像形貌，或者相去未远。

李清照出嫁后的资料多了，来源主要是她的诗、词与文章，渡江后的材料更多，主要还是来源于她的诗、词与文章。这两个阶段，黑白对比，色彩鲜明。前一段，用一个字表示，就是“甜”，以致后来人竟不能知道这生活中有多少糖，多少蜜；后一个阶段，用一个字表示，就是“苦”，后来人也无法体会这苦有多么“深”，又有多么“沉”。

她生命的第二段，总的基调是甜，甚至可以说一总是甜，有些苦痛，背后还是甜；有些变故，背后也是甜。此无它，因为她有一个非常心满意足的丈夫和家庭。

她 18 虚岁与赵明诚结婚。赵明诚同样出身于官宦之家，他父亲赵挺之还做过宰相。夫妻二人，情意相和，趣味相投，且都能诗善词，又都对金石书画有浓郁的兴趣，这是一对古典时代青年知识分子的模范婚姻。

他们吃穿无虞，兴致无限；一天到晚，都是幸福。她对赵明诚自是一往情深，赵明诚对她尤其引为知己。她作词，丈夫也作词，有时他觉得自己的词艺不如夫人，有时又不免有些不服气。于是便把李清照的词混杂在自己的词作之中，请朋友鉴定。朋友看来看去，挑出的优胜之作，都是李清照的。这恐怕会让他有些不自在，更多的还是大自在。有这样娇慧之妻，怎能不欢心如醉。

这样的生活过了几年，到 1107 年，赵挺之的仕途出了问题，因为他与蔡京争权作对，遭遇刑狱。李清照夫妇在汴京住不下去了，就搬到青州乡下去住。后来她公公复官右仆射，他们也没有回转京城，在青州一住就是十多年。赵挺之入狱，是很大的打击，但他们夫妇的情感生活未受影响。赵挺之再做高官，对他们的境遇当然也有很大影响，他们夫妻的兴趣爱好也没有多少变化。他们继续在他们原有的生活轨道上愉快滑行，继续收集整理金石文物，继续夫妻间的诗词创作。夫妻二人生活充实，情绪欢快，天天月月，乐此不疲。

这期间内，有一件事特别值得一提。她公公做宰相时，她曾经作词祝贺，这首词已经散佚，只留下了其中的一句“炙火可热心可寒”。虽只这一句，却能使人产生联想，至少我们可以体会到这是一位不寻常的女性。否则，哪有公公做了宰相会这样祝贺的呢！

1121 年，赵明诚 38 岁时，知莱州，后来又改任淄州。夫妻分别了一段。这一段分别，触动了李清照的情思，于是词兴大发，写出了不少有一点凄然但更多诗情画意的词作。分别时间虽不长，这一段时间的词作，却成为这一代才女情感的美丽见证。其中一首，就是那流传极广的《一剪梅》：

红藕香残玉簟秋，轻解罗裳，独上兰舟。云中谁寄锦书来，雁字回时，月满西楼。

花自飘零水自流，一种相思，两处闲愁。此情无计可消除，才下眉头，却上心头。

虽说宋词尤其是唐五代以来的花间、婉约词派，最擅长写离愁别恨，然而，似这般写法的，若非绝无仅有，也是极为罕见，并因罕见而珍贵。

它最吸引人的就是真情实感。那感觉是“苦”的，却不是大苦，也不是无端自苦，而是一种甜丝丝的挥之不去愁肠百结的苦意。既是甜中之苦，又是苦中之甜，之所以如此，皆因为有爱作背景与支撑，在这愁眉难展的背后，却又有无限的蜜意与深情。

这离别之苦是这样的难言，而这难言的情感又是如此的令人坐卧不安，作为词人，作为情人，作为当事人，她能将这种难言的情感表达出来，而且表达得如此之准确，美妙，自然有同样“幸福”心理的人与之心心相通，而使没有这幸福或者失去这幸福的人备觉无边的遗憾。

但是这美好的生活很快被一场战争击碎了。北宋政权因这战争而灭亡，江北大片土地因这战争而沦陷。于是夫妻二人踏上了逃亡之路。从此国破家亡的痛苦像山一样向她压来，夫亡物去的境遇也像潮一样地向她涌来。

苦难之大之多之重，用“祸不单行”都不足以形容了。建炎元年（1127年）三月，赵明诚的母亲在金陵病故，建炎三年八月，赵明诚病死金陵，而她本人连悲带痛，也大病一场，几乎死去。此后，战事又紧，她只得勉力南逃。就在这逃亡路上，她与她丈夫辛苦半生珍藏下来的金石书画又散落，又被盗，又遭诬陷，已经丢失殆尽。李清照大半生，她的精神支柱就是她的丈夫和他们夫妻搜集珍藏的这些文物。然而四五年光景，丈夫死了，珍藏的器物也没了，但她以一个知识女性罕见的气魄与毅力生存了下来。

然而，不幸的事情还远没有到头。1132年，她自越州赴杭州，遇到了张汝舟，被张纠缠引诱，二人成婚。但这是一项非常失败的婚姻。如果说她与赵明诚的婚姻是甜如蜜水，那么，她与张汝舟的婚姻则苦似黄连。因为她的文化，她的修养，她的个性和她对这两个男人的比较，这苦痛就来得愈其强烈，愈其无法忍受。婚后十个月，终于由她发起诉讼，当然她状告的不是婚姻，实在婚姻之事，在那样的时代，是难于为告的。她告的是张汝舟以假履历作弊，结果，官司打赢了。张汝舟被官府除名，编管，她也得以离婚。其代价，是本人入狱九天。此后四年，她终于在浙江金华定居下来，这时她已经华龄50岁了。再以后去了临安，在临安孤寂地生活了很长一段时间后，大约于1155年撒手人寰。

这一大段时间，尤其是渡江之后的那长期的悲风苦雨之中，她徘徊，她悲愤，她无可依靠，但她心性高傲，顽强地活了下来。她对时局不满，本质上是对昏庸的朝政不满，于是有了她的那一篇千古名作：

生当作人杰，死亦为鬼雄。
至今思项羽，不肯过江东。

她对政治其实是有大见解的。因为她在南渡之前，已经有了种种经历，使她对政治生活有了感悟和体验。她父亲属于旧党，也曾遭遇大挫折，她公公属于新党，又曾经受大起落。那个时期，身为朝官，当真是新也不是，旧也不是，不新不旧也不是。所以当张耒作中兴颂诗的时候，她就和了二首，从她的和诗中，可以看出这知识女性有怎样的锐利目光与识见。她的这两首和诗显然比张耒的原作要高明。连彼时的大儒朱熹都感叹说："岂寻常妇人所能！"①

这个不论，只说她的《上枢密韩肖胄诗》，写得那等慨慷激扬，又贞心若石，指挥若定，不能不让多少须眉为之羞惭——但愿他们尚懂得羞惭方好。原诗长，此处录其中一段：

夷虏从来性虎狼，
不虞预备庸何伤。
衷甲昔时闻楚幕，
乘城前日记平凉。
葵丘践土非荒城，
勿轻淡士弃儒生。
露布词成马犹倚，
崤函关出鸡未鸣。
巧匠何曾弃樗栎，
刍荛之言或有益。
不乞隋珠与和璧，

① 王学初校注：《李清照集校注》，人民文学出版社，1979年，第363页。

只乞乡关新信息。
灵光虽在应萧萧，
草中翁仲今何若。
遗氓岂尚种桑麻，
残虏如闻保城郭。
嫠家父祖生齐鲁，
位下名高人比数。
当时稷下纵谈时，
犹记人挥汗成雨。
子孙南渡今几年，
飘流遂与流人伍。
欲将血泪寄山河，
去洒东山一抔土。

回顾李清照一生，她的前半生，展示的是一位古代知识女性、爱情女性的清新风貌；她的后半生，则表现了一位悲情女性、忧国女性和自立女性的坚贞与不屈。

3. 透过《词论》解读易安词的艺术成就

宋代词人可以分为三种，一种是既有词作，又有词论的词人；一种是既有词作又有词见的词人；还有一种是只有词作不发表任何词见的词人。其中第一种词人最少，第二种人数也不多，大多数属于第三种状况，他只管作词，至于他为什么作词，他认为应该怎么作词或不应该怎么作词，他都不说。那景况有如没有说明书的文物，好不好，自己看。有词作有词见的人多些，词见无多，凤毛麟角，毕竟有迹可循。唯第一种类型，给后人以最多方便，但这类词人比较少见，比较有名的如胡仔，如王灼，如张炎，如李清照。其中词论最有成绩的当属张炎，最早形成词论范式的当属王灼，最具特色的则是李清照。而且作词论的人中，往往词不胜论，词论俱佳的也只有张、李二人。

李清照的《词论》全文不到700字，但内容丰富，立论尖锐，其风格有类乎现代人所谓的“酷”评，只是她的文字更为考究，而且不与传统割裂。

李清照的《词论》文字少，内容多，主要阐述三个方面的问题。一是词的发展历史，尤其是宋词的发展历史，这部分饶有史家风范，虽然写得简练，却又写得高明，山长水短，次第分明。二是对包括李煜在内的主体为北宋代表性词人的评论，这部分正是文章中最“酷”最“炫”也最富于激情与特见的文字。夹在第二部分中间，她又提出了对词作规范的看法，形式上看似乎随意而出，内容上却可以卓然独立。全文文字流畅，开合有度，但那内容显然更具有论辩性、刺激性和概括性。

评价李清照词的艺术成就，我以为从这《词论》入手，采用排除法方式更为方便。

什么叫排除法，即把《词论》中所否定的作词方式与词风排除，那么反过来看，就该是李清照词的特色与风格了。虽然不必依《词论》文字句句落实，大体方向庶几不错。

北宋词人中，第一轮，她批评的是柳永——“始有柳屯田永者，变旧声作新声，出《乐章集》，大得声称于世。虽协音律，而词语尘下。”

“词语尘下”，是批评柳词用词太俗，格调不高。这个毛病李清照没有。易安词很有格调，而且冰清玉洁，使用的全是淑女语言，你尽可以像王灼一样坚决不同意李清照谈情说爱，但你无论如何不能说她的词用语低俗，词风粗鄙。即使用最俗气语言作出的词，骨子里依然是雅的，比如她的《减字木兰花》，虽为俗篇，犹不伤雅意：

卖花担上，买得一枝春欲放。泪染轻匀，犹带彤霞晓露痕。怕郎猜道，奴面不如花面好。云鬓斜簪，徒要教郎比并看。

第二轮，她批评的是张先、宋祁宋庠兄弟，以及沈唐、元绛、晁端礼等——“又有张子野、宋子京兄弟、沈唐、元绛、晁次膺辈继出，虽时时有妙语，而破碎何足名家”。

好词不能只有好句，只有好的句子，就破碎了。如同一件文物、破了，虽然也是文物，价值少多了。

李清照词的一大特征，是注重结构。她的词不但字好，句好，结构尤其要好。她的词作不是很多，但流传下来的比较完整，而且几乎篇篇皆为精品，可见她在结构方面下的功夫委实不小。

第三轮，她批评的是晏殊、欧阳修和苏东坡。她这样评品这几位词坛大腕——“至晏元献、欧阳永叔、苏子瞻，学际天人，作为小歌词，直如酌蠡水于大海，然皆句读不葺之诗耳。又往往不协音律者何耶？盖诗文分平侧，而歌词分五音，又分五声，又分六律，又分清浊轻重。且如近世所谓声声慢、两中花、喜迁莺，既押平声韵，又押入声韵。玉楼春本押平声韵，又押上去声，又押入声。本押仄声韵，如押上声则协，如押入声，则不可歌矣。”

这一段文字可谓精心构思，字字斟酌，乃是全文的“核儿”。且既批评了她要批评的词人，又阐述了她本人的主张。她所强调的最主要的两点：一是诗、词各有规范，不能混作；二是作词有严格的韵、律标准，这些标准不能违反。

苏东坡以诗为词，前面多有说明，这方法李清照是不同意的。我们看她的词作，确实在韵律方面比较讲究。把这个特点和她那独特的生活化、白描式的语言手段结合起来看，应该说，达到她那样的境界，确实很不容易。

但也因此，她一生只作婉约词，没有一篇豪放词，如果联系她的诗作看，她原本也有作豪放词的本领的，“至今思项羽，不肯过江东”，就豪放之至。但我们不知道，这对她而言，究竟是幸耶还是不幸？

顺便说，李清照批评苏东坡等前辈，单这作法就有些不凡。这不仅仅因为她敢于向权威挑战，实在她那个时代，再大的文学人物，还有大过晏元献、欧阳修与苏东坡的吗？但她硬是没有顾忌，要一个一个在他们“圣人”面上指疵，“太岁”头上动土；更重要的是，她父亲乃苏门后四学士之一。我们中国文化传统，他父亲既出于苏门，她便与苏东坡有了师生情分，再作批评，不招人喜欢，更不合乎为亲者讳、为尊者讳的道德精神。但李清照偏能直言，很令我们钦敬。

第四轮，她批评了王安石、曾巩——“王介甫、曾子固文章似西汉，若作一小歌词，则人必绝倒，不可读也。乃知别是一家，知之者少。”

所谓“绝倒”，就是乐趴下了。这批评有些刺激。然而，好像也没有太大的针对性，不过是重复她前面的观点而已。但看王安石的词作，确也与婉约派难以搭调。

李清照的词当然不会令人绝倒了。要绝倒也是佩服得绝倒。她的词只是令人感动，或者令人怦然心动，或者令人心疼，甚至令人为之泣下。那些为之泣下的人物中，就有一位本书后面还要专作介绍的重要词人刘辰翁。刘辰翁曾在自己的一阕《永遇乐》前写过这样一篇序文："余自乙亥上元诵李易安《永遇乐》，为之涕下。今三年矣。每闻此词，辄不自堪。"

一首词感动得同行涕下，而且三年时间，每读到或听到这词，都不能自制。这样有影响力、震撼力的词，当真会使人"绝倒"的。《永遇乐》全词如下：

落日熔金，暮云合璧，人在何处。染柳烟浓，吹梅笛怨，春意知几许。元宵佳节，融合天气，次第岂无风雨。来相召，香车宝马，谢他酒朋诗侣。

中州盛日，闺门多暇，记得偏重三五。铺翠冠儿，捻金雪柳，簇带争济楚。如今憔悴，风鬟霜鬓，怕见夜间出去。不如向，帘儿底下，听人笑语。

词境如此幽深哀痛，闻之怎不令人心酸。

第五轮，批评的是晏几道、贺铸、秦观与黄庭坚。对这几位词人似乎客气多了，然而也不尽然。她写道——"后晏叔原、贺方回、秦少游、黄鲁直出，始能知之。又晏苦无铺叙；贺苦少典重；秦即专主情致，而少故实，譬如贫家美女，虽极妍丽丰逸，而终乏富贵态；黄即尚故实，而多疵病，譬如良玉有瑕，价自减半矣。"

晏几道的缺点是缺少铺张，这一点，李清照把它克服了。她的词有铺张，而且极善铺张。一般地说，长调的铺张，容易做到层次分明，小令则不便铺垫，也难做到层次分明。但李清照的《如梦令》，虽为小令，却能小中见大，做到起承转合，跌宕有致。

常记溪亭日暮，沉醉不知归路。兴尽晚回舟，误入藕花深处。争渡、争渡，惊起一滩鸥鹭。

不唯层次分明，而且耐人寻味。

贺方回的缺点是少典重，这个缺点李清照也无。她的特点是言情但不纵情，尤其不作艳声艳调。所以她的词，你可以不喜欢，但你不可不郑重。看贺方回的词可以开个玩笑的，但读李清照的词，却必须懂得自重。

黄庭坚的缺点，是太过重视故实，所以不免白玉有瑕。黄鲁直确实有这方面的问题。他的优点是读书多，缺点是好掉书袋。词本言情唯美之物，你总掉书袋，不免有些煞风景。李清照的批评切中腠理，不服也不可以。她本人的词作虽然典丽，却又清纯。按说她手边的古文古字古籍古典还要更多，她和她丈夫原本就是金石学方面的专家。但她却能将学问与词作分开，其词作还就是没有卖弄学问的嫌疑。不但不卖弄学问，且最擅长用白描手法写具情具景。易安词中是有人物的。这人物就是她自己。能把自己用词的方式写得“生动”起来，也非有点手段才行。请读她的《醉花阴》：

薄雾浓云愁永昼，瑞脑销金兽。佳节又重阳，玉枕纱橱，半夜凉初透。

东篱把酒黄昏后，有暗香盈袖。莫道不销魂，帘卷西风，人比黄花瘦。

唯有她批评秦少游的那几句，后人多有不同意见。她说秦观词少故实，好似贫家少女，纵然再美貌，也缺少富贵态。于是人家反问了，你李清照的词少不少故实呢？她的词中的故实也的确不多。这个没办法了，毕竟能把“故实”在词这种文学体式中运用得好的，是太难了。大约只有苏东坡的一些词作，可以做到招来引去，挥洒自如。可惜呀，东坡先生的词又不合五音，不协六律。难乎哉，诚难矣。

此外，李清照词的语言也非常富于创造性，如她的《行香子》，写得恁地精彩：

草际鸣蛩，惊落梧桐、正人间天上愁浓。云阶月地，关锁千重，纵浮槎来，浮槎去，不相逢。

星桥鹊驾，经年才见，想离情别恨难穷。牵牛织女，莫是离中。甚霎儿晴，霎儿雨，霎儿风。

尤其这末三句，虽是口语声声，却用得恰当，生动，形象，又不失文情雅意。

李清照最著名的词是她那首《声声慢》，全词情也好，调也好，韵也好，结构也好，语句方面尤其富于创造。这词传播极广，解注尤多，不录不为完美。其词曰：

寻寻觅觅，冷冷清清，凄凄惨惨戚戚。乍暖还寒时候，最难将息。三杯两盏淡酒，怎敌他，晚来风急。雁过也，正伤心，却是旧时相识。

满地黄花堆积，憔悴损，如今有谁堪摘。守着窗儿，独自怎生得黑。梧桐更兼细雨，到黄昏、点点滴滴。这次第，怎一个、愁字了得！

李清照在中国词史上占据重要地位，在中国文学乃至文化史上同样占据重要地位，无论以何种方式作宋代词人排行榜，她的芳名都将在 10 大著名词人之列。

李清照对后世的影响，也与苏、柳、周、辛不同。那几位都是开宗立派的人物，她既不开宗，也不立派，她只是以自己的人品与词作影响后世，但这影响之深、之久、之大，怕连她本人也是未曾预料到的。

4. 朱淑真、严蕊并蜀妓

女词人历来不多，因为词作散佚，现在能见到的，更少。但这不能说明她们没有才能，只说明那时代对女性的不公平不合理。李清照前后，时代早一点的，如魏夫人。她是宋代宰相曾布之妻，曾巩之嫂，魏泰之姐。曾布以大曲名，是与董颖、赵令畤齐名的人物。魏夫人的词艺也不寻常。她的词曾得到朱熹的称赞，奇哉！而且评语颇为夸张，更奇。倒是《白雨斋词话》说得比较公允。这里引她一首《系裙腰》：

灯花耿耿漏迟迟。人别后、夜凉时。西风潇洒梦初回。谁念我，就单枕，皱双眉。

锦屏绣幌与秋期。肠欲断、泪偷垂。月明还到小窗西。我恨你，我忆你，你争知。

宋末又有烈女王清惠，其情其志，尤其可嘉。

考虑到本书的整体设计，此处选择朱淑真、严蕊和蜀妓三位词人。这三个人出身各不相同，时间亦有差异，但词作均有相当水准。朱淑真为不幸婚姻而吟，严蕊为悲惨身世与遭遇而吟，蜀中妓为自己的心理感受而吟，虽皆为弱者，其气不俗，其声永在。

（1）朱淑真。

朱淑真，号幽栖居士，生卒年无可考。且各种史料对她的身世，对她的出生地，对她的婚姻，歧说并见，无法定论。或说她是杭州人，或说她是海宁人；或说她是北宋人，或说她是南宋人；或说她在李清照前，或说她在李清照后；或说她嫁与市井之人，或说她嫁的是官吏；或说她是朱熹的侄女，等等。歧见之多，可见女性在宋儒时代的地位之低。唯有二点是清楚的，就是她很有诗才、词才，而且她的婚姻十分不幸。她本人也和李清照一样，是一个不肯马虎自己的人生，不肯委屈自己情感生活的文化女性。所以她的诗也好，词也好，总与婚姻不幸这个情结息息相关。她的词集也因此命名为《断肠集》。

总体评价，她的词略逊于李清照，但也有很出色的作品。置于《全宋词》中，敢说巾帼不让须眉。清人陈廷焯说："宋妇人能词者，自以易安为冠。淑真才力稍逊，然规模唐代，不失分寸，转为词中正声。"[①] 她的一首《蝶恋花·送春》写得确好，其情其意，颇有些李清照词的意味在内。其词云：

楼外垂杨千万缕，欲系青春，少住春还去。犹自风前飘柳絮，随春且看归何处？

绿满山川闻杜宇，便做无情，莫也愁人意。把酒送春春不语，黄昏却下潇潇雨。

又有一首《减字木兰花·春怨》，写得尤其形单影孤、忧思深重，而且语言方面亦十分富于创造性与想象力。

① 王兆鹏，刘尊明主编：《宋词大词典》，凤凰出版社，2003 年，第 422 页。

独行独坐，独唱独酬还独卧。伫立伤神，无奈轻寒著摸人。此情谁见，泪洗残妆无一半。愁病相仍，剔尽寒灯梦不成。

（2）严蕊。

严蕊，字幼芳，生卒年不详。她的时代晚于李清照。她是天台的营妓，能歌善舞，艺冠当时，琴、棋、书、画无所不通，是一位身世悲惨的奇女子。

她的一生悲欢与朱熹、唐仲友有莫大关系。她因为才艺出众，被台州守唐仲友赏识。偏朱熹与唐仲友有怨怼，加上他宋儒本性，见到营妓便要眼绿。他提举浙东时，发现严蕊与唐关系密切，于是一面参奏唐仲友，一面以“有伤风化”的罪名，抓捕严蕊，严制拷问，了无人性。但严蕊绝不牵连唐仲友。狱吏好言引导她，她回答说：“身为贱妓，纵与太守滥，也不是死罪，然而是非真伪，岂可以妄言士大夫也。”其真人真品，远过儒师。因而“系狱两月，声价愈腾”。后来朱熹去，岳霖来，她陈诉自己的痛苦与愿望，岳霖命她作词一首，她便吟下那首流芳千古的《卜算子》：

不是爱风尘，似被前缘误。花落花开自有时，总赖东君主。
去也终须去，住也如何住？若得山花插满头，莫问奴归处。

《全宋词》收集到她的三首词，可谓篇篇皆有特色，其《如梦令·红白桃花》写得风趣盎然，别是一格。

道是梨花不是，道是杏花不是。白白与红红，别是东风情味。曾记，曾记，人在武陵微醉。

5. 蜀妓

蜀妓，姓名、籍贯种种，淹沦皆莫可考。但有词在，便知其人在。她生活的大体时代是有的，那时代与严蕊相近，晚于李清照，与陆游约略相当，而且与陆游有点关联。且说陆游自蜀中归，其客带着她同行。以后让她居于别馆，每隔数日去看她。一次因为生病，未去。她不高兴，问原因。这“客”便作词自解，于是她也回了一首词，这词写得极风趣，又有自尊，虽是小令一阕，词史不可不存。该词寄调《鹊桥仙》：

说盟说誓。说情说意。动便春愁满纸。多应念得脱空经，是那个、先生教底？

不茶不饭，不言不语，一味供他憔悴。相思已是不曾闲，又那得、工夫咒你。

第五节　早期豪放词人：从叶梦得、陈与义到张元幹

本节介绍的均为宋词兴发过渡时期的豪放派词人。

前面说过，这个时期，是一个流派纷呈的时期。各种风格的词作都有表现的机会。虽然杰出的词人少些，但因为皇帝也作词，官僚也作词，林下隐士也作词，所以词的场面，十分热闹，但那性质，如果瞻前顾后作一评价，却带有明显的过渡性质。

本章分写婉约、隐逸、滑稽、豪放四派词人。但这四派词人的表现大相径庭。隐逸派虽有佳作，未曾形成规模，词人或在两种创作心理之间徘徊，或者没有自觉的风格意识。它的影响相对小些，以后也没有太大作为。俳谐词属于自生自灭的类型，虽然有一点“古已有之，于今为烈”的征兆，却是干柴烈火，烧得急，也熄得快，看它后来的发展趋势，是将自己的风格溶入一些大词家的作品中去了。婉约词积极总结，认真反思，大约是感到了某种压力，所以要辨诗、词，明规范，代表作就是李清照的《词论》。唯有豪放一派，表现得最富生机，最有希望，其风格特色也日益鲜明。

豪放词人兴起，既有内在原因，又有外部条件，那时代的变化选择了它。靖康之耻，国有灭亡之危，家有丧亲之痛，国破亲亡，世界上还有什么事情比这个更有震撼力吗？所以婉约词虽然历史最久，影响最大，到了此时，也不能不退避三舍。

这时期的豪放风格的词人，可以分为两个部分，一部分属于原有词人的词风转变与新生，另一部分是爱国志士与英烈对词坛的参与与冲击。后者中最具代表性的人物就是岳飞和救国“四名臣”，对他们将在下一节中专门介绍。

旧有的词人中，也不是每个人的词风都发生变化。比如，烈士级的词人中，陈克的词风就没有变；大词家中，李清照的词风也没有变，她并非

没有豪放之气，但她认定了词与诗是有铁的界限的，所以她的豪放之情尽入诗体，婉约凄苦之意才入词门。从她个人的追求理解，这也无可非议，但从词的发展趋势看，她也有墨守成规之嫌。

推进豪放词发展的这部分词人中，首先应该讲到叶梦得、陈与义和张元幹。

叶梦得早期词风婉约清丽。中年学苏东坡，词风转向开阔豁达。晚年词则走向简洁，虽简洁并不柔弱，而是时时显露出雄杰之气。

陈与义词作不多，惟词风近苏轼，他与苏黄一派渊源且深且多。但苏门弟子中，词风像东坡的可谓绝无仅有，唯他异军突起，词风学东坡，似东坡。

张元幹虽然也有少量秀丽之作，悲愤豪放已成为他词的主调，那风格中已明显看出后来辛派词人的某些重要特征。虽然他的成就不及后来者，但他在豪放词兴起进程中所起的作用与价值，应该得到充分的肯定与尊重。

叶梦得先婉约而后豪放，是那时代的缩影；陈与义学东坡，似东坡，主流性影响未可低估；张元幹以豪放之声为主调，是一位标志性人物，或者可以说，从此拉开以辛弃疾为代表的豪放词派的历史巨幕，宋词将在新的领域中开创新的历史性辉煌。

过去讲豪放词，讲得粗时，给人的印象是东坡之后，一下子就跳到辛弃疾去了。其实由苏风到辛风，有一个不短的过程。这个过程中最具影响的作品，就是叶、陈、张的豪放词章与以岳飞为代表的志士词作的激越之声。

1. 叶梦得

叶梦得（1077–1148），字少蕴，号石林居士。他一生经历复杂而丰富。他有行政能力，有思想，也有文学才华。他 20 岁中进士，可谓少年得志。宋徽宗时已是翰林学士。他对儒学有研究，经术文章为时人所重，是当时一位著名的儒者。南渡之后，他任江东安抚大使兼建康知府。当时前方战事紧张，他的后勤工作卓有成效，对前方的军事补给起了很积极的作用。晚年后住在吴兴卞山，家中藏书数万卷。他读书、吟咏、会友，自得其乐。卒，赠检校少保。

叶梦得对诗学也颇有研究，写过《石林诗话》，是宋代诗话中的代表性作品。他推崇王安石的诗风诗作，对苏东坡的诗作不甚满意，有批评。他的诗、词都有成就，词的成就更大。他虽然批评东坡的诗风，词风却显然受到东坡词的影响，而且成绩斐然。以至关注为其词作序，要评价他的词说："味其词，婉丽绰有温、李之风，晚岁落其华而实之，能于简淡时出雄杰，合处不减东坡、靖节之妙。岂近世乐府之流哉！"①

他的婉丽词也写得很好，《宋词三百首》收录了他的两首词，均为此类风格，只是那情调已与晏、欧、周、柳有别。这里录他一首《虞美人》：

落花已作风前舞，又送黄昏雨。晓来庭院半残红，惟有游丝，千丈袅晴空。

殷勤花下同携手，更尽杯中酒。美人不用敛蛾眉，我亦多情，无奈酒阑时。

他的豪放词显然更有影响，也更有特色。他年老时，"与客射西园"，他因病不能亲自下场，看到壮士岳德挽弓二石五斗，连中三元，于是"虎老雄心在"，陡生"老骥伏枥"之心，写下了这首《水调歌头》：

霜降碧天静，秋事促西风。寒声隐地初听，中夜入梧桐。起瞰高城回望，寥落关河千里，一醉与君同。叠鼓闹清晓，飞骑引雕弓。

岁将晚，客争笑，问衰翁；平生豪气安在？走马为谁雄？何似当筵虎士，挥手弦声响处，双雁落遥空。老矣真堪愧，回首望云中。

虽是感叹，却不是书生之叹，而是英雄豪气不减当年之叹，这等词作，令人神往。

类似的词作还有《点绛唇》，可见他到了晚年，也是闲不住，不但身体闲不住，心更闲不住。他不服老，更不能忘怀故国，虽身居林下，犹渴望功名。这实在是一位值得尊敬的老词人。其词曰：

① 王兆鹏，刘尊明主编：《宋词大词典》，凤凰出版社，2003 年，第 413 页。

缥缈危亭，笑谈独在千峰上。与谁同赏，万里横烟浪。
老去情怀，犹作天涯想。空惆怅！少年豪放，莫学衰翁样。

2. 陈与义

陈与义（1090–1139），字去非，号简斋，洛阳人。他出身书香门第，曾祖、祖父父子两代均与苏轼有深交。他的一生也因靖康之变而分为两个截然不同的段落。不同他人的是，他的仕途之路也有一条鲜明的界限。哲宗在位时，他虽然科举早，又有诗名文名，却不被重视，转来转去，只是下层官吏，中间还受过解职处分。可谓郁郁而不得志也。但宋徽宗欣赏他，宋高宗对他也不坏。他后半生官运亨通，一直做到太中大夫参知政事，就是俗语中的副宰相。但他身体不强健，晚岁以病乞退，49 岁时便谢世了。

陈与义是宋代的重要诗人。他虽不是江西籍贯，却和江西诗派关系甚多，也有人干脆认他为江西诗派的一员大将。他推崇苏东坡，敬佩黄庭坚、陈师道。他的诗继承江西诗派传统，具有瘦硬新奇的风格；也喜欢化唐诗为宋诗，但又有自己的特色；一些诗作颇有些雄润苍郁之风格，他的《雨中对酒庭下海棠经雨不谢》，可以看作他诗作的一个代表。

巴陵二月客添衣，
草草杯觞恨醉迟。
燕子不禁连夜雨，
海棠犹待老夫诗。
天翻地覆伤春色，
齿豁头童祝圣诗。
白竹篱前湖海阔，
茫茫身世两堪悲。

陈与义词作不多，但质量颇高，他有《无住词》一卷传世，收词 18 首。除了 3 首《游仙门》之外，均为南渡之后作。才华虽不逮东坡，风格却有些相通相似之处。他的一首《临江仙·夜登小阁忆洛中旧游》特别为词评家胡仔所赞赏。其词云：

忆昔午桥桥上饮，坐中多是豪英。长沟流月去无声。杏花疏影里，吹笛到天明。

二十余年如一梦，此身虽在堪惊！闲登小阁看新晴。古今多少事，渔唱起三更。

他的词风，虽属豪放一派，毕竟不同于志士英豪之词，而是洋溢着一派才子情调。其中“吹笛到天明”一句，梁启超先生尤其赏识，曾在他的集句对联中使用，并将该联赠给了徐志摩。

3. 张元幹

这是中国词史上第一位狭义上的爱国豪放派词人。虽然说苏东坡与辛弃疾的词风有前呼后应的特点，但真正与稼轩词风一脉相通的第一位词人，乃是张元幹。所以，一般文学史，是将他与张孝祥、陆游、辛弃疾划入一个文学单元的。这样划分，以词风而论，并非没有依据。但他的时代确实早些。

张元幹属于两宋相交的人物，他生于1109年，靖康之难时，他已经28岁了。

张元幹，字仲宗，号真隐山人，又号芦川居士。福建永福人。他家世代为官宦，他的3位伯父因为相继登进士第而名噪一时。他少年即才华显露，南渡之前，他的词已传播士林为识家所称赞。但他一生的转折与际遇，还是与抗金救国息息相关。靖康元年，金兵围困汴京，主战派李纲主持军政事务，他受李纲信任，作为幕僚参加了京城保卫战。后来，主和派占了上风，李纲被罢官，他也受到牵连。南渡之后，虽然立了新皇帝，但总的趋向，还是求和。不要失地也要求和，不迎二圣还朝也要求和。这种势头在秦桧主政后愈演愈烈。他于是愤而辞官，隐居乡间。但他心情依旧，主张依旧，他考虑的只是收复故土，反对的就是屈辱求和。这些思想表现在他的词作中，自有一种慷慨激昂、凛然不可侵犯的英雄气在。同时对误国误民的权势人物，又诸多不满，愤怒指斥。他因此受到秦桧的迫害，1151 年，他 43 岁时，被削籍下狱，著作也被查抄，但看他后来的表现，他纵被削籍也不屈服，纵然下狱也不屈服。秦桧死后，他重游旧地，情绪依然。1161 年，壮志未酬，客死他乡。这时候，朝廷中又有些抗金的气氛了，他也被赠正议大夫。

张元幹好读书，尤其喜欢韩愈的文章和杜甫的诗作，这与他一生行止都有内在联系。他本人能文也能诗，例如他的诗作《潇湘图》，虽不似他的词作那样有名，却也视野开阔，意境感人。很多诗作与他的词作一样，“大节耻和戎”，悲愤有余哀。其诗云：

落日孤烟过洞庭，
黄陵祠畔白蘋汀。
欲知万里苍梧眼，
泪尽君山一点青。

但最重要的文学成就，还是他的词。他有《芦川词》传世。

张元幹词，以他的两首《贺新郎》名气最大，成就也最高。这两首词一首是写给李纲的，一首是赠别胡铨的。他写了第一首《贺新郎》，便因为支持李纲而获罪。但他矢志如此，一有机缘，还要再写，而且大笔如椽，竟有横扫天地之势，一忽儿犹豫也无，一点儿畏惧也无。于是又有了第二首《贺新郎》。

这词的背景是胡铨上书赵构，请求斩秦桧等辈以谢天下。结果触到赵构痛处，大怒之下，将胡铨发往新州（今广东省新兴）编管。张元幹闻知此事，不顾个人安危，作此词为胡铨壮行。其词曰：

梦绕神州路。怅秋风、连营画角，故宫《离黍》。底事昆仑倾砥柱，九地黄流乱注？聚万落千村狐兔。天意从来高难问，况人情易老悲难诉，更南浦，送君去。　　凉生岸柳催残暑。耿斜河，疏星淡月，断云微度。万里江山知何处？回首对床夜语。雁不到，书成谁与？目尽青天怀今古，肯儿曹恩怨相尔汝！举大白，听《金缕》。

劈头一句“梦绕神州路”，写的是他们对中原失地的深切怀念。这第一句就为全词定下了基调。烈士怀情，怒而发之方成此正声。接着写“怅秋风，连营画角，故宫《离黍》”。然而，秋风之下，故土安在？南宋政权表面上整军备，吹号角，实际上对那失去的土地，却是无心过问——昔日汴京，已成故宫，尽作禾黍离离之地。此情何堪，此景何堪，于是愤而问道：“底事昆仑倾砥柱，九地黄流乱注？”底事——为什么，为什么如昆仑天柱一般的黄河，竟然如此结果：轰然倾颓，浊水横流。然而，你问谁呢？问胡铨，不对，胡铨就为这触怒了皇帝；问百姓，也不对，百姓们正是“人同此心，心同此理”，无须问他们，问他们也没有用处。那么，问“天”如何？可叹的是“天意从来高难问，况人情，老易悲难诉”。“天高皇帝远”，你又怎么问得到哦！更何况，如今老矣，无能为矣。虽有满怀忠贞，亦是难言。自己能做的，也只是“更南浦，送君去”。

换头。先是一平一荡。“凉生岸柳催残暑，”写的只是秋景，好像没有什么大意象，这是一平。“耿斜河，疏星淡月，断云微度”，写的又是秋景，只是写得细了，这是一荡，似乎也没有什么大意象。然而，不是的。天是如此，地是如此，星是如此，月是如此，那江山呢？——“万里江山知何处”？这一句，如鹤冲天，拔地而起。且上阕之问，是虽有万千悲愤，只是没有问处；此处之问，却是江山万里，正气难存。想到被贬的胡铨，他会怎么样呢？作者所能做的，也只是夜语临床——“回首对床夜语”。意欲写一封信表表情怀，但那是连雁都飞不到的地方，这信又如何寄——“雁不到，书成谁与”？于是愤然想到——“目尽青天怀今古，肯儿曹恩怨相尔汝？”看看古今天下之事，一时悲自中来，愤自中来，情自中来，又岂肯作小儿女般的悲欢情状！想到此，慷慨悲歌之心潮又起，于是“举大白，听《金缕》”。酒来痛饮，情至高歌，而歌唱的不是别个，就是这也曾为自己招惹祸端的《金缕曲》——《贺新郎》。

这词端的是好。难怪《四库全书提要》要评价说：“慷慨悲歌，数百年后，尚想其抑塞磊落之气”。

张元幹词达到这样的水平，证明宋代豪放志士之词已进入成熟的意境。

张元幹性情开朗，虽累遭挫折，不曾灰心，也没有衰迈之态。他有一首《菩萨蛮》，写自己心态情志，生动感人。

春来春去催人老。老夫争肯输年少。醉后少年狂。白髭殊未妨。
插花还起舞。管领风光处。把酒共留春，莫教花笑人。

他的词，也有写得明丽活泼的，所以毛晋在为他的词集作跋时也曾说："人称其长于悲愤，及读《花庵》，《草堂》所选，又极妖秀之致，真堪与《片玉》《白石》并垂不朽"。

这么说，有点过。但他确有一些婉丽如春的好词，如《卜算子·风露湿行云》《浣溪沙·武林送李似表》等，从中可以看出，这位悲情无限的大丈夫，也有儿女情长之日，柔情似水之时，且听他一阕《春光好》：

寒食尽，踏青时。画堂西。可是春来偏倦绣，乍生儿。
香绵轻拂胭脂。加文裓、初试班衣。诮没工夫存问我，且怜伊。

第六节　救国词人与亡国词人

救国词人中，最著名的当属岳飞和四名臣：李纲、李光、赵鼎与胡铨。但当时的爱国志士词人，并不限于这几位名闻遐迩的人物，如李弥远、王以宁、叶梦得、陈克、向子諲以及虽未临阵杀敌，却出使金邦被扣 15 年而气节不亏的洪皓等。因为本书结构等原因，有几位词人已经介绍过了。

他们的共同特点，是保卫国家，忠于王室，出生入死，困而弥坚。他们不但英气勃发，也有文章、诗、词传播于世，更有壮行奇志留存人间。

他们的词，因人而名；人，又因词而名；二者比较，更重要的还是他们的英雄业绩。只要中华民族不亡，他们便决然青史长存，只要人类尚存，他们便将与各个民族的英雄志士一样，精神永驻，英名永在。

同时，他们又都是受害者，尤其岳飞与四名臣，不惟屡遭陷害，甚至被残酷处死，这更激发了人们对他们的尊敬与怀念，也愈发增加了他们词作的传播力与感染力。

这里分别介绍李纲、赵鼎、岳飞与洪皓。

1. 李纲与赵鼎

李纲（1083–1140），字伯纪，郡武人，今属福建省。他是北宋末年最有声望的抗金名相。然而，在那个可鄙、可厌、可仇、可恨的宋徽宗、宋高宗时代，他几乎没有得到过一天信任。

他 1112 年进士，1126 年授兵部侍郎、尚书右丞。靖康年春，金兵入侵围攻汴京，他临危受命为亲征行营使，直接指挥了汴京保卫战。他积极防御、运筹得当，不顾安危，亲自督战，体现了一位文武全才的指挥官的品行与谋略。金人无隙可乘，只好罢兵。依常理论，他作为抗敌功臣，本应受到嘉奖，但昏庸的宋钦宗反而听信谗言，认为是他坏了事，不但不奖，反而被贬。李纲被贬，正所谓亲者痛而仇者快。金兵很快卷土重来，便一举灭亡了北宋，将徽、钦二帝俘虏到北方去了。赵构继位后，迫于形势拜李纲为相，但他在这个位子上只坐了75天，便罢相而去。以后，再也没有得到重用。但他矢志如初，不断上书皇帝，反对议和，要求收复失地。这些意见，如石沉大海，没有一件被赵构采用的。

李纲留下的词作不多，但影响颇大。他的词风大气磅礴，且慷慨有悲声，尤其“咏史”七首，借古喻今，以古讽今，情感激昂，头头是道，最为世人称快。这里选他一首《念奴娇·汉武巡方朔》。词云：

茂陵仙客，算真是、天与雄才宏略。猎取天骄驰卫霍，如使鹰鹯驱雀。鏖战皋兰，犁庭龙碛，饮至行勋爵。中华强盛，坐令夷狄衰弱。

追想当日巡行，勒兵十万骑，横临边朔。亲总貔貅谈笑看，黠虏心惊胆落。寄语单于，两君相见，何苦逃沙漠。英风如在，卓然千古高著。

这风格尤其这内容，令人喜，令人奋，令人快。中国古来，唯秦皇、汉武，最是雄才大略。然而大宋王朝的头头们，哪里有这样的气魄和才能。虽然气魄与才能全无，却一贯自以为是，他们以为自己就是汉武帝，可以身居长安，指挥千军万马越沙漠，逐匈奴，遗憾的是，他们不是汉武帝。他们以为自己纵非汉武帝，也是张子房，可以“运筹帷幄之中，决胜千里之外”，遗憾的是，他们也不是张子房。他们是“运筹殿堂之上，决败须臾之间”。最后，连自己是谁都不知道了。

李纲的词，珍贵在有气势，有雄威。在那般时候，凡仁人志士，看到这样的词，怎能不扼腕，怎能不下泪。

赵鼎（1085–1147），字元镇，号得全居士，解州闻喜人，今属山西省。1106年，年方22岁即考中进士。他在北宋时期，默默无闻。靖康初，作为李纲的下属，他是积极主张参战的官员之一。南渡之后，尤其以主战派闻名。他与李纲，虽然都做过宰相，却没有几天好日子过，倒是在金王朝那一边，威信不低。每有宋使赴燕山，金人必问李纲、赵鼎在否？历史便以这样的方式表达了对这些忠臣良将的重视与尊敬。但随着秦桧的日益受宠，他的相位已岌岌可危。加上他坚决不改变自己的主战主张，更引起赵构的不满，1138 年终因反对和议而罢相。先被贬谪到潮州，后又移送至吉阳军——今海南厓县——编管，到这时，秦桧还放不过他。他不甘屈辱，绝食而死，死时华龄 63 岁。

赵鼎的词作才能比较突出，《全宋词》收其词 45 首。他的词作不仅慷慨豪放而已。他被贬谪后，报国之心愈热，孤独之情愈重。他本胸怀大志之人，在那样的皇帝手下做宰相，不仅兢兢业业，而且无比繁难，不想被无端陷害，有多少感喟压在头上。报国终日无门，迫害则日甚一日，他的痛苦无以言之，化为词作，不觉转感慨为悲凉，又变悲凉为凄苦。这一方面说明词人的表现力确实高超，另一方面也说明，一个人的心的改变会影响他原有的风格的。

他最享盛名的词，乃是那首《满江红》：

惨结秋阴，西风送，霏霏雨湿。凄望眼、征鸿几字，暮投沙碛。试问乡关何处是，水云浩荡迷南北。但一抹、寒青有无中，遥山色。

天涯路，江上客。肠欲断，头应白。空搔首兴叹，暮年离隔。须信道消忧除是酒，奈酒行有尽情无极。便挽取、长江入尊罍，浇胸臆。

他遭贬谪之后，有一阕《贺圣朝》写得也有意境，却另是一种风采。那悲愤烦乱的心像，昭然若透纸背。词云：

征鞍南去天涯路。青山无数。更堪月下子规啼，向深山深处。

凄然推枕，难寻新梦，忍听伊言语。更阑人静一声声，道不如归去。

这词的第一句就写“征鞍南去天涯路”。试想敌人在北，国仇家恨在北，词人却征鞍南去，是何道理。个中曲直，一见而明。然而，一路听来的都是子规的啼声。他不要听这啼声，因为他不仅离家愈去愈远，而且报国云云，也将永无来日。

最令人凄然下泪的，还是他的《花心动・偶居杭州七宝山国清寺冬夜作》，特别那下半阕，最不堪听。其词曰：

西北欃枪未灭。千万乡关，梦遥吴越。慨念少年，横槊风流，醉胆海涵天阔。

老来身世疏篷底，忍憔悴、看人颜色。更何似，归欤枕流漱石。

中国人一旦被罢了官，就不再有人格；一旦被定了罪，索性就不是人了。君不闻太史公所谓“见狱卒则以头抢地”之言乎？忠良至此，感慨何如！

所以，赵鼎选择了自尽的路，但他并不屈服。他死前也曾亲书铭旌曰：“身骑箕尾归天上，气作山河壮本朝”。

3. 岳飞

岳飞是我们中华民族知名度最高的历史人物之一，也是中国传统文化中最伟大的英雄人物之一。宋之后的数百年间，他的庙宇几乎遍天下。足见中国老可姓对他的推崇与厚爱。但他是一个悲剧性人物，因为他虽身经百战，没有死在疆场，却死在他所忠于的皇帝手上。

岳飞（1103–1141），字鹏举，相州汤阴人，今属河南省。他的事迹几乎国人皆知。关于他贫寒的家世，关于他力大无穷和高超的武艺，关于他龙飞凤舞别具一格的书法，关于他母亲给他背上的刺字，关于他所统帅军队的能征惯战与纪律严明，关于岳家军的深入人心，关于他对儿子岳云严格到不合情理的要求，关于他收复失地的无比决心，关于他对宋王室的忠贞不贰，关于朱仙镇大捷，关于“撼山易，撼岳家军难”的兵声与民声，几近乎尽人皆有所闻。我这里再补充二点：一是杨再兴归顺之前，曾与他恶战，并杀死了他弟弟岳翻，后来杨再兴归诚，他不计前嫌，给了杨以充分的信任。二是他和儿子岳云，部将张宪惨遭冤狱后，岳云提出越狱，他不同意。他们并非没有越狱的可能，但他忠于王室，一定要做到十分清白，不肯留下半点狐疑。

但就是这样一名大将，这样一位忠心耿耿的臣子，到头来，竟被以“莫须有”的罪名处死。原判并没有要求岳云死刑，黑心的赵构大笔一挥，岳云、张宪也被一同处死。

这样没有廉耻的皇帝与这样忠贞至死的臣子，留给后人的是一个永远也讲不完的悲情话题。这个且不说，只说岳飞文武全才，他的军队是当时宋军中打胜仗最多的军队，他本人也是最有才能与威望的指挥官。他原来出身步卒，凭军功累迁至统制，授清远军节度使，平定杨么的农民起义，进为检校少保，直到任枢密副使，没有别的原因，只是他功劳大。他的文章亦非常之好，那风格近乎魏武之文。他一生留下三首词，但那影响不是寻常三十首、三百首词可以比拟的。他的这三首词，尤其是那首享盛名于千古华夏的《满江红》，实非用笔写出，而是由生命写成的。

怒发冲冠，凭栏处，潇潇雨歇。抬望眼，仰天长啸，壮怀激烈。三十功名尘与土，八千里路云和月。莫等闲、白了少年头，空悲切。

靖康耻，犹未雪；臣子恨，何时灭。驾长车，踏破贺兰山缺。壮士饥餐胡虏肉，笑谈渴饮匈奴血。待从头，收拾旧山河，朝天阙。

这首词曾被人题为伪作，经专家明辨，已然明珠归于故主。

岳飞的另外两首词也很有特点。他的另一首《满江红》，虽不似上一首那么出名出色，一样风激雨骤，赤心甘胆，一样的信心百倍，浩气长歌。还有一首《小重山》，词风有异，但那情那志，与这两首《满江红》也是一脉相通的。其词云：

昨夜寒蛩不住鸣。惊回千里梦，已三更。起来独自绕阶行。人悄悄，帘外月胧明。

白首为功名。旧山松竹老，阻归程。欲将心事付瑶琴。知音少，弦断有谁听。

词中表现的无奈，正是宋代一切爱国者的共同心声。

4. 洪皓

洪皓是一位文臣，但首先是一位节臣。他的使臣气节不仅在宋代出类拔萃，方之于汉时的苏武，也可以相提并论。

洪皓（1088–1155），字光弼，鄱阳人，今属江西省。他1115年进士，也算年轻有为。他平生第一件得意事，是任秀州司录期间，境内大水，民不聊生。他冒着被杀头的危险截留下纲运粮米以救济灾民。因而被州中百姓呼为“洪佛子”。

洪皓一生最感人的事迹，是自1129年出使金邦，被金人羁留15年，此间，他不但不屈不挠，还伺机送情报回，直到1143年始放归。这样的忠臣节士，理所当然该得到嘉奖和最好的国士待遇。然而宋王朝，非但没有给他任何良好的报酬与待遇，反而因为他与秦桧——本质上是与赵构意见不和，而一再被排斥，被贬谪，被流放。并在流放地英州（今广东英德）滞留九年之久，才得以向内地转移，走到南雄时，弃世而去。

洪皓，以诗文著名。因为他特殊的经历，他的诗尤其九折而不回，最感人也最具精神品位。他的词作亦有特点，虽不算词作大家，却是词作专门家。他的专，是专在词的内容上，他流传至今的21首词中，有三分之一为咏梅词。洪皓咏梅，资格具备，因为他本人的经历与品节已经证明，他就是人类大花园中的一株傲雪梅花。其中一首《减字木兰花》这样写道：

蜂房余液。写就南枝凌正色。折干垂芳。点缀如生秘暗香。寿阳妆样。纤手拈来簪髻上。恍若还家，暂睹真花压百花。

他的《江梅引》尤其著名，其有小引，乃珍贵的史料。其第三首《怜落梅》云：

重闺佳丽最怜梅。牖春开。学妆来。争粉翻光、何遽落梳台。笑坐雕鞍歌古曲，催玉柱，金卮满，劝阿谁。

贪为结子藏暗蕊。敛蛾眉，隔千里。旧时罗绮。已零散、沈谢双飞。不见娇姿、真悔著单衣。若非和羹休讶晚，堕烟雨，任春风，片片吹。

正所谓，好将梅花比节士，迎风迎雨香犹在。

谈罢救国词人，还想用点篇幅，说说亡国词人。亡国词人中，最有资格作代表的是宋徽宗，虽然表现最坏的还不是他，但只有他词作水平高，那么让他当代表，也算没有埋没人才。其余还有几位谗媚之臣，如康与之、曹勋、曾觌、张抡等。这几位之间，也有参差之别，有的心术不正，有的作风更歪，有的则只是明哲保身而已。但他们多数长寿，而且一向受宠。他们有的身居相位，有的身为重臣，但既不关心收复失地，也不关心国家兴亡，他们的心思只在皇帝一人身上，怕皇帝发愁，讨皇帝喜欢。其目的，说到底，还是为了自己好。这些人不像秦桧那么坏，但也绝对算不上儒学君子，往好是说，只是弄臣，严格一点，就有为虎作伥之嫌。他们惯以别人——当然皇帝除外——的痛苦为乐，而且特别具有化悲剧为闹剧的天才。这些人并非没有是非之心，也并非没有做过一件两件好事情，但他们最擅长的，还是见风使舵。而且他们也确实有些才干。他们不仅个个是词中能手，而且才思敏捷，便宜如流。他们即以这样的手段赢得皇帝的欢心，从而，也为自己颁发了一枚弄臣的奖章。这几个人之外，还有一位史浩，说他是佞臣，冤枉他了；说他是弄臣，也不似的；确切地说，他是一位庸臣，他善作颂词，词作也多，而且有正面表现。那么，就从他说起。

5. 史浩

史浩（1106–1194），字直翁，号真隐居士，明州鄞县人，今属浙江宁波。《全宋词》收他的词达 182 首之多。他一生中做得最得意的一件事就是替赵鼎、李光、岳飞首倡申冤。

他官位高，享寿长，活了 89 岁，以太保致仕，封魏国公，谥忠定。与岳飞及四名臣的遭遇相比，可说有天壤之别。他有词才，而且能作大曲，这一点与欧阳修、赵令畤、曾布、董颖颇有相似处。他的大曲，不但有歌词，有乐语，而且各曲词之下，记载歌演之状，“尤为欧、苏、郑、董诸子所未及。”宋词人记载大曲之详，没有超过他的。但他为人平庸，会做官不会做事，所以词作虽多而不彰，各种选本极少选及。这里录他一首《临江仙》：

曾向泗滨浮玉质，也居十二峰前。飞来藓发尚如拳，郁纷因出岫，巧镂是谁镌。

挈榼凭栏成胜赏，老大亦自颓然。坐疑霭霭上瑶天。已是苏旱雨，却放老龙眠。

其余曹勋、张抡、曾觌等，大略如此，不叙。这里讨论几句赵佶与康与之。

6. 赵佶

赵佶（1082–1135），他是宋神宗第十一个儿子。哲宋去世，没有子嗣，他得以继承圣位。据说商议皇位继承人时，独章惇表示反对，大声说："赵佶轻佻。"但这意见没被采纳，这轻佻的赵佶便成了皇帝。

他其实是个大才子。他不仅词作得好，画也画得好，书法同样出色，而且创造了瘦金体。他还是出名的玩家，《水浒传》先写高俅，后写赵佶，然后写梁山好汉，照金圣叹的评点，即"乱自上始"。那高俅与他的关系，就出在"玩"上，高俅擅长踢球，合他的意，就成了高太尉。

他实在是一位最会享乐的皇帝，又是一位奢华无度的皇帝，也是一位最具艺术天才的皇帝，还是一位与道教关系很深的皇帝，却又是一个最平庸最没有政治见解最缺少做皇帝的起码素质的皇帝。结果不但害了大宋王朝，他本人也成为中国历史上最倒霉的皇帝之一：被俘被辱，打在四国城，连狗都不如。而他的生命力是如此顽强，又整整熬了八年，才愧别人世。他的词作中有一首《宴山亭》，乃被俘北去时见杏花所作，名头甚是响亮。

裁剪冰绡，轻叠数重，淡著胭脂匀注。新样靓妆，艳溢香融，羞杀蕊珠宫女。易得凋零，更多少无情风雨！愁苦，问院落凄凉，几番春暮？

凭寄离恨重重，这双燕何曾、会人言语？天遥地远，万水千山，知他故宫何处？怎不思量，除梦里有时曾去。无据，和梦也新来不做！

这词章不唯结构好，比喻好，色彩好，而且字好，句好，音韵也好。不但写得雅，尤其写得深；虽然写得深，却又写得美；虽然写得美，复又真情实感，有无限眷念凄凉之意；虽然有无限眷念凄凉之意，又不失作者的本来面目；虽不失作者人本来面目，那种无边哀婉的意境与幽怨，纵然铁石心肠，犹然不忍卒闻。一词而具数品，端的十分难得。

他留下的其余十多首词，水平也不错，但均不及此。

7. 康与之

康与之是个大佞人。他字伯可，号顺庵，洛阳人，生卒年月无可考。

康与之一生劣迹斑斑。但他也是有个“出身”的。他初见赵构，便献上“中兴十策”。也曾名动一时。然而其所作所为，丑了。他早年管理杭州太和楼酒库，为了给他的一个歌伎相好买饰物而监守自盗，被免了官。后来，与常同作邻居，痛说自己无钱赡养老母。常同同情他，为他想办法，每月支给他缗钱 3 万供他养母之用。但他只是自己享乐，骗钱而已，根本不管母亲。常同知道了，把钱直接给他母亲，他只好悻悻而去。后来，他“吉星”高照，“照”见了秦桧；于是谗事秦桧，是秦桧十门客之一。后来又得到赵构的赏识，他又谄事赵构。在构、桧面前，他真正如鱼得水。虽人品低劣、但才思敏捷，而且极有词才。使用歌词讨好奸人，是他最拿手的事。但也因此名声极坏。秦桧一死，他的靠山没了，被发放到钦州编管。但他还不老实，又因为与士人交争，移到雷州编管。未久，干脆送新城牢营中去了。想来这牢营可不是什么好地方，凡看过《水浒传》的读者，一定对那地方有深刻印象，不知康与之到后，究竟作何生理。

但他确是一个惊人的词才。所以尽管他人品低劣不足挂齿，很多宋词选本还是忍不住要选他的词，很多词话还是忍不住要评论到他。这个不说，单他词的风格就非一般词家可比。宋词流派中，有一个专用名词叫作“康辛”，辛代表辛弃疾，那个康字代表的就是他；宋词专用词中，又有一个名词叫“康柳”，柳字代表柳永，那个康字代表的还是他。他一个人可以与辛、柳两大词家并列，真的有些不可思议。然而，不仅如此，他还是俳谐体的重要代表作家，虽无康曹之说，他作品的水准亦不在曹组之下。

他有几首怀古词，如《诉衷情令·长安怀古》《菩萨蛮令·长安怀古》与同令“金陵怀古”，都写得很有气象，不说豪放，至少是风格迥远，别有天地。他的另一首《诉衷情令》，为读东坡诗作，风调也不一般：

郁孤台上立多时。烟晚暮云低。山川城郭良是，回首昔人非。今古事，只堪悲。此心知。一尊芳酒，慷慨悲歌，月堕人归。

他也善写俳谐体,《全宋词》收集的他的第一首词,即是一篇通俗之作,寄调《望江南》:

重阳日,四面雨垂垂。戏马台前泥拍肚,龙山路上水平脐。渰浸倒东篱。

茱萸胖,黄菊湿斖斖。落帽孟嘉寻箬笠,漉巾陶令买蓑衣。都道不如归。

他的《长相思·游西湖》,则写得十分清丽而又活泼。

南高峰,北高峰,一片湖光烟霭中。春来愁杀侬。

郎意浓,妾意浓,油壁车轻郎马骢。相逢九里松。

康与之这一辈子,也真能写。但写到《满江红·杜鹃》时,味道变了。这一回真的有点"哀婉凄情不置"的意思了。然而,有什么办法!虽然"哀婉凄情不置"也只能是"哀婉凄情不置"了。但以词论词,确是佳作。

恼杀行人,东风里,为谁啼血?正青春未老,流莺方歇。蝴蝶枕前颠倒梦,杏花枝上朦胧月。问天涯、何事苦关情,思离别。

声一唤,肠千结。闽岭外,江南陌。正长堤杨柳,翠条堪折。镇日叮咛千百遍,只将一句频频说。道不如归去不如归,伤情切。

第五章

宋词的狂放期

这个时期也可以命名为：第四乐章，快板——豪放与激越共鸣。

这时期介绍的是靖康之变前后尤其是其后出生的词人。

就词的本性而言，它不是狂放的。词属于美文，而且是美文中尤美者也。当然，美人狂放，别是一种风采。如同花木兰从军，或者穆桂英挂帅一样。

词进入狂放期，是有条件的。从宋词第三个阶段的情况看，它的未来原本有多种可能性。它可能继续婉约，也可能走向通俗，还可能恋栈山林，自然也可能走向豪放、狂放。假如没有靖康之难，它就不会走向狂放，至少不会那么迅速地走向狂放。

然而，历史是不能假设的。你假设靖康之难没有发生，但它发生了。于是词的狂放期便由一种可能性变成了现实性。

中国有句古话，时势造英雄，英雄造时势。没有时势，英雄无用武之地。用现在的话讲，就是没有平台，平台都没有，英雄安在！但没有英雄也不行。虽然历史的责任，历史一定会完成，而且创造英雄本身也是历史的一种责任。英雄出世，如同“昆仑出世”。因为有了这英雄，才能“安得倚天抽宝剑，把汝裁为三截”。否则，宝剑没有主人，纵然干将、莫邪重现，也将徒唤奈何、奈何！

但南宋这个时期，却另有奇异在。从政治这个层次看，它属于时势既不能造英雄，英雄也不能造时势。此无它，因为这个时期的最高统治者——宋高宗赵构和他的心腹小圈子，全是一些没有志气，没有良心，没有责任，没有气节，没有理想，心里眼里更没有百姓的一伙小人。他们不要迎“二圣”还朝，“二圣”回来他赵构怎么办？他们也不要恢复故土，万一恢复故土不成，再成了俘虏怎么办？他们更不要听一切关于打仗的言论，这言论若是出于能征惯战的将军，他们的办法就是杀。有理由，杀；没有理由，想个理由，也杀；连半个理由都想不出来，弄个“莫须有”的理由，还是杀。对于文臣，犟的，不识时务——不识抬举的，杀；实在无须杀的，贬。杀人灭口，让你说不成话，贬去边荒，让你说了也没人听。在这样的条件下，时势无法造英雄，——有英雄也给贬了，杀了。英雄更无法造时势，英雄都成了无头鬼魂，他如何去造时势。

这个时代不能造英雄，只会毁坏英雄，但国难当头，英雄辈出，是一时之间杀不完的。于是英雄愤懑，化为文学，就成了诗的主调，词的主调。

或许可以这么说，这个时期固然没有出现时势造英雄、英雄造时势的局面，却出现了时势造词人、词人造词势的局面。这么说都不够恳切，应该是时势造英雄词人、英雄词人造英雄词势的狂放时期。虽然狂放并非词的本性，但事到其间，不狂不可，不放亦不可也。

此时的词人——靖康以来的词人，在早期，是以岳飞与四名臣为旗帜的，代表着民心、军心、士心，代表着民族的希望。当权者们，尽可以打他们，压他们，贬他们，杀他们，然而，这分明是一股威力巨大的井喷，打是打不死的，压也压不住的，贬也是贬不尽的，杀又是杀不绝的。岳飞虽死，同道者犹存，于是前赴后继，潮起潮落，大约持续了两代人的时间。鲁迅先生曾有过中国脊梁的比喻，这些词人既是中国脊梁的一部分，又是中国脊梁的歌咏者与代言人。

但是，尽管这个时期的词家已进入狂放时期，但其背景与底色依然是悲剧性的。大敌当前，最怕的就是苟且偷安，偏偏当权者渴望的就是苟且偷生。彼时词人纵然想不成为这场悲剧中的角色，亦不可得也。

然而，也算一个文学机遇，人们既不能有真的现实的希望，于是转而为词，便作豪放之歌。

兴盛强大的时代，不是这样的。汉武帝时代不是这样，李世民时代不是这样，连赵匡胤的时代都不是这样，就算朱元璋的时代也不是这样。

于是一切爱国文人的豪情激情仇恨怨恨都进入到诗里词里去了。这个时候的词，充满了内在与外在的张力，它纵然不想豪放都不可以。这是一个悲情时代发出的豪放激越之声，当连这声音都消沉衰微下去的时候。这王朝也就死定了。而为它作挽歌的，犹然是发出天鹅般绝唱的烈士与诗人文天祥。

就这一时期词的源流来看，至少包括这样两个方面：

一是东坡词的范式作用。东坡词虽然异军突起，但一直后继乏人。到了此时，终于有了它发挥能动力量的时段。实际上，任何一种文学或文化事物的升达，都需要一种形式作榜样。因此故，才会有唐代古文运动，才会有唐宋八大家。东坡词的范式作用，在他本人的时代，有点高不可及，但到此时此刻，却又恰逢其时。

二是岳飞、张元幹乃至四名臣等词人的拉动作用。既有前锋，必有来者，前者莘莘，后有昭昭，二者合一，终于成为新的词风时代的先导与巨大的推进力量。所以，文学史家说辛词源于苏词，也算言之有据。

第一节　张孝祥、陆游及相关词人

豪放派词人中，张孝祥、陆游都是重量级人物。虽享寿不齐，可谓一老一少，两类英杰。词风也略有别，但爱国之心，卫国之志是一样的。与他们同时代或稍后的爱国豪放词人还有袁去华、韩元吉等，他们与陆游、辛弃疾、张浚、陈亮、叶梦得、杨万里等或多或少均有唱和之作。

1. 袁去华与韩元吉

袁去华，字宣卿，豫章奉新人，今属江西省，生卒年难于确考。他1145年进士，少年立志，收复故土，中年居官，心存百姓；是一位正直又富于爱国情怀的早期豪放派词人。他的词风在张孝祥与辛弃疾之间，不似孝祥词之激越，也不似稼轩词之博大。他词作多且内容丰富，风格也算多样，但主调是豪放。此处举一首《水调歌头·定王台》：

雄跨洞庭野，楚望古湘州。何王台殿，危基百尺自西刘。尚想霓旌千骑，依约入云歌吹，屈指几经秋。叹息繁华地，兴废两悠悠。

登临处，乔木老，大江流。书生报国无地，空白九分头。一夜寒生关塞，万里云埋陵阙，耿耿恨难休。徒倚霜风里，落日伴人愁。

词风豪放，不让张、陆；沉郁之气，有如稼轩。

他不但能豪放，而且能婉约，才女之情，时有流露；书生之气，自在词中。如他的《蓦山溪》，写得很有情调：

蕊珠宫阙，西帝陈嫔御。语笑梦中香，叹罗浮、几番春暮。江南岁晚，垂地冻云黄，修竹外，一枝斜，流水桥边路。

小桃半吐。羞得无藏处。不怕雪霜欺，最难禁、豪风横雨。当年诗兴，犹自记扬州。今老矣，客天涯，还记何郎否。

唯有那思乡情怀，永不能已。

韩元吉（1118–1187），字无咎，号南涧，开封雍丘人，今属河南省杞县。

韩元吉出身世家，为北宋门下侍郎韩维四世孙。他早年多做地方官，也曾出使过金国。他的见解为朝廷赏识，所以官运顺利。淳熙五年，除龙图阁学士，以后晋封颍州郡公。这样的结果在豪放一派词人中实属罕见。但他爱国之情不逊他人，报国之志随处可见。他读书多，学识广，词风不以激越见长，但以深情持重为主，时有悲凉凄切之音。且平生喜交游，与叶梦得、陆游、张孝祥、辛弃疾、陈亮等豪放派代表性词人均有唱和。他对自己的词作要求甚严，自谓“有未免于俗者，取而焚之”。他所谓的“俗”作，主要指艳词与通俗词作。可见在这一方面，他也是一位能家。他官位高，仕途顺，但报国情热，常处于无奈之中，又不免情怀伤感，凄然痛切之情自心底而生。此处是举他一首《好事近》：

凝碧旧地头，一听管弦凄切。多少梨园声住，总不堪华发。杏花无处避春愁，也傍野烟发。惟有御沟声断，似知人呜咽。

他虽然不喜欢艳词，却是艳词高手，一时写得性起，便见艳艳情来。如他的《清平乐》：

明珠翠羽，小绾同心缕。好去吴松江上路，寄与双鱼尺素。
兰桡飞取归来，愁眉待得伊开。相见嫣然一笑，眼波先入郎怀。

可见他的内心是矛盾的，韩元吉的词作生涯说明，彼时彼地但能良心未泯，必有复土情怀。

2. 张孝祥其人

张孝祥至少是一位英才。从他所具备的种种条件看，他本当是一个非常幸运的人，高才远举，应该是意料之中的事，并且无须婉转，指日可待。

首先，他本人条件极好。《宋史》说他："读书一过目不忘，下笔顷刻数千言。"[①]16 岁时，"领乡书，再举冠里选。"[②]虽然传统史家之言，往往简易不作举证，但能有这样评价的人物，确也不多，喻为神童，亦不为过。

其次，他家学渊博，所来有自。他的七世祖是唐代杰出的诗人张籍，他父亲张祁，亦颇有才名。当然不是说，生在书香之家，必成书香子弟，但那环境很好，自然有利于成长。

再次，他少年得志。一些人小时了了，大未必佳。他不但幼年即有慧声，年方 23 岁，便廷试擢进士第一。

又次，他才华卓异，几近"无体不备"。文章好，诗作好，词作好，书法也好，彼时一个官场中的年轻人所需要的文化素质，他已经无所不备。

他的文章，有如他的性格，不但写得快，而且风格突出，特色鲜明。谢尧仁为他的文集作序，说他文章"如大海之起涛澜，泰山之腾云气，倏散倏聚，倏明倏暗，虽千变万化，未易诘其端而寻其所穷。"[③]这评价可能有些诗化。在我看来，他的文章，勃勃有英气，这合乎他的年龄；耿耿有正气，这合乎他的品性；跌宕变化有浩然旋腾之气，这合乎他的志向。

他文章很好，书法更好。他上书皇帝，赵构看了他的字，都称赞说："将来一定成名于世。"[④]赵构虽小人一流，但在书法鉴赏方面，不是外行。

他的诗亦很有水准，评论者认为属于"气势雄丽"这一种风格。但我看他的诗，未止于"气势雄丽"而已。他有一首《大麦行》，表现农民的苦状，朴实无华，字字带血，若非仁者之心，其何以为？其诗云：

---

① （元）脱脱等撰：《宋史》（第 34 册），中华书局，1985 年，第 11942 页。

② 同上。

③ 孙旺，常国武主编：《宋代文学史》（上册），人民文学出版社，1996 年，第 32 页。

④ 同①，第 11944 页。

大麦半枯白浮沉，
小麦刺水铺绿针。
山边老农望麦熟，
出门见水放声哭。
去年泠泠九月雨，
秋苗不收一粒谷。
只今米价贵如玉，
并日举家才食粥。
小儿索饭门前啼，
大儿虽瘦把锄犁。
晴时种麦耕荒垅，
正好下秧无稻畦。

复次，他有行政才能，又早为人知。

他的行政才能，很是出色。他做平江知府时，积案很多，他一一剖决，做到了“庭无滞讼”，拖办的案子一个也没了。这样的效率，直到今天，都带有传奇性质。当地盗贼横行，民不聊生，他严加捕治，社情得以安定，并得到很多粮食。第二年遇到大灾，他就用这些粮食救济了灾民。

他做潭州知府时，“为政简易，时以威济之。湖南遂以无事。”[①]他做广南西路经略安抚使，也是“治有声绩”。[②]这样一位能干的年轻官吏，原本可以为将为相的，他有这潜质。

他也不是无人援引。相反，从宋高宗起，发现他才能的即未止一人，而且都是高官显要。他廷试第一名，即赵构亲点，有这样的条件，还愁没有前程吗？

然而张孝祥的一生绝不顺利。在他短短的 38 虚岁的生命历程中，——如果从中进士算起，只有 15 年时间，他至少经历了 3 次大的挫折与伤害。

第一次，因为赵构亲点他廷试第一，而得罪了秦桧。他中状元，为什

① （元）脱脱等撰：《宋史》（第 34 册），中华书局，1985 年，第 11942–11943 页。
② 同上。

么会开罪秦桧？因为秦桧的孙子与他同考，本来已初定为第一名。赵构一看那文章，多是秦桧式语言，不高兴，就把他和张孝祥换了位次。这一下，秦桧急了，他是赵构的一条狗，狗不能咬主子，于是把怨气转移到张孝祥身上，而且牵连了孝祥的父亲，使人诬其谋反，直到秦桧死了，这问题才得以解决。对张孝祥的使用也违反常例，直到他中"状元"一年后，才得为秘书省正字。

第二次挫折与伤害，出于党争。他考中进士，出自宰相汤思退之门。汤思退属于主和派，但对张孝祥很是器重。后来张浚进京，一力主战，——那已是宋孝宗当政了。他得遇张浚，又被张浚赏识并推荐于朝廷。这一来，汤思退不高兴了。结果他夹在中间，三弄两不弄，被劾落职。

第三次挫折与伤害，则直接与主战有关。志士主战。本是正理，官员主战，更是题中应有之义。但南宋的朝政格局，根本就不是为作战准备的。所以但有胜仗，必是守中取胜，只要以主动姿态出现，几乎有战必败，张浚自然不能脱离此规律。张浚败了，他又被革职。

所以张孝祥虽为英才，却这样颠三倒四，使他有才难举，有志难伸。于是不平之气化为词作，便有了他的那些流传千古的豪放之声。

张孝祥生于公元1132年，字安国，人称于湖先生。历阳人。今属安徽省和县。宋高宗时，历官秘书省正字，权中书舍人，抚州知府。宋孝宗时，历官平江知府，除中书舍人，直学士院，兼都督府参赞军事，领建康留守，又做静江知府、潭州知府，移荆南湖北路安抚史。1169年卒，享年38岁。

3. 张孝祥词的艺术成就

豪放派词不易展开，因为它格调比较单一。优点在于黄钟大吕，缺点也在黄钟大吕。但自张孝祥起，却把豪放词从各个层面，一一拓展，虽为豪放，也有层次，不是一味豪放下去。这里讲他的7首词。

第一首，《六州歌头》。

这一首是张孝祥的代表作，声名远大。其词曰：

长怀望断，关塞莽然平。征尘暗，霜风动，悄边声，黯消凝。追想当年事，殆天数，非人力；洙泗上，弦歌地，亦膻腥。隔水毡乡，落日牛羊下，区脱纵横。看名王宵猎，骑火一川明，笳鼓悲鸣，遣人惊。

念腰间箭、匣中剑，空埃蠹，竟何成！时易失，心徒壮，岁将零，渺神京。干羽方怀远，静烽燧，且休兵。冠盖使，纷驰骛，若为情。闻道中原遗老，常南望，翠葆霓旌。使行人到此，忠愤气填膺，有泪如倾。

这词的特点是象大情切。

做到这一点很不容易，非常不容易。豪放词，最好的境界是大气象。孝祥此词，气象非常大，感情尤其切。而且把景色、仇恨、敌情、我势，壮烈之心，生民之意，交错安置，有声有色。且叙事，且抒情，且讽刺，且追忆，且对白，且旁白，具象概括，细节描绘，种种手段，运用自如。这样的文字，自古以来就不多见；用词作表达，更其罕见。也唯其如此，它才具有特别的感染力。据说，这词是张孝祥于张浚的宴席上所作，词未曾写到一半，张浚便感动百端，“罢席而入”。[①]

第二首，《念奴娇》：

洞庭青草，近中秋、更无一点风色。玉鉴琼田三万顷，著我扁舟一叶。素月分辉，银河共影，表里俱澄澈。悠然心会，妙处难与君说。

应念岭海经年，孤光自照，肝胆皆冰雪。短发萧骚襟袖冷，稳泛沧浪空阔。尽挹西江，细斟北斗，万象为宾客。扣弦独啸，不知今夕何夕。

这词的特点是放达高洁。

此词作于1166年。1165年，他任广南西路经略安抚使，政声很好。但被人背后做了手脚，落职，召还。他自桂林回京，经过洞庭湖时，写下这首词。词的意境高远，衬映了作者的高洁品质。如果用一个字表示，那就是“洁”。

前三句写景，起势安然，从容不迫。第四、五句，笔锋一转，“玉鉴

① （元）脱脱等撰：《宋史》（第34册），中华书局，1985年，第190页。

琼田三万顷”。——三万倾湖面，够大了。然而，依然静洁，它有如玉做的巨镜，又有如琼组成的田野。在这清美的湖面上，一叶小舟坐定了词的主人——“著我扁舟一叶”。接着写“素月分辉，银河共影，表里俱澄澈”。更清美了。在这上下通洁的地方，坐着冰清玉洁的人物。他有什么心思是没有呢？有的，那就是“悠然心会，妙处难与君说”。是呀！如此高洁的人，纵有知音，他会在什么地方呢？

转片。“应念岭海经年，孤光自照，肝胆皆冰雪。”一句回顾，二句洁肝洁胆。“短发萧骚襟袖冷，稳泛沧浪空阔。”背景骤然变大。那么就以江水作酒，以北斗为杯，请宇宙万物为宾客吧！“扣弦独啸，不知今夕何夕。”此句易解，但又难解，它的妙处在于，不解只在心头，一解便成俗物。因为这主人翁实在是孤傲高洁无匹。

第三首，《水调歌头·和庞佑父》

雪洗虏尘静，风约楚云留。何人为写悲壮，吹角古城楼。湖海平生豪气，关塞如今风景，剪烛看吴钩。剩喜燃犀处，骇浪与天浮。

忆当年，周与谢，富春秋，小乔初嫁，香囊未解，勋业故优游。赤壁矶头落照，肥水桥边衰草，渺渺唤人愁。我欲乘风去，击楫誓中流。

这一首的特点是淋漓尽致。

这南宋小政府，实在是太没有气魄了。而一切有志于恢复故土的人士是太渴望一场胜利了。这胜利的信息终于传来——1161 年，虞允文在采石矶击溃金主完颜亮的部队，取得了胜利。

作者的心马上兴奋起来。挥毫作词，词风淋漓，只是极写一个快字。全篇层层叠叠，涌动着快乐之情。一时比喻，一时发问，一时想象，一时感慨，一时回忆，回忆中又有掌故，又有人物，若非胜利，就是喜事。其后，笔锋一趟，归于作者的决心与渴望：“我欲乘风去，击楫誓中流。”这等快情快意快景快事的佳作，大有杜甫“忽闻官军收蓟北”的意象与风格。

第四首，《鹧鸪天·平国弟生日》。

楚楚吾家千里驹。老人心事正关渠。风流合是阶除玉，爱惜真成掌上珠。

纡彩绶，荐芳壶。老人还醉弟兄扶。问将何物为儿寿，付与家传万卷书。

这一首的特点是风光自信。

内容是生日贺词，寿主是他弟弟，但词中主要人物是他父亲。儿子过生日，老人十分高兴。前四句，一句写弟弟，一句写老人，再一句写弟弟，又一句写老人，交替写来喜气自在。写弟弟比作“千里驹”，比作“阶除玉”，写老人改写心事，又写情感，心事就是关心儿子，情感更是疼爱儿子。

换头。续写亲情，愈加细腻。在儿子一面，只在想方设法让老人高兴，在老人那一面则希望把最美好的东西传承下去，“付与家传万卷书”。

这词谈不上豪放，但那言那语，那情那境，也只有豪放之人才写得出。

这四首词，一则象大情切，二则放达高洁，三则淋漓尽致，四则风光自信。

再看第五首《蝶恋花·恰似杏花红一树》，这一首的特点是诗情画意。

第六首，《西江月·问湖边春色》。这一首的特点是洒脱不羁。

第七首，《浣溪沙·霜日明霄水蘸空》。这一首的特点是悲凉慷慨。

七首词作，七样风致，所谓“赤橙黄绿青蓝紫，七色异彩一道虹”。

别的且不谈，只说这七首词，便以豪放之笔写出七种层次。由此观之，张孝祥可谓狭义豪放派词人中第一个专心词作且词艺卓越成熟的首位词人。

4. 陆游其人

一般说来，陆游要比张孝祥的文学地位高，但在词这个领域，两个人的成就大致相当。

陆、张对比，张孝祥的特点是英风锐气，始终如一。顺利时固然是英风锐气，挫折了依然是锐气英风。陆游给人的总体印象则是一位长者。因为他寿命长，经历多，又是一位信念坚定不移的爱国老人。他的一生，其实并不平顺。相对于国仇国势而言，岁月尤其峥嵘。他一生信念，没有动摇，而且百折不回，老而弥坚。无论从阅历方面还是文学成就方面，他都比张孝祥更具特点，也更有影响力。

陆游（1125–1210），字务观，号放翁，越州山阴人。他父亲是王安石的弟子，本人曾向曾几学诗。

虽然陆游给后人最深刻的印象乃是一位“放翁”。但他其实早聪早慧，而且学业早成。《宋史》说他“年十二，能诗文”。那情形与张孝祥很相似。更相似的是，1153 年他参加科考时，同样撞上了秦桧的孙子秦埙，而且他的成绩也高于秦埙。这秦桧不能容忍别人的成绩超过他的后人。第二年，参加礼部考试，他又名列第一，加上他在文章中力主收复故土，更让秦桧不能容忍，于是被黜落，直到秦桧死了，他才进入仕途。

此后，陆游做过县主簿，做过大理寺司直。孝宗继位，张浚被重用，他因为主战被任命为枢密院编修官，又特赐进士出身。后来，张浚战败，他受牵连，免官。

三年后，他被任命为夔州通判，入蜀。途中，写下那部影响久远的《入蜀记》。1172 年，他到达南郑，在四川宣抚使司王炎幕下任干办公事兼检法官。这是一个武职。儒学传统，重文轻武，但他不从此理。此后八个月，他身着戎装，意气昂扬，作为军旅的一员，为他一生划了一道深深的印迹。这期间，他精神振奋，多思多想，为王炎策划收复故土之策，但这一切，都因为皇帝不支持，而一概没了下文。后来王炎被朝廷召回，幕府也撤了，他的所有美好愿望和周密计划皆成虚幻。

从 1178 年起，他今日任通判，明日做代理，调来调去，不被重视。以后再次入川，成为范成大部下，他二人“以文字交，不拘礼法”，结果被人讥笑。他不怕讥笑，依然故我，尽管因此被罢免，他犹然持无所谓态度，干脆以放翁自命。放翁者，颓放老翁之谓也。

如此等等。

此后，他也做过一些官，又赋过几年闲，但他关心国事的情怀一直未变，到 78 岁时，又回到朝中主持撰修孝宗、光宗的实录，同时，还应邀为韩侂胄撰写过《南园记》《阅古泉记》。韩侂胄是个饱受争议的历史人物，陆游与他来往，与他一生主战的理念息息相关。后来韩侂胄战败，金人要挟，宋王朝竟将韩的头颅送到金邦赔罪，乃是一件大耻辱之事。陆游活到 85 岁，去世前，写下那首名为《示儿》的绝命诗，举凡有点文化的中国人，几乎没有不知道这诗的，足见其传播之广，影响之深。

陆游一生经历，可用4句话来概括：

他首先是一位爱国文人。他的爱国之情，从少年到成年，从中年到老年，经年望岁，日久弥深。

他又是一位全才诗人。他的诗作极多，且极有名。

他也是一位深情恋人。在这方面，宋代文学人物中，大约只有李清照可以和他日月争辉。他的情爱经历，虽不如李清照那样如模如范，却比李清照的情爱更加凄美动人。

他还是一位志行老人，体现在他的诗文中，更显示出他的才华出众，知识广博，气度不凡。

但排在他人生道路第一位的，还是大诗人。

他一生作诗无数，流传到今天的仍有9300余首。如此庞大的数字，着实惊人。试想大唐王朝三百年，诗人数百位，传到今天的诗作只有4万余首，李、杜、王、白、李五位唐代杰出的诗人，其诗歌总量还不如他一个人的诗多。虽然诗的地位，不单以数量为度，但他一生写出这许多有质量有影响的诗作，确实非同凡响，甚至有些匪夷所思。

他曾就学于江西诗派的曾几，但他的诗不受江西诗派的束缚，他诗歌中最感人的内容，是他的爱国复土之作。因为这内容与他的诗风十分相契，所以不论宋初的西昆体，还是影响相当大的江西诗派，以及后来永嘉四灵，都不能达到他诗歌的水准。他在当时，与尤袤、杨万里、范成大并列为中兴诗人，合称尤、杨、范、陆，但尤袤、范成大的诗作显然不及他与杨万里。而从后来人即元代以后的评论看，杨万里的诗也同他不处在一个档次。可以这样说，如果从宋代选出三位最杰出的文学人物，那么这三位人物应该是苏东坡、辛稼轩和陆务观。他入选的根据，首先因为他是南宋首屈一指的大诗人。

对陆游的评价，在我看到的书中，我以为钱钟书先生讲得最为恳切也最具说服力。钱钟书认为，其他诗人包括李白、王维及宋代诗人吕本中、汪藻、杨万里等，他们写从军诗，虽然语气雄壮，讲的却是别人，陆游所书所写，所吟所唱，根本就是他自己，他把自己首先放在从军者的行列之中。

钱先生说：

在南北宋之交像韩驹的诗里，也偶然流露过这种“修我戈矛，与子同仇”“谁知我亦轻生者”的气魄和心情，可是从没有人像陆游那样把它发挥得淋漓酣畅。这也正是杜甫缺少的境界，所以说陆游“与拜鹃心事实同”还不算很确切，还没有认识到他别开生面的地方。爱国情绪饱和在陆游的整个生命里，洋溢在他的全部作品里；他看到一幅画马，碰到几朵鲜花，听了一声雁唳，喝几杯酒，写几行草书，都会惹起报国仇、雪国耻的心事，血液沸腾起来，而且这股热潮冲出了他的白天清醒生活的边界，还泛滥到他的梦境里去。这也是在旁人的诗集里找不到的。[①]

诗、词之外，他的文章也很有名，其中尤以《入蜀记》和《老学庵笔记》价值为高，只是因为他诗名太大，这两种奇书的意义反而有些被人忽视了。

5. 陆游词的艺术成就

陆游词的主调是爱国的、豪放的，这主调在他的词中，如同在他的词中，比比皆是。他送朋友，马上联想到报国之心；他赏景色，又马上联想到报国之业。报国是他一生情志，此心此愿未了，他是一刻也不能安心。

但他的词作内容确实比张孝祥词丰富了不少，而他的词风，也不限于豪放一格。他是一个艺术才能全面的词家。正像他的诗，能写黄钟大吕式的爱国报国之作，也能写充满情趣与智慧的生活之作，所谓“山穷水尽疑无路，柳暗花明又一村”。

毛晋曾说：“杨用修云：‘纤丽处似淮海，雄慨处似东坡’。予谓超爽处更似稼轩。”[②] 同为豪放词派大将的刘克庄则说：“其激昂慷慨者，稼轩不能过；飘逸高妙者，与陈简斋、朱希真相颉颃，流丽绵密者，欲出

① 钱钟书著：《宋词选注》，人民文学出版社，1979 年，第 172 页。

② 王兆鹏，刘尊明主编：《宋词大词典》，凤凰出版社，2003 年，第 476 页。

晏叔原、贺方回之上。”①

他词风超迈，词艺多能。以内容论，则有爱情词、闲适词、咏物词和报国词。

先说爱情词。陆游的那一首《钗头凤》，堪称千古情爱之绝唱。其风韵情调，岂止秦观、贺方回尔，全然可以与李清照的爱情词颉颃上下，相映成辉。

红酥手，黄藤酒。满城春色宫墙柳。东风恶，欢情薄。一怀愁绪，几年离索。错、错、错。

春如旧。人空瘦。泪痕红浥鲛绡透。桃花落，闲池阁。山盟虽在，锦书难托。莫、莫、莫！

词到此境，毋庸多言。有情人一见，自有灵犀一点通。

再说他的闲适词。放翁享年久，又长时间做“冷官”，遭冷遇，甚至赋闲在家，所以他有时间，也有条件作闲适词。但他的闲适，并非朱敦儒式的闲适，也不是林逋式的闲适，而只是陆游式的闲适，即表面闲适，那如火的丹心，在山林景色背后依然跳跃。他有《好事近》十二首，其中多数背景确在林道山野之间。请读其中的第四首：

岁晚喜东归，扫尽市朝陈迹。拣得乱山环处，钓一潭澄碧。
卖鱼沽酒醉还醒，心事付横笛。家在万重云外，有沙鸥相识。

虽说山情水意，犹有心事在怀。

惟第七首，似不着痕迹。到第十首，又不同了，看来只是咏手中藤杖，但那风韵与众独别。

秋晓上莲峰，高蹑倚天青壁。谁与放翁为伴？有天坛轻策。
铿然忽变赤龙飞，雷雨四山黑。谈笑做成丰岁，笑禅龛楖栗。

① 王兆鹏，刘尊明主编：《宋词大词典》，凤凰出版社，2003年，第475–476页。

但在山水之间，藤杖忽然化龙飞去，竟自促成丰收之年。这样的闲适词岂是真的隐士做得来的？实在，它只有闲适景，已没了闲适意。

再就是咏物词。陆游咏物词中，最具影响力的是那一首《卜算子·咏梅》，这词因为毛泽东和过一首，所以传播特广。不论知音与否，莫不知道此词。

驿外断桥边，寂寞开无主。已是黄昏独自愁，更著风和雨。
无意苦争春，一任群芳妒。零落成泥碾作尘，只有香如故。

自然，它没有“待到山花烂漫时，她在丛中笑”那样的胸襟。它不大可能有那样的胸襟，却又无须有那样的胸襟。词人写这词时，是一位屡遭打击的爱国诗人。虽然屡遭打击，他就是痴心不改。所以才说“零落成泥碾作尘，只有香如故”。这意境也不是旁的词人可以取代的，甚至不是寻常人等，如帝王将相、江湖侠士、文豪士师可以做到的。它固然是由极精美的文字写出，那内涵表现的却是“三军可以夺帅，匹夫不可夺志”。

陆游词中最有影响的显然还是那些爱国咏志的词章。如《汉宫春·羽箭雕弓》《夜游宫·雪晓清笳乱起》《鹊桥仙·茅檐人静》《诉衷情·当年万里觅封侯》《鹧鸪天·家住苍烟落照间》等，这些词久为人知，加上胡林翼先生的《宋词选》的推荐，传播更为广泛，这里引他一首《诉衷情》：

当年万里觅封侯，匹马戍梁州。关山梦断何处，尘暗旧貂裘。
胡未灭，鬓先秋，泪空流。此生谁料，心在天山，身老沧州。

陆游确是一位大词人。

6. 范成大其人其词

范成大不算严格意义上的豪放词人，却是严格意义上的爱国之士，他与陆游、辛弃疾等，均有深厚友谊，且身居高位，别有影响。放在此节，聊备一体。

范成大（1126–1193），字致能，号石湖居士，吴郡人，今属江苏省苏州市。他是一位很有才能的官吏。为官一生，同情农民疾苦。1170 年，出使金邦，全节而回，不仅为宋王朝争了光，而且得到了金主的尊重，称其为两朝官员的榜样，说“可激励两朝臣子”。他为官正直，不避艰危。1171 年,宋孝宗打算任命外戚张说做签书枢密院事。事极不当,但无人敢言。他坚持己见，拒不起草有关文件。得到内外人士的敬重。

范成大出身书香官宦家庭。父亲即颇有文名，母亲尤有教养，她是大书法家蔡襄的女儿，文彦博的外孙女。可说出身高贵，家学深厚。范成大亦是个神童。12 岁时，已经遍读经史，14 岁，能作诗。虽然父母亡故较早，但他们对他的影响是深刻的，愈久而弥深的。他 1154 年 29 岁时考取进士。以后三十年为官，中间小有挫折，基本是顺利的，而且于民于史皆有官声。

范成大的文学成就，以诗歌为首，他与尤袤、杨万里、陆游齐名，史称尤、杨、范、陆。他的诗歌受江西派诗风影响不大。他读书多，精儒学，通佛学，在好用释氏语这一点上，与江西诗派有相似处。他的诗既好用典，又擅长用典，用典没有累赘难读或夸耀学识之嫌，而且能恰到好处，以此受到专门研究者的肯定。他的诗内容丰富，写景之外，也有抒情之作，有关乎军国大事的，也有田园风格的。他出使金邦，沿途所见，土地荒芜，民心思归，对他触动极深，于是写下 72 首绝句。这一大组诗作，充分抒发了诗人之激情，反映了北方人民之景况，歌颂了英雄人物，也描写了北国的山川、风土、物产种种，是一组史诗性质的壮美篇章。他晚年致仕后，又写了一些田园之作，另是一种风格，也有影响。他的诗对于农民疾苦尤其关注，而且写得深，写得切，形象真实细腻，最能打动人心。这里举他一首《催租行》，其风范直与唐人看齐，虽不及杜诗之沉郁顿挫，却白描直述，字字刺心。

输租得钞官更催，
踉跄里正敲门来。
手持文书杂嗔喜，
“我亦来营醉归耳”。
床头悭囊大如拳，
扑破正有三百钱，

不堪与君成一醉，
聊复偿君草鞋费。

范成大的文章也很有名望和影响。尤其他的《吴郡志》五十卷，开了以志命名的规范地方志的先河。此书内容丰富，材料翔实，对后世颇具影响。那地位与后学周密的《武林旧事》堪称地方志、风俗史方面的两件瑰宝，而他的这一部书，显然在传统史学范畴内，影响更大。

范成大的词作亦别有特点，他的独特之处在于，他既不可简单地归入豪放派，又不能简单地归入婉约派，非豪非婉，另成一格。他也有婉约之作，但显然与传统婉约词作有别，他也有激越之作，又与狭义上的豪放词风有异。他绝不效仿他人，而是自出机杼，别具风采。他词的影响或许不是很大，但如果遗漏了他，就显得词史有缺，而且他大约是南宋之后最末一位高官词人。正如宋朝一期有晏殊，二期有王安石，三期有李纲，到了第四期，只有他的词最具品位，最有特点。自他之后，宋词开始淡出殿堂，进入江湖。以晏殊、王安石、李纲和他为代表的宋代高官词人，是一个很有趣的文化现象。比较这些人物的词作与人生经历，也是一件有意义的事。

这里引他三首词。

一首是他本人特别得意的《南柯子》。这词的妙处，在于以共时性方式写一对分别的情侣，上片写男子的思念与忧烦，下片写女子的忧心与无边思绪，一呼一应，很是好看。但大体说来，这词借鉴民间词创作方式，确有些新意，放在晏，欧时代，那价值自在，此时此地，多少有些未能触到时代的神经中枢。其词曰：

怅望梅花驿，凝情杜若洲。香云低处有高楼，可惜高楼不近木兰舟。
缄素双鱼远，题红片叶秋。欲凭江水寄离愁，江已东流那肯再西流。

一首是他的《朝中措》，写他的归隐之思，写得真切。其中“芳意不如水远，归心欲与云平”，尤其为词评家所欣赏，那风格不在豪、婉二家门墙之内，别成一种风流。词云：

长年心事寄林扃，尘鬓已星星。芳意不如水远，归心欲与云平。留连一醉，花残日永，雨后山明。从此量船载酒，莫教闲却春情。

范成大另有情怀激越的作品，但那风格依然不似辛、陆、陈、刘一派，在某些地方，与王安石、苏东坡的词作倒有些相似之处。唯那内容与情感，确实十分感人，请看他的一首《水调歌头》：

细数十年事，十处过中秋。今年新梦，忽到黄鹤旧山头。老子个中不浅，此会天教重见，今古一南楼。星汉淡无色，玉镜独空浮。

敛秦烟，收楚雾，熨江流。关河离合，南北依旧照清愁。想见姮娥冷眼，应笑归来霜鬓，空敝黑貂裘。酾酒问蟾兔，肯去伴沧州。

第二节 全才词人辛弃疾

辛弃疾无疑是中国词史上最重要也是最杰出的词人，这里分四个方面叙说。

1. 稼轩词的品性与历史地位

依本书的观点，词到辛弃疾，已然经过三次重大变化。第一次是柳永的变革，主要是词风与词体的变化；第二次是苏东坡的变革，主要是词风与词格的变化；第三次是周邦彦带来的变化，主要是词风与词艺之变。三次变化，大势已备。但风云突变，宋王朝遇到政治大地震，北宋灭亡，南宋未安。辛弃疾生当此时，又是词家，于是带来第四次变化，这一次不特是词风之变，尤其是词的内容之变。

倘若没有这一次的社会巨变，那么，也就没有辛弃疾。即使有辛弃疾，他也不过是第二个苏东坡。以两个人的才情性格而论，他能否成为第二个苏东坡，还得再议；就是能否成为第二个黄庭坚，也说不定的。因为有了这样的巨大的历史性巨变，而辛弃疾显然又是最适合表现这巨变的不二人选，这才是辛弃疾之所以成为辛弃疾的最关键性之点。

但辛词的巨大创造力也是无可争议的。如果他只是为宋词增加了新的表现内容，那么，他可能只是张元幹或者张孝祥。辛词的特点，是不仅充分表现了那个时代的风云变化，而且有他自己的独特视角、独特风韵和卓越的表现能力。因此，辛弃疾才得以在那些爱国志士词人群中，异峰骤起，成为冠盖中华的爱国志士词人。

然而，还远远不仅于止。辛弃疾不但是名列第一的爱国志士词人，而且是宋词的集大成者。

宋代词人中，如果推举四位最重要最有成就的词人，那就应该是周、柳、苏、辛。这四位词人，正是站在一个平行四边形图案四角的人物。与辛弃疾对角的，乃是柳永。这两个人的差异是最大的，柳永是浪子词人，他最有兴致和热情与歌伎厮混，最有影响的词作也是歌伎吟唱之词。辛弃疾也与歌伎有往还，但他首先是一位爱国志士。他的兴致岂在歌堂舞榭之间，全在万里山河之上。他的气度，他的抱负，他的情杯，他的原创性词作动力，都与柳永属于两个世界。

以词风而论，他与苏东坡最为相近。苏、辛之称，早已成为词学史上的专用名词。但两个人的风格其实有异。苏东坡是大才子，大文豪。诸子百艺，无所不能，风流博雅，无与伦比。辛弃疾虽然也能诗能文，但主要的创作精力，全在词上，他的词作创作状态，真的无可约束。如果说苏词是一座高山，那么，辛词就是一片沃土。他没有苏东坡那样潇洒自如，观山赏水，才华横溢。他是这一片辽阔土地的开发者，主要的不是观，不是赏，而是辛勤耕耘，刻苦劳作，且埋头干去，不问收获。所以我们看苏词，只觉得那是行云流水，情亦在行云流水之中，艺亦在行云流水之中。但看辛词，却是烈士壮怀不已，且志者仁心深厚。他的文学成就，不唯在苦中来，而且有苦中乐，别成一种情志，别是一种风流。且东坡是大文豪，他则文武兼备，文可成为顶尖一级的词作家，武又堪称勇冠三军之儒将，所以他的词，显然更具激越之音，更富阳刚之性。

但他一生，与军旅多联系，与乡土多密切，所以他的词又比较通俗。在这一点上，他似乎远东坡而近耆卿。他虽然与柳永是站在对角线上的大词人，在通俗性这个层面却又气息相通。

苏、辛、周、柳四大词家，在风格上，辛弃疾与苏东坡相近；在作风上，他与周邦彦相近；在语言的通俗上，他又与柳永相近。这正是大词人应有的复合性复杂之结构决定的。现代中国人最熟悉的一句话，叫作“条条大道通罗马”，其实到了一定的层次，万物皆有相通之点。巨人与巨人之间，亦是相反相成，相环相复，多有相通处。

对苏、辛、周、柳，还可以作另一种划分，即柳永、苏轼主要是词的开拓者。他们所作的是前人未曾做过的词作尝试。周邦彦与辛弃疾则是词的集大成者。或者说，他们也是开拓者，但那方式与苏、柳有别。他们是在集前人成果基础上的发挥，又集其大成而化之。相比之下，周邦彦属于集词艺之大成者，他的词在内容方面，没有多少突破。他之所咏所写，苏也写过，柳也写过，秦也写过，黄也写过，但在词的技艺层面，他确实更其细化又更其规范化了。辛词的集大成，乃是词的全材质的集大成者。他不但在词的内容方面超越了前人，而且差不多就是一位词的全能者。诗意点说，他的词，不但体兼苏、柳，而且韵括周、秦。在他的词中，举凡豪放词、婉约词、俳谐词、山林词，非但无所不包，而且无所不能。当然他词的主调还在爱国志士这个方面。就是这个方面，他也吸收了靖康之变以来，几乎所有词家的养分，如岳飞，如张元幹，如陆游，如张孝祥，如叶梦得，如李弥远，如袁去华，如韩元吉，纳众家于一体，取优长为我用，从而形成他雄杰刚烈又悲凉慷慨且有声有色如图如画似潮似水的博大风格。

从这个角度看，与他正堪一比的人物，不是苏东坡，也不是柳耆卿，更不是秦少游、黄山谷、李清照，而是周邦彦，恰恰是周邦彦。正如苏词最该与柳词对读，辛词的阅读对手则非周词而莫属。

辛词比之周词，周词如艺术殿堂，辛词则是苍茫大地。艺术殿堂，比如故宫博物院，列公都知道吧？那里的物件，一桌一椅，一砖一石，全是文物。几案上的小茶壶，没准就是康熙用过的；桌子上的文房四宝，可能就是乾隆用过的。谁用过谁没用过不是什么大问题，特别重要的是它件件都是珍品。它们的品性，用四个字表现，即精、雅、和、美，没有一种物件不可登大雅之堂的。

辛词不然。它更似千里之沃野。首先，它没有那么精。精这个词根本与大地不搭配。它的特点是博。因博而富有，因博而宽容。它不追求精，并非没有精品。当然，与这些精品相伴的，还有山丘，还有河水，还有各种各样的小生物。花亦有之，草亦有之，虫亦有之，鸟亦有之，有益于人者固有之，有害于人者亦有之。然而大地胸襟，何物不能包容；大地气派，何物不能自在！这样的特色，无论哪种高堂圣殿，也不能做到的。

殿堂之美，又在其雅，雅声雅调，雅情雅色。动作全似淑女，风度有如绅士，所以周邦彦写了几首“艳词”，人家就批评，说他当不得一个“贞”字。

大地的风格不是这样，它的特色就是大。雅的东西未必就小，但其中很多内容都属于小摆设。纵然不是小的，却因其高雅而和者益寡。大，则气象高远，气势非凡。辛弃疾生当国难之时，他又是江北之人，没有大气魄，大胆识，不能在那乱世之中露出头角。辛弃疾本人即是大勇士，大英雄。他的词，不歌则已，歌则有汉高祖“大风”之气度；不咏则已，咏则有岳武穆大帅之精神；不唱则已，唱则有苏东坡大家之风范；不吟则已，吟则有杜工部大匠之韵律，这个既是辛词之长处，亦是辛词之特色。

殿堂之美，风格妙在其“和”。中国艺术传统，最重视中和精神，周邦彦得其真谛，所以赞誉者说他的词风格浑厚。浑厚二字，殊不易得。辛词如大地，深则深矣厚则厚矣。但它又以豪放为主调。苍茫大地，谁主沉浮？大者，岂能不放，主者，岂能不豪。因为这大地之中，既有风萧萧之易水，又有燕赵之悲歌。它的风情韵律，或有中和者在，但更偏重雄放苍劲。雄是首领，英雄顶天立地，非雄而何？放是品位，壮士志在四方，非放而何？因其雄而放，又因其放而雄。苍劲则是情感形态，仿佛孔夫子所言：“岁寒然后知松柏之后凋也”。刘克庄形容辛词“大声鞺鞳，小声铿鍧，横绝六合，扫空万古”，可谓知心者言。

殿堂之作，又强调其美，不美则不登其堂，不美则不入其室。大地之作却充满阳刚之气。一个阳字，一种风度；一个刚字，一种精神。词的传统，原本以写女性为主，到了柳永，开始写羁旅之人；到了苏东坡，尤其学士风流，文人学士成为主调；到了辛弃疾，则充盈着大丈夫气概。如椽巨笔，写尽英雄志，豪杰意，志士情，猛士心。这不是说写男性胜于写女性，而是说，阳刚之美，也是美之一端。能充分展示这美的词作，首推辛词。

可贵的是，辛词虽博，却又博而能深。它的博不是博杂无序。东边三株树，西边一片林。辛词博而能切。正如一片沃野，土地虽苍茫，花草却精美，因为花草的精美更体现出这大地的勃勃生机。

辛词虽大，却又大而能细。它不但有极好的大局观，而且有逼真的细节描写。虽是英雄气概，却不狂躁粗疏，而是能动能静，笔笔如流。论到精细之处，却又自成一式。

辛词虽豪，却又豪而能俊，周济所谓：“稼轩不平之鸣随处辄发，有英雄语，无学问语，故往往锋颖太露。然才情富艳，思力果锐，实无其匹。”[①] 辛词很擅长抒情，虽然说“男儿有泪不轻弹”，它却能做到英雄气未短，儿女情又长。

辛词虽刚，却又刚而能媚。不是柔媚之媚，而是娇媚之媚，所谓刚健婀娜，二体集于一身。

简而言之，辛弃疾词有三大特色，一是爱国情，高而且久，久而弥坚；二是词才全能，无所不达，无所不能；三是有绝品问世，一词既出，千古留声。

以宋代大词人类比于唐代大诗人，宋人皆有可比，唯辛弃疾无。东坡可比李白，柳永可比白居易，周邦彦有人比作杜甫，吴文英可比李商隐，晏、欧可比王维，唯辛弃疾异彩独存，未有比者。虽然豪放词近似唐代的边塞诗，然而有不同。辛弃疾词显然比岑、高的诗歌来得忧思远大，且诸体皆能。实际上，以周邦彦比杜甫，本身就有点勉强。杜甫的《北征》《三吏》《三别》等史诗式诗作，不是周邦彦写得出来的。倒是辛弃疾与杜甫在这个层面颇有些相似之处。

或许应该这样评价：没有安史之乱，则杜诗不能达到那样的成就，他的文学地位也会受到影响；没有靖康之乱，也不会有辛弃疾，他是那个时代的怒者、歌者与行动者，这正是苏、柳、周、秦这些大词人无法与他抗衡的地方。但是，经历安史之乱的诗人甚多，为什么只有杜甫成为了杜甫？受靖康之难影响的词人更多，为什么只有辛弃疾成为了辛弃疾？这才是他的过人之处，也是最值得后人思考的地方。这确实是一个问题。

在中国文学史的历史长卷中，宋代的人物，唯苏东坡可以和辛弃疾一论高下，苏东坡天才神纵，艺艺皆能，可以说是宋代文学第一人；辛弃疾全力作词，词作集大成而又有创造焉，可以说是宋词第一人。这个结论，也有量化分析结果作支撑。前引王兆鹏先生的《唐宋词史论》给出的宋代词人排行榜，名列第一位的正是辛稼轩。

---

① 陈匪石编著：《宋词举》，江苏古籍出版社，2002 年，第 72 页。

2. 辛弃疾其人

辛弃疾（1140–1207），原字坦夫，后改字幼安，号稼轩，也被称为雨岩居士。但这称号流传不广。实在居士云云，与他一生行止颇不协调。他祖籍甘肃，但已在济南生活数代，他应该算是李清照的同乡。

辛弃疾文武全才，但他首先是一个武士——武将。22岁率军起义，正是行伍中人。

他的祖上即为武官，但官不高，位不显。他出生前13年，发生靖康之难，他成了沦陷区中的一分子。加之他父亲早亡，可谓家不幸，国更不幸。他的祖父辛赞还做了金人的伪官。但他虽然做了伪官，心是向着宋王朝的。这恐怕也是中国传统文化特有的一种现象。辛弃疾幼年时，他常带着他“登高望远，指画山河，思投衅而起，以抒君父不共戴天之愤”。[①] 这在辛弃疾的幼年心灵中无疑打下了不灭的印记。

辛弃疾从小习文亦习武，他的文章也颇有些影响，但看他后来的行为，其武名与胆略尤其超越常人，是一位极有潜质的后备将军。

1161年，金主完颜亮向江南进军，于是天下又乱，中原百姓，积愤既久，纷纷起义。青年辛弃疾也乘东风而奋起，组织了2000人的起义队伍。当时耿京在山东实力最大，为众家起义军之首。他投靠耿京，被任命为掌书记，负责军中的檄文告示等文字工作。

这期间，他的惊人表现有二：

一是他曾与一个僧人义端相识，但这是个心术不正的贼僧。他偷了耿京的印信去投靠金人。耿京大怒，要斩辛弃疾。辛弃疾说：“给我三天时间，找不回贼人与印信，再死不迟。”于是分析义端逃向，紧急追之，斩其首级而还。

第二件事情更具传奇色彩。耿京决心率军归宋，派辛弃疾奉表于宋。但辛弃疾归来时，耿京被叛将张安国杀害。辛弃疾临危不乱，联络统制王世隆及忠义人马全福等，以50骑轻骑突袭驻有5万人马的金营，竟将张安国生擒而归，并送至建康斩首。此等壮举，即今读之，尤觉虎虎生风。

---

① （宋）辛弃疾著：《辛弃疾集》，山西人民出版社，2004年。

此后，他去了江南。他的本意，是得到南宋王朝的支持，收复故土，统一国家。然而，他的这个热望，终其一生，既没有得到半点支持，也没有见到一缕曙光。

辛弃疾在南宋的生活，可以分为四个段落。

第一阶段，从 1162 年南归开始到 1181 年被鉴察御史王蔺弹劾落职止。将近二十年时间，正是他一生最美好的年华。二十年间，他先后担任过承务郎、江阴签判、广德军通判、健康通判、司农寺主簿、滁州知府、仓部郎官、京西转运判官、潭州知府兼湖南安抚使等职。虽然调动频繁，但他上书、交友，一心只在北伐，而且兢兢业业，在各个任上均有政声。但他的意愿，没有人理，他的建议，也没有人听，或少有人听；就算有人听了，也是白听。北伐大计，终成虚话。

在此期间，有几件事是特别值得一书的。

一件事，他在知潭州兼安抚使时，值盗贼蜂起于湖南。他到了任上，一一平定。这个也无足道。可贵的是，他在给朝廷的报告上阐明这样一个观点，很有价值。他说：

今朝廷清明，比年李金、赖文政、陈子明、陈峒相继窃发，皆能一呼啸聚千百，杀掠吏民，死且不顾，至烦大兵翦灭。良由州以趣办财赋为急，吏有残民害物之政，而州不敢问；县以并缘科敛为急，吏有残民害物之状，而县不敢问。田野之民，郡以聚敛害之，县以科率害之，吏以乞取言之，豪民以兼并害之，盗贼以剽夺言之，民不为盗，去将安之？”[①]

其中两个“不敢问”，五个“害之”，真正说得恳切，说得通透，说得一针见血，一言中的，今人读之，好不畅快。由此可知，这是一位真正知民情、明民意的治吏。

又一件事，1180 年底，他任隆兴知府兼江西安抚使时，当时因为大旱引起粮荒，加上投机者搅乱，使问题愈其严重。他调查研究，斟酌轻重，

① （元）脱脱等撰：《宋史》（第 31 册），中华书局，1985 年，第 12162–12163 页。

找出主脑，当机立断，发一公告，提出“闭粜者死，强籴者斩”的方针，很快稳定了局势。这证明，他是一位很有才能的行政官长。

他在湖南任职时，加强军备，招军买马，“起盖砦栅”，自筹钱款，更体现出他很高的组织才能。且愈有人反对，他态度愈坚定。皇帝命“停”的金字牌到，他也不停工，大胆把这“牌子”先收藏起来，一直把那工程做完，然而上表章自解。他的这个作风，更体现了“将在外，君命有所不受”的作风与气概。

但自 1181 年赋闲，一闲就是十年。十年间他志向不改，志气弥坚，还与陈亮相会于鹅湖，纵论天下大事，赋词以明志，成就了一段历史佳话。但在当时，他们的心却是沉重的。

这十年，算是第二个段落。

第三个阶段，他于 1191 年被重新启用。此时他已经 52 岁了。这一次任职三年，又被攻讦二年。虽然在福州知府兼福建安抚使时，又改革理财方式，打造铠甲，招募新军，但总的看，还是心情郁郁，无所作为。反而因此受到诸多的反对与攻击，于是罢官，再度赋闲，这样又过了八年时间。

第四阶段，因光宗死，宁宗即位，韩侂胄掌相权，朝中主战之声再起。公元 1102 年，辛弃疾再次复职，曾任集英殿编修，又任绍兴知府兼浙东安抚使，这时他已经 60 多岁了。

虽然已到花甲之年，他只管“老骥伏枥，志在千里；烈士暮年，壮心不已”。而且他虽然是最坚定的主战派，却不主张硬干、蛮干，他对战争及双方态势有着清醒的认识。但这一切，都是枉然，他依然无所收获，依然不被重用，依然心情郁闷而绝不甘心，也绝不改变主张。韩侂胄战败，朝廷政策依然故我，官僚体制今犹如昨。到了 1206 年，他上书辞命，不想再跟着混下去了。以后虽几经招用，他都没有接受。直到 1207 年秋，悲愤弃世，享年 68 岁。

辛弃疾的一生是悲剧性的。但并非岳武穆式的悲剧，也不是于谦式的悲剧，又不是袁崇焕式的悲剧。他的悲剧特色是，他一心报效国家，收复失地，但他所忠于的人却畏首畏尾，只想苟且偷安。这是烈士幽系于平庸的悲剧，是狂虎囚禁于铁笼的悲剧。这悲剧固然没有惨遭杀害的壮烈，却有如软刀子割肉，让你在无边痛苦中慢慢死去。

辛弃疾的不幸，有诸多原因。比如宋代重士人，他是武将出身；南宋政权南人颇多，他又出身江北；宋王朝党争厉害，他却不入党争之门；最重要的是主和派属于主导势力，他却坚决主战。

但他人品极好，又心胸开阔，不存私见。这一点，他很像苏东坡。他的优长之处在于，既可以与陈亮成为朋友，又对朱熹不存偏见。《宋史》记载，他曾与朱熹同游武夷山，《赋九曲棹歌》。朱熹亲书“克己复礼，夙兴夜寐”；题其二斋堂。[①]朱死后，辛弃疾亲作悼文，往而祭之曰：“所不朽者，重万世名。孰谓公死，凛凛犹生”。

在我看来，这既是悼人，也是自悼，将其用在辛稼轩名下，很合适的。

3. 辛词的艺术成就

艺术才能是有能级的，仿佛领兵打仗的将军，周勃可以作主力，灌婴可以作先锋，樊哙可以舍命保王驾，曹参可以力斩龙且，刘邦可以将兵10万，韩信呢？韩信点兵，多多益善。艺术亦是如此，有人只能作小令，有人擅长写慢词，有人独能狂放，有人只是通俗，辛弃疾作词，仿佛韩信点兵，多多益善；又像梅兰芳演戏，文武昆乱不挡，这样才干的词人，唯苏东坡堪与一比。但东坡不专力作词，故辛弃疾当仁不让成为中国词史第一人。

我在前面说过，与周邦彦比，辛词的特点是博、大、豪、刚，但又能做到博而能深，大而能细，豪而能俊，刚而能媚。东坡属于天才，天才无可羁约，稼轩属于全才，全才无所不能。看辛弃疾词，如同走在山水佳区，但见一个风景接着一个风景，一个惊喜接着一个惊喜。

又是博、大、豪、刚，又是深、细、俊、媚，这怎么说？这是说，一个人的志情和表现这志情的艺术才能不是一回事，而是两回事。有志情的人很多，但不见得人人成为词人，成为词人还需要相应的艺术能力。二者如同船与水的关系。船有如志情，水有如艺术才能，如果水太少，例如只有一杯水，那么麻烦了，照庄子的说法，只好以杯水为江海，以芥子为舟。船大犹需水大，志高更要才多。辛弃疾的优势在于，他不但志情高，艺术

① （元）脱脱等撰：《宋史》（第35册），中华书局，1985年，第12165页。

表现力尤其强，清人陈廷焯有言：“辛稼轩气魄极雄大，意境却极沉郁，不善学之，流入叫嚣，稼轩不受过也。”[①]

叫嚣不能成为艺术，这难道还要多说吗？

能写多种风格词作的人，在辛弃疾前，也颇有人才。远一点上，如黄山谷，如贺方回；近一点的，如叶梦得，如康与之；但论到词作全才，没有能超过辛幼安的。他的词虽然可以分类，已经很难细致地分类。实在他的词作多，品类尤其多，粗分不能概括全貌，细分又难于与传统划分方式接轨。大致说来，如豪放，如婉约，如通俗，如俳谐，如林下，如田园，如咏物，如言理，不但应有尽有，而且叠成妙趣。即使一些所谓词史小技，如集句词、独韵词，他也尝试，且能做到有情有致。集句词如《忆王孙》，全词5句，分别集《楚辞·九辨》《九歌·少司命》、杜牧《九日齐山登高》、苏轼《陌上花》和李峤《汾阳行》句。独韵词中他有一首《水龙吟》，作者所谓“用些语再题瓢泉，歌以饮客”。那方式是凡押韵的地方都加一“些”字（些读如撒，去声）。上片写瓢泉的美，瓢泉的功用与力量。下片写用瓢泉煮酒、饮茶并宴饮之乐。其词曰：

听兮清佩琼瑶些，明兮镜秋毫些！君无去此，流昏涨腻，生蓬蒿些！虎豹甘人，渴而饮汝，宁猿猱些！大而流江海，复舟如芥，君无助，狂涛些！

路险兮山高些！愧予独处无聊些！冬糟春盎，归来为我，制松醪些！其外芬芳，龙团凤片，煮云膏些！古人兮既往，嗟予之乐，乐陶陶些！

但辛词并非没有主调，没有侧重，他的主调便是豪放，他首先和主要的是一位豪放风格的词坛巨擘。

辛弃疾豪放词很多，一些经典之作选用者极多，传播极广，已经到了知词者必知辛弃疾，知辛弃疾必知这些经典之作的程度。但作为词史，不可不引。拣录4首，以示其风格。

---

① 陈匪石编著：《宋词举》，江苏古籍出版社，2002年，第72页。

第一首，《南乡子·登京口北固亭有怀》：

何处望神州？满眼风光北固楼。千古兴亡多少事？悠悠，不尽长江滚滚流。

年少万兜鍪，坐断东南战未休。天下英雄谁敌手？曹刘。生子当如孙仲谋！

这词的筋节之处，在于它的三问。一问——“何处望神州？”再问——“千古兴亡多少事？”，三问——“天下英雄谁敌手？”不消深论，只说这三问，已是气概非凡，风流尽在。

第二首，《摸鱼儿·更能消几番风雨》：

更能消、几番风雨，匆匆春又归去。惜春长怕花开早，何况落红无数。春且住，见说道、天涯芳草无归路。怨春不语。算只有殷勤，画檐蛛网，尽日惹飞絮。

长门事，准拟佳期又误。蛾眉曾有人妒。千金纵买相如赋，脉脉此情谁诉？君莫舞，君不见、玉环飞燕皆尘土！闲愁最苦。休去倚危栏，斜阳正在、烟柳断肠处。

这首词也许是辛词中知名度最高、影响力最大的一首词。它虽然属于豪放一派，又写得雄浑凝重。所谓“姿态飞动，极沉郁顿挫之致”[①]。辛词能情能景，能博能深，能雄能隽，能开能合，能刚能柔，种种优点，在这首词中都有所体现。它不唯沉郁顿挫，而是深沉悠远，这是一般豪放词家做不到的。辛词独一鹤冲天，原因在此。

第三首，《永遇乐·京口北固亭怀古》：

千古江山，英雄无觅、孙仲谋处。舞榭歌台，风流总被、雨打风吹去。斜阳草树，寻常巷陌，人道寄奴曾住。想当年、金戈铁马，气吞万里如虎。

① 陈匪石编著：《宋词举》，江苏古籍出版社，2002年，第79页。

元嘉草草，封狼居胥，赢得仓皇北顾。四十三年，望中犹记、烽火扬州路。可堪回首，佛狸祠下，一片神鸦社鼓。凭谁问：廉颇老矣，尚能饭否？

表面上看，这是一首怀古词。上片讲了孙权与刘裕的故事，这故事确实令人振奋。“金戈铁马，气吞万里如虎”。一字一句，未止千钧气力。

但本质上，还是通过怀古而感叹自己的人生道路。他自 1162 年率众南宋，已经 43 年，多少机会白白丧失，多少心血白白断送。到现在，似乎又有了希望，然而，今昔对比，感慨犹多。当是时，辛弃疾已经 65 岁了。他曾建议孝宗托大计于元老重臣，而他本人业已成为元老一级的人物。然而，他的呈请没有得到回应。他回首往昔，禁不住悲情发问：廉颇老矣，尚能饭否！这不是作者的自问，也不是对王朝的追问，而是悲愤无门，对苍天的啸问！

第四首，《菩萨蛮·书江西造口壁》：

郁孤台下清江水，中间多少行人泪。西北望长安，可怜无数山。

青山遮不住，毕竟东流去。江晚正愁余，山深闻鹧鸪，

这词虽短，诠解却难。诠解虽难，却又意态分明。虽不知词者，亦不能不被这词的声情意境所感动。梁启超所谓：“《菩萨蛮》如此大声镗鞳，未曾有也。”[①]辛词非但能豪放能沉郁，而且能婉约，能细腻，能写怨情似水，亦能为美人写真。他的那首《祝英台近》，流传极广。其词云：

宝钗分，桃叶渡。烟柳暗南浦。怕上层楼，十日九风雨。断肠片片飞红，都无人管，更谁劝、啼莺声住？

鬓边觑。试把花卜归期，才簪又重数。罗帐灯昏，哽咽梦中语：是他春带愁来，春归何处？却不解、带将愁去！

① 唐圭璋主编：《唐宋词鉴赏辞典》，上海辞书出版社，2003 年，第 597 页。

清人沈谦评价此词说："昵狎温柔，魂消意尽，才人伎俩，真不可测。"[1]

辛词中有一首《浣溪沙》，写朋友的侍女名笑笑者，或借其名而词，或因其笑而词，无论如何，确实写得生动如见其人。

侬是嵚崎可笑人。不妨开口笑时频。有人一笑坐生春。

歌欲颦时还浅笑，醉逢笑处却轻颦。宜颦宜笑越精神。

辛词中也有相当多的通俗词，玩笑词，即前面说的俳谐体词。

这里举二首为证。一首是选本中少见的《寻芳草·调李莘叟忆内》，属于朋友间的玩笑之作：

有得许多泪。更闲却、许多鸳被。枕头儿、放处都不是。旧家时、怎生睡。

更也没书来，那堪被、雁儿调戏。道无书、却有书中意，排几个、人人字。

词风通俗，有趣，虽不登大雅，又何伤大雅。

另有一首《西江月·遣兴》，比较流行，风格情调，恰似其人。

醉里且贪欢笑，要愁那得工夫。近来始觉古人书，信着全无是处。

昨夜松边醉倒，问松"我醉何如"。只疑松动要来扶，以手推松曰"去"。

辛弃疾的咏物词亦饶有特色，如他的《清平乐·赋木樨词》，是咏桂花的，一则写形，一则写香，语言准确灵动，视角别具匠心。

月明秋晓。翠盖团团好。碎剪黄金教恁小，都着叶儿遮了。

折来休似年时，小窗能有高低。无须许多香处，只消三两枝儿。

---

① 徐培均选注：《婉约词粹》，华东师范大学出版社，2000年，第198页。

辛词咏物作的名篇，有《瑞鹤仙·梅》。古代诗人、词人咏梅的极多，如刚刚介绍过的陆游的《卜算子》咏梅。放翁的咏梅，是简洁而有情致，如蜜蜂采蜜，直入花心。特点是言虽尽而意犹未尽，语虽平而志气犹刚。辛弃疾的咏梅，则采用拟人化手法。将梅花比美人，写景写情写心灵，景色极具典型，人物极具个性。仿佛电影镜头，但见步步摇来，皆成图画，令人一见，便生美人芳草之叹。而那心，是痛的。其词云：

雁霜寒透幕，正护月云轻，嫩冰犹薄，溪奁照梳掠。想含香弄粉，靓妆难学。玉肌瘦弱。更重重龙绡衬著。倚东风，一笑嫣然，转盼万花羞落。

寂寞。家山何在，雪后园林，水边楼阁。瑶池旧约，鳞鸿更仗谁托。粉蝶儿只解、弄花觅柳，开遍南枝未觉。但伤心冷淡黄昏，数声画角。

辛词中卓然成一家的，还有他的风景词、田园词。风景词前人或有经典作品在，但写好也难，田园词写得好更难。从词的发生发展历史看，它本是近庭堂而远田园的。唐诗中田园诗为一大派，王维、孟浩然、韦应物、柳宗元皆为山水田园大家，词人中写林下风景的已然不多，写田园生活写成功的就更少见了。从晏、柳算起，中经张、欧、苏、黄、秦、贺、清照，没有一位在田园词方面有大作为的。豪放一派词人中，陆游诗中田园佳作不少，但他的词里，也未见其长。由此可知田园词作之珍贵。

辛弃疾词才全面，面面皆能。他以爱国志士兼大词人的情怀，书写田园，另成妙境。他最令人望尘莫及的地方，是画龙像龙，画虎像虎。他笔下的田园景色与人物情感，确实达到了水乳交融的境界。

先看那首《西江月·夜行黄沙道中》：

明月别枝惊鹊，清风半夜鸣蝉。稻花香里说丰年。听取蛙声一片。

七八个星天外，两三点雨山前。旧时茅店社林边，路转溪桥忽见。

他写得更富田园生活气息的则是《清平乐·村居》，只是寥寥数笔，写尽了两千年小农亲情。

茅檐低小，溪上青青草。醉里吴音相媚好，白发谁家翁媪？

大儿锄豆溪东，中儿正织鸡笼。最喜小儿无赖，溪头卧剥莲蓬。

综上所述，辛词善写景，善咏志，善抒情，善用典，善创新，善炼字，善对比，善经营。春雨秋风，信手来去，红苞绿叶，妙笔天成。他才能全面。因为他继承既多，胸怀又大。别的且不言，只说他词的语言，举凡《论语》《孟子》《诗经》《楚辞》《左氏春秋》《庄子》《史记》《汉书》《世说新语》《昭明文选》，李诗杜诗，以致口语、俚语、乡语、土语，莫不为其所用。宋词人中，柳永以赋为词，苏轼以诗为词，辛弃疾竟然可以以散文为词，此种境界，几有不可言喻者在。这里引他那首《贺新郎》为例：

甚矣吾衰矣！怅平生、交游零落，只今余几？白发空垂三千丈，一笑人间万事。问何物、能令公喜？我见青山多妩媚，料青山、见我应如是。情与貌，略相似。

一尊搔首东窗里。想渊明、停云诗就，此时风味。江左沉酣求名者，岂识浊醪妙理。回首叫、云飞风起。不恨古人吾不见，恨古人、不见吾狂耳！知我者，二三子。

4. 辛词对宋词及后世的影响

辛弃疾对宋词及后世的影响是全方位的，一一尽数，不太可能，且讲四个方面。

其一，辛弃疾属于开宗立派的词家。虽然词家传统苏、辛并称。但苏是先导，还没有立派，辛是集大成者，成为豪放派的旗帜与领袖。在他之前，也有爱国志士的词作，但都不及他与他的词作影响更大。或者应该这样评价：苏东坡是豪放词的精神领袖，辛弃疾则是豪放词的实际领袖。

其二，辛词直接影响了两宋词人，受他影响最大的乃是三刘一陈，三刘即刘过、刘克庄、刘辰翁，一陈即陈亮，这4位乃是豪放词派中的大将。

此外，辛弃疾交游广泛。他一生中，与韩元吉、陆游、丘崈、陈亮、刘过等人结交往来，意气相投，又与赵善括、张镃、杨炎正、姜夔、韩淲、程珌等应时往来，互有启迪。除去这些知名的词人、诗人以外，辛弃疾词作中涉及的人物还有许多，这中间虽不一定每个人都能作词，却很可能是词作的欣赏者、爱好者与传播者，尤其他与姜夔的交往，更是不可不提。姜夔词风影响尤大，与他词风，且正好相反。辛弃疾之后，姜夔是最有影响的词人也是最大的词人。两个人词风相异，却是忘年交，既有唱和，更多交往，他对姜夔疏派词风的形成有重要的作用。

其三，他的词自宋之后，历经元、明、清、民国直到现代，其影响都未曾中断，只是随形势的变化而有所变化而已。金代大词人元好问，清代大词人陈维崧，都是受他影响很深的人。清末民初的梁启超，对他更是情有独钟。梁启超的女儿梁令娴编《艺衡馆词选》，以南宋词人为正宗、正脉，以周邦彦、辛弃疾、姜夔、王沂孙、吴文英、周密、陈允平、张炎等八位词人比之于唐代之李、杜、韩、白。这八位词人中，属于豪放一派的词人，唯辛弃疾而已。而且，梁启超在夫人病重时，他心情郁闷，无法正常工作，便集古人诗、词佳句为楹联，其中最有名的一副对联，分别集了王晋卿的《忆故人》、辛弃疾的《摸鱼儿》和张文潜的《风流子》的词句，其联曰：

燕子来时，更能消几番风雨；
夕阳无语，最可惜一片江山。

其四，词到稼轩，终于取得可以与诗并驾齐驱的地位。词在唐、五代只是小道，晏、欧作词，虽有新作品，依然是旧规范，唯柳永别开生面，宋词因而有了第一次飞跃，但主流词人不予认可，因为他的词风太俗，词意太艳，不登大雅之堂。到了苏东坡，可以登大雅之堂了，但仍不足以与诗歌平起平坐；东坡本人，也不全力作词，如同他作文作诗那样。直到周邦彦时期，大气候成矣，然而还不够，还作不出“铿锵铛鞳”般的宏声巨响。到了辛弃疾，好了，不但万事俱备，而且东风骤起，自兹尔后，唐诗宋词成为可以并称的光辉艺术名词了。这样的成就，固然不可以归功于一人，但那集大成者，显然居功甚伟。

词评家周济在《介存斋论词杂著》中说：

吾五十年来服膺白石，而以稼轩为外道，由今思之，可谓瞽人扪籥也。稼轩郁勃，故情深，白石放旷，故情浅；稼轩纵横，故才大，白石局促，故才小。[①]

像周济这样的饱学之士，理解辛弃疾词都需要 50 年，联想起昔日王国维对周邦彦词的认识过程，可以知道，伟人之立，需要时间。

① 缪钺著：《缪钺说词》，上海古籍出版社，1999 年，第 138 页。

第三节　辛派词人：陈亮与刘过

陈亮与刘过均为辛派词人中的重要成员，且两个人多有相通相似之处。

他们不但所处时代相同，年龄相差无几，且均为南方人。这些且不说，只说他们作为词人也有种种相似之处。

首先，陈、刘二位都是激情爱国者。世界上爱国者固多，表现方式则各异。陈亮、刘过特别富于激情，而且这激情持续一生，未曾衰减，这在常人也许是很难做到的。即使一些杰出人物，到了晚年，因为这样那样的原因，也很可能改变性情，或改变观念，或改变人生态度。他们前面的，如朱敦儒，晚年被秦桧笼络，成一污点；他们后面的，如刘克庄，原本也是辛派词人中的一员骁将，晚年谀侍贾似道，更成为洁白人生中的一块污渍。陈、刘两位词人，善始而又善终，他们青年时间是伟丈夫，到了晚年依然是伟丈夫。铮铮铁骨，令人敬重。

其次，陈、刘二位都是政论家，又都特别喜爱议论军事，而且两个人均为雄辩人才。尤其陈亮，更为雄辩。谈兵论政，原本是豪放派词人的特色，爱国、报国、强国，更是他们的毕生追求，所以不但有激情，还有对时局的分析，对军事态势的认识，特别是对国家安危兴亡的思考。自陈克、叶梦得、岳飞诸人起，或是行政干才或是军中将帅，这个特色十分浓郁。陆游也好言兵言政，辛弃疾本人就是青年将领出身，且对时局的认识更全面也更冷静。陈亮、刘过作为他们的继承者，允文允武，允言允行，只是他们二位的议论更具锋芒，更富刺激，纵横捭阖，雄辩一方。

又次，他们二位都是布衣出身。陈亮第一次上书，孝宗没有采纳他的意见，但认可他的才干，要给他官做，他一听——我上书，不是为谋一个官，官职不要，拂袖而去。直到53岁时得了一个科考第一。第二年，未曾赴任，就病故了。刘过则终身布衣，与仕途无染。他是自林逋以来，第一位有影响的布衣词人。重要的是，从他们二位开始，词的作者阶层明显发生某种质变，这个稍后再谈。

但他们两个人，又是有话语权的知识分子。陈亮的话，可以直达“天”听，这一点，古往今来，煞是少见。刘过的话虽然没有直通皇帝，但他对陆游、辛弃疾、陈亮均有相当影响。这几位金刚罗汉式的人物肯于与之折节相交，亦可谓非凡者也。

这三点——一是有爱国激情且持久不衰，二是关心国事且多有新见奇见，三是代表下层知识分子之声即代表民声，三者合一，成为他们豪放词作的重要构因。

但陈、刘之间也有区别。在陈亮，则完全可以称之为一代狂生；在刘过，则更近乎一位豪客。

陈亮的优长，是想得更深，影响更大，遭遇的挫折也更严重。他是一位敢于、善于、乐于并苦于深入思索的人物。他一生最信任的词友，就是辛弃疾，最主要的论辩对手则是朱熹。

陈亮与朱熹争论的焦点在于王霸义利之事。在朱熹是天理之学，尧舜之业，“饿死事小，失节事大”。陈亮则强调王、霸相杂。在义利观上，朱熹坚持儒学重义轻利贵义贱利的传统，陈亮则是一个政治功利主义者。陈亮的王霸杂用也好，功利之说也好，都是为宋王朝收复失地、重归统一的大业服务的。加上他的文章有《史记》《国策》之风，不做则已，一做便有山呼海啸之声，江河决堤之势。单以其文字雄辩而言，有宋一代，几无敌手。

陈亮是文章高手，他最好的文章都是写给皇帝的。他一生三次上书，而且越到后来，言辞越激烈，批评越不顾利害，以至两次下狱，几成死罪。他上书的风格，可说自秦汉以降，别无所见。那特点用八个字表示，即：推心置腹，慷慨陈词。因为他推心置腹，所以能使皇帝产生好感；因为他慷慨陈词，所以又极富于感染力。他痛斥的是主和派，渴望的是出兵江北，收复故土，绝没有半点私心。故而，当主和派因他语言失度，欲治他重罪时，宋孝宗才说：“秀才酒后狂言，何罪之有？”便把他释放了。他固然因言而获罪，但英雄之气不减当年，确实是一位硬骨头知识分子。

虽然——用现代语言讲，——就他的专业准备，学理准备，行政历练准备而言，他都不是一个可以担当抗金救国重任的合适人选，但作为一个词人，有上述种种条件与经历，也足够了。

刘过也喜欢谈兵论政，同样准备担大任，做大事，以万代功名作自我期待。但他缺少陈亮那样的文字能力和话语影响。并非他不善表达或表达的感染力不够，倘若如此，怎么能使辛弃疾、陆游这样的前辈折服，又怎能使陈亮这样的才俊之士喜欢。但他既不曾与朱熹一般的硕儒论辩，也不曾与帝王有任何形式的直接接触。他的特色，更近于民间豪士。他布衣一生，属于真正意义上的平民知识分子，本人又不善理家，不能在经济上自立。但他言而能豪，豪而能饮，饮而能歌，歌而能论。他豪情千丈，又是天才酒徒，加上能歌能词，尤其善谈善论，如此等等，成就他豪杰一生的特异风貌，时人吕大中在为他作的墓志中写道：

家徒壁立，无担石储，此所谓生而穷者；冢芜岩隈，荒草延蔓，此所谓死而穷者，先生何穷之至是哉！然横用黄金，雄吞酒海，生虽穷而气不穷；诗满天下，身霸骚坛，死虽穷而名不穷。乃知先生之穷异乎常人之穷也。[①]

这等奇士，或足称之为精神骑士或精神贵族。

1. 陈亮其人与其词

陈亮（1143–1194），字同甫，原名汝能，曾名同，人称龙川先生。永康人，今属浙江省。

陈亮的曾祖父在金兵攻占汴京时战死。他的家庭也由此而中落。他少年才隽，读书广博，言辞犀利，为时人所重。1169年，他27岁时，第一次向皇帝上书，进“中兴五论”，因为权臣阻挠，意见未被采纳。经过几年的准备，1178年，他二次上书，而且连上三书，打动了宋孝宗，要授他官职，他因意见不被采纳而拒绝授官。十年以后，1188年，他先到金陵一

① 王兆鹏，刘尊明主编：《宋词大词典》，凤凰出版社，2003年，第425页。

带实地考察，然后第三次上书，文章内容更其有根有据，文章用语也愈其犀利尖锐，结果惹了麻烦。此后，也曾两次入狱。1193年，他参加礼部考试，虽然已经51岁了，但雄心犹如往时，被宋光宗亲自擢为第一名。他表态说："复仇自是平生志，勿谓儒臣鬓发苍。"但第二年，未及赴任，便因病去世。

他诗、词、文章均有成绩，以文章名气最响亮，诗作不多，诗风近似词风。关心时政，又特别敬慕李白。他的古体诗《清仙歌》，很能表现其人的情怀。

他的文学成就主要在于他的词。他虽是辛派词中的主将，但风格并不单一。大约在他的时代，豪放之风已经逐步得到世人的认可，所谓正宗、正声的压力已渐渐式微。何况对于他这样的词人而讲，就算那压力不曾"式微"又能把他陈同甫怎么样呢？

陈亮词的风格很近辛弃疾，但二人还是颇有区别。概而言之，辛词重在言志，因志而抒情是他的特色。陈亮的特点，重在说理。抒情当然也抒情，更确切地说，则是抒愤。一面言理，把自己的主张写到词中去；一面抒发愤懑，所谓喜、笑、怒、骂，皆成文章——他的词嬉、笑少些，主要是怒、骂。以此比较辛、陈，可以说，辛的词风最具大气象，如刘邦的《大风歌》。陈的词风，大率属于豪放，细分则是激愤。激激然但觉西风骤起，愤愤然又似怒水东来。因而，每作一词，"辄自叹曰：'平生经济之怀，略已陈矣。'"

一言以蔽之，陈同甫的词气势有余而韵味略有不足。而这，在他内心，也许是理应如此，也许是无可无不可的。

他的代表作是《念奴娇·登多景楼》，其词曰：

危楼还望，叹此意、今古几人曾会？鬼设神施，浑认作，天限南疆北界。一水横陈，连岗三面，做出争雄势。六朝何事，只成门户私计！

因笑王谢诸人，登高怀远，也学英雄涕。凭却江山管不到，河洛腥膻无际。正好长驱，不须反顾，寻取中流誓。小儿破贼，势成宁问强对！

另有一首为朱熹所作的贺寿词《洞仙歌》，也很有陈词特色。

《洞仙歌》词风依旧，语言更为通俗。以通俗的语言写大抱负，大志向，也是陈词的特点之一。

秋容一洗，不受凡尘涴。许大乾坤这回大。向上头些子，是雕鹗抟空；篱底下，只有黄花几朵。

骑鲸汗漫，那得人同坐！赤手丹心扑不破。问唐、虞、禹、汤、文、武，多少功名，犹自是、一点浮云铲过。且烧却、一瓣海南沉，任拈取千年，陆沉奇货。

再举一首《彩凤飞·十月十六日寿钱伯同》：

人立玉，天如水，特地如何撰？海南沉、烧著欲寒犹暖。算从头、有多少厚德阴功，人家上、一一旧时香案，煞经惯。

小驻吾州才尔，依然欢声满。莫也教、公子王孙眼见。这些儿、颖脱处，高出书卷。经纶自入手，不了判断。

这寿词也写得奇。他不作吉祥语，又不作福禄语，而是重点写钱伯同祖先的官德与钱氏之政声，但写着写着，牢骚来了。钱氏政声如此之好——“小驻吾州才尔，依然欢声满”，那些王子王孙怎么会看不见呢？咄！

总之，倘若人如其文之其理能存，那么，陈同甫就是一个好例。

2. 刘过

刘过（1154–1206），字改之，号龙洲道人。吉州太和人，今属江西省。布衣终身——做老百姓做了一辈子。但他的心是始终关心着国家的统一与安危的。他也曾上书皇帝，提出收复中原的方略，但结果也同陈亮一样——全无用处。而且论影响又远不如陈亮的影响之烈之大。他也曾被陷入狱，经官方朋友相助，总算没造成太大伤害。他是平民，但不是一般意义上的平民百姓。他能诗能词能文，更能谈能论能酒。他一生奔波，多行走于官宦之间，后来更成为辛弃疾的座上佳客。纵观他的人生特色，既有名士气，又有志士气，还有狂士气，再加上些策士气、谒士气，五气相聚，是为刘过。

他的词风从另一向度接近辛弃疾，与陈亮则有所不同。陈亮是抒愤抒议，他则既有狂放一面，又有俊逸一面，刘熙载说他的词：“狂逸之中，自饶俊致，虽沉着不及稼轩，足以自成一家。”[①]

评得有道理。

细读刘过之词，它的风格亦属凤鸟多姿。大体以狂逸为主，也有俊逸，也有豁达，还有所谓艳词。他最著名的词章，当属《沁园春》“斗酒彘肩”：

斗酒彘肩，风雨渡江，岂不快哉！被香山居士，约林和靖，与坡仙老，驾勒吾回。坡谓“西湖正如西子，浓抹淡妆临照台”。二公者，皆掉头不顾，只管衔杯。

白言：“天竺去来，图画里、峥嵘楼阁开。爱东西二涧，纵横水绕，两峰南北，高下云堆”。逋曰：“不然，暗香浮动，不若孤山先访梅。须晴日，访稼轩未晚，且此徘徊。”

这词构思奇异，设想狂放，且打破时空，别开风貌。唯那气象，那格调，依然辛词一派，可谓当行出色。岳珂曾用“白日见鬼”评价此词，既多惊奇，又生赞叹。

但他也不乏婉约一路的作品，如他的一首《四字令》，便为词家所赏：

情深意真，眉长鬓青。小楼明月调筝，写春风数声。

思君忆君，魂牵梦萦。翠销香暖云屏，更那堪酒醒。

虽为小令，偏写得精致，别有情怀。郑振铎先生喜欢他《沁园春》中的“有时自度歌曲悄，不觉微尖点拍频”“凤鞋泥污，偎人强剔，龙涎香断，拨火轻翻”等词句，认为“这都是很纤丽可爱的”。[②]

这几句词出自他的《沁园春》“美人足”“美人指甲”两首词。这两首词，却是命途多舛，饱受恶评，今照录于下，以正视听。

---

① 王兆鹏，刘尊明主编：《宋词大词典》，凤凰出版社，2003 年，第 426 页。

② 郑振铎著：《插图本中国文学史》（第 3 册），人民文学出版社，1957 年，第 585–586 页。

"美人足"这样写：

洛浦凌波，为谁微步，轻尘暗生。记踏花芳径，乱红不损；步苔幽砌，嫩绿无痕。衬玉罗悭，销金样窄，载不起盈盈一段春。嬉游倦，笑教人款捻，微褪些跟。

有时自度歌声。悄不觉微尘点拍频。忆金莲移换，文鸯得侣；绣茵催衮，歌舞轻分。懊恨深遮，牵情半露，出没风前烟缕裙。知何似？似一钩新月，浅碧笼云。①

《美人指甲》这样写：

销薄春冰，碾轻寒玉，渐长渐弯。见凤鞋泥污，偎人强剔；龙涎香断，拨火轻翻。学抚瑶琴，时时欲剪，更掬水鱼鳞波底寒。纤柔处，试摘花香满，镂枣成斑。

时将粉泪偷弹。记绾玉曾教柳傅看。算恩情相著，搔便玉体；归期暗数，划遍栏干。每到相思，沉吟静处，斜倚朱唇皓齿间。风流甚，把仙郎暗掐，莫放春闲。

刘永济先生曾说，刘过的这两首词和他的《竹香子》《清平乐》等词，"尤与元代散曲沆瀣相通"。② 这见解，很公平，也很有说服力。这里引他的那首《清平乐》，看看是否有点元代散曲的意味在内。其词曰：

忔憎憎地，一捻儿年纪。待道瘦来肥不是，宜著淡黄衫子。

唇边一点樱多，见人频敛双蛾。我自金陵怀古，唱时休唱《西河》。

毕竟是布衣词士，写得这般生活气息浓郁。

在这个时空段里，还有别种风格在焉，尤其是以姜夔为标识的另一种词。但为着叙事等方面的原因，本章文字就此打住。

① 此词刘永济先生断句与郑振铎先生的引文有不同，当以永济先生的为是。

② 刘永济著：《元人散曲选·序论》，第3页。

第六章

宋词的精进期

本章亦可名为：第五乐章，慢板——精进，并且抒情着。

这个时期大体始于13世纪初叶，到13世纪60年代为止。但姜夔、高观国、戴复古等都早于其上限。这也是宋词分期不同于唐诗的一个特点。唐诗的分期，界线分明，初、盛、中、晚四个时期的重要人物少有交叉。宋词则不然，它总是在上下交替中完成分期。如欧阳修与苏东坡在时间上部分重叠，周邦彦与李清照在时间上的部分重叠，以及这一时段内辛弃疾与姜夔的部分重叠。但本期的多数人物，将在13世纪初叶次第登场，而它的前导者与领袖人物则是姜夔。

在此，应该回顾一下这个时段南宋的一般政治、军事与文化态势。

这个时期，从词的发展的视角看，有三个层面的发展趋势需要特别引起注意。

第一个趋势，这正是韩侂胄北伐战败后的一个新的历史阶段。韩侂胄此次北伐是有充分的舆论准备的。

从金人那一面看，也正是内忧外患不断。别的不说，只说1206年，即韩侂胄北伐的那一年，也恰是铁木真称帝的一年，从此蒙古帝国开始雄进四方，这样的机会对南宋的主战者、爱国者以及政治投机者而言，正是千载难逢的大好时机。

可叹的是南宋政权虽然有一万个理由证明北伐收复故土的正确性，却没有一个可以操作的机制作支撑，甚至没有一项真正经得起推敲的战争举措作保证。那结果必然是悲剧性的。其结果是符离一战，全军溃败。于是从一个极端风一样地转向另一个极端，不惜一切代价，只要求和。求和就要赔款，而且更要忍辱，还要把韩大帅的头颅献给金帝，以示诚意。杀本国统帅以谢罪，这样的奇耻大辱，在整个人类历史上也是极其罕见的。而宋王朝原本就是一个不以耻辱为耻辱的王朝，在它所饱受的无数耻辱之中，最不可原谅最不可思议的就是献韩大帅首级与以莫须有罪杀害岳元帅这两桩历史丑闻了。

符离既败，人心混乱，被赶走的主和派卷土重来，史弥远、贾似道之类的权臣与奸贼相继当权，宋政权的希望之光从此熄灭，留给它的只有更大更多的屈辱，直至灭亡。

其二，南宋政权自1139年第一次与金人议和之后，日趋稳定。经济慢慢恢复，城市日渐繁荣。几十年间，像杭州这样的大城市又有了新的风貌。而相对稳定的农村，也如辛弃疾词中所写，开始恢复种种习俗与传统。彼时杭州的经济与文化状态，在周密的《武林旧事》等著作中均有生动的记载。这样的生活，对于那些原本就渴望苟且偷生的人来说，是再美妙不过了。韩侂胄北伐之前，主战声音还很响亮，符离惨败之后，主战派几遭灭顶之灾，求和求存成了唯一的国策，苟且偷安成了冠冕堂皇之事。而世道人心，是愈发向奢华享乐的方向堕滑而去。

其三，1206年，对于南宋词坛而言，也是一个重要的年头。就在这一年，刘过去世；此后一年，辛弃疾去世；再过三年，姜夔也去世了。宋代词坛自晏殊时代算起，其词人的社会地位与身份，随着时间的推移，有递减加速度的趋势。词人身份下移，日渐远离朝阙而近于民间。这一点稍后再议。

以上三种变化，对南宋词坛的影响是巨大的。它改变了宋词的发展方向，使它发生了迥然有别于前人的声响。

词到姜夔，发生第五次重要变化。唯这一次变化与前四次不同。前四次变化的代表人物，或者是词的新领域的开拓者，如柳永、苏轼，或者是现有传统的总结者——集大成者，如周邦彦、辛弃疾。姜夔既不属于开拓者，也不属于集大成者。实在他这一派的精神领袖乃是周邦彦。周邦彦已经集婉约词派之大成，你姜夔再变，怎么变呢?

这一次的改变，用一句话表示，就是继续向精、深、细、美的方向发展。好像山外有山，天外有天，又好像“行至水穷处，坐看云起时”。它本来已经没有路了，然而，人们又在那无路之处，开辟一条道路出来。周词的特色已经是精、雅、和、美，这一代词人还要精益求精，雅之再雅，和复求和，美复求美。仿佛那极美妙的歌声，明明已到极高处，忽然又有婉转时。

这一时期的代表人物，前有姜夔，中有吴、史，后有周、陈、王、张等，他们的共同特色，就是将周邦彦总结规范与振起的婉约词派，又向新的层面予以推进，并取得了很高的艺术成就。

前面说过，梁启超女公子评述宋代词人水准，最为推崇南宋。认为唯有南宋词人才有资格与大唐诗人进行比较，并认定周邦彦、辛弃疾、姜夔、吴文英、周密、陈允平、王沂孙、张炎为宋代八大词人，说他们就是唐代诗人中的李白、杜甫、韩愈与白居易。大约这样的观点，并非只此一家。

这8位词人中，自这一时期始就有6人。

这个时期的词作词境词风的变化，细而论之，可以分为以下三个方面，即词的边缘化、细节化与艺群化。

所谓边缘化，是说这个时期的词人，绝大多数属于布衣一族，其生存状态与宋词一期的词人相比，几乎天地之别，但天地之别并非贵贱之别——这是应明确的。原来的大词人，多为高官显宦，而且动辄就是宰相、尚书。200年过去了，这个时期有成就的词人，不要说宰相，就是七品芝麻官也罕见了。他们中的那些代表性作家，几乎人人皆为布衣，即平民知识分子。

这种倾向，其实早已有之，即从宋词第一期开始。词人的身份便不断随着新阶段的来到而下降。一期是高官，二期是中贵，三期是官民皆有，四期则以不得意的中、下层官史为多，或者虽为官员，实则常常被贬职、被免官，流落山林，亲近乡野。到这一期并下一期，那词坛干脆就成了江湖名士的聚流之地。从名相到地方官，从地方官到名士，这种变化值得回味。

所谓细节化，是说自这个阶段起，词作主流进入精雕细琢的阶段。古人所谓“十年磨一剑”，今人所谓“十年磨一戏”。词从唐代开始，到这个时期，差不多有400年历史了。从晏、欧时代迄今，又有了约200年时间了。就是从周邦彦算起，也有一个多世纪了。词本美文，经过这么长时间的探索与打磨，中间又出现过那么多杰出的词人特别是几位大师级人物，它再向前发展，不走精雕细琢之路，没有生存空间了。所以自此开始，那些杰出词人的创作都是最经得起考验的。那品格类似晚唐李商隐的诗作，单以技艺而论，可说冠盖全唐，此间的代表性词作，也大体如斯然。

所谓艺群化，包括两层含义：

一层含义，词的地位提高了，词的本来面貌是席间歌咏之物，与诗相比，只是小道末技。这种情况，到苏东坡时才真正改观，但它依然保留了歌舞吟赏的形式。东坡词被人认为是句读不葺之诗，不合音律，但也是要唱的。他被贬海南时，曾让他的宠妾朝云唱他本人的词作，就是明证。但到这个时期，情况变了，因为作词的人已不再囿于达官显贵，他们本人的社会地位低了，但词的地位高了，词作在他们心中，已成为神圣的艺术品，唱尽管唱，唱之外另有更崇高的价值在。

另一含义：此时的词人，尤其宋末的词人，已开始组织词社，如史达祖即曾组织和参加词社，王沂孙也曾组织和参加词社。词社的出现，即由歌人之唱转变为词人之间的同仁之唱。词社的唱和与研究，则表示了词作为专门性艺术的交流。这种变化是特别值得后人所重视与探索的。

因这三个变化，又带来三个特色：一是小众受体；二是个性表达；三是专艺交流。

所谓受体，即词的接受对象，说白了就是交流者、阅读者和吟唱者。

词的受体，原本也是小的，但到苏东坡时代，变大了。到了北宋末年，词已然取得官方地位，朝廷成立大晟府，皇帝本人也成了著名词人。作词的人已经泛化，词的内容尤其泛化。张先将词作为友人赠答之物，还比较罕见，到了苏、秦、黄、贺时期，已是寻常之事，凡诗所有的功能，词作无不有之。辛弃疾时代，情况愈其发展，悲凉慷慨之调也成为词声。但到了这个阶段，因为词的发展，向着更为精、深、细、美的方向去了，因而能作这词的，能吟这词的，以及能欣赏和品位这词的人反而少了。它从相对大众化的平台转向了小众化的平台。

个性表达，则绝对是件好事。词作意在抒情，本来有个性表达的意义在内，但看柳永之前的词，大多属于喻情式的、类型化的，离情别绪、美人芳草，才是直接的表达对象。到柳、苏、秦、周时期，这问题解决了。但自那时起，名篇名作，尤其是苏、辛一派的名作，大多属于宏大叙事。如“大江东去”就是宏大叙事，“何处望神州”也是宏大叙事，虽然词人的个人情感也在其中，那主题、那气象、那风范都是大的。但从姜白石起，词人的情况变了，他们的价值追求也变了，词风自然随之变化。宏大叙事既不需要他们，嫌他们没有资格，他们也不再对宏大叙事感兴趣，但他们显然也不会回到晏、欧一派的旧路上去。他们写的、唱的、吟的、颂的，多为身边的琐事，虽属真情实感却与国家大事无太多关系。这实在也是一个很大的进步，虽然这进步的起始原因中多少有些无奈在内。

专艺交流，前面已略有涉及。就是说这时期及其以后的交流，主要不再是为娱乐、享乐服务了；不再是官场应酬之物了；也不再是抒雄心、立壮志的诗样风格了。如果论音律，也不再和歌伎论了，而是词人间的交流了；如果谈功用，也不再是官员之间或官长与词人的交流，而是词人自己的事了。这个时候的词作，已经具有某种职业与专业的含义，作为一个名词人，也就成了作为一个名士的先决条件。那情形与六朝和盛唐之时作诗人的感觉差不许多。

从整个词的发展曲线看，到了这个阶段，否定之否定的特征出现了。开始时候，词是民间的，后来宫廷化了，到了这个时候，又归于民间来了。

以宋词而论，开始时期，以婉约为主，后来豪放词出现了，进而地位上升，甚至主流化了，到了此时，又归于婉约。从婉约到豪放再到婉约，也是螺旋式上升。其结果，是出现了更为精美的词艺。

但也因为走上了精、深、细、美的道路，它成了小众受体。从而在它的词人中，再也不会出现苏东坡了，再也不会出现辛弃疾了，甚至连柳永、秦观、贺铸、黄庭坚都不再出现了。胡适先生批评这是一个“词匠”的时代，用语有些“狠”了，但并非全无道理。象牙之塔虽然精妙、精细、精深无比，却多少有些“小”了。它不再是高山峻岭，也不再有长河大川，他们一个一个走进周邦彦词的殿堂中顶礼膜拜，然后又练了些独门的本领，进而将这些本领带到“江湖”中去了。

但也不全是好消息。因为自此之后，宋词的发展向着小众受体去了，向着个体表达去了，向着专艺化方向去了；同时，词人的地位也向着边缘化去了，词作手段向着细节化去了，词人的组合形式又向着艺群化去了。其消极后果，是理解词的人少了，注意它的人也少了。虽然梁令娴先生认定南宋词人的经典地位，但读者与词的选注者似乎并不这样看。前引王兆鹏先生所著《唐宋词史论》，从其中经过量化分析的结论看，40 篇唐宋词名作中，南宋词人，即使从辛弃疾算起，也只有 10 篇。此外，另有李白、李煜的词作 4 篇。那就是说，北宋词人的入选作品大约相当于南宋词人的三倍之多。

这就说明，唯有具有大众受众基础的词作，才更具广泛传播的可能，而广泛性在一定程度上代表了经典性。

但是，词的雅的传统也好，俗的传统也好，婉约传统也好，豪放传统也好，都不会消失的，只是在此时此地，词的婉约风格又占了上风。然而，也差不多走到了尽头，再向前发展，就该是元曲的时代了。

第一节　名士词人姜夔

姜夔是个大词人，这是毋庸置疑的，只是他的“大”别有特点。我在前面说过，宋词史中有5位最重要的词人。这5位词人，依时序排，即柳永、苏轼、周邦彦、辛弃疾和姜夔。如果非挑出一个第一名不可，那就是辛弃疾，——辛弃疾词人第一，苏东坡文学家第一。如果将这5位词人，也分分档次，那么或许该用这样5个形容词来表示：

一枝独秀——辛弃疾；

双峰对峙——辛弃疾与苏东坡；

三足鼎立——辛弃疾、苏东坡与周邦彦；

四角分张——辛弃疾、苏东坡、周邦彦与柳永；

五大词家——则是辛、苏、周、柳与姜夔。

顺便说一句，苏、辛、周、柳的时代，他们都是出类拔萃的人物。姜夔也是，但他与他所代表的那几位杰出的词家，如吴文英、史达祖、王沂孙，张炎等，差异并不明显，总体上看，他的风格其实也就是他们的风格。

1. 姜夔词的艺术品性

姜夔也是一位奇才，他不但在词艺方面卓然成家，代括群贤，他还是一位很杰出的诗人和诗歌论者。且他的诗论尤其有声誉有影响。

他的诗初学江西体，对黄庭坚尤其崇信有加。

但他学来学去，把自己学没了，所以下的功夫虽大，却没有合理的投入产出比。后来他结交尤袤、杨万里，有了新解，“异时泛阅众作，已而病其驳如也，三熏三沐，师黄太史氏，居数年，一语噤不敢吐，始大悟学即病，顾不若无所学之为得，虽黄诗亦偃然高阁矣。”[①]

学黄诗学傻了，正所谓“尽信书不如无书”。物极而必反，从此开了诗学之窍，而且将自己的心得形诸文学，广为宣传。

他的诗学主张用三句话表示，即“诗本无体”，“诗要精思”与“追求高妙”。

其中的“高妙”又有四种境界，即：“一曰理高妙，二曰意高妙，三曰想高妙，四曰自然高妙”。这般境界，说来话长，不说也罢。

说到“精思”，实际上还是江西诗派的影响，江西诗派有一祖三宗：杜甫及黄庭坚、陈师道、陈与义，正是这样的主张，但他从自己的实践与体味得出，不觉有些别意新生。

唯“诗本无体”，最是他的心得，也是最有价值的心得，他说：“诗本无体，‘三百篇’皆天籁自鸣，下逮黄初，迄于今人异韫，故所出亦异，或者弗省，遂艳其各有体也。”[②]

他所见所作多，又受过江西派诗学的规范与训练，加上他悟透禅机，他的诗在有宋一代，也是很出色的。他虽不列入尤、杨、范、陆四诗家之内，论在当时的影响和作品的质量，足可与这几位大诗人平起平坐。他本人与尤、杨、范、陆也确实均有唱和。他的诗作中，既有黄庭坚、陈与义的影响在内，又有尤袤、杨万里的笔意渗透其中，但那品位，却更似唐末的皮日休与陆龟蒙。大约他与他们——因为环境与经历的关系，更能心照神会，息息相通。此处引他一首绝句：《平甫见招不欲往》二首之一：

老去无心听管弦，
病来杯酒不相便。
人生难得秋前雨，
乞我虚堂自在眠。

姜夔不以文章名世，但他其实很会写文章。他的词作常配以小序，那

① 缪钺著：《缪钺说词》，上海古籍出版社，1999年，第144页。
② 同上，第145页。

些小序篇篇有特色有品位。读他这些小序，另有一种审美感受，那气韵与他的词自然是有些相通的，或者说是相得益彰的。宋代时，颇有些反对词前作序者，但能把序写得好了，却是另一种文学功夫。请读他《念奴娇》的一篇小序，看看感受何如：

予客武陵，湖北宪治在焉。古城野水。乔木参天。予与二三友日荡舟其间，薄荷花而饮。意象幽闲，不类人境。秋水且涸，荷叶出地寻丈，因列坐其下。上不见日，清风徐来，绿云自动。间于疏处窥见游人画船，亦一乐也。①

姜夔还是一位书法家。他的书法不惟为爱好者所喜欢，而且受到大书法家赵孟頫的青睐，赵孟頫评价他的书法，认为有“申、韩之气”。要知道，对艺术品的欣赏一般有三个层次。第一个是爱好者层次。玩玩而已，不见得有多好，也不见得多不好。第二个层次是收藏家的层次。收藏家当然有眼光，最大的本事是分辨真假。第三个层次是艺术家层次，得到艺术家的肯定，才是最好的奖赏。姜白石的书法能得到书法巨匠的认可，并勘定了其风格，说明他的书法已达到很高的境界。

他本人尤其是一位音乐家，他的特长是吹箫。在我看来，箫与琴是最能代表中国文化传统与中国人审美情趣的乐器。姜夔作为此中高手，对于他的词作，显然有特别重要的意义。

姜夔是个全才，但不是苏东坡、辛弃疾那样的全能大才，起码他没有从过政，没有行政才能或说没法证明他有行政才能。苏东坡有留下苏堤的善政，他是没有的。他也没有从过军，也不喜欢谈兵论武。像辛弃疾那样的英雄奇迹也不会在他身上发生。不要说这些，就是像陈亮那样以天下大事为己任，像刘过那样谈兵论武谈倒了英雄，他也不能。他只是一个词人。就以词人这一点说，他也不像苏东坡，他不是那种才华横溢、天才神纵、桃李满天下的大师级人物；他又不像柳永，他不是那种特立独行、我行我素、

① 孙旺，常国武主编：《宋代文学史》（上册），人民文学出版社，1996年，第237页。

还要洋洋得意自称“奉旨填词柳三变”、带有强烈前卫色彩的另类词人；他也不像辛弃疾，他不是那种豪气冲天、英雄盖世有能力呼风唤雨的词人；他甚至不像周邦彦，他不是政、艺合一的有艺术追求又有官方背景的宫廷性词人。

姜夔就是姜夔，但姜白石又岂可等闲视之。他只是一个词人，却又是一个生当宋词进入炉火纯青时代的词人。谁都明白，艺术草创时期，要脱颖而出，容易得多；但在斯艺臻于至境的时代，再脱颖而出，就难了。姜夔生当此时，该有的流派都有了，该有的大师级人物也都出现了，各种风格的词作不但已然百花齐放而且已经百花盛开。譬如一个豆蔻年华的女孩儿，可能有成为种种美人的前途，而一个已达盛年的美妇，再向新的美丽迈进，确实有点难度。他在这样的基础上，还能走一条道路出来，且取得影响很大又久而弥坚的成就，确实不容易，非常不容易。

他本人的条件或许并不特别突出，文章和欧、苏、黄、李相比，没有太奇特的地方；诗歌和苏、黄、陆、杨相比，也没有太奇特的地方。但作为一个大词人，基本素质也是优异的。而且，我们看他一生的发展和结果，仿佛那一切就是为了成就一位专门的大词人而准备的。凡这词人需要的条件，他样样具备；而超出这词人需要的条件，他也许没有那许多，然而，也无关紧要了。

姜夔（1155–1209？）字尧章，号白石道人，鄱阳人，今属江西省。他出身贫寒，父亲在他6岁时始中进士。后来做汉阳知县，他就跟在父亲身边。父亲不幸早逝，依姐姐生活。20岁时，便开始了他的漫游生涯。他一生去过许多地方，结识了众多的官吏与朋友，但未曾主动参加科考，有一次机会，也没有考中，终身未曾进入仕途。

但他的才能颇受人赏识，他大约早有诗名、词名及书法、音乐之名。欣赏他的人中，包括他未来的岳父家人，包括诸多当世才俊，也包括大宋天子。

第一个赏识他的重要人物当是萧德藻，此人后世名声不显，但在当时，却是与四大中兴诗人：尤、杨、范、陆平起平坐的大诗人。他非常欣赏姜夔，并将自己兄长的女儿嫁给了他。又介绍他认识了杨万里。

杨万里、范成大也是他的知音，他既向他们学到了不少作诗的经验，他的诗作、词作显然也影响那两位大诗人。他与范、杨关系密切，范成大还赠一歌女给他。

他也曾得到皇帝的青睐，宁宗庆元三年（1197），他曾上《圣宋铙歌十二章》，得到“免解”考进士的待遇，但没有考中。

最欣赏他才干的人物则先有张鉴，后有辛弃疾。

1193 年，他投奔宋大将张俊的孙子张鉴，在张鉴那里一住便是十年，两个人关系非常之好。据他自己说：“十年相处，情甚骨肉。”张鉴曾提出把一块风景之地赠送给他，他没有接受。这十年时间，应该是姜夔一生最为安稳和愉快的一段时光。

1203 年，张鉴去世，他又去了辛弃疾处。两个人关系也很好，而且互有唱和，虽然词风明显不同，相互是尊重的，从他此期的词作看，他也明显受到辛弃疾的影响。

杨、范、张、辛之外，与他相交的人物尚多，他与他们不但相处甚欢，而且多有唱和。他一生交友至 100 多人。

但他的一生，是不稳定的，困顿的，甚至是艰难的。晚年客居西湖，靠卖字为生，死后，家贫不能入殡。享年 71 岁。

姜夔一生投朋靠友，但不失独立人格。他是太喜欢交朋友，又太喜欢艺术了。史书记载，白石道人“气貌若不胜衣，家无立锥，而一饭未尝无食客；图书翰墨之藏，汗牛充栋”。[①] 他的为人与刘过颇有些相似之处。但二人的性格，又是如此不同。在刘过，是激扬舞蹈，如狂沙骤雨；在姜夔，则是清风明月，磊落胸襟。

姜夔一生交际广，漫游之地甚多，他的那些最著名的词作常常作于漫游与交际之间。他早年依姐姐住汉川，后来游淮扬，去湖湘，住合肥，并长期居于杭州，吴越一带的佳山妙水，几乎没有他不曾去过的。1176 年，他过淮扬时写下了千古名篇《扬州慢》，那是一首自度曲。1191 年，他结识范成大，又写了他的经典性作品《暗香》与《疏影》。

他一生善交际，所交际的又多为当世文学名家，这对他的文学修养与

① （宋）姜夔著；夏承焘，关无闻注释：《姜白石词校注》，广东人民出版社，1983 年，第 201 页。

文学创作好处多多。他一生游历，居无定所，饱览青山大川，对鄂、湘、吴、越之美景既饱览于目，又熟记于心，这对他的文学修养与文学创作也是好处多多。他身为布衣，又多才多艺。布衣生涯，使他对社会生活的理解更客观更敏锐，而多才多艺又给了他以文学形式表现这生活的能力与才华，这对他的文学修养与文学创作同样好处多多。

凡此种种，都为他成为一名杰出的词人准备了必要的条件，加上他一生不懈努力，终于使他成为一名卓然于世的布衣词人，专艺词人与疏派词的创始人。

宋代布衣词人不自姜夔始，但姜夔却是宋代布衣词人中第一个做出巨大成就的人；专艺词人也不自姜夔始，但专艺追求加上布衣身份，他则是第一家；同时，他又创造了词中的疏派。疏派之称与密派相对应，疏、密之区分不同于豪放与婉约的区分。它应该更深一个层次，疏密二派均属于婉约词派，它们是更深层面上的风格之别，是派中之派。因为是派中之派，所以那风格更细腻，更润泽，更优雅，那才调也更动人，更耐人寻味。

布衣词人，专艺词人，疏派词人，这三个身份叠加在一起，使姜夔成为宋代词坛上的大匠。说他是大匠，没有贬义。匠者，专艺之谓也。任何一种技艺，达到一定的层次，都会产生专业规范和专业要求。词自然不能例外。我讲宋词五变，柳词之变，胜在其制，柳永是第一个以赋为词大量创作慢词的大词人；苏词之变，胜在其格，苏东坡是第一个以诗为词，大幅度提升词的格调的大词人；周词之变，胜在其艺，周邦彦是第一个具有最全面、最规范的词的诸般艺术的大词人；辛词之变，胜在其事，辛弃疾是第一个以论为词，将爱国题材作为主要吟咏对象的大词人；姜词之变，则胜在其技，他是第一个在词的技术层面作出精进贡献的大词人。

大匠之论，绝非虚名，因为他有成就。文学发展史，常常有这样的现象，一些当时名声极大的人，成绩不见得有多好，作品也不见得有多久的生命力，但它就是影响大，声名赫赫，吓跑庸人，而时间愈久，其影响愈小，终于如云烟消散然。姜白石绝非如此，他真有贡献。

第一，他是一位创体专家。柳永也是创体专家，周邦彦也是创体专家，但三个人的贡献有不同。柳的创体，具有开拓性质。传统词以小令为主，慢词不多，柳永、张先开始大量写作慢词，柳永尤以写慢词为主。周邦彦则有整饬之功，他是大晟词的领袖，有官方身份，整理旧词，规范新词，虽带宫廷性质，功劳犹不可没。姜白石作为布衣词人，江湖名士，他的自度曲既有名且更具影响。他的自度曲，不是轰然一声巨响，然后便默默无闻矣。往往是他自度于前，马上有人习之于后，所以他的一些自度曲，如《扬州慢》《疏影》《暗香》不仅成为杰作，而且成为名曲。他本人对此也很满意，曾说："予颇喜自制曲，初率意为长短句，然后协以律。"①

第二，他是个音律专家。整个宋代，唯他与周邦彦、张炎是三位对音律有精深研究和重大成果的人，李清照、秦观都比不过他们，更遑论他者。

他的特别的地方，是既能先曲而后词，又能先词而后曲。这一点与周邦彦有别，周邦彦先曲后词，根据曲调调整词句，使之合韵合律。他独特的地方，是自由写作，先把词写出来，然后再调恰音律。故言"初率性为长短句，然后协以律"。他的自度曲——自制曲，不但词是新的，曲也是新的。其在音律方面的贡献，显然更为出色。

他本是高水平乐手，又擅长自制曲，不唯如此，他还把一些曲谱以工尺方式记在词的旁边。这也是非常罕见的，甚至是绝无仅有的。以这样方式流传下来的有他的 17 首词。

第三，他的词又开创了一种新的风格。中国古典文学本来有多元化特点，而且因为多，又分得细，但真能成为开风立派者，也不简单。白石词被公认为"疏"派，成为一种风格的代表。他以疏为能，吴文英以密为长，两个人一疏一密，成为南宋词人中最具代表性的人物。

尤其这疏的风格，向上追溯，一直可以追溯到韦庄和冯延巳，特别是冯延巳。冯以下，又有欧阳修，也是这风格；苏东坡才高八斗，那风格也与疏朗之气相近。词到姜夔时代，因为写得细了，写得细时，密成为一个趋势。他独能密中求疏，别开生面，这个特点，令人钦佩。

第四，他的词技艺高超，单以词艺而论，与周邦彦、王沂孙被后人称为"三绝"，清代大词评家陈廷焯说：

词法之密无过清真，词格之高无过白石，词味之厚无过碧山，词坛

① 龙榆生著：《词曲概论》，北京出版社，2004 年，第 68 页。

三绝也。[①]

这观点未必尽合史实，但白石的词艺确实可比之于陈年佳酿，愈久而弥香，也是真的。

第五，他是辛弃疾之后，南宋词坛又一位领袖级人物，且是宋代词史上最后一位开宗立派者。在他之后，直到南宋灭亡，所有词家，若不入辛派，必然入姜派，能与辛弃疾分庭抗礼的人物，非他莫属。他是南宋时期婉约词派中首屈一指的经典性作家，其地位与辛弃疾在豪放派中的地位，十分相近。因为他是如此杰出的词坛人物，所以表现在风格层面，他就与其他重要词人形成特定组合，成为宋代词史上的专用名词。如“辛姜”，这个已经解释过了；如“周姜”，这个也说过了；还有“姜史”，即他与史达祖。他们两个人的词风有相似之处，特点是清空。这风格影响深远，直达清代。此外，还有“双白”之称，即他与张炎的合称。他是白石道人，张炎有《白云词》，“双白”的影响更甚于“姜史”之称。一个词人有这样多的层面影响，有宋一代，大约只有辛弃疾可以与之一论短长。

但他在宋代词史的地位，毕竟与周、柳、苏、辛有些区别。

他处的时代，国情变了，民情变了，词情也变了。他以前的词人，例如与他相交的辛弃疾及陈亮、刘过等，那心是热的，事是忙的，自我责任感是重的，他们属于且忙且热人累心更累的那一种词人。因为他们对于大宋王朝还抱有希望。又因为这希望，所以心愈热，情愈迫，责任感愈重；也因为这希望，他们会愤怒、会欢笑、会痛苦、也会忧伤，且怒则大骂，痛则大哭，喜则大笑，哀则大悲。虽然笑的时候委实不多，但每每看到一点光亮时，便禁不住喜从心头升起的兴奋心情。

这一代人不一样了。他们的情感主调不是热，而是冷；生存主调不是忙，而是闲；责任主调不是责任太重，而是根本找不到责任。人家权势者不信任你，不理你，不知道也不想知道你的存在，更不知道也不想知道你的感受；你根本就是可有可无的。宋仁宗是有些醋意柳永的，宋真宗是记挂苏东坡的，宋孝宗也没有忘记辛弃疾，连最不济的宋徽宗还要建立大晟

---

① 王兆鹏，刘尊明主编：《宋词大词典》，凤凰出版社，2003年，第833页。

府，使用周邦彦呢！但对于姜夔这样的杰出词人，在最高权力者那里已经没有什么位置了。所以，热心不觉成了冷意，可能的忙人便成了新型的闲人，责任重大则成了百无聊赖。闲、冷、百无聊赖再加上几分孤傲与几分冷眼旁观即是姜夔一派词人的主调。姜白石是他们的领袖，比较起来还不算最典型的人物，但那基本样式已然显露无遗。客观上，他们多少带些颠覆色彩。他们以自己的方式，颠覆了自苏东坡以来的词学传统。表面上看，似将词的发展推回了旧式轨道。然而，细细品味，也不是的，旧式轨道哪有这般颓然与绝望呢！

这不是坏事，尤其不能把责任全赖在他们头上。

因为这，他们的词才写得更细、更美、更小众化与个性化。

也因为这，他们的词却似乎没有产生应有的效果。所以姜白石只是姜白石，他终究不是苏东坡，不是柳耆卿，不是秦少游，不是李易安，不是辛稼轩，也不是周美成的原因所在。

2. 白石词的艺术成就

姜夔词的风格以清刚疏宕著称，能体现这风格的词作甚多，这里先举一首《点绛唇·丁未冬过吴松作》

燕雁无心，太湖西畔随云去。数峰清苦。商略黄昏雨。
第四桥边，拟共天随住。今何许。凭栏怀古，残柳参差舞。

这是一首小令，全词仅41个字。虽为令词，却写得清刚疏朗，字字有声，非大手笔不能为。邓小军评价此词说：

不读《点绛唇》“燕雁无心”一词，不足以知白石词堂庑之大，气象之大。此一尺幅短章之意境，包容了自然、人生、历史与时代，亦体现出词人之整个心灵。此词之意境，呈为一宇宙。[1]

① 唐圭璋主编：《唐宋词鉴赏辞典》，上海辞书出版社，2003年，第643页。

有是言哉！前四句写景，已然是观天而视远，孤高而又凄然情切，“燕雁无心，太湖西畔随云去”，写得阔大而辽远。这样的大景致，用 11 个字便把它凸现出来，没点真本领怎能办到。“数峰清苦，商略黄昏雨”，又写得郁郁沉沉。“数峰清苦”，清苦二字用得确好，不唯深刻别致，而且余韵悠长，“商略黄昏雨”，黄昏雨已具郁郁沉沉之意，然而还要商略。谁在商略，与谁商略，固细究而无主，但与闻便有情。

换头，写到具体的历史名胜与人物了。名胜即第四桥也，因为这地方有天下第四泉而得名。“天随”即人物，这人物乃唐末诗人陆龟蒙，他自号天随子。姜夔一生，最服膺的就是陆龟蒙，最相似的也是陆龟蒙，二人皆终身布衣，都颇具才干，且都乐意为国家做些事情。身为布衣，情系家邦，这正是名士本色。然而，所得到的却是一个冷遇再加一个冷遇。所以，他来到第四桥边，想到天随子先生，又想到今生今世，于是发问道“今何许”。又自答曰：“凭栏怀古。残柳参差舞。”“今何许”三个字，正是疏词本色，话虽极少，意境很大，留下的想象空间更大。然而，所答者犹如不答，虽犹如不答，却又写得空空泛泛，茫而不具。实在，此时的词人，也唯有凭栏怀古，看着那漫天的柳絮，参差飞舞而已。

姜夔的弱项，一般认为是情感不够浓厚。王国维也说他的词“有格无情”，格是格调，姜的词调乃名士风范，不能说低，但言情之作确实寥寥。这在宋代词人中也是少见的。但他并非不会抒情，更不是没有深情。只消看他人到中年——40 多岁时，梦到 20 余年前自己所知遇的两个女孩子，还要梦中依依，梦醒期期，那情那感自是动人，那词作尤其表现了一位江湖名士的情意深深。且看他的《鹧鸪天·元夕有所梦》：

肥水东流无尽期，当初不合种相思。梦中未比丹青见，暗里忽惊山鸟啼。

春未绿，鬓先丝，人间别久不成悲。谁教岁岁红莲夜，两处沉吟各自知。

别的不说，只说“谁教岁岁红莲夜，两处沉吟各自知”，就能想到那情感之深，而且之好，可贵的是 20 多年过去了，每每元夕挂红灯时，他便又想起了对方，甚至做梦都梦到了她。但他不知道对方是否还在惦记着自己，就如同他记惦着对方一样。然而，他相信会这样的，而且深信是这样的。所以才说：“两处沉吟各自知。”

这样的词未止一首，再引一首《江梅引》。这一回不是梦了，而是借梅以抒情。但那情意同样是深深切切的。虽然深深切切，并不悲悲啼啼，也不艳思淫想，还是一派名士风格。这风格是柳永写不出来的，也是秦观写不出来的。显然让他如柳永那样的大胆直露，他也做不到；如秦观那样的情思脉脉，他也写不出。他这样写：

人间离别易多时。见梅枝，忽相思。几度小窗，幽梦手同携。今夜梦中无觅处，漫徘徊。寒侵被，尚未知。

湿红恨墨浅封题。宝筝空，无雁飞。俊游巷陌，算空有、古木斜晖。旧约扁舟，心事已成非。歌罢淮南春草赋，又萋萋。飘零客，泪满衣。

一时写尽飘零词人的满怀心愿，一腔情意。

白石词的长项，则是咏物。在他之前，也有不少咏物之作，但更多的还是抒情词，或者咏志词，以及山林词、田园词。那些词中有不少神品、圣品，至少有佳品存在。唯咏物一类，整体缺然。比较而言，各类词作中，咏物最难。姜白石之前，我一时想不起有多少特别出色的咏物词来。苏东坡以诗为词，特别擅长夹叙夹议，他的“大江东去”，直是绝唱，是姜夔写不出来的；柳耆卿以赋为词，特别擅长抒情叙事，他的“寒蝉凄切”，也是绝唱，又是姜夔写不出来的；辛弃疾以论为词，特别擅长咏志，他的“更能消几番风雨”，同样是姜夔写不出来的。姜白石的特长是咏物，他不但擅长吟咏旧题材，尤其擅长吟咏新题材。他有一首咏蟋蟀的《齐天乐》，当真写得情致深沉，不同凡响，虽是小题目，写出了大情绪。

庾郎先自吟《愁赋》，凄凄更闻私语。露湿铜铺，苔侵石井，都是曾听伊处。哀音似诉。正思妇无眠，起寻机杼。曲曲屏山，夜凉独自甚情绪。

西窗又吹暗雨。为谁频断续，相和砧杵。候馆迎秋，离宫吊月，别有伤心无数。豳诗漫与。笑篱落呼灯，世间儿女。写入琴丝，一声声更苦。

陈廷焯评价此词，说：

此词精绝，一直说去，其中自有顿挫起伏，正如大江无风，波涛自涌，前无古，后无今。[①]

这评价，很允当，虽然不知是否真的“前无古，后无今”，但在那个时代，无疑属于名士风流大写真。

他最负盛名的乃是《暗香》《疏影》两首词。其词曰：

旧时月色，算几番照我，桥边吹笛？唤起玉人，不管清寒与攀摘。何逊而今渐老，都忘却、春风词笔。但怪得、竹外疏花，香冷入瑶席。

江国。正寂寂。叹寄与路遥，夜雪初积。翠尊易泣，红萼无言耿相忆。长记曾携手处，千树压、西湖寒碧。又片片、吹尽也，几时见得。

（以上《暗香》）

苔枝缀玉，有翠禽小小，枝上同宿。客里相逢，篱角黄昏，无言自倚修竹。昭君不惯胡沙远，但暗忆、江南江北。想佩环、月夜归来，化作此花幽独。

犹记深宫旧事，那人正睡里，飞近蛾绿。莫似春风，不管盈盈，早与安排金屋。还教一片随波去，又却怨、玉龙哀曲。等恁时、重觅幽香，已入小窗横幅。

（以上《疏影》）

这样的绝妙之词，真真解说不得，一解说，“气”就散了“韵”就断了，“味”就没了。

---

① 徐培均选注：《婉约词粹》，华东师范大学出版社，2000年，第219页。

白石词所缺少的，是志士豪放之作。他确实没有这样的作品，但他并非没有志士之情，乃至烈士之心，然而他的表达式，依然是布衣风格的。他不是不能作壮士，但那与他身份并性情不谐。真那样写，就假了，或者做作了。他写的全是他的真情实感，虽然并不壮怀激烈，但那别样的忧国之情，一样感人。词前有小序，一样写得情殷意重，痛在心头。是词寄调《扬州慢》：

淮左名都，竹西佳处，解鞍少驻初程。过春风十里，尽荠麦青青。自胡马窥江去后，废池乔木，犹厌言兵。渐黄昏，清角吹寒，都在空城。

杜郎俊赏，算而今、重到须惊。纵豆蔻词工，青楼梦好，难赋深情。二十四桥仍在，波心荡、冷月无声。念桥边，红药年年，知为谁生。

他另有一首《永遇乐》，是唱和辛弃疾那篇《永遇乐·京口北固亭怀古》的。虽是和词，也写得好，而且真的有了些豪雄之气，但细细品来，还是清雄孤傲，名士风韵。

当然，他写这类词作，无论如何写不过辛弃疾的。他本来是一介布衣。布衣名士，仍然是布衣。布衣者，平民百姓之谓也。由此联想到，一介布衣，他关心国事，能怎么关心呢？大宋朝关心国事的人，有岳鹏举式的，有洪皓式的，有辛弃疾式的，有陈亮式的，有叶梦得式的，当然也有姜夔式的。姜夔的关心已到了夕阳西下之时，他所看到的只是残阳如血，他所能做的，也只是欲哭无泪。

姜白石作词，又特别讲究遣词用字，且非常善于用虚字，夏承焘先生评价他的《长亭怨慢》时说：

在这短短几行里，就用了许多虚字和领头短句，像“矣”“若”“也”“只见”“谁得似”“不会得”“怎忘得”“第一是”等，这也是他和按谱填词者不同之处，所以能做到婉转相生的地步。[①]

① （宋）姜夔著；夏承焘，关无闻注释：《姜白石词校注·代序》，广东人民出版社，1983年，第16页。

例如这首《长亭怨慢》：

渐吹尽，枝头香絮，是处人家，绿深门户。远浦萦回，暮帆零乱、向何许。阅人多矣，谁得似、长亭树。树若有情时，不会得、青青如此。

日暮。望高城不见，只见乱山无数。韦郎去也，怎忘得、玉环分付。第一是早早归来，怕红萼、无人为主。算空有并刀，难剪离愁千缕。

因为虚词用得好，词的节奏备觉跌跌宕宕，收合有力，所谓以刚笔写柔情。殊不知，若没有遣词用字的真功夫，你真用刚笔，就有可能将柔情写“死”。

前人评价白石之词，喜用“野云孤飞，去留无迹”，或者“瘦石孤花，清笙幽罄”等语。其实是文如其人，单靠做是做不出来的。他词风如此，性情如此。昔日在张鉴府中，张鉴打算赠他山地林亩，他虽贫寒，并不接受。他虽是一介布衣，却有着耿介的性格。他一生最喜欢咏梅。以梅喻人，以人比梅，以词咏梅，在他正是一而三，三而一，三位一体。所以南宋词人中，布衣固多，如他一样的也不多见。这一点也是应该特别提起注意的。

3. 白石词的艺术影响

白石词的艺术影响显然是巨大的，而且是深远的。分而述之，可以分为对当世的影响与对后世的影响两个部分。

对当世的影响，也是屈指可数的。前面提到过，他在世时，已经形成与辛弃疾词双峰并峙的词坛局面。

在他身后，他的影响更大了。与辛弃疾相比，辛词固然后继有人，但高峰阶段过去了，从兹以后，自也没有出现一位顶级人物。姜词则不然，在他身后，他的追随者众，崇拜者众。正是他这一派，主导了此后的南宋词坛，并写下了一段末世辉煌，其中一些表现杰出的词人，几有成团崛起之势。其中吴文英、史达祖、陈允平、周密、王沂孙、张炎尤为出类拔萃者，是宋代词人中最具实力也最为专艺化的经典性词人。尤其宋末大词人张炎，对于继承光大姜词更是到了不遗余力的程度。

讲到对后世的影响，姜词的作用也是非同小可。

前代文学人物对后世文学的影响，一般有两种情况或说两种模式。一种是对一般读者的普适性影响，一种是对专艺作者的特殊性影响。在前者，如李白、杜甫、苏东坡等，在后者，有如周邦彦与姜白石。

姜夔的影响不仅十分深远，而且到了清代初期，几乎达到极致。

陈廷焯说他的词："声情激越，笔力精健，而意味仍是和婉，哀而不伤，真词圣也。"[①]

词圣之名，没有得到公认。但有此一说，可以体会到他词的影响力。

朱彝尊则说："词莫善于姜夔，宗之者张辑、卢祖皋、史达祖、吴文英、蒋捷、王沂孙、张炎、周密、陈允平、张翥、杨基，皆具夔之一体。"[②]

此评价既很高，又有公论，换句话说，姜夔乃南宋词坛一位开宗立派之领袖人物。

不仅如此，据清人张文虎记载：

二十年前言长短句者，家白石而户玉田，使苏、辛不得为词，今则俎豆二窗而祧姜、张矣。[③]

姜词的影响，一至于此，真真羡慕煞人。

姜夔在现代读者与词选家心目中的地位亦十分显赫，据王兆鹏先生公布的"综合排行榜"的分析结果，他不但位居宋代十大词人之列，而且与苏东坡，周邦彦积分相同，三大词人并列第二位。这个名次，多少有些出乎非专业性研究者的意料。但我想，再过一段时间，例如再过十年或二十年，这样的意外也许就不存在了。

姜夔词能有这样的魅力，与中国唐宋以来审美情趣的演化及士人阶层的人生观念有诸多关系。

---

① （宋）姜夔著；夏承焘，关无闻注释：《姜白石词校注·代序》，广东人民出版社，1983 年，第 217 页。

② 龙榆生著：《词曲概论》，北京出版社，2004 年，第 69 页。

③ 孙旺，常国武主编：《宋代文学史》（上册），人民文学出版社，1996 年，第 235 页。

自唐之后，尤其宋代，文人趣味成为艺术欣赏的主调。例如画论，山水、写意等文人画特别受到重视和青睐。姜夔的词，以疏为特色，从而与写意画有了相通之处；姜词又具有“刚”的特点，这又与中国儒学的品节观念十分合拍；姜夔词能刚又能柔，以刚健之笔写柔美之情，这一点又适合且启迪了宋代以来士人的审美趣味。三者相互作用，形成强大而持久的艺术冲击力与感染力也当在意料之内。

姜夔逝矣。但他的影响犹在。因为追随者众，南宋词坛从此开始了一个新的历史时期。

第二节　吴文英与史达祖

吴文英、史达祖皆为词坛重要人物，为着叙述方便，我将他们二位和与之地位相似的王沂孙、陈允平、周密、张炎合称为晚宋六词人。

吴文英与史达祖的文学地位有类于宋词一期的张先，或者二期的黄庭坚与贺铸，或者三期的李清照。

一个时代的到来，只有一位领袖人物是远远不够的。还需要相应的作者群体作支撑与呼应，所谓牡丹虽美还要绿叶相扶。强盛的文学时期，必然呈现人才成团崛起的局面；而成熟的文学时期，也将有相应的人才群脱颖而出，如汉末的建安七子，魏晋时期的竹林七贤，明代的小品文作家与清代的扬州八怪等等。吴文英、史达祖便是此间的捷足先登者。单以词作的艺术水准而论，虽比之白石词亦未遑多让。

从时序上看，史达祖早于吴文英，但为着叙述便利，先介绍吴文英。

1. 吴文英的词品与本人简历

无论以何种标准作衡量，吴文英都是南宋坛词的一位大词人，也是有实力与姜白石抗衡的人物；而他词的艺术特点，刚好与白石词相反，因此用比较方式来介绍他，也许是一种容易突显各自特色的捷径。

姜、吴二人有不少相似之处。

他们二位都是终身没有做过官的，全然布衣文士，布衣词人。他们一生中的大部分时间又都依附于他人。姜夔困难时期，靠卖字为生，这显然是一种很艰苦又很无奈的生活方式。吴文英仿佛好些，但生活也不稳定，没保障，贫困时时追逐着他，威胁着他。他们两个人在权力者中都有赏识者甚至知音者。姜夔最好的知音是张鉴，他在张府中生活的十年，也是最稳定与愉快的十年。吴文英最大的知音是吴潜，他们相处时间既久，关系也是愉快和融洽的。

姜、吴二词人最相近的地方，在于他们都是南宋词风发生重大转折时期的关键性人物。姜夔的作用自然更大些，吴文英的作用也不可小视。没有姜夔，则词风的转变缺少一位领袖，没有吴文英等，则这词风的转变一时难以成规模，成气候。正像苏东坡影响固大，没有苏门四学士，就不完美。姜、吴二人并非师生关系，而是前出后继，有如一对耀眼的明星。

吴文英（1205？ –1268？），字君特，号梦窗，晚号觉翁，四明人，今属浙江宁波。

吴文英本为翁氏后人，因故过继到吴家。他嫡兄弟三人，兄长翁天龙，是个不错的词作家，弟弟翁逢龙，也有诗名，是个吏才。

吴文英一生，大略可以分为四个阶段。

第一阶段，少年时期。这时期的相关资料不多，唯他在德清住过不少时日，而且有段恋情令他终生难忘。这也有类于姜夔，姜夔 20 岁的恋情，到 40 岁时，不但未曾淡忘，反而愈思愈想情感犹深。吴文英也是如此，他成年后，重游旧地，写下不少忆旧的词章。

第二阶段，他住在杭州。前后约有十年时间，正好是他十八岁到二十八岁的一段美好年华。这阶段，又有浪漫的情感经历：他与一位杭州女子同居，情合意投，时光如蜜，被人称为“十载西湖”之恋。

第三阶段，他从杭州移住苏州。这期间，他弟弟翁逢龙在平江做官，他弟弟的同榜进士吴潜任平江知府，吴文英与吴潜相识、定交，使他的生活等方面有了依据。以后吴潜走，史宅之来，他又结识史宅之，在其门下做游客。史宅之、吴潜皆为南宋权要之臣，史宅之世家巨宦，影响尤烈。这吴潜还是一位词人，史宅之也算墨客，吴潜词作颇多，流传至今的词尚有 256 首，他词风近刘克庄。与吴文英词风虽不似，但作为词人，显然很容易沟通。这里引他一首《忆秦娥》：

娇滴滴，婵娟影里曾横笛。曾横笛。一声肠断，一番愁织。
隔墙频听无消息，龙吟海底难重觅。难重觅。梅花残了，杏花消得。

在苏州期间，他与当时的学人骚客颇多来往，其中包括：尹焕、沈义父、郭希道、施枢、魏峻、孙惟信、翁孟寅、冯去非等唱诗饮酒，十分欢娱。

第四阶段，是他往来于杭州、越州的时期。其中一个重要原因，是1244年，史宅之以华文阁学士知绍兴府，绍兴为古越州。史宅之去了越州，他遂将自己的儿女留在苏州，本人便在杭、越两地往返轮住。后来，史宅之去，吴潜来。——这一次与上次对调形势恰好相反。他与吴潜本旧交，吴潜回来，正合其意。以后吴潜入朝做了参知政事，他还在吴府中做过一段幕僚。再以后，贾似道权倾朝野，他因在吴府做幕僚的关系，和这个中国历史上有名的奸佞之徒有过交往，还写了一些贺寿之类的词作。这个颇为世人所耻。

这一次居住杭州期间，他最好的朋友，乃是沈焕。沈焕之外，与其他词人也有不少往还。

但依靠权势者过活，终归不是长久之计，甚至不是可靠之计。那证明就是他晚年亦如同姜夔一样，贫病困顿，寂寞而死。

吴文英对自己的这种生活方式，可说又满意又不满意，有时满意有时则不满意。大抵说来，年富力强之时，应酬也愉快，交流也愉快，遇到赏识者，生活无忧，精神自乐。但到了晚年，或者知音一去，情况马上发生变化。而词人对这种变化既十分敏感又很是无奈，难免产生种种幽怨情绪。他有一首《绕佛阁》，虽词意斟酌，细细品味，隐隐有依人作活的种种凄凉在内。其词曰：

夜空似水，横汉静立，银浪声杳。瑶镜奁小。素娥乍起、楼心弄孤照。絮云未巧。梧韵露井，偏借秋早。晴暗多少。怕教彻胆，蟾光见怀抱。

浪迹尚为客，恨满长安千古道。还记暗萤，穿帘街语悄。叹步影归来，人鬓花老。紫箫天渺。又露饮风前，凉堕轻帽。酒杯空、数星横晓。

吴文英与姜夔相比，又有自己的鲜明特点，即使表现在生活方式上，两个人也不同。姜夔虽是布衣名士，性情更为刚烈，或者说是外柔内刚，他所受到的尊重也超过吴文英。吴文英的情事多些，而且他所依靠的都是在职官员，后来他们官升一品，成为朝中的显贵。吴文英与他们相处既久，布衣名士的品性受到影响。因之，无论他的为人还是他的词作都缺少姜夔那种阳刚健力之性。

吴文英的文学才能也不如姜夔更全面。姜夔既是词人，又是诗人，还是书法家，且他的诗论也独树一帜，影响颇深。吴文英在诗话诗作方面没什么建树，他的主要成就全在词上，他是全力作词并且做出了很杰出成就的专艺性词家。他词作水平之高，可为南宋六家词人之首，词作数量之多，在南宋词人中，仅次于辛弃疾与刘辰翁。

吴文英的词风显然受姜白石影响最多，但他又能别开生面，自创一格。在南宋六大词人中，能独创一个派别的只有他一个。虽然他的流派属于派中之派，大流派下的细腻小派，即使如此，能开风立派的词人，毕竟十分罕见，如凤毛麟角一般。

吴文英是宋词中“密”派风格的创造者。清代词评家张惠言认为柳永、黄庭坚、刘过与吴文英“各行一端，以取重于当世”。[①] 各行一端，不知确据何物，但他们的词风词艺有异于当时，则无可怀疑。换句话说，这四位词人都是彼时风格卓异的词作者。柳词之奇，奇在通俗直艳；黄词之奇，奇在风格两端；刘词之奇，奇在别成异响；那么吴文英呢？他的词，奇就奇在不走姜词的疏朗清奇之路，而是别开生面，反其疏途而自成密境。

殊不知，疏之词风已难，密之词风更其难之哉。

我在前面说过，疏派词风大受青睐，与中国唐宋时代的审美追求有关，一是文人画兴起，人们的审美情趣倾向写意风格；二是中国士人重气节、讲操守，喜欢刚健之风，这两点与姜白石的疏派风格十分契合。

吴文英既开拓密派之风，又与以上两个传统均处在抵牾状态。人家喜欢写意画，甚至大写意画，你非画工笔画不可，这个就不容易让别人接受；时人喜欢清刚疏宕的风格，你非密实秾丽不可，这个又不招人喜欢。能在这样的层面上，硬是把密派的旗帜立住，确实很不简单。

其实，密派风格岂能轻易就否定它。密派何为？识者说它：“思路细密，境界幽邃，章法繁复，色彩秾艳，描绘入微，极为讲究辞藻，以丽密乃至

① 孙旺，常国武主编：《宋代文学史》（上册），人民文学出版社，1996 年，第 253 页。

险涩为特征，类似诗家之李商隐。”[1]

这许多特点与优长，令人望之仰面，甚至有叹为观止之感。以吴文英的词比李商隐的诗，这比法也很为吴词长面子，增风光。

以色彩秾丽为例，描绘这色彩，其实繁难，稍不小心，可就俗了。但无论李商隐的诗也好，吴文英的词也好，你们批评他们什么都可以，就是不能批评他们的诗或词是“俗”的，因为他们的作品与“俗”这个字眼相距千山万水，没有半点牵连。

其实色彩秾丽，近乎金碧辉煌。它在大的类属上，属于富贵颜色。中国色彩传统，不太喜欢大红大绿，更喜欢淡雅清新。然而富贵之色不在此例。富贵之色乃是很难得的一种色彩。正如百花之中唯有牡丹堪称国色。那原因，就是因为她有雍容之气，富贵之态。

吴词又如工笔画。工笔画也是不可或缺的，他虽然与姜白石在风格及表现手法上均有很大不同，却是春华秋实，各成异彩。人们既不应该因为牡丹的国色天香就否定梅花的迎霜傲雪，那么也就不应该因为赞赏梅花的孤傲高洁而否定兰花的君子之风。

实际上，疏、密二派是互补的，相反相成的。因前者其疏而益显后者之密，又因后者之密而愈显前者之疏。

从词的历史发展看，从来都是两种风格相互促进，相映成趣。

温庭筠应该是中国词史上第一个重量级人物，但他的风格，就属于“密”这一派。我在写那段历史时曾说，如果用一种颜色表示温词，必然是“金色”。温词不但写得密不透风，尤其写得色彩富贵，令人一见，便有雍雍然不可逼视之气象。

前面有温庭筠，后面有周邦彦，周邦彦的词走的也是“密”的一路。虽然他最突出的是浑厚而不是秾丽，但大而言之，他不是近“水”而是近“火”，不是近“木”而是近“金”。而温、周一派的继承者与发展者，正是吴文英。

这样看来，疏与密恰如豪放与婉约一样，只要有词的创作，它就会存在下去，不但会存在下去，还要不断开拓新的层次，寻找新的表达技艺与

① 王兆鹏，刘尊明主编：《宋词大词典》，凤凰出版社，2003 年，第 848 页。

范式。

吴文英的词作品征用四个词来表示，即：一密，二奇，三多，四好。

一密，是说他词风之密。况周颐这样说：

梦窗密处，能令无数丽字一一生动飞舞，如万花为春，非若雕琼蹙绣、毫无生气也。如何能运动无数丽字？恃聪明，尤恃魄力。惟厚乃能之。梦窗密处易学，厚处难学。[①]

二奇，是说他立意之奇。周济说他：

梦窗立意高，取径远，非余子所及。每于空际转身，非具大神力不能。[②]

三多，是说他词作数量多。吴文英流传至今的词作有 341 首，其数量居全宋词人的第 4 位，南宋词人的第 3 位。

四好，是说他的词作质量高。他的词作固多，没有败笔，少有庸常之作。

因为如上种种原因，所以我说吴文英是个大词人，他在前述宋词人的排行榜上，名列第 8 位，位在柳永、欧阳修之后，李清照、晏几道之前，信有由矣。

2. 吴文英词的艺术成就

梦窗词以密著称，但“密”不仅是一种风格，而且代表了一种创作思维方式与手段。他认定，作词应遵循这样的规范与原则：

音律欲其协，否则成长短之诗。下字欲其雅，否则近缠令之体。用字不可太露，露则直突而无深长之味。发意不可太高，高则狂怪而失

① 陈匪石编著：《宋词举》，江苏古籍出版社，2002 年，第 31 页。
② 同上，第 30 页。

柔婉之意。[1]

所以读吴梦窗词，不论你喜欢与否，那特色是显而易见的，其审美冲动也是少有甚匹的。用现代话语表达：其立意是幽远的，其风格是秾丽的，其具象是朦胧的，其语言是秀美的。

这几样都不易得，有机地合之一处，不愁不产生新的审美效应。

立意幽远已经有些难解，然而，风格又属于秾丽一派，以秾丽表现幽远，二者得到某种平衡，殊非易事。但梦窗词擅长此道，所以我们读他的词时，有时会觉得看不懂，因为它太过幽深、高远，一时莫名其妙。但那风格的秾媚娇丽，足以令人过目不忘。仿佛一位美女，来历虽不明，那美都真真切切，感受到的，而且被"震撼"了的。

一方面是幽远与秾丽的结合，另一方面，又是朦胧与秀美的因应。他的词，因为立意幽远，有时不免具象朦胧，让你东寻西觅，找不到入口处，或者稍不留意，便错过了好景致。它绝不像苏东坡的词，明爽高拔，一目既可了然，再读还有意味。他写得又秾又细，秾则缺少条缕，细则易被忽视，然而那语言又是高雅的。他不喜欢高声，也不喜欢直露，但在秀媚雅训方面功夫极深。朦胧而秀美，让你看不太清又看得很清，或者局部很清全面未清，或者此处清了彼处未清，在或清或幽或朦胧或秀美之间给了你美的享受。

有一首《浣溪沙》，颇能代表他的这种风格。《浣溪沙》本小令。那梦窗式的词法，却表现得甚是分明。其词曰：

门隔花深旧梦游，夕阳无语燕归愁。玉纤香动小帘钩。
落絮无声春堕泪，行云有影月含羞。东风临夜冷于秋。

这是写梦的，梦易朦胧，这词的立意尤其朦胧。作为一首怀情念旧的词作，本来应该有人物，有情感，人物要写真，情感要写透。但他不作此想，而是别有机杼，他只是写了一个又一个的画面，虽然是一个又一个的画面，情却不见得不深沉，意却不见得不真切，但那需要细细品味才行。

---

① 陈匪石编著：《宋词举》，江苏古籍出版社，2002 年，第 30 页。

头两句，写场景——梦中场景。但这梦中场景不寻常，“门隔花深旧梦游”，花儿虽好是隔着门的；“夕阳无语燕归愁”，夕阳虽美，又在寂寞西沉；旧游之梦，用这样的场景表现委实有些朦胧不着意趣。因而虽是燕子归来，益显得愁闷无声。然而，不要忙，一个特写来了，“玉纤香动小帘钩。”这是梦中决然写实的一笔，又是晶莹灵动特别感人的一笔，还是令有情人内心摇摇曳曳不能自已的一笔。虽然不过短短的七个字，却有香，有色，有景又有情。“玉纤”，就是美人的手指，“香动”就是美人的体香，“小帘钩”就是那手指与香气的道具，然而这道具是如此之精美雅丽，和那玉指和那体香叠加在一起，构成一幅妙不可言的图画。上片三句，因为有这一句作“眼”，不唯词意活了，而且词境活了，于是朦胧之中生出俏丽。

词头一转，又是三幅画面。第一幅，“落絮无声春堕泪”。他不说人堕泪，却写春堕泪，好像春天在为词中主人伤感。第二幅，“行云有影月含羞”。他不直说情人含羞，反而喻指月色含羞。第三幅，“东风临夜冷于秋”。这一幅便是词眼。虽然是梦，那感觉却真真如在，但觉春寒料峭，浸染人心。

这一首，在一些评家看来还不算“密”，下面分析一篇“密”作《八声甘州》：

渺空烟、四远是何年，青天坠长星？幻、苍厓云树，名娃金屋，残霸宫城。箭径酸风射眼，腻水染花腥。时靸双鸳响，廊叶秋声。

宫里吴王沉醉，倩五湖倦客，独钓醒醒。问苍波无语，华发奈山青。水涵空、阑干高处，送乱鸦斜日落渔汀。连呼酒，上琴台去，秋与云平。

这是一阕怀古词。内容没什么特异之处，无非是到了灵岩遗迹，触景生情，感慨吴越兴亡之事。于是想到奢华的西施。想到沉醉不醒的夫差，想到智慧的范蠡，然后感慨青山，豪饮琴台，结。

但这词作又颇不寻常。将这词与苏东坡“大江东去”比，亦不寻常，与辛稼轩的“千古江山”比，犹有特色。不寻常、有特色不是说这词比苏、辛二位的怀古词写得还棒，而是说这一篇怀古，确有三奇。

第一，景色写得奇。“渺空烟、四远是何年，青天坠长星”。苏东坡不这样写，辛稼轩也不这样写，连姜白石都不这样写。他奇就奇在，写的虽是山景，偏不从山景写起，而一笔如星从“天”上划过。未写青山，先写空烟，前面加一“渺”字——好一个长天，好一片云烟。写了天，写了云，该写山了吧，不，还要先问一句“是何年”？是何年——“青天坠长星”，一颗长星从青冥天上飞落而来，然后幻化出这灵岩山景。

这写法令人称奇。

第二，人物写得奇。苏东坡写赤壁怀古，那是有人物的，那人物好不潇洒，好不风流；辛弃疾写千古江山，也是有人物的，那人物好不英雄，好不豪杰。吴文英此间也写了好几个人物，这几个人物却是奇奇怪怪，幻影悠悠。一个西施，写得细，却写得隐；一个吴王，除去沉醉，余者无多，一个范蠡，这是位明白人了，却又是“五湖倦客，独钓醒醒”。我们不知道这三个人干什么来，又做什么去，但看那文字，却又曲折跌宕，色彩不俗，当真是有些古典化的意识流了。

这写法亦令人称奇。

第三，结语写得奇。虽然几个人物写得片片断断，基本理路还算明白，就是感叹古今，不知兴亡何事！奇妙的是，感叹的结果，却是“连呼酒，上琴台去，秋与云平”。感叹完了，到高台饮酒去也，再一看，秋色满长空，正与飞云相齐。

想说什么呢，不知道。不知道应该是一件糟糕的事，但也不，不但不糟糕，反而感觉挺好，尽管古人的形象不过乃尔，作者的形象却十分鲜明，在那无边秋色作背景的琴台上，几位文士开怀畅饮，颇令人奇。

但这一首的意思大体还算明白。他的另一些词，据说是读不懂的，不但字义难明，字面背后的事情尤其理它不清。如他的《渡江云·西湖清明》：

羞红鬟浅，恨晚风未落，片绣点重茵。旧堤分燕尾，桂棹轻鸥，宝勒倚残云。千丝怨碧，渐路入仙坞迷津。肠漫回，隔花时见，背面梦腰身。

逡巡。题门惆怅，堕履牵萦。数幽期难准，还始觉留情缘眼，宽带因春。明朝事与孤烟冷，做满湖风雨愁人。山黛暝，尘波澹绿无痕。

这词猛一见，写得云飞草绿，眉黛烟清，意思之间是一篇悼亡词。然而，研究者历来有歧见。你说他悼亡，悼谁？不知，不明确，至少找不到相应对象。但那视角，那笔墨，那风格，却又个性分明。《海销说词》评论它说：“‘明朝’以下，天地变色，于词为奇幻，于事为不详，宜其不终也。”[①]这个评语也写得奇，以奇对奇，愈其奇矣，虽然还是有些找不到北，听着也算有点情理在的。

吴文英的词难懂，是后来人诟病他的一个重要原因。然而，喜欢、理解、热爱西方现代主义尤其是后现代主义的人们也许看法变了。一个文学读本，可以读得懂，也可以读不懂，至少没必要非让人读懂不可，也不见得非有确定的人物、事件与情感。他能够确定，就确定了；不确定，也就不确定了。尤其是一个人的心理感受，你能讲说明白，固然也不错，就是讲不明白，又打什么紧要？正如对艺术的审美追求一样，你能自圆其说，很好，不能自圆其说，感受到了，也不错。即便连感觉也没有，只要心有所悟，也可以的。哪怕连心有所悟都没有，只要你喜欢，就给加十分，非追问为什么？没必要，或回答不为什么。艺术又不是一道数学题，非有个结果不可。

吴文英不但擅长写“密”词，而且擅长写“慢”词。密而能慢，更显出那词的幽深曲折之意韵，水复山重之姿态。他有一首《莺啼序》，全词240字，为词中长调之冠。词是太长了，但并非不好，虽长而有密意，既密犹有长风。这样的词调确实难普及，但作为词坛高手的尝试，未尝没有道理在的。其词云：

残寒正欺病酒，掩沈香绣户。燕来晚、飞入西城，似说春事迟暮。画船载、清明过却，晴烟冉冉吴宫树。念羁情、游荡随风，化为轻絮。

十载西湖，傍柳系马，趁娇尘软雾。溯红渐招入仙溪，锦儿偷寄幽素。倚银屏、春宽梦窄，断红湿、歌纨金缕。暝堤空，轻把斜阳，总还鸥鹭。

幽兰渐老，杜若还生，水乡尚寄旅。别后访六桥无信，事往花萎，瘗玉埋香，几番风雨？长波妒盼，遥山羞黛，渔灯分影春江宿。记当时、短楫桃根渡。青楼仿佛，临分败壁题诗，泪墨惨淡尘土。

危亭望极，草色天涯，叹鬓侵半苎。暗点检、离痕欢唾，尚染鲛绡，亸凤迷归，破鸾慵舞。殷勤待写，书中长恨，蓝霞辽海沉过雁，漫相思、

① 成涛注释：《宋词三百首注释》，大众文艺出版社，1998年，第278页。

弹入哀筝柱。伤心千里江南，怨曲重招，断魂在否？

吴文英也有写得疏疏朗朗的词。这也没什么错。总不能说，你既写密词，好吧，就永让永世密下去吧。吴梦窗偶有疏笔，也生奇效。

如他的《唐多令·惜别》：

何处合成愁，离人心上秋，纵芭蕉不语也飕飕。却道晚凉天气好，有明月，怕登楼。

年事梦中休，花空烟水流。燕辞归，客尚淹留。垂柳不系裙带住，漫长是，系行舟。

如风快笔，漫写风流，没有质实，只是空灵。

3. 史达祖其人与词的品性

毫无疑问，史达祖是一位十分重要的词人。他的词风独特，词艺卓异，几可以平视姜白石，伯仲吴梦窗。他在词史上与姜夔或高观国并称，称为“姜史”或“高史”，可以知道他词作的地位与分量。

然而，他又是一个备受争议的词人，虽然这争议似乎重在其人而不在其词。但梁令娴女士认定宋代八大词人，有陈允平，周密，王沂孙，而将他排除在外，想必亦有其因。

史达祖，生卒年已无可考，他字邦卿，号梅溪。原籍开封，长期在杭州居住。他功名心热，屡屡参加科考，不中。大半生在扬州、湖北一带漂流，也是一位布衣名士。遗憾的是，他后来被韩侂胄看中，成了韩的堂吏，这对他的方方面面，均产生很大影响，而且主要是负面影响。

史达祖一生资料极少，可以确知的，只有三件要事。一是他做过韩侂胄的堂吏；二是他的词集曾送给张镃，张镃有很高的评价；三是他曾作为李壁的随员出使过金邦，而且在出使期间留下了不少词作。

据说史达祖做韩的堂吏，颇受宠信。否则李壁出使金邦时，韩侂胄不会派他作随员，还交给他窥测金人虚实的任务。韩倒台后，他也不会被牵连，以至受黥面之刑，流放远方。

纵观史达祖一生，他与韩侂胄的关系，不值得大论特论。吴文英也曾为贾似道作过贺词，朱敦儒也曾为秦桧作过媚语，朱熹甚至夸奖秦桧为正人君子，但他们毕竟是书生。书生无节也是耻辱，但书生容易受骗，自古而然，加上他们没有权力和条件进入权力中心，也不明白那核心层人物的葫芦里到底卖的是哪味药。至于追随权门，无法自立，也多少有些无可奈何的意思在内。

史达祖作为词家，确实是南宋词坛重镇。从时序上讲，他也可以说是追随白石词风的第一人。但他的词风又绝非白石词风的模仿者，史梅溪岂是模仿之人？

认真考究，史达祖的词风与周邦彦的词风最为相似。或者说，他的词与宋代第二代婉约词人的风格更为近似些。这一点与当时各位重要词家都有些区别。他祖述周邦彦，又受姜夔的影响，他的《湘江静》一词，评家认为“居然美成复生”，太像周邦彦了。他的《八归·秋风带雨》等词，评家认为“笔力直是白石，不但貌似，骨律神理亦无不似。”

他远承清真，近似白石，但不失自己本来面目。他的风格，评家多有论述，依我的看法，如果用一个字表示，那就是“秀”。姜白石的风格属于“疏”，吴梦窗的风格属于“密”，史梅溪处在二人之间，占得一个秀字。他既不像白石词那样深具瘦硬刚疏之气，从而不能划入“疏”派范围；也不像梦窗词那样幽深秾丽，从而又不能划入“密”派范围。不疏不密，属于中和之音。中和之音最适于言情，最讲究辞情并茂，情景交融。而他的词风恰恰就有这特点。张镃为他的词集作序，说他的词“辞情俱到”，评说十分中肯。他这种风格，若在东坡时代，就是秦少游；若在渡江前后，就是李清照；若在大晟府时，就是周邦彦。总体而言，则与秦观最近。然而，都不是的。毕竟时代不同了。秦观式的言情已经成为历史，你硬去重归旧路，顶多不过是秦观二世。这个时期，在他前面，既有“疏”派词风作“范”，在他后面，又有“密”派词风称奇。在他的时代与他的艺术追求中，最有影响的前期人物乃是周邦彦，最有影响的近期人物则是姜夔，史达祖禀习周、姜，确立了自己的独特地位。

疏词风格的妙处在于“刚”，外柔而内刚，这个说过了；

密词风格的妙处在于“秾”，中密而外秾，这个也说过了。

秀词风格的妙处在于“韵”，不紧不慢，不疏不密，独以韵胜。

史达祖词的内容也比较丰富，他不仅善于言情，尤其善于咏物，加上对世事的评说，对人生的感喟，皆成一家之言。

综上所述，史梅溪在词史中的地位，虽不若周、姜之显赫，也是一位具有独特贡献的杰出词人。

4. 梅溪词的艺术成就

评价史达祖词的艺术成就，最有发言权的当是姜白石，姜夔说他的词："奇秀清逸，有李长吉之韵，盖能融情景于一家，会句意于两得。"①

李长吉的风格，是有些诡异之美。南宋杰出词人如吴文英、史达祖都有这一厢的能耐，但又与长吉有别，或说韵虽同而意境不同。他们的词固然情景交融，已经不喜欢具象逼真之危意高奇，而是隐隐约约有朦胧之意，曲曲折折又多委婉之情。史达祖此类作品颇多，这里举他一首《绮罗香·咏春雨》：

做冷欺花，将烟困柳，千里偷催春暮。尽日冥迷，愁里欲飞还住。惊粉重、蝶宿西园，喜泥润、燕归南浦。最妨他佳约风流，钿车不到杜陵路。

沉沉江上望极，还被春湖晚急，难寻官渡。隐约遥峰，和泪谢娘眉妩。临断岸、新绿生时，是落红、带愁流处。记当日、门掩梨花，剪灯深夜语。

想这春雨在传统中国人心目中，是多么美好的事物，杜甫所谓“好雨知时节，当春乃发生”。但在史达祖这里，却直是一种凄然的美。这雨首先是冷的，冷都不对，乃是“做冷欺花”还要“将烟困柳”，而且千里不断如缕，只是急急忙忙暗地里催春老去——“千里偷催春暮。”这样的迷蒙愁苦，还要欲走不走，欲住不住，——“尽日冥迷，愁里欲飞还住。”

① 陈匪石编著：《宋词举》，江苏古籍出版社，2002年，第63页。

在这样的大氛围里，惊飞的蝴蝶都感到了美丽翅膀的沉重，只好落在西园栖宿。唯燕子忙忙衔泥筑巢，飞向南浦。说了这许多，最令人无可奈何的，还是佳期难会，实在这路太不好走了——“最妨他佳约风流，钿车不到杜陵路”。

相会不成，唯有翘首以盼，但眼前看到的，却是沉沉雾雨笼罩着的江面，傍晚时，春潮涌起索性连渡口也看不到了——“沉沉江上望极，还被春潮晚急，难寻官渡。”能看见的，只有隐隐约约之中，遥远如眉的山峰露出的苦相，那模样已与含泪的谢娘相似——“隐约遥峰，和泪谢娘眉妩。”在她眼下，也无非是初生的草，飞落的花，这花落在急流中，悠悠远去。这景色何等忧人，纵不多情心也沉。更令人心惊的是，在这样的背景中，作者又联想到，想当初，朱门紧闭，梨花带雨，一对佳人剪着灯花，窗外缠绵细雨的温馨往事。请君试想，似这般温情脉脉对比于那样凄凉迷蒙的景色，夫复何言，夫复能言？他痛如切肤的，唯有这凉暖对比中的别一种愁苦与凄然。

史达祖写景，可谓另有奇思在心头。

史达祖又是一位深情的词人，尤其他怀念故世妻子的悼亡词，可说情真意切，动人心旌，其中一首《寿楼春·寻春服感念》，不唯写得细，而且写得深。细节的描写，完全可以和周邦彦“并刀如水”媲美；而那情致，又觉情伤意痛，心凉似水。此间引他一首《夜行船》，也是他悼亡妻之作，同样情诚意重，有感而发。直接触发他心绪的，乃是街头卖杏花小贩的叫卖声声，这声音直如铁锤击砧一样，一下下撞击在他的心头之上，令他禁不住思想往事，悲自中来。词作的手法，是先写情，又写声，再写内心感触，那画面似图似景，又笔笔如钩。其词曰：

不剪春衫愁意态，过收灯、有些寒在。小雨空帘，无人深巷，已早杏花先卖。

白发潘郎宽沈带，怕看山、忆他眉黛。草色拖裙，烟光惹鬓，常记故园挑菜。

史达祖曾作为随员出使过金邦，出发之前，路途之中，他都有词作留下来。这些词因为艺术更因为内容关系，字字震撼人心。——中原人脚踏故土，看到一草一木，都不能不点点生情。更何况，充斥眼底的，全是一片破败衰微的景象，全是受尽苦难对宋朝望眼欲穿的中原父老。特别是经过汴京之时，这一行人留驻六日，感慨尤多。他是中原人，又是汴京人，然而，眼下的汴京已是他人的都市，眼前的桑梓之地也成了他邦的“热”土。不觉悲愤交集，心潮流动，禁亦难禁，于是挥笔写下这一篇《满江红·九月二十一日出京怀古》，他写道：

缓辔西风，叹三宿、迟迟行客。桑梓外、锄耰渐入，柳坊花陌。双阙远腾龙凤影，九门空锁鸳鸾翼。更无人、擫笛傍宫墙，苔花碧。

天相汉，民怀国；天厌虏，臣离德。趁建瓴一举，并收鳌极。老子岂无经世术，诗人不预平戎策。办一襟，风月看升平，吟春色。

他此次出使所写的一系列词作中，有一首《惜黄花·九月七日定兴道中》。虽然笔笔写来，只是怀亲之情，联想到他出使的背景，不能不令人心旌摇荡，无法自安。其词曰：

涵秋寒渚。染霜丹树。尚依稀，是来时、梦中行路。时节正思家，远道仍怀古。更对着、满城风雨。

黄花无数。碧云欲暮。美人兮，美人兮、未知何处。独自卷帘栊，谁为开尊俎。恨不得、御风归去。

史达祖的词，最擅长咏物。我在前面说过，对于北宋词人而言，最难的莫过于咏物，而对于姜派词人而言，偏偏知难而进，咏物词写得最具水准。这固然与时势有内在关系，也与宋词发展到一定的阶段有关，更与这些词人的心理及生存状态并价值选择有关。史达祖最著名的词作乃是《双双燕·咏燕》。这词的诠解者颇多，多数以为是他的压卷之作。

过春社了，度帘幕中间，去年尘冷。差池欲住，试入旧巢相并。还相雕梁藻井，又软语、商量不定。飘然快拂花梢，翠尾分开红影。

香径。芹泥雨润。爱贴地争飞，竞夸轻俊。红楼归晚，看足柳暗花暝。应自栖香正稳，便忘了、天涯芳信。愁损翠黛双蛾，日日画阑独凭。

这词之美，当真有些匪夷所思，妙不可言。

同姜白石、吴梦窗一样，史梅溪词在遣词造句等细节之处犹下功夫，犹见功夫，犹有功夫。他作词擅长使用“偷”字。为此，还引来批评者的负面联想，说“梅溪词中喜用‘偷’字，足以定其品格矣”。其实，未必然也。从艺术角度考虑，能将“偷”字入词，也是奇想；能把这个贬义词用得恰到好处，更是难能可贵。张先善于使用“影”字，宋祁写活了“红杏”，足见汉语当中，能将一个字的审美潜能充分发掘出来，会产生怎样的效果。遗憾的是，平庸如我者，只有这渴望没有这本领。

史梅溪善用“偷”字，当真“偷”出了水平。那水平真如如姬窃虎符救赵一般。因为他写得美，非芳草佳人，不足以喻其意，非别成机用，不足以示其心。此处举几个例证：

其一，前引《绮罗春·咏春雨》中的“做冷欺花，将烟困柳，千里偷催春暮”。

其二，《东风第一枝·春雪》中的“巧沁兰心，偷粘草甲，东风欲障新暖”。

其三，《三株媚·烟光摇缥瓦》中的“讳道相思，偷理绡裙，自惊腰衩”。

这一番遣词造句的功夫，又岂容等闲视之。

王兆鹏先生统计的中国词史上40首名作中，史达祖的词占去二席，且全部排在前20名之内，一首名列第8位，一首名列第17位，即此也可以看出他词的功力、成就与影响。

第三节　辛、姜二派及其他词人

词到吴文英，姜派词已进入主流时期。这一派中，既有吴文英、史达祖这样杰出的词人，也有高观国、卢祖皋、黄升、孙惟信等优秀词人。他们亦有成“代”崛起之势，其词作不但在质量上而且在数量上都超过彼时的辛派，开始主导南宋词坛。从此之后，直到宋亡，都是如此。这种格局唯有元曲南来，才得以改变。

但辛派词风也在继续，而且它的影响亦不限于本派之内，正如姜夔的词作中都有辛词的因素，后来人物，可推论而知。实际上任何一种有价值的流派，都不会因时势之变而消亡殆尽。它或有自己的继承人，或融入其他相关的流派之中。辛派词虽高峰已过，因为时局的关系，也因为这派词风自身的价值与魅力，它同姜派一样，一直到南宋灭亡也未止息，而且一直延续到近、现代，依然有继承者在。二派之外，还有传统的宫廷官宦词人存在，他们不能与前二者抗衡了，没这实力了。但确有一些妙声佳作并优秀词人，是不应忽视的。

这里择要言之。

1. 高观国其人其词

高观国，字宾王，号竹屋，山阴人，今属浙江省绍兴市。孙望、常国武先生主编的《宋代文学史》上说他“生卒年和具体身世均不详，一生似未进入仕途，大约是一位以填词为业的吟社中人”。[①] 下笔谨慎、精到，

① 孙旺，常国武主编：《宋代文学史》（上册），人民文学出版社，1996 年，第 268 页。

字字有斟酌。

高观国在他的时代，其实很有名气。他一生与史达祖关系密切，唱和也最多。他的词也与梅溪齐名，时称“高史”。《四库全书总目》的摘要中对他词的评价是“词自鄱阳姜夔句琢字炼，始归醇雅，而达祖、观国为之羽翼”。又说：“观国与达祖，叠相酬唱，旗鼓俱足相当。”[①] 陈造则说：“高竹屋与史梅溪皆周、秦之词，所作要是不经人道语。其妙处少游、美成亦未及也。”[②]

这两段评价，概括了高观国词的文学地位与特色。

高观国词的内容也与梅溪词十分相近。他也有很出色的咏物词，也有写景词，也有感叹身世词，也有道别词。他最著名的送别词正是写给史达祖的，其时达祖北去金邦，两个人临别唱和，虽然水平或有参差，那风格与情感则息息相通。史达祖走后，他又写了不少词作，思念这位远去的朋友，盼望他早日归来。这些词都情感诚挚，切切由衷，为南宋送别词中的典范之作。

高观国词最擅长的手法是抒情。他有一首《齐天乐》，怀念往昔优游生活，情亦真，境亦美，愁亦长，思亦苦，遣词造句尤显姜、吴以来的艺术风范，最能体现他词的特征。其词云：

碧云阙处无多雨，愁与去帆俱远。倒苇沙闲，枯兰溆冷，寥落寒江秋晚。楼阴纵览，正魂怯清吟，病多依黯。怕挹西风，袖罗香自去年减。

风流江左久客，旧游得意处，朱帘曾卷。载酒春情，吹箫夜约，犹忆玉娇香软。尘栖故苑，叹壁月空檐，梦云飞观。送绝征鸿，楚峰烟数点。

他另有一首吊唁青楼故友的词作《喜迁莺》。虽然这词是为他人代笔，因为他本人也有同样的经历与体会，但觉句句道来，字字有真情。他写道：

---

① 王兆鹏，刘尊明主编：《宋词大词典》，凤凰出版社，2003 年，第 548 页。

② 孙旺，常国武主编：《宋代文学史》（上册），人民文学出版社，1996 年，第 268 页。

歌音凄怨。是几度诉春，春都不管。感绿惊红，颦烟啼月，长是为春消黯。玉骨瘦无一把，粉泪愁多千点。可怜损，任尘侵粉蠹，舞裙歌扇。

转盼。尘梦断。峡里云归，空想春风面。燕子楼空，玉台妆冷，湖外翠峰眉浅。绮陌断魂名在，宝箧返魂香远。此情苦，问落花流水，何时重见。

词人极擅用字，极擅行文，其中的：

“歌音凄怨，是几度诉春，春都不管”，写尽无可奈何；

“玉骨瘦无一把，粉泪愁多千点”，写得柔情似水；

“此情苦，问落花流水，何时重见”，写来凄楚可怜。

高观国虽是姜派词人中的名家，但与史达祖比，总觉得少了点什么。或许是少了些空灵，或说是少了些匠意，或是少了些打破常规的创造精神，从而使他与史达祖拉开些距离。至少在今人看来，彼时虽有“高史”之称，还是史达祖的词作，魅力更高，影响更深。

2. 卢祖皋其人其词

卢祖皋，字申之，又字次夔，号蒲江。永嘉人，今属浙江省温州市，生卒年月亦无可考。本章所写人物中，他是自姜夔以来，第一个中过进士，跻身仕途的词人。他 1199 年中进士，历官池州教授，吴江主簿，1219 年除秘书省正字，以后又做过校书郎，著作郎兼司封郎官，1223 年权直学士院。

卢祖皋是宋代著名学者楼钥的外甥，又与赵师秀、翁卷为诗友。他的这种文化背景，使他有许多不同于江湖名士的地方。虽然他的词风也是委婉的，他的词句也是姜、吴、史、高一派的，但他既没有姜夔那种布衣名士的刚毅洒脱，也没有吴文英那样的紧红密绿，又不像史达祖那样工于词句，富于妙想，甚至不像高观国那样于亲于友一往情真。他词的特色，是有书卷气，又有仕人气，他的词风不那么“咄咄逼人”，但雅而有味；他的词法不那么出新出奇，但也十分耐看。他词的内容、题材与高观国十分相似，无非是怀念旧情，感叹人生，时有归隐之思，也不迫切；又生羁旅之想，也不强烈；比较起来总是写得有节制，有身份，有商量。自然，有身份并非就是件值得高兴的事，但他身在官场，不如此，又能如何？就算不特别在乎这身份，做起词来有意无意间便不免生些仕宦之气。所以我们读他的念旧之作，就不比高观国的词作来得情更深，意更切，那种风情意态，与晏、欧的词作似乎更多牵连。

卢祖皋的写景词亦有佳作如许。其中的一篇《贺新郎》颇受评家重视。黄升评价此词“无一字不佳。每咏之，所谓如行山阴道中，山水映发，使人应接不暇也”。其词如下：

挽住风前柳，问鸱夷、当日扁舟，近曾来否？月落潮生无限事，零乱茶烟未久。漫留得、莼鲈依旧。可是功名从来误，抚荒祠、谁继风流后。今古恨，一搔首。

江涵雁影梅花瘦。四无尘、雪飞风起，夜窗如昼。万里乾坤清绝处，付与渔翁钓叟。又恰是、题诗时候。独拍阑干呼鸥鹭，道他年、我亦垂纶手。飞过我，共尊酒。

比较而言，卢祖皋的小令更佳，他的长调曾招致批评家不满，小令却让他们欢心。他有一首《清平乐》，词章短小，意境别开。

镜屏开晓，寒入宫罗峭。脉脉不知春又老，帘外舞红多少。
旧时驻马香阶，如今细雨苍苔。残梦不堪重理，一双蝴蝶飞来。

这是一篇“春”作。又有一篇《更漏子》，是一篇“秋”作。难得他写春春意浓，写秋秋意在。这一篇表现得虽然也是怀人之作，却别是一番风韵与心情。

蓼花繁，桐叶下。寂寂梦回凉夜。城角断，砌蛩悲。月高风起时。
衣上泪，谁堪寄。一寸妾心千里。人北去，雁南征。满庭秋草生。

卢祖皋当时的词名不及高观国。站在今天的角度看，高、卢二人倒是更堪敌手。

3. 严仁、魏了翁与潘牥

前面提到，这个时期是词人由高官转入江湖的时代，也是辛派渐次让位于姜派的时代，但这不是说，辛、姜两派之外就没有旁的词人了。两派之外，既不属于豪放词，也不属于江湖词的词人也不少，比如严仁、魏了翁、潘牥、陆睿、黄孝迈等。他们的词风亦属于婉约之大派，要说就是姜派，亦有不妥。但很显然，由于他们的存在，对于姜、吴词风的兴起确实起到了推波助澜的作用。这些词人中，如严仁的春闺词，魏了翁的祝寿词，潘牥的令词，都很有特色。但总的看，这个时期，词的主流已入江湖，姜、吴、史等江湖名士词人才是真正的词的主导者与执牛耳的人。此处，介绍严、魏、潘三位词人。

（1）严仁，字次山，号樵溪，邵武人，今属福建省。他与严羽、严参齐名，并称“邵武三严”，他生卒年亦不详，但知道他未得善终。他诗、词俱有成绩，他的词尤其受评家青睐，对他的一些佳词佳句更是好评多多。黄升谓其词“极能道闺闱之趣”，杨慎评其词“佳处有‘粘云江影伤千古，流不去断魂处’之句。又长于庆寿、赠行，洒然脱俗”。[①] 况周颐则评其佳句说：“描写芳春景物，极娟妍鲜翠之致。微特如画而已。政恐刺绣妙手，未必能到。”[②] 这里引他一首《醉桃源》：

拍堤春水蘸垂杨。水流花片香。弄花噆柳小鸳鸯。一双随一双。
帘半卷，露新妆。春衫是柳黄。倚阑看处背斜阳。风流暗断肠。

（2）魏了翁（1178—1237），宋华父，号鹤山，邛州蒲江人，今属四川省。

魏了翁是个神童，4岁受学，15岁时便写下一篇《韩愈论》，且“抑扬顿挫，有作者风”。少年如斯，便有这样的功力，即使当今之世，也属罕见。他1199进士，一生为官，挫折不多。1206年，迁校书郎，乞外，知嘉定府。1222年，入朝，迁兵部郎中。后续迁太常少卿，秘书监，中书舍人，

① 王兆鹏，刘尊明主编：《宋词大词典》，凤凰出版社，2003年，第443页。
② 同上。

起居郎，可见他做朝官，也属顺境。后被人弹劾。罢官几年。1231年复职，1235年同签书枢密院事。以后还做过建安抚使。1237年卒，享年60岁，谥文靖。

魏了翁是南宋著名理学家，与真德秀齐名。在宋代理学人物中，他们固然比不得濂、洛、关、闽这几位大佬，但理学被官方认可，有他们的努力与功劳在。

理学人物，朱熹之前，少有词人，朱熹作词，也并非传统婉约之音。魏了翁则不然，他不但擅长作词，尤其发扬传统，饶有余声。虽然他的词作以赠答贺寿等礼仪之作为主，却能做到有声有色，意境不俗。郑振铎先生喜欢他的词，曾评价说：

鹤山虽为理学名儒，然其词则殊清丽，语言高旷。像《八声甘州》，"多少曹苻气势，只数舟燥苇，一局枯棋。更元颜何事，花玉困重围。算眼前未知谁恃！恃苍天终古限华夷。还须念，人谋如旧，天意难知"云云，气势却甚凄豪。[①]

另有一首《洞庭春色》，也写得不坏，抒胸襟而有尺度，数故典绝不忘祖，正是儒生本色。其词云：

四十之年，头颅如此，岂不自知。正东家尼父，叹无闻日，邹人孟子，不动心时。顾我未能真自信，算三十九年浑是非。随禄仕，便加齐卿相，于我何为。

人间郁蒸难奈，谁借我五万蒲葵。上玉台百尺，天连野□[②]，□[③]楼千里，江射晴晖。此意分明谁与会，但时把瑶笙和月吹。吾归矣，有鸿相与和，鹤自由飞。

---

① 郑振铎著:《插图本中国文学史》第3册，人民文学出版社，1957年，第593页。

② 原文缺字。

③ 原文缺字。

（3）潘牥（1205–1246），字庭坚，号紫岩，初名公筠，闽县人，今属福建省福州市。1235 年进士，初任镇南军节度推官，衢州推官，原迁太学正，再通判潭州。其为人也，有才气，有豪气，虽享寿不永，却活得声色卓著，富于个性。

潘牥流传至今的词作不多，《全宋词》仅收其五首词。

但他的词气不凡，词作虽少，入选版本却多，如《宋词三百首》《绝妙好辞》《阳春白雪》《婉约词粹》均收有他的作品。他的特点，是更擅长令词。这在他的时代颇有些逆潮流而动的意味。他依性而为，喜欢令词便写令词，而且确实写出了彩头，写出成绩。

先看他一首《乌夜啼》：

无端小雾廉纤。入平檐。金鸭旋添龙饼，莫开帘。
寻梅约。开还落。可曾欢。合作一年春恨，上眉尖。

此种风致，有久违之感，乍一读之，如见故人。他最著名的词作，乃是《南乡子·题南剑州妓馆》：

生怕倚阑干，阁下溪声阁外山。惟有旧时山共水，依然，暮雨朝云去不还。

应是蹑飞鸾，月下时时整佩环。月又渐低霜又下，更阑，折得梅花独自看。

况周颐说它：

小令中能转折，便有尺幅千里之妙。[1]

沈祥龙则说它：

① 成涛注释：《宋词三百首注释》，大众文艺出版社，1998 年，第 275 页。

小令须突然而来，悠然而去，数语曲折含蓄，有言外不尽之致。[①]

4. 刘克庄其人其词

刘克庄是辛派词人中的重要一员。如果说吴文英、史达祖、高观国是姜派词的重要羽翼，那么刘克庄就是本期词人中辛派词的当然传人。他与前辈词人刘过，和后面的刘辰翁，加上陈亮，合称三刘一陈。但以词的成就而论，他应当排在第一位的。

刘克庄字潜夫，号后村，莆田人，今属福建省。他出生于 1187 年，1269 年去世，享年 83 岁，是一位政治生命很不幸又很长寿的老人。到他去世时，离南宋的灭亡，已是近在咫尺，没有几多时间了。

刘克庄最崇拜的词人，就是辛弃疾，而他本人也与辛稼轩有诸多相似之处。

首先，他一生最大的理想，就是收复故土重振大宋王朝。但因为那王朝内在的原因，他矢志不移的这个理想，显然变得更困难而且更不合时宜了。南宋政权自 1206 年战败，已斗志全无。主战之声，一天比一天衰微，苟安之声却一天比一天强烈。虽然在他人到中年时，那个欺负了宋人 100 多年的金王朝灭亡了。但那所谓的盟军——元人军队马上将矛头对准了南宋政权。他是眼看着金人灭亡的宋代词人，又是眼看着元人强大的宋代词人，还是眼看着元人攻城掠地、步步逼来的宋代词人。他在这样的条件下，依然坚持自己的理想，不屈不挠，一心希望国家强大，一心渴望收复故土，这种赤子丹心，无疑是很值得人们钦敬的。

其次，他又是一位极富使命感的词人，这一点也与辛弃疾十分相似。他重视亲情，但不滥用亲情。他的词，壮志永似当年，绝不撰写空话。他更多的是批评时政，希望朝政清明，人心振奋，指斥纸醉金迷，深怀忧国忧民之情。他词的特点不同于陈亮、刘过，他所表达的最强烈的欲求，乃是忧国忧民，愤世嫉俗。

再次，他尤其是一位关心民间疾苦的词人，甚至对农民起义军，他也

① 成涛注释：《宋词三百首注释》，大众文艺出版社，1998 年，第 275 页。

有新的认识，新的观点。在他看来，农民之所以起义，完全是被逼无奈的结果。他不希望看到对农民起义军的镇压，他宁可看到与他们联合而共同去抵抗入侵的强敌。在这一点上，他的观念要超过岳飞、辛弃疾等一代爱国名将与杰出词人。他有一首《满江红》，虽是送别之词，却直笔写心，道出了他心底的想法。他这样写道：

满腹诗书，余事到，穰苴兵法。新受了、乌公书币，着鞭垂发。黄纸红旗喧道路，黑风青草空巢穴。向幼安、宣子顶头行，方奇特。

溪峒事，听侬说。龚遂外，无长策。便献俘非勇，纳降非怯。帐下健儿休尽锐，草间赤子俱求活。到崆峒，快寄凯歌来，宽离别。

值得注意的是下半阕，他说："龚遂外，无长策"，他说："献俘非勇，纳降非怯"，他说："帐下健儿休尽锐，草间赤子俱求活"。这样的声音，宋代诗、词之中极为罕见，因为极为罕见，更显得弥足珍贵。

如果"有逻辑"的话，在那样的时代，刘克庄本来应该官运亨通，因为那样的时代是太需要他这样的人才了。然而，那却是一个最没有逻辑的王朝，故而，他非但没有官运亨通，反而命途多舛。一生倒是做过好几种官，也做过大官，"以荫入仕，历知建阳、通判吉州、江西提举、将作监。累官至工部尚书。以龙图阁学士致仕。卒谥文定"。[①]然而，他这一辈子，虽然官衔不少，但居官的时间却很短。他一生被罢官四次，其中一次，废弃达十年之久。他固然有凌云壮志，却又报国无门。

刘克庄虽为豪放派词人，他词中其实没有多少壮语。实在他的时代，再狂写壮语就有吹牛之嫌了。他词中更多的更强烈表现的乃是悲愤，是报国无门之悲，是累遭屈辱之愤，是国忧民忧之悲，是国难民难之愤。他最具代表性的几首词，几乎篇篇体现了这个特点。请看他的《沁园春·梦孚若》：

何处相逢？登宝钗楼，访铜雀台。唤厨人斫就，东溟鲸脍；圉人呈罢，西极龙媒。天下英雄，使君与操，余子谁堪共酒杯？车千乘，

① 王兆鹏，刘尊明主编：《宋词大词典》，凤凰出版社，2003年，第431页。

载燕南赵北，剑客奇才。

饮酣画鼓如雷，谁信被晨鸡轻唤回。叹年光过尽，功名未立；书生老去，机会方来。使李将军遇高皇帝，万户侯何足道哉！披衣起，但凄凉感旧，慷慨生哀。

词意通达，无须评解，词眼是："使李将军遇高皇帝，万户侯何足道哉！"而结局却是："披衣起，但凄凉旧感，慷慨生哀。"古人云"十步之内，必有芳草；百里之内，必有奇才"。飞将军式的人物，何世不有，何代不存？所缺者，能知才用才的汉高祖而已。然而，凡此种种，不过幻想罢了。词人虽壮志凌云，除去"慷慨生哀"之外，又能怎么样呢！

再看他的那首《贺新郎》：

国脉微如缕。问长缨、何时入手，缚将戎主？未必人间无好汉，谁与宽些尺度？试看取、当年韩五。岂有谷城公付授，也不干、曾遇骊山母。谈笑起，两河路。

少时棋柝曾联句。叹而今、登楼揽镜，事机频误。闻说北风吹面急，边上冲梯屡舞。君莫道、投鞭虚语。自古一贤能制难，有金汤、便可无张许？快投笔，莫题柱。

词人又在讲历史了。这历史时间未久，说的是韩世忠的故事，再由韩世忠联想到张良与李荃，张良是受过兵书的，李荃是得过《阴符经》的，韩世忠既没有拿到过黄石公的兵书，也没有得到过《阴符经》一样的宝典。然而，他不是也曾大建其功吗？于是，他几乎是用恳求的口气感叹说："未必人间无好汉，谁与宽些尺度？"谁与宽些尺度，纵不说，也明白，明白固然明白，那权势者偏偏顽固如初，就是不放宽些尺度，看你其奈他何！

词的下半阕讲了许多道理，然而，除去浩然长叹之外，亦是无济于事。

于是词人便转悲愤为疏狂。但他这个狂，不是李白酒醉之狂，也不是陆游放翁之狂，而是报国无路，悲愤已极之狂，多少有点破罐破摔的意思在内。只是他疏只管疏，狂只管狂，疏狂之后，心还是热的。在《一剪梅》中他这样记述自己：

束缊宵行十里强，挑得诗囊，抛了衣囊。天寒路滑马蹄僵，元是王郎，来送刘郎。

酒酣耳热说文章，惊倒邻墙，推倒胡床。旁观拍手笑疏狂；疏又何妨，狂又何妨。

从字面上理解，很是疏狂无羁且无度。然而毕竟与李太白式的豪放不同。李白高兴了，要说："仰天大笑出门去，我辈岂是蓬蒿人。"那才是真狂哩！

刘克庄长寿，到了老年，狂气少了，实在这现实生活伤透了他的心，而他的身体也开始出现这样那样的问题。但他的性情如故，他的幽默或又有所增多，他的一些词作中有了新消息。请看他的《鹊桥仙·足痛》：

有时块坐，有时扶起，门外草深三尺。山禽肯唤我为哥，句句道、哥行不得。

此儿害跛，群儿拍手，次第加公九锡。不消长麈短辕车，但乞取、一枝鹤膝。

老了，不中用了。来来往往的，尽是一些祝寿贺寿之事，他的词作中，此类内容也是愈来愈多。有时想起自己一生遭受的不平待遇，禁不住又焦躁起来，写下了一首又一首的抒愤之词，但那风调与豪放本意却是越去越远了。

到了晚年，终于头脑冬烘，拍了贾似道的马屁。

刘克庄留给人类的宝贵经验是：老了，不要恋栈，赶快退休。

刘词中也有些婉约之作。有些还写得十分清新活泼。这里选一首《清平乐》：

宫腰束素，只怕能轻举。好筑避风台护取，莫遣惊鸿飞去。

一团香玉温柔，笑颦俱有风流。贪与萧郎眉语，不知舞错伊州。

一个娇小的舞女，轻得像要飞起来一般。真怕她飞飞呀！然而，她是多情的。因为多情，把舞都跳错了。故事如此简单，写来天真可爱。

5. 戴复古与陈人杰

这个时期的词人中，还有戴复古、陈人杰特别值得注意。

戴复古（1167–1237），字式之，号石屏，台州黄岩人，今属浙江省。他也是布衣出身，没有做过官的。他性喜游历，江湖词人色彩浓重。

戴复古诗名大于词名。而且他诗出有门，他曾经在陆游门下学过诗的。他游历的地方很多，且常常有美好的情遇，这两点对他作诗、作词显然都有很积极也很重要的作用。

据说，他游历武宁时金伯华的父亲爱惜他的诗才，便把女儿嫁给他。后来，他家中又为他娶了妻子，他只得与金伯华诀别而去，金伯华因此投水而死，还留下了一首绝命词。可知是一位多情、烈性的才女。

戴复古以诗名闻天下，尝谓“以诗名江湖间五十年”。这也是诗化的语言。他的诗不走西昆体的路子，也不走江西派的路子，而是清新豪健，别成一格，而且他的诗有内容，有锋芒，钱钟书先生评价道：

据说他为人极谨慎，“广座中口不谈世事，可是他的诗里每每指斥朝政国事，而且好像并不怕出乱子得罪人。[①]

戴复古词作不多，有豪放派的词，也有通俗类的词。况周颐说他的词：“往往作豪放语，绵丽是其本色。”[②]可谓知音者言。大约他词如其人，也是刚柔相济型的。这里引他一首《贺新郎·寄丰真州》：

忆把金罍酒。叹别来、光阴荏苒，江湖留宿。世事不堪频着眼，赢得二眉长皱。但东望、故人翘首。木落山空天远大。送飞鸿、北去伤怀久。天下事，公知否？

钱塘风月西湖柳。渡江来、百年机会，从前未有。唤起东山丘壑梦，莫惜风霜老手。要整顿、封疆如旧。早晚枢庭开幕府，是英雄、尽为

---

① 钱钟书著：《宋词选注》，人民文学出版社，1979年，第234页。

② 王兆鹏，刘尊明主编：《宋词大词典》，凤凰出版社，2003年，第589页。

公奔走。看金印，大如斗！

他的词亦擅用俗话，而且字字熨帖，恰到好处。请看他的一首《西江月》：

宿酒才醒又醉，春宵欲雨还晴。柳边花底听莺声。白发莫教临镜。

过隙光阴易去，浮云富贵难凭，但将一笑对公卿。我是无名百姓。

虽然是无名百姓，却不自卑，反而自得，那种豪气油然而生的劲头，又岂是官场中人能够懂得的！

陈人杰（1218–1243），又名经国，号龟峰，长乐人，今属福建省。

陈人杰也是辛派词人中的重要成员。但他词作水平比不过刘克庄，也比不过陈亮、刘过。

陈人杰与戴复古的不同之处在于，他没有戴复古那么响亮的诗名，也不像戴复古那样以百姓自居、自豪，那样对科考没有兴趣，对仕途也没什么兴趣。他是参加过科考的，然而，考不中。他生性爽达，但一生潦倒。他也游历过不少地方，后来定居临安，只活了26岁。

他流传下来43首词。虽然他人生不永，词作无多，却在宋代词史上占有一席之地。奇妙的是，他留下的这43首词，全是《沁园春》一个词调，一个词人——至少从他留下的词看——一生只写一个词调的，有史以来，大约只此一人而已。

陈人杰词风硬朗，感情激越。他的词常将忧国之心与个人身世联系在一起，令人读之，备觉其感情真切。他的《沁园春》，声、情并茂、又淋漓尽致，当得起“喜、笑、怒、骂，皆成文章”这样的评价。其词云：

记上层楼，与岳阳楼，酾酒赋诗。望长山远水，荆州形胜；夕阳枯木，六代兴衰。扶起仲谋，唤回玄德，笑杀景升豚犬儿。归来也，对西湖叹息，是梦耶非？

诸君傅粉涂脂，问南北战争都不知。恨孤山霜重，梅凋老叶；平堤雨急，柳泣残丝。玉垒腾烟，珠淮飞浪，万里腥风吹鼓鼙。原夫辈，算事今如此，安用毛锥。

词中“诸君傅粉涂脂，问南北战争都不知”一句，可说力透纸背，又是伤心者语。这样的声音在当权者中都得不到回应，这个王朝是该完了。

他还有一篇议论诗歌创作的《沁园春》，写得又好：

诗不穷人，人道得诗，胜如得官。有山川草木，纵横纸上；虫鱼鸟兽，飞动毫端。水到渠成，风来帆速，廿四中书考不难。恃诗也，是乾坤清气，造物须悭。

金张许史浑闲，未必有功名久后看。算南朝将相，到今几姓；西湖名胜，只说孤山。象笏堆床，蝉冠满座，无此新诗传世间。杜陵老，向年时也自，井冻衣寒。

若非通此道者，何能有此言；若非多才艺者，何能作此词；若非有心胸者，何能成此语；若非有学识者，何能抒此见？然而联系到词人的坎坷经历，其中便有些正话反说，也未可知。

第七章

宋词的收束期

本期又可称之为：第六乐章，尾声——余音犹在的谢幕。

这个时期的词人，毫无例外，都是跨越两个王朝的，也就是说，他们个个都是亡国者，或者是亡国烈士，或者是亡国志士，或者是亡国奴。

宋词发展到这个时期，其生命力并没有明显衰减之征兆。如果有衰减之征兆，又怎么能出现周密、张炎、王沂孙、蒋捷这样重量级的词人呢！

然而，这王朝完了。因为这王朝完了，宋词的发展就如同一棵被硬生生扭断的青藤，那叶还是绿的，但根已经死了。没有根的叶，或可称为末世的辉煌；但即使可以称为末世辉煌，也不过强光一瞬而已。

但这一群——一代有才能有气节的词人，他们之中的大多数人，或者以身殉国，为大宋王朝捐了命；或者以心报国，虽然元帝国多次向他们伸出橄榄枝，他们就是不做元朝的官，他们为大宋王朝捐了心。他们宁可老死田垄，绝不失节于心，由是观之，这一代词人又可称之为烈士词人、志士词人及隐士词人。

我们中国人好讲“天下兴亡，匹夫有责”。可惜，匹夫虽然有责，他们却绝对无权。在岳飞时代，他们有杀敌的才能和勇气，却没有起码的生存权利；在辛弃疾时代，他们有报国的热望与牺牲精神，却没有行动和建言的权力；在刘克庄时代，他们有发誓收复失士的愿望和情感，却没有任何政治话语权力。到了这一代人，他们有权力了，他们的权力就是将自己的命、自己的心奉献给这个末世王朝，这个灾难深重的民族。

这个时代的词人，以其主流而论，都有很高的成就。宋代八大词人、南宋六大词人中，属于本期的就有四位，他们差不多都属于江湖游历之士，或者出身贵族的名士。他们大多没有做过官，也不希求做官，实在官府也看不上他们，他们也看不上官府。他们常组织和栖身于词社，因为词社的关系，他们的词中常有相同的题目，词社成员共咏一物或一事也是题中应有之义。他们的词作好，尤其词作美，单以美文而论，宋词的前期词人均无以过之。只是这样的美文，出在那样的时代，对比是如此之强烈，不但令人思之心惊，尤其令人思之不寐。

讲述此期词人，理所当然，应从文天祥讲起。

第一节　文天祥、刘辰翁与蒋捷

这三位皆为爱国志士，虽然表现各有不同，但无论如何都可以称得上是南宋王朝的忠臣赤子。

1. 文天祥其人其词

文天祥（1236–1282），字履善，又字宋瑞，号文山，吉安人，今属江西省。他是中国历史上的抗元英雄，也是一位名闻遐迩的大诗人。他的诗作《过零丁洋》，举凡中国人，必定有所耳闻，诗中名句“人生自古谁无死，留取丹心照汗青”，更是家喻户晓，莫不与闻。

文天祥的一生是与南宋王朝的灭亡过程联系在一起的，他本人简直就是送别那王朝的一曲无尽的哀歌。

文天祥家庭生活富足，本人早年过的也是十分奢华的贵公子生活。他学业有成，才识皆好。他 1256 年状元及第，那时方 21 岁。他本应该有一个非常美好的前程，然而宋王朝分崩在即，他唯有舍身为国才是唯一可能的正确选择。他选择了这条路，并且义无反顾，矢志不移，把全部精力与心血都奉献了。

他也曾出使金邦，在强敌面前，大义凛然，痛斥敌酋；他也曾被俘敌营，勇敢逃脱且历尽千辛万苦；他也曾屡次亲率军马与元人作战。他二次被俘后也曾服毒自杀，不成，又曾绝食八天，未死，但他非但决心不变，而且志愈坚，节愈烈。在他被囚北京的最后三年中，宋朝小皇帝与当权的皇太后都投降了元人，宋朝大部分官员也归顺了元主，连他弟弟也成了其中的一员，但他不屈不挠，只求速死，终于 1282 年被处死。执行死刑前，元世宗又后悔了，派人去停止行刑，但为时已晚。文天祥死后，他妻子收尸时，找到他的绝命词——《衣带赞》。其词曰：

孔曰成仁，孟曰取义；惟有义尽，所以仁至。读圣贤书，所学何事？而今尔后，庶几无愧。

文天祥自然是儒学时代忠君报国的一个杰出典型，但他的忠君报国具有独特的结构组合，其中包括三个基本层次，这是他特别高出于一般忠臣孝子的地方。中国古来史臣孝子极多，但能达到他这样的境界的，就比较少了。

第一个层次，他是把忠君与报（爱）国密合在一起的，既要报国，必要忠君；既要忠君，必定报国。这信念在他的诗歌中多有反映，反复吟唱。比如他在《题苏武忠节图》中说：“铁石心存无镜变，君臣义重与天期。”

第二个层次，社稷为重，君为轻。即是说，当君主与社稷发生矛盾时，那么，他优先考虑的是社稷。所以当元朝丞相博罗责问他德祐皇帝被俘北上，他另立吉王、信王，这做法是不是不忠时，他回答说：“德祐，吾君也，不幸而失国。当此之时，社稷为重，君为轻。吾别立君，为宗庙社稷计，所以为忠臣也。”

第三个层次，当宋王朝全然灭亡之后，他弟弟做了元朝的官，他依然坚贞不屈。皇帝在，为皇帝尽忠；皇帝投降了，另立新主；连自己所忠于的王朝都没有了，为什么还要坚持呢？因为皇帝没了，社稷变了，那节操还在。正是基于这一点，他没有要求自己的家人像自己一样，以死殉节，并且对降敌的弟弟，也表现出宽容与理解，但他本人是要殉节的。

据我的研究，从来真的儒生，他们的内心信念，既是一元的，又是二元的。整体一元：报国忠君，忠臣孝子；内涵二元：一方面一定要忠于皇帝，另一方面又一定要坚持自己的操守。皇帝做了错事，也要批评，纵然因此招至杀身之祸，一样要批评。换个表达方式：他一则必须忠于皇帝，一则要忠于社稷，一则又必须恪守自己的节操与信念。能完全做到这三点的，才是真儒。只有第一点的，很可能就是个弄臣，或者奴才。殊不知，奴才，有的奴才也会尽忠尽命于自己的主人。文天祥为节操而死，死得其所。

文天祥作词不多，但影响很大，他词的意义，已经不能为词艺本身所束缚。这一点，古今论者所见相同。故而，陈廷焯评价他的词时说：

气极雄深，语极苍秀。其人绝世，词亦非他人所能到。[①]

刘熙载说：

文文山词有风雨如晦、鸡鸣不已之意，不知者以为变声，其实乃变之正也。故词当合其人之境地以观之。[②]

刘永济先生说：

宋亡之际，叛国降虏者甚多。天祥过双庙，念张巡、许远遗烈，不觉感慨，发为此词，忠义之气，凛然纸上。此等作品，不可以寻常词观之也。[③]

这里便引永济先生说的那一首《沁园春》：

为子死孝，为臣死忠，死又何妨。自光岳气分，士无全节，君臣义缺，谁负刚肠？骂贼睢阳，爱君许远，留得声名万古香。后来者，无二公之操，百炼之钢。

人生翕歘云亡，好烈烈轰轰做一场。使当时卖国，甘心降虏，受人唾骂，安得流芳？古庙幽沉，遗容俨雅，枯木寒鸦几夕阳。邮亭下，有奸雄过此，仔细思量。

与文天祥同时的爱国志士词人，还有许多，这些人正是中华民族的脊梁，其中特别重要且有特色的人物，如邓郯、王清惠，如徐君宝妻，都是

① 王兆鹏，刘尊明主编：《宋词大词典》，凤凰出版社，2003 年，第 171 页。
② 同上。
③ 刘永济著：《唐五代两宋词赏析》，中华书局，2010 年，第 100 页。

永远值得人们纪念的。

邓剡（1232–1303），字光荐，号中斋，官至礼部侍郎，迁直学士。厓山兵败，投海自尽，被元兵救起，再投海，又被救起。与文天祥一同押解北上，在同行的数月间，两个人互有唱和，成就了一段英雄壮举，志士悲歌。

他的词风清爽飒立，词作充满悲国伤民之情，但节士之气，绝不衰减。这里引他一首《唐多令》：

雨过水明霞，潮回岸带沙。叶声寒、飞透窗纱。堪恨西风吹世换，更吹我，落天涯。

寂寞古豪华，乌衣日又斜。说兴亡、燕入谁家？惟有南来无数雁，和明月，宿芦花。

说今道古，意象深沉。

另有女词人王清惠、徐君宝妻，虽为巾帼，亦是烈士。各以自己的行为为后人留下了坚贞不屈的民族英雄形象，这里举一首徐君宝妻的《满庭芳》：

汉上繁华，江南人物，尚遗宣政风流。绿窗朱户，十里烂银钩。一旦刀兵齐举，旌旗拥、百万貔貅。长驱入，歌楼舞榭，风卷落花愁。

清平三百载，典章文物，扫地都休。幸此身未北，犹客南州。破鉴徐郎何在？空惆怅、相见无由。从今后，断肠千里，夜夜岳阳楼。

这词是她被元兵掠至杭州时，临命前所作。此前，掠者几欲行不轨，都被她用计策解脱，贼人益怒，终不肯放过她时，她徐徐言道：“容妾祭谢先夫，然后为君妇不迟也。君奚用怒哉？”于是焚香再拜，题词于壁，赴水而亡。

2. 刘辰翁其人其词

刘辰翁也是一位非常有气节的词人。他 49 岁时南宋灭亡。他前半生忧国忧时，为国家的生存而努力；后半生则寄希望于未来，采取与元政权不合作态度，直至弃世。

他的词风属于辛、刘一脉，但与辛、陈、刘过、刘克庄均有区别。陈亮是壮阔激烈，辛弃疾是豪放感慨，刘过是激情四射，刘克庄是悲愤无说处。他前期的词主要特色是揭露与批判，他批判的对象就是权奸贾似道；到了后期，则悲凉慷慨，不能自已。但那风格依然是大丈夫气的。男儿有泪不轻弹，纵然痛泪交流，发出的也是凄厉之音。

刘辰翁（1232–1298），字会孟，庐陵人，今属江西省吉安市。因为家在龙须山南面的须溪山，故又号须溪。他的诗文集便以“须溪”命名。

刘辰翁年幼丧父，本人矢志读书。他的业师是庐陵著名学者欧阳守道。他的学品人品都受到老师的深刻影响。

他 1258 年参加乡试时，作君子小人之辨，引起考官的争论。1262 年参加进士考试，廷对时又触怒了贾似道。宋理宗将他录为丙第。此后他为了照顾亲老，任教于濂溪书院，也曾受聘于江万里幕府。后来，他的同乡同门文天祥起义兵勤王，他又在文天祥义军做过一段幕僚。宋政权灭亡后，他隐遁不出，全力从事著述。

他一生著作很多，曾被编为《须溪集》100 卷。他能诗能文亦能词，以词的成就最大。他是当之无愧的辛派词的传人。词到刘辰翁，宋代的豪放词便成了绝响。他的词艺虽不如辛弃疾或刘克庄，但自有独到之处。论到批判权奸的尖锐，对世事巨变的感慨与心伤，则是他的那些前辈词人写不出也想不到的。这是先录一首他的名篇《六州歌头》：

向来人道，真个胜周公。燕然眇，浯溪小，万世功，再建隆。十五年宇宙，宫中赝，堂中伴，翻虎鼠，捕鹑雀，复蛇龙。鹤发庞眉，惟悴空山久，来上东封。便一朝符瑞，四十万人同。说甚东风怕西风。

甚边尘起，渔阳惨，霓裳断，广寒宫。青楼杳，朱门悄，镜湖空，里湖通。大纛高牙去，人不见，巷重重。斜阳外，芳草碧，落花红。

抛尽黄金无计，方知道、前此和戎。但千年传说，夜半一声铜，何面江东！

从来批判权奸国贼，没有见过如此淋漓尽致的。这简直就是一篇充满激越与火药味的控诉书。又是一根耻辱柱，把贾似道误国殃民的种种劣迹，镌刻其上，让他永生永世，难辞其辱。

南宋灭亡，他的心是不甘的。不甘心，还要发议论，化而为词，又成杰作。他的《兰陵王·丙子送春》，可以作为代表。其词曰：

送春去，春去人间无路。秋千外，芳草连天，谁遣风沙暗南浦？依依甚情绪，漫忆海门飞絮。乱鸦过，斗转城荒，不见来时试灯处。

春去，谁最苦？但箭雁沉边，梁燕无主，杜鹃声里长门暮。想玉树凋土，泪盘如露。咸阳送客屡回顾，斜阳未能度。

春去，尚来否？正江令恨别，庾信愁赋。苏堤尽日风和雨。叹神游故国，花记前度。人生流落，顾孺子，共夜语。

夜晚青灯之下，他与自己的孙儿，话说春苦，春愁，然而那情怀又岂是用愁、苦两个字可以概括的？故而他开篇即说："送春去，春去人间无路"。此幽怨痛恨之深，非亲身经历者又怎能体会得到，体会得切。实在这苦，这痛，这悲，这愁，无言以表。所以在换头处，又说："春去，谁最苦？"……但他还是抱以希望，故此，在第三片换头时，又问："春去，尚来否？"一词而三春，三春两问，写尽了老人的重重心事。

这词的内容是悲凉不屈的，这词的手段是老到的。结尾与孙儿夜语，又显示出这词的情感是意味深长的。词人内心虽悲，却是悲且有志，他是永远不会放弃自己的信念的。

刘辰翁亦擅长小令，以小令抒怀，同样有大丈夫悲国悯人之气。他也能作婉约抒情之词，如他的《浣溪沙·感别》，则写得简约轻灵，柔情似水长。

点点疏林欲雪天，竹篱斜闭自清妍，为伊憔悴得人怜。

欲与那人携素手，粉香和泪落君前，相逢恨恨总无言。

唯大丈夫可以“男儿有泪不轻弹”，也唯大丈夫可以“柔肠百结，儿女情柔”。

3. 蒋捷其人其词

蒋捷亦是个大词人。宋代词人中流传至今有姓名可考的有 1493 人，但能够称为大词人的没有几位，但蒋捷是一个。陈匪石先生编《宋词举》，讲了一段有关选家的话。他说：

选南宋词者，戈顺卿取史、姜、吴、周、王、张六家，周稚圭取姜、史、吴、王、蒋、张六家，周止庵则以辛、王、吴为领袖。

陈匪石先生亦选六家，他选的是张、王、吴、姜、史、辛。4 位大词选家，或选 3 人，多数选 6 人，选来选去总共不出 8 位词人之外，蒋捷有幸入选，虽然他与周密只入选一次，但那地位已经不凡。郑振铎先生则另有选法，他认定蒋捷为宋后期四大词家之一，并以蒋、周、张、王为序，给予蒋捷以很高的评价。

蒋捷不仅是一位大词人，而且是一位杰出的爱国志士，一些文学史将他与刘辰翁编在一起，原因在此。但他的爱国方式与文天祥、刘辰翁有不同。文天祥以身殉节，一定要用自己的生命表达自己的气节与理想；刘辰翁是绝不屈服，即使老了，希望渺茫了，也绝不屈服，不但不屈服，还要教育子孙，不忘亡国之恨。蒋捷的方式则是洁身自好，他就是不与元人合作。

蒋捷，字胜欲，阳羡人，今属江苏省宜兴市。生卒年不可详考，大体年代或有些旁证。孙望、常国武二先生主编的《宋代文学史》认为他约生于 1245 年，卒于 1310 年，大略而已，不能确知。他一生事迹，资料也非常之少。只知道他 1174 年登进士第，这时距南宋灭亡只有五年时间了。宋亡之后，他隐遁山林，自号竹山，决意不仕。后来，虽有人推荐，他也不改变自己的态度，终以前朝遗民身份，故老他乡。

蒋捷是个大词人，他的词风多样，从苏词的潇洒旷达到辛词的豪放慷慨，再到周词的婉约典丽，又到刘过词的通俗泼辣，可说应有尽有，各得其妙。但也为此，使后人对他词的评价产生不少歧义。这大约也是一个规律，我在分析贺铸词风的时候也曾说过，一般情况下，词风专一的词家其评价容易走高，而词风多样且相互间差异过大的作家则其评价容易走低。竹山词既然有这样的特点，有些微词薄议，亦在意料当中。

他词中有一部分怀念故国，抒发亡国之恨、亡国之痛的，这些词历来迭受好评。这里录他一首《贺新郎》：

梦冷黄金屋。叹秦筝、斜鸿阵里，素弦尘扑。化作娇莺飞归去，犹认纱窗旧绿。正过雨、荆桃如菽。此恨难平君知否？似琼台、涌起弹棋局。消瘦影，嫌明烛。

鸳楼碎泻东西玉，问芳踪、何时再展？翠钗难卜。待把宫眉横云样，描上生绡画幅，怕不是、新来妆束。彩窗红牙今都在，恨无人、解听开元曲。空掩袖，倚寒竹。

虽然极写亡国之恨，那风格与刘辰翁词迥异，他写得细，不仅是仔细之细，而且是细密之细，细腻之细。因为他写得细，所以那恨声虽不“号啕”，又不激烈，却更加绵绵无尽，恨意犹深。

先写昔日闺房，那闺房是多么值得怀念啊！虽然只写了房屋与秦筝，但他们都典型而又美丽地表示了作者的情怀和意向。然而，屋虽然还是那屋，却是冷的；筝虽然还是那筝，又是灰尘覆盖，景象凄凉。

女主人在梦中化作娇莺飞回故里，看到的只是旧日的绿纱窗。那窗外，恰又蒙蒙细雨，“荆桃如菽”。于是他问道：“此恨难平君知否？”不知道吗？让我告诉你，这恨就像那琼玉棋枰，弹棋局起伏不定；又像那焰焰孤灯，映照我消瘦的身影。

此等表达，字面上曲曲折折，内涵中意象深沉。下片转头续写，但见美景皆碎，感慨丛生。这感慨集中到一点。即“恨无人，解听开元曲。空掩袖，倚寒竹。”

蒋捷坚持与元人不合作态度，隐遁乡野，誓不入仕。然而，隐遁岂是易事，更不像进入桃花源一样，除去美女，就是桃花，舟来船往，好不精彩。隐遁是要生活的，生活是需要经济基础的，然而，像蒋捷这样的词人，一无财产，二无捐赠，三无土地，四无劳动技能，坚持品节，真真难矣。他的另一首《贺新郎·兵后寓吴》，生动地写出了那种隐遁无门的状况与悲哀，被研究者很恰当地称为“一首流浪者的哀歌”。[①]

深阁帘垂绣，记家人、软语灯边，笑涡红透。万叠城头哀怨角，吹落霜花满袖。影厮伴、东奔西走。望断乡关知何处，羡寒鸦、到著黄昏后。一点点，归杨柳。

相看只有山如旧。叹浮云、本是无心，也成苍狗。明日枯荷包冷饭，又过前头小阜。趁未发、且尝村酒。醉探枵囊毛锥在，问邻翁：要写《牛经》否？翁不应，但摇手。

“相看只有山如旧”，一悲也；

“明日枯荷包冷饭”，二悲也；

“要写《牛经》否？翁不应，但摇手”，三悲也。

人生至此，夫复何言！

然而，他依然顽强地生存下来，并用他的一枝铁笔，写下了多少不朽的词章。

蒋捷是个大词人，他多才多艺，能调动各种手段，写各种风格的词，所谓“无意不可入，无事不可言”，这评价他是当得起的。

先看他的一首通俗风格的词。这一俗不打紧，乡野气息透骨而生。本词寄调《最高楼》，内容是“催春”。

新春景，明媚在何时。宜早不宜迟。软尘巷陌青油幰，垂帘沉院画罗衣。要些儿，晴日照，暖风吹。

一片片，雪儿休要下。一点点、雨儿休要洒。才恁地，越愆期。悠

① 孙旺，常国武主编：《宋代文学史》（上册），人民文学出版社，1996年，第381页。

悠不趁梅花到，匆匆枉带柳花飞。倩黄莺，将我语，报春归。

过去说，一个人的文学有了风格，不问其名，但看那文章，就可以推断出这作者是谁。但这个理式对蒋竹山而言，却不适用。因为他词风多变，你认出了桃花红，却忘了梨花白。

因为他的一些词写得通俗，有人就批评他“竹山词多粗”。但他却粗中有细，一些词作不但笔细，尤其心细，写来委委婉婉。请读他的《瑞鹤仙·乡城见月》：

绀烟迷雁迹，渐碎鼓零钟，街喧初息。风檠背寒壁，放冰蟾，飞到蛛丝帘隙。琼瑰暗泣。念乡关、霜华似织。漫将身化鹤归来，忘却旧游端的。

欢极蓬壶蕖浸，花院梨溶，醉连春夕。柯云罢弈，樱桃在，梦难觅。劝清光、乍可幽窗相伴，休照红楼夜笛。怕人间换谱伊凉，素娥未识。

不但词意深沉，词心感人，而且笔笔写来，皆为画境。再批评人家“粗”，自己想想都会脸红。

他的词又有很生活化的，不但有声，而且有色，声声色色，全是生活。如他的《昭君怨·卖花人》，其词云：

担子挑春虽小，白白红红都好。卖过巷东家，巷西家。
帘外一声声叫，帘里鸦鬟入报。问到：买梅花？买桃花？

句句生活中语，声到形到，如闻如在。

他的词，语言功夫很深，因为语言功夫深，所以才能俗能雅，能密能疏，能喜能悲。他有一阕《声声慢·秋声》，全篇压“声”字韵，尽咏秋声九种，且循序渐进，句句有特色。一时黄花红叶，一时豆雨风情，一时更鼓阵阵，一时檐底铃清，一时画角催月，一时胡笳骤动，一时捣衣如碎，一时过晓蛩鸣，到了最后再来一个雁叫长空。那语言特色，差不多就是一篇词中的《醉翁亭记》了。但闻“声”“声”入耳，并不重复生烦，还要如泣如诉，字字沁人心肠。其词云：

黄花深巷，红叶低窗，凄凉一片秋声。豆雨声来，中间夹带风声。疏疏二十五点，丽谯门、不锁更声。故人远，问谁摇玉佩，檐底铃声？

彩角声催月堕，渐连营马动，四起笳声。闪烁邻灯，灯前尚有砧声。知他诉愁到晓，啐哝哝、多少蛩声。诉未了，把一半，分与雁声。

他亦有情景交融、景致如画的词作，如《一剪梅·舟过吴江》，其中的“红了樱桃，绿了芭蕉”，可说千古名句，历来脍炙人口。只是时代变矣，欣赏者已无宋词初期那般美好的心境与心情。其词曰：

一片春愁待酒浇。江上舟摇，楼上帘招。秋娘渡与泰娘桥。风又飘飘，雨又潇潇。

何日归家洗客袍？银字笙调，心字香烧。流光容易把人抛。红了樱桃，绿了芭蕉。

蒋捷一生，可谓累遭世变，悲苦尝尽。所以他的感叹人生之词，虽不如辛弃疾“少年不识愁滋味”传播久远，却写得更其真切仔细，体味尤深。《虞美人》写道：

少年听雨歌楼上，红烛昏罗帐。壮年听雨客舟中，江阔云低，断雁叫西风。

而今听雨僧庐下，鬓已星星也。悲欢离合总无情，一任阶前，点滴到天明。

蒋捷不仅是个大词人，还是宋词晚期两种词风的衔接点。在他这一边，是刘辰翁、文天祥的激越悲愤之格调，在他那一边，则是王、陈、周、张为代表的周、姜婉约之余韵。他的词独立其间，左盼右顾，皆有知音。

第二节　王沂孙与陈允平

在写这两位词人之前，先说些相关背景。

王沂孙、陈允平与下一节要介绍的周密、张炎有着诸多相同之处，而且这四位词人的重要性与艺术成就也都是出类拔萃的。

宋词旧有豪放、婉约两派之论，但婉约的历史更长。宋初期只有婉约一词，没有豪放词；宋末期又以婉约词作为代表性词风而谢幕。或许可以说，宋代词艺以婉约而兴，又以婉约而终。

婉约词的发展，周邦彦是一个大关节，他是北宋婉约词的集大成者。在他之前是一种风貌，自他之后，成为另一种风貌。由他算起，经姜夔、吴文英、史达祖，到现在要叙述的王沂孙、陈允平、周密、张炎，可以称为宋代婉约派八大词人。如果仅以词艺而论，这八位词人或可以说代表了宋词的最高成就。

我在本章开始时说过，姜夔以来的代表性词人，具有边缘化、专艺化和社群化三大特征。那么，到了王、张、周、陈时期，这三大特征非但没有弱化迹象，反而更其强化了。

首先说边缘化。词到姜夔，词人已边缘化了，但他及以后的吴文英、史达祖时代，还是要围着官员或豪门显贵转的，自己不是权势者，但有权势者作依托。而张、王、周、陈时期，依托也没有了。他们根本就成了亡国之民。除王沂孙做过一时的学官之外，他们的基本生存方式，是远离政治，远离战祸，不但权力阶层离他们愈来愈远，正常的生活都受到威胁，其边缘化程度显然是他们的前辈们难以想象的。而他们又都是富贵人家出身，王、张、周三位的家世，更为富足，甚至显赫。因为他们出身富贵，战乱带给他们的感受无疑更为强烈。

其次是专艺化。专艺化表现在他们的词作上，最重要的一点就是细节化。词的发展原本就有这样的趋向，词的历史原本就有这样的特性，但这种趋向与特性，到他们这里，显然已经达到极致。

词在晏、欧、张、柳时期，还没有明显的分派特征，有些变动，就成风波。柳永的变革与后人相比，走得并不算远，但引起的震动，却十足惊人。苏、秦、周、辛时代，豪放与婉约两派，词风对比十分强烈，特色对比无比鲜明。

姜夔、吴文英时期，风格细化了，但依然有疏派、密派之分。虽然二者均属于婉约词风之内，但二者的差异依旧泾渭分明。到了此时此地，词人的技艺追求已进入很深的层次，很细化的状态，彼此间的差异固然存在，彼此间的界线开始模糊，有时不免你中有我，我中有你，有时又不免鲁鱼豕亥，头绪难清。这个其实也可以理解，举凡一种文学形式，当它走向极致的时候，必然出现此种生存状态。

还有社群化。1278年，即南宋灭亡的前一年，王沂孙就与李彭老、仇远、张炎、陈恕可、唐珏等人结社赋词，所作词作，还由陈恕可编为《乐府补题》一卷。王、张、周、陈四位词人不但生于同代，而且是很要好的词友，从种种迹象上看，似乎王、张、周的关系还要密切些，与他们前后相交往的词人与文人还有吴文英、赵孟坚、杨缵、唐珏、戴表元、马廷鸾、白珽、屠约、谢翱、邓牧、鲜于枢、赵孟頫、钱舜举、郑思省、袁桷、曾遇等人。

这些词人尤其这几位代表性词人也都是爱国者，然而他们的行为方式与思维方式与蒋竹山颇不同，与刘辰翁更不同，与文天祥越发的不同了。

如果说，他们头脑中根本就没有忠君报国的理念，恐怕没人信的。但从他们的种种表现观察，他们的所爱，确实有点不在其君，甚至也不在其节。当然他们并非没有气节，但他们最难割舍的还是自己的生活方式与文化环境以及词作词艺。

爱生活、爱文化、爱词艺，这三点构成他们人生的主要内容与追求。凡此种种，在他们的词作中都有很清楚、很真切的表现。

1. 王沂孙的词品与本人生平

王沂孙在宋代词人中占据显赫位置，如果说蒋捷已经是大词人，那么王沂孙无论在成绩还是影响方面显然都在他之上。我在前面提到蒋捷的成绩时，曾列举过陈匪石等四个选家的版本。这四位选家中，只有一位选家将蒋捷列为南宋六大词人之一，但四位选家，毫无例外的都把王沂孙选入。且无论选多选少，王沂孙必选无疑。

王沂孙的影响曲线有些与众不同。在他生活创作的时代，那影响已经很大，像周密、张炎这样杰出的词人，对他的词作均评价很高。但到了元、明两朝，影响少了。那影响反不如陈允平来得更大。一进清代，情况变了，他的影响骤然放大，且越来越大，特别是陈廷焯、周济、戈载等词评家，对他尤其推崇有加。陈廷焯的《白雨斋词话》，甚至将他比作诗中的曹植、杜甫。这比喻确实有些令人瞠目。想曹植是什么人，人说天下诗才一石，曹植独占八斗；杜甫又是什么人？早先还是李、杜并称，宋代以后干脆以诗圣而独尊。陈廷焯是大批评家，评论词人，不作轻率之言，甚至有些尺度过紧之处。他如此评价王沂孙，可以知道王沂孙在清代词坛的地位是如何显要。虽然这评价在今天看来，未免有些夸张。

王沂孙词的特色之一，是善于综合他人长处，这点也是他这一代代表性词人的共同特点。回首往昔，周、辛之前，词作的发展态势，是以分化张扬为主。一个新的词家得以立身的基础，在于与前人有别，不一样。如柳永就和晏殊不一样，又如苏轼也和欧阳修不一样，再如秦少游名列苏门四学士，又是东坡先生最钟爱的弟子，他的词也和东坡词不一样。周、辛之后，方向变了。此后的词作创造，主要不是分化张扬，而是吸纳深化。当然也不是没有选择，更不是生吞活剥。

以王词为例，张炎认为他的词有白石意度，可谓画龙点睛，要言不烦。两个人本是一社之词人，张炎又是大词评家，下笔千钧，不肯轻落，他这样评价碧山词，显然有充分的依据在。

但碧山词不仅具有“白石意度”而已，我们读他的词，知道他至少和清真词的关系同样密切，或者更为密切。这里举三个例证。

第一个例证，他的《水龙吟·牡丹》一词中化用了周邦彦《解连环》的词句。周的原词是“拼今生对花对酒，为伊落泪”，王沂孙的词句是“把酒花前，剩拼醉了，醒来还醉”。

第二个例证，王沂孙有一首《醉落魄》，直接写到清真词，其词曰：“数声春调清真曲。”虽是信笔写来，足见相慕之情。

第三个例证，他的名作《齐天乐·蝉》，据陈匪石先生考，该词词调即出自周邦彦。陈先生说："此调以周邦彦'绿芜凋尽台城路'一首实为最先，《台城路》之名即由此出。"①

这些例证说明，王沂孙对清真词不但熟知，而且信手拈出，皆有妙用。

他不但善于吸纳前人的美词佳意，同代词人之间，亦常有唱和、切磋、借鉴。他词集中颇有几篇与周密的唱和。前人唱和，是有高下之分，他们的唱和，往往成双璧之想。

周密有一首《献仙音·吊雪香亭梅》，这雪香亭在杭州清波门外的聚景园内。原来是皇家御园，曾经四朝临幸。后来宋理宗将其赐给贾似道，宋亡荒圮。周密作此词，情调哀怨，寓寄麦秀黍离之感。其词曰：

松雪飘寒，岭云吹冻，红破数椒春浅。衬舞台荒，浣妆池冷，凄凉市朝轻换。叹花与人凋谢，依依岁华晚。

共凄黯。问东风、几番吹梦，应惯识当年，翠屏金辇。一片古今愁，但废绿、平烟空远。无语消魂，对斜阳、衰草泪满。又西泠残笛，低送数声春怨。

词作真好。王沂孙的和词同样的好，两相比较，王词风格似更哀怨悠长，不堪与闻。他写道：

层绿峨峨，纤琼皎皎，倒压波痕清浅。过眼年华，动人幽意，相逢几番春换。记唤酒寻芳处，盈盈褪妆晚。

已销黯。况凄凉，近来离思，应忘却、明月夜深归辇。荏苒一枝春，恨东风、人似天远。纵有残花，洒征衣、铅泪都满。但殷勤折取，自遣一襟幽怨。

王沂孙词不但善于吸纳他人成就，而且善于化用他人妙句为己用。他有一首《琐窗寒·春思》，写得尤好：

① 陈匪石编著：《宋词举》，江苏古籍出版社，2002年，第23页。

趁酒梨花，催诗柳絮，一窗春怨。疏疏过雨，洗尽满阶芳片。数东风。二十四番，几番误了西园宴。认小帘朱户，不如飞去，旧巢双燕。

曾见，双蛾浅。自别后，多应黛痕不展。扑蝶花阴，怕看题诗团扇。试凭他，流水寄情，溯红不到春更远。但无聊、病酒厌厌，夜月荼蘼院。

想这春闺词，自唐五代以来，在所多有。他独能旧题新说，凸显自己的风格。词中化用前人妙句妙意之处不少，第一句“趁酒梨花”，化用了白居易的诗；第二句“催诗柳絮”化用了《世说新语》中的典；第十句“几番误了西园宴”，化用了曹植的“清夜游西园，飞盖相追随”；下片“扑蝶花阴，怕看题诗团扇”，还化用了班婕妤的诗。如此等等。

化用他人，不是让名诗名句淹没了自己，而是提升了自己的品位，故谭献评价此词，还要称赞他说：“幽咽如诉，章法宕逸，得未曾有。碧山胜处独擅。”[①]

王沂孙词在宋、清两代尤其是清代地位极尊，故词史上有三绝之说，三绝者，“词法之密，无过于清真”，一绝也；“词格之高，无过于白石”，二绝也；“词味之厚，无过于碧山”，三绝也。

此虽一家之言，固不可以专听，却不可以不听的。

王沂孙（1240–1310？），字圣与，又字咏道，号碧山，又号中仙，因家住玉笥山，还号玉笥山人。会稽人，今属浙江省绍兴市。他一生事迹，可考者不多。但可以知道他家庭富有，性情风流。他的活动范围也小，一生未曾走出吴越地区，大约在家乡与杭州居住时间最长。确切留给后人的主要是两件事，一是他与周密的关系。据词中有记载，他与周密三次往来，有时一住便是月余时间，可见这是两位极其相得的词友。二是他曾出任过元朝的庆元路学正。这件事对他的一生评价影响甚大，后人对此亦十分重视。也有人为其辩护，认为学正非朝廷命官，出任学正，于他声誉无损；也有人坚决不同意此说，认定他出任元人的官就是失节。平心而论，此事不可看得太过，也没有必要为之曲解。从他做学正不久即辞官归隐，且此后便极少与人往来的情况看，他本人对这行为也是很后悔甚至很内疚的。

① 徐培均选注：《婉约词粹》，华东师范大学出版社，2000年，第265页。

实在他那一代著名词人中，做这样事的，他还是唯一的一个。他广与交往的人中，除去赵孟頫外，多为有气节，有民族自尊的人。但他也不是赵孟頫，他内心深处，对故国故园故人故业都有沉郁的深思。他的不少词作，虽然词意曲折却情深意重地表达了他的这种亡国之恨。总体评价，这是一位有些胆小的词人，但又是一位有操守有自省心的词人，斟酌他一生行止，当以优评。

2. 碧山词的艺术成就

王沂孙流传至今的词作不多，相对于宋代那些大词人而言，他的词作可能是最少的。但他词的质量优良，不但没有败笔，也没有庸常之作。他词作的特点，用八个字概括，即情调称雅，手法曰深。

情调称雅说的是风格，手法曰深说的是创作方法。二者叠加，形成碧山词独特的艺术品性。

这里先分析他的雅。词自诞生之日起，便以雅为主调。这一点不仅作者而然，评论者也常常以雅与不雅判断该词是否“正声”。但王沂孙的词，确有他的不寻常处。他的雅是一雅而贯之，一雅成品，连半点杂声也无。对比蒋捷的词作，简直就是天上地下，词作之两端。蒋捷的词作，所谓“无事不能言，无事不能入”，举凡豪放，婉约、通俗、滑稽，凡应有者，必定有之。碧山词另走一径。除去雅声雅韵，俗文谐品一概全无。单单以“雅”而言，不但蒋捷这一路词人不能和他比，就是本邦本派的词人也比不过他，甚至他们最尊崇的前辈领袖级人物周邦彦、姜白石都做不到他这般程度。因此故，尽管陈廷焯认定周、姜、王为词界三绝，但又补充说，周清真尚“不免于俚”，姜白石“犹有未能免俗处”，那么，真能做到冰晶玉润的词人，就剩下王沂孙了。他一生一世，没有一首俗词。

情调为雅，手法则深。深，不是深不可测，一入门就找不到回头路，而是词路曲折，技法考究。他即使抒发悲愤不已的情怀，也不直说，也不激烈，更不作雷霆之怒，镗鞳之声。他的词境依然是美的，虽愤怒而不失风度；他的笔法依然是雅的，虽沉郁而犹然绅士。人世间悲情哀苦固多，没有超过亡国之恨的。但他纵然抒写黍离之思，也是一唱三叹而出。这个是很难的。比之厉声高叫难多了，比之高声痛骂难多了，比之哭声震天难多了，比之詈声不绝难多了。唯有他那样出身于富足家庭，又有着极好的修养，且不肯失去民族自觉的文化人，才能以这样的方式作词，也才能作出这样品性的词作。请细读他的《天香·龙涎香》：

孤峤蟠烟，层涛蜕月，骊宫夜采铅水。讯远槎风，梦深薇露，化作断魂心字。红瓷候火，还乍识、冰环玉指。一缕萦帘翠影，依稀海天云气。

几回殢娇半醉，剪春灯、夜寒花碎。更好故溪飞雪，小窗深闭。荀令如今顿老，总忘却樽前旧风味。漫惜余熏，空篝素被。

他还有一首《眉妩·新月》，也是怀故土之叹的，同样写得文辞细致，笔笔如画，自有一股忧愁隐忍于其间。故结语要作“看云外山河，还老尽，桂花影”。其词曰：

渐新痕悬柳，淡彩穿花，依约破初暝。便有团圆意，深深拜，相逢谁在香径？画眉未稳，料素娥，犹带离恨。最堪爱，一曲银钩小，宝帘挂秋冷。

千古盈亏休问。叹慢磨玉斧，难补金镜。太液池犹在，凄凉处、何人重赋清景？故山夜永，试待他、窥户端正。看云外山河，还老尽，桂花影。

碧山词以慢词长调为主，虽不像吴文英那样刻意追求词调之长，但多数作品为中调、长调之作，因为他的才情和风格，更适合于用这样的词体作表现平台。他也有一些令词，虽是小令，也写得风味蕴藉，情思不绝如缕。请看他的一阕《如梦令》：

妾似春蚕抽缕。君似筝弦移柱。无语结同心，满地落花飞絮。归去，归去。遥指乱云遮处。

不唯如此，他留下的一些残篇断句，也是风流而雅，雅而风流。如“揉碎花心，吟碎淡黄雪”；如“翠簟一池秋水，半床露、半床月”；如“恰似断魂江上柳，越春深越瘦”；展卷读来，给人多少遐想。

他最擅长、写得最多的乃是咏物词。咏物之难，前已言之，咏物之美，在他这里得到尽情展示。他流传至今的词作一共六十四首，加三则残句，单咏物词一个类别就有二十余首。比例超过全部词作的三分之一。而且他的咏物，不是佳作天成，一鸣而已；而是灵感来临，动辄就要玉成双璧。我们看他的词集，咏碧桃的有二首，咏春水的有二首，咏白莲的有二首，咏红叶的有二首，咏蝉的也有二首，咏红梅的还有二首；咏绿荫的，二首都不够了，竟有三首之多。此外，还有咏橄榄的，咏樱桃的，咏石榴花的，咏水仙花的，咏莼菜的，咏海棠的，咏牡丹的，以及咏落叶的，咏龙涎香的，乃至咏纸被的，咏雪意的，咏新月的，咏萤的，等等。

这里介绍他的《齐天乐·蝉》：

一襟余恨宫魂断，年年翠阴庭树。乍咽凉柯，还移暗叶，重把离愁深诉。西窗过雨，怪瑶珮流空，玉筝调柱。镜暗妆残，为谁娇鬓尚如许？

铜仙铅泪似洗。叹携盘去远，难贮零露。病翼惊秋，枯形阅世，消得斜阳几度。余音更苦。甚独抱清高，顿成凄楚。漫想熏风，柳丝千万缕。

这写法是典型的拟人化的。他的咏物词声名高远，也与此有关。他不是为咏物而咏物，而是别有寄托，所以物事虽小，内涵却深，境界却大。以此篇为例，他说这蝉不是简单的一个虫儿，而是齐宫王妃的不灭之魂——“一襟余恨宫魂断”。然而，她的处境是何等的悲苦忧伤：年复一年地悲啼于深树之间，抱着冰冷的树枝呜咽，又展转于密暗的叶丛之间，倾诉着她的离愁深恨——“年年翠阴庭树。乍咽凉柯，还移暗叶，重把离愁深诉。”然而，秋雨将至，（想这蝉遇秋雨，最是难堪之事）但这雨竟是美的。它一阵阵洒过小窗，像瑶佩临空一般发出清脆的声响，又像玉筝调拨时发出的美妙声音，她呢？——“镜暗残妆，为谁娇鬓尚如许？”

这情这景已经十分凄美，读词至此，我们禁不住要怀疑——替作者发愁，他将如何把这词“进行”下去。但在他，仿能举重若轻，并没有半点勉强之意，更没有负重不堪，气喘吁吁。

转头，马上来一个比喻：金仙铜人，清泪长流，捧着盛接玉露的盘儿走了。她再也不会用这承露盘贮存清露以饮秋蝉。而秋霜将至，两个翅翼也病残了，不知道这骷髅形骸，经历了如此的“时异世迁”，还能消受得几次斜阳余艳？于是，她发出的声音益觉凄苦，虽合音合律，更显得凄楚难堪。这时候，她徒然地想起，那和风吹暖的时节，在万缕柳条之间，自己也曾尽情歌唱的情景。

这样的情景，这样的情思，这样的笔法，这样的意境，不读也罢，一读之后，便久久难忘。

最后，再听听他的两阕《白莲》之吟。两词均寄调《水龙吟》，其一云：

淡妆不扫蛾眉，为谁伫立羞明镜。真妃解语，西施净洗，娉婷顾影。薄露初匀，纤尘不染，移根玉井。想飘然一叶，飕飕短发，中流卧、浮烟艇。

可惜瑶台路迥。抱凄凉、月中难认。相逢还是，冰壶浴罢，牙床酒醒。步袜空留，舞裳微褪，粉残香冷。望海山依约，时时梦想，素波千顷。

其二云：

翠云遥拥环妃，夜深按彻霓裳舞。铅华净洗，涓涓出浴，盈盈解语。太液荒寒，海山依旧，断魂何许。甚人间、别有冰肌雪艳，娇无奈、频相顾。

三十六陂烟雨。旧凄凉、向谁堪诉。如今谩说，仙姿自洁，芳心更苦。罗袜初停，玉珰还解，早凌波去。试乘风一叶，重来月底，与修花谱。

难得他用同样的词调，吟同样的物什，竟能分莺化燕，写得各有情思。

3. 陈允平其人其词

陈允平（1205？ –1280？）字君衡，一字衡仲，号西麓，四明人，今属浙江省宁波市。他与王沂孙、张炎、周密齐名，也是宋末元初代表性词家之一。他的家庭与个人经历与周、王、张等也十分仿佛。他祖父居仁，为高官，谥文懿；四伯父陈卓，曾做到资政殿大学士；他年轻时又曾师从著名学者杨简，凡此种种，都为他成为一名大词人准备了条件。他与姜、吴以来的江湖词人不同的是，他是做过官的。1243 年，曾为余姚令，但为官不久。1273 年又受郡守刘黻的邀请，协助刘办理慈湖书院。1275 年，还做过一段制置司参议官。但他做官的时间不长，多数时间还是往来于吴、越之间，放浪乎山水之内。他其实也可算半江湖半官吏式的词人，或说，虽为江湖词人，多少沾些官气儿。1278 年，南宋将亡之际，他的家产已为元人霸占，本人更遭仇家诬告，说他与匡山宋军有关系，是内应，结果被元军捕去，惨遭搒掠，后经朋友营救放还。从此，他杜门不出，不再与他人来往。以后，元政权以征集人才的名义，把他征至大都，但他有气节，不受官而还。

陈允平才能全面，不仅词作而已，他的诗歌创作也卓有成就。这里引他一首七言绝句《小楼》，其诗歌才能可窥一斑。

寒空漠漠起愁云，
玉笛吹残正断魂。
寂寞小楼帘半卷，
雁烟蛩雨又黄昏。

这诗的妙处，有如秦少游的《浣溪沙·漠漠轻寒上小楼》。句句为景，句句不见人；虽不见人，却又写得诗情画意，分明有佳人自在。故识者评价它说：

整首诗中，诗人始终不曾道破因何而愁。而只是将心中之愁，借助当时的秋景、秋情、曲曲地传达了出来，缠绵悱恻，含蓄蕴藉，读来别有一种悠悠难尽的情韵。[①]

① 陶文鹏主编：《宋诗精华》，广西师范大学出版社，1996 年，第 912 页。

陈允平赖以成名的还是词作。而且他在世时，词名已然不小，时人将他和吴文英、翁元龙并称，同时，他与张炎、周密、王沂孙等也多有交往，他应该是那个时代的一位声名卓著的词家。但比较而言，他的影响远不如张炎、王沂孙，比周密亦有不如；与吴文英齐名之说，也未被一般词学史家采纳。戈顺卿选南宋词六家，亦没有他：周稚圭选南宋词六家，不包括他；周止庵选定四家代表词人，又不包括他；陈匪石选南宋六家词人，也没他。不仅如此，流行极为广远的《宋词三百首》，亦没有他的词作在内，这在宋代一流词人，可说是绝无仅有的现象。但《词综》的编选者是重视他的，收其词作22首，虽少于周密、张炎、王沂孙，却远比苏东坡（15首），秦观（19首），贺铸（9首），李清照（11首）为高。陈廷焯《白雨斋词话》对他词的评价亦非常之高，说他的词"和平婉雅，词中正轨"。又说：

夫平正则难见其佳，平正而有佳者，乃真佳也。求之于诗，十九首后，其惟陶渊明乎。词惟西麓近之。有志于古者，三复西麓词，一切流荡忘反之失，不化而化矣。[①]

前面提到的梁令娴女士编的《艺衡馆词选》，也将他列入宋代八大词人之一。所以我这里介绍陈允平，就想探索一下，他何以成为宋词大家，又何以不能成为特别出色的宋词大家。

陈允平何以成为宋词大家，因为他确有实力实绩。这里分三个层面给予解析。

一个层面，他功力深厚，词作多为上品。

我在前面说到，构成词作的基本因素，包括：句、篇、韵、体、事、格六大因素，这六个因素，陈允平的词作，可说样样无缺，特别是事关词艺的条件，即句——词句，篇——结构，韵——韵律，体——体制，格——格调，他都是高水平的。唯事——内容这个因素，他不算出色，有欠缺，但也不走偏。他的词尽管闺门词较多，祝寿词也多，但没有令人产生歧义

① 王兆鹏，刘尊明主编：《宋词大词典》，凤凰出版社，2003年，第483页。

的艳词，也没有表现出格的俗词，他三条大道走当中，中规中矩，不走险棋。

一个层面，他确有经典之作。

他的那些优秀作品，完全可以和有宋一代任何一位杰出词人一论高下，就是和与他同时代且极为讲究词艺的大词人王沂孙、周密、张炎相比，也各有优长，未遑多让。他一阕《绮罗香·秋雨》，写得端的是好，其词云：

雁宇苍寒，蛩疏翠冷，又是凄凉时候。小揭珠帘，衣润唾花罗绉。饶晓鹭、独立衰荷；溯归燕、尚栖残柳。想黄花，羞涩东篱，断无新句到重九。

孤檠清梦易觉，肠断唐宫旧曲，声迷宫漏。滴入愁心，秋似玉楼人瘦。烟槛外、催落梧桐，带西风、乱捎鸳甃。记画檐、灯影沉沉，共裁春夜韭。

陈廷焯评价此词："字字锤炼，却极醇雅，是西麓本色。"并非过誉之言。

另有一词《绛都春》，写闺中人怀念未归人之作。其词云：

秋千倦倚，正海棠半坼，不耐春寒。殢雨弄晴，飞梭庭院绣帘闲。梅妆欲试芳情懒。翠颦愁入眉弯。雾蝉香冷，霞绡泪揾，恨袭湘兰。

悄悄池台步晚，任红薰杏靥，碧沁苔痕。燕子未来，东风无语又黄昏。琴心不度春云远，断肠难托啼鹃。夜深犹倚，垂杨二十四阑。

这才是大家闺秀，慵然淑女之词哩！

这词写景又写情，写寂寞又写相思，且愈是寂寞愈是相思，愈是相思愈是寂寞。更难得他不死写相思之情，而是写一天情景，从白昼写到黄昏，又从黄昏写到深夜。看其景而联想其人，觉得那女主人公慵懒无聊赖之形象仿佛就在眼前；想其人看其景，觉得寂寞时光确实太过难熬。这样平常的题材，写到这样的地步，确实有些不同凡响。

一个层面，他的词作有鲜明特色。

他的词看似缺少个性，其实个性亦在其中矣。或说是一种不求个性的个性。故周止庵评说他的词作有八个字最是讲得准确："和平婉丽，最合世好。"

“和平婉丽”是他词的风格，“最合世好”是他词的特点。合世好，不见得就是很时尚，但一定很合风俗。而合乎风俗习惯的词作，一定有广泛的用场。人类既生活于习俗之中，违背习俗也可以，移风易俗又可以，但不能自异于节庆，自外于特定环境与共同情绪，否则，不是可悲便成可笑。陈允平词有这特点，在当时受欢迎，享大名，应在情理之中。

陈西麓特别长于祝寿词。如果说王沂孙的咏物词是他特别的长项，那么祝寿词在陈允平，也是一个优长的领域。他的词集专门将祝寿词置于一处，并专作题头，以示重视。

其实，这类词作，要写好它很不简单。举凡喜欢舞文弄墨者大约都知道，最麻烦最不易处置的乃是命题作文。因为命题作文，自由度小，除非“撞”上了，否则，写出最佳水平，难。而寿词之类，不但直是命题作文，而且还要对景，既对寿景，又对人景，写得好时，没些真功夫好手段怕是难为。这里录他一首《鹧鸪天·寿表兄陈可大》：

四壁图书静不哗，里湖深处隐人家。斑衣自斫百家彩，乌帽亲裁一幅纱。

新酿酒，旋烹茶。半溪霜月正梅花。前庭手种红兰树，看到春风第二芽。

加上他人品节很好，至少他身为宋朝的民，决不做元人的官，这一点，就胜出王沂孙许多。词好，人又好，绅士风度还好，梁启超女公子将他列入宋代词人八大家，信有由矣。

但陈允平在这八位词家中的地位，依我的拙见，要作点商量。辛弃疾别是一派，可以不论，史达祖成绩突出，理应纳入其间。以这八个人论，陈允平要排在第三档，第末位。

第一档词人应该是周邦彦、姜白石、吴文英。这三个人是开宗立派的，若再细论，则周清真第一，姜白石第二，吴梦窗第三。

史、王、张三位排在第二档，他们的特色突出，品格卓异，不能为大帅，尽可称骁将，若细而分之，则张玉田居前，史梅溪殿后，因为张炎不但是大词家而且是大评论家。

周、陈二位属于第三档，若再细论，则周草窗靠前，那么排在末一位的便是陈允平了。

为什么？也有三点理由。

第一点理由，他生当亡国之际，没有发出忧国之声。当然生当乱世的人，不见得都有文学表现。我在某处说过，李白杜甫都经历了安史之乱，杜甫的诗歌对其不但反映得多，而且反映得切，尤其反映得深。李白则不然，他其实一心报国，而且决心上阵杀敌，但在诗中反映无多，但这不说明李白对安史之乱无仇无恨、无动于衷。但也为此，此时的李诗确实不及杜诗。宋词的情况有类于此，陈允平的词友们对这亡国之灾难，或曲或直，皆有表现，唯他的词作，默默无声，至少在词事——词的内容这个方面就差了一等，其词的地位必受影响无疑。

第二点理由，他是特别注重继承的人，他继承的最主要的对象是周邦彦词。他的词集命名为《西麓继周集》，就体现了这个宗旨。他词集中所收 120 余首词中，除少数几篇外，绝大多数都是步和周清真原韵的。也幸亏他有本领，有手段，虽亦步亦趋，犹能写出品格，写出风采。否则，他就不能成为陈允平，怕要成为方千里、杨泽民了。

第三点理由，他有新词，却少新意。杨缵曾作《作词五要》，这五个要点是，"第一要择腔"，"第二要择律"，"第三要填词按谱"，"第四要随律押韵"，"第五要立新意"。[①]这五条中，前四条，陈允平都做到了，而且条条做得很不错。到第五条，不行了。类比于周、姜、吴、史、张、王、周、蒋，他的词都是最少创造的。因为少创造，张炎才说他"本制平正，亦有佳者"。[②]他尊崇周邦彦，并不限于周邦彦，对姜白石，秦少游都有借鉴，但借鉴尽管借鉴，创造性也不多。所以周止庵才说他"西麓宗少游，径平思钝"。[③]

这评价是不错的。即如本人写此书，打算自《全宋词》中选几首陈允平的作品。它给我的感觉，是似乎每一篇都有入选的可能，但读到某个地方，

① 梁令娴编；刘逸生校点：《艺蘅馆词选》，广东人民出版社，1981 年，第 280–281 页。

② 同上，第 292–296 页。

③ 同②。

就觉得不行，差一点。再看另一首，感觉也好，但读下去时，又觉得不行，还差一点。陈西麓的词也许就差在这一点点上。然而大师比拼功夫，那胜负手也就在这一念之间。

此所以陈允平终究是陈允平，而不能成为姜、吴、史、王、张、周的原因所在。

但他的佳作依然光华四射，不容小觑。这里举他的两首作品。一为慢词《八宝妆·秋宵有感》。其词云：

望远秋平。初过雨、微茫水满烟汀。乱蒹疏柳，犹带数点残萤。待月重帘谁共倚，信鸿断续两三声。夜如何，顿凉骤觉，纨扇无情。

还思骖鸾素约，念凤箫雁瑟，取次尘生。旧日潘郎，双鬓半已星星。琴心锦意暗懒，又争奈、西风吹恨醒。屏山冷，怕梦魂、飞渡蓝桥不成。

秋声秋意秋景，笔下曲曲折折，恁地会写。

另一首为令词，词调《柳梢青》，共四首，今录其三。

菊谢东篱。问梅开未，先问南枝。两蕊三花，松边傍石，竹外临溪。

尊前暗忆年时。算笛里、关情是伊。何逊风流，林逋标致，一二联诗。

词形词意，颇有林作陶风。

由是观之，他原本可能成为一个更杰出的词人的，这可能性终于没有变成现实，可叹也夫。

第三节　周密与张炎

词到张炎，可说极尽末代之辉煌，但这个时代对于南宋人而言是再糟糕不过了；对于宋词而言，也没一点好消息。周密、张炎以及王沂孙等，就不幸成为这末代的歌者——词人。且唯他们可以担当这角色，也唯有他们决心和乐意，自觉自愿地担当这角色。

做末代词人，也需要条件。站在他们的角度看，至少需要两方面条件才可以。一个条件，他们必须是富足而又有文化家庭的儿女，而且是那种有智慧，有才华，醉心于艺术与艺术享受的儿女，所谓“少年佳公子，富贵大闲人”。必先有闲，有钱，又有文化，懂艺术然后可以造就此种人才。

还有第二个条件，即他们必须生得背时。他们的家庭或者中落，或者败落，或者没落，或者遇到类似的境况，总而言之，非败家不可。因为先前是富贵又有文化的，所以对传统的精华之处、精妙之意才可以有鱼在水中、冷暖自知的感悟与体验；因为家道中落，所在落差也大；又因为落差很大，所以处在核心层的人，才可以有更深刻的体会，更痛切的感受以及更冷静的思考；从而愈其怀念那逝去的生活，反思它好在哪里，不好在哪里。当着这些体会化作含泪带笑、且悲且恨的文学作品时，就有可能成为绝代之作。

张炎、周密就成了此类人物在宋末的最好代表。

这些人物虽然是末代精英，但他们的长处在于对传统艺术与生活有着特别精透的把握与理解，从这个意义上看，他们实在就是国家文化之瑰宝。他们不惜以生命为代价，专注于、侵淫于、自溺于、沉醉于那艺术、传统与生活之中而不能自拔，这些其实就是他们的天地与世界。因这天地与世界再也不能重复与再造了，他们的存在才显得弥足珍贵。

1. 周密的生平与文学——文化素养

周密是宋代末期少见的全才性人物。虽然他的才与苏东坡有不同，但他能做到的苏东坡未必做得到。他的才气自然不如东坡，但他的知识与文化结构，也是非同寻常，非同小可。

周密诗名大，词名大，文名大，书画名皆大。

他诗名大，因为他诗作得好。照钱钟书的意见，是“南宋能词的诗家，除了姜夔，就数到他”。[①] 钱先生还说，他的诗风近乎晚唐诗人，也有李贺、杜牧的因素。并说他的诗不似高山大川，更似盆景。这其实也是一般末世艺术家的共通性特征。这不仅因为他们的诗才有别，实在不同的时代也在时时诱导或制约诗人的创作方向。但盆景之作，不是贬义，不能小看，它虽然不似高山大川的雄伟壮丽，显然凝聚了更多的人文才智与文化精神。周密的盆景诗作，别开洞天，水平卓然。例如他的《野步》，便颇为别致。

麦陇风来翠浪斜，
草根肥水噪新蛙。
羡他无事双蝴蝶，
烂醉东风野草花。

他文名大，因为他文章做得好，而且还是一位多产作家。

他实在是太热爱他在南宋的生活了，而且爱屋及乌，因为爱这生活而爱那城市、那环境和那风土人情。所以元人兵来，南宋灭亡，他怀有刻骨铭心的恨。他不仅仇恨他们灭亡了大宋王朝，尤其仇恨他们破坏了他心目中几近神圣的生活，所以他一生一世绝不为元人做任何一件事。他不能割舍自己对原有生活的眷念，也不能割舍他所热爱的任何一种记忆与回想，于是便把那记忆中的美好一点一滴地记录下来。他一生写书近二十种，流传至今的即有《武林旧事》十卷，《齐东野语》二十卷，《癸辛杂识》前集一卷、后集一卷、续集二卷、别集二卷，以及《浩然斋雅谈》三卷，《志

① 钱钟书著：《宋诗选注》，人民文学出版社，1979 年，第 278–279 页。

雅堂杂钞》一卷，《云烟过眼录》四卷，《澄怀录》二卷等。

他的这些文章，不独内容丰富，而且条理清晰，视角独特，文化品质高尚，完全可以补正史之不足。在这些书中，他写“放春”，写“祭扫”，写“端午”，写“乞巧”，写“中元”，写“观潮”，写“重九”，写“开炉”，写“冬至”，写“赏雪”，写“岁除”，写“故都宫殿”，写“湖山胜概”，又写“诸市”，写“酒楼”，写“歌馆”，写“小作坊”，写“诸色酒名”，写“诸色伎艺人”，也写“乾淳奉亲”，写“车驾幸学”，写“宫本杂剧数段”，等。因为这些书籍，我们知道了多少往事，又有多少故事，因这书而“活”到今天。

诗文之外，他还是一位书、画名家。实在如他一样的人物，能书善画才合情合理。

他词名大，因为他词作得好，从文学性这个角度看，他词的成就更在其诗、文、书、画的成就之上。

他还是一位词选家。他编选的《绝妙好词》，自张孝祥起，共收南宋词人 132 位，词作近 400 篇。他的这个选本，目光锐利，法度森严，一贯受到词评家青睐。清代词人厉鹗称这为“词家之准的”。柯煜则誉之为“后来之法式”。一些词作因这书的存在而得以保留；南宋词的传播也因这书的存在而增添了助力。

周密（1232–1298），字公瑾，号草窗，又号蘋洲、萧斋。因居于湖州，还号四水潜夫、弁阳老人。他祖籍山东，故又自署齐人、华不注山人。

周密家庭富足，他曾祖父曾为御史中丞，随赵构南渡而来。祖父周珌，官至刑部侍郎；父亲周晋，做过汀州知府，也是一位词人。他母亲出身名门，外祖父章良能，名气更大。他母亲本人也是一位知识女性。外舅杨伯嵒，乃是南宋名将杨沂中的后人，参与过战事，官至浙东提刑。

他家境环境优裕，且文化氛围浓重，家中藏书很多，友人说他“藏书万卷，居饶馆榭，游足僚友”。

他家庭条件优越，又得到名师指点。据冯沅君先生考证，他与张炎均出自杨缵门下。杨缵不但长于作词，尤其长于音律，本人是琵琶高手，每成一词，都要以琵琶调音定律。这对周、张二人的词艺显然有很重要的帮助。

周密一生，所传事迹不多。但从他的书中、词中，斑斑点点，可以看到不少资料。他少年时曾肄业太学，又曾追随父亲去过福建、衡州等地。所以他不但家世好、知识好、师承好，而且有相当历练，对社会亦多所了解。1261 年他被马光祖聘为幕僚，1265 年任两浙习椽，1276 年为义乌令，都是下层官吏。就在他做义乌令的这一年，元军至，杭州失陷，他在湖州的家也被毁败了。从此时起，他寓居杭州，直到终身。

周密一生虽流传事迹不多，但创作多，品节高。他洁身自好，不与元人合作。在这方面，是宋末几位著名文士中，表现最为突出者。王沂孙做过元人的官；陈允平被征入京，但没有接受官职；张炎也曾北游。唯有他守身如玉，只做自己的事情。这在当时是难能可贵的，对于后世，也是影响深远的。

2. 草窗词的艺术特色与成就

周密词的艺术特色不是特别鲜明，但并非没有特色，没有个性。概说周词，有四个层面是必须讲到的。

一是风格有点杂，二是位性近乎史，三是特色在于细，四是节操有如梅。

先说风格有点杂。

照理说，周、姜一派词人，词风比较醇正，很少有词风多样、范式混杂的现象出现。尤其到了宋代末期，词的发展已经进入很细致甚至很尖端的层次，即使想做得“杂”些也不容易。唯周密是个例外。他本人非常尊崇周邦彦，其个别词作，置于周词当中，几可乱真；同时他又对姜夔兴趣浓厚，他的另一些词，也有白石词的风调在内；加上他与王沂孙、张炎交往多，理解深，其相互影响，自不待言；他亦是陈允平的挚友，二人词风也有相通之处；此外，他与吴文英的词，也多有关系，在中国词史上，“两窗”之名，如雷贯耳。吴为梦窗，他是草窗，这不仅是名字的巧合，主要是两个人的词作词风处在易于共鸣的位置。非但如此，他的词中甚至有一些唐五代词与东坡词的因素。他尊重、喜爱五代词，也曾有过拟作，他服膺苏东坡，对东坡词风同样喜欢；如此种种，使他的词有了某些“杂”音异响。这既丰富了他词的多样性风格，也对他词的向度发展产生了一定制约作用。

我在王沂孙一节中提到过，周、辛之前，词的发展趋向是分化张扬式的，作为大词人，要打开新的领域，使用新的方法，创造新的词体与词风，这个才好。但自周、辛之后，词的发展方向与方式已然不同，它不再以分化张扬为贵，而以吸纳化用为长。以周密词而言，他在吸纳这个层面做得不错，但在化用这个层面有些生涩，未能化他人之长而尽成己意，故而他词的来源与借鉴虽多，那成就反不如王沂孙与张炎了。

二是位性近乎史。

所谓位性近乎史，是说他在周、姜词派中的词风位置，与史达祖多有相似之处。这个观点前此少有涉猎者，算是我的一点私见。在我看来，姜白石词的特色在于“疏”，吴文英词的特色在于“密”，史达祖词的特色则在疏、密之间，可以给一个“秀”字。周密词就是在这个意义上，与史达祖位性相似。他虽然以周、吴、姜为榜样，但他的词既不属于“疏”派，他的词风没有那么清刚峻洁；也不属于“密”派，他的词风又没有那么秾丽丰媚；但也不似清真的浑厚顿挫。由此观之，他或许在主观上并没有向梅溪词看齐的意思，但那结果实在有些不期然而然的味道在。

三是特点在于细。

草窗词是很细致的。如果说“秀”是梅溪词的特色，那么“细”就是周密的特色。他的“细”不仅表现在词的结构上，尤其表现在语言上，周词的炼字遣词造句，亦十分考究，功夫精深宽厚。后人评说他的词“镂冰刻楮”，也有这方面的意思在内，其品性近乎吴文英。他的“细”还表现在音律上，他因为与杨缵之间的师徒关系，作词极讲音律，这方面，与姜夔、张炎又有相通之处。

四是节操有如梅。

这一点已经讲过了。他钟爱自己原有的生活与环境，并为之痴迷沉醉，无法自拔也根本没想过自拔，这种情感由于元人的侵入和毁坏尤其变本加厉，益发不可收拾。于是便将对它们的回忆，一点一滴、点点滴滴写进自己的书中、词中。这一点，是他的独到之处，也是他备受同仁尊敬的地方。

这样一位四美兼具的词人，真的难得。然而也因为他的词风有些杂，又有些贪多而难化，所以他的词的发展就不如吴文英、王沂孙、张炎那么深；又因为他词的特色在于细，细固然是好事情，但在细的方面下的功夫过了，不免缺少韵味，技大而压艺，这一点他又不如史达祖；加上他作词的注意力不够集中，在词作方面下的专功不如张炎等人为多，所以他的词在功力方面显得不够深厚，这一点，更不如周邦彦了。如此种种，使得草窗词虽然也曾在清代浙派词人中备受尊崇，却又在常州派那一厢受到批评，更在王国维先生那里遭到责难。朱彝尊等编选《词综》，吴文英与他最受重视，各入选词作 57 首，为全书之冠，恐怕有些过了。王国维说他的词属于“乡愿”一流，“一日作百首也得”，也有失公允。唯周济所言：“草窗镂冰刻楮，精妙绝伦。但立意不高，取韵不远”，比较公道。以我的一孔之见，周密词不如周邦彦、姜夔、吴文英，亦略逊于史达祖、王沂孙、张炎，但在陈允平上，是为周姜派八大词人中的第七位词人。

周密因国亡家破的巨变，不仅人生，词作亦截然分为两个时期。此前的词作，意态比较优雅，此后的词作，风格比较凄凉。他编选《绝妙好词》，收入的全是后期之作，可见他内心之处，幽怨之深。

这里先说他的后期代表作《一萼红·登蓬莱阁有感》：

步深幽，正云黄天淡，雪意未全休。鉴曲寒沙，茂林烟草，俯仰千古悠悠。岁华晚、漂零渐远；谁念我，同载五湖舟。磴古松斜，崖阴苔老，一片清秋。

回首天涯归梦，几魂飞西浦，泪洒东州。故国山川，故园心眼，还似王粲登楼。最怜他、秦鬟妆镜，好江山、何事此时游！为唤狂吟老监，共赋消忧。

《白雨斋词话》评说此词：

苍茫感慨，情见乎词，当为草窗集中压卷，虽使美成、白石为之，亦无以过，惜不多觏耳。①

他有一首送陈允平北上京师的词作《高阳台·送陈君衡被召》，亦别具特色。陈君衡，即陈允平，是年被征召至京师，这在周密内心，是不同意的。

① 徐培均选注：《婉约词粹》，华东师范大学出版社，2000 年，第 258 页。

他本人洁身如玉，绝不与元人合作。他内心不同意陈允平北上，但以他的性格，他不会阻拦此事；出于二人的友谊，还要作词相送。虽是作词相送，又不改变自己的信念。于是上片便写别情，别情中或有讽意，也未可知；下片便写感想，感想中或有寄托，也未明言。虽未可知，虽未明言，那意思又呈突兀欲出之势。但词面所表现的，依然一片深情，不拂朋友北去之心。这样的词作，实实难为。周密把它作得如此之好，是为"真情见君子，肝胆有词声"。其词曰：

照野旌旗，朝天车马，平沙万里天低。宝带金章，尊前茸帽风欹。秦关汴水经行地，想登临、都付新诗。纵英游、叠鼓清笳，骏马名姬。

酒酣应对燕山雪，正冰河月冻，晓陇云飞。投老残年，江南谁念方回？东风渐绿西湖岸，雁已还、人未南归。最关情、折尽梅花，难寄相思。

周密词中亦有极具风致的小令。晚宋词人，多以慢词为长，偶作小令，亦成妙趣。观草窗词，作者似乎属于长短皆能的词家。他有一篇《点绛唇》写梅花，题目虽旧，视角与传统有别，格调另成一式。他这样下笔：

雪霁寒轻，兴来载酒移吟艇。玉田千顷。桥外诗情迥。

重到孤山，往事和愁醒。东风紧。水边疏影。谁念梅花冷。

词人怜悯，怜到梅花，可知其用意之深也。

周密也是写景大手笔，早年曾以如花妙笔，寄调《木兰花慢》，写西湖十景。词成，又订正音律，自己也很兴奋。后追忆往昔，联想到友人今逝矣，不觉感慨油然，于是作小序云：

西湖十景尚矣。张成子尝赋《应天长》十阕夸余曰"是古今词家未能道者"。余时年少气锐，谓此人间景，余与子皆人间人，子能道，余顾不能道耶，冥搜六日而词成。成子惊赏敏妙，许放出一头地。异日霞翁见之曰"语丽矣，如律未协何"。遂相与订正，阅数月而后定。是知词不难作，而难于改；语不难工，而难于协。翁往矣，赏音寂然。

姑述其概，以寄余怀云。

此处录第一首“苏堤春晓”：

恰芳菲梦醒，漾残月、转湘帘。正翠崦收钟，彤墀放仗，台榭轻烟。东园。夜游乍散，听金壶、逗晓歇花签。宫柳微开露眼，小莺寂妒春眠。

冰奁。黛浅红鲜。临晓鉴、竞晨妍。怕误却佳期，宿妆旋整，忙上雕軿。都缘探芳起早，看堤边、早有已开船。薇帐残香泪蜡，有人病酒恹恹。

其景历历，其色溶溶，其心悠悠，其意绵绵。

3. 张炎生平与张词的品性

张炎是宋代词史上最后一位杰出词人。如果说，南宋末年的词坛曾有一种末世的辉煌，那么，张炎就是这末世辉煌中的一声绝响。从兹以后，宋词便成了历史的声音。

概括张玉田的一生，或者可以归纳为这样四句话：

末代佳公子，乱世断肠人；

词坛双枪将，白石大知音。

张炎（1248–1320？）字叔夏，号玉田，又号乐笑翁。他先祖张俊，乃抗金名将，生封清河郡王，死追赠循王。家道之富贵，罕有匹者。张炎的曾祖张镃，也是朝廷重臣，同时还是一位颇有成绩的词人。他父亲张枢也是一位词人。张镃、张枢的词作，《全宋词》均有收录。这里录张镃一首《宴山亭》：

幽梦初回，重阴未开，晓色催成疏雨。竹槛气寒，蕙畹声摇，新绿绿通南浦。未有人行，才未启回廊朱户。无绪，空望极霓旌，锦书难据。

苔径追忆曾游，念谁伴秋千，彩绳芳柱。犀帘黛卷，凤枕云孤，应也几番凝伫。怎得伊来，花雾绕，小堂深处。留住，直到老不教归去。

词确实写得不俗。单以词论，也有资格成为姜夔的朋友。

张炎家世如此，经济条件非常优裕，在杭州有豪华住所，又有相当的文化与文学积淀。然而，他出生的时代不对了。1257 年，他十岁时，襄阳已经陷落；到他二十九岁时，临安被元人攻破，宋王朝基本上完了；再过三年，南宋政权投降，大宋王朝的帷幕就此落下。他的家产被籍没，本人则成为一名江湖流浪者，最困难时，靠街头卖卜为生。

张炎并非进士，也未入仕途，但看他的出身与家境，却远比一般进士出身的人更富有，文化环境也更优越。但宋王朝既然覆灭，他的家境随之败落，看他后半世光景，是连一般布衣家庭也比不过的，落差如此之大，正所谓“末世佳公子，乱世断肠人”。

但他有气节。1278 年，元僧杨琏真伽首次发南宋六帝的陵寝，将其中的珠宝抢走，又把遗骨抛撒于草蒿之间。正是张炎和他的朋友们，把遗骸收起，重新入葬，并在坟旁植上常青树。第二年，他与王沂孙、唐珏、周密、王易简、李彭老等共咏白莲等词作，以为纪念。

宋亡以后，他虽然家产无存，生活困顿，但绝不与元人合作，保持了自己的气节与操守。在这方面，他既不同于陈允平，词作固多不发亡国之声；也不同于王沂孙，在民族仇人那里做什么学官。他的词大多作于宋亡之后，发出的多系怀念故国的黍离之音。

1290 年，他曾北游一次，至大都，写金字藏经。对于此行，或有种种猜测，但他是清白的。来京既为写经，也有寻找知音的意思，但他不是可以轻易改变个人信念的人。写经事毕，知音难遇，次年便打道还乡，依旧采取不与元人合作的态度，一心一意只在词作与词作研究上面下功夫。那词作与词作研究，差不多就等同于他的生命，直到他弃世。他享年七十余岁。今传词 302 首，又有《词源》二卷。

纵观张炎一生：

他，是一位贵族词人；

是一位落魄词人；

是一位有文化有教养的气节词人；

是一位江湖流浪词人；

是一位杰出的小众词人；

是一位真正懂得词的审美特质的词人；

是一位对前人成果能品鉴又能化用的词人；

是一位全神贯注的词人；

是一位细节化的词人；

又是一位具有高度理论自觉的词人。

这十个方面，前四项前面已然说过，这里还要补充几句。

作为末代杰出词人，是有条件的。他应该富贵过，——这个条件张炎具备，而且相对于彼时其他词人，他原先的生活条件或许是最好的一个；他又应该贫寒过，而由富贵到贫寒正是洞透人生的一副最光亮的眼镜，——这一点在彼时彼世也没有人可以超过他的了。他富时是真富贵。穷时也是真贫穷。实在自有词人那一天起，贫穷到卖卜为生的还一个也没有呢！就是连唐代并六朝的诗人都算上，这样的情况怕也罕见。他还必须有教养，有文化，有才华，有师承，有气节。——这五条他也是样样无缺：教养，他有；文化，他有；才华，他有；师承，他有；气节，他也有。人家是五毒俱全，他是五美皆备。条件如此优越，想不成为末代冠冕，都不可以。

前四项言讫，那么第五项，他是一位杰出的小众词人。

文学欣赏，有大众小众之分。能成为畅销书即可以为众多读者所喜欢所接受的作品，就是大众文学；相反，有价值，有水平，但只为少数人所接受、所欣赏的作品，就是小众文学。把这个标准置于词人词界，就有了大众词人，小众词人。

宋代的大众词人，首推柳永，因为凡有井水的地方即有人唱柳词，不是大众词人又是什么？周邦彦的奇异之处在于，他既是官方词人，却又是大众词人，因为他的词有几乎等同于柳词的传播力。辛弃疾、岳飞的词，虽不见得有写给大众的动机，却有为大众欣赏的基础，也当划入大众词人。或可说，柳耆卿、周美成、辛稼轩为宋代大众词的三大家。但自姜夔之后，就不同了。姜、吴、史、王、周、张、陈等，他们的词主要在圈子里传播，他们又多是词社成员。所谓词社，就是古代一种词的专艺性创作组织。词作不再以歌舞厅堂为主要表现之地，而以专艺化词社为表现平台，可见它本身已不再有大众化的要求，也不再有大众化的心理期待。

但小众化的词，写好同样困难，也许更难。毕竟让外行人叫好总是容易些，而让内行点头称评，就难多了。

张炎不但是一位小众词人，而且是其中的佼佼者，在他那个活动圈子里，可以和他论短论长的，大约只有一个王沂孙。

第六，他是一位真正懂得词的审美特质的词人。

词的审美特质，用一句话表示，就是它的美文化性质。中国汉语文学品种固多，但就一个品类而言，只有词是最具美文化品性的。其他文学作品，可以有美文化要求，但不以美文化为本质性属性。换句话说，一篇散文，即使它不以美文见长，它也可能有存在价值；一首诗，即使它不具备美文性特征，也可能具有存在依据。唯独词，不可以这样。词，必须是美的。凡不美的词——如果它还可算作词的话，也是词的异类，或者更似元曲，或者另类其他。

玉田词在美文化这一点是无可挑剔的。在理论方面，他还有独到见解，他写《词源》，独重姜夔，是有特定的审美道理在内的。因为周邦彦的词，在美的层面上，可说超越任何一位前人，而姜白石的词，不但是清真词的正宗传人，又有着专业化名士词人的特有风采，此所谓“白石大知音”。

第七，他是一位能吸纳又能化用的词人。

我在前面说过，词在周、辛之前，以分化张扬主为；周、辛之后，则以吸纳化用为主。其中王沂孙是使用这方法相当成功的一位，而与他同为词友并朋友的周密，则是不太成功的一位。张炎本人，也是吸纳化用的成功者。

一般认为，张炎词最为尊崇姜白石。尊崇姜白石不假，但他并非目光狭隘之人。对此，清代大批评家刘熙载看得清楚，他评论玉田词，说：

> 大段瓣香白石，亦未尝不转益多师。[①]

周密也转益多师，而且学张像张，学李像李，但学来学去，把自己反而有点找寻不见了。张炎转益多师的师中，不但有周邦彦，尤其有姜白石，还有柳永、贺铸、吴文英、史达祖，乃至苏东坡、辛弃疾都在他的视野之内。

① （清）刘熙载著：《艺概》，上海古籍出版社，1978 年，第 112 页。

词史专家认为他晚年的一些词，风格显然接近苏、辛一派[①]，即是一个明证。但这不是最重要的，最重要的是，他不仅转益多师是我师，又能做到转益多师为我用。故此，他词的个人风格显然比周密词强烈浓郁得多。说到底，他词风有归，更近白石。

第八，他是一位全神贯注的词人。

以张炎比周密，周密的特点，是知识广博，单“专著”就写了近二十种之多。

张炎不是这样。他的特点，是专注于词这件事，所以他不但词多，而且有精力写作《词源》。这一点，他很像柳永与辛弃疾，柳、辛二位正是他成功的榜样。

第九，他是一位细节化的专艺式词人。

玉田词出色地继承了周、姜传统，周词姜词本来就很专艺化的，尤其在音律方面，要求非常之高。张炎出自杨缵之门。杨缵对词的音律要求严格，本人又是琵琶高手，他对周、张的词，是要使用琵琶调音调字的。而张炎在这个方面下的功夫，恐怕连周密与姜夔都做不到的。

第十，张是一位具有高度理论自觉的词人。

之所以这样说，因为他不仅是一位大词人，尤其是一位大词论家。论词作的地位，他大约在超一流与一流之间，无论如何，他的排名应在苏、辛、周、柳、姜之后。以代而论，大约当与宋词一期的欧阳修、二期的秦观、三期的李清照、四期的陆游、五期的吴文英相提并论。但以词话而论，就不一样了。他不仅是有宋以来词、学兼能的作家，而且是水平最高影响最大的一位词话作者，在这方面唯有李清照与之相近似。别的词话作者也有好几位，但作词的水平有限。此所为“词坛双枪将”是也。

通过这十个方面，或许可以看出张炎与张炎词的基本风貌与品性了。能符合这十个条件的宋代词人，如果不是仅此一人的话，也一定为数无多。

① 孙旺，常国武主编：《宋代文学史》（上册），人民文学出版社，1996 年，第 365 页。

4. 张炎《词源》的价值与启迪

宋代重要词话，应该说有六种，即王灼的《碧鸡漫志》、李清照的《词论》、吴曾的《能改斋漫录》、胡仔的《苕溪渔隐词话》、沈义父的《乐府指迷》和张炎的这部《词源》。

此六部词话，从重视写史到重视写论，各有所长，但基本格式又多有相似相通之处。张炎《词源》的特点，是写得全面，写得深，写得有创造性。他的《词源》文字不长，内容丰厚，分上下两卷。上卷十四节，论音律，下卷十六节，论风格。其版本较多，文字或有区别，基本内容大同小异。

《词源》文字虽少，但涉及范围广泛，大约彼时人们关心的问题，没有不涉及的。今天读来，也可对宋代词学之大观有个基本的了解。

他笔调真切，不作虚言，节次虽多，一句空话也没有。这也是中国古典文论的一大特色。因而绝没有下笔千言离题万里的毛病出现。它开口就讲“正事”，直奔主题，是最纯正的文本主义。

中国词话特别注重联系实际。不但论词，而且论人，论词论人还要论风格。虽然文字不多，因为刀刀中腠理，所以给人印象深刻。

中国词话还特别擅长抓住重点，要言只在三五句。它的论事方式是一定要找准最重要最关键的内容作出指说。

这些特点，张炎的《词源》，不仅样样皆备，而且做得样样出色。《词源》分二卷三十小节，内容好多。我这里因繁就简，选了五个题目，试作剖析。

其一，立论明确，尊崇周、姜。

他使用的方法就是总揽历史，以周、姜为要。《词源》对自唐以来300多年词的发展史进行了大回顾，它的结论即作词的典范唯有周、姜。只是推崇周、姜，且有足够的论据作支撑。

其二，重点突出，强调音律。

周邦彦、姜夔都是宋词中的音律大家，张炎对音律的重视与研究，尤其达到了空前绝后的地步。他尊崇周邦彦，但尚且要说：“美成负一代词名，所作之词，浑厚和雅，善于融化诗句，而于音谱间有未谐，可见其难矣。”他对音律的重视，由此可见一斑。

《词源》对音律有专节专论，而且有实例分析，例如他曾举他父亲张枢的《瑞鹤仙》为例，进行评说。先看那词：

卷帘人睡起。放燕子归来，商量春事。风光又能几！减芳菲都在，卖花声里。吟边眼底，披嫩绿、移红换紫。甚等闲、半委东风，半委小桥流水。

还是。苔痕湔雨，竹影留云，待晴犹未。兰舟静舣，西湖上多少歌吹。粉蝶儿守定，落花不去，湿重寻香两翅。怎知人、一点新愁，寸心万里。

这词其实写得很美，而且在文字旁边记有音谱，刊行于世。但它是经过修改的，张炎说：

先人晓畅音律，有《寄闲集》。旁缀音谱，刊行于世。每作一词，必使歌者按之，稍有不协，随即改正。[①]

这词也是改过的，改了一个字，原词为“粉蝶儿扑定花儿不去”，但“扑”字不“协”，于是便把这“扑”字改成了“守”字。张炎就此评论说：“始知雅词协音，虽一字亦不放过，信乎协音之不易也。”[②]

对这种改法，今人颇有微词，认为是以音害意。这话原也不错的，但我想说的是，无论如何，他父子对词作的态度是值得敬重的，这态度就是“一字亦不放过”。

其三，评品人物，以词为本。

现代人聪明了，一讲人物或作品分析，马上想到定性分析或者定量分析。一般地说，定性分析简捷明快，适用于短篇文字或一般工具书。定量分析则更为具体、细微。张炎的办法，没有这么复杂。他不是没有结论，但显然更为重视“事实”。这个“事实”就是词作本身。例如他不高兴吴文英的词风，嫌它太密，说：“吴梦窗词，如七宝楼台，炫人眼目，碎拆下来，不成片段。”但他并不全面否定吴词。写“句法”一节时，他引用

① 梁令娴编；刘逸生校点：《艺蘅馆词选》，广东人民出版社，1981年，第283页。
② 同上。

了吴文英《登灵岩》《闺九重》诸作，并说它们“平易中有句法”。写“字面”一节时，又说“如贺方回、吴梦窗皆善于炼字面，多于温庭筠、李长吉诗中来，”并说“字面亦词中之起眼处，不可不留意也。”写“令曲”一节时，还说“冯延巳、贺方回、吴梦窗亦有妙处”，对梦窗的令词也持赞许态度，等等。这就不是以偏代全，而是以词为本了。他既尊崇周、姜，则对苏、辛不太感冒。但对苏东坡的词作，并无偏见，他认为好的词作依然引证，以表钦佩。所用赞话，绝不悭吝。他说：

东坡词，如《水龙吟》咏杨花，又如《过秦楼》《洞仙歌》《卜算子》等作，皆清丽舒徐，高出人表，《哨遍》一曲，檃括《归去来辞》，更是精妙。周、秦诸人所不能到。

虽然他之所引全是些与他的主张相近的词，但不因人废言，值得肯定。

其四，论证词风，立主“清空”。

词风有如文风，不可一概而论。但他专意“清空”一道，可说爱之所在，不遗余力。他这样写道：

词要清空，不要质实。清空则古雅峭拔，质实则凝涩晦昧。姜白石词，如野云孤飞，去留无迹。

词是否就该清空甚至就要清空，存疑。但他专贵于清空，不失为一家之言，一派之言。

且清空对于宋末词坛，意义尤其非同凡响，清空风格不唯是江湖词名士词的一个特色，而且也是中国传统审美观念的一个重要范畴。我曾说过，白石词之所以备受青睐，因为他不但适应了江湖名士派词人的需求，而且契合了自唐以降文人画——写意画的审美心理，还与中国传统儒学人格的审美化特别易于沟通，如此等等，受到世人的欢迎与欣赏自在不言之中。

其五，反对蹈袭，追求意趣。

他说的意趣首先是不要一味模仿前贤，而要有自己的创造。他写道：

词以意为主，不要蹈袭前人语意，如东坡中秋《水调歌头》“明月几时有”云云，夏夜《调仙歌》“冰肌玉骨”云云，王荆公金陵《桂枝香》“登临送目”云云，姜白石《暗香》，赋梅“旧时月色”云云，《疏影》“苔枝缀玉”云云，此数词皆清空中有意趣。无笔力者未易到。

“清空中有意趣”，把它现代化一点，就是有风格还要有创造，有特色还要有个性，有意境还要有见解。但最紧要的还是创造，创造是文学的生命，人没有创造还可以活着，虽然活得平庸而没品位；文学作品一旦离开创造，马上死亡，连商量的余地都没有。

但创造不仅仅是一个美好的愿望，更不是酒后狂言、梦中呓语，他是有特定内涵的，它至少需要有方法、有学识、有技术等基础条件作支撑。所以张炎又说：“此数词皆清空中有意趣，无笔力者未易到”。

5. 玉田词的艺术成就与影响

对张炎词的艺术评价，首先有个关注点问题，是文、曲兼顾还是只看“文”这一面。如果文、曲兼顾，他的词显然是超一流的，终整个宋代词史，恐怕能和他比肩的人物也没有几位。但这标准怕通不过，不但专家通不过，读者那一面更通不过。因为词在宋代中期，已渐渐与诗歌融为一体。它已经成为诗的另一种形式，比如近现代人作词，还有谁专门考虑它的唱法吗？实在那唱法都失传了。照柏杨的意见，想知道那唱法，只能听昆曲。而至少如柏杨一样的人，是不喜欢听昆曲的。但如果将词——宋词只看成案头文学，却又不合乎宋代的实际，毕竟它那个时代，词确实要唱的。所以对玉田词的评价，就有了一个适用哪种“法律条文”的问题。综合地考虑，他的词属于一流水准，比起那些超一流作品，还有些差距。故此，本书几次引用的名词 40 首排行榜中，才没有张炎的作品；而他本人在 30 名最有影响的宋词作者的排名中，亦排在辛、苏、周、姜、秦、柳、欧、吴、李、晏、贺之后，而在陆游、黄庭坚、张先、王沂孙、周密、史达祖、晏殊与刘克庄之前，在这二十位词人中，他名列第十二位。

张炎词与王沂孙词相比，王词写得更为曲折委婉。简洁地表示就是深，或者说曲，因深而曲，又因曲而深。张炎与王沂孙比“曲”，他还不是对手，但他的词写得更有刚性，而这一点正是王沂孙所缺少的。王词是个细活，紧针密线，如工笔画，非用放大镜看不通透，张词无须这样费功夫，他的美也无须走得如此之深。

张炎词与吴文英词相比，吴词的长处是密，秾丽繁艳。张词不喜欢秾丽，也不要繁艳，他的词走的是疏派路子，宁可“删繁就简三秋树”，绝不“枝繁叶茂二月花”。

张炎词与史达祖词相比，史达祖的长处是一个“秀”字，不疏不密。张炎的词不走中间道路。他的词，虽然也美，还多些阳刚之气。

张炎词与陈允平词比，陈允平的特色是平正，虽不是四平八稳之平正，但要仪态雍容，不张扬，也不媚美。张炎词自不以媚美为是，但较之陈词，显然更富于空灵之韵味，其情其致，生动清空。

张炎词与周密词相比，周词的特色是“细”，他的特色也是“细”，殊不知细与细也不同。周密的词风多样，不免有些杂，细的部分，更近乎周邦彦、吴文英一路，在位性上与史达祖相仿。张炎词是细而能疏，柔而能健，用极细的笔法写淡雅之色，这是周密办不到的。

与张炎词风格最接近的还是姜白石的词，他最推崇的词人也是姜夔，但他词的刚性差些，更多些高洁之气。所以，如果用一个字形容白石词，那就是“疏”；用两个字形容白石词，那就是“清刚”；用四个字形容白石词就是“清刚疏朗”。而用一个字形容玉田词则是“清”，用两个字形容玉田词则是“清丽”；用四个字形容玉田词则是“清丽高洁”。毕竟清与疏还有不同，丽与刚也有不同，就是高洁也不能等同于“疏朗”。姜、张是词风最为相近的两位词人，远看如同孪生兄弟，近看还有细节之分。

张炎最为后人称道的词是他的忧国悼亡之作。如《高阳台·西湖春感》：

接叶巢莺，平波卷絮，断桥斜日归船。能几番游？看花又是明年。东风且伴蔷薇住，到蔷薇、春已堪怜。更凄然，万绿西泠，一抹荒烟。

当年燕子知何处？但苔深韦曲，草暗斜川。见说新愁，如今也到鸥边。无心再续笙歌梦，掩重门、浅醉闲眠。莫开帘，怕见飞花，怕听啼鹃。

这是一首哀歌，处处写景，处处生情，景是非常优美的湖景，情是悲亡悼逝的深情。全词结构紧凑，次序分明，其节奏与情绪，直如妙手剥笋一般，剥却一层还是痛亡之音，再剥一层更是痛亡之音。虽然笔调沉着，不张扬，也不激愤，然而，正是这貌似平稳中发放出来的痛悼，才更体现了他发自心底的忧患之声。

这一首词，据缪钺先生考证，应是他28岁时之作。此时的宋王朝正处在欲亡未亡、未亡将亡之际，国虽未亡，但亡兆已然显露无遗。张作此词，纵非悼亡之辞，亦多忧国之恨。此后23年，他51岁了，这时宋王朝已灭亡近20年，但他对故国的思念依旧，且随着人生阅历的增加，那情感愈发凄婉缠绵起来。这有点像人到中年时对青春年华的追忆，愈发觉得其情之珍贵，其思之绵绵，于是又写下了这首《月下笛》并有小序云："孤游万竹山中，闲门落叶，愁思黯然，因动《黍离》之感。时寓甬东积翠山舍。"其词曰：

万里孤云，清游渐远，故人何处？寒窗梦里，犹记经行旧时路。连昌约略无多柳，第一是、难听夜雨。漫惊回凄悄，相看烛影，拥衾谁语？

张绪，归何暮？半零落依依，断桥鸥鹭。天涯倦旅，此时心事良苦。只愁重洒西洲泪，问杜曲、人家在否？恐翠袖、正天寒，犹倚梅花那树。

此词凄苦，未可轻言。

张炎词亦长于写景。他的一些写景之作，似乎更得姜夔词之精髓，不但疏疏朗朗，而且意象犹深。如他的那一阕《清平乐》：

候蛩凄断，人语西风岸。日落沙平江似练，望尽芦花无雁。

暗教愁损兰成，可怜夜夜关情。只有一枝梧叶，不知多少秋声。

自然，他也是一位言情妙手。然而，他的言情，是绝对不同于柳永的，更不同于康与之。在他看来，虽然"康、柳词亦自批风抹月中来。风月二字，在我发挥，二公则为风月所使耳"。

然而，真能做到不为风月所使，反令风月为我所使，又何其难哉！毕竟情之于物，要“痴迷”些，不痴不迷，不足以言情。张炎出身贵公子，“艳事”亦当不少，他有一首《淡黄柳·赠苏氏柳儿》，俨然属于此类，那词写得却好：

楚腰一捻，羞剪青丝结。力未胜春娇怯怯。暗托莺声细说。愁蹙眉心斗双叶。

正情切。柔枝未堪折。应不解、管离别。奈如今已入东风睫。望断章台，马蹄何处，闲了黄昏淡月。

别的不说，但看“望断章台，马蹄何处，闲了黄昏淡月”，便可知，词人确实别有心得。

然而，情之为情，一何难忘！以后，他又写过一阕《虞美人》，追念前情，感慨犹多。并在序中说明：“余昔赋柳儿词，今有杜牧重来之叹。刘梦得诗云：‘春尽絮飞留不住，随风好去落谁家’。作忆柳曲”。这词复写道：

修眉刷翠春痕聚。难剪愁来处。断丝无力绾韶华。也学落红流水、到天涯。

那回错认章台下。却是阳关也。待将新恨趁杨花。不识相思一点、在谁家。

张炎祖籍陕西，属于秦人，但从他祖上张俊起，便一直在杭州定居。他前半生，游来走去，未曾离吴越之乡。到43岁时，北行来京。过黄河时，一见那雄浑景色，不觉词兴大发，写下了一首《壶中天》。这词的风格殊不类他往昔的作品，富于雄浑超迈之气。看来，一个人的词风，也是因时而至，因遇而发。他本来对白石词的清刚疏朗之风便很叹服，不想一遇北方景色，自己心底的壮士情怀也一并喷涌而出。其词云：

扬舲万里，笑当年底事，中分南北。须信平生无梦到，却向而今游历。老柳官河，斜阳古道，风定波犹直。野人惊问，泛槎何处狂客。

迎面落叶萧萧，水流沙共远，都无行迹。衰草凄迷秋更绿，惟有闲鸥独立。浪挟天浮，山邀云去，银浦横空碧。扣舷歌断，涉蟾飞上孤白。

但次年自北方回，他的心情又恢复故我，遥想北游时的朋友，更加郁郁不欢。再过一年，他南归的朋友来看他，谈笑数日，分别时，他写了一阕《八声甘州》，忆北行之事，更增添了无穷的故园之思。但见词情跌宕，词音激越，而内心的凄迷缠绵，正如无边黑夜。噫！似听他唱道：

记玉关、踏雪事清游，寒气脆貂裘。傍枯林古道，长河饮马，此意悠悠。短梦依然江表，老泪洒西州。一字无题处，落叶都愁。载取白云归去，问谁留楚佩，弄影中洲？折芦花赠远，零落一身秋。向寻常、野桥流水，待招来、不是旧沙鸥。空怀感，有斜阳处，却怕登楼。

张炎也是擅长咏物的词家。他因为咏春水咏得好，故人称“张春水”，又因为咏孤雁咏得好，故人称“张孤雁”。咏春水词寄调《南浦》。

波暖绿粼粼，燕飞来、好是苏堤才晓。鱼没浪痕圆，流红去、翻笑东风难扫。荒桥断浦，柳荫撑出扁舟小。回首池塘青欲遍，绝似梦中芳草。

和云流出空山，甚年年净洗，花香不了。新绿乍生时，孤村路、犹记那回曾到。余情渺渺。茂林觞咏如今悄。前度刘郎归去后，溪上碧桃多少。

如此绝妙好词，直不负“张春水”雅号。

张炎对后世尤其对清代词影响很大，但争论也多。

张炎对清代词影响大，对浙西词派，影响奇多。其中，对姜、张词风提倡最有力者乃是朱彝尊。他编选《词综》，最推崇的人物即是白石及玉田。他为自己的词集作序，更明确表达“不师秦七，不师黄九，倚新声、玉田差近”。因为他和浙西词人群的提倡、鼓吹，姜、张二词人的影响达到空前的地步，出现所谓“数十年来，浙西填词者，家白石而户玉田”[1]的盛况。

① 缪钺著：《缪钺说词》，上海古籍出版社，1999年，第207页。

这样的影响，可以说有宋一代，任何一位词人都没有达到过他们这样的程度。

但也有不同声音，例如常州派词人便不同意此说。对宋词有很深研究的清代词评家周济就表达过这样的意见："玉田，近人所最尊奉。才情诣力，亦不后诸人，终觉积谷作米，把缆放船，无开阔手段。然其清绝处，自不易到。"①

到了王国维那里，评价更低了。不但批评张炎"肤浅"、"招摇"，甚至还说："玉田之词，余得取其词中一语以评之，曰'玉老田荒'。"

在我看来，张炎词与词论的影响，全是第一流的。平心而论，如果站在文学史的角度看，宋代词人的影响，谁也比不过苏东坡，因为他是有宋第一文学人物；站在宋代词史的角度看，谁的影响也比不过辛弃疾，因为他是宋代第一词人；站在词的历史变革的角度上看，谁的影响也比不过柳永，因为他是宋词变革第一家；站在词的整合的角度看，谁的影响也比不过周邦彦，因为他是大晟词领袖；站在宋词中兴的角度看，谁的影响也比不过姜夔，因为他是宋末词派的精神象征；但如若站在词作、词律、词论的综合角度看，那么，谁的影响也比不过张炎，他是最具综合实力的宋代词家。

纵观既往，有一点应该是清楚的，即张炎是宋代最后一位大词人，又是他那个时代最具才能和影响力的词人。人们完全可以说，他的词作与词论已成为宋代词史的一声绝响。这样的人才与词作，是再也不能重复与再造了。

玉老田荒人竟去，从此宋词作史声。

① 缪钺著：《缪钺说词》，上海古籍出版社，1999年，第207页。

第八章
回顾与展望

宋代结束了，宋词也结束了。但我们也可以认定，即使宋代没有结束，那宋词也一定要结束的，因为文学亦有宿命，它受它内在规律的支配。这内在规律也如同生命一样，既有其生，必有其亡。它的生存表现是：总会有新的主流文学形式取代旧的主流文学形式。为什么在文学前面要加上主流二字？因为旧的文学形式虽然必定会被取代，却不一定就此消亡。它还存在，但主流文学形式中没有它了。比如直到 21 世纪的今天，依然有人做古体诗，作词，甚至作赋，而且其中还有很有质量的作品出现。但让它们成为主流文学样式，不可能了。硬说它可以成为主流，那不过是幻想甚或幻觉罢了。

以汉字为基础的文学样式，也有自己的宿命——内在的发展规律。表现在诗歌这个方面，即有一个从四言诗到五言诗再到七言诗再到长短句——词的发展过程。那基本走向，无可更改，也不能逆转。从四言到五言，经过了数百年时间；从五言到七言，又经过数百年时间。七言诗的极盛时期，是唐王朝，它的最纯正的表达形式是绝句与律诗，它对字数和音律的要求也是有严格的规则的。

汉语诗歌，由四言、五言到七言，没有结束，于是长短句——词兴起。长短句也绝不是汉语诗歌的结束，它还要向着新的主流形式发展。这发展同样不能结束，如果真的结束了，说到了某种文学形式就到了头了，那么这语言也就“死”了。长短句作为汉语诗歌的一个环节，它依然要向前发展，再发展，就是元曲了。所以说，即使宋王朝不曾灭亡，宋词的时代也必然会结束。不幸，宋王朝灭亡了。因为它的灭亡，宋词向元曲过渡的过程加快就是了。

不唯如此，长短句向元曲发展，也有一个长长的过程，正如词的发展并非始于宋，至少在白居易、刘禹锡的时代，它已经很有成绩了，而那个时代显然还是唐诗盛行的时代。

元曲的发展亦如是也，至迟从曾布、赵令畤的作品中，已有大曲出现。这大曲完全可以看成元曲的前奏。大曲之前还有鼓子词。欧阳修即写过鼓子词，南宋的张抡也写过鼓子词，而且流传至今的鼓子词作品也不算少。

除去鼓子词，还有所谓赚词。鼓子词原本应该是一种民间艺术形式，但它与词的关系密切，所以它是否是民间艺术形式，尚有疑问，其间的转变情形，亦不清楚。赚词则肯定是民间艺术，它的形式是只唱不说。这种民间艺术形式对于元曲的影响或许更为直接。

还有戏曲。戏曲在唐代已有相当地位，至少像唐明皇和后唐的李存勖这样的皇帝都是热衷于戏曲的。所以后人尊唐玄宗为梨园行业神；李存勖更是粉墨登场，客串过角色的。但唐人的戏曲形式如何，已难以确考。宋人的戏曲形式，却有资料流传。

在这样的情势下，世事突变，南宋王朝灭亡了，元人统一了中国。因为这历史变故，加速了宋词的灭亡。元代对既有文学艺术形式有它的选择，现在回头看去，他们没有选择宋词，实在这形式对他们来说是太艰深了，而且他们的生活方式与宋人的生活方式也很是不同。他们没有宋徽宗这样文化皇帝，也没有晏殊那样的太平宰相。他们没有选择宋词，但选择了戏曲。元人作为一个能歌善舞的民族，本来就有诸多戏曲基因植根于他们的民族文化中。来到中原，又被中原文化迷住了。中原文化太好又太多，选择谁呢？他们选择了“戏”。戏，杂剧及散曲，本来就较之宋词更具发展潜质，经他们一认定，一欣赏，一鼓劲，一推动，元曲的黄金时代迅速到来，而宋词的末世辉煌也很快随之消散了。

因为元人的到来，词的生存环境也被破坏了。词在北宋，一是官僚阶层特别是有文化的官宦人家的独享之物；二是歌伎的生存手段，这两个地方，随时事而变。以后又有文人词，又有爱国志士词，到了宋末，词的重心已由官宦阶层转化为社会名流的艺社活动了，词由此进入江湖。元人南来，连江湖状态也难以维系。而词是要唱的，是需要优裕的生存环境的。这环境一旦消失——因为元代官僚阶层别有所爱了——它的生存环境受到致命威胁，终于含悲忍恨，凄然而去。而张、王、周、陈的词作便成了那特定时期的末世凄音。

无论诗、词、曲——亦无论从歌唱角度，还是文学角度，历史的文、艺形式，都不可避免地有一个由俗而雅的过程。先是俗的，民间的，尔后是雅的，文人骚客或专艺化的。而一旦雅到极处，高处不胜寒了，仿佛进入了死胡同，于是又会有新的文艺样式生长发达起来，从而开始新的一轮从俗到雅的历史进程。

以此可知，词一定会变雅，否则不能成为汉语“美文”的典范。但它又必须变俗，否则受众会日益减少。当它在自己的范式内没有可能变俗的时候，词的黄金段落过去了，曲的黄金时代开始了。

宋词结束了，我们关心的是，是不是美文时代也随之结束了？

没有。美文时代没有结束，它也不会结束。

那根据是：宋词的精华尽被后人吸纳，整合，发展，并应用到新的文学样式中去了。只要读过《西厢记》的人想必都能体会到，宋词对它的影响有多么深，多么细，多么大。凡是读过《红楼梦》的读者想必也会体会到，唐诗、宋词、元曲乃是它取得成功的重要的艺术支撑点。没有这些支撑点，这一座艺术圣殿就有可能坍塌。

属于宋词的时代结束了，后来者应该高兴，毕竟新的文学、艺术样式又要成熟与辉煌了。

本书自二〇〇四年十二月二十三日动笔，
至二〇〇五年元月二十三日
写于北方工业大学寓所。
二〇〇五年三月七日至五月六日抄录完毕